U0513793

中日历代名诗选

中华篇

宇野直人　李寅生　编著

上海古籍出版社

图书在版编目(CIP)数据

中日历代名诗选·中华篇/(日)宇野直人,李寅生编著.—上海:上海古籍出版社,2016.6
ISBN 978-7-5325-7951-8

Ⅰ.①中… Ⅱ.①宇… ②李… Ⅲ.①诗集—中国
Ⅳ.①I22②I313.2

中国版本图书馆 CIP 数据核字(2016)第 019860 号

中日历代名诗选·中华篇

[日]宇野直人　李寅生　编著
上海世纪出版股份有限公司
上　海　古　籍　出　版　社　出版
(上海瑞金二路 272 号　邮政编码 200020)
(1)网址:www.guji.com.cn
(2)E-mail:guji1@guji.com.cn
(3)易文网网址:www.ewen.co
上海世纪出版股份有限公司发行中心发行经销
浙江临安曙光印务有限公司印刷
开本 890×1240　1/32　印张 21.75　插页 2　字数 548,000
2016 年 6 月第 1 版　2016 年 6 月第 1 次印刷
印数:1—2,100
ISBN 978-7-5325-7951-8
I·3009　定价:68.00 元
如有质量问题,请与承印公司联系

前　　言

在世界文明历史的长河中，中华民族是一个具有五千年悠久历史的文明古国，自古以来便是以文学家之众、文学作品之多而著称于世。即使是从《诗经》中的民歌算起，中华民族诗歌的历史至少也三千余年了。虽然说每一个时代都有它自己的代表性诗歌，但是，那些优秀的、脍炙人口的诗歌却是贯穿于整个历史之中的。千百年来，许许多多的优秀诗歌作品，鼓舞着人们的志气，启迪着人们的智慧，丰富着人们的思想。因此，无论是古代还是现在，人们都把学习优秀的诗歌作品当作提高自身修养的一个重要手段。

而在中国古代的历史上，也没有哪个国家像日本那样与中国联系密切。在中国古代的正史中，有诸多关于日本情况的记载。从《汉书・地理志》到《新唐书・日本传》，中国人对日本的了解越来越多，并且对这个国家的记载也越来越详细。由于地缘上属近邻，两国自古以来就有着友好交往的历史，而尤以文化上的交流更为引人注目。自隋唐以来，日本开始大量派遣留学生和学问僧，有计划、有目的地学习先进的中华文化。在此之后的一千多年间，中日两国的学者、诗人互相学习，共同为繁荣两国的文化做出了各自的贡献，促进了两国人民之间的文化交流，加深了两国人民的友谊。两国文化上的友好往来也必然反映在文学作品中，日本汉诗就是受中国古代传统文化影响而产生出来的文学作品形式。

所谓日本汉诗，就是日本人用古代汉语和中国旧体诗（古诗体裁）创作出来的文学作品。汉诗与其他国家的诗歌不同，它是日本文学、特别是日本古代文学的一种样式和组成部分,是中日文化交流的重要成果。

由于文化交流频繁,中日两国间存在着与其他国家不同的文化现象,两国语言虽异,但文字的部分却是相通的。因而中国古典诗歌这种艺术形式能够在日本得以风行,从7世纪中叶近江时代兴起,到明治维新时代走向衰落,前后约有一千余年的历史。在这一千余年的历史中,汉诗不仅在朝野广为传诵,而且普通百姓也群起应和,抒情言志,运用自如,诗人辈出,卓然成家,构成世界文学史上鲜有的奇观。这是国际文化交流史上非常值得珍视的现象,也是一衣带水的两个邻邦在源远流长的文化交往中结出的丰硕成果。在这千余年间,具有专集问世的作家不下数千人,其诗作有数十万首。

中日两国都是世界上文化历史悠久并且有国际影响的大国,文化上的交流源远流长。在学习先进科学技术知识的同时,更要发扬本国民族的优秀文化传统,为此笔者选编了这本《中日历代名诗选》,目的是让年轻一代了解自己国家的历史和文化,吸收其中的精华,并结合时代的特点加以发展,推陈出新,使其不断发扬光大。愿中日两国的汉诗在今后的传承和发展中能够相互影响、共同借鉴,成为中日文学史上新的佳话。

由于篇幅所限,本书所选只是这些优秀诗歌中的一些代表作品而已,还远不能反映整个时代诗歌的全貌。本书将中日两国中的优秀诗歌熔作一炉,纵横贯通,注释赏析。全书共收录中日历代优秀诗歌各400余篇,为了方便读者阅读和理解诗歌的主题思想,本书在每一篇诗歌的后面都增加了注释和赏析,在诗歌的原文和注释处还对一些疑难生僻字加注了拼音。本书正文中作家的排列,以作者的出生年代为顺序,同一生年者,以卒年为主;生卒年代不详者,酌情排列。全书参考历代其他重要注家的成果和当代学人的研究,对中日两国各400余篇诗歌进行了现代学术观点的诠释。书中所收的作品均从通行本,一般不出校记。书中所涉及的历史纪年，一般用旧纪年，并夹注公元纪年，括号内的公元纪年省略“年”字。对书中容易产生歧义的字，酌用繁体字或异体字。对前人校理中的错误和不足之处，本书在编撰过程中也都作了核查和补充，以便使读者更为准确地理解作品的思想内容，把握好诗歌的主题。

本书分为上、下两册，上册为“中华篇”，赏析的是中国诗歌；下册为“东瀛篇”，赏析的是日本汉诗。全书共约60万字，在中国和日本同时出版。目前已经确定日本的出版社是“日本明德出版社”，中国的出版社是“上海古籍出版社”。

本书内容的编撰，中国诗歌由日本共立女子大学宇野直人教授负责撰写，由李寅生教授翻译成汉语；日本诗歌由中国广西大学文学院的李寅生教授负责撰写；由宇野直人教授负责翻译成日语。中日两国的诗歌分别由对方学者负责完成，从异国学者的角度来赏析、解读对方国家的诗歌作品，体现的是中日两国学者对对方文学作品的理解和解读。这种不同的赏析方式，对理解对方国家的诗歌是一种崭新的尝试。由于国籍的不同，作者对对方国家诗歌的理解也存在着与自己国人不同的见解。《诗经》上所说的“它山之石，可以攻玉”，便是这个意思。

本书在编撰过程中，承蒙上海古籍出版社的编辑们对本书策划、修改提出许多宝贵意见，在此谨致谢意。

中日两国古代的名诗佳作，其内容博大精深，历史文化的内涵极为丰富，而笔者的理解能力和赏析水平有限，对原著的注释和理解恐怕也存在一些不妥之处，因此，衷心地希望广大读者和专家予以批评指正。

宇野直人　李寅生

2016年2月2日

目　　录

1. 击壤歌

无名氏

日出而作(1)，日入而息(2)。凿井而饮，耕田而食(3)。帝(4)力于我何有哉！

【注释】

(1) 作：劳作。

(2) 息：休息。

(3) 食：获得食物。

(4) 帝：帝王；一说指天帝。

【赏析】

据元周天骥《十八史略》记载：

帝尧陶唐氏，伊祁姓。或曰名放勋，帝喾子也。其仁如天，其知如神。就之如日，望之如云。都平阳，茆茨不剪，士阶三等。

……

治天下五十年，不知天下治欤，不治欤？亿兆之愿戴己欤，不愿戴己欤？问左右不知，问外朝不知，问在野不知。乃微服游于康衢，闻童谣曰：

立我蒸民，莫匪尔极。不识不知，顺帝之则。

有老人含哺鼓腹，击壤而歌曰：

日出而作，日入而息。凿井而饮，耕田而食。帝力于我何有哉！

……

尧立七十年，有九年之水。使鲧治之，九载弗绩。尧老倦于勤，四岳举舜，摄行天下事。尧子丹朱不孝，乃荐舜于天。

尧崩,舜即位。

尧为“三皇五帝”之一,与继任者舜作为共同的模范圣人天子而流传于后世。其始之时,治于陶唐之地被称为“陶唐氏”。为帝喾之子,是黄帝第五世孙。他为人有见识,引导人民走向德治,实现了和平的社会。

关于他的政治贡献,有如下的故事流传。

尧在自己担任帝王五十年时,天下是否达到了大治,他还不能确信。于是他只身来到了大街上,首先听到的民谣是:

立我蒸民,莫匪尔极。不识不知,顺帝之则。

再往前行,又遇一老叟口含食物,手拍肚子在唱歌,歌曰:

日出而作,日入而息。凿井而饮,耕田而食。帝力于我何有哉!

这便是所谓的《击壤歌》。在听到这首歌之后,尧便放下心来了。为政者的存在应该让民众有所感受,就像水和空气那样,是与他们在一起的,这才是最高的善政。这里所说的“无为之治”,是老人《击壤歌》中表现的尧时已经实现了善政的内容。

从这个故事可以看出,人世间实行的善政,能够使人们生活快乐。一说“鼓腹击壤”是上古时期的一种游戏。“壤”是木制的前广后锐木板,形如屐,在游戏时,先侧一壤于地,在另外一处以手中壤击之,中者为胜。

如果从诗歌史的观点来看,这个故事有两点是比较有深刻意义的。

一是出现的两首歌谣基本都是以四言为主。这反映出在上古的尧帝之时,已经有了与《诗经》歌谣相同形式的诗歌在流行了。

另一个是尧帝从歌谣的内容可以察知百姓之心。“诗歌可以反映出民众的希望和不满,可为政治作参考”,这一点与“采诗官”和“乐府”的理念是相同的,表现的是中国传统的诗歌观点。

此外，尧帝虽有儿子丹朱，但他认为此人缺乏德行，不能继承大位，于是提拔了众人推荐的舜，并将两个女儿嫁给他，不久又禅让了帝位。像这样君主在生前就把臣下中的德行最高者指定为接班人，并以和平的方式让位，即称之为"禅让"。

2. 南风诗

舜

南风[(1)]之薰兮，可以解吾民之愠[(2)]兮。南风之时[(3)]兮，可以阜[(4)]吾民之财兮。

【注释】

(1) 南风：东南风，又称薰风(薰是清凉温和的意思)。

(2) 愠：含怒，怨恨，忧愁。

(3) 时：适时，及时，合时宜的。

(4) 阜：丰富。

【赏析】

据元周天骥《十八史略》记载：

帝尧有虞氏，姚姓。或曰名重华，瞽叟之子、颛顼六世孙也。父惑于后妻，爱少子象，常欲杀舜。舜尽孝悌之道，烝烝乂不格奸。耕历山，民皆让畔；渔雷泽，人皆让居；陶河滨，器不苦窳。所居成聚，二年成邑，三年成都。尧闻之聪明，举于畎亩，妻以二女，曰娥皇、女英。……弹五弦之琴，歌《南风》之诗，而天下治。诗曰：

南风之薰兮，可以解吾民之愠兮。南风之时兮，可以阜吾民之财兮。

时景星出，卿云兴。百工相和而歌：

卿云烂兮,糺缦缦兮!日月光华,旦复旦兮!

舜子商均亦不肖,乃荐禹于天。舜南巡狩,崩于苍梧之野。禹即位。

舜也是"三皇五帝"之一,他与尧一样,都是传说中的圣明天子。

舜的父亲瞽叟娶后妻而生象,因而憎舜而欲杀之。但具有孝行的舜竭尽为子之道,用其善行引导双亲。舜成人之后,他到了哪里,人们都愿意追随他。他居住过的地方,二年成邑,三年成为都市(四县为都)。不久,尧听到了舜的德行而对他进行了提拔,并把二女娥皇、女英嫁给他。从尧那里继承帝位之后,舜实行了许多善政。继位后的舜,弹奏着五弦琴唱了如下的歌谣:

南风之熏兮,可以解吾民之愠兮。南风之时兮,可以阜吾民之财兮。

这首《南风诗》表现了天下大治、上天感应其善政而出现祥云的吉兆之相。舜手下的官员们也对他的德行进行了歌颂,合唱了如下的《卿云之歌》:

卿云烂兮,糺缦缦兮!日月光华,旦复旦兮!

舜子商均不似其父而品行不端,舜仿尧之先例而不立其子,指名因治理水患有功的禹继承其位。

其后,舜巡视南方诸国,视察其政治形势,于途中的苍梧(在今广西壮族自治区)之野病逝,葬于九嶷山。这位九嶷山之神作为南方楚国之巫的最高神,出现在了《楚辞》的《离骚》中。

听闻舜的死亡之讯后,娥皇、女英二妃悲痛欲绝,追随其后而投于湘水(即湘江,注入洞庭湖的一条河流)之流。二人之魂化为湘江女神,人称"湘妃"或"湘夫人",其人物形象也出现在了《楚辞》的《九歌》中。

相对于前面尧帝故事中的歌谣具有《诗经》四言的特点之外,舜帝故事中表现的是《楚辞》中的歌谣形式,舜帝本人及二妃经常出现在《楚辞》中,这也令人回味深刻。

3. 关　雎

周　南

关关雎鸠[1]，在河之洲。窈窕[2]淑女，君子好逑[3]。

参差荇菜[4]，左右流之。窈窕淑女，寤寐[5]求之。
求之不得，寤寐思服[6]。悠[7]哉悠哉，辗转反侧。

参差荇菜，左右采之。窈窕淑女，琴瑟友之。
参差荇菜，左右芼之。窈窕淑女，钟鼓乐之。

【注释】

（1）关关：鸟儿的和鸣声。　雎鸠：鸟名，与鱼鹰类似，以捕鱼为食。

（2）窈窕：美丽娴静的样子。

（3）好逑：好的配偶。这里指情投意合的伴侣。

（4）荇菜：水草名，为多年生的草本植物。

（5）寤寐：醒着与睡着。

（6）思服：思念，难忘。

（7）悠：担心的样子。也指思绪绵绵不断。

【赏析】

《诗经》是中国最古老的诗歌总集。

中国诗歌的源头便是中国最古老的诗歌总集《诗经》。《诗经》收集了从西周王朝（约公元前 1050—约公元前 770）后期至春秋（前 770—前 403）前期中国北方特别是黄河流域的歌谣，反映的大约是公元前 600 年前后的社会情况。

虽然《诗经》如何形成尚不能确定，但自古以来却有两个影响深远的说法。

一个说法是,孔子(前551—前479)从三千多篇诗歌中选出了305篇。另一个说法是,周代采集歌谣的"采诗官"选出可供政治参考的歌谣而汇集了《诗经》。

此外,汉代以后作为《诗经》歌谣分类概念的"诗六义"(风、雅、颂、赋、比、兴)已经确定下来了。

《诗经》的分类——诗六义

首先,是关于"风、雅、颂"的问题。这是根据诗歌乐调形成的不同而进行的分类,"风"是各国的民间歌谣,"雅"是诸侯祭祀、庆典时吟唱的歌谣,"颂"是王室诸侯祭祀先祖时的歌谣。

其次,"赋比兴"是按歌谣的表现技法而分类。"赋"是直叙,"比"是比喻,"兴"是一种联想的方法。特别是"兴",它是《诗经》中特有的手法,由草木、鸟兽等自然物和身边的事物而产生联想,进而引出作品的主题。因为这是古人特有的带有一些巫术、宗教的观念,因此异说较多,可以作为一个重要的课题来研究。

关于《诗经》的解释,大约可以分为三个流派。

首先是"古注"。这是汉代初期以鲁人毛氏之说为标准,从东汉至唐朝确定下来的注释、解释体系。

其次是"新注"。这是根据南宋朱熹(1130—1200)批判古注的立场而进行解释的体系。

第三是根据《诗经》歌谣"原始意义"而进行解释的立场。这是从20世纪初开始逐渐用考古学的资料和民俗学、宗教学的方法,来探求古代歌谣本来的思想和含义的体系。本书在关注最新研究成果的同时,也对汉代以来对《诗经》歌谣一脉相传的解释予以重视。在中国诗歌的历史中,《诗经》处于源头的位置,这一点是非常重要的认识。无论怎样来说,一直到近代,无论是中国还是日本的读书人大都以古注为基础来阅读、鉴赏《诗经》,人们以此来培养、锻炼自己的诗情和诗魂。

无视长期的积累,切断《诗经》与后代诗歌的联系,后世诗人学习《诗经》什么？今后的《诗经》研究应该怎样发展？这些都成为了应该注意的问题。

从《诗经》歌谣题材上看，写“男女之情”的内容较多。今笔者选择的是男子思念女子的诗歌内容，来看一下四言旋律产生的联想及其独特的古朴魅力。

《关雎》是《诗经》开篇第一首歌谣，如果从文脉的发展脉络来看，它是年轻男子追求伴侣、憧憬幸福婚姻生活的诗。

第一章导入主题，以鸟和鱼之“兴”而起始。雎鸠是捕食鱼的水鸟，而鱼因为多子，故以此来比喻爱情婚姻生活。以求鱼而来的鸟儿，来比喻求爱的男子，由此又导出了第三、四句。虽然是鸟儿，但以雌雄之间的良好关系来比喻爱情和婚姻关系的情况也是较多的。

第二章表现的是以“采草”而起的兴。采草的描写是经常遇到的现象，以此来企盼与思念之人的再会。从这一章至第三章，描写的是对思慕之人的渴求之情。

第四、五章的内容也同上面的内容一样，由“采草”起兴，并对未来寄予了希望。

在古注中，这首诗被认为是歌颂与周王朝开创者明君周文王结婚的后妃之歌。即第一章是对后妃的赞辞，“窈窕淑女”的后妃是与“君子”文王相匹配的贤妃。第二、三章描写的是后妃为文王求贤而做出的努力，所谓的“左右求之”便是对后妃帮助文王求贤的描写。第四、五章又是对后妃的赞美之辞，作者认为这样的贤妃是应该受到表彰的。

这种解释可能是借歌谣以“提升后妃地位”的理想之说，把歌谣和历史、传说中的人物联系在一起，并得出其中的教训，这也成为了古注中的一大特色。

在新注中，这首诗被认为是文王年轻时与妃子太姒之间的爱情。

从一种新的观点来解释的话,鸟儿是先祖之灵的象征,而水草(荇菜)则是祭坛的祭品,就整体而言这首诗也可能是祭祀中的吟唱之词。

《诗经》中歌谣的农耕民族特色。

《诗经》中的歌谣,特别是《国风》中的各篇,以表现男女之情的较多,由此亦可知古代"嬥歌"(歌垣)的习俗。青年男女在山脚下和河边歌舞饮食,祈求丰年,进行一些祭祀活动。男女相逢而歌,怀着喜悦的心情幽会于此,其中也包含有对农业之神的祈求之情。也就是说,他们向神祷告,希望神能够成为人类男女的好朋友,使他们子孙繁盛,并进一步希望农作物能够取得丰收。这实际上也是一种"类感巫术"之类的幻想。

4. 静　　女

邶　风

静女其姝(1),俟我于城隅(2)。爱(3)而不见,搔首踟蹰(4)。
静女其娈(5),贻我彤管(6)。彤管有炜(7),说怿女(8)美。
自牧归荑(9),洵美且异。匪女(10)之为美,美人之贻。

【注释】

(1) 静女:端庄文雅的姑娘。　姝:美好。

(2) 城隅:城角。因为人少,这里成为了约会的地方。

(3) 爱:通"薆",隐藏,看不清的样子。

(4) 搔首:挠头。担心的样子。　踟蹰:徘徊不定。

(5) 娈:年轻美丽。

(6) 贻:赠送。　彤管:红管草。彤,红色。一说红乐管,一说红管笔。

(7) 炜：红而有光泽。

(8) 说怿：喜悦。　女：同"汝"，指彤管。

(9) 牧：野外。　归：通"馈"。　荑：初生的丹茅。

(10) 女：这里指荑。

【赏析】

这是一首描写青年男子幽会时不安与喜悦心情的诗。第一章描写姑娘没有出现时男子焦躁不安的情态。第二章描写男子从姑娘手中得到"彤管"时的喜悦之情。第三章以姑娘赠野花而男子表示感谢而作结。"美"字反复出现了四次，表现的是男子的感激之情。

这首诗章法复沓，但内容却在不断展开，这也是引起读者的兴趣所在。第三章后半部分的"匪女之为美，美人之贻"，便是这种感情的表现。"美"字的反复出现，不仅是曲调的要求，也起到了强调主人公心情的效果。

虽然古注和新注中都认为是表现好合之意的男女情歌，但古注特别强调这首诗是体现姑娘有礼貌的观点，与此相对是对卫君夫人的讽刺。

新注则认为是单纯的男女幽会之诗。从新的立场来解释的话，这首诗被认为是一种在舞蹈时所唱的歌，表现的是扮演女神的女性向男性赠送礼物时的情景。

5. 风　雨

郑　风

风雨凄凄，鸡鸣喈喈。既见君子，云胡(1)不夷？

风雨潇潇，鸡鸣嘐嘐。既见君子，云胡不瘳(2)？

风雨如晦，鸡鸣不已。既见君子，云胡不喜？

【注释】

（1）云胡：与"如何"义同，表示反问。

（2）瘳（chōu）：病愈。一说心情舒畅。

【赏析】

按古注的观点，这首诗表现的是即使在乱世也不失平常之心的贤者之志。而按新注的观点，表现的则是女子见到男子时的喜悦之情。按照文字的意思来看，这是一首超越困难而能够喜悦相会的诗。新说认为，"风雨"比喻"好的机会"，"鸡鸣"寓意结婚的吉祥。由此看来，这是一首表现祝贺婚礼的诗歌。

6. 桃　　夭

周　南

桃之夭夭(1)，灼灼(2)其华。之子于归(3)，宜其室家(4)。
桃之夭夭，有蕡(5)其实。之子于归，宜其家室。
桃之夭夭，其叶蓁蓁(6)。之子于归，宜其家人。

【注释】

（1）夭夭：桃花美丽的样子。

（2）灼灼：美丽的样子。也指花开鲜明的样子。

（3）归：女子出嫁。

（4）室家：指家庭，家族。

（5）有蕡（fén）：果实很大、很多的样子。

（6）蓁蓁：树叶茂盛的样子。

【赏析】

无论是从古注，还是从新注来看，这都是一首祝福新婚的诗，而由于文王之德，"后妃能逮下而无嫉妒之心"，则是从道德、教化方面的解释。

桃,自古以来便被认为具有除魔的作用。用桃枝做弓矢命中妖魔图像的话,可以起到增进健康的作用,削好的树干还可以做咒符使用。此外,桃叶在这里也有表示神灵降临的意思。

从这些内容来看,这首诗表现祝福的意图是较为明显的。

7. 女 曰 鸡 鸣

郑　风

女曰鸡鸣,士曰昧旦(1)。子兴视夜,明星有烂。将翱将翔(2),弋(3)凫与雁。

弋言加(4)之,与子宜之。宜言饮酒,与子偕老。琴瑟在御(5),莫不静好。

知子之来之,杂佩(6)以赠之。知子之顺之,杂佩以问之。知子之好之,杂佩以报之。

【注释】

(1) 昧旦:天明之际。

(2) 翱:高空飞翔。　翔:回旋。

(3) 弋:射。用带绳子的箭射鸟。即用绳系在箭上捕获鸟儿。

(4) 加:同"中"。指俘获凫和雁。

(5) 御:用,弹奏。

(6) 杂佩:古人佩饰,上系珠、玉等,材质和形状不一,故称杂佩。走路时随着身体的晃动,还会发出动听的声音。

【赏析】

无论是从古注,还是从新注来看,这都是一首表现夫妇对话和行动的诗,但按古注来解释的话,这是在表现夫妇的幸福生活时,而借题发挥对当时社会提供的教训。

开头的“鸡鸣”,是幸福婚姻的象征。继之按妻子所言,丈夫答应出去打猎。收获猎物之后,二人开始做菜,随后就到了开饭的时间。第三章则是丈夫回答妻子的话。全诗的内容以妻子为中心,她对丈夫的鼓励,给人留下了贤夫人的印象。

还有一种新的说法是,这是在结婚典礼上吟咏的诗歌。第二章中描写的场面,是在神像前奉供祭品,并以琴伴奏而饮酒时的情形。第三章是在此之后新妇向新郎赠送玉佩的场景。

8. 硕　　鼠

魏　风

硕鼠(1)硕鼠,无食我黍!三岁贯(2)女,莫我肯顾。
逝将去女,适彼乐土。乐土乐土,爰得我所。

硕鼠硕鼠,无食我麦!三岁贯女,莫我肯德(3)。
逝将去女,适彼乐国。乐国乐国,爰得我直(4)。

硕鼠硕鼠,无食我苗!三岁贯女,莫我肯劳。
逝将去女,适彼乐郊(5)。乐郊乐郊,谁之永号(6)?

【注释】

(1) 硕鼠:大而肥的老鼠。
(2) 贯:习惯。一说侍奉。
(3) 德:表示感谢。
(4) 直:正确,有道理。
(5) 郊:城外,城边。

(6) 永号：犹长叹。号，呼喊。

【赏析】

无论是从古注，还是从新注来看，这都是一首感叹重税之下农民痛苦的歌谣，硕鼠比喻国君，或者比喻那些向老百姓征税的官吏。

虽然是重税之下痛苦的农民之歌，但也有一些幽默的色彩包含于其中，有存在解释的余地，因而存在着其他解释的可能性。

9. 子　衿

郑　风

青青子衿(1)，悠悠我心。纵我不往，子宁不嗣音(2)？
青青子佩，悠悠我思。纵我不往，子宁不来？
挑兮达兮(3)，在城阙(4)兮。一日不见，如三月兮。

【注释】

(1) 青青子衿：青色的子衿。即穿着青色衣服的读书人的服装。
(2) 嗣音：传音讯。
(3) 挑兮达兮：独自走来走去的样子。
(4) 城阙：城门两边的观楼。这里指幽会的场所。

【赏析】

按古注之说，这是描写学校荒废，同窗的学子们在外游戏时的感叹。汉代以降，以"青衿"代指学生、年轻人的意思，便是以此说为根据的。

按新注的观点，这是表达男女恋人互相思念的情诗。

还有一种新的说法是赞美春天之神的，是表达内心期待的心情之歌。

10. 君 子 于 役

王　风

君子于役,不知其期[1]。曷至哉？鸡栖于埘。
日之夕矣,羊牛下来。君子于役,如之何勿思！

君子于役,不日不月。曷其有佸？鸡栖于桀。
日之夕矣,羊牛下括。君子于役,苟无饥渴[2]？

【注释】

(1) 期：日期。这里预定回家的时间。

(2) 饥渴：饥饿和口渴。《诗经》中经常出现这个词语,以表现对爱情的忧虑。

【赏析】

无论是从古注,还是从新注来看,这首诗都被认为是君子因公远出,其家人因担心其出行而作此诗。

古注认为,“君子”是指同僚,而新注则被认为是指丈夫。现多从新注之说。

11. 陟　　岵

魏　风

陟彼岵[1]兮,瞻望[2]父兮。父曰：嗟！予子行役,夙夜无已。上慎旃哉,犹来无止！

陟彼屺兮,瞻望母兮。母曰：嗟！予季行役,夙夜无寐。上慎旃[3]哉,犹来无弃！

陟彼冈兮,瞻望兄兮。兄曰：嗟！予弟行役,夙夜必偕。上慎旃哉,犹来无死！

【注释】

（1）岵(hù)：① 无草木的山(古注、新注均同此说)。② 有草木的山(《说文》、《尔雅》持此说)。

（2）瞻望：远眺。

（3）上：希望，祈求，愿望。　旃：同"之"。

【赏析】

无论是从古注，还是从新注来看，这首诗都被认为是服兵役的孝子思念乡里父母及兄弟的诗。

关于这首诗，现代人的解释和观点也是与古人相同的。

12. 氓

卫　风

氓之蚩蚩(1)，抱布贸丝。匪来贸丝，来即我谋。送子涉淇(2)，至于顿丘(3)。匪我愆(4)期，子无良媒。将子无怒，秋以为期。

乘彼垝垣(5)，以望复关(6)。不见复关，泣涕涟涟。既见复关，载笑载言。尔卜尔筮(7)，体无咎言(8)。以尔车来，以我贿(9)迁。

桑之未落，其叶沃若(10)。于嗟鸠兮！无食桑葚。于嗟女兮！无与士耽。士之耽兮，犹可说也。女之耽兮，不可说也。

桑之落矣，其黄而陨。自我徂尔，三岁食贫。淇水汤汤[11]，渐车帷裳[12]。女也不爽，士贰其行。士也罔极[13]，二三其德。

三岁为妇，靡室劳矣。夙兴夜寐，靡有朝矣。言既遂矣，至于暴矣。兄弟不知，咥[14]其笑矣。静言思之，躬自悼矣。

及尔偕老，老使我怨。淇则有岸，隰则有泮[15]。总角之宴[16]，言笑晏晏[17]，信誓旦旦[18]，不思其反。反是不思，亦已焉哉！

【注释】

(1) 氓：无业游民。一说是访问者。　蚩蚩：笑嘻嘻的样子。一说是愚蠢样子。

(2) 淇：淇水，卫国的河流。

(3) 顿丘：地名，在淇水之南。

(4) 愆：拖延日期。

(5) 垝垣：倒塌的矮墙。这里指约会的场所。

(6) 复关：地名。为此男子所居之地。

(7) 卜：用龟甲卜卦。　筮：用蓍草占卦。

(8) 体：卦体、卦象。　咎言：不吉利、不好的话。

(9) 贿：财物，指嫁妆。

(10) 沃若：茂盛肥硕的样子。这句以桑叶肥泽，喻女子正在年轻貌美之时。

(11) 汤汤：水盛貌，水大的样子。

(12) 帷裳：女子车上的布幔。

(13) 罔极：反复无常，没有准则。

(14) 咥：大笑的样子。

(15) 隰：水泽，低湿的地方。　泮：通“畔”，边。

(16) 总角：古代女子结婚之前的发型。　宴：欢乐的样子。

(17) 晏晏：柔和、欢乐的样子。

(18) 旦旦：诚恳明白的样子。

【赏析】

在《诗经》中，除了有关劳动和祭祀的内容之外，还收录有长篇的、带有故事性的诗歌，宛如专业歌手在听众面前倾诉着自己丰富的感情。

无论是从古注，还是从新注来看，《氓》都被认为是一首女子因婚姻失败而悲叹倾诉情感的诗歌，这种解释直到今天仍然被认同。

由村姑与商人男子的相遇，引出他们之间曾经愉快的交往、订立婚约，但最终因为男子的不忠而婚姻破裂，最后以得到教训而结束。

诗歌的结构比较完整，具有抑扬的效果，这也可能是专业作者创作后在各地演唱的结果。

13. 山　鬼

屈　原

若有人兮山之阿(1)，被薜荔兮带女罗(2)。既含睇(3)兮又宜笑，子慕予兮善窈窕(4)。

乘赤豹兮从文狸(5)，辛夷车兮结桂(6)旗。被石兰兮带杜衡(7)，折芳馨兮遗所思(8)。

余处幽篁(9)兮终不见天，路险难兮独后来。表独立兮山之上，云容容(10)兮而在下。

杳冥冥(11)兮羌昼晦，东风飘兮神灵雨。留灵修兮憺(12)忘归，岁既晏兮孰华予。

采三秀(13)兮于山间，石磊磊兮葛蔓蔓(14)。怨公子兮怅忘归，君思我兮不得闲。

山中人兮芳杜若(15)，饮石泉兮荫松柏，君思我兮然疑(16)作。

雷填填兮雨冥冥(17)，猨啾啾兮狖(18)夜鸣。风飒飒兮木萧萧(19)，思公子兮徒离忧。

【注释】

(1) 阿：山的弯曲处。

(2) 薜荔、女罗：皆蔓生植物。

(3) 睇：微视，侧目而视。与“眄”义同。

(4) 窈窕：深邃幽美。又形容女子心灵仪表兼美的样子。

(5) 赤豹：皮毛呈褐色的豹。　文狸：毛色有花纹的狸。

(6) 辛夷：香木名。　桂：桂花树。

(7) 石兰：兰花的一种，生长在山谷之间。　杜衡：香草名。

(8) 芳馨：花香。　所思：思念对方。

(9) 幽篁：幽深的竹林。

(10) 容容：即“溶溶”，水或烟气流动的样子。

(11) 杳冥冥：又幽深又昏暗。

(12) 灵修：思念的对象，贤能而优秀的人。一说指楚怀王。　憺：安乐，安静。

(13) 三秀：芝草，一年开三次花。

(14) 磊磊：石头众多委积的样子，堆积得层层叠叠。　蔓蔓：蔓延的样子，延展。

(15) 杜若：香草名。

(16) 然疑：信疑交加。

(17) 填填：拟声词，指雷声。　冥冥：昏暗不清的样子。

(18) 啾啾：鸟儿凄厉的叫声。　狖：猿的一种，即黑猿。

(19) 飒飒：刮风的声音。　萧萧：寂寞凄凉的样子。

【赏析】

《楚辞》的形成

在《诗经》产生二百多年之后，大约在战国时代结束之际，在中国南部的长江流域，《楚辞》这种新的文学形式出现了。

《楚辞》是以长江流域的大国——楚国的民歌和宗教歌谣为基础而创作的作品，经西汉的刘向(前 77—前 6)编订而成了作品集——《楚辞》，是《诗经》之后又一部中国古典诗歌作品集。相对于《诗经》主要是中国北方的诗歌作品而言，《楚辞》则是中国南方文学的代表。

楚国气候温暖，炎热多雨，湿地、密林的面积较广。相对于北方的黄河流域，楚国物产丰富，人们生活安定。此外，由于与以苗族为主的异族交流密切，其文学受到异族的风俗和神话、传说的影响较大。

在这块与北方风土习俗和民族不同的地域中，产生了这种独特的文化，因此被称为“楚文化”，近年来通过考古方面的发掘也对这方面提供了历史证明。

到了战国之时，在生活的各方面，古代特有的宗教社会特征在不断衰退，人们开始越来越重视自身的理性思想。

也就是说，这一时期巫术和占卜已经不再主导人们的思维，他们用自己的头脑来指挥自己的行动，改变社会，并且他们的人生态度也有了改变。被称为“诸子百家”的思想家们针对天下统一和实现和平开始提出自己的方针政策，并进行了相应的游说活动。

在这个时代中，楚国还是保持了祭祀与政治一体的制度。被称为巫祝的神职人员占据着宫廷的高位，侍奉着神灵，传达着神的旨意,进而形成了这种政治形式。在这个巫祝集体中处于领导地位的是屈原(前 343? —前 277?),刘向以他的作品为主而编辑成了《楚辞》一书。

屈 原

屈原,名平,原为其字。因为是楚国的王族而在朝廷中历任要职,开始时深得楚王信任,但因外交政策与其他高官对立,后受谗被流放。对于他的政治才能,周围的一些人产生了嫉妒之心,当时楚国的巫术与政治合一的势力处于了较强的地位。

屈原感叹自己悲惨的命运,又叹息以自己为中心的巫祝时代的终结,于是收集、改编楚国的民谣、祭祀的歌谣和祝辞(祈祷的文字)创作了一系列的文学作品。

不久,在失意中他被流放到了南国的潮湿地带,最终投汨罗江(在今湖南省汨罗市)而死,其时间恰为农历五月初五。

屈原投江之后,产生了流传至今的两个习俗。

首先是农历五月初五端午节吃粽子的习俗,据说是与祭祀屈原有关。在他去世之后,楚人在每年农历五月初五的这一天,用竹筒装上米饭投入江中。到了汉代,一名官吏梦见屈原对他说:"尝见祭甚善,但常患蛟龙所窃。今若有惠,可以练树叶塞其上,以五彩丝约之,此二物蛟龙所惮也。"官吏从其言,这便是包粽子的习俗了(唐张守节《史记正义》卷二十四所引梁吴均《续齐谐记》)。

还有一个是赛龙舟的习俗。得知屈原投江的消息后,当地人急忙划起船只去寻找屈原,但却没有找到。从第二年开始,人们为了悼念屈原便开始了赛龙舟的活动。在此之后,这个活动持续了下来,直到今天农历五月五日至六月中旬在汨罗附近的岳阳市每年仍然举行这类的活动。

《楚辞》风格概括

仔细研读《楚辞》所收作品的风格,就会发现它是强烈反映屈原性格和思想个性的作品，在当时受楚地祭祀祝辞影响较大的作品分为了两个系列。

前者的代表作是《离骚》（“离”有“遭遇”之意；“骚”有“忧患”之意）。全诗是一首 373 句、2 490 字的长篇大作，首先叙述了屈原的家世和出生，继之回顾了人生的奋斗及遭遇，同时也对自己的才能不被国家认同而感叹，在幻想的世界中积极地重新奋斗，为了寻求理想而上下求索，诗中表现的即是这方面的憧憬和热情。

《离骚》对后世的影响极大，成为了那些怀才不遇之人的精神支柱。

后者系列作品，就宇宙、神话、历史等内容提出了种种疑问，古代神话传说逐渐出现在了《天问》和由十一篇组成的《云中君》（云神）、《湘君》和《湘夫人》（湘水之神）、《大司命》和《少司命》（命运、寿命之神）、《东君》（日神）、《河伯》（黄河之神）、《山鬼》（山神）等篇中，也可以说诸神出现在了《九歌》等代表性作品中。

《九歌》由十一篇作品构成。虽然作品中有诸神出现，但其中也包含了今河南、山东一带的诸神。一说在西汉时期，这是在宫中祭祀之际在神前上演的舞剧的歌词。

从内容上来看，作品大多是描写神人之间的恋情之作。

《山鬼》描写的是山鬼（山中的女神）爱恋人间男性的内容，全诗共 27 句，下面分三段来分别论述。

第一段（1—8 句）描写了山中女神的出现，她打扮好自己如约来到约定的山隈间，向神灵赠送礼物。女神的身上装饰了各种植物，还有一些动物出现在她的前后，《楚辞》表现的正是古代南国的神话传说。

第二段（9—16 句）描写的是女神因为耽误了时间，没有与男子见面，于是心中不免有些沮丧。在一天的寻觅中，她遇到了激烈的暴风雨。当然，这也可以说是女神的想象了。

第三段（17—27 句）描写了女神在此之后的心情，未能见到思慕的男子,她的心理变得复杂而又微妙。

黑夜的雷雨、猿啼、风雨声交织在一起,连树木也发出了悲鸣。作品以大自然的鸣动和女神的苦恼二重描写而作结。

无论怎样来说,这个“山鬼”如果从女神的角度而言,是有一些悲摧的内容包含于其中。虽然说《九歌》从整体而言保存了楚国祭礼中的祝辞,但一般祭礼中的祝辞却应该是颂神,并期望他予以保护,进而慰神以乐的内容。

就这一点而言,《山鬼》确实是与其他诗歌的特征有所不同。与作为信仰、崇敬女神对象的诗歌相比,这首诗描写了女神的逆境,表现了她的行动和心理特征,诗中的表现让听众为之愉悦。全诗可能是在祭礼之余,由艺人们随着舞蹈而歌唱来表演的。

《山鬼》虽然保留了文体和素材方面的祝辞,但在内容方面却失去了已有的对宗教的虔诚。“烦恼之恋”的世俗主题,因为能够给鉴赏者带来娱乐,所以才使艺术方面发生了变化。也就是说,《山鬼》从当时的时代背景——宗教社会转向了人们心中的社会,此诗可以说如实地反映了这方面的内容。

14. 采薇歌

伯夷、叔齐

登彼西山兮,采其薇矣。以暴易(1)暴兮,不知其非(2)矣。

神农虞夏,忽焉没兮。吾适(3)安归矣。吁嗟徂(4)兮,命之衰矣。

【注释】

(1) 易:变换。

(2) 非：错误。

(3) 适：往，去。

(4) 吁嗟：叹息声。　徂(cú)：往。或以为借为“殂”，死。

【赏析】

据元周天骥《十八史略》记载：

纣不悛，王乃伐纣，载西伯木主以行。伯夷、叔齐扣马谏曰：“父死不葬，爰及干戈，可谓孝乎？以臣弑君，可谓仁乎？”左右欲兵之。太公曰：“义士也。”抚而去之。

王既灭殷为天子，追尊古公为太王，公季为王季，西伯为文王。天下宗周，伯夷、叔齐耻之，不食周粟，隐于首阳山，作歌曰：

登彼西山兮，采其薇矣。以暴易暴兮，不知其非矣。

神农虞夏，忽焉没兮。我适安归矣。吁嗟徂兮，命之衰矣。

遂饿而死。

伯夷、叔齐兄弟是孤竹君的遗孤，具有清廉、高洁的人品。父亲让叔齐继承王位，但叔齐却让与伯夷，而伯夷又让与叔齐，最后二人相携而去，由其他王子继承了王位。

不久，二人因仰慕具有明君之誉的周文王而来到了周地。此时，在周地因文王曾经差点被纣王所杀，武王起兵准备伐纣。二人以“父死不葬，爰及干戈，可谓孝乎？以臣弑君，可谓仁乎？”来劝谏武王，但武王不听。

武王率诸侯在河南讨伐纣王，最终灭掉了殷朝。所建立的新的周王朝，定都于镐京(今陕西省长安县)，这便是所谓的“殷周革命”。

伯夷、叔齐二人以武王的行为为耻，遂决定不食周朝的食物，隐居于首阳山(今山西省南部)而饿死。在临死之际，他们作了如下的所谓《采薇歌》：

登彼西山兮,采其薇矣。以暴易暴兮,不知其非矣。
神农虞夏,忽焉没兮。吾适安归矣。吁嗟徂兮,命之衰矣。

他们这种高洁的行为,受到后世义士的尊崇。

15. 易水歌

荆轲

风萧萧兮易水(1)寒,壮士(2)一去兮不复还。
探虎穴(3)兮入蛟宫,仰天呼气兮成白虹。

【注释】

(1) 萧萧:指风声。　易水:河流名,源出河北省易县,是当时燕国的南界。

(2) 壮士:这里指荆轲。

(3) 虎穴:与下文的"蛟宫"均指秦宫。

【赏析】

战国末期,秦国的势力急剧扩张,在征伐其他国家时,秦兵已迫近了燕国。燕太子丹曾入秦为人质,因受秦王政(即嬴政,后来的秦始皇)的冷遇而怒归燕国,并寻找报仇的机会。由于秦国的将军樊於期亡命燕国,遂使秦燕两国的关系极度恶化。

不久,太子丹听说卫国的荆轲有贤者之名,便把他招至手下,在诉说了弱小的燕国状况后,便托他去刺杀秦始皇。荆轲游说樊於期得到了他的首级,带上割让给秦国土地的地图,以及涂着毒药的匕首,与力士秦舞阳一起出发了。在易水(今河北省易县)河边,荆轲在太子丹及其友人身穿白衣装束的送行中,慷慨悲歌,吟唱了如下内容:

风萧萧兮易水寒,壮士一去兮不复还。

整个歌词虽然只有两句，但眼前的悲壮情景与内心的想法所形成的对照，还是给人留下了难忘的印象。

到了秦国首都咸阳（今陕西省咸阳市）后，荆轲谒见了秦王政。在秦王政把翻开的地图将要看完时，匕首露了出来。荆轲抓住秦王政的袖子进行突然袭击，但秦王政却挣脱了袖子逃脱了。荆轲在后面追赶，二人围绕着宫中的柱子往来奔跑，大殿上的群臣也显得极为狼狈。很快拔出宝剑的秦王政砍中了荆轲的左腿，最后时刻荆轲奋力把匕首投向了秦王政，可惜暗杀没有成功自己却被杀了。

被激怒了的秦王政派大军攻打燕国，燕王喜被迫割下太子丹的首级谢罪。在四年后的公元前 222 年，秦军俘获燕王喜，燕国灭亡。

荆轲之名是作为“义士”而被载入《史记・刺客列传》中的，前面的辞世之作被收录在《文选》卷二十八、《古诗源》卷一等典籍中，因而历来受到人们的喜爱。

在《文选》中，这首诗题为《歌一首》，并且还有如下的序文：

歌 一 首

荆 轲

燕太子丹使荆轲刺秦王，丹祖送于易水上。高渐离击筑，荆轲歌，宋如意和之，曰：

风萧萧兮易水寒，壮士一去兮不复还。

不是楚人的荆轲却在吟唱这首歌，由此可以看出当时楚调流行的情况。

16. 垓下歌

项 羽

力拔山兮(1)气盖世，时不利兮骓(2)不逝。骓不逝兮可奈何[3],虞兮虞兮奈若何[4]!

【注释】

(1) 兮:文言助词,相当于现代的“啊”或“呀”。

(2) 骓(zhuī):项羽的坐骑。

(3) 奈何:怎么办。

(4) 奈若何:你怎么办。若何,怎么办。

【赏析】

公元前221年,统一天下的秦始皇开始修建万里长城和阿房宫。在大规模营建土木工程之时,还施行了严酷的刑法,在施行被称为“焚书坑儒”等严厉思想统治时,还给老百姓增加了更多的负担。正是由于这个原因,在秦始皇去世不久,便发生了陈胜、吴广领导的农民起义,随后各地的起义风起云涌。在反抗暴秦的起义中,楚国人项梁及其侄儿项羽积聚了一股较大的力量。

项羽,名籍,羽是其字。下相(今江苏省宿迁市西南)人。项羽是楚国贵族的后代,从十多岁时起跟随叔父项梁学习武艺,秦二世元年(前209)跟从项梁在吴地举兵反秦。其后连战连胜,在项梁战死之后成为这支部队的首领,他把率兵进攻秦都咸阳作为自己的目标。公元前206年,刘邦(沛公)先项羽一步攻入咸阳,皇帝秦三世子婴投降,秦王朝至此灭亡。

但是,被封为汉王的刘邦在其后随着势力的不断增强,和项羽发生了激烈的冲突,在以后的五年间双方进行了反复惨烈的战争。

战争开始时,楚军占据了优势,但刚愎自用的项羽逐渐在行动上失去了人们的支持。公元前202年,在垓下(安徽省灵璧县东南)被刘邦包围。在被包围的夜里,从刘邦的阵地中传来了楚歌之声(四面楚歌)。项羽此时知道败局已定,遂和部下及爱姬虞美人进行最后的饮宴,并吟唱了下面这首歌。虞美人也和着这首歌而拔剑起舞。

力拔山兮气盖世,时不利兮骓不逝。骓不逝兮可奈何,虞兮虞兮奈若何!

从第二句到第三句出现了否定词"不"和反语形式,它如实地表现出了项羽的绝望之感。

之后,虞美人拔剑自刎而死,项羽带领少数部下一起突破汉军的包围夺路而逃。但汉军穷追不舍,在乌江(今安徽省和县)边经过激烈的白刃战之后,项羽自刎而死。时为汉高祖五年(前 202)冬(据《史记·项羽本纪》)。

在前面提到的饮宴上,虞美人和项羽歌唱的内容被保留了下来(据《史记正义》引《楚汉春秋》):

汉兵已略地,四方楚歌声。大王意气尽,贱妾何聊生!

项羽的这支歌被认为楚调之歌,而虞美人的诗却被认为是五言诗,在形式上并不相适应。此外,在这个时代完整的五言诗是否确立还有些令人怀疑,因而这首虞美人的诗也有人认为是后世的伪作。

虞美人舞蹈结束之后,她拔剑自杀。埋葬着虞美人的墓上,开着一种红色的花儿,每当有人来时便翩翩起舞。这种虞美人墓上的花,也被人们称为"虞美人草"(据清吴骞《拜经楼诗话》)。

17. 大风歌

刘 邦

大风起兮云飞扬,威加海内(1)兮归故乡,安得猛士兮守四方(2)!

【注释】

(1) 威:威望,权威。 加:施加。 海内:四海之内,即“天下”。古人认为天下是一片大陆,四周大海环绕,海外则荒不可知。

(2) 安得:怎样得到。安,哪里,怎样。 守:守护,保卫。 四方:指代国家。

【赏析】

刘邦与《大风歌》

《大风歌》是汉王朝的创始人高祖刘邦(前256—前195)表现其得天下后得意心境和对今后政权感到不安的楚调之歌。刘邦亲自击筑(一种竹制弦乐器)而唱的这首歌,在《艺文类聚》(唐欧阳询等编)以后被称为《大风歌》。在《文选》卷二十八中,这首歌被题为《歌一首 七言并序》,是作为七言诗收录于其中的。

歌 一 首

高祖刘邦

高祖还过沛,留。置酒沛宫,悉召故人父老子弟纵酒,发沛中儿得百二十人,教之歌。酒酣,上击筑自歌曰:

大风起兮云飞扬,威加海内兮归故乡,安得猛士兮守四方!

刘邦让有一百二十位少年的合唱团演唱这首歌,他和着歌声而起舞,最后竟感伤得流出泪来。

刘邦,字季,沛(今江苏省沛县)人。在做皇帝之前被称为“沛公”,因是西汉王朝的开国之君,故庙号为“高祖”。刘邦年轻时并没有什么作为,但却有着一种不可思议的魅力,周围经常有一些人聚集在他身边。后来刘邦担任了泗水(今沛县附近)亭长(县里的下级官吏),在萧何、曹参等人的推动下举兵反秦。

在与楚国贵族项梁的军队汇合之后,与秦军展开了激战,高祖元年(前206)最早攻入关中后,制定了“法三章”。灭秦之后,刘邦与项羽争夺霸权,五年后消灭了对手取得了天下。其后为了遏制功臣中的不稳定因素，他推进中央集权制，在位八年后去世。

在此后的西汉时期，楚调之歌大为流行。汉王朝建立不久，之所以盛行这种形式，以高祖为首的汉初功臣大都出身于楚国应是其中的一个很重要的原因吧。

战国之时，楚国与秦国是国力强大的国家，但楚怀王被秦国诱骗去之后，幽闭而亡。其后，秦灭六国而一统天下，但此时楚人对秦怨恨最甚，于是便有了“楚虽三户，亡秦必楚”之说(《史记·项羽本纪》引楚南公之语)。后来在陈胜、项羽、刘邦的反秦势力中，也都是以楚人为中心的，刘邦统一天下也是经楚人帮助才成功的。

西汉的首都为长安，这个政治文化中心从地理上来说是位于北方的，但其中的大臣还是以南方的楚人居多。在以高祖刘邦为首的西汉宫廷中，楚歌成为了流行的曲调。

原本是表现《楚辞》激越感情的内容，相应地变成了楚调之歌，在王朝安定、国力提高的同时，风格也发生了变化。其作用在第五位国君汉武帝时期的积极政策中开始显现了作用。

汉武帝的积极政策

汉武帝(前156—前87)是汉王朝的明君，在位五十五年，在文景之治(约前后四十年)所积蓄的国力基础上，推行了种种积极的政策。

汉武帝的政治功绩，大致可以归纳为以下三个方面：

(1) 汉王朝的领土进一步扩张到了朝鲜、南越，高祖以来的宿敌匈奴被赶出大漠之外的地方(前119)。出现了李广、卫青、霍去病、李陵等著名军事家，还有张骞出使西域诸国带回了许多西域信息，苏武出使匈奴被扣仍能坚守气节，都是发生在汉武帝统治时期。

(2) 削弱诸侯的权力，加强、完善、确立中央集权制。

(3) 把儒家思想作为治国方针，在推进文化政策的同时，重视读书和学问，优遇儒生，振兴教育。

汉武帝本人也喜欢文学和音乐，他这方面的代表作，以下面的《秋风辞》最为脍炙人口。这是他行幸河东(今山西省)祭祀后土(土地神)之后，在汾河乘船时于船上饮宴时所作(《文选》卷四十五)。

18. 秋风辞

汉武帝

秋风起兮白云飞，草木黄落兮雁南归。兰有秀[1]兮菊有芳，怀佳人[2]兮不能忘。泛楼船兮济汾河[3]，横中流兮扬素波。箫鼓鸣兮发棹歌[4]，欢乐极兮哀情多。少壮几时兮奈老何！

【注释】

(1) 兰：菊科植物，泽兰。　秀：草本植物开花叫“秀”。

(2) 佳人：有美女、贤臣、亲友、仙人等意。这里指后土。

(3) 楼船：船上面建造有楼的大船。　汾河：黄河的支流，在山西中部南流注入黄河。

(4) 棹歌：船工行船时所唱的歌。

【赏析】

据这首诗前面的小序记载：

上行幸河东，祠后土，顾视帝京欣然。中流与群臣饮燕，上欢甚，乃自作《秋风辞》曰：……

这首诗为元鼎四年(前113)汉武帝四十四岁时所作。从秋色的描写，到叙述对神仙的思慕、饮宴中流，最后以叹息人生短暂作结。

19、20 琴歌二首

司马相如

其 一

凤[1]兮凤兮归故乡，遨游[2]四海求其凰。
时未遇兮无所将[3]，何悟今兮升斯堂！
有艳淑女在此方，室迩人遐毒我肠。
何缘交颈为鸳鸯，胡颉颃兮共翱翔！

其 二

皇[4]兮皇兮从我栖，得托孳尾[5]永为妃。
交情通意心和谐，中夜相从知者谁？
双翼俱起翻高飞，无感我思使余悲。

【注释】

(1) 凤：凤凰。一种想象中的大鸟，雄的为凤，雌的为凰。与孔雀的姿态相似，毛呈五色，栖息在梧桐树上，以竹子为食。

(2) 遨游：自由自在地行走。

(3) 将：带领。

(4) 皇：同“凰”。

(5) 孳尾：动物交配繁殖生育很多子嗣。

【赏析】

“赋”的形成

伴随着汉武帝文化政策的推进，这一时期的文学发展到了一个新的阶段。在散文方面，司马迁写作了《史记》；在韵文方面，朝廷设立了主管音乐的官署“乐府”，为五言诗的形成奠定了基础。

与此同时，最为重要的是中央集权化的方针与文化政策结合在了一起，从而确立了“赋”的样式。

作为西汉朝廷完善中央集权体制的一个环节，四方的名士被召集到了中央，许多人才得到了重用。特别是汉武帝喜欢美文，皇帝经常把他们的文章拿来阅读和欣赏。这一时期文学家们的创作与战国以来《楚辞》的文体相比，缺少了屈原的悲愤与激情（与和平的文化国家不相适应），他们接受了宋玉技巧和带有装饰性的风格，在修辞技巧方面有了进一步的锤炼。从此之后绚烂豪华的文学样式“赋”便这样确立了。

赋基本上具有颂扬王朝升平并为其歌颂的特征，内容以祭祀等仪式、皇帝的出行、狩猎、宴会等题材居多。

例如，对“赋”的形成贡献最大的作品是汉武帝时期的文人司马相如的《上林赋》（《文选》卷八）。这是以位于都城长安西面的上林苑为题材的鸿篇巨制，对苑中的川、山、谷、丘，以及离宫、别馆，各种各样的动物、植物都有不同的描述，苑中的狩猎及之后的酒宴均极尽描述，最后以反省天子的言辞和行为作结。

现取作品中的两例，来看一下其对激流和高山的描写：

沸乎暴怒，汹涌澎湃。滭弗宓汩，逼侧泌瀄。横流逆折，转腾潎冽。滂濞沆溉，穹隆云桡，宛潬胶戾。

……崇山矗矗，巃嵸崔巍。深林巨木，崭岩参差。九嵕巀嶭，南山峨峨。岩陁甗锜，摧崣崛崎。

这确实是一场豪华的、令人炫目的汉字盛宴，可以说是用汉字描写的一幅巨大画卷，表现的政治、军事、文化方面的盛大场景与汉武帝时代极为相称。

司马相如与卓文君

司马相如（前 179—前 117），蜀郡（今四川省）成都人，小名犬子。因仰慕战国时期的政治家蔺相如，遂改名相如。

相如初仕于汉景帝，但未受到重用，于是便投身到喜好文学的梁孝王门下。在这里受到枚乘和邹衍的影响而作了《子虚赋》。不久，梁孝王去世，司马相如在失意中回到了故乡蜀郡。

后来相如又与临邛(今四川省邛崃县)大富豪卓王孙之女卓文君相识。文君年纪轻轻死了丈夫,于是便回到了娘家。相如在应邀赴宴时,抚琴而歌,其歌词具有对文君的钟情之意。而文君也曾闻相如之名,很快便被他打动了芳心。在当天晚上,二人便回到相如成都简陋的家中。

卓王孙对女儿的行为非常生气,一文钱的资助也没有给他们。于是二人开了一间小酒馆,文君以女主人的身份当垆待客,相如则在店中负责清洗厨具,靠辛勤的劳作维持生计。

二人这样的生活状况传入到了卓王孙耳中,他深以为耻,不得已分给了卓文君一些财产,相如一下子进入了富裕生活状态中。

汉景帝去世之后,随后进入了武帝之世,相如年轻时所作的《子虚赋》受到了武帝的关注,他以这方面的才能被召入了宫廷。在此之后,相如以近侍文人的身份活跃于一时,最后因糖尿病在挚爱的卓文君看护下与世长辞。

司马相如仅存的诗歌,是他在卓王孙家的宴席上见到卓文君时,因钟情文君而吟咏流传下来的《琴歌二首》。

21. 白 头 吟

卓文君

皑(1)如山上雪,皎(2)若云间月。闻君有两意,故来相决绝。今日斗酒会,明旦沟水头。躞蹀(3)御沟上,沟水东西流。凄凄(4)复凄凄,嫁娶(5)不须啼。愿得一心人,白头不相离。竹竿何袅袅(6),鱼尾何簁簁(7)! 男儿重意气(8),何用钱刀(9)为。

【注释】

(1) 皑:像霜和雪一样白。

(2) 皎:澄明清澈的样子。

(3) 躞蹀:小步行走的样子。

(4) 凄凄:形容身体寒冷的样子。也指寂寞凄凉。又指流泪的样子。

(5) 嫁娶:嫁入和迎娶,指结婚。

(6) 袅袅:柔美的样子。

(7) 簁簁:震动的样子。

(8) 意气:这里指感情、恩义。

(9) 钱刀:金钱。从西周末年至战国末年使用的钱有刀形的,所以钱又称为钱刀。

【赏析】

在成为宫廷文人的某一天,司马相如决定迎娶茂陵(今陕西省兴平县)的女子为妾。卓文君知道了这个消息,遂作了这首《白头吟》以示自己的心境,于是相如便断了这个想法(据《西京杂记》)。

结尾的"竹竿何袅袅,鱼尾何簁簁"二句,以钓鱼的鱼竿比喻相如,以钓到的鱼儿比喻喜爱的女子,表现的是二人亲密的融洽之情。

但是,这首诗也被后人认为可能是伪作。

22. 歌一首(悲愁歌)

乌孙公主

吾家嫁我兮天一方,远托异国兮乌孙[(1)]王。

穹庐为室兮毡[(2)]为墙,以肉为食兮酪为浆。

居常土思[(3)]兮心内伤,愿为黄鹄[(4)]兮归故乡。

【注释】

(1) 乌孙:国名,西域的游牧民族之国。在今新疆维吾尔自治区温宿以北、伊宁以南伊犁河一带。

(2) 穹庐：帐篷，蒙古包。　毡：毛毯。

(3) 土思：对故乡的思念。

(4) 黄鹄：鹄，与大雁相似的一种大鸟。

【赏析】

在西汉时，流传着一些皇族女性和宫女的故事，其中伴随着歌谣和诗的情况较多。现从中选几首来看一下。

乌孙公主(？—？)，姓刘，名细君。其父为江都王刘建。刘建为武帝兄之子，公主即武帝的从孙女。元封(前110—前105)间，作为名义上的“公主”(“天子之女”之意)，她成为了武帝怀柔少数民族的一环而嫁给了西乌孙国的国王昆莫为妻。

公主在异国他乡感叹自己的境遇，于是作了这首诗(据《汉书·西域传·乌孙国》，明冯惟讷编《古诗纪》题为《悲秋歌》)。

虽然吟咏的是自己的境遇之叹和对家乡的思念，但其作为表现少数民族风俗的早期例子还是引人注目的。圆圆的屋顶和用毡毛围起来房屋，以及以肉食品、乳制品为主的饮食，正是游牧民族的生活写照。作为皇族的一员，自幼享受的是锦衣玉食，公主作出这样的诗歌是有些令人难以想象的，在同情刘细君境遇的同时，也有人认为是后人伪作的可能性较大。

23. 歌 一 首

李延年

北方有佳人，绝世而独立。
一顾倾人城(1)，再顾倾人国。
宁不知倾城与倾国，佳人难再得。

【注释】

(1) 倾城：全城的人都出来观看。集中城中人的视线。《诗经·大雅·瞻卬》有“哲夫成城，哲妇倾城”之句。

【赏析】

这首诗作为“五言诗”最早用例而引人注目。

当时，与西域各国交往密切，在汗血宝马、苜蓿、葡萄、胡桃等珍稀物品进入汉朝的同时，胡笳和箜篌等异国的乐器因能演奏令人耳目一新的音乐也传入到了中国。新的音乐也必须要有新的歌词，“五言诗”便是在这种背景下发展起来的新诗型。作者李延年(前140—前87)，中山(今河北省定州市)人。出生于音乐之家，因罪连坐受到宫刑，于是得以近侍于武帝身边。由于音乐歌舞方面的才能，他深得武帝的信任。上面的这首诗便是他在某一天向武帝推荐其妹所唱的歌。其妹即诗中的“佳人”，不久便入宫为妃，深得武帝的宠爱。这位妃子即是李夫人。

李夫人受到武帝的宠爱，也给李延年带来了荣华富贵，他担任了协律都尉(负责掌管音乐)而活跃于乐坛。但是，由于受到其弟李季犯罪的株连，延年后来被诛杀而死。

《玉台新咏》卷一以《歌一首并序》为题收录了这首诗，所冠的序文如下：

> 李延年知音，善歌舞，每为汉武帝作新歌变曲，闻者莫不感动。延年侍坐，上起舞。

24. 怨歌行(1)

班婕妤

新裂齐纨素(2)，皎洁(3)如霜雪。裁为合欢扇(4)，团团似明月。出入君怀袖，动摇微风发。常恐秋节至，凉飚[5]夺炎热。弃捐箧笥[6]中，恩情中道绝。

【注释】

(1) 怨歌行：失去感情的怨恨之歌。在《玉台新咏》卷一中，这首诗的诗题一作《怨诗》。

(2) 新裂：一作"新制"。　纨素：白色的绢。齐地(今山东省)的名产。

(3) 皎洁：一作"鲜洁"。

(4) 合欢扇：表里两面粘贴有布和纸的团扇。"合欢"象征着男女之间的亲密关系。

(5) 凉飚：一作"凉风"。"飚"同"飙"，指风。

(6) 箧笥：箱子。

【赏析】

漂亮的团扇一旦到了秋天也就没有什么用途了，因此就被遗弃了。这首诗以此为假托，叙述了失去君主之爱的担忧之情。前面的六句专门吟咏了团扇，后面的四句"常恐秋节至，凉飚夺炎热。弃捐箧笥中，恩情中道绝"，以假托之意而作结。

这首诗的作者为班婕妤(前 48? —前 6?)，其人名、字未详。"婕妤"，是女官官位的名称。她是越骑校尉班况的女儿，历史学家班彪是她的侄儿。由于汉成帝喜欢她的才貌，遂被选入后宫。

一次，汉成帝请她同车出游后宫，被她以"圣贤之君，皆有名臣在侧；三代末主，乃有嬖妾"为理由予以拒绝。汉成帝对她的贤明极为钦佩。其后，由于赵飞燕的原因，班婕妤失宠，为了躲避自身的危险，她退居到皇太后居住的长信宫，在此侍奉皇太后。汉成帝驾崩之后，班婕妤担任守护陵园的职务，病逝之后她也葬于汉成帝陵中。

班婕妤富有文才，据说生前曾有文集，但流传至今的只有《自悼赋》、《捣素赋》，还有这首《怨歌行》的诗(又名《怨诗》、《纨扇诗》)

流传于世。

正是由于这首诗的原因,团扇通常被比喻为失宠的象征,不过这首诗自南朝梁刘勰《文心雕龙》以来,也有提出伪作之说的观点。

25. 怨　　诗(1)

王昭君

秋木萋萋(2),其叶萎黄。有鸟处山,集于苞桑(3)。
养育羽毛,形容生光。既得生云,上游曲房(4)。
离宫绝旷,身体摧藏(5)。志念抑沉,不得颉颃(6)。
虽得餧食(7),心有彷徨(8)。我独伊何,来往变常。
翩翩之燕,远集西羌(9)。高山峨峨,河水泱泱(10)。
父兮母兮,道里悠长。呜呼哀哉,忧心恻伤(11)。

【注释】

(1) 怨诗:这首诗的诗题一作“昭君怨”。

(2) 萋萋:草木衰落的样子。也有“衰草萋萋”、“枯草萋萋”之语。

(3) 苞桑:桑树的根。苞,草木的根。

(4) 曲房:幽深的内室。

(5) 摧藏:破碎,撕破。

(6) 颉颃:鸟儿上下翻飞的样子。《诗经·邶风·燕燕》有“燕燕于飞,颉之颃之”之句。

(7) 餧(wèi)食:喂养,养。

(8) 彷徨:走来走去的样子。心神不定。

(9) 西羌:居住在西部的羌族。

(10) 泱泱:水深广的样子。

(11) 恻伤：悲伤，忧伤。

【赏析】

王昭君(约前52—前15)，为西汉王朝和匈奴两大势力之间奠定和平基础的女性。其名为嫱，昭君是其字。南郡秭归(今湖北省兴山县)人。晋代为避司马昭之讳，于是称昭君为"明君"、"明妃"。昭君容姿端丽，十七岁时入元帝后宫。竟宁元年(前33)，匈奴呼韩邪单于入朝，为和亲而向汉朝求婚，昭君自愿嫁入匈奴。其后，昭君终老于匈奴之地，与呼韩邪单于生有一男。丈夫去世之后，她按照匈奴的习惯改嫁于呼韩邪单于正妻之子复株累单于，并与之生有二女。据传说，王昭君的墓地在内蒙古自治区呼和浩特市的南部有数处，墓上的草经冬不枯，被称为"青冢"。

按东晋葛洪《西京杂记》记载，元帝后宫的宫女较多，他便让画工绘出她们的肖像，并由此来选择自己宠爱的宫女。宫女们于是争相贿赂画工，画工便把她们画得很美。只有心高气傲的王昭君不肯贿赂画工，所以被画得不好。当呼韩邪单于来求汉室之女为妻时，元帝按肖像选择了王昭君。当最后出发告别时，元帝发现前来辞行的王昭君实际上是一个绝世美女，顿时感到吃惊不已。在了解到原因之后，元帝发现了画工的技俩，画工们都被处以了极刑。

这个悲情的故事虽然经过了后世人的润色，但远嫁到风土、语言、习俗完全不同的异国的王昭君，为后世的文学家们——西晋的石崇和唐代的李白、白居易等人留下了一个悲剧的女主人公"昭君怨"的诗题。此外，在日本的《源氏物语》和《太平记》中，她的故事也在被引用着。

王昭君在世时，当汉朝派遣使者来到匈奴时，把她家人的情况告诉了她，对她来说也是一种安慰了。

上面的这首诗，是王昭君本人感叹自身的境遇而作。从她的成长情况来看，因在宫中不得宠而备感凄凉，一个人远赴异乡又感到不安，最后只有把内心的悲愁诉说与双亲。

第一段(1—8 句)以鸟自喻,描写昭君因美貌而被选入宫中。

第二段(9—16 句)写在宫中没有受到天子的宠爱,而嫁入异族。

第三段(17—24 句)写面对山河的阻隔,也只能以痛苦的叹息声聊以自慰。

26. 东 门 行

汉乐府　无名氏

出东门,不顾归;来入门,怅欲悲。盎中无斗米储(1),还视架上无悬衣。拔剑东门去,舍中儿母牵衣啼。

"他家但愿富贵,贱妾与君共铺糜。上用仓浪天(2)故,下当用此黄口(3)儿,今非!"

"咄!行!吾去为迟!白发时下难久居。"

【注释】

(1) 盎:装食物的陶器。　斗米储:储存仅有的食物。斗,表示少量。

(2) 仓浪天:苍天。仓浪,青色。

(3) 黄口:未成熟。指幼儿。

【赏析】

西汉武帝时,设置了主管音乐的官署,这便是乐府(府,指役所,官府)。由于是服务于庙堂的祭祀和宫廷的娱乐,因此创作了各种各样的歌曲。又由于为政治作参考,所以也收集、整理了一些民间的歌谣。

很快这种由官署收集的歌词便被称为了"乐府"、"乐府诗"。再到了后世,模仿"乐府诗"的表现手法进行创作的情况兴盛起来,这一类的作品也被称为“乐府诗”。因此，在汉代的民歌系列作品中，特称为“乐府诗”、“乐府古辞”便是与后世作品相区别。

令人遗憾的是，西汉时期的古乐府大部分失传而未能保存下来，现存的乐府诗多为东汉所作。反映的是当时的社会百态，以描写残酷的社会环境及悲观感情的作品居多。作为有特色的作品系列，主要有下面的三种情况：

(1) 表现了汉末社会老百姓的各种生活之苦。

(2) 描写了战争和劳役给人民带来的灾难。

(3) 抒发了男女之间的种种真挚感情。

这些古乐府的风格，大都是选取第三人称的视角，以叙述、描写为主，这一点应该是值得注意的。

正如前面李延年《歌一首》所述，从西汉后期至东汉之时，在西域外来音乐影响下，五言诗成长了起来，在古乐府中经常出现的五言之句，可以说是在五言诗确立之前的过渡形式了。

《东门行》这首诗反映的是市井生活之苦，广而言之就是如实反映民众状况的歌谣。

从他乡归来的丈夫看到家中的贫困状况，拔剑在手，欲铤而走险。妻子见状，对他的行为做了制止，她认为虽然贫穷，但一家人能够生活在一起还是幸福的。

丈夫现在要干什么并不清楚，是经商？还是服兵役？但从“拔剑”的动作来看，这一次他可能去做一些不合法的事情去了。

因愤怒而铤而走险的丈夫，以及劝阻他的贤惠妻子，其中的问答是最能够打动人心的。

27. 有 所 思

古乐府

有所思(1)，乃在大海南。何用问遗君？双珠玳瑁[2]簪，用玉绍缭[3]之。闻君有他心，拉杂[4]摧烧之。摧烧之，当风扬其灰。从今以往，勿复相思。相思与君绝！鸡鸣狗吠，兄嫂当知之。妃呼豨[5]！秋风肃肃晨风飔[6]，东方须臾高知之。

【注释】

(1) 所思：思慕的对象，喜欢的人。

(2) 瑇瑁：用其甲壳制成的装饰品。

(3) 绍缭：缠绕。这里指装饰。

(4) 拉杂：拥挤，混乱。这里指胡乱堆放在一起。

(5) 妃呼豨：歌谣中的感叹词，表示咏叹之意。

(6) 肃肃：严正的样子。又指凉风。　晨风：早晨的风。又指鸟名，鹞子之类的鸟儿。　飔：疾风。又指凉风。

【赏析】

这是一首女子面对恋人的背叛而想入非非的诗。听说恋人背叛了她，就决定毁掉簪子等信物。

主人公的烦恼，似乎是想在黎明前便把簪子烧掉。在后半夜时，女子还在犹豫不定，到天明时“兄嫂当知之”，作者以表现出这样的行为感到羞恼而作结。

28. 上　　邪

汉乐府

上邪[1]，我欲与君相知[2]，长命无绝衰。

山无陵，江水为竭，冬雷震震，夏雨雪，天地合，乃敢与君绝！

【注释】

（1）上邪：指向上天发出的呼吁之词。也指立誓时发出的誓言。

（2）相知：相互之间真心相爱。

【赏析】

这是一首发誓永远相爱的誓词。无论从男方的角度而言，还是从女方的角度而言，其内容都是适合的。这有可能是一首在结婚时吟唱的诗歌。

29. 陌上桑(1)

汉乐府

日出东南隅，照我秦氏楼。秦氏有好女，自名为罗敷。罗敷喜蚕桑，采桑城南隅。青丝为笼系(2)，桂枝为笼钩(3)。头上倭堕髻(4)，耳中明月珠(5)。缃绮为下裙(6)，紫绮为上襦(7)。行者见罗敷，下担捋髭须(8)。少年见罗敷，脱帽著帩头(9)。耕者忘其犁，锄者忘其锄。来归相怨怒，但坐观罗敷。使君(10)从南来，五马立踟蹰。使君遣吏往，问是谁家姝(11)？“秦氏有好女，自名为罗敷。”“罗敷年几何？”“二十尚不足，十五颇(12)有余”。使君谢(13)罗敷：“宁可共载不？”罗敷前置辞：“使君一何愚！使君自有妇，罗敷自有夫。”“东方千余骑，夫婿居上头(14)。何用识夫婿？白马从骊驹(15)。青丝系马尾，黄金络马头。腰中鹿卢剑(16)，可值千万余。十五府小史(17)，二十朝大夫(18)，三十侍中郎(19)，四十专城居。为人洁白晳(20)，鬑鬑(21)颇有须。盈盈[22]公府步,冉冉府中趋[23]。坐中数千人,皆言夫婿殊。"

【注释】

(1) 陌上桑:田间道路上的桑林。这首诗一题为《艳歌罗敷行》,又作《日出东南隅行》。

(2) 笼系:篮子上的络绳。

(3) 笼钩:篮子上的把手。

(4) 倭堕髻:当时流行的一种发型。

(5) 明月珠:大粒的珍珠。

(6) 缃绮:浅黄色的丝织品。　下裙:衣服的下摆。

(7) 紫绮:紫红色的丝织品。　上襦:上衣,褂子。

(8) 髭须:泛指胡须。髭,唇上的胡子;须,唇下的胡子。

(9) 帩头:包头发的纱巾,即帕头。也指头上戴的冠。

(10) 使君:汉代对州、郡长官的尊称。

(11) 姝:美丽的女子。

(12) 颇:稍稍,少量。

(13) 谢:打招呼。这里是"请问"的意思。

(14) 夫婿:妻子对丈夫的称呼。　上头:在行列的前端。意思是地位高,受人尊重。

(15) 骊驹:黑色的马。

(16) 鹿卢剑:剑柄刻有辘轳形状的宝剑。鹿卢,井上汲水的圆木用具。

(17) 府小史:官府中的书记官。小史,一作"小吏"。

(18) 朝大夫:朝廷中的高官。

(19) 侍中郎:天子的侧近之人,侍卫官。

(20) 白皙:白色的肌肤。皙,也有"白"之意。

(21) 鬑(lián)鬑：须发稀疏的样子。

(22) 盈盈：满足得意的样子。

(23) 冉冉：走路缓慢。 趋：小步行走。这是有身份的人行走时的一种礼仪。

【赏析】

这是一首勤劳贤惠的女孩拒绝大人物的诱惑，并以此为转机而对其谢绝的叙事诗。作为一首东汉的乐府诗，它具有少见的滑稽内容。

第一段(1—20句)是对主人公罗敷的介绍。包括携带的东西和所穿的衣服，描写的是一位具有魅力的女性形象。

第二段(21—35句)写使君出场，并对罗敷加以言词诱惑，但被罗敷断然拒绝。

第三段(36—53句)是罗敷对丈夫的赞美之词。

在第三段中，罗敷深情而夸张地对丈夫进行夸耀，但其中的经历说明却有些生硬，第一段中说她是“好女(好姑娘)”，但却又说她有丈夫，这其中瞬间的变化也可能是创作上的原因吧！

虽然这首诗是虚构的内容，但十七、八岁的罗敷却有四十多岁的丈夫，这样的年龄差距在当时应该说是少见的事情了。

30. 赠妇诗三首　其一

秦　嘉

人生譬朝露，居世多屯蹇[(1)]。忧艰常早至，欢会常苦晚。念当奉时役[(2)]，去尔日遥远。遣车迎子还，空往复空返。省书情凄怆[(3)]，临食不能饭。独坐空房中，谁与相劝勉。长夜不能眠，伏枕独辗转。忧来如循环[(4)]，匪席不可卷[(5)]。

【注释】

(1) 屯蹇：难以相见，一去不返之意。屯，灾难；蹇，受挫。它们都是《周易》中的卦名。

(2) 奉时役：当前的任务。

(3) 凄怆：伤感。

(4) 循环：在相同的路线上运行。

(5) 匪席不可卷：不是席子，所以不可卷。语出《诗经・邶风・柏舟》："我心匪席，不可卷也。"

【赏析】

这首诗的作者为秦嘉(约 147 年前后在世)，字士会，陇西(今甘肃省)人。秦嘉曾在洛阳任黄门郎之职，但据说其与妻子均英年早逝。

这首诗还有如下的序言：

> 秦嘉，字士会，陇西人也。为郡上计。其妻徐淑，寝疾还家，不获面别，赠诗云尔。

这大概不是自序，可能是后人所加。"上计"，为会计之职。从这首诗的序上看，秦嘉大概担任某一个郡的会计而赴任时，因妻子患病遂决定归省。为了表达探望之意，于是写了三首赠送妻子的诗。

对妻子的寄语是这首诗的基调，同时作者也特别倾吐了自己的烦恼和悲伤，诗中表现了与"古乐府"中叙述、描写为主的迥然不同的形式。

秦嘉之妻徐淑也回赠作诗一首，并且也流传了下来，表现的也是同样的思想。其内容即是下面的一首。

31. 秦嘉妻答诗

徐　淑

妾身兮不令(1)，婴疾兮来归。沉滞兮家门，历时兮不差[2]。旷废兮侍觐[3]，情敬[4]兮有违。君今兮奉命，远适兮京师[5]。悠悠兮离别，无因兮叙怀。瞻望兮踊跃[6]，伫立兮徘徊。思君兮感结，梦想兮容辉[7]。君发兮引迈[8]，去我兮日乖。恨无兮羽翼，高飞兮相追。长吟兮永叹，泪下兮沾衣。

【注释】

(1) 令：善。

(2) 差：病愈。

(3) 旷废：过时，衰微。　侍觐：侍立旁边，照顾。

(4) 情敬：情爱与敬意。

(5) 京师：首都。

(6) 瞻望：远望。　踊跃：形容情绪激烈。

(7) 容辉：出色的仪容丰采。

(8) 引迈：出发。

【赏析】

这首诗从内容上看，可以分为如下三段。

第一段(1—6 句)描写了因长期患病居住在娘家，为没有能够在丈夫身边而感到悲伤。

第二段(7—14 句)表现了在知道丈夫去外地赴任后，对丈夫的思念之情。

第三段(15—20 句)抒发了对丈夫远行而未能相随的遗憾，进而更增添了深沉的悲愁之苦。

从这首诗的形式上来看，各句的中间都加了一个“兮”字，是属于“楚调之歌”的系列。

秦嘉与徐淑之间除了这些诗歌之外，还留存了相互之间写的一些书信。这些书信充满了对对方真挚的思念之情，读之令人动容。

32. 古诗十九首　其一(行行重行行)

无名氏

行行重行行，与君生别离[1]。相去万余里，各在天一涯[2]。道路阻且长[3]，会面安可知？胡马依[4]北风，越鸟[5]巢南枝。相去日已远，衣带日已缓。浮云蔽白日[6]，游子不顾归。思君令人老，岁月忽已晚。弃捐勿复道，努力加餐饭[7]。

【注释】

(1) 生别离：语出《楚辞·九歌·少司命》："悲莫悲兮生别离，乐莫乐兮新相知。"

(2) 一涯：一方。

(3) 阻且长：语出《诗经·秦风·蒹葭》："溯洄从之，道阻且长。"

(4) 胡马：北方所产的马。　依：一作"嘶"。

(5) 越鸟：从南方(今广东、广西、福建一带)飞来的鸟。

(6) 浮云蔽白日：这是当时一种流行的比喻。比喻奸佞陷害贤者之事。

(7) 努力加餐饭：这是当时的一种常用语。为离别之时对对方的劝慰、勉励之词。

【赏析】

五言诗的成熟

五言的诗句在汉代以前并不是没有看到，但系统成熟的五言诗出现于西汉至东汉时期。前面提到的那首李延年之作，便是较早的例子。其他还有苏武和李陵、卓文君、班婕妤等人的五言诗也出现在西汉，但它们是伪作的可能性较高。

到了东汉之时，出现班固(32—92)的《咏史诗》、张衡(78—139)的《同声歌》等，由知识分子创作的正统五言诗开始出现。继之还有秦嘉(约147年前后在世)的《赠妇诗》三首、赵壹的《刺世疾邪诗》二首、辛延年的《羽林郎》等人的作品。

特别是秦嘉、徐淑夫妇的诗，表现的是一种刻骨铭心的感情，与同时代的古乐府诸篇存在着明显的差别，五言诗因此获得了一个新的发展境地。到了东汉后期，这种诗型便朝着重在表现个性感情方向发展了。

《古诗十九首》——向地方逃亡的知识分子的悲歌

在东汉第三个皇帝章帝之后，和帝、安帝、顺帝皆为短命的皇帝，继之外戚专权，最后宦官的势力得到了发展。对他们的专横和把政权私有化行为提出反对意见的，是学习儒家思想的知识分子们。

西汉以来尊重儒家的风气，到了东汉之后继续得到浸润，在"太学"(培养以儒学为基础的人才的官僚机构)学习的人逐渐成为官僚。在地方的私塾中，儒家的思想教育得到了进一步的发展，出现了许多有名的贤者和德高望重者。这些人结党活动，以儒家的理念为基础，进而要求政治的正常化。

不久，知识分子们的活动由于受到宦官的干预，他们因为批判与儒家理念不相容的宦官势力，遭到了宦官们两度党锢之禁(166年、169年)，知识分子们受到了严厉的镇压。

自此之后，知识分子们潜伏于各地，以在野势力评论时事和批判人物。

与此同时，从政治的立场出发，他们开始感叹自己和王朝的命运，并且把这种心境倾吐在个人的诗中。此时他们采用的便是当时在各地流行的这种新民歌形式，这也便是五言诗的形式。

在这些知识分子创作的五言诗中，后人把特别优秀的、流传较广的十九首诗歌，命名为《古诗十九首》(《文选》卷二十九所收)。

十九首五言诗是分别独立的作品,作者的情况不明,而且也非一时著作。

从内容上看,十九首中的十一首可以说具有吟咏与人分别之悲的特色。除了叙述逃亡、离散的内容之外,知识分子们对同胞和家族关心的心情也出现在了作品中。此外,人生无常和享乐志向也具有浓厚的色彩,出现了在后来的中国文学中不易看到的特色。

这首诗吟咏的是游宦途中的丈夫与家中妻子的生别之悲,全诗是由两个人之间的问答构成的。在整个十六句的诗中,前半部分的八句和后半部分的八句用韵发生了变化,前半部分叙述的是丈夫的心境,后半部分叙述的是妻子的心境。

丈夫认为夫妇二人因为天各一方,因而感叹今后的相会遥遥无期,他以马和鸟为喻,倾吐了绝不会忘记妻子的心声。感受到丈夫关爱的妻子,也对丈夫未归的情况表示担忧,在"思君令人老"的心情下,全诗以为丈夫的健康祈祷而结束。

33. 古诗十九首　其二(青青河畔草)

无名氏

青青河畔草,郁郁(1)园中柳。盈盈(2)楼上女,皎皎当窗牖(3)。娥娥红粉(4)妆,纤纤出素手。昔为倡家女(5),今为荡子(6)妇。荡子行不归,空床(7)难独守。

【注释】

(1) 郁郁:浓密茂盛的样子。

(2) 盈盈:美好多仪的意思。

(3) 皎皎:白皙明洁貌。语出《诗经·陈风·月出》"月出皎兮,佼人僚兮"。　窗牖:窗户。这两个字都有"窗户"的意思。

(4) 娥娥：容貌美丽，漂亮。 红粉：红色的化妆颜料和白色的化妆颜料。

(5) 倡家女：从事音乐歌舞的女艺人。有时也指妓女。她们以歌舞和演奏乐器来招待客人。

(6) 荡子：在外乡漫游未归的人。

(7) 空床：没有丈夫的床。

【赏析】

这是以第三人称的口吻描写一位女子在春天与丈夫离别而独自生活的诗。

第一段(1—2 句)以妻子的视角来展现春天的景色。

第二段(3—6 句)所描写的妻子之美给人留下了印象。

第三段(7—10 句)叙述了她的身世和目前的境遇，并以推测她的心境而作结。

这首诗和前面的《古诗十九首》其十《迢迢牵牛星》一样，使用了“青青”、“郁郁”等叠音词，还使用了“昔为……今为……”的对句，增加了诗歌的韵律节奏。这样的表达方式，使结尾的二句给读者留下了深刻的印象。

此外，形容植物茂盛的“郁”字，是源自《诗经》中的句子：

> 鴥彼晨风，郁彼北林。未见君子，忧心钦钦。(《诗经·秦风·晨风》)

也就是说，茂密的树木起到了引出烦恼之心的作用。

此外，这首诗还有另外一种说法，在描写妻子被丈夫抛弃的烦恼中，寄托了作者自身不被君主重用的感叹。在这种情况下，以妻子的美貌来比喻作者自身的杰出才能。

像这样以失去丈夫之爱的女子(弃妇)，来表现诗人怀才不遇的创作手法，在此之后出现了较多的例子，进而形成了“闺怨诗”的体裁形式。

34. 古诗十九首　其八(冉冉孤生竹)

无名氏

冉冉(1)孤生竹,结根泰山阿(2)。与君为新婚,兔丝附女萝(3)。菟丝生有时,夫妇会有宜(4)。千里远结婚,悠悠隔山陂(5)。思君令人老,轩车(6)来何迟!伤彼蕙兰(7)花,含英(8)扬光辉。过时而不采,将随秋草萎。君亮执高节(9),贱妾(10)亦何为?

【注释】

(1) 冉冉:徐徐渐进。一说柔弱的样子。

(2) 泰山:这里是大山的意思。　阿:山的拐弯处,山坳。

(3) 菟丝:一种旋花科的蔓生植物,这里是女子自比。　女萝:属于地衣类的蔓生植物;以比女子的丈夫。

(4) 宜:适当的时间。

(5) 山陂:泛指山和水。

(6) 轩车:有篷的车。这里指贵人乘的车。

(7) 蕙兰:两种同类的香草名。这里是女子自比。

(8) 英:花。

(9) 高节:不变的志向。这是指丈夫的爱情。

(10) 贱妾:妻子对自己的谦称。

【赏析】

这是一首女子感叹她虽然与男子有婚约,但后来对方却未能按时迎娶的幽怨之词。

第一段(1—4 句)为导入之词。以植物比喻女子的人生和婚约。

第二段(5—10 句)全诗由这里开始变韵,切入本题。在这一段中,作者述说了婚约无果,而且连相应的仪式也没有,含有的不尽哀怨。

第三段(11—16 句)再一次以植物作比喻,感叹婚姻无果,而自己却慢慢老去,最后以无论如何还是要相信他作结。

35. 古诗十九首　其九(庭中有奇树)

无名氏

庭中有奇树,绿叶发华滋(1)。攀(2)条折其荣,将以遗所思。馨香(3)盈怀袖,路远莫致之(4)。此物何足贡?但感别经时。

【注释】

(1) 华滋:漂亮的花。

(2) 攀:牵拉。

(3) 馨香:香气。语出《楚辞·九歌·山鬼》"折芳馨兮遗所思"。

(4) 莫致之:这里指不能到达。语出《诗经·王风·竹竿》"岂不尔思?远莫致之"。

【赏析】

这是一首妻子对远行未归的丈夫倾吐个人心境的诗。春天时,想摘鲜花相赠对方,但因为他在远方而不能送到。

结尾二句,表现得极富智慧。摘花的女主人公在这里好像又回到了自我的角色,从深刻的立场而言,自己比这种花更为重要。但在想把这种花送给重要人物的瞬间,感觉到花对那个人和自己而言是非常重要的。因为想到了这些,自己对花的感觉也就不一样了。

36. 古诗十九首　其十(迢迢牵牛星)

无名氏

迢迢牵牛星(1),皎皎河汉女(2)。纤纤擢(3)素手,札札弄机杼(4)。终日不成章(5),泣涕(6)零如雨。河汉清且浅,相去复几许。盈盈(7)一水间,脉脉(8)不得语。

【注释】

(1) 迢迢:遥远。　牵牛星:天鹰星座的主星,俗称"牛郎星",在天河之南。

(2) 河汉女:银河上的女子,即织女星。是天琴星座的主星,在银河北。

(3) 擢:伸出的意思。

(4) 札札:形容织布机发出的织布声。　机杼:织布的机器。机,能够转轴的工具;杼,织布机上的梭子。

(5) 章:模样。这里指织成的布。语出《诗经·小雅·大东》"跂彼织女,……不成报章"。

(6) 泣涕:流泪。语出《诗经·邶风·燕燕》"瞻望弗及,泣涕如雨"。

(7) 盈盈:水清澈、晶莹的样子。

(8) 脉脉:默默地用眼神或行动表达情意。

【赏析】

这是一首借秋夜七夕传说而感叹离别的诗,以织女的立场来写作这首诗是值得引人注目的现象。

这首诗特别以使用叠音词(即重言词,两个相同的字重复在一起使用)给人留下了深刻的印象。第一到第四句的"迢迢"、"皎皎"、"纤纤"、"札札",完全是叠音词并列在一起的。这样有节奏的旋律,干净利落地与织机的声音结合在一起,好像织女的形象出现在了眼前。但继之的五至八句叠音词消失,织女实际上的悲伤明确地出现了。结尾二句再次出现叠音词,以深刻的余韵未尽之语作结,令人回味。

37. 古诗十九首 其十四(去者日以疏)

无名氏

去者(1)日以疏,来者(2)日已亲。出郭门(3)直视,但见丘与坟(4)。古墓犁为田,松柏(5)摧为薪。白杨多悲风(6),萧萧愁杀(7)人!思还故里闾(8),欲归道无因。

【注释】

(1) 去者:去世的人。

(2) 来者:一作"生者"。

(3) 郭门:城市的门。郭,外城的城门,城外。

(4) 丘、坟:坟墓。都是培土的墓地。

(5) 松柏:松树和柏树。这两种树木都是常绿树木,象征着长寿和节操,为在墓地上种植的树木。

(6) 白杨:杨树。也是种在丘墓间的树木。　悲风:令人感到悲凉的风。又指从秋到冬天的风。语出《楚辞·九章·哀郢》"哀江介之悲风"及《楚辞·九怀·蓄英》"秋风兮萧萧"。

(7) 萧萧:草木被风吹落的声音。　愁杀:深切的悲愁。杀,表示强调的结尾词。

(8) 故里闾:故乡的村子。里闾,村子里的门,转指村里。

【赏析】

这是一首看到古墓,进而产生人生之思和望乡之思的作品。

在异乡城市生活的主人公,某一天出城远眺,看到的是连绵的墓地。主人公看到墓地上种植的白杨随风飘荡,不免产生了人生无常的想法。在这首诗的三至六句中,表现出的超现实的观念,给人留下了深刻的印象。

三、四句的情景(看见连绵的墓地)当然不是现实的风景,它是用来比喻主人公的绝望之感。继之的五、六句,想象进一步跳跃,想到了数百年、数千年之事,表现了超越日常生活的时间观念。墓被平成耕地了,墓边的松柏也被摧毁而化为禾薪。

这种悲愤的思想和超现实的感觉,确实是围绕着对人的生死问题而做的深刻思索产生的。

这首诗在镰仓末期吉田兼好(1283? —1350?)的随笔《徒然草》第三十段中也被引用过。

38. 古诗十九首　其十九(明月何皎皎)

明月何皎皎,照我罗床纬(1)。忧愁不能寐(2),揽(3)衣起徘徊。客行虽云乐,不如早旋归(4)。出户独彷徨(5),愁思当告谁!引领(6)还入房,泪下沾裳衣。

【注释】

(1) 床帏:床周围的罗帐。

(2) 寐:入睡,睡觉。语出《诗经·邶风·柏舟》"耿耿不寐,如有隐忧"。

(3) 揽:取,拿。

(4) 旋归:回归。语出《诗经·小雅·黄鸟》"言旋言归"。

(5) 彷徨:来往走动、心神不宁。

(6) 引领:伸颈。领,头,脑袋。

【赏析】

这也是一首闺怨诗。写的是在皎洁的明月之夜,妻子思念羁旅在外的丈夫而表露心境的一首诗。

在月下徘徊夜不能寐的妻子,于彷徨中愁思绵绵,于是她来到了户外。然而,烦恼并没有减少,在没有朋友的情况下,她不得不又回到了房间里独自饮泣。

这首诗是按"月夜不眠──→外出──→孤独之悲"的设定情况而写的，因而从东汉至三国表现同样内容的诗歌也保留下来了很多。

39. 苦 寒 行[1]

曹 操

北上太行山[2]，艰哉何巍巍！羊肠阪诘屈[3]，车轮为之摧。树木何萧瑟[4]，北风声正悲！熊罴对我蹲，虎豹夹路啼。溪谷少人民，雪落何霏霏[5]！延颈长叹息，远行多所怀。我心何怫郁[6]？思欲一东归。水深桥梁绝，中路正徘徊。迷惑失故路，薄暮无宿栖。行行日已远，人马同时饥。担囊行取薪，斧冰持作糜。悲彼《东山》诗[7]，悠悠令我哀。

【注释】

(1) 苦寒行：乐府的题材之一。

(2) 太行山：太行山脉。横亘在河南、山西的一条南北走向山脉。

(3) 羊肠：坡名，在壶关(今山西省长治市)西南。这里的"羊肠"也指像羊肠一样的道路。　诘屈：盘旋曲折。

(4) 萧瑟：冷风吹来的声音。特别是指草木被秋风吹袭的声音。

(5) 霏霏：雪下得大的样子。

(6) 怫郁：忧虑不安。

(7)《东山》诗：《诗经・豳风》中的一篇。为远征士卒随周公参加东征，三年后回家时，由于对故乡的思念而作此诗。

【赏析】

曹操与建安诗人

在汉末崭露头角的豪杰中，曹操(155—220)是一位突出的人物。曹操,字孟德,乳名阿瞒。沛国谯(今安徽省亳县)人。在黄巾之乱(184)时,因讨伐贼军而名气显露,继之又讨伐董卓(192),在把东汉最后一位皇帝汉献帝迎接到许昌之后,曹操担任了丞相之职(196)。消灭了袁绍(200年的官渡之战以后)后,曹操扫平了华北的反对势力,被封为魏公(216)。

曹操的祖父曹腾是东汉宫廷中显赫一时的宦官,父亲曹嵩是其养子,是因靠大肆行贿而获得太尉之位。由于受到这种家风的影响,曹操不太受传统和前例的制约,而是重视实力和实际效果。曹操本人具有政治、经济方面的天赋,在屯田制、户调制、兵户制这些基本制度的基础上,又进行了一些新的改革。此外,曹操还在音乐、书法、围棋等多方面极具才能,尤其喜好文学,征战之余不忘读书、作诗。

平定华北之后,在邺城(今河北省临漳县西)定都的曹操,其宫廷中已经聚集了很多一流的文人。具有代表性的七人(孔融、陈琳、王粲、徐干、阮瑀、应玚、刘桢)被称为"邺下七子",又称为"建安七子"。此外,曹操的两个儿子曹丕(187—226)、曹植(192—232)也颇有文采,父子三人被称为"三曹"。

以"三曹七子"为中心展开的宫廷文学,是新文学产生的原动力。宫廷内的文人们经常进行诗文的创作和批评,相互之间还有一定的竞争。在这种环境下产生的文学作品便以他们这个活跃之时的年号、东汉王朝末期的年号"建安"(196—220)命名为"建安文学"。

由于实力人物曹操喜好文学,在他的奖掖之下,五言诗迅速在北方发展了起来,并逐渐延续到了后面的魏晋和南北朝。在小说《三国演义》中,特别是前半部分作为重要人物身份的曹操,他在文学方面的成就确实是非常大的。

曹操的诗歌

曹操的诗现存二十余首,全是五言、四言的乐府诗,具有豪壮的风格。他的诗歌内容多是反映时事的，深受古乐府诗风的影响。反映董卓之乱的《薤(xiè)露行》(五言十六句)、吟咏出征士兵望乡之念的《却东西门行》(五言二十句)、描写战乱之世百姓之苦的《蒿里行》(五言十六句)等，即是这方面的例子。如："白骨露于野，千里无鸡鸣。生民百遗一，念之断人肠。"(《蒿里行》13—16句)

此外还有《苦寒行》(五言二十四句)，描写的是在平叛途中迷途士兵们的苦难征途，具有悲怆深刻的思想。

《苦寒行》是曹操在建安十一年(206)正月征讨高干的叛乱时，为反映行役之苦而写的一首诗。

全诗二十四句，四句一段，下面分成六段来看一下：

第一段(1—4句)感叹山路的崎岖难行。

第二段(5—8句)描写了冬天的森林，强调了其中环境的严寒和险恶。

第三段(9—12句)描写了在人迹罕至的山谷中遇到降雪时的情形，进而叙述了望乡之思。

第四段(13—16句)描写了在山中迷路时的情形。

第五段(17—20句)描写了迷路难归、饥寒交迫时的情形。

第六段(21—24)描写了在吟咏《东山》诗时想起了古代圣人周公之事，以诗人的感叹而作结。

这首诗与《三国演义》夸张描写出的阴险、狡诈的曹操不同，它所展现的是曹操柔弱、纤细的一面。

此外，注重韵律也是这首诗表现出来的一个显著特色。

诗中的"巍巍"、"霏霏"、"悠悠"为叠音词(重言词)，"萧瑟"为双声词(两个字的声母相同)，"诘屈"、"徘徊"为叠韵词(两个字的韵母一样)。在这首诗中，这样的用韵和格律组合在了一起，在音调方面也是下了功夫的，因而整首诗显得并不单纯。与前面看到的《诗经》中的诗篇和《古诗十九首》其二、其十单纯重复是有所不同的，追求富于变化的韵律由此可见一斑。

40. 龟虽寿(1)

曹　操

神龟(2)虽寿，犹有竟时。腾蛇(3)乘雾，终为土灰。

老骥伏枥(4)，志在千里；烈士暮年，壮心不已。

盈缩(5)之期，不但在天；养怡(6)之福，可得永年。

幸甚至哉，歌以咏志。

【注释】

(1) 龟虽寿：这是从诗歌的开头取三字作为诗题，为《步出夏门行四首》的第四首。

(2) 神龟：传说中的通灵之龟，能活几千年甚至一万年。

(3) 腾蛇：传说中能腾云驾雾的蛇。

(4) 老骥：老的良马。骥，千里马。　枥：马槽。

(5) 盈缩：原指人的寿命的长短变化，后转指人寿命的长短。

(6) 养怡：保养身心健康。

【赏析】

这首诗表现的是一种乐天、豪迈的人生观，是《诗经》之后四言诗的代表作之一。

下面的这首诗吟咏的是看到大海之后的感慨，在以海为题材的作品中是罕见的一例。

观　沧　海

东临碣石，以观沧海。水何澹澹，山岛竦峙。

树木丛生，百草丰茂。秋风萧瑟，洪波涌起。

日月之行，若出其中；星汉灿烂，若出其里。

幸甚至哉，歌以咏志。

41. 吁嗟篇

曹植

吁嗟此转蓬(1)，居世何独然。长去本根逝，宿夜(2)无休闲。东西经七陌，南北越九阡(3)。卒遇回风(4)起，吹我入云间。自谓终天路(5)，忽然下沉渊。惊飙(6)接我出，故归彼中田(7)。当南而更北，谓东而反西。宕宕(8)当何依，忽亡而复存。飘飖周八泽(9)，连翩历五山(10)。流转无恒处，谁知吾苦艰。愿为中林(11)草，秋随野火燔。糜灭(12)岂不痛，愿与根荄(13)连。

【注释】

(1) 吁嗟：感叹词。　转蓬：草名。形状为圆形，枯萎后随风飘转在荒野中。

(2) 宿夜：从早到晚。

(3) 陌、阡：指田间的道路。也指道路。

(4) 回风：强风，狂风。

(5) 天路：天上的路。又指首都。

(6) 惊飙：暴风，大风。又指旋风。

(7) 中田：田地之中。

(8) 宕宕：广大的样子，流荡无依之貌。

(9) 飘飖：飘荡，飞扬。又指风吹的样子。　八泽：中国古代八个大小泽。

(10) 连翩：连续飞翔的样子。　五山：即五个名山。指华山，首山，太室，泰山，东莱。

(11) 中林：树林。

(12) 糜灭：破碎毁灭。

(13) 根荄:根。荄,草根。此二字一作“株荄”。

【赏析】

曹植及其诗风

曹植(192—232),字子建,后世尊称“陈思王”。因其才能不在其兄曹丕(文帝)之下,故一度受到其父曹操的重视。但也正是由于这个原因,受到了即位之后的曹丕的迫害。曹丕去世后,继之即位的曹叡(明帝)把他转任到其他地方,曹丕在怀才不遇中结束了一生。作为诗人而言,他的成就比其父兄还要大,以至于五百年之后出生的杜甫也非常尊敬他,认为他是继屈原之后成就最高的诗人。

曹植诗歌的大部分内容,是对自己怀才不遇的感叹,以及表达经世理想不能实现的悲哀。他把这些遭遇作为创作感情能量的升华,在诗歌表现手法方面取得了很大的进步。其创作特色表现在:比喻表现的深化;对前人作品的继承和发展。

比喻是在《诗经》中可以看到的表现手法,曹植对此不是简单的学习,而是有所超越,这与他个人的体验和境遇有着密切的关系,这方面有很多令人印象深刻的例子。

《吁嗟篇》便是这方面的代表。

全诗以转蓬自喻,对自己的飘泊生活表现出了悲叹之情。一说此诗为太和三年(229)作者迁东阿王时所作。

诗中从头至尾描写的是转蓬随风而动,表现了转蓬四方上下翻动,越过湖泊沼泽的情景。但这首诗并不是单纯的即物吟咏转蓬,而且也不能把转蓬看作是作者一人。从作品中转蓬中间出现“我”的情况来看,作者是和转蓬连为一体了,于是作品在这样的境遇中表现作者的感伤与无奈。

在诗歌的最后,作者以“糜灭岂不痛”作结,表现了心中深深的痛惜。

42. 七步诗

曹植

煮豆持作羹[(1)]，漉豉[(2)]以为汁。萁[(3)]在釜下燃，豆在釜中泣。本自同根生，相煎何太急[(4)]？

【注释】

(1) 羹：加入肉和蔬菜做成的糊状食物。

(2) 漉：过滤。　豉：一种用熟的大豆经发酵后制成的食品。一作"菽"(豆类)。

(3) 萁：豆类植物脱粒后剩下的茎。

(4) 煎：煎熬，用火烹烧。　急：急迫。

【赏析】

在曹植的诗歌中，最有名的是这首《七步诗》。在曹植的文集中，这首诗并没有收录其中，因此伪作的可能性较大。但因为该诗比喻巧妙，被称为名作是没有疑义的。

这首诗由于收录在南朝宋刘义庆编著的《世说新语·文学》篇中，因而变得家喻户晓。按照该书的说法，文帝威胁其弟曹植"七步作诗，不成者行大法"，于是曹植应声作了这首《七步诗》。

《世说新语·文学》篇中的内容如下：

> 文帝尝令东阿王七步作诗，不成者行大法。应声便为诗。曰："煮豆持作羹，漉豉以为汁。萁在釜下燃，豆在釜中泣。本自同根生，相煎何太急？"帝深有惭色。

在这首诗中，作者以萁豆相煎来比喻兄弟相残，所感叹的并不仅仅是个人的处境之悲。作者以能够制造豆汁和调味料等多种用途、有较高利用价值的豆来比喻自己，以煮豆所用燃料的萁来比喻其兄，具有极大的讽刺性。

在《世说新语》中，有其兄曹丕听到这首诗感到羞愧的记载(帝深有惭色),作为"建安七子"领袖的曹丕是不会不明白其中的含义的,在这种情况下情绪上的波动也是自然的事。

《世说新语》的记述可能是虚构的,因而这首诗的可信度似乎也就难免有疑了!

43. 七 哀 诗(1)

曹 植

明月照高楼,流光正徘徊。上有愁思妇,悲叹有余哀。借问(2)叹者谁?云是宕子(3)妻。君行逾十年,孤妾常独栖。君若清路尘,妾若浊水泥。浮沉各异势,会合何时谐?愿为西南风,长逝入君怀。君怀良(4)不开,贱妾(5)当何依?

【注释】

(1) 七哀:乐府题目之一。表现的是各种各样的哀愁,也有人认为是为了表现音乐上的关系。此外,曹植这首诗的题目也有版本一作《杂诗》,又作《怨诗行》。

(2) 借问:询问,试问。

(3) 宕子:与"荡子"义同,无固定居所的男人,也指离乡外游的人。宕,流浪的人。

(4) 良:副词。永远,一直。

(5) 贱妾:妻子对自己的谦称。

【赏析】

曹植的诗歌还有另外一个方面,即用拟古的手法来观察人生,从与《七步诗》有关的另外一个主角曹丕的诗中也能够看到这些内容。

所谓的"拟古",就是在按照前人作品的形式和内容的基础上,增加一些新的创作内容，建安时期的诗人们把这方面的创作做了进一步的扩大。曹植堪称是这方面的代表性作家，他把前人作品的相关内容做了更为具体的、多方面的发展，作品表现出了跨度较大的倾向。

特别引人注目的是，他发展了自《古诗十九首》以来以“思妇”为主题的作品群，《浮萍篇》（五言二十四句）、《种葛篇》（五言十二句）、《杂诗五首》其二（五言十四句）、《美女篇》（五言三十句）、《七哀诗》（五言十六句）等，都是借助以各种理由不能与相爱的男子相会的女子的口吻，来寄托作者自身的不平和不满情绪。正是在这种情况下，曹植确立了“闺怨诗”的创作领域。

这首《七哀诗》以《古诗十九首》其十九为基础，吟咏了等待羁旅之夫归来的妻子的心情，其中也寄托了曹植自身的不遇之感。

相对于“古诗”彻底的客观描写，曹植在这里导入了多角度的手法，实现了富于变化的描写技巧。

第一段（1—4 句）描写了在皎洁的月光下女主人公的神态。

第二段（5—8 句）是女主人公的自我介绍。作品以问答的形式，导出了女主人公的告白，她便是远赴他乡而未归的男子之妻。

第三段（9—12 句）用比喻的表现，叙述了妻子与丈夫之间的境遇。

第四段（13—16 句）以叙述妻子的愿望作结。

像这样由月光下的唯美描写而突出主人公的生活氛围，并导入问答体和第一人称的告白，继之以较为擅长的比喻法导入，使人感受到新的表现方法开始出现了。

44. 寡　　妇

曹　丕

霜露纷兮交下，木叶落兮凄凄(1)。候雁(2)叫兮云中，归燕翩兮徘徊。妾心感兮怅惆[3]，白日急兮西颓。守长夜兮思君，魂一夕兮九乖[4]。怅延伫[5]兮仰视，星月随兮天回。徒引领[6]兮入房，窃[7]自怜兮孤栖。愿从君兮终没，愁何可兮久怀。

【注释】

(1) 凄凄：形容寒凉或形容悲伤凄凉。有时也有寂寞之意。

(2) 候雁：按季节定时迁徙的鸟类。候，候鸟。

(3) 怅惆：失意，伤感。

(4) 乖：背戾，不和谐。此句言悲痛至极而魂离开自己的身体飞到了丈夫在的地方。语出《楚辞·九章·抽思》“魂一夕而九逝”。

(5) 延伫：久立，引颈而望。

(6) 领：脖子。

(7) 窃：私自，暗中。含谦辞之意。

【赏析】

曹丕(187—226)，字子桓。曹操次子。曹操去世之后，继任丞相、魏王。建安二十五年(220)，代汉建魏，定都洛阳(今河南省)。

作为一位诗人，曹丕在建安诗坛上实际上是以领袖的身份活动的，创作有四言、五言、六言、七言、杂言等多种句式的诗歌，现存的诗歌有四十多首。在这些诗歌中，吟咏羁旅和思妇之情的作品给人留下了深刻的印象。

此外，曹丕还是文学评论先驱之作《典论》的作者，现在仅有其中的一章《论文》保存了下来(《文选》卷五十二)，作者在文中谈道：

盖文章，经国之大业，不朽之盛事。

阮瑀，名瑜，字元瑜。“建安七子”之一，曾为曹操的记室(书记官)。由于英年早逝，作者伤其遗孀孤寡而作此诗。

这首诗使用的是"楚调"的风格，并且以妻子的口吻写成。诗风比较柔弱，情感丰富，较好地体现了曹丕的创作风格。

45. 七哀诗三首　其一

王　粲

西京乱无象(1)，豺虎(2)方遘患。复弃中国(3)去，委身适荆蛮(4)。亲戚对我悲，朋友相追攀。出门无所见，白骨蔽平原。路有饥妇人，抱子弃草间。顾闻号泣声，挥涕(5)独不还。未知身死处，何能两相完？驱马弃之去，不忍听此言。南登灞陵(6)岸，回首望长安。悟彼下泉(7)人，喟然(8)伤心肝。

【注释】

(1) 西京：指汉代的长安。　象：法规，道义。

(2) 豺虎：豺狗和老虎。这里指董卓去世之后，为争夺权势而发动战争的李傕、郭汜等人。

(3) 中国：国家的中部地区。这里指黄河流域的中原地区。

(4) 委身：托身。　荆蛮：指荆州(今湖北省当阳县)。当时刘表任荆州刺史。

(5) 挥涕：挥洒涕泪。挥，抛洒，甩出。

(6) 灞陵：汉文帝(前180—前157年在位)的陵墓，在长安县东，周围有灞水环绕。

(7) 下泉：黄泉。也指来世。《下泉》是《诗经·曹风》中的一篇。无论是古注，还是新注，都认为《下泉》是在暴政之下，人们思念贤君的企盼。

(8) 喟然：伤心的样子。

【赏析】

王粲在"建安七子"中排名第三,下面看一下他的诗歌。

王粲(177—217),字仲宣。山阳高平(今山东省邹县西南)人。出身于世代三公名门豪族之家。董卓之乱前,王粲在洛阳拜访了硕学蔡邕。时王粲十七岁,蔡邕闻粲在门,连鞋子穿倒了也顾不上纠正而前去迎之。蔡邕认为王粲:"有异才,吾不如也。吾家书籍文章,尽当与之。"(《魏志·王粲传》及《蒙求》"蔡邕倒履")后王粲入曹操幕下担任要职时,成为"建安七子"的代表人物之一。

在这首诗中,表现悲痛的内容居多,作品直接描写了社会的动乱和民众的苦难,是七子中与众不同的一首诗歌。

在《蒙求》中,还有"王粲覆棋"的故事。这也是根据《魏志·王粲传》而写成的。王粲看别人下围棋时,有人不小心碰乱了棋子,王粲帮着人家按原来的局势把棋子重新摆好。从中国古书的记载可以看出,王粲确实是博识强记的人。

46. 杂　诗(1)

刘　桢

职事相填委(2),文墨纷消散(3)。驰翰未暇食,日昃不知晏。沉迷簿领书(4),回回自昏乱(5)。释此出西域,登高且游观。方塘(6)含白水,中有凫(7)与雁。安得肃肃(8)羽,从尔浮波澜。

【注释】

(1) 杂诗:题材难以分类的诗。也指没有主要内容的诗。

(2) 填委:纷集。这二字也有"堆积"之意。

(3) 文墨：指文书辞章。亦指写文章、从事文字工作的人。消散：消失，散开。一说"处理"。

(4) 簿领书：账簿和记录的文书。

(5) 昏乱：昏庸糊涂。

(6) 方塘：四角的水池。

(7) 凫：水鸟名。野鸭子的一种。

(8) 肃肃：鸟羽、虫翅的振动声。语出《诗经·小雅·鸿雁》"鸿雁于飞，肃肃其羽。"

【赏析】

这首诗吟咏的是忙于案牍的感叹和对自由世界的憧憬之情。

在诗的前半部分，表现的是作者埋头于案牍的形象；后半部分希望能够抛弃繁忙的事物，漫步于郊外，像池塘中嬉水的水鸟一样。

这首诗的作者为刘桢(？—217)，字公幹。东平(今山东省东平县)人。仕于曹操之后，任丞相掾属。作为"建安七子"之一，他与王粲一样，因有建安时期的诗歌特征而颇具开创之功。

在《蒙求》一书中，有"刘桢平视"的一段故事。这也是根据《魏志·刘桢传》引《典略》为基础而创作的。曹操的儿子曹丕还是太子时，一次宴请文人集会饮酒，不久曹丕命甄夫人出拜。坐中诸人都匍匐于地，不敢仰视，独刘桢与夫人平视不避。曹操听说后，要治刘桢以不敬之罪。本来应该判处死刑，但后来减刑为"输作"。刘桢刚直的性格和文学才能获得较高评价由此可见一斑。

刘桢以擅长五言诗而享有较高的声誉，现在流传下来的五言诗还有十五首。其中多是赠答诗，内容以吟咏身边的日常事情而引人注目。作为当时较为少见的创作风格，上面的这一首《杂诗》便是其中的代表作。

47. 咏怀(1)诗八十二首　其一

阮　籍

夜中不能寐,起坐弹鸣琴(2)。薄帷鉴(3)明月,清风吹我襟。孤鸿号外野(4),翔鸟(5)鸣北林。徘徊将何见,忧思独伤心。

【注释】

(1) 咏怀:用诗歌来抒发内心的隐秘情怀。

(2) 鸣琴:琴。

(3) 鉴;同“照”。

(4) 孤鸿:失群的大雁。　号:大声地鸣叫。　外野:遥远的原野。

(5) 翔鸟:高空飞翔着的鸟。

【赏析】

从魏至晋的文学发展脉络

魏晋时代如果一言以蔽之的话,便是黑暗的时代。曹魏创建者曹操,其本人具有谋略家阴险的一面,同时也是一个具有复杂性格的主儿。因此在宫廷中才有了亲族之间为了帝位而进行的争斗,在曹操的近侧,随时有阴谋发生着。

尤其是在曹魏后期,司马氏的势力得到加强,他们进一步推行取代曹魏的政策。在反对者逐渐被杀掉之后,泰始元年(265)司马炎最终取得帝位改国号为晋,曹魏灭亡。而司马炎便是曾经在五丈原战场上与蜀国诸葛孔明对阵的魏将司马懿之孙。

竹林七贤与正始文学

在这一时代中,知识分子们担忧因与政治有关而出现的生命危险,出现了具有较强倾向的逃避态度。但也有一部分具有良知的知识分子,这些有骨气的人继承了东汉以来逸民的传统,以一些韬晦的言论来表达自己的抗议。他们中的代表便是"竹林七贤"，而以他们为中心的这一时期的文学，取曹魏的年号"正始"(240—249)而称之为"正始文学"。

所谓的"竹林七贤"是指阮籍、嵇康、山涛、向秀、刘伶、王戎、阮咸七人。据传说，他们一边弹琴，一边饮酒，喝得烂醉，以与历来社会常识相悖的方式生活，经常聚会进行"清谈"。他们的清谈汲取的是老庄思想，喜好研究抽象的问题。这对于篡权者司马氏以儒家思想为统治理论的做法来说，是一种不正统的观点，是对他们提倡严格的礼教并把自己的立场正当化所采取的一种抵抗。

在七贤中，最为出名的是阮籍和嵇康。

阮籍(210—263)，字嗣宗。陈留尉氏(今河南省开封市)人。父为"建安七子"之一的阮瑀。

魏晋易代之际，政界与知识界的人物屡屡被杀，在这样的处境下，以阮籍和嵇康为代表的竹林七贤的狂傲就显得尤为格格不入。对同志用青眼，对俗人用白眼的"青眼白眼"故事(《世说新语·简傲》篇引《晋百官名》等)和凭着感觉让马车自由行走、一旦无路可走便哭泣而归的"穷途之哭"故事(《世说新语·栖逸》篇引《魏氏春秋》等)，便是流传下来的为人广为熟知的奇行怪诞之事。

阮籍的代表作是五言《咏怀诗八十二首》。这是感叹社会黑暗，倾吐个人烦恼，以及抒发自己理想不能实现的组诗，其内省的、象征性的诗风对陶渊明、陈子昂、李白等众多诗人产生了影响。

组诗的内容较为庞杂，有神话传说和历史故事，还有吟咏动植物以寄托自己心情的作品，就总体而言，内容多表现一种深深的绝望感和虚无感。

这首诗为八十二首《咏怀诗》的第一首。描写的是暗夜之中，自己与鸟儿均难以入眠的情况，暗示了在阴郁的世界中所有的人都是不幸的。

第五句中的“孤鸿”,比喻受到冷落而不遇的贤者,第六句的“翔鸟”比喻奸臣在朝廷的权势,由此亦可看出作者的观点了。

48. 咏怀诗八十二首　其十七

阮　籍

独坐空堂上,谁可与欢者。出门临永路,不见行车马。登高望九州(1),悠悠分旷野(2)。孤鸟西北飞,离兽东南下。日暮思亲友,晤言(3)用自写。

【注释】

(1) 九州:中国全境,天下。

(2) 旷野:广阔的原野,野外。

(3) 晤言:对坐而谈。晤,会面。

【赏析】

这是一首吟咏因没有知心朋友而内心感到孤独的诗。

作品中的主人公无论是远眺大路,还是登高远望,映入眼帘的只是广阔的空间而已。第四句中的“不见行车马”,表现了作者与谁都没有亲密交往的境遇;第六句描写的空旷的荒野,似乎隐喻了作者内心的空虚。第七、八句描写飞来跑去的鸟兽,在衬托自身孤独的同时,也反映出主人公的迷茫。这确实是一首表现深刻寂寞的诗。

阮籍的“咏怀诗”表现的是“不幸境遇中生者的忧愁”,与屈原、曹植有着共同之处,但从“其二”、“其十七”两首来看,其中表现出来的虚无感正是他独有的东西。严酷的环境和阮籍自身的敏锐感受,使他的这些诗超越了同时代的作者,给人留下了“绝对的人类孤独”的印象。

49. 四言赠兄秀才[1]入军诗十八首 其十二

嵇 康

轻车[2]迅迈，息彼长林[3]。春木载[4]荣，布叶垂阴。
习习谷风[5]，吹我素琴[6]。交交[7]黄鸟，顾俦弄音。
感悟[8]驰情，思我所钦[9]。心之忧矣，永啸长吟。

【注释】

(1) 秀才：指嵇康兄嵇喜。

(2) 轻车：疾驰的车。

(3) 长林：高大茂密的森林。

(4) 载：同“则”。

(5) 习习：春风吹拂的样子。 谷风：同“瀫风”，指能够带来雨水生育谷物，使万物得到生长的风；东风。《诗经・邶风・谷风》有“习习谷风，以阴以雨”之句。

(6) 素琴：没有装饰的琴；白木琴。

(7) 交交：鸟鸣声。

(8) 感悟：感觉到，发现。

(9) 所钦：羡慕对方。这里指嵇喜。

【赏析】

王朝交替时代的阴郁之世

在“建安七子”创作“建安文学”之后，“竹林七贤”创作“正始文学”的时代到来了。

在当时，司马氏已经逐渐掌握了魏国的实权，许多政治人物和文人为此付出了牺牲。在这种情况下，七贤脱离世俗而进行“清谈”，沉醉于弹琴醉酒之中。在魏晋王朝交替之时，虽然这是避免处世之难和生命之险的手段，但同时也是对司马氏盗用儒家思想、把自己的立场正当化的消极抵抗，也似乎具有嘲笑的意味包含于其中了。

七贤的代表人物是阮籍,继之的是嵇康。

嵇康(224? —263?),字叔夜。因官至中散大夫,故也被称为"嵇中散"。他喜好老庄思想,研究中药的调和之法和实现长寿之法而著《养生论》(《文选》卷五十三)。一说他喜爱饮用五石散之类的兴奋剂。此外,嵇康还是弹琴高手,著有杰出的音乐理论著作《琴赋》(《文选》卷十八)。嵇康作诗以四言为主,内容是吟咏自己的高洁之志,表现了厌恶世俗的心情。

由于嵇康之妻是魏皇族曹氏姻亲,所以在晋司马氏政权之下,他的立场是非常微妙的。但嵇康具有刚直的性格,他因多次公开发表对司马氏及其支持者的批评言论而受到司马昭的嫉恨,最后因友人获罪受到连坐而被杀害。

嵇康曾给友人、也是竹林七贤之一的山涛(字巨源)写过一封《与山巨源绝交书》(《文选》卷四十),在信中他以阮籍自比,其中的某些评论含义深刻。他首先认为:

> 阮嗣宗口不论人过,吾每师之,而未能及。至性过人,与物无伤,唯饮酒过差耳。至为礼法之士所绳,疾之如仇,幸赖大将军保持之耳。

其次他又写道:

> 以不如嗣宗之贤,而有慢驰之阙。又不识人情,暗于机宜;无万石之慎,而有好尽之累。久与事接,疵衅日兴,虽欲无患,其可得乎?

继之他以自己当官"有必不堪者七,甚不可者二"的理由,认为自己不适合当官。最后他认为:

> 今但愿守陋巷,教养子孙。时与亲旧叙阔,陈说平生。浊酒一杯,弹琴一曲,志愿毕矣。

作者以告白自己的愿望而结束了这一段的内容。

这一组诗是嵇康为送其兄嵇喜(约 265 年左右在世)从军时所作的送别诗。就整体内容而言,诗中清晰地表明了作者嵇康自身的生活态度以及他的喜好，这也是这首诗的特色。

诗中的最后四句虽然表现了送别之情，但给人印象至深的还是后面的八句，它所吟咏的是酷爱山林之心，以及自己的内心喜好。

50. 四言赠兄秀才入军诗十八首　其十五

嵇　康

闲夜肃清(1)，朗月照轩(2)。微风动袿(3)，组帐(4)高褰。
旨酒盈樽，莫与交欢。鸣琴在御(5)，谁与鼓弹。
仰慕同趣(6)，其馨若兰(7)。佳人不存，能不(8)永叹。

【注释】

(1) 闲夜：寂静之夜。　肃清：寒冷，清凉。

(2) 轩：殿堂前檐处。一说廊下。

(3) 袿(guī)：衣袖。一说衣襟。

(4) 组帐：华美的帷帐。

(5) 御：旁边，边上。语出《诗经·郑风·女曰鸡鸣》"琴瑟在御，莫不静好"。

(6) 仰慕：敬仰，羡慕，尊敬。　同趣：志同道合的人；志趣相投的人。这里指嵇喜。

(7) 馨：香味。比喻温馨的交谈。　兰：指交往的志同道合的朋友。也称"兰交"、"金兰交"。语出《易经·系辞·上》"二人同心，其利断金"。

(8) 能不：反语形式，"岂能不？"

【赏析】

这首诗描写了秋月之夜，即使有酒有琴但不能与其兄嵇喜会面而发出的叹息之情。

在他的《琴赋》中，也有叙述冬月之夜弹琴之乐的内容：

若乃高轩飞观，广厦闲房。冬夜肃清，朗月垂光。新衣翠粲，缨徽流芳。于是器冷弦调，心闲手敏。触攙如志，唯意所拟。

但在这首诗中，即使是有了所谓的快乐，因其兄不在身边，作者也感到兴味索然，强调的是与嵇喜的惜别之情。

嵇康像这样在诗中直率地吟咏自己的价值观和心情的作品还是很多的，可以说这些作品很好地反映了他强调自我、刚直不阿的性格和作风。

51. 嘲热客(1)

程　晓

平生三伏(2)时，道路无行车。闭门避暑卧，出入不相过。今代褦襶子(3)，触热到人家。主人闻客来，颦蹙奈此何。谓当起行去，安坐正咨嗟(4)。所说无一急，沓沓(5)吟何多？疲倦向之久，甫(6)问君极那。摇扇臂(7)中疼，流汗正滂沱(8)。莫谓为小事，亦是人一瑕(9)。传诫诸高朋(10)，热行宜见呵(11)。

【注释】

(1) 热客：冒暑而来的宾客。

(2) 三伏：夏天最热的时期。夏日的伏天分为初伏、中伏、末伏三个时期，故有此名。

(3) 褦(nài)襶(dài)子：夏天盛装出访的人。也指不懂事的人。襬襶,夏天遮日的伞。也指用素绢制成的凉笠。

(4) 咨嗟:深深的叹息声。

(5) 沓沓:形容声音嘈杂。

(6) 甫:一本作“笑”。

(7) 臂:手腕。从肩到手腕的部分。这个字有的版本也作“体”、“腕”、“髀”。

(8) 滂沱:形容水流盛大的样子。

(9) 一瑕:一个小的错误,小罪。

(10) 高朋:高贵的朋友,是对友人的敬称。这两个字有的版本也作“朋友”。

(11) 宜:适合,适当。　呵:训斥,怒责。

【赏析】

程晓(生卒年月不详),字季明。曾仕于魏为高官,入晋后官职不详。虽有文集二卷,但今仅存诗二首。

这是一首描写盛夏酷暑之日有客人来访的诗,全诗具有一种幽默的格调。

这首诗也是作者的实际体验,虽托名于“热客”,但却是对令人讨厌的人的一种讽刺,其寓意应该是属于后者。

全诗二十句,每四句一段,分为五段。

第一段(1—4句)描写的是盛夏时的情形。

第二段(5—8句)描写犹如孩子般那样,在炎热夏日盛装等候来访的客人。

第三段(9—12句)是作者不得已的应对之词,客人的话语冗长拖沓,属于极为无用之言。

第四段(13—16句)描写了作者对来访者疲于应对之苦。

第五段(17—20句)的“热行宜见呵”,是对各位友人的叮咛告诫之词,全诗以此作结。

52. 情诗五首 其二

张 华

明月曜清景(1),昽光照玄墀(2)。幽人(3)守静夜,回身入空帷。束带俟将朝,廓落晨星(4)稀。寐假交精爽(5),觌我佳人姿。巧笑媚权靥(6),联娟(7)眸与眉。寤言(8)增长叹,凄然(9)心独悲。

【注释】

(1) 清景:明亮澄净的月光。

(2) 昽光:朦胧的月光,黎明之前的月光。 玄墀:黑漆涂饰的台阶。

(3) 幽人:幽隐之人,隐士,幽居之士。这里指喜欢安静生活的人。

(4) 廓落:空洞的样子,虚无的样子,寂寞的样子。 晨星:日出前在东方天空中看到的星星。

(5) 寐假:同"假寐",打盹儿。 精爽:灵魂,精神。

(6) 权靥:酒窝。一笑时露出来的表情。权,同"颧",指笑嘻嘻的样子。

(7) 联娟:微曲的样子。战国宋玉《神女赋》有"眉联娟以蛾扬兮"之句,又魏曹植《洛神赋》有"云髻峨峨,修眉联娟"之句。

(8) 寤言:醒后说话。

(9) 凄然:凄凉悲伤。

【赏析】

太康·元康文学——五言诗的发展时期

篡权者作为王朝的统治者,其权威并没有得到充分的确立,晋王朝初期的统治还没有稳定下来。晋武帝司马炎去世之后,宫廷变成了权力斗争的场所。

从这一时期开始，贵族社会开始进一步形成。知识分子不仅要获得官位，也要获得门阀名士们聚集的社交界的认可，以此来决定他们所获得的名声。

在曹魏之后，官僚的选拔是按照“九品中正法”进行的。由于这个原因，需要各地有名望的名士推荐才能进入官场，从曹魏到西晋评价人物的标准便是候选人的人品和家族门第的高低，也就是说主要看是否出身名门，以此来确定的“中正官”也多出身于名门豪族，选拔的名士家世关系已经固定化了。在这样的氛围下，也就形成了一个贵族社会。

名士们参与政治权利的中枢活动时，因为出入于社交界，他们在言论上是比较活泼自由的。谈论的内容与“竹林七贤”相同，具有较强的老庄观念。

然而，从与门阀的对抗意识转向奢侈和竞相游历，以及重视高奇的言行，轻视现实政治的“俗”，使他们的形象迅速地被晋王朝弱化了。

在这样的贵族社会中，互相攀比个性，沉迷于奢靡浪费和游历，以及反复发表一些奇怪的言论，这些事情可以从南朝刘宋刘义庆编著的《世说新语》窥见一斑。其中所重视的标准是血统、财产、才智、容貌。无论从哪个角度而言，这部书给人留下的便是这种印象。

这一时期的五言诗正处于发展时期，继承了“建安・正始文学”的传统，诗歌的体裁出现了多样化，以自然界的事物、现象为目标的描写变得更为精致，就连用语也变得更加值得玩味了。其中的代表人物是“三张二陆两潘一左”（张华或张亢・张载・张协・陆机・陆云・潘尼・潘岳・左思），他们的文学创作采用了以他们活跃的创作年代的年号而命名为“太康・元康文学”（太康：280—289；元康：291—299）。

从这一时期开始，诗歌成了反映贵族社会风气、喜好的装饰品，具有极强的倾向性，如果仅限于西晋时期的话，则有如下的两

个特色:

第一,吟咏隐遁愿望的诗歌较多,开拓了“招隐诗”、“游仙诗”的领域。这是贵族知识分子们把“清谈”的内容渗透到诗歌创作的结果。吟咏舍弃世俗的世界而向往山林,描写其中的自然景物,诗中的内容具有较多的老庄思想之语。如:

激楚伫兰林,回芳薄秀木。山溜何泠泠,飞泉漱鸣玉。(陆机《招隐诗》)

峭蒨青葱间,竹柏得其真。弱叶栖霜雪,飞荣流余津。(左思《招隐诗二首》其二)

第二,诗歌的观察描写,达到了进一步的细微化。身边的各种事物、特别是作者喜欢的一些小的动植物,都表现在了诗歌创作中。如:

昔耶生户牖,庭内自成阴。翔鸟鸣翠偶,草虫相和吟。(张华《情诗五首》其一)

蜻蛚吟阶下,飞蛾拂明烛。……青苔依空墙,蜘蛛网四屋。(张协《杂诗十首》其一)

张华(232—300),字茂先。范阳(今河北省)人。自幼家贫,曾以牧羊为生。在认识阮籍之后,历任魏晋朝廷的要职,取得了文坛的领袖地位,不久升任为宰相。后由于拒绝参加赵王司马伦和孙秀篡夺西晋王朝的计划,而被杀身死。其所著《博物志》一书,收录了自古以来的传说和奇闻(现存的版本已有些不是原书的内容了)。

此外,张华的五言诗写得极为工巧,被评为是“儿女情多,风云气少”(梁钟嵘《诗品》)。

张华的这首诗表现了留守在家乡的妻子对在都城出仕的丈夫的思念之情。主人公夜不能寐,往庭中眺望,没有结果之后又回到房间,一直待到天明。在朦朦胧胧的梦中,妻子出现了,丈夫也感到有些意外和惊喜。诗中纤细的情感是与月亮和星光一起描写的,表现的是主人公的纯情。

53. 情诗五首　其五

张　华

游目四野外(1)，逍遥独延伫(2)。兰蕙缘清渠(3)，繁华(4)荫绿渚。佳人不在兹，取此欲谁与。巢居知风寒，穴处识阴雨。不曾远别离，安知慕俦侣(5)。

【注释】

(1) 四野：四方的平原。　外：边缘。这里指近处。

(2) 延伫：久立，久留。

(3) 兰蕙：两种香草的名字。　清渠：清澈的沟渠。

(4) 繁华：繁荣美盛。这里比喻花儿开得艳丽。

(5) 俦侣：朋友，志同道合的人。

【赏析】

这首诗的主人公是一位思念远行丈夫的妻子，季节是春天。主人公在郊外远游，看到的是盛开的鲜花。第七、八句写的鸟虫，似乎比喻不堪忍受生别的主人公，继之的第九、十句，是说未经离别的人，不能了解自己的痛苦，全诗以倾吐自己内心的真实感情作结。

细致的观察和悲伤的感情融合在一起，便是前面《诗品》对这首作品恰如其分的评价了。

而"赠花"的描写，早在《古诗十九首》中就已经出现了。

54. 悼亡诗三首　其一

潘　岳

荏苒冬春谢(1)，寒暑忽流易。之子归穷泉(2)，重壤永幽隔(3)。私怀谁克从，淹留(4)亦何益。僶俛(5)恭朝命，回心反初役。望庐(6)思其人，入室想所历。帏屏(7)无髣髴,翰墨(8)有余迹。流芳(9)未及歇,遗挂(10)犹在壁。怅怳(11)如或存,回惶忡惊惕(12)。如彼翰林鸟,双栖一朝只。如彼游川鱼,比目中路析。春风缘隙来,晨溜(13)承檐滴。寝兴(14)何时忘,沈忧日盈积。庶几有时衰,庄缶(15)犹可击。

【注释】

(1) 荏苒:逐渐。　谢:去。

(2) 之子:指妻子。语出《诗经·周南·桃夭》"之子于归,宜其室家"。　穷泉:同"九泉",指墓中。

(3) 重壤:地下,泉下。　幽隔:被幽冥之道阻隔。

(4) 淹留:久留,指滞留在家不赴任。

(5) 僶俛:努力,勉力。

(6) 庐:粗糙的房屋。这里是对自己家的谦称。

(7) 帏屏:帐帏和屏风。转指寝室。

(8) 翰墨:笔墨,笔迹。

(9) 流芳:残存的香味。

(10) 遗挂:去世之人的物品。这里是指衣服和日用品等还挂在壁上。

(11) 怅(chàng)怳(huǎng):恍惚。

(12) 回惶:惶恐,不安。　忡:悲伤,痛苦。　惊惕:恐惧,吃惊。

(13) 晨溜:早晨的雨滴。溜,雨滴。

(14) 寝兴:睡觉休息。此二字一作"寝息"。

(15) 庄缶:缶,瓦盆,一种腹大口小的容器,可装酒等。庄子的妻子死了,他表现出一种达观的生死观,并不悲观,而是鼓盆而歌。(《庄子·至乐篇》)

【赏析】

潘岳(247? —300),字安仁。荥阳中牟(今河南省中牟县)人。

潘岳年轻时文名较高，从河阳、怀县二县县令任官至黄门侍郎（天子侍从之职）。潘岳还以貌美闻名，他乘羊车行于道路时，妇女们竞相把水果投入他的车中。就连饮食店的女老板也在自己的店前洒上羊喜欢吃的盐，希望他的车能够停留在自己的店前（《世说新语·容止》篇注引《语林》等）。但后来由于孙秀的谗言，潘岳被杀死。

这是为爱妻去世而倾吐内心之悲的三首组诗的第一首。“悼亡”之语，在此之后专指哀悼亡妻，并出现了很多模拟之作。

这首诗是组诗的第一首，在悲叹之后表示自己还要努力（5—8句），回到家中之后虽然什么也没有看到，但想起妻子还是令人感到哀思绵绵。

这首诗与陆机的诗齐名，在华丽的语言中表现了较多的悲哀之情。侄儿潘尼（？—310？）也以诗人的身份而闻名，与潘岳并称为“两潘”。

下面这首诗写于妻子健在之时，吟咏的是宦游在外时对妻子的思念之情。即使是宦游在外，但心中仍然是片刻不能忘怀妻子。在妻子还健在时，潘岳便发出了这样的悲叹之声，可见感情之深！

内顾诗二首　其二

独悲安所慕，人生若朝露。绵邈寄绝域，眷恋想平素。
尔情既来追，我心亦还顾。形体隔不达，精爽交中路。
不见山上松，隆冬不易故。不见陵涧柏，岁寒守一度。
无谓希见疏，在远分弥固。

55. 赴洛[1]道中作二首　其二

陆　机

远游越山川，山川修且广。振策陟崇丘[2]，按辔遵平莽[3]。夕息抱影[4]寐，朝徂衔思往。顿辔倚嵩

岩,侧听悲风(5)响。清露坠素辉(6),明月一何朗。抚枕不能寐,振衣独长想。

【注释】

(1) 洛:指西晋首都洛阳。

(2) 崇丘:高丘,高山。

(3) 平莽:广阔的原野。

(4) 抱影:守着影子。形容孤独。

(5) 侧听:侧耳而听,认真地听。　悲风:带有悲伤的风,指秋风。

(6) 素辉:白色的亮光。

【赏析】

陆机(261—303),字士衡。出身于三国时吴国名将之家,他本人也担任过吴国的武官之职,是太康年间的代表性诗人。吴国灭亡之后,陆机与其弟陆云(字士龙,262?—303)一起赴洛阳,仕于西晋。然而,受儒家思想熏陶成长起来的陆机,很不适应老庄言行流行的晋国政界和社交界,感到思想负担很重。

陆机的这首诗是在他离开故乡吴地向北出发时,于赴晋都洛阳的途中所作。诗中强调了旅途之长,吟咏了个人的孤独和悲伤之感,对仕于晋朝似乎也有一种违和感。

不久,陆机在权力斗争持续不断、政局不稳的环境下,应成都王司马颖的邀请参与军机,后因兵败,又由于同僚的嫉妒和陷害,他被听信谗言的司马颖所杀。其弟陆云也颇有文采,与他并称为"二陆",与兄一起被杀。

陆机的诗歌就整体而言,具有强烈的不能和晋人融合的南方人的苦恼。陆机也擅长文艺理论,在他所创作的《文赋》(《文选》卷十七)中,专门论述了文学的本质和技巧。

陆机的创作特色，表现在以乐府诗创作的民歌形式中经常混入的那种官僚的心情。现举例如下：

渴不饮盗泉水，热不息恶木阴。恶木岂无枝，志士多苦心。（《猛虎行》）

我静如镜，民动如烟。（《陇西行》）

但恨功名薄，竹帛无所宣。（《长歌行》）

以上几句诗便是这方面的例子。

除了乐府诗之外，陆机还经常有表现羁旅之情和以离愁为主题的作品，其中的代表作便是这首《赴洛道中作二首》。

56. 咏史(1)八首　其六

左　思

荆轲饮燕市(2)，酒酣气益震。哀歌和渐离(3)，谓若傍无人。虽无壮士节，与世亦殊伦(4)。高眄(5)邈四海，豪右(6)何足陈。贵者虽自贵，视之若埃尘。贱者虽自贱，重之若千钧。

【注释】

（1）咏史：中国诗歌的一种题材。

（2）荆轲：战国末期的勇士，卫人。　燕市：燕国游乐、贸易之所。荆轲自卫至燕居住于此，在此痛饮，与友人高渐离击筑（一种竹制的似琴的乐器）而歌，有时也痛苦而泣。其状“旁若无人”（据《史记·刺客列传》）。

（3）渐离：高渐离。卫人，荆轲朋友。在荆轲被杀之后，他接近秦王政，意欲刺王，未成被杀（据《史记·刺客列传》）。

（4）伦：同辈，同类。又指“道理”。

(5) 高眄:看不起。

(6) 豪右:有势力的家族,豪族。右,上位之意。

【赏析】

“咏史诗”是选取历史上有名的人物事迹,来对照自己的人生遭遇而写成的。西汉的班固开创了这方面的先河,对此进行发挥,而确立这个主题的是左思。

左思的《咏史八首》是有机构成的组诗。“其一”叙述了自己的履历和抱负,“其二”指出了重视门阀的矛盾和弊端,最后选取了古代的各种人物来表现自己的主张,“其八”写出了自己“洁身自好”的理念。

在这组诗中,作者经常流露出的是他高扬的情感,表现了他极端的愤怒和悲哀,对时事的批判之情喷涌而出。这是一种在狂怒感情爆发的同时,所倾吐的哀痛、悲愤之情。

铅刀贵一割,梦想骋良图。(其一)

英雄有迍邅,由来自古昔。何世无奇才,遗之在草泽。(其七)

出门无通路,枳棘塞中涂。计策弃不收,块若枯池鱼。(其八)

这里所选的“其六”,借战国末期刺客荆轲的故事,来表现作者与地位、名声相比,更为重视信义和约定的主张。开始的四句,是根据《史记·刺客列传》的内容,来叙述荆轲这一人物的事迹;继之的四句,叙述了荆轲高尚的志向;最后的四句,强调了荆轲被后世称赞的闪光之处。

左思(250? —305?),字太冲。临淄(今山东省)人。幼时有志于学问之事,但因出身寒门,其才学不被当时所承认。他虽然出仕,但却是在其妹左棻入宫之后。而且不善言辞,无形象风采,在当时来说也是不利的因素。

与潘岳上街出行的情况相反,左思出门时,留下了孩子们向他投石块和瓦片的故事(《世说新语·容止》篇注引《语林》)。

由于左思遭遇到了如此的处境,他便把内心的抑郁倾注在了文学创作上,遂决心以“赋”的形式,来表现三国时代三大都市(蜀之成都、吴之建业、魏之邺城)的繁华。在迁居洛阳收集资料时,在家中的门、庭、墙角、卫生间等处,到处准备了纸和笔,一旦有了灵感马上动笔,经过十年的努力终于完成了《三都赋》。由于受到张华、陆机等名士的赞赏,人们争相用纸笔抄写这篇文章,洛阳纸张的价格为之暴涨(即“洛阳纸贵”的故事,事见《晋书·文苑传》)。

左思所作的诗歌,吟咏出了寒门出身者的心境,同时也感叹了自己的不遇,较多地倾吐了对门阀社会的愤怒之情。

荆　轲

战国末期,秦国的势力迅速膨胀,讨伐诸国,其大军一度兵临燕境。燕太子丹曾入秦为人质,因受到秦王政(即嬴政,后来的秦始皇)的冷遇而一怒逃回,但他一直在寻找报复的机会。燕国因收留了秦国的亡命将军樊於期,而使两国的关系越来越恶化。

不久,太子丹听说卫国的荆轲有贤者之名,便把他招至手下,在述说了弱小燕国的穷困之状后,恳请他入秦行刺秦王。荆轲说服了樊於期,得到了他的首级,带上了向秦国割让领土的地图,以及涂上毒药的匕首,与力士秦舞阳一起出发了。在易水(今河北省易县)河边,荆轲在穿着白衣的太子丹及友人的送行中,慷慨悲歌。其内容是:

风萧萧兮易水寒,壮士一去兮不复还。

到了秦国首都咸阳(位于陕西省)后,荆轲终于见到了秦王政。秦王政首先让荆轲拿出了地图,在翻看地图结束时露出了匕首。荆轲拿着匕首瞬间刺向秦王政,但仅刺到袖子。在危急的情况下,秦王政断袖而逃,荆轲在后面追击,二人围绕着宫中柱子来回奔跑,大殿下的群臣也显得十分狼狈。不久,秦王政镇定下来后拔出了自己的宝剑,砍断了荆轲的左腿。荆轲拼着最后的力气把匕首投向了秦王政,可惜未能刺中,后为秦王政侍卫所杀。

被激怒了的秦王政命大军攻燕，五年后的公元前222年燕国被灭。(据《史记·刺客列传》)

57. 招隐诗二首　其一

左　思

杖策招(1)隐士，荒涂(2)横古今。岩穴无结构(3)，丘中有鸣琴。白云停阴冈(4)，丹葩曜阳林(5)。石泉漱琼瑶(6)，纤鳞或浮沉。非必丝与竹(7)，山水有清音。何事待啸歌(8)，灌木(9)自悲吟。秋菊兼糇粮(10)，幽兰间重襟(11)。踌躇足力烦，聊欲投吾簪(12)。

【注释】

(1) 杖策：拄着树枝做的手杖。杖，持着。策，马鞭子。这里指树木的细枝。　招：寻找。

(2) 荒涂：荒废了的道路。

(3) 结构：构造。这里指房屋建筑。

(4) 阴冈：北面的山脊。

(5) 丹葩：红色的花。　阳林：山南侧的森林。

(6) 琼瑶：美玉。

(7) 必：一定。期待。　丝与竹：弦乐器(如琴)与管乐器(如笛)。

(8) 啸歌：吟咏歌唱。啸，口哨发出的长长声音。

(9) 灌木：由一个树根长出的无明显主干的低矮树木。

(10) 糇粮：把米煮熟晒干做成的干粮，亦指干饭。

(11) 幽兰：在幽深之处盛开的兰花。《楚辞·离骚》有"朝饮木兰之坠露兮，夕餐秋菊之落英"之句。　间：杂置。　重襟：层层衣襟。

(12) 投我簪：意即放弃官职，不再仕进。簪，用来绾(wǎn)住头发的一种首饰。

【赏析】

《招隐诗》的题材能够固定下来，左思具有很大的功绩。

在他的《招隐诗二首》中，吟咏的是敬慕山中隐栖的隐士、羡慕山中"脱去俗尘清静环境"的心情。这是把当时流行的思潮写入诗中，并且下了特别的功夫，具有自然描写的特色。

"招隐"的主题，本来是"招寻隐士"之意。西汉之时，淮南小山开始作《招隐士》(《楚辞》所收)。其中有对隐栖者发出"山中气候险恶，有猛兽，充满了危险"的内容：

桂树丛生兮山之幽，偃蹇连蜷兮枝相缭。
山气巃嵸兮石嵯峨，溪谷崭岩兮水曾波。
猿狖群啸兮虎豹嗥，攀援桂枝兮聊淹留。
王孙游兮不归，春草生兮萋萋。
岁暮兮不自聊，蟪蛄鸣兮啾啾。……

左思的这首诗描写的是到山中寻找隐者，表现了与世俗世界不同的大美天地。在他的笔下，有白云、红花、石泉、游鱼，以及风和树木发出的天然音乐。……

也就是说，"招隐"是"召唤隐者"的变化之意。避开世俗，到山林中过着平稳的生活，这是这首诗的主题。

这种自然观的变化，可以说是在"清谈"流行、老庄思想浸透的背景下产生的。

58. 娇女诗一首

左　思

吾家有娇女(1)，皎皎颇白皙(2)。小字(3)为纨素，口齿自清历[4]。鬓发覆广额,双耳似连璧[5]。明朝弄梳台,黛眉类扫迹[6]。浓朱衍丹唇,黄吻[7]澜漫赤。娇语若连琐[8],忿速乃明划[9]。握笔利彤管[10],篆刻[11]未期益。执书爱绨素[12],诵习矜所获。其姊字惠芳,面目粲如画。轻妆喜楼边,临镜忘纺绩[13]。举觯拟京兆[14],立的[15]成复易。玩弄媚颊间,剧兼机杼役。从容好赵舞[16],延袖像飞翮[17]。上下弦柱[18]际,文史辄卷襞[19]。顾眄[20]屏风画,如见已指摘[21]。丹青日尘暗[22],明义为隐赜[23]。驰骛[24]翔园林,果下皆生摘[25]。红葩掇紫蒂,萍实[26]骤抵掷。贪走[27]风雨中,眒忽[28]数百适。务蹑霜雪戏,重綦[29]常累积。并心注肴馔[30],端坐理盘槅[31]。翰墨戢闲按,相与数离逖[32]。动为垆钲[33]屈,屣履[34]任之适。止为荼荈[35]剧,吹嘘对鼎鑠[36]。脂腻漫白袖,烟熏染阿锡[37]。衣被皆重池[38],难与沉水碧[39]。任其孺子意,羞受长者责。瞥闻当与杖,掩泪俱向壁。

【注释】

(1) 娇女:可爱的女儿。

(2) 白皙:面皮白净。

(3) 小字:儿时起的名字,即乳名。

(4) 清历:清楚历落。

(5) 连璧:即双璧,形容双耳的白润像一对玉璧那样。

(6) 黛眉:用墨绿色眉膏画眉毛。　扫迹:像扫帚扫地似的。

(7) 黄吻:即黄口,这里指小孩的嘴唇。

(8) 连琐：拴在一起的玉。这里指小孩说话滔滔不绝。

(9) 忿速：急恼。　明划：乖戾。这里是说女儿恼怒时便暴跳如雷。

(10) 彤管：杆身漆朱的笔。古代女官记事所用。

(11) 篆刻：在木头或石头的印材上面雕刻文字。特指雕刻印章。印章多用篆书体雕刻。这里指写字。

(12) 绨素：绨厚绢，粗厚平光的丝织品，用来做书的封面。素，白绢，书写的材料。

(13) 纺绩：纺纱织布。续麻为缕叫绩。

(14) 觧：疑当作觚，是一种写字用的笔。　京兆：这里是"京兆尹"(管理首都的长官)的简称。指"京兆画眉"的故事。东汉的京兆尹张敞经常为妻子画眉。转指夫妻或男女之间的良好关系。

(15) 的：古时女子面额的装饰，用朱色点成。

(16) 从容：悠闲自得的样子。　赵舞：古代赵国的舞蹈。赵，战国时期的国名，该国盛产美女，并且女性长于舞蹈。

(17) 飞翮：飞翔的鸟翼。

(18) 弦柱：琴柱。系在琴瑟上架弦的木柱。这里指弹琴的声音。

(19) 文史：文史书籍。　卷襞：折叠。卷折起来。

(20) 顾眄：回头看，环视。

(21) 指摘：指点批评。

(22) 丹青：红色和青色的绘画颜料。这里指屏风上的画。尘暗：为尘土所蒙蔽。

(23) 明义：明显的意义，要点。这里似乎指绘画的含义。隐赜：隐晦。赜，幽深难见。

(24) 驰骛：来回奔跑。骛，乱跑。

(25) 生摘：把未成熟的果实都生摘下来。生，未成熟。

(26) 萍实：一种果实。莲科属的多年草本植物，生长在河边和沼泽地,结出像栗子一样果实。萍,通“苹”。

(27) 贪走:一本作“贪华”。

(28) 眒(shēn)忽:疾速。一本作“倏忽”。

(29) 重綦:双重的鞋带。綦,鞋带。

(30) 并心:同心,集中心思。 肴馔:丰盛的食物,佳肴。

(31) 盘槅:大的器皿。槅,同“核”,果品。

(32) 离逖:远离,丢掉。逖,远。

(33) 垆钲:似指佛事。垆,香炉。钲,礼佛的用具。

(34) 屣履:拖着鞋而行。

(35) 荈:茶的一种。一说是蕃茶。

(36) 鼎:三足两耳烹饪之器。 铄:即鬲,空足的鼎,也是烹饪器。 这里所说的鼎铄,似乎是指茶釜。

(37) 阿緆:与“阿锡”义同。一种用丝织成的细布。

(38) 重池:衣服的质地很厚。

(39) 水碧:玉的一种,似水晶一类。

【赏析】

这是一首描写两个女儿天真活泼的佳作。

开头的十六句描写的是妹妹纨素之事,继之的十六句描写的是姐姐惠芳之事,最后的二十四句描写两个女儿活泼可爱的传神之态。

虽然有怀才不遇的烦恼,但具有刚直不阿之风的左思在家庭生活中还是一个称职的父亲啊!

在太康、元康的诗人中,除了左思之外,其他诗人全部死于悲剧的命运之中。

太康末期,晋武帝司马炎已经卧病在床,由于皇太子司马衷(后来的晋惠帝)昏聩暗弱,中央政界的官场成了外戚、诸王及其周围的高官展开政治斗争的场所。在当时的社会环境下,每一次政权交替之时，都会有一些与旧势力相关的人被杀害，特别是担任宰相的人，可以说几乎没有一个得到善终。诗人因与当时的政治形势无缘，因而性命得以保全。

59. 游仙诗十四首　其一

郭　璞

京华游侠(1)窟，山林隐遁栖。朱门(2)何足荣？未若托蓬莱(3)。临源挹清波，陵冈掇丹荑(4)。灵溪(5)可潜盘，安事登云梯(6)。漆园有傲吏(7)，莱氏有逸妻(8)。进则保龙见(9)，退(10)为触蕃羝。高蹈风尘外(11)，长揖谢夷齐(12)。

【注释】

(1) 京华：京师，帝都。　游侠：泛指古代称呼豪爽好交游、勇于排难解纷的人。

(2) 朱门：高官和富豪之家。因其大门涂有红色，故有此说。

(3) 蓬莱：仙山名，位于东海中。

(4) 丹荑：初生的赤芝，具有长寿的功效。

(5) 灵溪：水名。位于荆州，据说仙人由此而升天。

(6) 云梯：高的梯子。因云而上，所以叫云梯。这里也指获得高位。

(7) 漆园：漆田。战国时期思想家庄子尝为漆园吏。　傲吏：傲慢的下级官吏。这里指指庄周。据《史记·老庄申韩列传》记载：“楚威王闻庄周贤，使使厚币迎之。庄子曰：‘子亟去，无污我。’”

(8) 莱氏：指周代的老莱子。他以孝行而闻名，为使双亲高兴而做小儿状。一说与老子为同一人。 逸妻：节行高超的妻子。老莱子在楚王请他出来做官时，其妻认为：乱世出仕，与囚徒相同。于是投其畚而去。

(9) 进：指仕进。 龙见：这里比喻羽化登仙。

(10) 退：指避世。

(11) 高蹈：远离世俗，保持高尚的气节。 风尘：人间，尘世。 外：世外。

(12) 长揖：古代交际的一种礼仪，拱手高举，自上而下的行礼方式。 夷齐：伯夷、叔齐。商朝末年的义士，曾互相推让王位而去国。在武王伐纣时，曾对武王劝阻而不从，后隐居饿死在首阳山。(事见《史记·伯夷列传》)

【赏析】

郭璞的《游仙诗》

受到老庄思想影响较深的"清谈"，随着抽象、神秘的玄学的发展，受到西晋太康时期诗歌的影响而产生了"招隐诗"这一体裁。招呼已经进入山中的隐者出仕的"招隐诗"，其诗歌思想进一步与对仙界的向往而联系在了一起，到了西晋末年有了较为突出的成果。这些成果就是郭璞的《游仙诗十四首》(全部共有十九首)。

在这些组诗中，对神仙世界的向往、淡薄现世的名利这一主要思想贯穿于其中，但需要引起注意的是组诗中随处可见对世俗的轻蔑和对权威的反抗之心，如：

借问蜉蝣辈，宁知龟鹤年。(其三)
燕昭无灵气，汉武非仙才。(其六)
长揖当途人，去来山林客。(其七)

诗中嘲弄了随着时流而生死的蜉蝣(虫名，为生命短暂的象征)、追求仙药和仙境的帝王(燕昭王、汉武帝)，以及当时政界的要人(当途人)。

与此同时，郭璞也表现出了对仙境不易到达的绝望，诗中对这种心情也做了反复的吟咏。

组诗中的批判精神和内省心情纠葛交织在了一起，使他的《游仙诗》在前后同类诗人中独树一帜，长期受到了人们的喜爱。

从西晋至南朝

西晋第二代皇帝晋惠帝即位后，外戚的权力之争进一步激化，而司马氏家族的八王也相继举兵，这便是八王之乱(291—306)。由于诸王利用了周边少数民族的军队，战乱之后引来了五胡(北方少数民族中的匈奴、羯、鲜卑、氐、羌)的势力。

趁着八王之乱而建汉(304)的刘渊，其子刘聪在永嘉五年(311)占领洛阳，并于建兴四年(316)攻下长安，西晋遂告灭亡。永嘉之乱后，中国北方在135年之间出现了十六个王朝的兴亡更替(五胡十六国)。

西晋王族放弃了华北，逃到江南之后建立了东晋王朝(317)。此后，文化尚不发达的江南之地受到了极大的影响，在温和的气候和优美的风光中，由宋、齐、梁、陈四个王朝形成的南朝贵族文化出现了繁荣。

作为西晋王朝南迁时期的诗人，刘琨(279—317，字越石)、郭璞(267—324，字景纯)的名字都是令人不能忘记的。

刘琨年轻时便有诗名，他虽然喜好老庄思想，但在混乱的环境中重新燃起了安邦定国的壮志，常常从事一些对异族的征伐之事。在他现存的诗歌中，仅有《扶风歌》、《答卢谌》、《重赠卢谌》三首，都是表现决心复兴晋室及对异族入侵的忧患，以及不能实现理想的悲愤之思。

郭璞(276—324)，字景纯。河东闻喜(今山西省文水县)人。他博学多才，长于经学、五行、天文、卜筮等。西晋灭亡后，他随原来的朝中之人一同南迁，东晋初年任著作郎，后迁尚书郎，再后任王敦手下的记室参军。在王敦有谋反之意时，曾预言其将败而予以阻止，因而被杀。著有《尔雅疏》、《山海经注》、《穆天子传注》等。

郭璞的这首诗,是一首表现希望能够在山中过着悠闲生活的诗。

第一段(1—4 句)是概括全诗趣旨的部分。叙述的是不以城市的繁华为生活目的,希望能够到山中隐居。

第二段(5—8 句)承前一段,强调山中生活的悠闲,进而否定了立身出世。

第三段(9—12 句)列举出古人也曾拒绝俗世的生活,表现了自己与他们的同感。

第四段(13—14 句)以自己选择超越世俗人生的宣言而作结。

东晋的"玄言诗"

进入东晋之后,诗人们在进行诗歌创作时具有了把对玄学的思考写入了诗中的强烈倾向,并且创作了大批的作品。这些作品被称为"玄言诗"(玄,形容深奥的道理)。但玄言诗在当时仅仅流行于一时。究其原因,是因为从南朝开始,就已经有了对其善意的批评。

理过其辞,淡乎寡味。(《诗品》序)

皆平典似道德论,建安风力尽矣。(同上)

辞趣一揆,莫与争雄。(《文心雕龙·明诗》)

这些内容似乎是说,在东晋的玄言诗中,郭璞的诗歌失去了批评精神,只是保留了玄言诗的形式而已。

下面的例子是玄言诗代表作家孙绰的作品,从中可以看出这种诗歌中抽象的观念和缺乏人情味的倾向。

机过患生,吉凶相拂。智以利昏,识由情屈。《答许询》

大朴无像,钻之者鲜。玄风虽存,微言靡演。《赠温峤》

在此之后的诗人对此诗风做了反省,在后来创作的诗歌中开始出现了自己的思想,并在这方面下了更多的功夫。可以说陶渊明和谢灵运也是在玄言诗之后才开始构筑了自己的诗风。

孙绰(301—380?),字兴公。太原(今山西省太原市)人。年轻时曾有隐栖之心，在会稽一带纵情于山水。其后出仕，以文章而名重一时。作为玄言诗的大家，他曾留下一些优秀的小品之作。

60. 饮酒二十首　其五

陶渊明

结庐在人境(1)，而无车马(2)喧。问君何能尔？心远地自偏。采菊东篱(3)下，悠然见南山(4)。山气日夕(5)佳，飞鸟相与还。此中有真意(6)，欲辨已忘言。

【注释】

(1) 人境：人类居住的地方。这里指村镇。

(2) 车马：车与马。这里指贵族和高官的车轿。

(3) 东篱：自家东面的篱笆。篱，用竹、苇、树枝等编成的围墙屏障。

(4) 南山：南面的山。泛指山峰，一说指庐山。南山是永久不变的象征，"南山之寿"是为人祝寿说的祝贺之语。语出《诗经·南山之什·天宝》"如南山之寿，不骞不崩"。

(5) 山气：山中空气环境。　日夕：傍晚。

(6) 真意：人生的真正意义。有的版本一作"真味"。

【赏析】

五 柳 先 生

东晋南渡之后，王朝的统治者们为了与南方土著豪族势力保持平衡，于是决定移植北方的贵族社会。由于皇帝的愚蠢昏暗，北方贵族和南方贵族之间的反目和抗争不断。特别是在淝水之战(383)以后，军阀的势力得到了扩张，出现了几个军阀争夺权力的局面。最后，出身于今镇江的将军刘裕以禅让的形式夺取了帝位，在公元420年建立了宋王朝(刘宋),东晋王朝至此结束。刘裕采取了压制贵族的政策,此后通观整个南朝来看,政治的主导权已由贵族转入到了军人之手。

在东晋至刘宋王朝的政权交替之时,出现了陶渊明。

陶渊明(365—427),字元亮(一说名潜,字渊明)。浔阳柴桑(今江西省九江市)人。其家族为流寓南方的吴国武将豪族之家,曾祖父是东晋名将陶侃。其母亲的祖父是作为大军阀领袖桓温的幕僚而名重一时的孟嘉。孟家是比陶家地位还高的家族,但陶侃去世之后,陶家卷入了东晋内部南北门阀的政治斗争之中,家族中有多人被杀,陶渊明出生时家族已经没落了。

陶渊明父亲早亡,他二十九岁入仕,担任军阀的幕僚。在这期间,他认识了下一个王朝的创建者刘裕。由于没有办法获得职务上的晋升,加之社会形势也不安定,陶渊明对这个职务也并不热心。在他四十一岁时,虽然担任了收入较多的彭泽(今江西省彭泽县)令,但在三个月后以异母妹去世之由而辞官归隐农村的乡里。

还有另外一个说法是,当时有督邮前来视察,但因为这是一个同乡的年轻人,陶渊明说:“我不能为五斗米向乡里小人折腰!”遂辞官而去。能够表现陶渊明这种心境的,是他写的《归去来兮辞》。

其后,陶渊明全身心地致力于耕作,在与农民交流的同时,也与当地的名士和州县官吏有所交往,写作了很多的赠答诗。五十六岁时,按前面所述,由于东晋灭亡他便不仕于后面的刘宋王朝。作为仕于东晋之人,他因为东晋王朝守节的行为被后人赠谥号为“靖节先生”。

《饮酒二十首》其五是陶渊明的代表作。在看似悠闲的氛围中,也流露出尖锐的讽喻之情。

全诗分为三段。

第一段(1—4句)表现的是一种隐者的心理。虽然是隐者,但并不是居住在山里,而是居住在村中。重要的是要保持一种心态,在这一部分中,已经能够令人感到一种反抗意识了。

第二段(5—8 句)描写的是隐者生活之事。在晚秋的傍晚,作者赏菊望山,而菊与山又都是延长寿命的象征。

第三段(9—10 句)是对隐者的羡慕之辞。在想"说明是什么的时候,已忘记该是什么了"。作者以此作结,是对喜欢空谈、辩论的贵族社会的一种嘲讽,从而表现出自己的高尚行为。

最后一句的"忘言",语出《庄子·外物》篇"得鱼而忘筌(筌,竹制的钓鱼工具),得意而忘言"之语。《庄子》是当时贵族们清谈时最为重视的书。也就是说,作者用贵族喜爱的书籍中语来讽刺贵族,这对那些贵族来说确实是一种辛辣的回击。

《饮酒》二十首在饮酒之际,把心中的所想写成诗歌送给友人。作品非一时之作,诗的内容也存在着较多的分歧。

关于这些事情,组诗开头的序文做了如下说明:

余闲居寡欢,兼比夜已长,偶有名酒,无夕不饮。顾影独尽,忽然复醉。既醉之后,辄题数句自娱。纸墨遂多,辞无诠次,聊命故人书之,以为欢笑尔。

61. 归园田居五首　其一

陶渊明

少无适俗韵(1),性本爱丘山。误落尘网(2)中,一去三十年。羁鸟(3)恋旧林,池鱼思故渊。开荒(4)南野际,守拙(5)归园田。方宅十余亩(6),草屋八九间(7)。榆柳荫后檐(8),桃李罗堂前。暧暧(9)远人村,依依墟里(10)烟。狗吠深巷(11)中,鸡鸣桑树颠。户庭无尘杂(12),虚室有余闲(13)。久在樊笼(14)里,复得返自然。

【注释】

（1）适俗韵：逢迎世俗的情态。

（2）尘网：俗世。这里指仕途、官场。

（3）羁鸟：笼中之鸟。羁，拴住，束缚。

（4）荒：荒地。长满草的地方。

（5）守拙：守正不阿。

（6）亩：面积单位。当时的一亩约合今五亩。

（7）间：表示房屋的量词。

（8）榆柳：榆树和柳树。　后檐：后房顶伸出墙壁的部分。

（9）暧暧：不清楚，暗淡的样子。

（10）依依：形容炊烟轻柔而缓慢地向上飘升。　墟里：村落。

（11）深巷：幽深的小巷。

（12）尘杂：尘俗杂事。

（13）虚室：闲静的屋子。据《庄子·人间世》"瞻彼阙者，虚室生白，吉祥止止"的内容来看，是指清静、无欲望。　余闲：悠闲的空间。非常空余。一说闲暇。

（14）樊笼：蓄鸟工具。这里比喻仕途、官场。

【赏析】

《归园田居》五首是陶渊明于义熙二年（406）他四十二岁的春天时所作。在回乡的第二年，他同时也作了《归去来兮辞》。

这首诗是组诗的"其一"，吟咏的是告别官场生活、回到故乡的那种安然恬淡心境。前八句叙述了决意回到故乡的心情，后面则是描述村里的情景，表现了个人的满足感。

第一段（1—4 句）叙述了进入官场并非自己的本意。

第二段（5—8 句）讲述了自己的本来愿望，并打算实现这些愿望。

第三段（9—12 句）描写了自家的居住环境和院子中的树木。

第四段（13—16 句）表现的是村里的情景。狗和鸡是《老子》第八十章所谈及到的，以此来比喻理想中的社会：

小国寡民，使有什伯之器而不用，使民重死而不远徙。虽有舟舆，无所乘之；虽有甲兵，无所陈之。使人复结绳而用之。至治之极，甘美食，美其服，安其居，乐其俗。邻国相望，鸡犬之声相闻，民至老死不相往来。

这些内容叙述的是老子认为的理想国家的蓝图。在对文明进行反思之后，老子主张人们应该回归自然，过着朴素祥和的生活。作为理想国家的条件，就是国小人少的状态，安于无知、无欲的处境。

第五段（17—20 句）以描述过着悠闲的隐居生活而喜作结。

62. 归园田居五首　其二

陶渊明

野外罕人事(1)，穷巷寡轮鞅(2)。白日掩荆扉(3)，虚室绝尘想(4)。时复墟曲(5)中，披草共来往。相见无杂言，但道桑麻长。桑麻日已长，我土日已广。常恐霜霰至，零落同草莽(6)。

【注释】

(1) 野外：郊野。人少的地方。野，远离城里的地方。外，偏远之处。　人事：指和俗人结交往来的事，即“俗事”。

(2) 穷巷：偏僻的里巷。　轮鞅：指车马。鞅，马驾车时套在颈上的皮带。

(3) 荆扉：柴门。这里比喻简陋的家。

(4) 虚室：见前诗注释(13)。　尘想：世俗的观念。

(5) 墟曲：乡野。墟，村庄。曲，隐僻的地方。

(6) 零落：草木之叶枯萎而落下来。　草莽：丛生的杂草。

莽,草,杂草。

【赏析】

这是陶渊明描写隐居生活的一首诗。诗中描写新的居住环境、自己在农村的生活使人看到了作者的身影。

第一段(1—4 句)叙述了自己居住在远离世俗、没有贵人来访的清净之地的现状。《饮酒二十首》其五也描写了这样的境遇。

第二段(5—8 句)叙述作者与农民们的会话内容完全是有关农业生产之事。这些会话的内容与贵族社交界中虚饰和客套之语是完全不同的。“披草”之语,成了后世和隐者交流、对隐者访问的代名词。

第三段(9—12 句)表现了对农业生产发展顺利的喜悦,并以心忧天灾来袭而作结。

63. 归园田居五首　其三

陶渊明

种豆南山下,草盛豆苗稀。晨兴理荒秽(1),带月(2)荷锄归。道狭草木长,夕露沾我衣。衣沾不足惜,但使愿无违。

【注释】

(1) 荒秽:长满荒草的土地,荒地。

(2) 带月:这里指披戴月色。

【赏析】

这是作者对农作物不能顺利生长而进行告白的一首诗。表现的是诗人在田地中清除杂草,披戴月色而耕作农作物之事。作者从早到晚地忙于农事,因此心中企盼能够有一个好的收获。

第一句引用的是西汉杨恽的故事。杨恽由于和上司发生冲突而被免职，心中充满了愤懑和痛苦，于是饮酒而歌：

田彼南山，芜秽不治。种一顷豆，落而为萁。人生行乐耳，须富贵何时。

也就是说，陶渊明的这首诗是“希望自己的努力能够有所回报，而不要像杨恽那样发出徒劳的伤感”。

64. 庚戌岁(1)九月中于西田获早稻

陶渊明

人生归有道(2)，衣食固其端。孰是都不营，而以求自安？开春(3)理常业，岁功聊可观。晨出肆微勤(4)，日入负耒还。山中饶霜露，风气(5)亦先寒。田家(6)岂不苦？弗获辞此难。四体诚乃疲，庶无异患(7)干。盥濯(8)息檐下，斗酒散襟颜(9)。遥遥沮溺(10)心，千载乃相关。但愿长如此，躬耕(11)非所叹。

【注释】

(1) 庚戌岁：指义熙六年(410)。这一年陶渊明四十六岁。

(2) 有道：有常理。

(3) 开春：春天开始。

(4) 微勤：微施勤劳。从事轻微的劳动。

(5) 风气：风和大气；气候。

(6) 田家：农家，农夫。

(7) 异患：想不到的灾难。

(8) 盥濯：洗手。

(9) 斗酒：少量的酒。一斗，约合两升。转指少量的酒。 襟颜:心和脸上的表情。

(10) 沮溺:长沮、桀溺。参见下面的赏析。

(11) 躬耕:亲自耕作。

【赏析】

这是作者亲自参加农耕劳动而获得觉悟的一首诗。从通篇来看,这是诗人把农业劳动中的体验与《论语》之教合在一起所做的对照考察。《论语》的相关内容开头不太容易理解,但通过自己的体验之后,便会有很深的感悟了。

子曰:"君子食无求饱,居无求安,敏于事而慎于言,就有道而正焉。可谓好学也已。"

诗中的最后四句,源出于《论语·微子》第十八章:

长沮、桀溺耦而耕。孔子过之,使子路问津焉。长沮曰:夫执舆者为谁?子路曰:为孔丘。曰:是鲁孔丘与?曰:是也。曰:是知津矣。问于桀溺。桀溺曰:子为谁?曰:为仲由。曰:是鲁孔丘之徒与?对曰:然。曰:滔滔者,天下皆是也,而谁以易之?且而与其从辟人之士也,岂若从辟世之士哉?耰而不辍。子路行,以告。夫子怃然曰:鸟兽不可与同群,吾非斯人之徒与,而谁与?天下有道,丘不与易也。

65. 饮酒二十首　其九

陶渊明

清晨(1)闻叩门,倒裳(2)往自开。问子为谁与?田父有好怀(3)。壶浆远见候(4),疑我与时乖。褴褛茅檐(5)下,未足为高栖(6)。一世皆尚同,愿君汩其泥。深感父老言,禀气(7)寡所谐。纡辔诚可学,违己讵非迷。且共欢此饮,吾驾(8)不可回。

【注释】

（1）清晨：空气清新的早晨。

（2）倒裳：颠倒衣裳。这里形容匆忙迎接客人。

（3）田父：年老的农民。 好怀：好的情意。

（4）壶浆：指酒。 见候：拜访。与“见过”、“见访”义同。见，表示受动的助字。

（5）褴褛：衣服破烂的样子。 茅檐：茅草屋。转指破旧的房子。

（6）高栖：居住地的雅称。

（7）禀气：天生的气质。

（8）驾：车，喻志向。

【赏析】

这首诗是与清早拿着酒来访的田父之间的对话记录。或许其中有些虚构，也可能是作者假托的自问自答。田父对作者辞官之后生活便陷入困顿的状况感到有些不可思议，他认为“以陶渊明的人品和见识，肯定会获得相应的地位和安稳的生活”。第九、十句的“一世皆尚同，愿君汩其泥”是《楚辞・渔父》中老渔夫对屈原提的意见：

世人皆浊，何不淈其泥而扬其波？

对此陶渊明的回答是：

纡辔诚可学，违己讵非迷。

也就是说，在这首诗中陶渊明仿效屈原，不向世俗妥协，坚持自己的理想，尊重个人的信念，保持高洁的人格。

66. 饮酒二十首 其十四

陶渊明

故人赏我趣(1)，挈壶相与至。班荆(2)坐松下，数斟已复醉。父老(3)杂乱言,觞酌失行次(4)。不觉知有我,安知物(5)为贵。悠悠迷所留(6),酒中有深味。

【注释】

(1) 故人:老朋友。　趣:趣味。

(2) 班荆:铺荆于地。据《左传·襄公二十六年》记载的故事,朋友相遇于途,铺荆坐地,共叙情怀。这里是指与老朋友之间的亲切交谈。

(3) 父老:村子里的长老。

(4) 觞酌:酌酒。　行次:指斟酒、饮酒的先后次序。

(5) 物:自身之外的财产、地位、名誉等一切。

(6) 迷所留:指沉湎留恋于酒。

【赏析】

这首诗写与友人畅饮,旨在表现饮酒之中物我皆忘、超然物外的乐趣。

67. 饮酒二十首　其十六

陶渊明

少年罕人事(1),游好在六经(2)。行行向不惑(3),淹留遂无成(4)。竟抱固穷节(5),饥寒饱所更。敝庐(6)交悲风,荒草没前庭。披褐(7)守长夜,晨鸡不肯鸣。孟公(8)不在兹,终(9)以翳吾情。

【注释】

(1) 少年:年轻之时。这里指十八至三十岁之时。　人事:指与人交往。

（2）六经：六种经书。即《诗》、《书》、《易》、《春秋》、《礼》、《乐》（今已经失传）六部儒家经书。这些典籍都是经过孔子整理、编辑而流传下来。是作为中国上古时代的文化资料和中国文学的源泉而受到尊重的古代典籍。

（3）不惑：不被迷惑。这里指四十岁。语出《论语·为政第二》："子曰：吾三十而立，四十而不惑。"

（4）淹留：久留。停滞不前。语出战国时楚国屈原《离骚》："又何可以淹留？"　无成：什么事情也没有做成。语出战国时楚国宋玉《九辨》："蹇淹留而无成。"

（5）竟：表示出乎意料。竟然。　固穷节：能安于穷困的操守。语出《论语·卫灵公第十五》："君子固穷，小人穷斯滥矣。"在陶渊明的诗歌中，有多次出现了这个词语。

（6）敝庐：破房屋。

（7）褐：粗布衣，贫贱者所穿。

（8）孟公：这里指东汉的刘龚，孟公是他的字。他是隐者张仲蔚的唯一理解者（见西晋皇甫谧《高士传》）。张仲蔚有文才，好读书，但院子里长满杂草，没有人去拜访他。

（9）终：结局，最后。

【赏析】

这也是一首吟咏隐居之后在秋夜感怀心境的诗。由于夜不能寐，作者回忆了他的青春时代，为不能实现自己的抱负而感叹。

正如诗的开头二句所明确表示的那样，陶渊明强烈要求但却不能实现的"志"，正是儒家的"经世济民"的理想。对于生长在南方豪族家庭的陶渊明来说，这当然是他的抱负了。

下面的这首诗，也是明确表明他尊重儒教的心境。

68. 饮酒二十首　其二十

陶渊明

羲农(1)去我久,举世少复真(2)。汲汲鲁中叟(3),弥缝使其淳(4)。凤鸟(5)虽不至,礼乐(6)暂得新,洙泗辍微响(7),漂流逮狂秦。诗书复何罪?一朝成灰尘。区区诸老翁(8),为事诚殷勤。如何绝世(9)下,六籍(10)无一亲。终日驰车走,不见所问津(11)。若复不快饮,空负头上巾(12)。但恨多谬误,君当恕醉人。

【注释】

(1) 羲农:指伏羲氏、神农氏。都是传说中的中国上古帝王。

(2) 真:根据人的智慧和技巧得出的结论。亦指本性、本源,这里指真淳的社会风尚。语出陶渊明《劝农》诗:“悠悠上古,厥初生民。傲然自足,抱朴含真。”

(3) 汲汲:心情急切的样子。　鲁中叟:鲁国的老人,指孔子。

(4) 弥缝:弥补,补救行事的阙失。　淳:有人情味。

(5) 凤鸟:想象中的鸟。当圣王出世时这种鸟才会出现。

(6) 礼乐:礼法和音乐。指导人们行为的礼和平和人们心灵的乐,是儒家特别重视的内容。

(7) 洙泗:流经鲁国的二水名。孔子曾在这里开私塾教授弟子。　微响:精微要妙之言。指孔子的教诲。语出《汉书·艺文志》:“昔仲尼没而微言绝。”

(8) 区区:少,为数不多。　老翁:指西汉初年传授经学的饱学长者。汉武帝尊崇儒教,招聘各地的长者,给予他们优厚的待遇。

(9) 绝世:子孙灭绝。这里指儒家学统灭绝。

(10) 六籍：指六经。

(11) 问津：询问渡口。语出《论语·微子》第十八章中孔子使子路问津之事。转指询问人生的指南。

(12) 头上巾：这里特指陶渊明自己所戴的漉酒巾(事见梁昭明太子《陶渊明传》)。

【赏析】

这是一首对孔子以恢复圣人之道为目的而进行赞扬的诗,其后出现了秦始皇焚书坑儒及西汉儒者们的活动,进而到了诗人眼前的情况,"轻视儒家的传统,就会失去人生的基础",这是作者在饮酒时所发出的感叹之词。

69. 读《山海经》(1)十三首　其一

陶渊明

孟夏(2)草木长,绕屋树扶疏(3)。众鸟欣有托,吾亦爱吾庐。既耕亦已种,时还读我书。穷巷隔深辙(4),颇(5)回故人车。欢言酌春酒(6),摘我园中蔬。微雨从东来,好风与之俱。泛览周王传(7),流观山海图(8)。俯仰终宇宙(9),不乐复何如。

【注释】

(1)《山海经》：中国古代的一部记载神话传说、史地文献的书。作者未详。一说为夏朝人所作,一说为夏后世之作。有西晋郭璞注。该书除了描写各地的山川之外,还收录有各种奇异动物和异人的传说,其中也有流行的神仙思想。

(2) 孟夏：初夏。农历四月。

(3) 扶疏：枝叶茂盛的样子。

(4) 穷巷：冷僻简陋的小巷。　深辙：轧有很深车辙的大路。也有豪车之意。春秋之时，楚王使使者赍金百镒来到楚狂接舆之家，奉金百镒来访，劝其出仕。接舆对此表示拒绝，门外车轮的痕迹很深。事见《韩诗外传》卷二。

(5) 颇：经常。

(6) 春酒：春天酿造的酒。

(7) 周王传：即《穆天子传》。该书记载了周穆王乘骏马西游各国，与仙女西王母相会之事。

(8) 山海图：带插图的《山海经》。

(9) 俯仰：在低头抬头之间。　宇宙：指四方上下和古今。宇，空间；宙，时间。

【赏析】

十三首《读〈山海经〉》的组诗，为陶渊明在南朝刘宋武帝永初三年(422)、五十八岁时所作。大约是读《山海经》和《穆天子传》的内容时有感而作，这首“其一”应该是组诗的总序。强调的是隐居生活的喜悦，又特别强调了读书的乐趣。

第一段(1—4 句)导入叙述初夏的季节之感。

第二段(5—8 句)描写了隐居生活的概况。表现的内容是从事农业生产、读书以及与朋友之间没有功利的晤谈。

第三段(9—12 句)描写了与朋友之间的交流。

第四段(13—16 句)写的是阅读神话小说带来的乐趣。末尾的“不乐复何如”，似乎取自《论语·学而第一》中的孔子之语：“有朋自远方来，不亦说乎！”

70. 责　子

陶渊明

白发被两鬓，肌肤不复实。虽有五男儿，总不好纸笔[1]。阿舒已二八，懒惰故无匹。阿宣行志学[2]，而不爱文术[3]。雍端年十三，不识六与七。通子垂九龄，但觅梨与栗。天运苟如此，且进杯中物。

【注释】

(1) 纸笔：纸和笔。这里指诗文书画之事。

(2) 志学：有志于学问之年。从《论语·为政第二》的孔子之语“吾十有五而志于学”的记载来看，这里指十五岁。

(3) 文术：学问。

【赏析】

这是义熙四年(408)陶渊明四十四岁时所作的一首诗。按照当时通行的说法，这个年纪是从中年向老年过渡的时期。

陶渊明有五个儿子，名字分别是舒俨、宣俟、雍份、端佚、通佟。在诗中，他们分别是以爱称出场的。其中的老三和老四是同一年出生的，一说他们是双胞胎，一说他们是异母兄弟。

陶渊明在责子方面，也表现出了幽默的一面，诗中或许也包含对看重门阀、褒扬神童的贵族社会的一种讽喻吧！

71. 诸人共游周家墓柏[1]下

陶渊明

今日天气佳，清吹与鸣弹[2]。感彼柏下人，安得不为欢？清歌散新声[3]，绿酒开芳颜[4]。未知明日事，余襟良以殚[5]。

【注释】

(1) 周家：陶渊明的曾祖父陶侃与周访两家关系密切，此后两家继续交往甚密。见《晋书·陶渊明传》。　柏：桧树的一种。是种植在墓地的常绿树木。

(2) 清吹：指管乐器发出的清脆声音。　鸣弹：指弦乐器发出的声音。

(3) 清歌：清亮的歌声。　新声：新曲。

(4) 绿酒：新酿之酒呈绿色，故称。这里指美酒。　芳颜：美好的容颜。芳，对他人冠以的美好(通常用于女子)称呼，这里也有酒醉脸色改变之意。

(5) 襟：心怀。　以：这里同“已”。　殚：同“尽”。

【赏析】

这是陶渊明和朋友共游周家的墓地之后，在宴会上发出感慨后而作的一首诗。三、四句是对人生的一种感叹。因为还生活着，所以在今天的宴会上能够感到快乐，因此这是用音乐和酒对去世的人表示一种安慰吧！

72. 乞　食

陶渊明

饥来驱我去，不知竟何之？行行至斯里，叩门拙言辞。主人解余意，遗赠(1)岂虚来。谈谐终日夕，觞(2)至辄倾杯。情欣新知欢，言咏遂赋诗。感子漂母(3)惠，愧我非韩才。衔戢(4)知何谢，冥报(5)以相贻。

【注释】

(1) 遗赠：赠送。

(2) 觞：酒杯。也指敬酒。

(3) 漂母：在水边洗衣服的妇女。这里是指秦末汉初武将韩信(? —前 196)年轻时,受到漂母给他饭吃的恩惠之事。漂,洗衣服。

(4) 衔戢:谓敛藏于心而不能忘。

(5) 冥报:谓死后在幽冥中报答。

【赏析】

这是一首因受人恩惠而表示感谢的诗。虽然诗题为《乞食》,但从内容上来看并无乞食之意,而是表现受人恩惠、要进行报答的心情。无论是"不知竟何之"也好,还是"叩门拙言辞"也好,表现的是受人恩惠一定要报答的思想。

中间的七至十句,表现了作者与主人之间的情投意合,他们一边饮酒,一边唱歌。这是对当时只考虑利害关系的社交而言的,是一种从内心发出的反对声音。

73. 石门岩上宿

谢灵运

朝搴苑中兰,畏彼霜下歇。暝还云际宿,弄此石上月。鸟鸣识夜栖,木落知风发。异音同至听,殊响俱清越。妙物(1)莫为赏,芳醑(2)谁与伐。美人(3)竟不来,阳阿(4)徒晞发。

【注释】

(1) 妙物:夜中石门的美好景物和音响。

(2) 芳醑:芳香的美酒。醑,美酒。

(3) 美人:志同道合的朋友。

(4) 阳阿:山的南侧。一说古代神话传说中的山名。

【赏析】

南朝的刘宋王朝是一个军事政权,掌握实际权力的是军人。

由于贵族们的社会权威和政治上的业绩,他们仍然保留了一定的地位,与中央政府维持着一定的关系。但是,贵族卷入皇族、军阀之间的权力斗争,在这个时代也是较多的。

作为象征这种社会形势而出现的代表诗人,当首推谢灵运。

谢灵运(385—433)原籍陈郡阳夏(位于今河南省),出生于浙江会稽(位于今浙江省)。谢家当时是首屈一指的门阀贵族,其家族的谢安(谢灵运的曾祖父)及其侄儿谢玄(谢灵运的祖父)都是东晋王朝的重要人物。

谢灵运本人出身名门,是一个自负心极强的人,二十多岁时便无视常规,着天子的服饰进行豪游。但在另一方面,谢灵运奢望能够进入权力中枢,虽然接近皇族,但因喜欢发表带有攻击性的言论而被左迁为永嘉(今浙江省温州市)太守(郡的行政长官)。在他感到不得志时,便与族弟谢惠连等志同道合的朋友一起漫游名山大川。期间他耗费巨资对一些山、湖进行改造,时常带着数百人的随从出游。其后,隐栖在会稽郡的始宁(今浙江省上虞县),宋文帝时他再度出仕。由于对当权者不满,他经常做出一些令人感到有些反常的行为,因此被罢官。因为周围的人对他有一些反感,最后以叛逆之罪被诛杀。

“山水诗”的开拓者

正如前所述,谢灵运在漫游山水期间,还写诗来表达对不能参与政治的不满。他的诗多用对句,注重音调,用优美的文字来描写自然,具有一种人工乐园的美感。其诗的结尾部分,多写因风景而触发的心情表现。类似这样的诗风,在此后被称为了“山水诗”。

谢灵运“山水诗”的特色,是在对自然景物的描写中吟咏自己的感情和主张,并且力求对各种自然景色进行真实的描写。下面是在任永嘉太守(422—423)时写的一些代表作。

池塘生春草,园柳变鸣禽。(《登池上楼》)

晓霜枫叶丹,夕曛岚气阴。(《晚出西射堂》)

密林含余清，远峰隐半规。(《游南亭》)

发出嫩芽的青草、变化着的鸟声、霜染的枫叶、傍晚时的雾霭、余晖下的森林……所有这些时刻变化的景物，都在一瞬间被作者捕捉了下来。同样的描写在元嘉年间(424—453)出现得更多。

《石壁精舍还湖中作》

林壑敛暝色，云霞收夕霏。

《于南山往北山经湖中瞻眺》

初篁苞绿箨，新蒲含紫茸。

《石门新营所住四面高山回溪石濑茂林修竹》

崖倾光难留，林深响易奔。

类似的景物描写是值得引人注目的，作者看到的直感之美并不是偶然发现才产生的。从黎明到傍晚时刻变化着的光和影，每天都在生长着的植物生态等，只有对自然变化保持着持续的关心和观察，才能有这样的表现的可能。这种创作的基础，是对自然界种种现象和作用体现出的惊异之想吧！

由强烈的思考而获得的叙景之句，通过"变化、运动的自然"的描写，确实是反映出了大自然具有的能量和生命力了。在汉诗发展的漫长历史中，即使是在后来也缺乏类似的例子，就此而言谢灵运确实是有创作个性的诗人了。

由于对自然的描写造诣很深，谢灵运当之无愧地成了"山水诗"创作之祖了。对大自然的强烈关心，经常使他诗中的"景"和"情"不能调和，但结果却是诗中的"景"给人们留下了更为强烈的印象。

《石门岩上宿》吟咏的是作者在石门山的别墅因无友人而感到孤独的诗(诗题一本作《夜宿石门诗》)。

第一段(1—4 句)概括地叙述了作者在石门山超凡脱俗的生活。第二段(5—8 句)描写了在别墅的夜晚，耳中能够听到的各种声音极有魅力。第三段(9—12 句)以叙述期待友人的到访而作结,最后二句沿用《楚辞·九歌·少司命》“与女沐兮咸池,晞女发兮阳之阿。望美人兮未来,临风怳兮浩歌”之句,表现了期待友人的心境。

第二段的四句所捕捉到的夜色中的听觉气氛,给人留下了深刻的印象。此外,第三段中对知己不在身边的感叹,使这种孤独的倾诉经常出现在他的诗中,亦可见豪放的谢灵运还有另外的一面。

74. 七 里 濑(1)

谢灵运

羁心(2)积秋晨,晨积展游眺(3)。孤客伤逝湍(4),徒旅苦奔峭(5)。石浅水潺湲(6),日落山照曜。荒林纷沃若(7),哀禽相叫啸。遭物悼迁斥(8),存期得要妙(9)。既秉上皇(10)心,岂屑末代(11)诮。目睹严子濑(12),想属任公(13)钓。谁谓古今殊,异代可同调(14)。

【注释】

(1) 七里濑:又称“七里滩”。在今浙江省建德县东北三十六千米处。位于严陵山之西,富春江的上游。两岸连绵七里,水流湍急,稍下一点即是严陵濑。

(2) 羁心:离乡人的愁思。愁旅。

(3) 晨积:清晨的羁旅之思。晨,早晨。　游眺:尽情地游赏眺望。

(4) 逝湍:急流不停的江水。逝,去。这一句出自《论语·子罕第九》的孔子之语“逝者如斯夫,不舍昼夜”。这里是说不如意的事情随着时间而流逝。

(5) 徒旅:游客。一说是跟着旅行的人。　奔峭:崩落断裂的陡峭江岸。奔，崩落断裂的江岸。峭，陡峭的江岸。一说“奔”是“行”之意。这二句也可以作“通过险岸”解。

（6）潺湲：水流发出的声音。

（7）荒林：无人料理和游赏的野林。　纷：众多的样子。沃若：美好繁盛的样子。

（8）迁斥：被贬谪、斥逐。

（9）存期：心中的期望。语出《老子》第四章叙述“道”之深奥“湛兮似或存”之语。　要妙：“道”的精微玄妙部分。语出《老子》第二十七章叙述“道”之深奥、微妙“是谓要妙”之语。

（10）上皇：即羲皇，伏羲氏。一说是古代的圣贤。

（11）末代：衰乱之世，这里指诗人所处的社会。

（12）严子濑：严子，即东汉的严光（字子陵）。本与汉光武帝刘秀同学，但他坚决不肯出仕，隐居富春江上。其垂钓处后人名为“严陵濑”（见《后汉书・逸民传》）。

（13）属：联想。　任公：任国公子。他到东海去钓鱼，做了一个大钓钩后，钓了一年才钓得一条极大的鱼。他把这鱼切开做成肉干，给很多地方的人吃。见《庄子・外物篇》。这句是说：他也希望“道”能给很多人带来好处。

（14）调：要点。思想情调。

【赏析】

南朝刘宋少帝永初三年（422）七月，三十八岁的谢灵运因豪放不羁和直言，被左迁为永嘉太守。这首诗应该是他在去永嘉上任之际，于富春江（钱塘江流经富阳县之南的一段河流）舟行途中所作。

全诗共有十六句。前八句以描写风景为主，后八句吟咏的是由此发出的感慨。这首诗是典型的“山水诗”的样板之作。

第一段（1—4句）叙述了在心情不佳的旅途中，由于看到了美丽的风景而心灵获得了慰藉。

第二段(5—8 句)描写的是夕阳中的景物。

第三段(9—12 句)叙述了自己怀才不遇,并且希望能够与天地自然法则一体地生活着。正如他沿用《老子》语句表述的那样,从中也可以看出他的思想受到了“竹林七贤”以后“玄学”的影响。“山水诗”流行于东晋,其中又可以看出有“玄言诗”的成分包含于里面,并且对其有所发展。

第四段(13—16 句)在想起古代的两位隐者时,感觉自己也和他们一样,能够超越眼前小的利害而生存下来。

在流经浙江省的河流中,最大的河流是钱塘江。钱塘江全长四百九十四千米,流域面积达五万四千平方千米,占到浙江省总面积的三分之一。在浙江省的西北部,三条水源合在一起向东北流去,至桐庐县为“桐江”。经富阳县附近为“富春江”,经钱塘县称为“钱塘江”,最后流向了杭州湾。

75. 游赤石(1)进帆海

谢灵运

首夏犹清和(2),芳草亦未歇。水宿(3)淹晨暮,阴霞(4)屡兴没。周览倦瀛壖(5),况乃陵穷发(6)。川后(7)时安流,天吴(8)静不发。扬帆采石华(9),挂席拾海月(10)。溟涨无端倪(11),虚舟(12)有超越。仲连轻齐组(13),子牟眷魏阙(14)。矜名(15)道不足,适己(16)物可忽。请附任公言(17),终然谢天伐。

【注释】

(1) 赤石:地名,在浙江省永宁县的临海地区。

(2) 首夏:夏初,初夏。 清和:清净,祥和。为东汉时期的表示仲春(阴历二月)之语,其后又为初夏(阴历四月)的别名(据清袁枚《随园诗话》卷十五之说)。

(3) 水宿:在舟中过夜。

(4) 阴霞:云霞。这里似指早晨的云霞。

(5) 瀛(yíng)壖(ruán):海岸。瀛,海。壖,岸。

(6) 况乃:表示比较之语。如什么什么的样子。　穷发:极北不毛之地。据《庄子・逍遥游》记载:“穷发之北有冥海者,天池也。”发,草木。

(7) 川后:河神。魏曹植《洛神赋》有“于是屏翳收风,川后静波”之句。

(8) 天吴:海神。《山海经・大荒北经》有“有神人,八首人面,虎身十尾,名曰天吴”之句。

(9) 石华:海草名。附生于海中石上,可食用。西晋郭璞《江赋》有“王珧海月,土肉石华”之句。

(10) 海月:贝名。壳较大,半透明,可以做装饰用。肉可食用。

(11) 溟涨:泛指大海。溟,传说中的位于北地的海。涨,南海的古称。　端倪:事物的始末。又指头绪,迹象。

(12) 虚舟:轻捷之舟。不装载东西的小舟。

(13) 仲连:即战国时齐国的鲁仲连。他虽因军功而被授予了爵位,但还是固辞而隐居到了海上。　齐组:齐国的爵位。组,表示爵位的印绶。

(14) 子牟:即战国的魏公子牟。曾说:“身在江海之上,心居乎魏阙之下。”(见《吕氏春秋・审为篇》)　魏阙:魏国的宫门。也指王室、朝廷。

(15) 矜名:夸耀自己的名声。

(16) 适己:适合自己的本心。

(17) 任公言:太公任的话。太公任曾对孔子说:“直木先伐,

甘井先竭。子其意者饰知以惊愚,修身以明污,昭昭乎如揭日月而行,故不免也。"(《庄子·山木篇》)

【赏析】

这是谢灵运于景平元年(423)三十九岁的夏天,于永嘉太守任上所作。表现的是谢灵运在海边漫游,以及数日间的舟游之乐。这首诗叙述了这一期间的欢乐,吟咏了不希望出现一些杂事的愿望。

第一段(1—4 句)描写了在祥和的阳光中,自己连续数日在舟中游赏之事。

第二段(5—8 句)描写了在岸边眺望江面时的情状。

第三段(9—12 句)写出海时采摘到的海草和贝类,即使是乘兴而去也是有所收获的。

第四段(13—18 句)写出游时想到的古人,得出顺天适己,安养天年之旨。全诗到此结束。

76. 石壁精舍还湖(1)中作

谢灵运

昏旦变气候,山水含清晖。清晖能娱人,游子憺(2)忘归。出谷日尚早,入舟阳已微。林壑敛暝色,云霞收夕霏。芰荷迭映蔚(3),蒲稗(4)相因依。披拂趋南径,愉悦偃东扉(5)。虑澹物(6)自轻,意惬理(7)无违。寄言摄生(8)客,试用此道推。

【注释】

(1) 石壁精舍:谢灵运位于乡间始宁的别墅。一说是佛道修行的馆舍。　湖:巫湖。在其南有石壁精舍。

(2) 憺：安闲舒适。

(3) 芰荷：菱，水草。　映蔚：互相映照着。

(4) 蒲稗：菖蒲和稗草。

(5) 东扉：东面的门。扉，这里似指屋舍之意。

(6) 物：自身之外的东西。

(7) 理：道理，天性。这里指养生的道理。

(8) 摄生：探求养生之道。

【赏析】

这首诗是元嘉元年(151)，谢灵运四十岁时所作。在前一年的秋天，谢灵运辞去永嘉太守，回到了家乡始宁。他在石壁山中建"招提精舍"，大约是在其后不久所为。

这首诗是作者从石壁精舍乘舟泛游湖中之后，吟咏回到自己家中时的情景和心境所作。除了开头和结尾的两句之外，全是对句。

第一段(1—4 句)描写了在湖中眺望时的心境，说明了晚归的原因。

第二段(5—8 句)叙述了傍晚时的景色。

第三段(9—12 句)描写了舟行岸边，自己想要回家时的心理。

第四段(13—16 句)写游后悟出的与自然融为一体的玄理。

77. 夏夜呈从兄散骑车长沙

颜延之

炎天方埃郁(1)，暑晏阕尘纷(2)。独静阙偶坐(3)，临堂对星分(4)。侧听(5)风薄木，遥睇月开云。夜蝉当夏急，阴虫(6)先秋闻。岁候(7)初过半，荃蕙(8)岂久芬？屏居(9)恻物变，慕类抱情殷(10)。九逝(11)非空思，七襄(12)无成文。

【注释】

(1) 炎天：太阳照射下的炎热夏日。　埃郁：形容炎热或炽热。

(2) 尘纷：尘土纷飞。亦指纷乱的尘世。

(3) 偶坐：相向而坐、并坐。

(4) 星分：分散的星星。

(5) 侧听：侧耳倾听。

(6) 阴虫：秋天鸣叫的虫子。

(7) 岁候：春夏秋冬四季。

(8) 荃蕙：都是香草名。

(9) 屏居：一个人居住,不与外界交往。也指隐居。

(10) 殷：担心,忧虑。

(11) 九逝：几度飞逝。谓因深思而心灵不安。

(12) 七襄：指织女星白昼移位七次。转指反复推敲写成的诗文。

【赏析】

在刘宋王朝的元嘉年间(424—453),与谢灵运齐名的诗人还有颜延之、鲍照,他们并称为“元嘉三大家”。虽然为同一时代的诗人,但他们却是三人三个形象、三种诗风。

颜延之(384—456),字延年。琅琊临沂(今江苏省江宁县)人。颜延之在东晋末年曾担任官职,入宋之后也曾有着优厚的待遇,但因言语傲慢被除为永嘉太守。其后,复为国子祭酒,官至金紫光禄大夫、湘东王师。由于文采出众,他与谢灵运并称为“颜谢”。此外,颜延之还与陶渊明交好,在陶渊明去世后为其作诔(褒扬去世者德行功绩之文,多用韵)。颜延之好酒,且性格偏激,但在七十三岁去世之前一直是刘宋文坛的领袖，去世之后谥“宪子”。

颜延之的诗歌，多社交场合中的描写，似宫廷诗人之作，缺少表现深厚感情的作品。

《夏夜呈从兄散骑车长沙》这首诗是在夏夜看到各种风物后吟咏自己寂寞心情、并赠送两位即将离别挚友的诗。从诗题的“从兄散骑”来看，散骑常侍是指颜敬宗。车长沙，姓车，字仲原。按第十一句的“屏居”所说，似在左迁永嘉时所作。

诗中描写了夏夜的优美景色，风声、月光、虫声等，夏夜的氛围竟然令人感到如此亲切。随着季节的变化，人们的感情也相应发生变化，诗人对此有着细腻的感受。

以上的诗歌与谢灵运的诗歌相比，在“情”和“景”的表现方面有着较为密切的关系，这也是应该值得注意的。

颜延之还对叙事诗的创作也是较为热衷的。其《秋胡诗》描写了鲁国的秋胡于五年前单身赴任后，在回来的途中，他所调戏的采桑女子正是已经不认识了的妻子，其妻对此非常失望，在说了一些气愤的话之后而投水自杀(《列女传》、《西京杂记》均有记载)，颜延之对此再创作形成了五言九十句的诗歌。作为一首叙事诗，这首诗在中国诗歌史上具有重要的地位。全诗分为了九章，作品按照主人公的妻——夫——妻——夫的顺序进行了描写，对故事的内容也进行了再创作。

78. 拟行路难(1)十八首　其六

鲍　照

对案(2)不能食，拔剑击柱长叹息。丈夫生世会几时？安能蹀躞垂羽翼(3)！弃檄(4)罢官去，还家自休息。朝出与亲辞，暮还在亲侧。弄儿床前戏，看妇机中织。自古圣贤尽贫贱,何况我辈孤且直(5)!

【注释】

(1) 拟行路难:“行路难”是汉代的乐府诗题。这里是指模拟古乐府之意。

(2) 案:放食器的小几。又,案,即古“椀”(碗)字。

(3) 蹀躞:小步行走的样子。 垂羽翼:垂翼不飞。这里指精神不振。

(4) 弃檄:檄,紧急公文。这里指任命的文书。舍弃这些文书,即指辞官。一本作“弃置”。

(5) 孤且直:孤,孤傲。直,正直不通融。这里指孤高并且耿直。

【赏析】

鲍照(412? —466),字明远,东海(今江苏省郯城县)人。由于出身寒门,所以在仕途上受到压制,后由于临川王刘义庆(《世说新语》的编著者)的赏识而受到重用。又在临汝王刘子顼手下为参军时,因刘子顼参与后任者的叛乱,他在战乱中被杀。

鲍照诗风多样,既有表现守边将士勇猛气概的内容,也有描写不幸妇女生活的诗歌。但从总体内容来看,还是以表现自己不遇之悲、发泄对门阀社会的不满情绪为主。

鲍照特别创作了很多的“歌行诗”,这种诗歌样式与吟咏个人的感慨极相适应,因而成就极大。唐代李白、高适、岑参等人的七言歌行便是受到了鲍照的影响,就连杜甫也对鲍照极为尊敬,他曾经说过“清新庾开府,俊逸鲍参军”(《春日忆李白》)。

《行路难》是汉代古乐府的一种体裁,是以表现人生苦难和离别之悲为主题的歌谣。然而汉代的作品今已散佚,在这些模拟之作中,鲍照的组诗是最早的具体例子了。

在这组诗的"其六"中,反映了作者个人的强烈感慨。虽然他有着非同一般的抱负,但却没有发挥的机会,对这种现象的不满情绪使他希望能够在痛苦中求得一种安逸。

现实和理想的差距带来的烦恼,使作者希望能够得到一个安逸的场所,这也便是希望能够有一个父母妻子俱在的家庭。

79. 梅 花 落[1]

鲍 照

中庭多杂树[2],偏为梅咨嗟[3]。问君[4]何独然?念其霜中能作花,露中能作实。摇荡春风媚春日,念尔[5]零落逐风飙,徒有霜华无霜质[6]。

【注释】

(1) 梅花落:乐府旧题。内容以看到梅花散落,而想到与亲人和故乡的离别之悲为主。是用笛子吹奏的乐曲。

(2) 中庭:与"庭中"同义。 杂树:各种各样的树。这里指梅花以外的树。

(3) 咨嗟:赞叹声。

(4) 君:指作者。这句是代杂树发问。

(5) 尔:第二人称的名词。指杂树。

(6) 霜华:霜中的花。 霜质:耐霜的品质。

【赏析】

吟咏梅花的诗,大概始于南北朝时期。鲍照的这首诗,是吟咏梅花最早的诗作。散落的梅花,飘落在院子里,作者通过问答以假设的形式赞扬了梅花的特质。

在作品中,作者吟咏了梅这种"在冬天能够耐寒的花"。在这里,“环境不改其志,生命力顽强的梅花”,是作者非常向往的一种精神境界。

80. 梦见美人

沈 约

夜闻长叹息,知君心有忆。果自阊阖[(1)]开,魂交
睹颜色。既荐巫山枕[(2)],又奉齐眉食[(3)]。立望[(4)]复横
陈,忽觉非在侧。那知神伤者,潺湲[(5)]泪沾臆。

【注释】

(1) 阊阖:天界的门,天宫之门。

(2) 巫山枕:这里指楚襄王在做梦时,梦到了与巫山神女相会的故事。

(3) 齐眉食:东汉梁鸿之妻孟光,对丈夫极为尊重,吃饭时一定要把盛饭的托盘举过头顶递给丈夫。这个故事表现了夫妻之间的互敬互爱关系。(事见《后汉书·梁鸿传》)

(4) 立望:汉武帝见到李夫人的幻影而作的诗。其诗曰:“是耶?非耶?立而望之,奈何姗姗其来迟!”(事见《汉书·外戚传》)

(5) 潺湲:流泪的样子。

【赏析】

南朝后期的诗歌创作倾向——趋于技巧化

在南朝的齐、梁、陈之时,诗歌创作在词语、韵律方面有了很大的进步,诗歌的创作手法和表现形式达到了洗练的极致。在内容方面,描写女性情感和形态的唯美的“宫体”诗,描写各种动植物、器物形状、特质并赋予其中寓意的“咏物”诗大为流行。在形式、内容上具有这样的特色,这一时期的诗风被称为“齐梁体”。

特别是在南齐永明年间(483—493),竟陵王萧子良手下形成了一个文学集团,出现了新的诗风"永明体"。诗坛的中心人物有八位,即被称为"竟陵八友"的萧衍、王融、任昉、沈约、谢朓、陆倕、范云、萧琛。其中最有名的是沈约和谢朓二人。

沈约(441—513),字休文。吴兴武康(今浙江省湖州市吴兴区)人。历仕于宋、齐、梁三朝,祖上世代为武将之家。

沈约幼时,日夜读书不知疲倦,据说其母担心他的身体健康,时常让他少添灯油。由于竟陵王的介绍,他与萧衍(即后来的梁武帝)成了知己,为梁朝的建立立下了功劳,因而深受萧衍的信赖。沈约家中藏书丰富,其人熟谙历史,为《晋书》、《宋书》的编撰者。

沈约在诗歌史上的功绩,在于他发现了汉字的声调(四声),与周颙一起追求诗歌的声乐之美,为作诗提出了细致的规则即四声八病之说。这个发明为入唐之后确立的近体诗的平仄奠定了基础。

沈约现存约一百八十首诗歌,其中有一些新颖的名句引人注目。如吟咏女性魅力的诗:

笑时应无比,嗔时更可怜。(《六忆诗四首》其二)

描写思妇酒后之悲的诗:

别离稍已久,空床寄杯酒。(《拟青青河边草》)

还有吟咏美女散步的诗:

扶道觅阳春,相将共携手。(《初春》)

这一类的诗歌都给人留下了深刻的印象。

除此之外,沈约还留下了幻想丰富的"宫体诗"和从多角度着眼的《咏物诗》。

《梦见美人》是一首梦见美女而做的诗。其内容未必是作者的体验,但或许是受到了宋玉《高唐赋》故事的启发而作。诗中所谈到的几个故事,是知识性和感情性高度结合在一起的,这首诗由此可以说是名作。

《高唐赋》是宋玉陪楚襄王(顷襄王)一起游览至云梦的高唐观

时,描写周围风景而作。其序叙述了前代的先王在此游览之事,“昔者先王尝游高唐,怠而昼寝,梦见一妇人曰:‘妾,巫山之女也。’”诗中的意境大约与此相同。

81. 应王中丞[1]思远咏月

沈　约

月华临静夜,夜静灭氛埃[2]。方晖[3]竟户入,圆影隙[4]中来。高楼切思妇,西园游上才[5]。网轩映朱缀[6],应门别录苔。洞房[7]殊未晓,清光信悠哉[8]。

【注释】

(1) 应:和他人的诗文而作。　王中丞:王思远。时任御史中丞。

(2) 氛埃:空气中的灰尘。

(3) 方晖:四角的阳光。从四角窗户照到的阳光。

(4) 隙:墙壁上的孔穴。

(5) 西园:西面的庭院。魏曹植《公宴诗》有“清夜游西园,飞盖相追随”之句,似指都城的庭院。　上才:杰出的才能。这里指优秀的人。

(6) 网轩:网户,装饰有网状雕刻的门窗。　朱缀:边幅上的红色装饰物。

(7) 洞房:深邃的内室。也多指寝室或女性的房间。

(8) 悠哉:思念不尽的样子。

【赏析】

按照诗题所说,这首诗是对御史中丞王思远《咏月》诗的唱和应酬之作(有传本作《杂咏五首》其三)。令人感到遗憾的是,王思远的诗并没有流传下来。

这首诗是描写月光及其作用的诗，是从各个角度来进行描写的。作品中的主人公仰望月光，进而从中产生了种种的联想。开头的一二句，叙述了在自己的房间里发现月光。以下的六句，是就月光重复吟咏的对句。结尾的二句再一次呼应开头，以描写洞房而作结。

正如诗中所见，中间的三组诗句为对句。虽然是随着着眼点的变化而吟咏月光，但在创作技法中却是接受了"律诗"的创作方法。

82. 别范安成[1]

沈　约

生平[2]少年日，分手易前期。及尔同衰暮，非复别离时。勿言一樽酒，明日难重持。梦中不识路[3]，何以慰相思？

【注释】

(1) 范安成：指范岫。当时他作为安成（在今广西壮族自治区）内史而去赴任。

(2) 生平：以前，曾经。一本作"平生"。

(3) 梦中不识路：这里指战国时期张敏的故事。张敏思念好友高惠，于是在梦中去寻找高惠，但梦里中途迷失了道路，因而没有见到他（见《文选》卷二十李善注引《韩非子》）。

【赏析】

这是沈约送别好友范岫赴任时，于送别席上的赠别之作。

全诗以追忆少年之时开始写起，后写老年离别之"难"。这时候的沈约在诗中所表现的内容,已经完全体现出了他的诗风了。

83. 玉 阶[(1)] 怨

谢 朓

夕殿下珠帘[(2)],流萤[(3)]飞复息。长夜缝罗衣[(4)],思君此何极。

【注释】

(1) 玉阶:皇宫的石阶。

(2) 珠帘:用珍珠装饰的精美窗帘。

(3) 流萤:萤火虫。

(4) 罗衣:一种丝织品做成的衣服。

【赏析】

谢朓(464—499),字玄晖。陈郡阳夏(今河南太康县)人。与谢灵运同族,谢灵运世称"大谢",谢朓世称"小谢"。由于其才能受到沈约的赏识,进而来到中央担任要职。后遭始安王萧遥光诬陷,下狱致死。

作为诗人,谢朓在齐梁时期名声很大,他特别擅长创作的是描写自然的诗。在诗歌创作中,他注重对句和音调,对唐代近体诗的发展起到了重要的作用。李白虽然对南北朝的诗歌没有什么评价,但却对谢朓的诗歌极力赞赏,经常在他的诗歌中言及谢朓。

谢朓的诗歌注重描写极为纤细的感觉。如:

《和徐都曹出新亭渚》

日华川上动,风光草际浮。

《游 东 田》

鱼戏新荷动,鸟散余花落。

《移病还园示亲属》

叶低知露密，崖断识云重。

《送江兵曹檀主薄朱孝廉还上国》

香风蕊上发，好鸟叶间鸣。

河面上波光粼粼、鱼儿在荷叶下嬉游、露珠下茂密的叶子、花叶上飘荡的香风……。所有的景物描写得如此细微，留下了诱人的美感。这些美感被作者的锐利审美之眼直接地捕捉到了，如此精细的描写之前只有谢灵运这样具有敏锐观察自然能力的人笔下真正表现出来过。

《玉阶怨》是一首吟咏失宠宫女的感叹之词。描写的是在初秋或某一个日暮到深夜孤独寂寞的宫女的生活。

在诗的前半部分，描写的是卷帘宫女的无聊心情。在他的旁边有流萤飞舞。诗的后半部分描写了端坐在房间里，专心致志地缝罗衣的情景，主人公的形象呼之欲出。全诗达到了一种绘画一般的美感境界。

84. 离　　夜

谢　朓

玉绳(1)隐高树，斜汉耿层台(2)。离堂(3)华烛尽，别幌(4)清琴哀。翻潮(5)尚知恨，客思眇难裁。山川不可尽，况乃故人杯。

【注释】

(1) 玉绳：星名。在北斗七星的最北面。

(2) 斜汉：指秋天向西南方向偏斜的银河。　层台：高台。二层以上的建筑物。

(3) 离堂：饯别之堂。

(4) 别幌：设在饯别宴会座位上的垂幕。

(5) 翻潮：翻卷的波浪。

【赏析】

这是一首吟咏送别宴会即将结束，于离别之际表现惜别心境的诗。

除了七、八句之外，其他均为对句，表现了各种视点的变化。前半部分的四句为情景描写，后半部分的四句是心情的吐露。这种诗风令人感到与唐代"律诗"出现的时间较为接近。

85. 咏画屏风(1)诗二十五首　其四

庚　信

昨夜鸟声春，惊鸣动四邻。今朝梅树下，定有咏花人。流星浮酒泛(2)，粟瑱绕杯唇(3)。何劳一片雨，唤作阳台神(4)。

【注释】

(1) 画屏风：画屏。绘有图画的屏风。

(2) 流星：这里形容女性的眼睛。　酒泛：斟满酒。泛，满。

(3) 粟瑱：粟，眉饰。瑱，耳朵上的装饰物。　杯唇：杯子的边缘。唇，物体的边缘。

(4) 阳台神：阳台的神女。即宋玉《高唐赋》中出现的神女。

【赏析】

诗论著作与"总集"的编撰

在南朝后期，诗歌创作达到了极为洗练的地步。

作为总体的特色，短篇名作较多，包含有清新的比喻和警句的诗歌也较多。今举例如下：

日暮碧云合，佳人殊未来。（梁江淹《杂体诗三十首》其三十《休上人别怨》）

洞房风已激，长廊月复清。……杂闻百虫思，偏伤一息声。（梁王僧孺《与司马治书同闻邻妇夜织》）

岁去甚流烟，年来如转轴。（梁吴均《与柳恽相赠答诗六首》其四）

从另外一个角度而言，这类的诗歌题材有些狭窄，但在形式上却是引人注目的。对这些诗歌内容进行反思的话，其诗歌的本质和创作方法还是令人看好的。在这一时期，出现了两个方面的成果。

一个是诗论开始盛行，在梁代出现了两种诗论。

首先是钟嵘（468？—518？）的《诗品》三卷。这是一部品评诗人创作风格的书，它把从汉代至梁朝的著名诗人分为上品、中品、下品进行分类并加以批评。相对而言，刘勰（465？—532？）的《文心雕龙》十卷，则对诗歌的形式和创作方法等原理用骈俪的文体（由四字、六字的对句和较多成语故事装饰的文体）加以论述。

二者的共同之处在于，并不局限于当时的句法、典故、声律等形式上的技法。其结果是钟嵘提倡汉魏古风的复古，刘勰提出“五经”精神的复归。

其次是“总集”的编撰。这一时期完成了两部重要总集（把很多人的诗文集编辑在一起）的编撰。《文选》三十卷是在梁昭明太子萧统（501—531）的组织下完成的，分别收录了从古代至梁代的诗文，《玉台新咏》十五卷是在简文帝萧纲时命徐陵（507—583）编撰而成的，多收录从汉代至梁代的艳诗（修辞华美的诗。以描写男女之情和女性的形态、心情的内容居多）。

庾信——南北朝最后的大诗人

庾信（513—581），字子山。是与其父庾肩吾齐名的齐梁时期的宫体诗人，其诗风与同一时期的徐陵并称为“徐庾体”。梁元帝承圣三年(554),庾信作为使者出使北朝的西魏,这期间梁被西魏所灭,庾信留在西魏担任了官职,最终仕于北周。

西魏、北周这些王朝给予庾信以优厚的待遇,但梁朝灭亡和北地流寓的体验使他的诗风发生了变化,在此之后吟咏亡国之悲和望乡之思成了他显著的诗歌风格。杜甫对庾信非常尊敬,在他的诗中(《咏怀古迹》、《戏作六绝句》、《春日忆李白》等)经常提到庾信,这是值得引人注目的现象。

作为庾信前期诗歌的代表作,便可举《咏画屏风诗二十五首》这一组诗。组诗虽然是咏屏风画的"题画诗",但不是单纯的描写画面,而是由具有丰富想象力的画面世界,来扩大时间、空间的面积,创造出一个立体的境界。上面的诗便是其中的第四首。

前半部分的四句,从画中的鸟儿和梅树写起,并对此产生了想象内容。

后半部分的四句,关注的是画中的美女,描写的大概是窗边举杯的情形。引用《高唐赋》的故事,可以看出作者的智慧,全诗遂以此作结。

86. 拟咏怀(1)二十七首　其七

庾　信

榆关(2)断音信,汉使绝经过。胡笳(3)落泪曲,羌笛(4)断肠歌。纤腰减束素(5),别泪损横波(6)。恨心终不歇,红颜无复多。枯木期填海(7),青山望断河。

【注释】

(1) 拟咏怀:模拟魏阮籍《咏怀诗》八十二首而作的二十七首组诗。

(2) 榆关：即山海关(在今河北省秦皇岛市)，位于万里长城东端。转指广阔的北方边塞地区。

(3) 胡笳：西北少数民族的一种乐器，用芦苇叶卷成双簧片形状而制成。

(4) 羌笛：羌族(居住在青海地区的少数民族)人吹奏的一种笛子。

(5) 束素：一束绢帛。常用以形容女子腰肢细柔。

(6) 横波：借指妇女之目。

(7) 填海：这里指精卫填海的故事。上古之时，炎帝(神农)的女儿溺死于东海，化身为精卫。她时常衔西山的木石，来填埋东海(《山海经·北山经》)。这里比喻强烈的信念和执着的精神。

【赏析】

这首诗是庾信后期的代表作。吟咏的是失去家国消息的丈夫思念妻子。诗以丈夫比喻羁留在北方的庾信，以南方的友人比喻故乡的妻子。其中"南朝的人是自己不能忘掉的身份"应该是庾信的观念。

诗中的第一至八句中的第三个字"断、绝、落、断、减、损、终、无"的文字并列，使庾信的不安和浮躁之思浮现了出来。其末尾的二句"枯木期填海，青山望断河"，更是表现了他令人惊人的信念。

87. 子夜歌(夜长不得眠)

南朝无名氏

夜长不得眠，明月何灼灼(1)。想闻散唤(2)声，虚应空中诺(3)。

【注释】

(1) 灼灼：明亮发光的样子。

(2) 散唤：恍惚的呼唤声。散，似做“欢”(恋人)之误。

(3) 诺：答应的声音。

【赏析】

南朝民歌

在南朝的诗歌中，民歌的作用是不能回避的。

从南朝初期开始，五言四句的短小民歌开始流行了起来。长江以南的地区，气候景色俱佳，物产也比较丰富，特别是长江下游的吴地(今江苏省)物资流通频繁，人们生活富裕。

在这种繁华地区产生的民歌传入到了宫廷之内，诗人们对此进行模拟，于是对“五言绝句”的产生提供了帮助。这一地区形成的巨富出入宫廷，似乎与政商们的活动有关。

富商们的活动大约从5世纪中期刘宋之时开始出现了兴盛。在长江中下游流域，由于水利运输方便，商业活动繁荣，商品经济出现了兴盛的景象。财富的蓄积使得一些豪商堪称巨富，他们有了乘舟在水面上游玩的雅兴。

豪商们与贵族接近，由此获得了种种特殊的利益，而贵族们也从中得到了好处。通过推测二者之间的关系，民歌开始在上流社会中推广开来。

南朝的民歌收集在北宋郭茂倩编集的《乐府诗集》卷四十四至四十九中。这些内容取名为“清商曲辞”，大部分是五言四句的诗。在其发祥地又分为了“吴声歌曲”和“西曲歌”两个系统。虽然都是长江流域的歌谣，但“吴声歌曲”发源于下游地区，而“西曲歌”则流行于中游地区。

这首诗收在《乐府诗集》卷四十四中，是“子夜歌”的第三十三首，女主人公似乎是行商之人的妻子。全诗吟咏的是一种孤独的悲凉，是流传下来的具有悲伤曲调氛围的诗。

代表“吴声歌曲”的是《子夜歌》的作品群。

关于《子夜歌》的起源，有下面两种传说。首先是《宋书·乐志》的记载,在4世纪末时,在贵族的院子里有鬼(精灵)在唱《子夜歌》。在南北朝的志怪小说中,记载了很多鹤和獭以及其他的妖怪化作女子的模样唱着吴歌来诱惑男人的故事,因此《子夜歌》也烙下了同样的精神风貌。还有一个传说是《旧唐书·乐志》中的记载,大约也是在4世纪末时,有一个名叫子夜的女孩作了一首悲悲切切的歌曲,这便是《子夜歌》。

继之还有代替这些诗歌的作品出现,如果说有《子夜歌》、《子夜吴歌》的话,那么还有吟咏季节感较多的《子夜四时歌》。这些诗歌都是五言四句的短诗,内容几乎全是恋歌,富于机智和幽默。

在《乐府诗集》卷四十四中,收集了晋、宋、齐三代流行的《子夜歌》四十二首。这些诗歌几乎全是从女性的立场出发,表现她们的悲欢情愁,其中也包含了以妓女(以歌舞博得客人欢笑的女性)为主人公的作品,反映了当时都市生活的一个方面。

88. 子夜四时歌(渊冰厚三尺)

南朝无名氏

渊冰(1)厚三尺,素雪覆千里。我心如松柏(2),君情(3)复何似?

【注释】

(1) 渊冰:深厚的冰层。渊,水流较深的样子。

(2) 松柏:松树和柏树。这两种树木都是常绿树木,比喻坚定的信念和节操。

(3) 情:爱情,恋情。一本作"心"。

【赏析】

这是《乐府诗集》卷四十四中收录的《子夜四时歌》中"冬歌"中

的第一首。

冰雪融化代表女性的热情,那么男性又该如何回答呢?

89. 子夜四时歌(春林花多媚)

南朝无名氏

春林花多媚(1),春鸟意多哀。春风复多情(2),吹我罗裳(3)开。

【注释】

(1) 媚:美丽,有魅力。

(2) 多情:感情丰富。这里指感情深厚,是一种幽默的说法。

(3) 罗裳:犹罗裙(腰下穿的衣裙)。

【赏析】

春林花多,春鸟意多哀。春风复来,吹我罗裳开。

这是《乐府诗集》卷四十四中收录的《子夜四时歌》中"春歌"中的第十首。

"春"字与"多"字反复出现使得这首诗变得较为有节奏,前半部分与后半部分的落差也显得富有情趣。在森林里漫步的是一位姑娘,看到花儿凋零,听到悲伤的是鸟鸣。姑娘由此也体会到了酸甜苦辣的感情世界。

在春风拂煦中,姑娘的裙子也被风儿吹开了,姑娘的容貌又回归到了自然,这好像也是春风带来的恶作剧吧!

90. 青阳度(碧玉捣衣砧)

南朝无名氏

碧玉捣衣(1)砧,七宝(2)金莲杵。高举徐徐下,轻捣只为汝。

【注释】

(1) 碧玉：一种呈绿色的软玉。　捣衣：冬季到来时，把布或者衣服放在砧石上，用木槌进行敲打使之变得柔软。

(2) 七宝：七种宝物。即金、银、琉璃、玛瑙、玻璃、砗磲、珍珠。关于七宝的构成，有着不同的说法，这里按通行的说法。

【赏析】

这是《乐府诗集》卷四十九中收录的《西曲歌》中"青阳度"中的第二首。劳动者应该是一位贤妻，吟咏的是她的相思之情。

这一首歌曲应该是伴着铃和鼓声，用笛子伴奏，不用弦乐来演唱的。诗的前半部分表现的华丽氛围，似乎是与打击乐器伴奏相配的曲调。

91. 长干(1)曲(逆浪故相邀)

南朝无名氏

逆浪故相邀，菱舟(2)不怕摇。妾家扬子(3)住，便弄广陵(4)潮。

【注释】

(1) 长干：地名。在今南京市南面、秦淮河南岸一带的地区。往来于长江两岸的商人居住于此，形成了一个繁华区域。

(2) 菱舟：采莲的小船。采莲子是女孩子们的工作。

(3) 妾：古时女子的自称，含有谦逊的语气。　扬子：即扬子津，镇江对岸的一个渡口。

(4) 广陵：在今江苏省扬州市的江都市。

【赏析】

《长干曲》收录在《乐府诗集》卷七十二《杂曲歌辞》中,与古辞一起收录的还有八首唐代诗人的模拟之作,多吟咏长江下游船家之妻与女儿们的生活与心境。

上面的这首歌词大约作于5世纪,是表现江边女子心情的歌谣。

92. 木兰诗

北朝无名氏

唧唧复唧唧(1),木兰当户织。不闻机杼(2)声,唯闻女叹息。问女何所思,问女何所忆?女亦无所思,女亦无所忆。昨夜见军帖(3),可汗(4)大点兵,军书十二卷,卷卷有爷(5)名。阿爷(6)无大儿,木兰无长兄(7),愿为市鞍马,从此替爷征。

东市买骏马,西市买鞍鞯(8),南市买辔头(9),北市买长鞭。旦辞爷娘(10)去,暮宿黄河边。不闻爷娘唤女声,但闻黄河流水鸣溅溅。旦辞黄河去,暮至黑山(11)头。不闻爷娘唤女声,但闻燕山胡骑(12)鸣啾啾。

万里赴戎机(13),关山(14)度若飞。朔气传金柝(15),寒光(16)照铁衣。将军百战死,壮士十年归。

归来见天子,天子坐明堂(17)。策勋十二转(18),赏赐百千强(19)。可汗问所欲,木兰不用尚书郎(20),愿驰明驼千里足,送儿还故乡。

爷娘闻女来,出郭相扶将(21)。阿姊闻妹来,当户理红妆(22)。小弟闻姊来,磨刀霍霍(23)向猪羊。开我东阁门，坐我西阁床。脱我战时袍，著我旧时裳。当窗理云鬓，对镜贴花黄[24]。出门看火伴[25]，火伴皆惊忙。同行十二年，不知木兰是女郎[26]。

雄兔脚扑朔[27]，雌兔眼迷离[28]。双兔傍地走，安能辨我是雄雌？

【注释】

(1) 唧唧：纺织机的声音。一本作“促织”。一说为叹息声。

(2) 机杼：织布的机械。机，织布机。杼，织布梭子。

(3) 军帖：军队的通知书。特指征兵的文书。

(4) 可汗：古代西北地区少数民族对君主的称呼。

(5) 爷：对父亲的俗称。

(6) 阿爷：对父亲的亲昵称呼。

(7) 长兄：比自己大的哥哥。

(8) 鞍鞯：马鞍及下面的垫子。

(9) 辔头：驾驭牲口用的嚼子、笼头和缰绳。

(10) 爷娘：称呼父母的俗语。

(11) 黑山：杀虎山。

(12) 燕山：一说蒙古的杭爱山；一说河北省北部的山。　胡骑：胡人的战马。

(13) 戎机：军机，这里指决定胜败的重要战役。

(14) 关山：位于国境的群山。

(15) 朔气：北方来的寒气，北风。　金柝：即刁斗。古代军中用的一种铁锅，白天用来做饭，晚上用来报更。

(16) 寒光：清冷的光，特指月光。

(17) 明堂：古代皇帝听政的地方。因向阳而建，窗户可以接收到充足的阳光，故名。

(18) 策勋：记功；论功行赏。策，竹制的札。　十二转：形容功绩显著，多次升迁。

(19) 百千强：赏赐很多的财物。百千，形容数量多。强，有余。

(20) 尚书郎：尚书省的次官，负责诏书和上奏之事。这里是指政府的高级官员。

(21) 郭：外城。　扶将：互相扶持。

(22) 红妆：指艳丽的装束。

(23) 霍霍：刀光闪动疾速。又指磨刀声。

(24) 花黄：古代妇女的一种面部装饰物。

(25) 火伴：同火的人。古时兵制，十人为一火，火伴即伙伴。

(26) 女郎：年轻的女子，少女。

(27) 扑朔：跳跃的样子。

(28) 迷离：眼神蒙眬的样子。

【赏析】

《木兰诗》是中国古代诗歌中一首具有代表性的叙事诗。它原本是北朝流行的民歌，在汉族中流传，内容较为洗练(题目中的"诗"一本作"辞")。

这首诗吟咏了木兰代父从军、出征，立下了大功而又平安归来的故事。从诗中出现的地名来看，作品中讲述的可能是与东北少数民族中的库莫奚、契丹之间的战争，全诗约形成于北朝后期。

杂言《木兰诗》由六十二句组成，分为以下六段：

第一段(1—16 句)是木兰在听到父亲被征兵的消息后而引起的烦恼，因为弟弟还幼小，于是她决定代父从军。

第二段(17—28 句)写木兰准备好了从军装备，告别双亲之后，渡过黄河奔赴了前线地区。

第三段(29—34 句)描写了十年苦战之后，我军取得了胜利，木兰终于得胜而归。

第四段(35—42 句)写木兰立下了大功,可汗欲对她给予奖赏,但木兰"不要高位而愿意回到故乡"。

第五段(43—58 句)写木兰回到思念的故乡之后,受到亲人们的热烈欢迎,于是木兰解除了男装,恢复了女儿的本色。

第六段(59—62 句)是故事的结束语。以受到猛兽追赶的兔子在奔跑时分不清雌雄,来比喻人类只要有真正的勇敢,在行动上是不分什么男女性别的。

主人公木兰可能不是真实存在的人物,但其勇敢的所作所为从唐代以后直至现代,一直都是小说和戏曲、歌谣、绘画和电影的题材。

在中国文学中,有一个"巾帼英雄(女杰、女英雄)"的系谱。特别是在小说的世界中,从南朝至唐代多见有此类故事,至清代的长篇小说《儿女英雄传》成了其中的集大成者。在这些作品中,"女儿为亲族报仇"的类型居多,并且成了其中的特色。

这类题材还能够在诗歌领域中看得到,乐府题为《秦女休行》便是其中的一例。这是根据秦氏女休为亲族报仇的故事而写的一首歌谣。《木兰诗》也可以说是根据这样的传统而创作的作品吧!

93. 敕勒歌

北朝无名氏

敕勒川(1),阴山(2)下。天似穹庐(3),笼盖四野。
天苍苍,野茫茫,风吹草低见牛羊。

【注释】

(1) 敕勒川:泛指敕勒族游牧的草原,大致在今内蒙古自治区土默特旗一带。敕勒,北朝时期居住在朔州(今山西省北部)的少数民族名。

(2) 阴山:在今内蒙古自治区的一座东西走向的山脉。

(3) 穹庐:游牧民族居住的圆顶帐篷,即蒙古包。

【赏析】

在北朝时期,由于政治斗争和战乱持续,基本上没有出现诗歌繁荣的环境。但这其中值得注意的是,却有数首民歌出现了。这些民歌与南朝的民歌不同,不注重创作技巧,而是具有简洁有力的境界。前面的《木兰诗》虽然是其中的一例,但下面的这一首作品堪称是北朝的代表作了。

《敕勒歌》是鲜卑族(北方游牧的少数民族)的民歌,为武将斛律金所唱。

全诗共八句,虽是一首简短朴素的歌谣,但却能够感受到游牧地区广袤的空间、风吹的草原、牛羊嘶鸣的旋律,就连充满异域风味的笛声和歌声,也仿佛能够从字里行间中听出来。

斛律金(488—567),姓斛律,名金,字阿六敦。他是鲜卑族出身的武将,仕于北齐的创建者高欢(神武帝)。高欢攻打北周时,为了激励将士们的士气,命斛律金唱起了《敕勒歌》(据《乐府诗集》卷八十六)。

南北朝时代终结

自东汉末年以来的三百七十年间的分裂历史,终于在南朝陈后主(陈叔宝,字元秀)之时宣告结束。

陈朝的领土是南朝最小的,陈后主之父陈宣帝奋力夺回了部分北方的领土,但不孝子后主却对此不感兴趣。他虽然是一位多才多艺的人,但在政治上却任由臣下作为,终日与江总等近侍过着作诗与饮宴的生活。陈后主对百姓施行重税,建起了用香木和金银珠玉装饰的临春阁、结绮阁、望仙阁等宫殿,并将美女放置其间,与大臣们在此饮酒作乐。偶尔处理政务时,还将美女抱于膝上。

隋文帝听说了陈朝的情况后，他说："我为百姓父母，岂可一衣带水不拯之乎？"于是在589年出兵，仅用了二十多天便灭掉了陈朝，南北朝时代至此终结。后主带着两位爱妃一起躲在了宫中的井中，被隋朝军队的主帅杨广(即后来的隋炀帝)率领的士兵发现，杨广将他们逮捕之后，一起押解到了长安。

其后，陈后主受到了隋文帝的优待，仍然过着每日都有酒宴的生活，后在洛阳去世，谥号为"炀"。

陈后主也是一位擅长创作艳丽诗歌的优秀诗人，现存其诗歌大约有九十首左右。吟咏其后宫美女的《玉树后庭花》，便是其中较好的一首。

94. 述　怀(1)

魏徵　五言古诗

中原初逐鹿(2)，投笔事戎轩(3)。纵横(4)计不就，慷慨(5)志犹存。杖策(6)谒天子，驱马出关门(7)。请缨系南粤(8)，凭轼下东藩(9)。郁纡陟高岫(10)，出没(11)望平原。古木鸣寒鸟(12)，空山(13)啼夜猿。既伤千里目(14)，还惊九逝魂(15)。岂不惮艰险？深怀国士恩(16)。季布(17)无二诺，侯嬴(18)重一言。人生感意气(19)，功名谁复论。

【注释】

(1) 述怀：陈述自己的怀抱、志向，特别是陈述胸中深藏的秘密。《感遇》、《咏怀》等也属于同类的诗题，都属于三国魏阮籍《咏怀诗》八十二首以来的系谱。此诗题一本作《出关》。

(2) 中原：指河南、陕西一带地区。汉族最初建立国家时，是在黄河流域一带地区，后来都城附近的地方以此为中心被称为“中原”，后以此代指“中国”、“天下”。　逐鹿：比喻争夺天下。鹿，原指打猎时获得的猎物，在此比喻政权。这里指隋末的混乱政局。

(3) 投笔：指弃文从武，建立功业。　戎轩：指战车。转指战争。

(4) 纵横：“合纵连衡”的略语。指以辩术游说诸侯，达到治理天下的目的。战国之时，苏秦率六国(燕、赵、韩、魏、齐、楚)合纵(南北)抗秦，而秦相张仪连横(东西)亲秦(据《史记·苏秦传》、《史记·张仪传》)。这里指像苏秦和张仪那样在群雄之间进行游说之事。

(5) 慷慨：情绪激昂。多在与天下国家有关的场合下使用。

(6) 杖策：这里是用《后汉书·邓禹传》中的故事。策，马鞭。也指出阵的戎装。东汉开国皇帝光武帝刘秀平定河北时，邓禹杖策谒见，并自述其志。

(7) 关门：潼关。一说是指函谷关。是秦地出东方必须经过的两个关口。

(8) 请缨：这里是用《汉书·终军传》中的故事。缨，拘系人的绳子。西汉时，终军少有文才，十八岁时任博士。数年后，汉武帝命其出使南越，他向汉武帝请命说：“愿受长缨，必羁南越王而致之阙下。”终军使南越，越王听了他的建议，举国归附了汉朝。但越相吕嘉不愿内属，发兵攻杀其王及终军。　南粤：也作“南越”，即今广东、广西一带的地区。

(9) 凭轼：这里是用《史记·郦生传》的故事。轼，车辆前的横木。凭轼，即指乘车。西汉王朝政局没有完全统一时，国家混乱，郦食其听从汉高祖的安排赴齐国，乘车游说有七十多座城的齐国归附刘邦。后汉军来袭击齐国，齐王认为郦食其欺骗了自己，就发怒而烹杀了他。　东藩：东边的诸侯。

(10) 郁纡：山路崎岖难行。也指心情不愉快。这里二者的意思兼有。　高岫：山洞。岫，山峰。

(11) 出没：时隐时现。

(12) 寒鸟：悲鸣的鸟儿。又指秋冬之时的鸟儿。

(13) 空山：没有人的山。又指草木凋零的山。

(14) 千里目：远望之目。

(15) 九逝魂：因深思故乡而心灵不安。逝，去。由《楚辞·九章·抽思》的"惟郢路之辽远兮，魂一夕而九逝"之句而来。九逝，一本作"九折"，也多作"九死"。

(16) 国士恩：以国士相待的恩情。这里用战国时豫让受晋智伯的恩惠而报答的故事。

(17) 季布：楚汉时的侠士。原为项羽的臣下，项羽死后，受到汉高祖的重用。他以重然诺而著名当世，当时有"得黄金百斤，不如季布一诺"之说(据《史记·季布传》)。

(18) 侯嬴：战国时魏国的隐者。他七十七岁时，还是一个看门的人，魏公子信陵君认为他是个人物而对其给予厚遇。后信陵君与秦国作战出征之际，侯嬴授予其计，并说："我年岁已高，不能随你一同去杀敌了。但我将用自杀来报答公子的爱重之情！"后果然自刎而死(见《史记·魏公子传》)。

(19) 意气：恩义。指志趣投合。

【赏析】

从隋至唐的诗歌

南朝最后的王朝陈朝被北部兴起的隋朝灭掉(589)之后，中国在东汉灭亡之后的三百七十年后又重新统一了。从隋炀帝(杨广)开设科举制开始，隋朝在政治、文化方面进行了种种改革，其后虽然仅仅过了三十年隋朝便灭亡了，但对诗歌而言却产生了重大的作用。

继之而兴起的唐王朝，可以说是诗歌史上的黄金时代。根据诗风的变化，唐诗分为了初唐、盛唐、中唐、晚唐四个时期(据南宋严羽《沧浪诗话》、明高棅《唐诗品汇》之说)。

初唐时期(618—712)

确立了如下的两个意义:

第一,接受了南朝对形式美的追求。在音律、对句、典故方面,以绝句、律诗为中心,完成了"近体诗"的创作规则,并且确立了下来。

在唐太宗、唐高宗、则天武后、唐中宗时期,这些皇帝都喜欢文学,并对此予以奖励,很多宫廷诗人为此积极参与诗歌创作,取得了一些成果。

第二,作者自身对创作要素的反思有了进一步加强。

唐高宗时代的"初唐四杰"和则天武后时代的陈子昂等人在离开宫廷诗坛之后,使他们宫廷诗人的境遇也发生了巨大的转变。

在以上两点中,初唐时期可以说为后面唐诗全盛时期的盛唐时代做了准备,并且起到了重要作用。

转折时期的两大诗人——魏徵和王绩

作为这一时期的诗人,最引人注目的当属魏徵和王绩了。在由隋到唐的转折中,他们的诗歌倾吐了个人的人生观和价值观,在超越南朝诗风的优美境界时,体现的是自己的风格。

《述怀》是在唐太宗李世民即位之前,作者为了说服太宗之兄李建成,于赴河北的途中所作。时为高祖武德九年(626),作者四十六岁(一说是在此前一年,随唐朝第一代皇帝高祖李渊出征时,为说服军阀徐世勣归降,于临行前所作)。

全诗共二十句,分为如下五段:

第一段(1—4 句)由概括自己的人生而导入主题。

第二段(5—8 句)叙述了自己个人的抱负。作者列举了西汉时不用武力而游说使对手归附的两个人物,认为"自己的目的也是与他们是一样的",并有了新的看法。

第三段(9—12 句)描写了途中寂寞的情景和细腻的心境,对昼和夜分别进行了描写。

第四段(13—16句)叙述了途中的感慨。旅途虽然艰辛,但无论怎样来说,可能都不会有西汉终军和郦食其那样的悲惨命运了。而心中的不安情绪,也由此克服了。诗题的《述怀》之意,也由此清楚地表现了出来。

第五段(17—20句)列举了坚守信义的两位古人,表达了自己为报君恩而不辱使命的决心,以强调个人的觉悟而作结。

魏徵(580—643),字玄成。邢州巨鹿(今河北省巨鹿县)人。作为唐王朝的元勋,他的名气极大。初仕于唐高祖李渊的太子李建成并受到重用,在玄武门之变(626)中,李建成被其弟李世民(即后来的唐太宗)所杀,魏徵被俘虏。虽然如此,但魏徵很快得到了李世民的提拔,李世民即位之后,魏徵仕于其旁并经常直谏,是创建"贞观之治"的重要人物。

上面列举的五言古诗《述怀》的末尾二句"人生感意气,功名谁复论",对原是敌方的自己能够受到唐太宗信赖,并具有厚遇自己的度量而感动,这也确实是魏徵的真实感受。

唐太宗与"贞观之治"

在唐高祖李渊建立唐王朝的过程中,第二子李世民的功劳最大。唐高祖因此封他为"天策上将",这是臣下中被授予的最高位。但由此却招来了与皇太子李建成及其弟李元吉的不和,于是李世民先发制人,在宫城的玄武门杀害了其兄弟(玄武门之变)。李世民于次年接受了高祖的让位,是为唐朝第二个皇帝唐太宗。为了洗刷玄武门的恶名,唐太宗马上实行了许多善政,这便是"贞观之治",由此构建了唐王朝三百年的基业。

唐太宗借名臣房玄龄、杜如晦、虞世南之力广泛地收求人才,又有名将李勣和谏臣魏徵为首的"十八学士"之类的文人辅佐,这样做的结果,使得隋末以来的混乱局面很快平息了下来,国内政治局面安定,周边的少数民族也对唐朝臣服。路不拾遗,夜不闭户。

百姓安居乐业,达到了即使是外宿也能够安心的状态。此外,唐朝律令完备,正如正史所述。而《五经正义》的完成,也使文化事业逐渐得到了推进。

唐太宗重用臣下,并经常听取他们的意见,君臣一起对政治问题进行了相关的论述。据《十八史略》记载:

上问侍臣:"创业与守成孰难?"房玄龄曰:"草昧之初,与群雄并起角力而后臣之,创业难矣!"魏徵对曰:"自古帝王,莫不得之于艰难,失之于安逸,守成难矣!"上曰:"玄龄与吾共取天下,出百死,得一生,故知创业之难。征与吾共安天下,常恐骄奢生于富贵,祸乱生于所忽,故知守成之难。然创业之难,既已往矣;守成之难,方当与诸公慎之。"

类似当时君臣之间的有关政治讨论,在唐太宗去世五十年后由吴兢编集而成了《贞观政要》。此外,以"十八学士"为主,他们陆续编撰了《晋书》等六朝时代的正史,完成了汉代以来训诂学集大成的《五经正义》。而唐太宗本人也有着极高的文学艺术方面的造诣,其书法可以说是历代帝王中的第一。太宗尤其喜爱书圣王羲之的书法,《晋书》中的"王羲之传论"便是由他执笔完成的。特别是王羲之的真迹《兰亭集序》被太宗奉为至宝,据说他遗言让这幅书法陪他殉葬。

太宗晚年为了给平庸的后继者李治扫除后顾之忧,进行了对高句丽的征伐,但却失败了,太宗本人为此倍感忧愁,不久发病后驾崩,谥号为"文武大圣大广孝皇帝"。

95. 野　望(1)

王　绩　五言律诗

东皋(2)薄暮望,徙倚(3)欲何依。树树皆秋色,山

山唯落晖(4)。牧人驱犊(5)返,猎马带禽(6)归。相顾无相识(7),长歌怀采薇(8)。

【注释】

(1) 野望:眺望野外的风景,也指眺望。

(2) 东皋:东面的小丘。语出东晋陶渊明《归去来兮辞》:“临东皋以舒啸,临清流而赋诗。”这里指诗人隐居的地方。

(3) 徙倚:徘徊。语出《楚辞》远游“步徙倚而思遥兮”。这里表示心情低落的样子。

(4) 落晖:落日。

(5) 犊:小牛。

(6) 禽:鸟兽,这里指猎物。

(7) 相顾:回头看。相,表示以下面的动词发出者为对象来看。　相识:熟悉。

(8) 长歌:拉长声音而歌。　采薇:薇,是一种植物。相传周武王灭商后,伯夷、叔齐不愿做周的臣子,在首阳山上采薇而食,最后饿死。古时“采薇”代指隐居生活。

【赏析】

王绩(585—644),字无功。号东皋子。绛州龙门(今山西省河津市)人。隋末时曾一度为官,后因为饮酒而误了公事受到弹劾,于是辞官回到乡里。唐初时,再次被召为官,不久仍辞官。贞观年间(627—649)隐栖在黄河一带,一边作诗,一边酿酒,同时过着与隐者交往的生活。此外,王绩收集酿酒的方法与技巧,又收集一些善于酿酒者的经验,编撰成了《酒谱》一书。晚年的时候,其思想倾向于老庄一派。

这首诗作为王绩的名作而负有盛名,《全唐诗》(卷二)也把它收录其中。全诗吟咏的是与世人有所不同的孤独心境,具有一种深沉的情趣。作为一首五言律诗,其形式的完备是引人注目的。这首诗可能作于隋末至唐初的混乱之时。

或许是在夕阳西下之时,眺望东丘的人即是诗中的主人公。作者看到的完全是森林中的秋景,群山在夕阳的照耀下已经被染红了。在回家的路上,诗人看到的是牧人与猎马,于是又想到了隐栖在首阳山的坚守正义之人。

末句的“采薇”,化用的是伯夷、叔齐的故事。周武王伐纣时,伯夷、叔齐兄弟反对用武力夺取政权但武王没有采纳他们的意见。二人以仕于周为耻,遂隐居在首阳山,不食周粟而死(见《史记·伯夷列传》)。二人在后世被认为是高洁之士的代表,受到了人们的尊重。王绩对新王朝还有些不太认同,在吟咏中显出淡淡的悲哀的同时,也表现了要像伯夷、叔齐那样,决意远离新王朝的政治舞台。

颔联表现的是一种抽象的风景,而颈联强调的是自己没有朋友的寂寞,由此也令人想到了阮籍《咏怀诗》的其十七。

96. 春　　夜

虞世南　五言绝句

春苑月裴回(1),竹堂侵夜开。惊鸟排林度,风花隔水来。

【注释】

(1) 裴回:即“徘徊”。

【赏析】

唐太宗的文化政策与宫廷诗人

正如前所述,唐太宗在文化方面也倾注全力,教育设施得到了完备，编撰完成了各类的典籍(《五经正义》和正史、类书等)，还把许多学者文人召到朝廷，其中孔颖达、欧阳询、李善等人比较有名。

太宗酷爱诗文，经常举办各种各样的诗酒之宴。在当时活跃的宫廷诗人中，虞世南和上官仪可以说是这方面的代表了。

虞世南(558—638)，字伯施。越州余姚(今浙江省余姚县)人。少年时曾受《玉篇》的编撰者顾野王之教，又曾向王羲之第七代孙僧智永学书。隋大业年间(605—617)任秘书郎，但据传说隋炀帝对他的才能有所嫉恨。入唐之后，虞世南历任要职，官至秘书监。太宗对虞世南给予了高度的评价，认为他是“十八学士”中的第一人。他编著有《北堂书钞》。卒谥“文懿”。

此外，虞世南的书法与欧阳询、褚遂良、薛稷并称为“初唐四大家”，特别是与欧阳询并称为“欧虞”。

这首五言绝句诗《春夜》也是虞世南的名作。

诗中描写了月光下漫步在林苑里的主人公的形象。迎接他的是惊起的林间宿鸟，夜风的花香也被吹了过来。一个优美、浪漫的世界出现在了读者的面前。

97. 山　中

王　勃　五言绝句

长江悲已滞，万里念将归。况属高风(1)晚，山山黄叶飞。

【注释】

(1) 属：恰逢，正当。　高风：秋风。

【赏析】

“贞观之治”(627—649)由于唐太宗的去世(649)而终止，但令人称奇的是,初唐时那些主要的诗人仍然继续活跃着。王勃(650? —676?)、卢照邻(634? —680?)、骆宾王(? —684?)、杨炯(650—694?)四人被称为“初唐四杰”,他们活跃于唐高宗统治时期。这四人都没有什么很高的社会地位,在对境遇有着较多不满的情况下作诗互相砥砺,确立了比“齐梁体”更加完备的律诗形式,并对此做出了贡献。

与此同时,他们根据新兴七言诗句的特点,发挥了长篇七言歌行的特色。王勃的《采莲曲》、卢照邻的《长安古意》、骆宾王的《帝京篇》等便是其中的例子,在把赋的题材、手法转入诗歌创作的同时,也把由南朝以来对词语使用方法引入其中,从而形成了诗歌创作的新境界。

在这些作品中,描写首都长安繁荣的内容可举如下二例:

长安大道连狭斜,青牛白马七香车。玉辇纵横过主第,金鞭络绎向侯家。龙衔宝盖承朝日,凤吐流苏带晚霞。百尺游丝争绕树,一群娇鸟共啼花。

……(卢照邻《长安古意》)

平台戚里带崇墉,炊金馔玉待鸣钟。小堂绮帐三千户,大道青楼十二重。宝盖雕鞍金络马,兰窗绣柱玉盘龙。绣柱璇题粉壁映,锵金鸣玉王侯盛。

……(骆宾王《帝京篇》)

这里所举的例子仅是其中的一部分,但从这些作品可以看出活用汉字的特点,使诗歌的创作达到了一种绚烂繁华的境地。但在另一方面,包含悲叹和烦闷之情的作品也保留下来了很多。这是因为他们遭遇了很多不公正的待遇,以此来表现不如意的人生之路似乎也是自然的了。

王勃(650? —676?),字子安。绛州龙门(今山西省河津县)。隋朝大儒文中子王通之孙,王绩是他的叔公。王勃六岁能作文,未成年时便科举及第,被授予了官职。但因著文参与王族的斗鸡而触怒了唐高宗，被免职流放到了蜀中（今四川省）。其后又因私杀官奴再次被贬。父亲王福畤也因此受到牵连，被左迁到交趾（今越南河内附近）。王勃去交趾看望其父，在南海落水而死。

王勃在离别诗和望乡诗的创作中，留下了许多名篇佳作。这些诗歌都是由切身实感而发的，二十岁左右便被皇帝疏远，流放的阴影他应该是有所体验的！

《野望》这首诗大概是被贬谪之后，于流放蜀中时所作。季节是在晚秋之时，他站在高楼或一个小丘之上，看到远处周围群山环绕。诗的前两句叙述了望乡之思，后两句描写了秋日夕阳下的景色，作品强调的是其中的思乡之情。

此外，王勃还同样有吟咏羁旅之情的其他诗歌，如以下的一首五言绝句：

羁　春

王　勃　五言绝句

客心千里倦，春事一朝归，还伤北元里，重见落花飞。

这是一首描写晚春的诗，使用了与《山中》相同的韵字，而且顺序也相同。

王勃于上元二年(675)看望左迁交趾的父亲时，途中于名胜滕王阁中停留，写下了《滕王阁序》和七言古诗《滕王阁》，这也成了他的绝笔。

滕王阁是唐高祖李渊的幼子（第二十二子）滕王李元婴于洪州（今江西省南昌市）任职时所建，上元二年修复后，王勃参加了这次庆祝宴会。在这篇文章的“序”中，王勃感叹自己的不遇人生，并叙述了古人的事迹，对他们父子的境遇表现了不屈的抗争，同时也对人生充满了期望。其中非常有名的一句是：

老当益壮，宁移白首之心。

《滕王阁》诗中也把滕王阁创建时的繁华和现状进行了对比，表现了一种世事无常的心情：

滕王阁

王　勃　七言古诗

滕王高阁临江渚，佩玉鸣鸾罢歌舞。画栋朝飞南浦云，珠帘暮卷西山雨。闲云潭影日悠悠，物换星移几度秋。阁中帝子今何在？槛外长江空自流。

98. 梅花落(1)

卢照邻　五言律诗

梅岭(2)花初发，天山(3)雪未开。雪处疑花满，花边似雪回。因风入舞袖，杂粉向妆台(4)。匈奴几万里，春至不知来。

【注释】

(1) 梅花落：乐府诗题。属《横吹曲》(横吹，由西域传来的一种笛子吹奏法)。

(2) 梅岭：即大庾岭。在江西南部至广东一带的大山，因有梅花而著名。

(3) 天山：位于新疆维吾尔自治区北部，东西横跨帕米尔高原，南北为敦煌、撒马尔罕(在中亚乌兹别克斯坦东部，丝绸之路上的古城。译者注)之间的要道。

(4) 妆台：化妆台。也指女性的房间。

【赏析】

这是一首用传统的乐府诗题而作的新型律诗。内容属于闺怨类，吟咏了妻子担心远征匈奴未归的丈夫的心情。

颔联以雪和梅相互比较，反映它们的生长习惯，以表现妻子思念丈夫的心情。颔联包含了“梅花在我附近飞来飞去，但你却总是未能回来”的含义。

卢照邻(634? —680?),字升之。号幽忧子。幽州范阳(今河北省涿州市)人。卢照邻很有做官的才能,曾任新都尉。后来因患了“风痹”(中风),不得不辞官。经过十多年的疗养之后,身体仍未恢复,最后他投颍水自杀。

卢照邻在七言诗领域的贡献极大。如七言古诗《长安古意》在描写长安繁荣的同时,也对统治者的奢侈进行了讽刺,是长达六十八句的大作。其内容可分为如下四段(相关的诗句抄出示意):

第一段(1—16 句)描写了都城大路上的繁华热闹,以及林立的建筑物,各种各样的人物接踵而出,一片奢华的景象。其中有云:

长安大道连狭斜,青牛白马七香车。……龙衔宝盖承朝日,凤吐流苏带晚霞。……

第二段(17—32 句)以市井妓院为中心,描写了她们颓废的爱情生活。其中有云:

双燕双飞绕画梁,罗帏翠被郁金香。片片行云着蝉鬓,纤纤初月上鸦黄。

第三段(33—60 句)描写了长安侠客的神态、街道的繁华以及将军、宰相的傲慢,讽刺之意在逐渐加强。其中有云:

北堂夜夜人如月,南陌朝朝骑似云。……别有豪华称将相,转日回天不相让。……

第四段(61—68 句)指出,无论什么样的欢乐、奢侈,都将随着时间的流逝而不复存在,而向往清贫的生活则是他们这些人的同感。全诗到此作结:

节物风光不相待,桑田碧海须臾改。……寂寂寥寥扬子居,年年岁岁一床书。

99. 在狱咏蝉(并序)

骆宾王　五言律诗

余禁所禁垣西,是法厅事也,有古槐数株焉。虽生意可知,同殷仲文之古树(1);而听讼斯在,即周召伯之甘棠(2),每至夕照低阴,秋蝉疏引,发声幽息,有切尝闻,岂人心异于曩时(3),将(4)虫响悲于前听?嗟乎,声以动容,德以象贤。故洁其身也,禀君子达人之高行;蜕其皮也,有仙都羽化之灵姿。候时而来,顺阴阳之数;应节为变,审藏用之机。有目斯开,不以道昏而昧其视;有翼自薄,不以俗厚而易其真。吟乔树之微风,韵姿天纵;饮高秋之坠露,清畏人知。仆失路艰虞,遭时徽纆(5)。不哀伤而自怨,未摇落而先衰。闻蟪蛄之流声,悟平反之已奏;见螳螂之抱影,怯危机之未安。感而缀诗(6),贻诸知己。庶情沿物应,哀弱羽之飘零;道寄人知,悯余声之寂寞。非谓文墨,取代幽忧云尔。

西陆(7)蝉声唱,南冠(8)客思深。不堪玄鬓影,来对白头吟(9)。露重飞难进,风多响易沉。无人信高洁(10),谁为表予心。

【注释】

(1)“虽生意”两句:东晋殷仲文,见大司马桓温府中老槐树,叹曰:“此树婆娑,无复生意。”借此自叹其不得志。这里即用其事。

(2)“而听讼”两句:传说周代召伯巡行,听民间之讼而不烦劳百姓,就在甘棠(即棠梨)树下断案,后人因相戒不要损伤这树。召伯,即召公。周代燕国始祖,名奭,因封邑在召(今陕西岐山西南)而得名。

(3)曩时:前时。

(4)将:抑或。

(5)徽纆:捆绑罪犯的绳索,这里是被囚禁的意思。

(6)缀诗:成诗。

(7) 西陆：指秋天。秋天太阳向西方的区域而行，故有此说。“日循黄道东行，……行西陆谓之秋。”(《隋书·天文志》)

(8) 南冠：楚冠，这里是囚徒的意思。春秋时，楚钟仪被囚于晋军，但他戴着南冠(南方的楚冠)而行(事见《左传·成公九年》)。

(9) 白头吟：乐府曲名。据说为西汉司马相如之妻卓文君所作，是吟咏一位妻子情感失落的感叹之作。骆宾王在这首诗中，感叹自身高洁却遭入狱的心情。

(10) 高洁：不被利欲所诱惑，清高洁白。

【赏析】

这首诗为唐高宗仪凤三年(678)所作。当时作者骆宾王任侍御史，因直言触怒则天武后，加之受到他人谗言，以贪赃罪名下狱。

按照这首诗的序言所说，在他所进监狱的院子里，有数株古槐，傍晚之时总是有蝉在不停地鸣叫。作者认为蝉是一种高洁而短命的昆虫，与自己的命运有颇多相似之处，因而在给朋友的信中提到了这个故事。

骆宾王(？—684?)，字观光。婺州义乌(今浙江省义乌市)人。高宗时，曾任几个县的主簿，后虽任侍御史，但因得罪而被左迁，于失意中辞去了官职。后成为徐敬业起兵反对武则天的幕僚，起草的《讨武曌檄》，成为广为传颂的名篇佳作，就连武后本人也对本文有所触动。她当时曾问：“为什么这样的人才没有被重用?”还对宰相进行了责问。徐敬业举兵失败后，骆宾王不知所终。或说被杀，或说为僧。

骆宾王的五言、七言诗都非常优秀。杂言古诗《帝京篇》与前面卢照邻的《长安古意》一样，都是以描写首都长安的繁华为主题，但这首诗全诗九十八句，内容更长，而且全部是用对句。下面分为六段进行分析。

第一段(1—4 句)赞美宫城的壮观，并导入主题。

第二段(5—28 句)叙述了长安的地理形势，并描绘了城中的各种宫殿。

第三段(29—42句)描写了宫中的种种奢华生活：

宝盖雕鞍金络马，兰窗绣柱玉盘龙。绣柱璇题粉壁映，锵金鸣玉王侯盛。

第四段(43—58句)描写了繁华街道中的娼妓和游侠的生存状态：

侠客珠弹垂杨道，倡妇银钩采桑路。倡家桃李自芳菲，京华游侠盛轻肥。

第五段(59—88句)描写人世间的繁华和情感，并列举出了很多古人的例子：

当时一旦擅豪华，自言千载长骄奢。倏忽抟风生羽翼，须臾失浪委泥沙。

第六段(89—98句)以表现要模仿古人的隐遁而做结：

已矣哉，归去来。马卿辞蜀多文藻，扬雄仕汉乏良媒。

100. 从 军 行[1]

杨　炯　五言古诗

烽火照西京[2]，心中自不平。牙璋辞凤阙[3]，铁骑绕龙城[4]。雪暗凋旗画[5]，风多杂鼓声。宁为百夫长，胜作一书生。

【注释】

(1) 从军行：为乐府旧题。本来是写军旅生活之苦的作品，但这里吟咏的是士兵们斗志的内容。

(2) 西京：这里指长安。

(3) 牙璋：古代将军出征之际，从朝廷领到的兵符。为象牙制成，朝廷和主帅各执其半。　凤阙：皇宫的门。上有铜金凤，故有此说。转指宫城。

(4) 铁骑：穿着铁铠甲的骑兵。转指精锐的轻骑兵。　龙城：据说是匈奴为祭天而筑的城。

(5) 旗画：涂上色彩、符号的旗帜。

【赏析】

这首诗与前面卢照邻的《梅花落》一样，都是用传统的乐府题材来表现新的律诗内容。这首诗表现了出征士兵们昂扬的斗志，从格调高昂的情况来看，更加充满了时间的紧迫感。

杨炯(650—649?)，华阴(今陕西省华阴市)人。十一岁举神童，二十一岁任校书郎，后为崇文馆学士。武后时，因与徐敬业讨伐武后有牵连而受到左迁，其后任盈川(在今浙江省衢州市)令，并在其地去世。

杨炯是一位极为自负且有诗才的人，他对朝廷中的那些虚伪之人进行了无情的讽刺，表现出傲岸的一面。其诗反映边塞内容较多，以风格雄壮见长。

101. 正月十五夜

苏味道　五言古诗

火树银花(1)合，星桥铁锁(2)开。暗尘(3)随马去，明月逐人来。游伎皆秾李(4)，行歌尽落梅(5)。金吾(6)不禁夜，玉漏(7)莫相催。

【注释】

(1) 火树：树上挂满装饰的彩灯。　银花：比喻灿烂绚丽的灯光和焰火。

(2) 星桥：城内壕沟上的桥上灯火密集，远望宛如缀满繁星之桥。　铁锁：当时京都实行夜禁，用铁锁在傍晚时锁住，天亮时开启。

(3) 暗尘：夜间路上扬起的尘土。

(4) 游伎：指街上游舞的艺伎。一本作“游骑”。　秾李：盛开娇艳的桃花李花。

(5) 落梅：《梅花落》的乐曲。

(6) 金吾：金吾卫。掌管宫城和都城戒备防务之职。

(7) 玉漏：古代计时仪器的美称。

【赏析】

苏味道(648—705?)，其字不详。赵州栾城(在今河北省)人。乾封二年(667)进士。在则天武后的政权下任要职，因追随张易之兄弟，在中宗复位的“神龙之变”后被左迁。苏味道的文才与李峤并称为“苏李”，又是“文章四友”之一。现存诗十余首。

这首《正月十五夜》诗，是以观灯的元宵节为主题而创作的具有代表性的诗。

全诗从树梢上挂满无数的灯笼开始写起，开放的城门、乘马信步的人、皎洁的明月、花枝招展的歌女，这些正月十五夜中的景色被一一表现了出来，最后诗以“今夜欢乐无比，希望时间能够停止”表现出的如醉如痴的欢乐作结。

102. 子夜春歌(1)

郭　震　五言古诗

陌头(2)杨柳枝，已被(3)春风吹。妾心正断绝，君怀那得知。

【注释】

(1) 子夜春歌：起源于南朝民歌的歌曲题目。歌词均为五言四句，以表现暧昧的恋情居多。

(2) 陌头：路边。

(3) 被：表受身。

【赏析】

这是一首思慕心中的男性而不被理解的女子的咏叹之诗。前两句以西汉以来的折柳送别的习惯，来描写柳枝，反衬出“分别”、“送别”的联想。而现在的这个柳枝希望能够借助春风的帮助，给对方带去快乐，但这仅仅是个人的想法，于是诗歌的主题便转移到了后半部分的告白了。

这首诗在日本以服部南郭、柳泽淇园的歌译最为有名：

路边的杨柳枝，不时地被春风吹拂；我心中的忧愁无法排遣，内心的相思也不被人理解。

郭震(656—713)，字元振。魏州贵乡(今河北大名县东南)人。咸亨四年(673)举进士，但尝有为饷遗宾客而做偷盗之事。则天武后时，迎击吐蕃的入侵有功。玄宗时，因事被流放，随即又被任用为饶州(今江西省鄱阳县)司马，不久于途中病逝。现存诗十八首。

郭震虽然是一位武官，但其创作活动较长。其代表性诗为五言四句的组诗《子夜四时歌六首》(春秋冬各二首)。诗风以洒脱见长。

103. 代悲白头翁(1)

刘希夷　七言古诗

洛阳城东(2)桃李花，飞来飞去落谁家？洛阳女儿[3]好颜色,坐见落花长叹息。今年花落颜色改,明年花开复谁在?已见松柏摧为薪[4],更闻桑田变成海[5]。古人无复洛城东[6],今人还对落花风。年年岁岁花相似,岁岁年年人不同。寄言全盛红颜子[7],应[8]怜半死白头翁。此翁白头真可怜,伊昔红颜美少年[9]。公子王孙[10]芳树下,清歌妙舞落花前。光禄池台开锦绣[11],将军楼阁[12]画神仙。一朝卧病无相识,三春[13]行乐在谁边?宛转蛾眉[14]能几时?须臾鹤发[15]乱如丝。但看古来歌舞地,惟有黄昏鸟雀[16]悲。

【注释】

(1) 代悲白头翁:代替白发老人忧郁人生的诗。在乐府的诗题中,"代"、"拟"有时表示对古诗的摹拟,这里也有摹拟"悲白头翁"古诗的可能性。此外,这首诗的题目有的选本也作"有所思"、"代白头吟"。

(2) 洛阳城东:洛阳,唐代的陪都(在今河南省洛阳市)。其东一二十里的地方便是汉代的洛阳城。

(3) 谁家:询问场所的疑问代词,哪儿。　女儿:年轻的姑娘。

(4) 松柏摧为薪:语出《古诗十九首》其十四"古墓犁为田,松柏摧为薪"之句。比喻人世间的沧桑巨变。松柏,松树和柏树,是种植在富贵人家墓旁的常绿树。

(5) 桑田变成海:源于仙女麻姑"已见东海三为桑田"的故事(见《神仙传》卷七)。

(6) 无复洛城东:无复,表示"已经……没有",有否定之意。

(7) 全盛红颜子:年轻漂亮的美女。

(8) 应：应该是。表示“当然”之意。

(9) 伊：发语词。表示对下面词语的强调之意。　少年：年轻人。

(10) 公子王孙：达官贵人的子弟。

(11) 光禄池台：汉元帝时的外戚王根任光禄勋之职时，生活很奢侈，以锦绣装饰池台中物(《汉书·元后传》)。　开锦绣：在以锦绣装饰的池台中举办宴会。

(12) 将军楼阁：东汉外戚梁冀为大将军时，大兴土木，建造府宅。在墙壁上画神仙的肖像，以期长生不老(《后汉书·梁冀传》)。

(13) 三春：春天的三个月(孟春、仲春、季春)。

(14) 宛转蛾眉：本为年轻女子的面部画妆，此代指青春年华。

(15) 须臾：一会儿。　鹤发：白发。

(16) 乌雀：麻雀之类的小鸟。

【赏析】

与“初唐四杰”生活在同一时期的刘希夷，他的七言歌行具有极强的吟咏要素，而且带有装饰性的语句，富有流动的旋律，讲述青春的短暂和人生的无常。

这首《代悲白头翁》便是其中的代表作。全诗共二十六句，从内容上可以分为下面四段。

第一段(1—4 句)描写了在洛阳的春天之时，一个姑娘在花下漫步的情形。

洛阳是唐代的陪都，相对于首都长安被称为“西都”，洛阳则被称为“东都”。在洛阳东面一二十里的地方，是汉代的故都洛阳城。因而说到“洛阳城东”时，会产生两个相反的印象。其一，作者的诗歌反映的是当时洛阳作为陪都时的繁荣，“东”按五行之说当属“春”，而从“阳”、“东”之类的文字来看，具有青春、年轻、生命力的明确印象。其二，汉代的繁荣已经不复存在于这个地域了(这从第九句和第二十五句、第二十六句中可以看到)。这样在第一段中，感受到了全诗整个情趣集中所在。

第二段(5—14句)虽然看到了桃李花儿纷飞,但感叹的是时间变化之快、人世间的变化剧烈,其中白发老翁的形象引人注目。《古诗十九首》其十四的诗句中景象再现,出现了墓地中的景象。第十三句的"全盛红颜子",虽然说的是年轻时的青春形象,但这里与第三句的美少女指的是同一个人物。

其中有一个问题需要指出的是,这首诗的题目名字一作"有所思"。"有所思"是乐府的诗题,自汉代以来,表现的是传统的对异性心有所思的情感。这首诗没有特定的指示,仅仅可从对男性的称呼上进行限定,从开头至结尾都是一个女子的口吻,与"有所思"的境界极为相适。

第三段(15—22句)是白头翁对年轻时的豪游的回顾,因突然生病致使这种豪游结束了。

第四段(23—26句)感叹女子年轻时的美貌瞬间即逝,以强调人世无常而作结。

第二十四句的"乱如丝"之语,用于形容心乱,这里在描写白发的同时,也起到了形容老人心境的作用。

刘希夷(651?—679?),字庭芝(一作庭子)。一说名庭芝。汝州(今河南省汝州市)人,一说颍川(今河南省许昌市)人。二十五岁左右中进士。刘希夷长于辩论,且善弹琵琶,容姿俊美,但却过着不拘常理和道德的生活。其诗以歌行体见长,于华丽的风格中流露出一种感伤情调。作为宋之问的外甥,他可能最后是被这个恶人所杀。刘希夷现存诗三十五首。关于这首诗还有下面的故事。

刘希夷当时作的这首诗中的句子是:

今年花落颜色改,明年花开复谁在?

写完之后心中有些忐忑不安。最后所得的一联是:

年年岁岁花相似,岁岁年年人不同。

这一联有些不吉利的预感，但又不能放弃，于是便把这两句留了下来。在不到一年之后，刘希夷为奸人所杀（据《大唐新语》卷八、《本事诗》等）。

还有另外一说，是其舅宋之问所为。刘希夷在写完这首诗之后还没有发表，宋之问看到后非常喜欢“年年岁岁花相似”一联，欲占为己有，刘希夷不允，结果宋之问竟遣人用土囊将他压死，把这首诗算作是自己的诗歌（《唐才子传》卷一）。

104. 风

李　峤　五言绝句

解落三秋(1)叶，能开二月花(2)。过(3)江千尺浪，入竹万竿斜(4)。

【注释】

(1) 解：同“能”，表示可能之意。　三秋：秋天的第三个月。这里指晚秋。

(2) 二月花：春花。

(3) 过：经过。

(4) 斜：倾斜。这里形容竹子被风吹得歪歪斜斜的样子。

【赏析】

李峤（645？—714?），字巨山。赵州赞皇（今河北省）人。龙朔年间（661—663）进士，任监察御史，则天武后对其非常信赖，曾历任要职。即使是在朝廷之上，李峤也敢于直言，就连政敌也对他表示佩服。李峤与王勃、骆宾王交谊很深。玄宗即位后，因事出任地方官，在庐州病逝。

李峤年轻时与同乡苏味道并称为“苏李”，又为“文章四友”之一。他的诗多为侍宴、应制、咏物之作。尤其是收集了一百二十首咏物的五言律诗《李峤杂咏》(一名《李峤百咏》)在日本流传较广,有平安、镰仓、南北朝各个时期的钞本流传。《百咏和歌》也是受其影响而创作问世的。

这首诗吟咏的是风吹来时的各种状态,褒扬了风的作用。在这首诗中,无论怎样来看,都有一个清晰的对应人物形象,这也可能就是作者本人的自画像吧。

105. 春江花月夜(1)

张若虚　七言古诗

春江潮水连海平,海上明月共潮生(2)。滟滟(3)随波千万里,何处春江无月明!江流宛转绕芳甸(4),月照花林皆似霰。空里流霜不觉飞(5),汀上白沙看不见(6)。江天(7)一色无纤尘,皎皎(8)空中孤月轮。江畔何人初见月?江月何年初照人?人生代代无穷已,江月年年只相似。不知江月待何人,但见长江送流水。白云一片去悠悠(9),青枫浦上(10)不胜愁。谁家今夜扁舟子(11)?何处相思明月楼(12)?可怜楼上月徘徊(13),应照离人(14)妆镜台。玉户帘中卷不去(15),捣衣砧上(16)拂还来。此时相望不相闻,愿逐月华流照君。鸿雁(17)长飞光不度,鱼龙潜跃(18)水成文。昨夜闲潭梦落花,可怜春半不还家。江水流春去欲尽,江潭(19)落月复西斜。斜月沉沉(20)藏海雾,碣石潇湘(21)无限路。不知乘月(22)几人归,落月摇情满江树。

【注释】

（1）春江花月夜：乐府诗题之一。属清商曲之吴声歌曲。南朝陈后主（陈叔宝）词，太常令何胥作曲（《旧唐书·音乐志》）。在现存的诗歌中，最早为隋炀帝的作品。

（2）共潮生：指月亮与潮水一同升起在江面上。在阴历十五之夜时，潮水最满，随后月亮也是最圆的。

（3）滟滟：月光照在水面上动荡闪光的样子。语出南朝梁何逊《望新月》诗："的的与沙静，滟滟逐波轻。"

（4）芳甸：春天的原野。遍生花草的原野。

（5）流霜：从空中落下来的飞霜。一到秋、冬之际，地上便会下霜。一说这里形容洁白月光像霜一样。　不觉飞：明亮的月光像流霜在飞扬，但人们看不到有霜。一说流霜在空中凝结不动。

（6）汀上白沙看不见：这里是说白色的月光覆盖江岸上，连岸上的白沙也看不清了。

（7）江天：江和天空。一说指长江的上空。

（8）皎皎：洁白发光的样子。

（9）悠悠：渺茫、深远。

（10）青枫浦上：长满绿色枫叶的岸边。枫叶，是长江沿岸特有的景物，这里泛指游子所在的地方。此外，"浦"（特别是"南浦"）也具有悲剧的意象。青枫浦，一说是地名。

（11）谁家：这两个字是指"哪一位"的意思。一说具有"哪一家"、"哪里"之意。　扁舟子：飘荡江湖的游子。扁舟，小舟。

（12）相思：思慕自己爱恋的人。这里指思慕的对象。上一句的"扁舟子"是作者本人，这里的"相思"是对其妻而言的。　明月楼：月夜下的闺楼。这里指等待远行丈夫回来的闺中思妇。语出三国魏曹植《七哀诗》："明月照高楼，流光正徘徊。上有愁思妇，悲叹有余哀"之句。

（13）可怜：表示强烈的感动和深深的感慨。也有"可爱"、"羡慕”之意。这里与“可爱”意近。　徘徊：原本是指漫步、走来走去的样子。这里指月光移动。

(14) 离人：此处指思妇。

(15) 玉户：形容装饰华丽的楼阁。是对楼阁的美称。　卷不去：这里指窗帘虽然遮住了月光，但挡不住思妇对丈夫的思念。这是描写思妇卷帘时看到月光的表情，虽然不是站在什么台阶上，但不变的月光仍然是照射了下来。

(16) 捣衣砧上：捣衣，用捣衣石捶打洗过的衣服，使其穿着舒适。砧，捣衣的石头。这是闺怨诗中经常出现的景物。其中以李白的《子夜吴歌》最有名。

(17) 鸿雁：鸿，大型的雁。雁，按《汉书·苏建传》的记载，这是一种能够传书的鸟。

(18) 鱼龙：鱼类的总称。龙，这里是指变化了的鱼，特指能够变成龙的“鲤鱼”。鲤鱼也是能够传信的吉祥物(东汉蔡邕《饮马长城窟行》)。　潜跃：在水中深藏着。一说是潜伏跳跃。

(19) 闲潭：安静的水潭。也比喻水势幽幽。

(20) 沉沉：安静而幽深。

(21) 碣石：中国北方的山名。确切地址不详，这里似指广阔的北方。一说是位于河北省昌黎县北面的山。　潇湘：经湖南省向北注入洞庭湖的潇水和湘江。这里似指广阔的南方。

(22) 乘月：趁着月光。

【赏析】

张若虚(？—？)，扬州(今江苏省扬州市)人。详细事迹不详，约活动于神龙年间(705—707)，玄宗开元年间(713—741)与贺知章、张旭、包融一起被称为“吴中四士”。曾任兖州兵曹之职。

也就是说，张若虚是活跃于则天武后至玄宗时期的人。其诗仅存二首，其中七言古诗《春江花月夜》与刘希夷的《代悲白头翁》为并称的名作。

这首诗属于乐府题材，全诗三十六句，它以月下的长江为舞台，将悠久的历史和人生作对比，把游子与其妻的感情用流利的笔致进行了描写。全诗四句一换韵，内容也随之发生变化。

第一段（1—4 句）描写了月亮在长江的上空升起，照耀在江面上。

第二段（5—8 句）叙述了月光照在春天的田野、森林、江边上，诗歌的空间在进一步扩大。

第三段（9—12 句）以询问月亮的起源为契机，诗歌的想象力在时间上有所扩大。

第四段（13—16 句）将人生的短暂和永恒存在的月亮进行对比。

第五段（17—20 句）描写了月色下长江上旅于舟中的游子之悲。

第六段（21—24 句）描写了眺望月色而等待游子之归的思妇形象。

第七段（25—28 句）描写了游子、思妇之间的相互思念之情，但这种思念却不容易轻易传到对方那里。

第八段（29—32 句）主题描写再次回到了游子一方，表达了虽在春日却不能归去的无尽思念之情。

第九段（33—36 句）以叙述月落而作结。

日本高山樗牛先生在其《论月色的美感》一文中，对月色的美感从“月光的颜色、夜色的氛围以及由此产生的联想”三个要素进行了分析。他认为歌德、郎费罗（1807—1882，美国诗人。作品多为传统、简明的叙事诗和戏剧诗，深受人们的喜爱。著有诗集《夜吟》和叙事诗《伊凡吉琳》等。译者注）、海涅（1797—1856，19 世纪德国最伟大的诗人之一。著有诗歌体游记《旅行记》，诗集《歌集》，长诗《德国，一个冬天的童话》。译者注）的诗，以及魏万的《吴宫怨》、李白的《把酒问月》等，都化用了张若虚的这首诗。他的观点是有一定代表性的。

106. 古　　意[1]

沈佺期　七言律诗

卢家少妇郁金堂[2]，海燕双栖玳瑁梁[3]。九月寒砧[4]催木叶，十年征戍忆辽阳[5]。白狼河[6]北音书断，丹凤城[7]南秋夜长。谁为含愁独不见[8]，更教明月照流黄[9]。

【注释】

（1）古意：谓思古之情。即怀念过去之意。作为诗题而言，有“怀念过去”的意思，与昔日相比主要表现今天的哀愁，多吟咏男女之情。这篇作品的诗题一作《古意呈补阙乔知之》或《独不见》。

（2）卢家：南北朝以来的名门贵族。此二字一本作“织锦”。　少妇：年轻的妻子。　郁金堂：以郁金香涂抹的堂屋。郁金草产自大秦国（罗马）和罽（jì）宾国（今克什米尔）。

（3）海燕：指燕子。海，指从遥远的地方渡海而来。一说是燕子的一种，名越燕。　玳瑁梁：用龟甲类装饰的画梁。

（4）寒砧：秋天的砧石。古代妇女缝制衣服前，每于秋夜用棒槌捣衣，使之柔和。

（5）征戍：远征，在边疆地区守备。　辽阳：在今辽宁辽阳市西北地区。

（6）白狼河：大凌河。发源于辽宁省西部，注入辽东湾。

（7）丹凤城：长安的别名。

（8）谁为：这二字一本作“谁知”、“谁谓”。这里的“为”与

"知"、"谓"同意，即"为谁"之意。　独不见：乐府旧题。为"伤思而不见"，是感叹之词。

（9）流黄：黄紫色相间的丝织品。这里指年轻妻子使用的窗帘，或床上的床罩。一说是年轻妻子织的绢布。

【赏析】

这是一首吟咏妻子等待戍边未归丈夫的诗。为东汉以来闺怨诗的内容，用新的七言诗形式表现出来。

首联二句出自梁武帝《河中之水歌》："十五嫁于卢家妇，十六生儿字阿侯。卢家兰室桂为梁，中有郁金苏合香。"而第七句则源于南朝梁柳恽的《独不见》："奉帚长信宫，谁知独不见。"

沈佺期（？—714?），字云卿。相州内黄（今河南省安阳市内黄县）人。二十岁左右时进士及第，与刘希夷和宋之问为同年进士。官至太子少詹事。则天武后时作为宫廷诗人活跃于诗坛，"神龙之变"后左迁驩州（今越南北部），其后再召到中央历任要职。

107. 至端州(1)驿，见杜五审言(2)、沈三佺期(3)、阎五朝隐(4)、王二无竞(5)题壁，慨然成咏

宋之问　七言古诗

逐臣北地承严谴(6)，谓到南中每相见。岂意南中歧路多，千山万水分乡县。云摇雨散各翻飞，海阔天长音信稀。处处山川同瘴疠(7)，自怜能得几人归。

【注释】

（1）端州：今广东省肇庆市。

（2）杜五审言：即杜审言。五，是指排行（以下三人相同）。杜甫的祖父。此时杜审言流放于峰州（今越南河内附近），于途中所

作的《渡湘江》是他的名作。

(3) 沈三佺期:沈佺期。时流放于驩(huān)州(今越南北部)。

(4) 阎五朝隐:阎朝隐,字友倩。时流放于崖州(今海南省海口市琼山区东南)。

(5) 王二无竞:王无竞,字仲列。时流放于广州(今广东省广州市)。

(6) 严谴:严厉谴责。

(7) 瘴疠:南方山川中产生的毒气。

【赏析】

由于"神龙之变"(705)的原因,则天武后被迫退位,张易之等人被杀。与张氏兄弟交往密切的人也遭到了流放,宋之问也是其中之一。在左迁泷州(今广东省罗定市)的途中,作者作了这首诗。

诗中吟咏了在流放之地的孤独之感,以及不能与挚友相会、不能回到朝廷的悲愤心情。

宋之问(650? —712?),字延清。汾州(今山西省汾阳市)人。一说虢州弘农(今河南省灵宝市)人。二十岁时考中进士,官至考功员外郎。他谄于则天武后的宠臣张易之,作为宫廷诗人他是较为活跃的一位,与沈佺期并称"沈宋"。宋之问特别长于五言诗,同时也为律诗的确立,做出了很大的贡献。

由于"神龙之变",武后的政权被推翻,宋之问被左迁到了泷州。后又回到了朝中,睿宗时因其行为不端,他再一次受到贬谪,并且被敕令自杀,结束了他的一生。

108. 和晋陵陆丞[(1)]早春游望

杜审言　五言律诗

独有宦游[(2)]人,偏惊物候[(3)]新。云霞[(4)]出海曙,梅柳渡江春。淑气催黄鸟(5),晴光转绿苹(6)。忽闻歌古调(7),归思欲沾巾(8)。

【注释】

(1) 晋陵:县名,现在江苏省常州市。　陆丞:陆,姓;丞,县丞,县令的副手。人物未详。

(2) 宦游:离家到外地作官。

(3) 物候:景物与天气。

(4) 云霞:云和朝霞。

(5) 淑气:和暖的天气。　黄鸟:一种鸟儿的名字。比日本的黄莺稍大,身体为黄色,羽毛和尾部有黑边。

(6) 苹:水草的一种。

(7) 古调:指陆丞写的诗。从诗题来看,也该是陆丞的诗。这二字一本作“苦调”。

(8) 沾巾:泪水湿透了手巾。

【赏析】

杜审言(645?—708)是武后时期的诗人,也是一位令人不能遗忘的诗人。字必简,襄阳(今湖北省襄阳市)人。

杜审言是西晋杜预的后代,杜甫的祖父。高宗时二十三岁进士及第,之后受到武后的重用。据说他自负其才,为人傲慢。“神龙之变”时,被左迁至峰州(今越南河内附近),后复归朝廷为修文馆直学士。与李峤、崔融、苏味道并称为“文章四友”。

杜审言的诗现存四十三首,其中近八成为近体诗,特别以五言律诗居多(五言律诗二十七首、七言律诗三首、七言绝句二首)。他的五言律诗在音节方面表现得非常清晰,尤其是中间二联的对句表现得非常巧致。

现举两例看一下。前一首为闺怨诗,后一首为描写山中小动物和植物的诗：

赋得妾薄命

宠移新爱夺，泪落故情留。啼鸟惊残梦，飞花搅独愁。

都尉山亭

下钓看鱼跃，探巢畏鸟飞。叶疏荷已晚，枝亚果新肥。

杜审言的代表作便是前面的这首五言律诗。作为地方官居住在江南时，他有时在宴会上作诗，也有时与友人唱和。诗中描写了春光满地时的江南美景，同时对自己不能归省道出了个人的感伤之情。

在早春的一天，作者与陆丞等人出游，在野外野炊时也是会作诗的，这首诗大概便是此时所作。遗憾的是，陆丞的诗并没有流传下来。首联以叙述地方官的心理而导入，颔联描写了江南的新春景色。颈联又进一步描写了比春天景物更加微观的东西，"催"、"转"二字用得极为巧妙。尾联点明了主题，即思归和伤春。中间二联具有明显的江南之春色彩，而从中看到的"地方官"的忧虑也包含于其中，两方面的对比给人留下了深刻印象。

109. 旅寓安南(1)

杜审言　五言律诗

交趾殊风候(2)，寒迟暖复催。仲冬山果熟，正月野花开。积雨生昏雾(3)，轻霜下震雷。故乡逾万里，客思倍从来。

【注释】

(1) 安南：今越南北部。

(2) 交趾：越南北部的古地名。汉代这里设郡，其首府在河内。　风候：气候。

（3）积雨：持续的降雨。　昏雾：浓雾。

【赏析】

由于“神龙之变”，作者被左迁到了峰州，这首诗为次年春天时所作。首联描写了峰州的气候，中间二联描写了当地珍奇的风物，尾联点出了故乡之思。这首诗也是把首尾二联的内容包含于中间二联之中了。

下面的这首七言绝句，也是流放于越南北部时所作。湘江是流经湖南省由南向北注入洞庭湖的大河。

渡　湘　江

迟日园林悲昔游，今春花鸟作边愁。独怜京国人南窜，不似湘江水北流。

这是一首前半部分和后半部分也是由对句组成的“全对格”诗，前半部分描写了环境的急速变化——游园与流放，引人注目；后半部分描写了湘江流向了北方，湘江的流向值得注意，这种与人们向往南方的想法相反的描写，正是表现作者回乡不得的悲伤之情，是诗人以“流水对”的手法倾诉个人忧愁。

由以上三首诗可以看出，诗中所具有的一种建筑式的构成美和细密的观察之眼，大概与杜甫的诗风有着相同之处。

由初唐至盛唐

“初唐四杰”之后，诗风出现了徐徐变化的征兆。在诗风流变中，向着盛唐诗歌创作之路进一步深入的诗人，有陈子昂、张说、苏颋、张九龄、贺知章等人。

他们诗风产生的背景是，当时进士出身的新官僚开始抬头，而在门阀出身的旧官僚中，其势力也在延伸。自南朝以来由贵族主导的诗风，也由此开始注入了新人们的价值观和他们的感觉。

110. 登幽州[1]台歌

陈子昂　杂言古诗

前不见古人，后不见来者。念[2]天地之悠悠，独怆然[3]而涕下。

【注释】

(1) 幽州：在今河北省北部、北京市一带。

(2) 念：一心想着。

(3) 怆然：极度悲愤的样子。

【赏析】

神功元年(697)，陈子昂作为将军武攸宜的参谋参加了讨伐契丹的远征，这首诗为作者在幽州时所作。

在作这首诗之前，陈子昂曾在军事方面为武攸宜献策，未被采纳反而遭到降职处分。他把这种悲愤之情，上升到诗中的感慨之中了(但这首诗在陈子昂的《别集》中没有被收录，而在由卢藏用的《陈氏别传》中流传了下来)。

幽州位于华北平原北部，战国时为燕国的首都。燕昭王听从了郭隗"先从隗始"的进言，筑黄金台以招纳贤者，但昔日的繁华今已荡然无存了。

登上高台的作者，对昔日的历史发出了深深的感慨，并且还做了一些思索。在广阔的时间和空间中，只有他一个人在默默流泪。

这首诗前两句为五言，后两句为六言，虽然有些破坏格律，但主要是想着力表现心中的悲愤之情。前两句出自《楚辞》远游中的"惟天地之无穷兮，哀人生之长勤。往者余弗及兮，来者吾不闻"之句和阮籍《咏怀诗》其三十二的"去者余不及，来者吾不留"之句，全诗显得极为简洁有力。

陈子昂(661？—702?),字伯玉。梓州射洪(今四川省遂宁市射洪县西)人。出生于富裕之家,二十四岁中进士。他的才能受到则天武后的赏识后,被拜麟台正字,后迁右拾遗,参与国家政治的讨论。后随从武攸宜作为参谋从军东征契丹。因他的主张不被采纳,于是辞官返乡。但觊觎陈子昂大量家产的县令段简诬陷他,将他关入监狱,后陈子昂在狱中忧愤而死(一说是因服父丧而损害了健康而去世)。

陈子昂论诗反对南朝的余风,主张于诗标举汉魏朴素刚健的风骨。其实质是他强有力的诗风成了盛唐诗歌的先驱。与前面诗歌同时创作的还有他的《蓟丘览古》七首,其序文如下:

> 丁酉岁(769),吾北征。出自蓟门,历观燕之旧都,其城池霸业,迹已芜没矣。

“蓟丘”,在今北京市附近,为战国时代燕国的故地。“览古”,是吟咏寻访昔日史迹所作的诗题。在这一组诗中,第二首《燕昭王》也是特别受到喜爱的作品。

111. 燕 昭 王

陈子昂　五言古诗

南登碣石馆(1),遥望黄金台(2)。丘陵尽乔木,昭王安在哉？霸图怅(3)已矣,驱马复归来。

【注释】

(1) 碣石馆:燕昭王建造的宫殿。为招待大学者邹衍入燕而建。在蓟丘的东南。此地一本作“碣石坂”。

(2) 黄金台:燕昭王所建的高楼,位于碣石馆的西南。燕昭王置千金于台上,在此延请天下奇士。

(3) 霸图：用武力实现宏图霸业的计划。　怅：失望，遗憾。

【赏析】

这首诗与前面的那首一样，为因燕昭王故迹而想到其人其事，进而发出感慨时所作。感叹即使是建立了伟大的业绩，对后人而言也会随着时间的流逝而荡然无存。

燕昭王与郭隗

战国之时，燕昭王即位后，燕国内政混乱，在强齐的侵略之下也就变得衰弱了。前国君燕王哙也在齐国的进攻中被杀。

燕昭王把燕国复兴和反击齐国作为首要目标，因此需要召集贤才治理国家。在与近臣郭隗交谈时，郭隗做了如下回答："从前有个国君命令侍臣去找能够日行千里的名马。结果侍臣花重金买名马之骨。于是国君大怒，斥责花了大钱买马骨的行为。侍臣认为：肯花钱买死马，就会有人把活马送上来，最后果然得到了名马。大王一定要征求贤才，不妨从给我优待开始。这样的话，比我优秀的人就自然会来了。"

燕昭王听从了这个建议，为郭隗建造黄金台和精致的房子，还拜郭隗做老师。于是，各国有才干的人如乐毅、邹衍、剧辛等贤者陆续来到了燕国。燕昭王提拔出身于赵国的名将乐毅，并拜为亚卿，燕国的国力得到了增强。在燕昭王即位的第二十八年即公元前 284 年，燕昭王接受了乐毅的建议，联合韩魏赵秦四国攻打齐军，并攻陷了齐国首都临淄(今山东省淄博市)，齐愍王被迫出逃。经过半年左右的时间，占领了齐国七十多个城市，对齐国的反击终于取得了成功。

但是，作为明君的燕昭王其后向往长生不老的神仙方术，在即位之后的第三十三年因服用方士(神仙之术的一种修炼者)制造的丸药而猝死。

112. 感遇[1]诗三十八首　其二

陈子昂　五言古诗

兰若[2]生春夏，芊蔚[3]何青青。幽独[4]空林色，朱蕤冒紫茎[5]。迟迟白日晚，袅袅[6]秋风生。岁华尽摇落，芳意[7]竟何成。

【注释】

(1) 感遇：对所遇事物抒发感慨的诗。诗题受到三国魏阮籍《咏怀诗》八十二首的影响，不仅是单纯的感情表现，也有抒写内心隐秘的信念和主张，暗示心中苦恼的倾向较强。

(2) 兰若：兰草与杜若，都是香草名。

(3) 芊蔚：指草木茂盛状。

(4) 幽独：寂静而孤独的样子。

(5) 朱蕤：红而下垂状的花。　紫茎：赤茶色的茎。

(6) 袅袅：指微风吹拂。

(7) 芳意：好意，对他人情意的美称。

【赏析】

《感遇诗》三十八首是作者学习阮籍《咏怀诗》八十二首而作的五言古诗组诗。组诗不仅有忧愤时事的内容，也有感叹人生无常和个人的不遇之事，反映的不仅是宫廷之内的生活，也有新兴士大夫的愤慨。

这首诗吟咏的是森林中无人知晓但却在盛开之后凋零的兰花。作者以花为喻，感叹还没有发挥才能就这样年华流逝，倾吐了个人心中的悲愤之情。

113. 蜀 道 后 期[1]

张　说　五言绝句

客心[2]争日月，来往预期程[3]。秋风不相待，先至洛阳城。

【注释】

(1) 期：预定的日期，期限。

(2) 客心：旅人之心。

(3) 程：里程，距离。一说是“日程”。

【赏析】

这首诗作于则天武后的天授年间(690—692)，为作者二十多岁时作为校书郎赴西蜀之后，在归来的途中所作。

这是一首机智、轻巧的五言绝句。第一句没有表现出什么焦虑感，但接下来的后半部分以“秋风比我先到”的叙述，诗风一转升华到了一种飘逸的韵味。

张说(667—730)，字道济，一字说之。洛阳(今河南省洛阳市)人。张说出身于寒门之家，由于则天武后的人才选拔政策他得以为官，以后仕于中宗、睿宗，历任要职。玄宗时，任中书令，封燕国公。但因为政治斗争的原因而左迁，先后担任相州(在今河南省)、岳州(在今湖南省)、荆州的刺史。不久又回到了朝廷，历任有关军事要职。卒谥“文贞”。

张说诗文俱佳，当时朝廷重要文件多出其手。与许国公苏颋并称为“燕许大手笔”。

张说的诗现存三百五十首，分为赠答、侍宴、送别、宦游等内容。与陈子昂、张九龄具有革新诗风不同的是，他的诗具有老练、宽泛的特色。着眼点和表现手法虽然新颖，但缺乏敏锐观察人情的细微之处。

114. 醉中作

张　说　五言绝句

醉后乐无极，弥(1)胜未醉时。动容皆是舞(2)，出语总成诗。

【注释】

(1) 弥：更。

(2) 舞：舞蹈。

【赏析】

在简明的描写中，这首诗道出了饮酒之乐。在后半部分的诗中，作者采用了"对句"的说法来描写醉态，因而显得较为有趣。

下面的这首五言古诗，选择的是初春的各种风物，描写的着眼点也是别具一格的。

115. 春 雨 早 雷

张 说 五言古诗

东北春风至，飘飘带雨来。拂黄(1)先变柳，点素(2)早惊梅。树蔼悬书阁，烟含作赋台。河鱼(3)未上冻，江蛰(4)已闻雷。美人宵梦著(5)，金屏曙不开。无缘一启齿(6)，空酌万年杯(7)。

【注释】

(1) 黄：柳树枝条的颜色。

(2) 素：白色。这里指白梅的花儿。

(3) 河鱼：这里是指河鱼的总称。或许是特指河豚而言的。

(4) 江蛰：在河中进行冬眠的河虫。

(5) 宵：夜里。 梦著：与"梦破"、"梦断"的意思相反，为做梦之意。

(6) 启齿：微笑。

(7) 万年杯：可能是装万年酢的杯子。万年酢是把酒和酢混合在一起密封、发酵后的饮料。

【赏析】

这首诗吟咏了春天的雷雨对动植物产生的影响，最后以佳人彻夜美梦未醒，点出她的姿态而作结。由于景物是一个一个地吟咏，初春的各种生命被表现了出来，这种描写刻画得极为细致。

下面的这首五言古诗是描写一片大海的罕见作品。

116. 入海二首　其一

张　说　五言古诗

乘桴(1)入南海，海旷不可临。茫茫失方面(2)，混混如凝阴(3)。云山相出没，天地互浮沉。万里无涯际(4)，云何测广深(5)。潮波自盈缩(6)，安得会虚心(7)。

【注释】

(1) 桴：小船。

(2) 方面：方向。

(3) 凝阴：阴云。

(4) 涯际：边际。

(5) 广深：广大深远。

(6) 盈缩：指潮水涨落。

(7) 虚心：不自大，不自满。

【赏析】

这首诗描写了作者站在海边所看到的景象。全诗以白描的手法，描写了大海的一望无际，并由大海波涛汹涌的景色，联想到做人做事的道理。整首诗写得含蓄深沉，能够引起人们许多丰富的联想。

117. 汾 上[1] 惊 秋

苏　颋　五言绝句

北风吹白云，万里渡河汾[2]。心绪逢摇落[3]，秋声不可闻。

【注释】

（1）汾上：汾水边。汾水，位于山西省的一条河流。发源于山西省的西北部，经太原流向西南，注入黄河。

（2）河汾：同“汾河”的义同。

（3）心绪：此处谓愁绪纷乱。　摇落：树叶受到风吹之后树叶凋零的样子。语出战国楚国宋玉《九辨》：“悲哉！秋之为气也。萧瑟兮，草木摇落而变衰。”

【赏析】

这首诗与张说的《蜀道后期》诗一样，并称为咏秋诗中的五言绝句双璧。诗歌的创作时间虽不明确，但可能是因公务离开都城，在这一地区访察时看到秋天的景物有感而作。

诗中首先描写了秋天的风和云，继之描写了长途旅行中的个人形象，后半部分展示了一种精致的感性。汾河也曾经是汉武帝作《秋风辞》的地方。

秋　风　辞

汉武帝

秋风起兮白云飞，草木黄落兮雁南归。兰有秀兮菊有芳，怀佳人兮不能忘。泛楼船兮济汾河，横中流兮扬素波。箫鼓鸣兮发棹歌,欢乐极兮哀情多。少壮几时兮奈老何!

苏颋(670—727),字廷硕。京兆武功(今陕西省武功县)人。据说苏颋在调露元年(679)年仅十一岁时即进士及第。唐中宗时,与其父苏瑰一起参与国家大事,后袭父爵为许国公。在唐玄宗时,苏颋继续受到信任,开元四年(716)担任宰相。苏颋的文才极受李峤的称赞,他与燕国公张说并称为"燕许大手笔"。苏颋病逝后,赐谥"文宪"。

苏颋的诗应制之作较多,他对七言律诗的确立贡献较大。

此外,苏颋还是最早发现李白才华的人。开元八年(720),被罢礼部尚书要职的苏颋,赴任蜀中益州(今四川省)刺史,在当地的修业中,得以与二十岁的李白相识。

读到李白带来的诗文,苏颋感到非常佩服,他对同僚们说:

> 此子天才英丽,下笔不休。……若广之以学,可以如(司马相如)比肩也。(李白《上安州裴长史书》)

对李白而言,这是一位政府高官对他最早的认同,应该属于纪念性的体验了。

118. 感遇[(1)]十二首　其四

张九龄　五言古诗

孤鸿[(2)]海上来,池潢[(3)]不敢顾。侧见双翠鸟[(4)],巢在三珠树[(5)]。矫矫[(6)]珍木巅,得无金丸[(7)]惧。美服患人指,高明[(8)]逼神恶。今我游冥冥[(9)],弋者何所慕[(10)]!

【注释】

(1) 感遇:古诗题,用于写心有所感,借物寓意之诗。

（2）孤鸿：离群的大雁。

（3）池潢：积水池，护城河，代指朝廷。

（4）双翠鸟：即翡翠鸟。翠鸟，翡翠色的小鸟。

（5）三珠树：神话传说中的宝树之名。

（6）矫矫：高大的样子。

（7）金丸：金色的弹丸。

（8）高明：指地位官职尊贵的人。

（9）冥冥：高远的天空。

（10）弋者：猎鸟的人。弋，用带绳子的箭射鸟。　何所慕：即“慕什么”之意。

【赏析】

这是张九龄晚年所作的一首诗。是继魏徵的《述怀》之后，《全唐诗》卷一的第二首诗歌。张九龄作为宰相曾经辅佐过唐玄宗，但因与李林甫、牛仙客政治上有矛盾，于开元二十年（734）失势，遭到了左迁。在这件事情的背后，实际上是贵族出身的官僚与进士出身的官僚之间的对立。

这首诗是张九龄左迁之后描述个人心情的诗。全诗分为三个段落。

第一段（1—4 句）表明了自己的身份及对立派的存在。作者上京去朝廷之时，遇到了政敌，于是便有了这样比喻性的描述。“孤鸿”，比喻有大志的自己；“池潢”，比喻俗人居住的社会。特别是政界的“双翠鸟”、“三珠树”，则比喻两位政敌李林甫、牛仙客以及他们的居住环境，这些是分别进行比喻的。

第二段（5—8 句）对反对者的生活和价值观提出了疑问。“美服”、“高明”分别是地位、财产等世俗成功、名誉的象征。

第三段（9—10 句）叙述了不与他人争执，以全个人之道的心情。表现的是“即使我离开这个世界，具有世俗价值观的人仍然会忘记我的存在”的心境。“游冥冥”，表现的是脱离世俗的自由之心，体现的是一种达观的心境,而“弋者”则比喻那些具有世俗价值观的人们。

张九龄,字子寿。韶州曲江(今广东省韶关市)人。二十三岁时中进士,他作为张说的心腹活跃于政治舞台上,官至中书侍郎、同中书门下平章事,经常向玄宗进言直谏。正如前所述,由于卷入了政治斗争的漩涡中,张九龄被左迁到了荆州(今湖北省荆州市)。在去世之前的五年间,在荆州以文会友,过着悠然自适的生活。卒谥“文献”。现存诗二百八十首。

张九龄是继陈子昂之后,以诗歌叙述个人感慨的诗人。与陈子昂同题的《感遇二十首》,都是向盛唐诗歌进一步发展的名篇佳作。

119. 照镜见白发(1)

张九龄　五言绝句

宿昔青云志(2),蹉跎(3)白发年。谁知明镜里,形影(4)自相怜。

【注释】

(1) 照镜见白发:这首诗的诗题一本作“照镜见白发联句”。联句,指数人每人作一句或几句,合而成篇。

(2) 青云志:指建立功名的远大抱负,希望出世获得较高的地位。

(3) 蹉跎:蹉跎岁月,这是指作者被罢免宰相贬出京城做了荆州长史这个闲官之后无事可做,时光流逝而无所作为,虚度年华。

(4) 形影:形体和影子。有“形影相吊”的熟语,意为身体和影子互相安慰,没有人来关照自己,也就是很孤独的意思。

【赏析】

这是一首吟咏“衰老之叹”的名作。

诗的前半部分为对句形式，以严肃的口吻开始，发出了“年轻时胸有大志，而总是受到挫折，头发也变白了”的叹息。“青云”与“白发”的对照，给人留下了深刻的印象。诗的后半部分内容一转，表现出“自己和镜中的影子互相同情”的感觉，颇有俳句的味道。这种描写令人想到了芥川龙之介的短篇小说《鼻》中的一个画面。

张九龄历任朝廷的要职，并担任了宰相的重任。正如前所述，晚年由于政治失势过起了隐居生活，玄宗在此之后选拔人才时总是要以“节操、品质、度量能够像张九龄”作为衡量人才的标准。因为张九龄是一位功成名就的人物，因而这首诗发出的感慨不仅是他的真实感受，也是“叹老”主题的作品了。

后半部分的两句，或许对李白的著名五言绝句带有一些启示吧！

秋浦歌十七首　其十五

李　白

白发三千丈，缘愁似个长。不知明镜里，何处得秋霜。

120. 咏　　柳(1)

贺知章　七言绝句

碧玉(2)妆成一树高，万条垂下绿丝绦(3)。不知细叶谁裁(4)出？二月春风似剪刀。

【注释】

(1) 咏柳：这个诗题一本作“柳枝词”。

(2) 碧玉：南朝东晋时期姑娘的名字。她本身贫家之女，成为晋代汝南王司马义亮之妾后，深受宠爱。转指比喻美丽的姑娘。

这里用以比喻春天嫩绿的柳叶。

(3) 丝绦：用丝编成的衣带。

(4) 裁：裁剪。

【赏析】

这是一首吟咏树木的咏物诗。早春之时，嫩绿的柳树叶发出新芽，作者以拟人的手法描写了这一景色。

贺知章(659—744)，字季真。越州永兴(今浙江萧山市)人。则天武后证圣元年(695)进士，历任要职，累迁秘书监。贺知章性格旷达，自号“四明狂客”，他工于书法，又嗜酒如命。杜甫在《饮中八仙歌》中，把他列为酒仙中的第一位，描写他的醉态是“知章乘马似乘船，眼花落井水底眠”。贺知章对李白的才华极为推崇，称赞他是“谪仙人”，并向玄宗推荐了他。天宝三年(744)正月，贺知章告老还乡，并于这一年病逝。贺知章还乡之际，玄宗对其恩赏并予以慰问，贺知章在乡里的镜湖得到了这些赏赐和慰问。其诗现存二十首。

121. 题袁氏别业(1)

贺知章　五言绝句

主人不相识(2)，偶坐为林泉(3)。莫谩愁沽(4)酒，囊中自有钱。

【注释】

(1) 题：写。　袁氏：人物未详。　别业：别庄。“墅”与“庄”义同。

(2) 主人不相识：这里是用东晋王献之的故事。王献之从会稽归来的途中，路过苏州。在当地听说顾辟疆在园中开宴会，于是便进去了，但王献之与顾辟疆并不相识（《世说新语·简傲》）。

（3）林泉：树木下面有泉水的庭院。

（4）沽：买。

【赏析】

这可能是作者在袁氏别庄的宴席上乘兴而作的一首诗。第一句“主人不相识”是根据王献之的故事虚构变化而来。这首诗是反映贺知章旷达人格的作品。

122. 回乡偶书二首　其一

贺知章　七言绝句

少小离家老大回，乡音无改鬓毛衰(1)。儿童(2)相见不相识，笑问客从何处来。

【注释】

（1）乡音：家乡的口音。　鬓毛：额角边靠近耳朵的头发。一本作“面毛”。　衰：两边的头发变白。一本作“催”。

（2）儿童：这里指贺知章乡亲们的孙子和孙辈们。

【赏析】

这首诗是贺知章致仕回到乡里时的有感之作。在离开家乡五十年之后再回到乡里时，作者已是八十六岁。在都城长安时，作者深得玄宗的信任，所以现在即使是隐居乡里也不感到可惜。离开都城时，以玄宗为首的皇族和高官们都来为他送行，给了他足够的荣耀。

回到故乡之后，贺知章为乡亲们的孙辈们写下了这首诗，作者描写第一次与孩子们的会面，他们的反映似乎是很有趣啊！

123. 春　　晓(1)

孟浩然　五言绝句

春眠不觉晓，处处闻啼鸟(2)。夜来(3)风雨声，花落知多少(4)。

【注释】

(1) 春晓：春天的早晨。

(2) 处处：到处。　啼鸟：鸟的啼叫声。

(3) 夜来：昨夜。

(4) 知多少：不知有多少。多少，这里是疑问词“多少”之意。知，表示疑问，即与“不知”义同。

【赏析】

盛唐时期（712—762）是玄宗皇帝治世的重要阶段。这一时期，唐朝的国力达到了极盛，与此相呼应的是一些杰出的诗人接连涌现。

在盛唐前期，上一辈的诗人仍然健在，苏颋（727 年去世）、张说（730 年去世）、张九龄（740 年去世）、贺知章（744 年去世）等人还活跃于官场。此时王维（699 年出生）、李白（701 年出生）才开始崭露头角，而杜甫（712 年出生）还处于成长时期。

在这一时期，能够体现盛唐诗风的诗人，首先出现的应该是孟浩然。

孟浩然（689—740），字也是浩然。一说名浩，字浩然。襄阳（今湖北省襄阳市）人。因科举未能及第，所以没有什么官职，于是在各地漫游，后隐居在乡里的鹿门山。但是，他的诗才是人们所广泛公认的，就连张九龄和王维、李白都与他有着密切的交往。特别是比孟浩然小十二岁的李白十分敬佩他，曾吟咏“我爱孟夫子，风流天下闻”（五言律诗《赠孟浩然》）。

孟浩然在宴游、送别、赠答等社交场合中所作的诗歌较多，他交游的范围较广，但从他的作品来看，嗟叹不遇之悲和表现隐者超俗的心境成为两个主要的方面。

孟浩然的诗歌不能确定创作时间的较多，这首诗作为其中的一首也是不例外的。

前面两句描写的是在春天的早晨还没有感到天亮的情形。一般而言，作为官员早晨是要早起的，要在能够看到星星的黑夜中去上朝，而作此诗时太阳还没有出来，躺在床上能够听到鸟儿的叫声。自这首诗之后，对睡懒觉的描写，成为了表现闲适生活的常用手法。

在后半部分的第三句中，作者偶然想起了昨夜的风雨，从而使诗风与前半部分迥然不同。第四句的庭前落花，给人以被雨水打湿了的鲜红色印象，全诗到此作结。

从另外一个角度来看，这首诗达到了超凡脱俗的境地。作者孟浩然不如意的人生之路，与他的作品氛围结合在了一起，但这首诗的内容不应该看成是悠闲之作。

前半部分的两句，表明作者并没有谈到自己的官职，因此还是能够接受的。但进入后半部分，令人感到诗意的二重性变得浓厚起来。第三句的“风雨”自《诗经》以来，是作为比喻困难的境遇而使用的。第四句的“落花”，一般比喻悲哀和失落之意。

这首诗是作者的苦恼意识的自我认识，也就是“自己没有担任官职，但为了反衬自己的处境，故托梦言志，表现出一种无奈”，诗中的内容或许是这种暗喻吧！

124. 望洞庭湖(1)赠张丞相

孟浩然　五言律诗

八月湖水平，涵虚混太清(2)。气蒸云梦(3)泽，波

撼岳阳城。欲济无舟楫(4),端居耻圣明(5)。坐观垂钓者,徒有羡鱼情(6)。

【注释】

(1) 洞庭湖:在今湖南省北部,从南和西面汇聚的四大河(湘江、资江、沅江、澧水)流经于此,形成了北连长江的巨大湖泊。

(2) 涵虚:包含天空。指天空倒映在水中。涵,一本作“含”。 太清:指天空。为道教用语。

(3) 云梦:位于洞庭湖北方(湖南省南部)的大湿地。后由于沙土堆积,大部分淤成陆地。

(4) 舟楫:小船和船桨。比喻辅佐天子的贤臣。语出《尚书·说命·上》:“若济巨川,用汝作舟楫。”

(5) 端居:平凡的生活。 圣明:指太平盛世,古时认为皇帝圣明,社会就会安定。

(6) 羡鱼情:想得到鱼的愿望。这是隐喻想做官,希望张丞相能相助一臂之力。

【赏析】

这首诗是吟咏洞庭湖的名作。前半部分的四句描写了洞庭湖的气势,后半部分的四句表达了求官的愿望。诗题的“张丞相”,即指张九龄。

开元二十五年(737)秋天,时作者四十八岁,在他随张九龄游洞庭湖之际时,作了这首诗。张九龄在这一年被罢了相,任荆州长史。孟浩然在这一年的年末成为了张九龄的幕僚。

前四句吟咏了秋天丰水期的洞庭湖及其周边宏伟的景色。颔联的对句非常有名。后半部分的四句清楚地表明了当时孟浩然的出仕愿望。

125. 岁暮归南山(1)

孟浩然　五言律诗

北阙休上书(2)，南山归敝庐(3)。不才明主弃，多病故人疏。白发催年老，青阳逼岁除(4)。永怀愁不寐，松月夜窗虚(5)。

【注释】

(1) 南山：岘山。位于襄阳之南。

(2) 北阙：皇宫北面的门楼。奏事和群臣谒见都出入于这里。　上书：给皇帝上奏章。

(3) 敝庐：称自己破落的家园。这里指位于岘山的作者隐居之处。

(4) 青阳：春天的别称。青，按五行之说，为东春之意。　岁除：年终。

(5) 虚：空寂之意。

【赏析】

据《旧唐书·文苑传》记载：

(孟浩然)年四十，来游京师，应进士，不第，还襄阳。

孟浩然四十岁的时候来到长安，参加进士考试后未能考中，于是回到了岘山的家中。这首诗大约作于此时。他在这次落第之后，开始在各地漫游，最后隐居于山中。

关于这首诗还有如下的故事：

孟浩然来到长安，与张九龄和王维关系密切，有一天王维在官署招待孟浩然。二人讨论文学之际，适唐玄宗驾临。孟浩然错愕伏床下，王维告知玄宗，于是孟浩然见到了玄宗。玄宗曰："卿将得诗来耶！"孟浩然奏上诗，至第三句"不才明主弃"，玄宗曰："朕未曾弃人，自是卿不求进。"因此讨厌孟

浩然,孟浩然因此失去了做官的机会。(五代王定保《唐摭言》卷十一)

126. 夏日南亭怀辛大(1)

孟浩然　五言古诗

山光(2)忽西落,池月渐东上。散发(3)乘夕凉,开轩卧闲敞(4)。荷风(5)送香气,竹露滴清响。欲取鸣琴弹,恨无知音(6)赏。感此怀故人,中宵劳梦想(7)。

【注释】

(1) 南亭:可能是作者隐居在鹿门山中的亭子。具体情况不详。　辛大:作者的朋友,名不详。大,排行老大。一说是指隐者辛谔。

(2) 山光:傍山的日光。

(3) 散发:把头发披散开,这里表现的是作者的隐居。

(4) 轩:窗。　闲敞:躺在幽静宽敞的地方。

(5) 荷风:从荷花中吹过来的风。

(6) 知音:知心的朋友。

(7) 梦想:想念。

【赏析】

这是在夏日的傍晚,作者在鹿门山下的水边纳凉时所作的一首诗。

第五、六句描写了夏日傍晚时的幽静,尤其是从嗅觉和听觉上的刻画,更是给人留下了深刻的印象。

在寂静的环境中,作者独自弹琴而身边没有朋友,因此便发出了如此的感叹。由此也可以看出作者为人的另一面。

127. 宿业师山房期丁大(1)不至

孟浩然 五言律诗

夕阳度西岭，群壑(2)倏已暝。松月生夜凉，风泉满清听。

樵人(3)归欲尽，烟鸟栖初定。之子期宿来，孤琴候萝径(4)。

【注释】

（1）业师：一位名字叫“业”的禅师。其事迹不详。一作“来师”或“来公”。 山房：山中房舍，指佛寺。这里指僧人住的地方。丁大：指丁凤，是一位进士。大，这里指排行老大。一本作“丁公”。

（2）群壑：众多的山谷。

（3）樵人：砍柴的人。

（4）萝径：长满萝蔓的小径。

【赏析】

这是一首描写等待约好的友人，但友人未能如约而至时作者孤寂心情的诗。

中间二联描写夕阳下山中的景色堪称佳句，与前面的《夏日南亭怀辛大》一样，可以看出他与王维都是喜爱自然的诗人。尾联表现了月光下作者在琴前等待的身影，留下了一种余韵之悲。

孟浩然似乎就待在了这样寂静的房子里了。

128. 宿 建 德 江(1)

孟浩然 五言绝句

移舟泊烟渚(2)，日暮客愁新。野旷天低树，江清月近人。

【注释】

（1）建德江：指新安江流经今浙江省建德市西部的一段江水。

（2）烟渚：雾气笼罩的洲渚。

【赏析】

这首诗是作者在江南漫游时所作。一说是科举落第后放浪吴越时所作。

诗中描写了夕阳西下之时，小船停留在江边时的情景。后两句对句的写景，反映出作者阴郁的心情。

“旷野无边无际，远天比树还低沉”，表现的是没有希望、痛苦的心境。“江水清清，明月来和人相亲相近”，以拟人的手法，来表现作者的孤独，从而表现在月亮之外已经没有其他朋友的孤寂之心。

129. 早寒有怀

孟浩然　五言律诗

木落雁南渡，北风江上寒。我家襄水曲[(1)]，遥隔楚云[(2)]端。乡泪客中尽，孤帆天际[(3)]看。迷津欲有问[(4)]，平海夕漫漫[(5)]。

【注释】

（1）襄水：汉水流经襄阳附近一段的名字。这是作者的家乡。一本作“湘水”，又作“江水”。　曲：江水曲折转弯处。一本作“上”。

（2）楚云：楚，今湖北省和湖南省的一部分。襄阳属于古楚国，故有此说。此二字一本作“楚山”。

（3）天际：天边。一本作“天外”。

（4）迷津欲有问：迷失道路欲问渡口。据《论语·微子》记载，孔子与门人从楚至蔡于旅途中迷失方向，于是向两位隐士长沮、桀溺询问渡口。问津，也比喻指询问人生的指南。

（5）平海：指长江下游入海口附近宽阔的江面。　漫漫：水势浩大的样子。

【赏析】

这是作者在晚秋或夕阳西下时于长江下游所作的一首诗。

首联发出了"与大雁不同的是，自己不能回到故乡"的感慨，进而移到了颔联的望乡之思。颈联以泪洒孤舟，继续描写个人的孤独之旅，突出了自身的形象。尾联以行路失津，来表现自己行路的茫然，并以此作结。

茫茫的江水，就像作者的烦恼和悲愁一样，他的前进方向又在哪里呢？

130. 登鹳鹤楼(1)

王之涣　五言绝句

白日依山尽，黄河入海流。欲穷千里目，更上一层楼。

【注释】

(1) 鹳鹤楼：唐代的名胜古迹。位于今山西省运城市永济市蒲州镇。蒲州镇位于涑水河的北岸，西临黄河，南临中条山，东临峨眉岭。

【赏析】

这首诗被评为是五言绝句的佳作。前半部分的两句与后半部分的两句都属于对句。前半部分两句的"白"和"黄"、"山"和"海"互为对应。后半部分的两句继之前面的意思，属于"流水对"。

在创作技巧方面，作者描绘了一个庞大的景观，具有压倒中国北方巨大山河的气魄。

鹳雀楼，因时有鹳雀栖息其上，故得其名。它原在黄河中的高阜处，但因河水淹没，遂于蒲州镇的城内建此楼阁并命名(《大清一统志》)。北宋的沈括(1030—1094)在《梦溪笔谈》卷十五中记道："河中府鹳雀楼三层,前瞻中条,下瞰大河。”可见在北宋之时,这座鹳雀楼还是存在的。

关于作者王之涣参见《凉州词》条目。

131. 黄 鹤 楼

崔　颢　七言律诗

昔人已乘黄鹤去,此地空余黄鹤楼。黄鹤一去不复返,白云千载空悠悠。晴川历历汉阳[(1)]树,芳草萋萋鹦鹉洲[(2)]。日暮乡关[(3)]何处是,烟波江上[(4)]使人愁。

【注释】

(1) 晴川:阳光照耀下的晴明江面。这里指长江。　历历:清楚可数。　汉阳:隔长江位于武昌的西面,现武昌、汉口、汉阳合并成为武汉市。处于长江和汉水的合流之处。

(2) 芳草:香草,开花的草。　萋萋:形容草木茂盛。　鹦鹉洲:武昌西南长江的沙洲,后没入水,与现在的鹦鹉洲不同。

(3) 乡关:故乡家园。这里指长安。

(4) 烟波:暮霭沉沉的江面。　江上:长江的江面上。

【赏析】

这首诗被誉为唐代七言律诗的创作高峰(严羽《沧浪诗话》诗评)。

诗中反复三次出现了“黄鹤”一词,由于使用了较多的“悠悠”、“历历”、“凄凄”等叠语,具有律诗的韵律,强调了一种感觉。在华丽的语言中,前半部分表现的是对时间流逝的感叹,后半部分叙述的是离别故乡之悲。

在此之后,李白也曾经到访这里,在他想作诗时发现“崔颢题诗在上头”，于是便不在这里题诗了(元辛文房《唐才子传》)。

黄鹤楼最初建在武昌的黄鹄矶上，后又经过数次修建。现在的黄鹤楼位于蛇山顶上，于 1985 年重建。

关于这个名字的由来，既有“费祎登仙，尝驾黄鹤返憩于此”之说，也有“仙人子安在此乘黄鹤过此上也”之说。

而最有趣的还是下面的这个传说已久的故事。

从前有位姓辛的人在此开设酒店，有一天，来了一位客人到此买酒而饮。如此过了半年，客人告诉辛氏说：“我欠了你很多酒钱，很对不起。”于是在店中的壁上画了一只黄鹤。从此之后，墙上的黄鹤便会随着歌声，合着节拍，蹁跹起舞。从此宾客盈门，生意兴隆，主人成了巨富。

如此过了十年多，那位客人又飘然来到酒店，他便取出笛子吹了几首曲子，画上的黄鹤自空而下，客人便跨上鹤背，乘着白云飞上天去了。主人为了纪念这位客人，便在黄鹄矶上修建了一座高楼，后来便称为“黄鹤楼”。

但这仅仅是一个传说，崔颢题诗之后，这首诗便成了咏黄鹤楼最理想的佳作。

崔颢(？—754)，其字不详。汴州(今河南省开封市)人。开元十一年(723)前后进士及第，官至司勋员外郎。他喜饮酒、赌博，且好女色。其诗初期以艳冶的闺怨诗为主，后有机会有了边塞的生活体验，诗风变得雄浑起来。

下面列举的是《长干行四首》，描写的长干(南京市内的秦淮河一带)的女孩和年轻男子给人留下了深刻的印象。

132. 长干行(1)四首　其一

崔　颢　五言古诗

君家(2)何处住，妾住在横塘(3)。停船暂借问(4)，或恐(5)是同乡。

133. 长干行四首　其二

崔　颢　五言古诗

家临九江(6)水，来去九江侧。同是长干人，生小(7)不相识。

【注释】

(1) 长干行：乐府诗题。多以吟咏长干附近女性的生活和心情为主。

(2) 君家：您家。这两个字也可作为第二人称使用。

(3) 横塘：三国时流经建业(今南京)的秦淮河沿岸的河堤。上面有楼台林立的繁华街市。

(4) 借问：请问，向人询问。

(5) 或恐：也许。

(6) 九江：这里广泛指长江下游的地区，此泛指长江。

(7) 生小：从小，自幼。

【赏析】

第一首是乘舟在长干的男子与女子相遇时的互答之词。第二首是继第一首之后女子对男子的回应。从后面的两句可以看出，女子对男子已经表现出了好感。

134. 长乐少年行(1)

崔国辅　五言绝句

遗却珊瑚鞭(2)，白马骄不行。章台(3)折杨柳，春草路旁情(4)。

【注释】

(1) 长乐少年行：乐府诗题，与《少年行》相同。长乐，汉代的宫殿名，这里指都城长安。《长安少年行》、《邯郸少年行》、《渭城少年行》等，都是在《少年行》前冠以地名的例子。

(2) 遗却：忘置。却，附在动词之后的助字。 珊瑚鞭：用珊瑚装饰的鞭子，属于高档的用品。

(3) 章台：长安的一条街道。自汉代以来，这条街道非常繁华，以绿柳成荫、妓院林立而著名。

(4) 路旁情：在路上相遇时而产生的恋情。这里的“情”，特指男女之间的恋情。

【赏析】

把珊瑚鞭遗忘在了不知什么地方，但却一点儿也没发现，在路边折下柳枝，诗中反映的便是主人的这种感情，就连白马也有些骄横起来了。马鞭究竟是放在哪里了呢？是在傍晚时喝醉的酒楼里？还是在柔情四射的青楼女子那里？还是被某个人拿走了呢？

在诗的后半部分，焦点由章台——柳，转向了路边的青楼，美女的倩影似乎也隐约出现了。

以暗示的手法和丰富的色彩之感(珊瑚的红色、白马、杨柳的绿色)结合在一起，使这首诗成为具有很好效果的小品。

崔国辅(687？—755？)，其字不详。山阴(今浙江省绍兴市)人。一说是吴郡(今江苏省苏州市)人。开元十四年(726)进士，官至集贤院学士、礼部员外郎。因其具有风雅、高尚的人品，因而受到了人们的尊敬。

崔国辅现存诗四十一首，题材多样，诗风受民歌影响较大。

135. 西 宫[1]春 怨

王昌龄　七言绝句

西宫夜静百花香，欲卷珠帘春恨长。斜抱云和[2]深见月，朦胧树色隐昭阳[3]。

【注释】

(1) 西宫：长信宫的别名，西汉时太后的住所。班婕妤（前48？—前6？）一度为汉成帝所宠爱，后知帝移情赵飞燕、赵昭仪姐妹后，自愿退到西宫，做了太后的侍女。西宫，一本作"空宫"。

(2) 云和：古代琴瑟一类乐器的代称。云和，也是山的名字，其上产适合做琴瑟等弦乐器的木材。

(3) 昭阳：昭阳宫。汉成帝赐给赵飞燕姐妹的宫殿。（《汉书·外戚传·孝成赵皇后传》）。

【赏析】

王昌龄（698—756），字少伯。京兆长安（今陕西省西安市）人。一说江宁（今江苏省南京市）人。原籍太原（今山西省太原市）。三十七岁左右进士及第，被授予官职，后因一些激烈的言辞而被左迁地方，再后返回朝廷，又再左迁地方。安史之乱时回到乡里，为刺史闾丘晓所杀。其诗以七绝见长，有"诗家夫子王江宁"之誉。其边塞诗和闺怨诗、离别诗的名作较多。

这是一首假托班婕妤的故事，来吟咏失去皇帝宠爱的宫女的感叹之诗，属于典型的闺怨诗。全诗避开了直接的感情表现，通过月色的氛围和女子行为的描写，来暗示心境，由此更增添了深深的余韵。

下面这首诗也同样假托班婕妤的故事，来吟咏秋夜的怨情。与前面的诗使用了同样的韵目。

西宫秋怨

芙蓉不及美人妆，水殿风来珠翠香。谁分含啼掩秋扇，空悬明月待君王。

136. 闺　怨(1)

王昌龄　七言绝句

闺中少妇(2)不知愁，春日凝妆上翠楼(3)。忽见陌头(4)杨柳色，悔教夫婿觅封侯(5)。

【注释】

（1）闺怨：妻子与丈夫离别的幽怨之叹。从内容上可以分为如下两个系列：一、富裕之家的年轻妻子，等待出征丈夫归来时的咏叹之词。这是《诗经·王风》中的《君子于役》和《卫风》中的《伯兮》中常见的"征夫思妇"主题的一种展开类型。二、宫中的女性在深宫中咏叹失去君主宠爱的内容。这属于南朝中期以后确立的"宫体诗"的延伸。

（2）闺：女子的卧室。　少妇：年轻的妻子。

（3）翠楼：涂着绿色的高楼。特指女性的住所。

（4）陌头：路边。

（5）夫婿：你。这是妻子对丈夫的称呼。　封侯：从军建功封爵。

【赏析】

这是一首在丈夫远征之后，独守空闺的妻子思念丈夫的诗。它与后面《从军行七首》其一所看到的出征士兵思念妻子的诗歌，其心情是一样的。

正如前半部分两句所切"闺怨"的诗题一样，表现的是一种阳光的内容，而“深闺中等待丈夫的思妇”的闺怨诗的类型，又正好与第一句的内容相反。但第三句看到杨柳色的情形又出现了变化，表现的是思念离别丈夫的年轻妻子的形象。柳树枝是在离别之际，折下后赠人以祈求平安的礼物。去年的此时，她正是折柳送别了丈夫，当时是希望他能够从军之后获得功名，建功封侯，但现在看来不免有些后悔，其中所包含的感情便在第四句中了。在温暖的春日中，在悠闲和幸福感伤的背后，一种哀怨之情便表露了出来。这首诗可以说是达到了“闺怨”与“边塞”相结合的一种新的境界。

在众多的边塞诗中，后面作品中正面描写的战争残酷和悲惨也是值得瞩目的。

137. 野老曝背(1)

李　颀　七言绝句

百岁老翁不种田，惟知曝背乐残年(2)。有时扪虱(3)独搔首，目送归鸿篱下眠(4)。

【注释】

(1) 野老：乡野老头。　曝背：背晒太阳。

(2) 残年：老年，暮年。

(3) 扪虱：在人前摸虱子。表现的是人与人之间一种平淡的态度。这里引用的是西晋王猛的故事。据《晋书·苻坚传》记载：“桓温入关，(王)猛被褐而诣之，一面谈当世之事，扪虱而言，旁若无人。”在这首诗中，表现的是一种自由的境界。

(4) 目送归鸿：看着归返的大雁。三国魏嵇康《赠秀才入军十八首》其十四有“目送归鸿，手挥五弦。俯仰自得，游心太玄”之句，这里表现的是一种达观的心境。　篱下眠：篱，篱笆，用竹子做的一种编织物。语出陶渊明《饮酒二十五首》其五“采菊东篱下，悠然见南山。山气日夕佳，飞鸟相与还”之句，这里仍然表现的是一种达观的心境。

【赏析】

这首诗描写了一位老农夫的一种超然的情趣，叙述的是他舍去人生的烦恼而过着悠闲的生活。这首诗有可能是作者归隐之后的作品了。

李颀(690? —751?)，其字不详。东川(今四川省绵阳市三台县)人，或赵郡(今河北省石家庄市赵县)人。开元二十三年(735)进士。李颀不好世事，思想上倾向于老庄，因未能晋升官位而辞职，隐居在颍阳(今河南省许昌市附近)的东川。

作为一位诗人，李颀与王昌龄、高适等人有着密切的交往，他长于五言古诗和七言歌行，律诗创作与高适齐名。诗歌题材广泛，尤长于人物描写和边塞诗的写作。

138. 凉 州 词(1)

王　翰　七言绝句

葡萄美酒夜光杯(2)，欲饮琵琶马上催(3)。醉卧沙场(4)君莫笑，古来征战几人回？

【注释】

(1) 凉州词：乐府诗题之一。盛唐开元年间(713—741)由西凉府献上的乐曲名。关于这首曲子的歌词，一般多为表现边塞的风景和出征之苦的内容。凉州，今甘肃省武威市凉州区。

(2) 葡萄美酒：葡萄，在汉代由西域传入中国后，又开始制作葡萄酒，其中以凉州所产的葡萄酒最负盛名。　夜光杯：用西域特产“夜光玉”制成的酒杯。一说是玻璃制成的酒杯。

（3）琵琶：从西域传来的拨弦乐器。　催：催人出征。

（4）沙场：沙漠之地。秦汉以来和异族作战的战场。

【赏析】

边塞诗的基本类型

作为盛唐诗歌的特色，“边塞诗”的名篇佳作是比较多的。所谓的边塞，是指保卫国家的边境。当时在西北部的边疆地区，是唐朝与突厥和吐蕃之间存在着较多的领土纷争之地，也是通往丝绸之路与外国进行文化交流的舞台。表现边塞场所的边塞诗，多为这一时期所作。伴随着领土扩张政策而来的是边疆守卫重要性的增加，描写出征士兵的心情和边疆奇异风物的诗人，显示出比一般民众更加关心边塞的情况。

这首《凉州词》可以说是边塞诗基本类型的杰作。这是一首描写边疆前线士兵们酒宴的诗。

诗的前半部分中的“葡萄”、“夜光杯”、“琵琶”，这些西域的产品排列在一起，充满了异域风味。诗的后半部分借醉后士兵之口，控诉了战争的悲惨之状。“异域情绪”和“士兵们的心情”，成了这首诗的两个重要组成部分。

无论怎样来说，这首诗的后半部分都是能够深深打动读者心灵的。在酗酒、混乱的意识中，表现的是“莫笑”和哀怨的士兵。亦即前半部分表现欢乐的旋律，是对那些与死为伴的士兵们悲哀的祭奠。

王翰（687？—726？），字子羽。晋阳（今山西省太原市）人。景云元年（710）中进士。由于受到张说的赏识，王翰受到了朝廷的重用，但其傲慢的言辞引起周围人的反感。他嗜酒并且酷爱养名马，家中蓄伎乐，过着奢华的生活。随着张说的下台，他也被左迁到了河南汝州。在这里他仍然每日饮酒打猎，因此又被左迁到道州（今湖南省道县），并在此与世长辞。

同样的诗歌题目，下面一首诗也是名作。

139. 凉州词[1]

王之涣　七言绝句

黄河远上[2]白云间，一片孤城万仞[3]山。羌笛何须怨杨柳[4]，春风不度玉门关[5]。

【注释】

（1）凉州词：在这首诗中，诗题一本作《出塞》。

（2）黄河远上：一本作“黄沙直上”。

（3）一片：横而且长的样子。　孤城：指孤零零的戍边城堡。被长城围起来的军事堡垒。　万仞：非常高。唐代的一仞，相当于248米。

（4）羌笛：羌族乐器，属横吹式管乐。古羌族主要分布在今甘、青、川一带。　怨：悲。　杨柳：这里是指《折杨柳》曲子名。古诗文中常以杨柳喻送别情事。自汉代以来，人们有以折杨柳送别的习惯。

（5）玉门关：关名。故址在今甘肃省敦煌西北。距长安约1 500千米，是古代通往西域的要道。

【赏析】

这首诗的前半部分描写了通往玉门关的道路。滔滔奔流的黄河，飘动的白云，出现在巍峨群山中的城堡……通过不同变幻的影像，浮现在了人们的眼前。如果严格来说的话，从凉州到玉门关是没有黄河流经于此的，所以与第一句“黄河远上白云间”相比，异本的“黄沙直上白云间”更为贴切准确。然而“黄河上游”是西北边疆的象征，所以在这里用这个说法也还是比较合适的。

后半部分也是一种知性的表现。曲名的“杨柳”与现实中的“杨柳”重合在了一起。

不必吹着悲伤的《折杨柳》曲子，它毕竟不能带来春天，也不能吹得柳树发芽。而柳树芽却能够引起离别之悲，则肯定是听到了

《折杨柳》的曲子了。

通过《折杨柳》传递的悲哀,可以表现出作者的心境。

王之涣(688—742),字季陵。晋阳(今山西省太原市)人,后转居绛州(今山西省新绛县)。由于未能科举及第,他没有走上仕途之路,但诗名较高,与王昌龄、崔国辅、高适等人有着密切的交往。据说他的诗歌完成之后,马上有乐师谱成曲子演唱。其诗现存六首。

关于王之涣上面的这首诗,还有下面流传的故事:

开元年间,在某一个下雪之日,王昌龄、高适、王之涣在旗亭饮酒,恰巧有梨园伶官登楼会宴。三人因而避席,一会儿有妙妓四人出现,皆当时之名部之人。于是王昌龄建议,让歌伎们演唱,看看演唱谁的诗歌最多。第一位歌伎演唱的是王昌龄的七言绝句,第二位歌伎演唱的是高适的五言古诗,第三位演唱的是王昌龄另一首七言绝句。于是王之涣说:"这几位歌伎是没有看过什么诗歌的人。假如这四位歌伎中最美的那位还不唱我的诗,我便终身不再和你们争论了。"果然第四位歌伎唱的便是王之涣的《凉州词》。王之涣大喜。发现了近在眼前的三位大诗人,歌伎们也非常高兴,大家一起饮醉竟日。(唐薛用弱《集异记》卷二)

三位大诗人聚集在一起是否是事实?还不能确定。但当时绝句实际上在演唱,边塞诗也在这种场合上吟唱,则是比较有趣的事情了。

边塞诗的两个方面

即使是在盛唐时期,在全国人心向上的情况下,也有厌恶和讥讽战争的诗歌出现,表现士兵们的斗志和乡愁以及描写异域风光的内容也是比较多的。在设定"边疆战场"的舞台上,描写的是一种勇壮、悲壮之美,这种旨趣成了创作的主流。

一说到"边塞诗",实际上包含了赴西域的经验之谈和在内地想象的两个方面。如王昌龄的作品实际上是在没有边塞体验的情况下写成的,但作为边塞诗的杰作还是受到了人们的喜爱。

140. 从军行[1]七首　其一

王昌龄　七言绝句

烽火城西百尺[2]楼，黄昏独上海风[3]秋。更吹羌笛关山月[4]，无那金闺[5]万里愁。

【注释】

(1) 从军行：乐府旧题，多是反映军旅辛苦生活的内容。

(2) 烽火城：为点燃传递烽火而建造的高台，一般设在边境的要塞之处。　百尺：唐代的一尺约为31厘米左右。

(3) 海风：吹到沙漠的热风；一说是从青海湖吹来的风。

(4) 羌笛：羌族竹制乐器。　关山月：乐府曲名。多为哀伤出征离别之辞。这里实际上是由照在关山的月亮而引起的联想。

(5) 无那：无奈。　金闺：对女子住宅的美称。

【赏析】

这是一首吟咏在边境秋日的傍晚，一位孤独的士兵怀念家乡妻子的诗。

“烽火城”、“海风”、“羌笛”、“关山月”，这些带有边境杀伐气氛的词语排列在一起，使秋日傍晚的时间具有越来越悲怆的情感。前三句所说的一切，都是为第四句对“金闺”的思念做铺垫。

下面的《从军行七首》其四，吟咏的是出征士兵们激昂斗志的作品。

从军行七首　其四

王昌龄　七言绝句

青海长云暗雪山，孤城遥望玉门关。黄沙百战穿金甲，不破楼兰终不还。

141. 塞下曲(1)四首　其二

常　建　七言绝句

北海阴风(2)动地来，明君祠上望龙堆(3)。髑(dú)髅皆是长城(4)卒，日暮沙场飞作灰(5)。

【注释】

(1) 塞下曲：乐府旧题，多以边疆要塞为背景，描写周边的风物和士兵们的心情。

(2) 北海：泛指北方偏僻的地方。一说是指北海(新疆维吾尔自治区东部)。　阴风：寒冷的北风。

(3) 明君祠：西汉王昭君的坟墓。　龙堆：白龙堆。新疆维吾尔自治区南部库木塔格沙漠的名字，位于敦煌和楼兰之间。

(4) 长城：修筑于中国北方的城墙。秦始皇把战国时代燕、赵、秦等国修筑的长城连接起来，汉武帝时又进一步修筑延长，西至玉门关。

(5) 灰：灭亡、死亡之意。

【赏析】

作品表现的场景好像是在北海附近、新疆维吾尔自治区的东部。主人公从王昭君墓眺望白龙堆的沙漠，王昭君凄婉的故事成了悲哀和怨愤的象征。大地上笼罩着吹起的阴风，而逐渐到来的日暮，又增加了一种阴郁的气氛。这种氛围在后半部分的两句中得到了爆发，战死者的头盖骨在沙漠中散落开来，给人以凄绝的印象。

常建(生卒年不详)，其字不详。京兆(今陕西省西安市)人。开元十五年(727)与王昌龄同科进士及第，二人有着密切的交往。大历年间(766—779)为盱眙(今江苏省盱眙县)尉，后因不满足于仕宦生活，最终选择了隐居。其诗长于叙景，同时又能够发挥边塞诗的特色。现存诗五十八首。

王昭君(生卒年不详),名嫱,昭君是其字。南郡秭归(今湖北省兴山县)人。后因避晋文帝司马昭的讳,遂称为"明君"、"明妃"。昭君姿容端丽,十七岁时入汉元帝后宫。竟宁元年(前 33),匈奴呼韩邪单于入朝,请求与汉朝和亲,昭君自愿嫁与匈奴。其后终生生活在匈奴,与呼韩邪单于生有一子。在丈夫死后,昭君又按照匈奴的习惯,与呼韩邪单于正妻之子复株累单于结婚,并生有二女。昭君墓据说在内蒙古自治区呼和浩特市以南有数处,其墓地上的草经东不枯,被称为"青冢"。

如按《西京杂记》卷二记载,元帝命画工为后宫女子画像,按照图像选择宠爱的女性。宫女们于是贿赂画工,让他给自己画得漂亮一些。而心气高傲的王昭君不肯贿赂画工,画工便把王昭君画得丑陋。当呼韩邪单于请求和亲时,不受宠的王昭君主动出来愿去和亲。在最后临别之际,看到王昭君姿容的汉元帝为其美貌所倾倒,调查了原因之后,发现了画工们的不当行为,遂把他们都处以了死刑。

这个故事可能经过了后世的润色,但有一定的依据,王昭君的经历给后世的文学创作提供了很多的素材,既有《昭君怨》这样的乐府题材,也有说唱和戏曲表现的内容。

王昭君的故事对我国(日本)影响较大,《源氏物语》和《太平记》都有与她有关的故事,特别是能乐(日本古典剧种之一。译者注)《昭君》,更是一部杰作。

142. 邯郸[(1)]少年行

高　适　七言古诗

邯郸城南游侠子[(2)],自矜生长邯郸里。千场纵博[3]家仍富,几度报仇身不死。宅中歌笑日纷纷,门外车马常如云。未知肝胆向谁是,令人却忆平原君[4]。君不见即今交态薄,黄金用尽还疏索。以兹感叹辞旧游,更于时事无所求。且与少年饮美酒,往来射猎西山[5]头。

【注释】

(1) 邯郸:今河北省邯郸市,战国时期为赵国的首都。该地任侠之风盛行。

(2) 游侠子:富于任侠之气的年轻人。他们重义轻利,乐于助人。

(3) 千场:很多的场所。 博:赌博。

(4) 平原君:这里指战国时的赵国公子赵胜(? —前 251)。因被封于平原(位于今山东省),故有此称呼,后为赵国宰相。其人讲信义,重视人才,曾养食客数千人。

(5) 西山:位于邯郸西部的山;一说是指邯郸西北部的马服山。

【赏析】

赴边塞的诗人

作为“边塞诗”系列,诗人有着实际赴西域的经验,其吟咏的名作较多。作为这个系列的诗人,首先列举的是高适。

高适的经历在唐代诗人中是极为少见的,而且他是一位仕宦达到了荣达极致的诗人。他的边塞诗创作与岑参并称在一起。

这首诗是开元二十一年(733),作者从蓟北(今河北省北部)回乡的途中经邯郸时所作。

邯郸的年轻人虽然无赖,但却注重信义,作者在与他们接触时产生了情感上的共鸣,进而对人世间一般的薄情之人发出了感叹。

在这首诗中，作者觉得邯郸年轻人的作为与自己前半生的身世有着相似之处，于是吟咏了他们那种豪爽的真情。

第一段（1—4 句）描写了邯郸年轻人那种男子汉的豪气。

第二段（5—8 句）表现了他们的生活方式，对他们的豪放之气产生了共鸣。

第三段（9—14 句）批判了社会上的世态炎凉，强调了对邯郸年轻人的认同之感。

高适（701—765），字达夫。沧州渤海（今河北省沧县）人。年轻时无固定职业，与游侠之徒交游。天宝三年（744），与李白、杜甫在梁、宋（今河南省东部）一带漫游，过着饮酒赋诗的生活。天宝八年（749），科举（有道科）应试及第，不久入名将哥舒翰幕府为掌书记，并勤务于西域。后安禄山之乱爆发时立有军功，升为侍御史，随玄宗入蜀后任谏议大夫。此后，高适历任四川方面的刺史和尹，任蜀州刺史时，给杜甫以生活上的帮助。晚年时回到长安，从刑部侍郎转任至散骑常侍。去世后赠礼部尚书，谥“忠”。

下面的这一首七言绝句是从哥舒翰于西域军旅生活时所作。

143. 塞上闻吹笛

高　适　七言绝句

雪净胡天牧马(1)还，月明羌笛戍楼(2)间。借问梅花(3)何处落，风吹一夜满关山(4)。

【注释】

(1) 雪净：冰雪消融。　胡天：指西北边塞地区。胡是古代对西北部民族的称呼。　牧马：放马。

(2) 戍楼：报警的烽火楼。

(3) 梅花：此为一语双关词，既指想象中的梅花，又指笛曲《梅花落》。《梅花落》属于汉乐府横吹曲，多述离情。

(4) 关山：这里泛指关隘山岭。

【赏析】

这是一首吟咏笛和雪的智慧之作。在降雪和月出之夜听到了羌笛之音，这种羌笛之音又恰是著名的《梅花落》的曲调。曲调既像梅花的散落，又把雪花比喻成了梅花。

由此可以看出，后半部分偶然看到降雪，使人产生了梅花飘落的错觉。言外之意是："家乡的梅花大概也飘落了吧！"望乡之思便由此唤起了。由此令人想到的是王之涣《凉州词》的表现技巧。

下面的这首诗虽然也是在边境所作，但脱离了边塞诗的俗套，描写了当地少数民族生动的生活形象，是难得的佳作。

144. 营州(1)歌

高适　七言绝句

营州少年厌原野(2)，皮裘蒙茸猎城下(3)。虏酒千钟(4)不醉人，胡儿十岁能骑马。

【注释】

(1) 营州：今辽宁省朝阳县。唐代东北边塞，与契丹接壤，为多个少数民族杂居之地。后为契丹夺取此地。

(2) 厌：十分满足的样子。这里作饱经、习惯于之意。这个字有的版本作"满"、"歇"、"爱"。　原野：平原，广阔的荒野。

(3) 皮裘：用狐狸皮毛做的比较珍贵的大衣。一本作"狐裘"。　蒙茸：毛乱的样子。　城下：城堡附近。

(4) 虏酒：指当地少数民族酿造的酒。　千钟：千杯。钟，酒杯。

【赏析】

这是作者不知何时在营州时所作的诗。

作者站在城墙之上，放眼四望，映入眼帘的是驰骋在原野上打猎的少年的身姿。他们大概是居住在营州的少数民族吧！

后两句是对他们生活习惯的描写，给人留下的是嗜酒、幼时就能驰骋在马上的形象。

由这里也可以看出作者高适豪放的性格。

145. 除 夜 作

高　适　七言绝句

旅馆寒灯(1)独不眠，客心何事转凄然(2)？故乡今夜思千里，霜鬓明朝又一年(3)。

【注释】

(1) 寒灯：寒夜的灯。

(2) 何事：什么事情。　凄然：凄凉悲伤。

(3) 霜鬓：白色的鬓发。　又一年：又增加了一年的年龄。在过了年之后又长了一岁。

【赏析】

这首诗吟咏的是在除夕之夜，由于个人的不遇而羁旅于外不能回到故乡的感慨。

前半部分表现的是自己的心境，而在后半部分则描写了等待自己回家的家人对自己的思念之情。

除夕之夜，一家人不能团聚，因此只好自己度过这个羁旅之夜了。“寒”、“独”、“客心”、“凄然”、“千里”、“霜鬓”之语，更增添了孤独和寂寞的情绪。

第三句的主语是作者本人，可做“我在今夜思念千里之外的故乡”解释。

146. 胡笳歌送颜真卿使赴河陇(1)

岑　参　七言古诗

君不闻胡笳声最悲？紫髯绿眼胡人吹。吹之一曲犹未了，愁杀楼兰征戍儿(2)。凉秋八月萧关(3)道，北风吹断天山(4)草。昆仑山(5)南月欲斜，胡人向月吹胡笳。胡笳怨兮将送君，秦山遥望陇山(6)云。边城(7)夜夜多愁梦，向月胡笳谁喜闻？

【注释】

(1) 胡笳：胡人（西北少数民族）吹的笛子。开始卷芦叶吹之以作乐，后来以木为管，声音悲切。　颜真卿（709—785），字清臣，为仕于玄宗、肃宗、代宗、德宗四代的忠臣。同时也是著名书法家，其楷书为古今第一。安史之乱时，他与堂兄颜杲卿一起讨伐叛军，最后随肃宗到了行在灵武。德宗时，被叛将李希烈俘获所杀。　河陇：河西（今甘肃省武威市）、陇右（今青海省西宁市）的简称。

(2) 楼兰：汉、魏时西域国名，在今新疆若羌东北。　征戍：远征，远行屯守边疆。　儿：年轻人。

(3) 萧关：在今宁夏回族自治区固原市东南。为通往西域的交通要塞。

(4) 吹断：猛烈地吹。断，表示加强意思的助字。　天山：位于新疆维吾尔族自治区中部东西走向的大山脉；一说是指今甘肃酒泉南的祁连山主峰。

（5）昆仑山：位于新疆维吾尔自治区和西藏自治区之间的东西走向的山脉。

（6）秦山：位于都城长安之南的秦岭山脉。　陇山：六盘山南段的别称。

（7）边城：国境边上的城市。

【赏析】

在边塞诗中能够独树一帜的作品，是由岑参创作的系列诗歌。

岑参（715？—770），其字不详。南阳（今河南省南阳市）人，一说是荆州江陵（现湖北省江陵市）人。唐太宗时任宰相的岑文本是其曾祖父。他的伯祖父、伯父都官至宰相。岑参十四五岁时，父亲去世。他自幼苦学，天宝三年（744）三十岁时举进士。作为节度使的幕僚，他两度赴西域。作为与王之涣、王昌龄、高适等齐名的诗人，他有着较高的知名度。安史之乱时，岑参回到内地，后回朝任右补阙，大历间官至嘉州（今四川省乐山市）刺史。三年后任期结束回到长安，但因中原地区局势不稳，于是移居成都，后得病客死于此。

岑参的边塞诗分为体验西域生活之前后两个阶段，并分别留下了名作。

上面的这首诗为天宝七年（748）颜真卿作为监察御史赴河陇之际，岑参于长安送别的宴会上所作。时岑参三十四岁，颜真卿四十一岁。

全诗分为了十二句，开头二句的“君不闻胡笳声最悲？紫髯绿眼胡人吹”，以极具鲜明的形象开始，以下的西域地名“楼兰”、“萧关”、“天山”排列在一起，边塞的氛围极为明显。在“昆仑山南月欲斜，胡人向月吹胡笳”两句中，向昆仑山上的明月吹笛的胡人，犹如画中的情景。而“胡笳怨兮将送君，秦山遥望陇山云。边城夜夜多愁梦，向月胡笳谁喜闻”四句，则以送别的主题而作结。

这首诗是岑参赴西域之前所作,因而缺乏西域的真实感,虽然描写了西域的典型形象,但还是存在着一些不足,容易把读者引入其他方面的感情中去。

147. 热海行送崔侍御(1)还京

岑　参　七言古诗

侧闻阴山胡儿(2)语,西头(3)热海水如煮。海上众鸟不敢飞,中有鲤鱼(4)长且肥。

岸旁青草长不歇(5),空中白雪遥旋灭。蒸沙烁石燃虏云(6),沸浪炎波煎(7)汉月。

阴火(8)潜烧天地炉,何事偏烘(9)西一隅?势吞月窟侵太白(10),气连赤阪通单于(11)。

送君一醉天山郭(12),正见夕阳海边(13)落。柏台霜(14)威寒逼人,热海炎气为之薄。

【注释】

(1) 热海:湖名。即今中亚吉尔吉斯斯坦共和国的伊塞克湖。唐时属安西都护府,位于现在的新疆维吾尔自治区塔吉克境内。　崔侍御:姓崔,名不详。侍御,即侍御史,担任弹劾官员违法之职。

(2) 侧闻:传闻。　阴山:内蒙古自治区中部的山脉。这里泛指边境的山脉。　胡儿:胡人。少数民族年轻人。

(3) 西头:西方。头,结尾词。

(4) 鲤鱼:按宋代的原注是:“海中有鲤鱼”。

(5) 歇:枯萎。

(6) 烁：燃烧，融化。　虏云：少数民族地域上空的云。一本作“胡云”。

(7) 煎：煎熬，煮。

(8) 阴火：地下冒出来的火。

(9) 烘：烘干，烧。

(10) 月窟：传说中月亮的归宿处。因位于西方，暗指西方之地。　太白：金星。

(11) 赤阪：西域地名。以酷热著称。人到了这个地方身热无力，头痛呕吐。(《汉书·西域传》)　单于：匈奴君主的称号。这里指单于统治的匈奴领域。

(12) 天山郭：天山的城塞。这里指位于天山南麓的安西都护府。

(13) 海边：热海之边。

(14) 柏台：御史台的别称。这里指御史台所属的崔侍御。霜：这里比喻执行公务的严肃性。

【赏析】

这首诗为天宝十四年(755)九月，作者四十岁左右时所作。时作者在安西节度使幕僚任上，在为同僚崔侍御送别回都城时，于送别的宴会上所作。

由“热海”的湖名可以发挥想象力的翅膀，来大致勾勒出西北边疆独特的风物。吟咏的内容，具有珍奇的异国风物的感兴。记录的景物，仿佛感受到了种种传递出来的热情。中间的第 7—10 句，是对热海的夸张描写，“蒸”、“烁”、“燃”、“沸”、“炎”、“煎”、“烧”、“烘”之类的词语，给人深刻的印象。最后诗风一转，表达了作者对对方的态度，其中对崔侍御褒扬部分令人印象深刻。

下面是作者吟咏位于新疆维吾尔自治区吐鲁番盆地的“火山”的诗歌。火山是东西约七千米的山，山上有像火一样的岩石。据说这附近的温度夏季可达到近摄氏 50 度。岑参于天宝八年(749)冬天,在开始赴任安西之际,在途经菖蒲(今新疆维吾尔自治区鄯善县)时作了这首诗。

经　火　山

五言古诗

火山今始见,突兀蒲昌东。赤焰烧虏云,炎氛蒸塞空。
不知阴阳炭,何独烧此中?我来严冬时,山下多炎风。
人马尽汗流,孰知造化工。

148. 逢 入 京 使

岑　参　七言绝句

故园东望路漫漫,双袖龙钟[1]泪不干。马上相逢无纸笔,凭君传语报平安。

【注释】

(1) 龙钟:沾湿的样子。

【赏析】

天宝八年(749),诗人在赴安西途中,偶遇前往长安的东行使者,于是提笔写了这首诗。前半部分倾吐的是望乡之思,而后半部分则包含了"转告家人我一切平安,让他们放心"的嘱托。这可以说是具有绅士的情怀了。

149. 碛 中[1] 作

岑　参　七言绝句

走马西来欲到天,辞家见月两回圆[2]。今夜不知何处宿，平沙万里绝人烟(3)。

【注释】

(1) 碛中：沙漠中。这里指银山碛，又名银山，在今新疆库木什附近。碛，沙石地，沙漠。

(2) 两回圆：月圆两次，表示两个月。也就是指经过了两个月。

(3) 人烟：住户的炊烟，泛指有人居住的地方。

【赏析】

关于这首诗的创作时间，有天宝八年(749)、十年(751)、十三年(754)多种说法。这首诗展现的空间极大，第一句的“欲到天”，第四句的“平沙万里”，具有置身于西域的真实感。诗中描写的是广阔的沙漠地带，其中有作者的心境，但令人感到他对当时的处境并不悲观。

150. 戏问花门(1)酒家翁

岑　参　七言绝句

老人七十仍沽酒(2)，千壶百瓮花门口。道旁榆荚仍(3)似钱，摘来沽酒君肯否？

【注释】

(1) 花门：即花门楼，凉州(今甘肃省武威市)馆舍名。也可能是指酒楼名。

(2) 沽酒：沽，买或卖。第一句的“沽”是卖的意思，第四句的“沽”是买的意思。

(3) 榆荚：榆树的果实。春天榆树枝条间生榆荚，形状似钱而小，色白成串，俗称榆钱。　仍：仍然。还是，经常。第一句为前者之意，第三句为后者之意，还是像“钱”的意思。

【赏析】

这首诗是天宝十年春，作者七十六岁时所作。

在这一年的三月，作为安西节度使的高仙芝转任河西节度使。岑参与其他的同僚一起，随高仙芝去凉州城内赴任。到达凉州之后，作者看到路旁矗立的酒店，在朦胧的醉意中写下了这首诗。"沽"字出现在了第一句和第四句中，"仍"字出现在了第一句和第三句中，它们分别具有不同的意思，因而显得很是有趣。

151. 春　　梦(1)

岑　参　七言绝句

洞房(2)昨夜春风起，遥忆美人湘江(3)水。枕上片时春梦中，行尽江南数千里。

【注释】

(1) 春梦：这首诗的诗题一本作《春夜所思》。

(2) 洞房：深邃之房。多指寝室或女性的住房。

(3) 湘江：河流名。流经湖南省，与潇江合流汇入洞庭湖。

【赏析】

关于这首诗的创作时间，尚不能有一个准确的说法，但似乎应在天宝十二年(753)作者三十九岁之前所作。

诗中的"美人"是指谁也不能确定，但有指作者的友人说，又有指妻子或恋人说，还有指作品中女子思念的男子说。

再仔细体会的话，异本诗题的"所思"具有"思念的对方＝恋人"的意思，第一句开头的"洞房"，多指"女性的住房"。从这一点来看，这首诗的主人公是女性，她在梦中思念远行的丈夫或者恋人，于是吟咏了此诗，这种情况的可能性较大。类似的内容，在"闺怨诗”中是经常可以看到的。

再进一步来看，第二句又出现了“湘江”。一说到“湘江”，令人想起了古代圣天子舜的二妃的故事。舜在巡视南方的途中病倒了，闻讯而来的二妃在湘江边得到舜去世的消息后，于悲伤之中投湘水而死，化为了湘水之神（湘君、湘夫人）。也就是说，这首诗的女主人公与殉夫的二妃有着相同的意象。

152. 过始皇墓　时年十五(1)

王　维　五言古诗

古墓成苍岭，幽宫象紫台(2)。星晨七曜(3)隔，河汉九泉(4)开。有海人宁渡，无春雁不回。更闻松韵(5)切，疑是大夫(6)哀。

【注释】

（1）时年十五：一本作“时年二十”。

（2）幽宫：幽冥界的宫殿。这里指秦始皇的陵墓。又指地下的孤独。　紫台：与“紫微宫”义同。天帝的宫殿。转指天子的宫殿。

（3）七曜：中国古代对日（太阳）、月（太阴）与金（太白）、木（岁星）、水（辰星）、火（荧惑）、土（填星）五大行星的一种总称。

（4）河汉：天河。　九泉：地下的世界。九，为极限的数字，表示“无限”之意；泉，指黄泉之国。

（5）松韵：风吹松树发出的声音。

（6）大夫：官职名。秦始皇祭祀泰山时，途中遇到大雨，遂在松树下避雨，后来秦始皇封这棵大树为“五大夫”（《史记·秦始皇本纪》）。

【赏析】

王维（701—761），字摩诘。蒲州（今山西省运城市）人。出身于当时的名门太原(今山西省)王氏之家。其母也出身于当时的名门之家崔氏,她品德高尚,笃信佛教,这种熏陶也波及其子。相对于后世称呼李白为“诗仙”、杜甫为“诗圣”,王维则被称为了“诗佛”。

王维从少年时期开始,便具有诗歌、绘画、书法、音乐方面的才能,十五岁时来到都城长安,成了社交界的宠儿,经常出入王公贵族的宅邸。开元七年(719),王维二十一岁时进士及第,步入了官场生涯。作为宫廷诗人,王维较有名气,在展示六朝以来华丽文风的同时,他自然清新的风格也达到了一种新的境界,与孟浩然、韦应物、柳宗元等人齐名。同时,王维作为一位画家,在绘画的色彩运用方面,他开拓了破墨法的绘画技法,后被明代的董其昌(1555—1636)尊为南宗画(文人画)之祖。

酷爱自然的王维在四十三岁时,在长安东南的蓝田山下修筑了别墅“辋川庄”,与友人过着闲适的生活。特别是与友人裴迪之间唱和的组诗《辋川十二景》,是非常有名的佳作。

然而,跨越开元太平之世的唐王朝,在天宝之后走向了衰落的命运。玄宗厌倦了政治,在当时的天气持续出现极为异常的情况下,关中开始出现了战乱的征兆。在王维五十七岁的这一年冬天,即在天宝十四年(755)发生了安史之乱,次年长安陷落,玄宗带着杨贵妃等重要人物逃到了蜀中(四川省)。王维由于未能逃出长安而被安禄山的军队拘禁,被强迫仕于叛军政府。

安史之乱平定之后,王维被问罪,后被降职使用。从此之后,王维越来越笃信佛教修行,因官终尚书右丞,后世称“王右丞”。

作为支撑王维诗歌的重要因素,首先必须要提到的是他极为敏锐的感受。这些例子可以从他早期的作品中一窥端倪。

现在我们看到的王维早期作品,是他十五岁时所作的诗歌,从诗歌的内容来看,他的诗风具有重视视觉的印象,与后来的诗歌相比,视觉显得更加突出。

《过始皇墓》诗便是这方面的代表作。

秦始皇生前便开始营造自己的陵墓，在地下建造了庞大的人造工程。其陵墓位于长安东南，骊山脚下。如按相关文字的记载，其内部的天井上面绘有日月星辰，棺椁的下面摆设有山野等的地形模型，铺设有水银制作的大海和江河（据《史记·秦始皇本纪》等），还装饰有黄金制作的鸭、雁等饰物（据《汉书·刘向传》等）。诗的中间二联，是从史书的记述中想象到的墓室中的情形，是对历史的再现。

在秦始皇的墓中，还有难以赘述的广阔世界。但在现实世界中，这里的一切都是无声的，都僵硬地放在了这里。死亡的时间与众不同，所以描写这方面的诗歌也就较为稀少了。然而，在这个不一样的世界中，墓中的景观又被作者好像看到了一样一一地被描写了出来。王维感觉的视觉性——画家之眼，在这里可以说是得到了最好的发挥。

至尾联时，开始传来了声音。风吹松树的响声，与大夫哀悼秦始皇之死的恸哭重合在了一起，作品怪异的色彩越来越浓了。

二十一岁开始踏上仕途的王维，其从政之路并不顺畅。在任职的翌年即开元八年(720)，二十二岁的王维可能因为某种事件的牵连，被左迁到了济州（今山东省济南市长清县西南）。他辗转各地，在三十二岁时妻子崔氏亡故。以后三十六岁时受到张九龄的提拔又回到了长安。在长安任三年右拾遗后，三十九岁时又转任凉州（甘肃省武威市），并在那里足足待了两年。这一时期，王维用诗歌记录了边地的珍奇风物和习俗。

153. 凉州赛神[1]

王　维　七言绝句

凉州城外少行人，百尺峰[2]头望虏尘。健儿击鼓吹羌笛(3),共赛城东越骑(4)神。

【注释】

(1) 凉州赛神：此诗题下一本有“时为节度判官，在凉州作”之注。赛神，神祇崇拜的一种活动方式，即向神祈福而后用祭祀来报答。

(2) 百尺峰：凉州的山名。　虏尘：异族骑兵驰骋时扬起的尘土。

(3) 健儿：谓军士。　羌笛：见王之涣《凉州词》注释(4)。

(4) 越骑：擅长马术、弓术的骑兵。《新唐书·兵志》：“其能骑射者为越骑”。

【赏析】

由于张九龄的提拔，王维回到了长安，并且担任了右拾遗之职。但在三年后的开元二十五年(737)，张九龄由于李林甫的原因而被左迁到了荆州(今湖北省江陵市)。在这一年的秋天，王维也转任凉州，任河西节度判官，由中央政界转任到了边塞地区。这首诗便是次年他四十岁左右时所作。

前两句写的是眺望凉州郊外广阔的情景；后两句描写当地异族的祭祀。这可能是游牧骑马民族季节的祭祀吧！

下面的五言律诗也同样如此，描写的是村庄的秋祭。

凉州郊外游望

王　维　五言律诗

野老才三户，边村少四邻。婆娑依里社，箫鼓赛田神。

洒酒浇刍狗，焚香拜木人。女巫纷屡舞，罗袜自生尘。

如果说到王维与边塞的话，下面的送别诗，也是令人难忘的。送别友人元二(元为姓，二是排行)赴安西(今新疆维吾尔自治区库车县)，他是在为作为使者的友人送别之际而作的这首诗。

154. 送元二使安西[1]

王　维　七言绝句

渭城朝雨浥[2]轻尘，客舍[3]青青柳色新。劝君更尽[4]一杯酒，西出阳关[5]无故人。

【注释】

(1) 元二：姓元，排行第二，作者的朋友。　使：奉命前往。　安西：指唐代安西都护府，在今新疆库车县附近。

(2) 渭城：即咸阳故城，在今陕西省西安市西北渭水北岸。浥：湿润。

(3) 客舍：旅店。

(4) 更尽：再次饮尽。

(5) 阳关：在今甘肃省敦煌西南，是通往西域的关口。

【赏析】

这首诗的诗题一本作《渭城曲》。作为送别旅行之人情感显得较为亲切，可以说是唐代送别宴会上必须吟唱的诗歌。

王维在官场生活时虽然有较多的礼仪性作品，但作为具有分水岭性的作品，下面的这首五言排律是极为有趣之作。

天宝十二年(753)，阿倍仲麻吕(701—770，汉名晁衡)回日本时，在送别的宴会上，王维作了这首诗。

155. 送秘书晁监[1]还日本国

王　维　五言排律

积水[2]不可极，安知沧海[3]东。九州[4]何处远，万里若乘空。向国唯看日，归帆但信风。鳌[5]身映天黑，鱼眼射波红。乡树扶桑[6]外，主人[7]孤岛中。别离方异域(8),音信若为(9)通。

【注释】

(1) 秘书晁监:秘书监晁衡。秘书监,官名,管理宫中图书的秘书省长官。晁,“朝”的古字。

(2) 积水:大海。

(3) 沧海:中国的东海。这里似指仙人居住的岛屿。

(4) 九州:中国古代典籍中所记载的夏、商、周时代的地域区划,后成为中国的代称。

(5) 鳌:传说中的海中大龟。传说东海的三个仙山,由十五个大海龟驮着,其中的一个仙山是蓬莱岛,即日本。

(6) 扶桑:在中国的东方、太阳出来的地方有树木生长在这里。后转指日本。据《梁书·扶桑传》记载:“扶桑在大汉国东二万余里。……其上多扶桑木,故以为名。”

(7) 主人:指阿倍仲麻吕。一说是指阿倍仲麻吕的主人,即日本国的天子。

(8) 异域:离中国很远的地方。

(9) 若为:义同“如何”,怎么样。

【赏析】

阿倍仲麻吕于开元五年(717)随遣唐使入唐,其后留在太学学习,进士及第后被授予了唐朝的官职。其受到重用的时间长达三十六年,天宝十二年(753)决定回日本时,在朝廷中为他举行了送别宴会。当时,玄宗率百官出席了宴会,王维为此写下了这一首赠别之诗。

从诗歌的内容来看,与吟咏送别之情相比,这里更在意的似乎是阿倍仲麻吕回国可能遭遇的困难航行,并对他回到故国的情况做了想象。在漆黑的大海上,唯有太阳成了航海的标记。出现的大海龟和大鱼,也好像不能超越,而主人正向着东面太阳出来的孤岛方向前行……

类似这样的诗歌，反映出了当时中国人的日本观和对大海产生的意识，说起来还是饶有趣味的。

阿倍仲麻吕在归途的大海上遇到风暴，漂流到了安南（今越南北部），翌年回到了长安。他历仕于玄宗、肃宗、代宗三代，在唐土去世，终年七十一岁（一说七十三岁）。

在唐朝时，除了王维之外，阿倍仲麻吕还与李白、储光羲、赵骅、包佶、刘长卿等人有着密切的交往。在送别的宴会上，储光羲和赵骅也有诗相赠。在听说阿倍仲麻吕在回国的途中遇到风暴的消息后，李白还专门写下了《哭晁卿衡》一诗，以悼念阿倍仲麻吕。

156. 洛阳女儿行

王　维　七言古诗

洛阳女儿对门居(1)，才可颜容十五余(2)。良人玉勒乘骢马(3)，侍女金盘脍鲤鱼。画阁朱楼尽相望，红桃绿柳垂檐向。罗帷送上七香车(4)，宝扇迎归九华帐(5)。狂夫(6)富贵在青春，意气骄奢剧季伦(7)。自怜碧玉(8)亲教舞，不惜珊瑚持与人。春窗曙灭九微(9)火，九微片片飞花琐(10)。戏罢曾无理曲(11)时，妆成祇是熏香(12)坐。城中相识尽繁华，日夜经过赵李(13)家。谁怜越女(14)颜如玉，贫贱江头自浣纱。

【注释】

（1）对门居：梁武帝萧衍《东飞伯劳歌》有“谁家女儿对门居，开颜发艳照里闾。南窗北牖挂明光，罗帷绮箔脂粉香。女儿年几十五六，窈窕无双颜如玉”之句。

(2) 才可：恰好。　容颜十五余：古乐府《陌上桑》有“罗敷年几何？二十尚不足，十五颇有余”之句；东汉辛延年《羽林郎》也有“胡姬年十五，春日自当垆”之句。

(3) 玉勒：玉饰的马衔。　骢马：青白色的马。

(4) 七香车：旧注以为以七种香木制造的车。形容比较高级的马车。

(5) 九华帐：鲜艳的花罗帐。

(6) 狂夫：感情狂热的男子。这里指女子的丈夫。

(7) 季伦：指西晋大富豪石崇，字季伦。晋武帝舅舅王恺与石崇斗富，发生了如下的故事：有一次，王恺“以晋武帝所赐二尺珊瑚示石崇，崇以铁如意击之。恺斥之，崇乃命人搬来三四尺高珊瑚六七枝偿还之”。(见《晋书·王恺传》、《世说新语·侈汰》)

(8) 碧玉：南朝刘宋汝南王妾名。后泛指爱人。

(9) 九微：灯名。汉武帝供王母使用的灯，这里指平常的灯火。

(10) 花琐：指雕花的连环形窗格。

(11) 理曲：演奏乐曲。又指学习乐曲。

(12) 熏香：用香料熏衣服。

(13) 赵李：汉成帝的皇后赵飞燕、婕妤李平。这里泛指贵戚之家。

(14) 越女：指春秋时期越国美女西施。她在越国的宁罗山浣纱，其后被越王勾践选送给吴王夫差，受到宠爱后，夫差荒于政事，成了被越国灭掉的原因之一。

【赏析】

王维为科举来到京城长安，应该是在开元元年(713)他十五岁之时。由于诗文书画俱佳，而且还有音乐天赋，姿容俊美的王维一到京城，便立即成为京城社交界的宠儿。

按照当时的习惯，参加科举考试的考生在考试之前，都要去拜见王公贵族，以便出入社交界。为了使自己的才能得到承认，这也是一件重要的事情了。

经过四年的准备，十九岁的王维参加科举，并且以首名及第。但这其中可能有王公贵族们的鼎力相助吧。

二十一岁时，王维考中了进士，被授予了大乐丞之职。由于受到显贵们的信赖，王维经常被带入宴席和庆典的活动中去。

从少年时代开始，王维便是生长在这样的环境中，在早期的诗歌中，有一些傲气和香气也是正常的了。

这首诗描写洛阳年轻女子的生活状况，讽刺了显贵们奢侈、放纵的生活。

在物质生活方面，他们是可以随心所欲的，不被丈夫所宠爱，但女主人公却心系丈夫，作者以此比喻那些有才能但却不被注目的优秀人才。

作者的意图，在最后的四句中表现得最为明显。追逐显贵女性的男子，重视其家世和财产而轻视其才能，这种现象成了一种风潮。“有谁能够独具慧眼发现身处贫贱、但却貌美如西施那样的越女”，这是作者的感叹了。

十多岁时的王维已经对极度繁荣的社会发出了预示危机的感叹了。

157. 少年行(1)四首　其一

王　维　七言绝句

新丰美酒斗十千(2)，咸阳游侠(3)多少年。相逢意气(4)为君饮，系马高楼垂柳边。

【注释】

(1) 少年行：乐府旧题。主要表现富裕人家的子弟的豪游和狭义精神等内容。

(2) 新丰：在今陕西省西安市临潼区东。 斗十千：指美酒名贵，价值万贯。

(3) 咸阳：本指战国时秦国的都城。这里用来代指唐朝都城长安。 游侠：重义轻利，助人不求报酬的人。

(4) 意气：志趣。

【赏析】

这是一首描写都市风俗的诗。年轻人在繁华的大街上追逐嬉戏，但最后却奔向了酒楼。当时在长安或洛阳的酒楼里，有许多西域的女子在当垆卖酒。

158. 相 思(1)

王 维 五言绝句

红豆(2)生南国，春来发(3)几枝。愿君多采撷，此物最相思。

【注释】

(1) 相思：思慕恋人，心恋。

(2) 红豆：又名相思子，日本名“唐小豆”。一种生在南方地区的植物，结出的籽像豌豆而稍扁，呈鲜红色。可以做药用，也可做装饰用。

(3) 春来：一本作“秋来”。 发：开花。

【赏析】

这首诗可能是在宴席上为歌伎而作的歌词。后两句与“人生苦短，心恋伊人”之意有些相通之处。

玄宗时的宫廷乐师李龟年，为避安史之乱辗转于江南时，曾在宴席上吟唱这首诗(据晚唐范摅《云溪友议》卷中)。

159. 杂诗[1]三首　其三

王　维　五言绝句

已见寒梅发,复闻啼鸟声。心心视春草,畏向玉阶[2]生。

【注释】

(1) 杂诗:随感而作的无题诗。

(2) 玉阶:用宝玉装饰的台阶。这里是说宫殿的台阶装饰着宝玉。此二字一本作"阶前"。

【赏析】

这是吟咏失去宠爱的宫女之悲的诗。台阶上已长出了绿草,但等待的人还没有到来。

这一组诗共三首,分别吟咏的是境遇不同的女主人公。即牵挂外出经商丈夫(其一)、嫁到他乡的女性(其二)、失宠之时的宫女(其三)。

其他二首列举如下:

其　一

五言绝句

家住孟津河,门对孟津口。常有江南船,寄书家中否?

其　二

五言绝句

君自故乡来,应知故乡事。来日绮窗前,寒梅著花未?

这一组诗也可能是为歌伎在宴席上所作的歌词。在酒席之上,可以想象歌伎为了适应主人公的心境,要在表情上面下功夫,而客人也要为歌伎的精妙演技进行喝彩。

对"其二"一诗,还有身处异乡的丈夫关心故乡妻子的说法。

160. 鹿　　柴(1)

王　维　五言绝句

空山(2)不见人，但闻人语响。返景(3)入深林，复(4)照青苔上。

【注释】

(1) 鹿柴：王维辋川别墅之一（在今陕西省蓝田县西南）。柴，通“寨”、“砦”，用树木围成的栅栏。

(2) 空山：没有人居住的寂静山林。

(3) 返景：太阳将落时通过云彩反射的阳光。景，光，通“影”。

(4) 复：又。

【赏析】

四十岁左右回到长安的王维，以后历任中央的职位，其境遇由此安定了下来。至安史之乱前的约十七年间，王维作为宫廷诗人名声越来越大。

四十三岁时，王维在蓝田山麓买下了一幢别墅。据说这是初唐宋之问的别墅，但王维买下之后取名为“辋川庄”，并经常与到此来访的友人过着优雅的日子。这一时期的政治背景正是李林甫权势扩大、政情开始出现混乱之时。

在这样的生活中，王维以吟咏自然来打发时光，他与朋友裴迪一起唱和作了《辋川二十景》的组诗。亦即王维与裴迪一起对辋川庄周边二十个名胜分别吟咏一首五言绝句，全部共有四十首，并冠有一短小的序文，取诗集之名为《辋川集》。其序文如下：

余别业在辋川山谷，其游止有孟城坳、华子冈、文杏馆、斤竹岭、鹿柴、木兰柴、茱萸泮、宫槐陌、临湖亭、南垞、欹湖、柳浪、栾家濑、金屑泉、白石滩、北垞、竹里馆、辛夷坞、漆园、椒园等。与裴迪闲暇，各赋绝句云尔。

《鹿柴》这首诗表现了照在森林中的夕阳之光，以及映照在阳光下的苔绿。作者捕捉到了日落之前的瞬间之光，将黄金色与绿色对置，具有极其漂亮的色彩感。

裴迪的同题诗是：

日夕见寒山，便为独往客。不知深林事，但有麏(jūn)麚(jiā)迹。

161. 竹里馆

王　维　五言绝句

独坐幽篁(1)里，弹琴复长啸(2)。深林人不知，明月来相照。

【注释】

(1) 幽篁：幽深的竹林。

(2) 长啸：嘬(zuō)口发出长而清脆的声音，类似于打口哨，也是一种养生的方法。有时也用于吟诗。

【赏析】

这首诗描写的是在竹林深处、孤独寂寞主人公的形象。在这里，诗人沉入到自然中去，感受到了音乐的祥和。于是便有了升起的明月带来的金色月光和月光中浮现出的竹林绿色。这种情形与《鹿柴》诗相似，更增加了一种幽玄的色彩。

在夏目漱石《草枕》中，作为东洋诗人所代表的境界，可以列举出陶渊明《饮酒二十首》其五和王维的《竹里馆》，关于后者的评论如下：

在这仅有二十个字的作品中，确立了别样的乾坤。这种乾坤不是《不如归》和《金色夜叉》中的功德，是在轮船、火车、权力、义务、道德、礼仪走向落伍之后，还能令人不能难以忘记的功德。

裴迪也有一首同名的诗，其内容如下：

来过竹里馆，日与道相亲。出入唯山鸟，幽深无世人。

裴迪(716? —?)，其字不详。关中(今陕西省长安县人)。年轻时与王维交往密切，他也在终南山居住过一段时间，与王维有着诗歌上的唱和。后来他也有对王维《辋川十二景》的唱和，其事在《辋川集》中已有所叙述。王维去世之后，裴迪任蜀州(今四川省成都市)刺史、尚书郎。在蜀州任职期间，还与杜甫有过诗歌方面的唱和。

在《鹿柴》、《竹里馆》中，相对于王维之作的神秘性、唯美性而言，裴迪也有相应的叙述风格。

夕阳下的美学

作为王维自然诗的一个特色，他有许多作品中表现的是夕阳之美，并在其中吟咏了自己的心境。无论古今，夕阳都是一天的结束，是完成工作之后回家的时候。在这时候，人们偶尔会返璞归真，想到自我，所作的诗歌也是与此相适应的。

在中国自从《诗经》以来，便可以散见到以夕阳为主题的作品，王维对此有所继承，并且展开了独特的审美意识。历来的“夕阳诗”大抵是以夕阳为背景，来表现人之悲情，从而进行思索和反省，王维诗中的夕阳描写与个人的身心如同一体，达到了一种独特而充分的境界。

《鹿柴》、《竹里馆》便是这样的诗歌，下面列举的五言律诗《山居秋暝》也是这方面极好的例子。

162. 山居秋暝(1)

王　维　五言律诗

空山新雨后，天气(2)晚来秋。明月松间照，清泉石上流。竹喧归浣女[3]，莲动下渔舟。随意[4]春芳歇，王孙[5]自可留。

【注释】

（1）秋暝：秋天的傍晚。暝，日落，天色将晚。

（2）天气：天空。

（3）浣女：洗衣服的姑娘。

（4）随意：任凭。

（5）王孙：原指贵族子弟，这里为作者的自指。

【赏析】

这是一首描写秋日傍晚、雨后山中景色的诗。首联导入了山中的环境和写作时间。颔联表现了在皎洁的月光下，泉水给人留下的印象，自然的景物映入了人们的耳目中。颔联描写的是归途之人。在这里他们也成为了大自然的一部分。尾联是酷爱这里环境的作者的独白。“自”字，表现的是一种达观的思想，体现的是一种强烈的意志。

163. 渭川田家[1]

王　维　五言古诗

斜阳照墟落[2]，穷巷[3]牛羊归。野老[4]念牧童，倚杖候荆扉[5]。雉雊[6]麦苗秀，蚕眠桑叶稀。田夫荷锄至，相见语依依[7]。即此羡闲逸[8]，怅然吟式微[9]。

【注释】

（1）渭川：河流名，经长安之北，东流注入黄河。一本作“渭水”。　田家：农家。

（2）墟落：村庄。

(3) 穷巷：幽深的小巷。一本作“深巷”。

(4) 野老：村野老人。

(5) 荆扉：柴门。

(6) 雉雊：野鸡鸣叫。

(7) 依依：恋恋不舍的样子。

(8) 闲逸：恬静安逸、脱离世俗。

(9) 怅然：失意的样子；寂寞。　式微：《诗经·邶风》中的篇名。邶之黎侯被异族所逐，流亡于卫，随行的臣子劝他归国，赋《式微》表示思归之意。其中有“式微，式微，胡不归”之句。

【赏析】

这是一首描写初夏夕阳西下之时长安郊外农村风景、叙述个人心境的一首诗。

在夕阳的余光中，作者描写了暮归的牛羊和悠闲的农家。以暮色为主调，令人想到了一幅田园画的景色。

在这首诗中，王维把田园风景融入其中，使人感受到了画外之音。同时这首诗也融入了陶渊明和王绩的风格，他们二人都与俗世不相容，是和社会格格不入的人。

对王维而言，这是一首并不多见的、很动人心弦的诗，理解创作意图的关键似乎就在于末尾的二句了！

164. 秋夜独坐(1)

王　维　五言律诗

独坐悲双鬓，空堂欲二更(2)。雨中山果落，灯下草虫鸣。
白发终难变，黄金不可成。欲知除老病，唯有学无生(3)。

【注释】

(1) 秋夜独坐：一本作“冬夜书怀”。

（2）二更：指晚上九时至十一时。

（3）无生：佛家语，谓世本虚幻，万物实体无生无灭。禅宗认为这一点人们是难以领悟到的。

【赏析】

天宝十四年(755)，对王维来说迎来了人生的一个重大考验。五十七岁的王维在这一年作为给事中侍奉于玄宗皇帝身边，但这一年的十一月爆发了安史之乱，次年六月长安落入了叛军之手。玄宗在此之前已带领杨贵妃和近侍逃出了都城，向蜀中奔去。此时，众多的王族和官僚也留在了都城，王维便是其中之一。王维被叛军俘获之后被拘禁在了洛阳，被迫担任了叛军的官职。

在被拘禁的某一天，他与好友裴迪见了面，因怀念朝廷，王维作了七言绝句以示裴迪：

菩提寺禁，裴迪来相看，说逆贼等凝碧池上作音乐，供奉人等举声，便一时泪下，私成口号，诵示裴迪。

万户伤心生野烟，百官何日再朝天？秋槐叶落空宫里，凝碧池头奏管弦。

叛乱平定之后，王维因仕于叛军而获罪，但由于这首诗又获得了减罪，又由于其弟王缙的奔走，王维最终被免去了死罪。

在此之后，王维的诗歌创作少了，这期间对他精神上的打击是很大的。晚年之后，他更加潜心于佛道修行，官职也升至尚书右丞。

从王维一生的诗歌创作来看，他属于性格敏感且容易受伤的艺术家。在政治方面，他的资质有些与此格格不入，因此即使是努力的话，也会有一些挫折。支撑他的精神思想体系的是佛教思想，在日常生活中能够使他精神达到平衡的是自然与艺术。

《秋夜独坐》是信仰佛教的一首告白之作。在秋天的夜晚，听到雨声和虫鸣，作者感到了衰老之悲。在诗的后半部分，直接表现了他的心情，以表明自己进一步的佛道修行而作结。第六句的“黄金”，可能是对世俗的功名富贵和道教仙药的比喻吧！

165. 送　别

王　维　五言古诗

下马饮君酒,问君何所之(1)?君言不得意,归卧南山陲。但去莫复问,白云(2)无尽时。

【注释】

(1) 何所之:去哪里。之,往。

(2) 白云:象征隐者和隐者的生活。语出"白云停阴冈,丹葩曜阳林"(左思《招隐诗二首》其二)和"山中何所有,岭上白云多"(梁陶弘景《诏问山中何所有赋诗以答》)等。

【赏析】

这是王维得出的对人和社会基本立场的作品。诗中送别的是决意隐遁的朋友,王维虽然惋惜他的才能,但对他的决意也可能产生有共鸣。从"但去莫复问"来看,王维是平静而微笑着送别朋友的。

中年之后倾心于佛教的王维,有志于佛教所说的"清静",因而有了"无生"之悟。如果换一个角度看问题的话,人世间的诸相从高处往下看,地上的行人如虫子般的渺小,即便是从同一个角度看同一个事物,也存在着细微的差别。正因为如此,才需要心的"静"、"寂"。

上面的这首诗,是具有如此修养的王维才能写出的内容。由此亦可以看见他较为清静的态度。而其中的深邃之思,也多于常人,诗人守住本心,把真实的想法藏于其中了。

166. 初　月(1)

李　白　五言律诗

玉蟾(2)离海上,白露湿花时。云畔风生爪,沙头(3)水浸眉。乐哉弦管客,愁杀战征儿。因绝西园赏(4),临风一咏诗。

【注释】

(1) 初月：新月。旧历月初三四日的月亮。

(2) 玉蟾：指美丽的月亮。据传说月亮中有蟾蜍,故以蟾喻月。

(3) 沙头：沙漠的边缘;沙洲的边缘。

(4) 西园赏：在西园的赏月之宴。西园,为曹操所筑,位于河南省临漳县西。这里指曹植《公宴诗》所说的赏月之宴的欢乐。其内容有:“清夜游西园,飞盖相追随。明月清映澄,列宿正参差。”

【赏析】

盛唐诗歌最优秀的作者,当首推李白和杜甫。

二人都是玄宗一朝后期崭露头角的人物,他们一生的大部分是在漂泊中度过的。虽然如此,二人的人品和诗风还是存在着许多可以对比之处。奔放、浪漫主义的是李白,而沉郁、现实主义的是杜甫。李白信奉道教,杜甫则尊崇儒学;李白咏月诗和饮酒诗较多,而杜甫相关的作品则较少。

在诗歌创作类型方面,李白长于绝句,而杜甫则工于律诗,他们的强项也是有所不同。相对于李白以敏锐的眼光专注于短小绝句诗型的创作,杜甫以细密的观察和组织力,从事于唐诗中最严格遵守格律的“律诗”。即使是在古体诗中,李白的诗歌汪洋恣肆,浪漫宏大,杜甫则对身边的现实发出种种感慨,表现的是冷峻、实录的风格。

李白(701—762),字太白,号青莲居士。据最近的研究资料表明,他出生于中国本土以西的西域碎叶(今吉尔吉斯斯坦共和国北部的托克马克附近)。其父名字叫李客,为富商,是一位与西域做生意的商人。据说李白出生时,其母梦见金星(太白星)入怀,遂据梦为其取名为“白”,字“太白”(据李阳冰《草堂集序》等)。

李白五岁时,一家迁居到蜀中的青莲乡(今四川省江油市)居住，李白在二十多岁之前一直生活在这里。李白自幼受到良好的教育，并且十分喜好读书。十多岁时便具有了开朗奔放的性格，他喜好剑术并且与任侠之士进行交往，在发生了伤人之事后，与隐者们一起隐居在山中。

二十五岁左右时李白离开蜀中，在长江中下游漫游，三十二岁（一说是二十七岁）时在安陆（位于今湖北省）与许氏结婚。其后以安陆为中心游历各地。此时，李白也有赴都城长安的想法，但却没有参加科举考试。

四十二岁时，李白被唐玄宗召到了朝廷，担任翰林供奉之职。因李白性格豪放，仅在长安居住了两年之后因谗而离开了长安。在此后的时间里，李白还是漫游各地，但因为已经是颇有名气的大诗人，因而在各地备受欢迎。离开都城之后，李白在洛阳与杜甫初次相遇，还曾与高适有过短暂的相聚。

天宝十四年(755)，安禄山发动叛乱，李白应永王璘（唐玄宗第十六子、唐肃宗之弟）之邀，加入了他的幕下。但永王璘与其兄肃宗不和，被当作叛军而受到讨伐。永王璘败死之后，李白被流放到夜郎（今贵州省桐梓县）。好在赴夜郎的途中，李白遇赦，此后再往来于长江中下游地区，最后寄居于当涂（位于今安徽省）县令李阳冰处，并于此地病逝。李阳冰遵循了大诗人的遗言，为其编撰了别集《草堂集》，并为之作序。《草堂集序》是有关李白最早的传记资料。

关于李白的去世，据说是泛舟于长江时，因酒醉看到江面上的明月下水去捞月而溺亡（据北宋梅尧臣《采石月赠郭功甫》诗、南宋洪迈《容斋随笔》卷三等）。

这种“捞月传说”，是包含在李白诗歌主题的“月”、“酒”、“舟旅”之中了，具有一些象征性的意义。从这三个主题包含的内容特征来考察，李白的诗歌具有他的闪光之处，具有较多流动的感觉。从诗歌创作的类型来说，李白长于长篇古诗（特别是乐府）及七言绝句。又因为他的诗歌中有许多倾慕神仙的作品，因此被称为“诗仙”。现存诗约一千首左右。

杜甫(712—770)，字子美。出生于巩县(今河南省洛阳市东)。原籍襄阳(今湖北省襄阳市)，因其祖先居住在长安的少陵，故号“少陵野老”，被人称为“杜少陵”。在杜甫五十岁时，因被授予检校工部员外郎之职，又称“杜工部”。西晋时的将军、著《春秋左氏传》注的杜预是他的远组，初唐宫廷诗人杜审言是其祖父。

杜甫虽然成长于玄宗“开元之治”时代，但并没有科举及第，后游历于齐赵(山东、河北)、洛阳、齐鲁(河南、山东)十年，后又在都城长安度过了十年的流浪生活。这期间，他在洛阳度过了新婚生活，又得以与李白相识。他任官的时间是在天宝十四年(755)四十五岁之时。在这一年的秋天，安史之乱爆发，在次年的至德元年(756)赴新帝肃宗的行在时，被叛军俘获，被幽闭在了长安。在幽闭期间，杜甫创作的《月夜》、《春望》等诗成为了不朽的杰作。

至德二年夏，从长安逃离出来的杜甫来到了肃宗的行在之所，被授予了左拾遗之职，但因替罢相的房琯辩护而触怒了肃宗，于次年的乾元元年(758)被左迁到了华州(今陕西省华县)。在这期间，杜甫目睹了当地百姓生活的惨状，写下了诸如《三吏》、《三别》等反映社会现实较强的诗歌作品。由于叛军带来的局势不稳定因素，又加之有大旱发生，百姓生活困难，于是在次年七月杜甫弃官带全家和佣人一起移居到了西部的秦州(今甘肃省天水市)。

在秦州期间，杜甫的创作热情极其高涨，在创作形式上做了许多新的尝试。然而在西部地区，由于靠近异域，在生活习惯和气候风土方面杜甫有着诸多的不适应之处。仅过了三个月，他便又移居到了同谷(今甘肃省成县)，再移居到了成都(今四川省成都市)，在浣花里修筑了草堂，生活到此算是有了一个比较安定之所。在这个环境中，民风淳朴，自然条件优越，还有老友严武、高适等人在生活上也能够给予关照。正因为如此,在成都时期的诗歌创作,是杜甫整个诗作中特别引人注目的部分。

然而,由于五年之后严武去世,杜甫不得已再次漫游。在此后的社会动荡及粮食短缺中,杜甫相继患上气喘、神经痛、糖尿病等病症,在辗转云安(今四川省云阳县)、夔州(今重庆市奉节县)、岳州、潭州、衡阳(均在今湖南省)一带之后,于大历五年(770)在从潭州向岳州的舟中,走完了自己抑郁的一生。在最后的漂泊时期,杜甫的诗歌创作欲望并没有衰退,反而也留下了许多不朽的杰作。

杜甫的诗歌直面社会现实和自己所处的环境,以现实为基础而进行创作。结果是他的诗如实地反映了唐王朝由盛到衰的历史过程,被称为“诗史”。从诗歌形式来说,杜甫长于律诗,与长于绝句的李白并称为“李绝杜律”。此外,儒家思想也经常体现在杜甫的生活和诗风中,他因此也被称为“诗圣”。现存诗约一千五百首。

这是李白十多岁时写的一首习作,这一类的写作保留下来了五首,都是五言律诗。这首诗是其中的一首,吟咏的是眺望春夜初三之月时的感慨。

在前半部分的两联中,开始描写的是月出,最后描写的是天上的月亮倒映在水中的情形,比喻是极为巧妙的。在诗的后半部分,使人看到月亮不仅有让人快乐的作用,也能引起出征士兵们的望乡之悲,因为望月能够使人快乐,因而也是能够打动人心的。

这首诗严格按照律诗的规则所作,体现了李白极为认真的创作作风,而颔联的比喻更是给人留下了深刻的印象。

167. 访戴天山(1)道士不遇

李　白　五言律诗

犬吠水声中,桃花带雨浓。树深时见鹿,溪午(2)

不闻钟。野竹分青霭，飞泉[3]挂碧峰。无人知所去[4]，愁倚两三松。

【注释】

（1）戴天山：位于四川省江油市西部的匡山别名。一名大匡山、大康山。青年时期的李白曾经在此山中的大明寺读书。

（2）午：中午十二时左右。

（3）飞泉：瀑布。

（4）所去：离开。在动词前加一“所”字，以表示后面动词的范围、对象、内容。

【赏析】

这首诗为开元六年（718）李白十八岁时所作。这一时期的李白一方面寄居在匡山（戴天山）的大明寺读书，一方面与居住在附近的道士交往密切。在这期间的某一天，李白寻访其中的道士，但恰逢道士不在，于是李白便写下了这首诗。

在诗的前半部分内容中，描写的是在去往道士居住地的途中，山中道路上的景色。犬和桃花衬托出道士们的居住环境，在森林和峡谷中，作者强调的是山中的静谧、深邃。犬和桃花可能是受到了陶渊明《桃花源记》描写的影响吧！

在诗的后半部分内容中，是从视野的角度而言的。在悠远广阔的竹林中，飞瀑从山峰中喷涌而出。而尾联对作者倚靠松树的描写，则体现了诗人空虚、失望的情绪，全诗至此而结束了。

168. 峨眉山[1]月歌

李　白　七言绝句

峨眉山月半轮[2]秋，影入平羌江[3]水流。夜发清溪向三峡[4],思君不见下渝州[5]。

【注释】

(1) 峨眉山:四川省西部的名山,在今峨眉县西南,海拔3 099米。

(2) 半轮:半圆的秋月。一说是山挡住了半个月亮。

(3) 影:月光的影子。　平羌江:即青衣江。源出四川省芦山县,流经峨眉山的东北麓,至乐山汇入岷江。

(4) 清溪:指清溪驿,岷江沿岸的驿站名,在由乐山至岷江的八十千米处。　三峡:长江由重庆市奉节县至湖北省宜昌县的三个峡谷。自上而下分别是瞿塘峡、巫峡、西陵峡。两岸悬崖林立,为行舟多难之处。

(5) 渝州:今重庆市一带。位于清溪和三峡之间,距离清溪约四百千米之处。

【赏析】

开元十三年(725),已是二十五岁的李白为了进一步扩大自己的人生阅历,以求将来进入官场社会,于是便离开蜀中的故乡,开始出发到各地漫游。

这首诗是他开始离开蜀中,乘舟沿江而下时所作。因为是在舟行途中所作,故使用的“流”、“发”、“向”、“下”一类的动词较多,具有一种流动感的作用。此外,“峨眉”、“平羌”、“清溪”地名的依次出现,则表示舟行顺利。与此同时,李白本人也表示了他自己的想法。

在转折句之后,出现了“三峡”——行舟的艰难之所。这也是李白在此之后所直接面对的,或许暗示了他已经有了这种现实中的严酷之感吧!

结句出现的“君”,虽然按一般通行的说法是跟随着他的月亮，但汉诗中的“思君”首先指的是人，特别是乐府诗中的《有所思》，叙述的便是恋情。还有“峨眉山”中的峨眉与“蛾眉”义近，令人想到的是美女，也可能是李白想到了故乡中的意中人吧。

169. 早发白帝城(1)

李　白　七言律诗

朝辞白帝彩云间(2)，千里江陵一日还(3)。两岸猿声啼不住(4)，轻舟已过万重山(5)。

【注释】

(1) 发：启程。　白帝城：故址在今重庆市奉节县白帝山上，为公孙述所筑。

(2) 白帝：今四川省奉节县东白帝山，山上有白帝城，位于长江上游。　彩云间：因白帝城在白帝山上，地势高耸，从山下江中仰望，仿佛耸入云间。

(3) 江陵：今湖北荆州市。从白帝城到江陵约一千二百里，其间包括七百里三峡。

(4) 啼：鸣、叫。　住：停息。

(5) 万重山：层层叠叠的山，形容有许多的山。

【赏析】

这首诗是唐代著名诗人李白在流放途中遇赦返回时所做的一首七言绝句，是李白诗作中流传最广的名篇之一。诗人是把遇赦后愉快的心情和江山的壮丽多姿、顺水行舟的流畅轻快融为一体来表达的。全诗不无夸张和奇想，写得流丽飘逸，惊世骇俗，但又不假雕琢，随心所欲，自然天成。

170. 静 夜 思

李　白　五言绝句

床前看月光(1)，疑是地上霜。举头望山月(2)，低头思故乡。

【注释】

(1) 床前：卧榻之前。　看月光：一本作“明月光”。

(2) 山月：一本作“明月”。

【赏析】

开元十五年(727)，二十七岁的李白赴安陆(位于今湖北省)游历，在位于安陆西北部的寿山隐居了一段时间。这首诗便是在这一年秋天的某个夜晚一边望月一边思乡时所作。

诗的前两句描写的是月光，首先写到的是月光。后两句笔锋一转，表现的是心中的内省。主人公的视线从追逐着卧榻之前的月光，逐渐望向远方，由上而下望着月亮。在引发出望乡之思的同时，视线向下，进而沉入到其中。视线移动的同时，主人公的内心也在移动。

在这样的叙述中，前半部分以描写为主，后半部分表现心情，在这种情况下便可以看到了李白诗歌的特色了。

171. 黄鹤楼送孟浩然之广陵(1)

李　白　七言绝句

故人(2)西辞黄鹤楼，烟花三月(3)下扬州。孤帆远影碧空(4)尽，唯见长江天际(5)流。

【注释】

(1) 黄鹤楼：楼名。在今湖北省武汉市西南的蛇山上，面对长江。据说仙人子安于此登仙乘黄鹤而去,故称黄鹤楼(见《南齐书·州郡志》)。又有此楼有仙人到访,在墙壁上画鹤呼之而出,然后乘鹤升天而去之说。　孟浩然:盛唐诗人。襄阳人,比李白年长十二岁。由于科举未能及第,于是漫游山林,并出入长安与名士交游。现存诗二百六十余首。李白对孟浩然极为崇敬。　广陵:扬州的古称。以商业都市而闻名。

(2) 故人:老朋友,这里指孟浩然。

(3) 烟花:形容柳絮如烟、鲜花似锦的春天景物,指艳丽的春景。　三月:农历三月,晚春。

(4) 孤帆:一只小船。这里指孟浩然乘坐的小船。　碧空:碧蓝的天际。一本作"碧山"。

(5) 天际:天边,天边的尽头。

【赏析】

这首诗是开元十六年(728)晚春,李白在黄鹤楼为送别他所尊敬的诗人孟浩然时所作。

诗的前两句表现了孟浩然出发乘舟赴扬州时的情景。孟浩然出发的时间是晚春,目的地是繁华的扬州,展现在读者眼前的是一种依依不舍的氛围。后两句诗风一转,表现了送别时李白的心境,作者以广阔的空间和眺望江水为背景进行叙述,如此广大的空间象征着李白的内心,而奔流的长江也似乎象征着李白送别时的悲伤。

172. 将进酒(1)

李　白　杂言古诗

君不见(2),黄河之水天上来,奔流到海不复回。
君不见,高堂明镜悲白发,朝如青丝(3)暮成雪。
人生得意(4)须尽欢,莫使金樽空对月。天生我材必有用,千金散尽还复来。烹羊宰牛且[5]为乐,会须一饮三百杯[6]。岑夫子[7],丹丘生[8],将进酒,杯莫停。与君歌一曲,请君为我倾耳听。钟鼓馔玉[9]不足贵,但愿长醉不复醒。古来圣贤皆寂寞[10],惟有饮者留其名。陈王昔时宴平乐[11],斗酒十千[12]恣欢谑。主人何为言少钱,径须沽取对君酌。五花马[13],千金裘[14],呼儿将出换美酒,与尔同销万古愁[15]。

【注释】

(1) 将进酒:属汉乐府旧题。吟咏的是劝客人饮酒之事。将,读音为"qiāng",请。

(2) 君不见:乐府中常用的一种夸语,也是一种反语。

(3) 青丝:比喻黑发。

(4) 得意:指心情愉快,有兴致。

(5) 烹:煮。　宰:宰杀牛羊做菜。用牛羊肉做菜,是当时美味。　且:暂且。

(6) 一饮三百杯:这里指东汉儒者郑玄的故事。袁绍在送别郑玄的宴会上,出席者三百余人为郑玄敬酒,郑玄饮酒三百杯而不醉(《世说新语·文学篇》注)。

(7) 岑夫子:指隐者岑勋。夫子,对高人的尊称。

(8) 丹丘生:指道士元丹丘。他是李白的朋友,经常出现在李白的诗中。

(9) 钟鼓:富贵人家宴会时奏乐使用的乐器。　馔玉:代指富贵利禄。馔,吃喝。玉,形容食物如玉一样精美。

(10) 寂寞:默默无闻。一说"被世人冷落"。

(11) 陈王:三国时曹植,曹操第四子,魏文帝曹丕之弟,封陈王。其诗《明都篇》有"归来宴平乐,美酒斗十千"之语。　平乐:

观名。在洛阳西门外。

(12) 斗酒十千：一斗酒值十千钱，指美酒价格昂贵。

(13) 五花马：毛色作五花纹的名贵之马。

(14) 千金裘：价值千金的名贵皮衣。战国时期孟尝君有白狐皮裘，价值千金，是天下难得的贵重之物。

(15) 万古愁：绵绵不尽的愁。

【赏析】

这首诗的创作时间不明，但作为李白的饮酒诗却名气极大。

诗的内容表现的是“人生无常”，即便是如此，沉浸在酒中也有着无限的价值，就李白而言，只要有了酒，他的人生才会感到充实。李白强调的是他的这种观点，逐渐表现出了他奔放的性格，属于豪放无比的作品。

173. 秦女休行(1)

李　白　五言古诗

西门(2)秦氏女，秀色如琼花(3)。手挥白杨刀(4)，轻昼杀仇家(5)。罗袖洒赤血，英声凌紫霞(6)。直上西山去，关吏相邀遮。婿(7)为燕国王，身被诏狱(8)加。犯刑若履虎(9)，不畏落爪牙。素颈未及断，摧眉(10)卧泥沙。金鸡忽放赦(11)，大辟得宽赊(12)。何惭聂政姐(13)，万古共惊嗟。

【注释】

(1) 秦女休行：乐府诗题之一。秦女休，“秦氏之女名休者”之意。

(2) 西门：西城门。具体地址不详。

(3) 琼花：花木名。属于名贵品种，一般难以种养。

(4) 白杨刀:刀名。

(5) 仇家:仇人。

(6) 英声:美好的名声。这里指勇气、豪气。 紫霞:紫色的云霞。按道家之说,神仙乘紫霞而飞。

(7) 婿:妻子对丈夫的称呼。

(8) 诏狱:牢狱。奉诏令关押犯人的监狱。

(9) 履虎:像践踏老虎尾巴。比喻身处危险的境地。

(10) 摧眉:即皱眉。

(11) 金鸡句:谓天子降诏赦免其罪。古代颁赦诏日,设金鸡于竿,以示吉辰。鸡以黄金饰首,故名金鸡。

(12) 大辟:重罪,死刑。辟,罪、罚之意。 宽赊:即宽缓。

(13) 聂政姐:聂政,战国末期魏国的义士。受韩国严仲子之托,赴韩刺杀大臣侠累后,自杀而死。韩国不知其姓名,暴其尸而悬之千金。其姊听到这个消息后,认为是其弟所为。如韩,之市,而死者果然是聂政。伏尸哭甚哀(据《史记·刺客列传》等记载)。

【赏析】

在中国文学中,有“女侠”(女杰、女英雄)故事的系列。特别是在小说作品中,从南朝至唐代这一类作品还是较多的,清代的长篇小说《儿女英雄传》便是其中的集大成者。这一类的主题在诗歌领域也颇为流行,北朝民歌《木兰诗》即是这方面的名作。

李白的这首诗也可以说是这方面的系列,《秦女休行》的古辞为曹魏左延年所作,秦女休的事迹由此便流传了下来。

据古辞所说,秦女休在十四五岁时,在街头刺杀了家族中的仇人。在被逮捕判处死刑后,皇帝为其正义所感动,于是特恩赦了她。关于这个故事,以上的有些事情记载中并不明确,但古辞是曹魏时所作,而以前的史实也可能是传承而来的。

对于这位勇敢的女性,李白在忠实于古辞的情况下对她进行吟咏,无论是报仇时的沉着冷静,还是被处以极刑时的情形,其具体的描写达到了较好的效果。

174. 元 丹 丘[1] 歌

李　白　七言古诗

元丹丘，爱神仙，朝饮颍川[2]之清流，暮还嵩岑[3]之紫烟，三十六峰常周旋[4]。

长周旋，蹑星虹，身骑飞龙耳生风，横河跨海与天通，我知尔游心无穷。

【注释】

（1）元丹丘：姓元，丹丘是其字或号。名字和经历不详，是李白二十岁左右时认识的道友。元丹丘是道教造诣较深的道士，似乎生活条件优越。李白一家曾经受到他的关照。

（2）颍川：这里指颍水，流经河南中部的河流。源出河南省登封市嵩山西南，东南流入安徽，汇入淮河。上古的隐者许由听到舜帝“禅让帝位”的话后，曾在这条河流中洗耳朵（据《后汉书·崔骃传》等记载）。

（3）嵩岑：嵩山之巅。五岳之一，位于河南省西部。是元丹丘的邸宅所在。

（4）周旋：回旋，围绕。这里是按顺序拜访。元丹丘在嵩山有住宅，除了颍川之北的以外，还在西岳（华山）和石门山也有宅邸。

【赏析】

二十五岁离开蜀中的李白，为求官漫游各地，于三十岁左右时来到长安，在都城的求官也告失败，遂在开元十九年（731）乘舟东下，漫游于梁、宋（今河南省）之地。到访嵩山时，居住在老友元丹丘的宅邸中。

元丹丘在十年之后的开元二十九年（741）秋天，奉诏入长安，被授予了官职。这时李白由于元丹丘的推荐也来到了长安,在次年即天宝元年秋,四十二岁的李白也仕于了朝廷。

这首诗是李白对信奉道教的元丹丘的赞美之词。特别是在诗的后半部分,作者把元丹丘描写成有飞天之术的仙人,堪称是对元丹丘的最高赞美之词了。

175. 行路难(1)三首其一

李 白 杂言古诗

金樽清酒斗十千(2),玉盘珍羞(3)直万钱。停杯投箸不能食,拔剑四顾心茫然。欲渡黄河冰塞川,将登太行(4)雪满山。闲来垂钓碧溪上(5),忽复乘舟梦日边(6)。行路难!行路难!多歧路(7),今安在?长风破浪(8)会有时,直挂云帆济沧海(9)。

【注释】

(1) 行路难:汉代以来的乐府诗题。内容多写世路艰难和离别悲伤之意。

(2) 斗十千:一斗值十千钱(即万钱),形容酒美价高。魏曹植《明都篇》有"归来宴平乐,美酒斗十千"之语。唐代的一斗约合六升,一钱约合 4.1 克。

(3) 珍羞:珍贵的菜肴。

(4) 太行:太行山。位于今山西省与河北省、河南省边界的南北走向山脉。

(5) 垂钓:钓鱼。 溪上:溪水边上。

(6) 忽:忽然。 日边:太阳边上。这里指天子居住的场所,即指长安。

（7）多歧路：岔道很多。这里引用了追赶丢失的羊，因歧路而找不到的故事（见《列子·说符篇》）。

（8）长风破浪：南朝刘宋宗悫少年时，叔父宗炳问他的志向，他说："愿乘长风破万里浪。"（据《南史·宗悫传》）

（9）云帆：高高的船帆。沧海：青绿色而广阔的大海。

【赏析】

这首诗是开元十九年（731）李白于失意时赴洛阳所作。即使是在繁华的东都洛阳，其结局也是如此，李白的不遇难以得到慰藉，因此这一时期发泄心中不平、不满和愤怒的作品较多。这首诗仅仅是其中之一，作于开元十九年的年底。

在翌年的秋天，李白从洛阳经南阳（位于今河南省）再访安陆，并在这里迎娶了许氏之女。在此后的十年中，他以安陆为据点，继续进行相关的活动，直到开元二十八年（740）转居到东鲁（位于今山东省）。

这首诗肯定是李白借传统的乐府诗题来表现志不得申的悲愤之情的作品。

176. 春夜洛城(1)闻笛

李　白　七言绝句

谁家玉笛暗(2)飞声，散入春风满洛城。此夜曲中闻折柳(3)，何人不起故园情(4)。

【注释】

（1）洛城：即洛阳。

（2）谁家：询问场所的疑问词，哪一家。　玉笛：玉制或锻玉的笛子。玉，美称。　暗：不知从何处传来。

（3）折柳：即《折杨柳》笛曲。表现的是思念故乡，倾述离别之悲的感情。从西汉以来，人们有临别时折柳相赠的风俗，故以此命名。

（4）故园情：怀念故乡的感情，乡愁。故园，指故乡、家乡。

【赏析】

这是开元二十七年（732）李白三十二岁这年的春天，于洛阳停留时所作的一首诗，吟咏的是闻笛而触发的望乡之思。

在这一时期的作品中，李白的诗歌在具有内省的同时，也具有了注重分析的诗风。这首诗的前半部分，是对“闻笛”的分析描写。从不知何处传来笛声的情况来看，笛声在漆黑的夜色中飘然而出，随着夜风扩散到城市的各个角落。笛声“由点到线，又由线到面”，描写的是笛声的传播。

在诗的前半部分，选取的春夜、洛阳城、闻笛等情况，表现的是一种优雅恬静的氛围，后半部分诗风一转，在听到悲伤的“折杨柳”之曲后，使作者沉浸在了乡愁之思中。前半部分为描写，后半部分为抒情，这便是这一时期李白绝句的特色。

177. 赠　　内(1)

李　白　五言绝句

三百六十日(2)，日日醉如泥(3)。虽为李白妇，何异太常妻(4)。

【注释】

（1）内：内子，即妻子。

（2）三百六十日：旧历中一年的天数。

（3）泥：传说南海中的一种动物。无骨，在水中比较活跃，离开水之后如同喝醉了一般（据南宋吴曾《能改斋漫录》卷七“事实”）。

（4）太常：官名。掌管天子的礼乐祭祀等事务。这里指东汉周泽之事。他任太常之职，克己奉公，斋戒在斋宫之中。有一次他病得很厉害，其妻子到斋宫中探望问病，他大怒并认为冲犯了神灵。于是人们便说："生世不谐，作太常妻。一岁三百六十日，三百五十九日斋。一日不斋醉如泥。"（《后汉书·周泽传》）

【赏析】

李白再次回到安陆，是在开元二十年（732）他三十二岁结婚之时。李白之妻是唐高宗时担任过宰相的许圉师的孙女。李白在安陆的白兆山桃花岩修筑了新居，其后不久他又漫游各地去了。

这首诗是开元二十五年（737）李白三十五岁时所作。由于喜欢饮酒，其妻对此十分担心，李白对此也有一些反省，但却不能戒酒，因此写下了这首有些令人感到诧异的诗。

178. 客中(1)行

李　白　七言绝句

兰陵美酒郁金(2)香，玉碗盛来琥珀(3)光。但使主人(4)能醉客，不知何处是他乡。

【注释】

（1）客中：旅途中。诗题一本作"客中作"。

（2）兰陵：在今山东省枣庄市东南，古时以酒的产地而闻名。　郁金：一种香草，可用以浸酒。这里比喻酒的芳香。

（3）琥珀：一种树脂化石，呈黄色或赤褐色，色泽晶莹。这里形容美酒色泽如琥珀。

（4）但使：只要。　主人：宴席的主办者。

【赏析】

这首诗是李白三十多岁时，漫游东鲁之际所作。虽然有开元二十八年(740)移居东鲁之后所作的说法,但从诗题和内容来看,应该是作于漫游途中。兰陵,是春秋以来的古城。而郁金香,既是酒的名字,也是花草的名字。诗的前半部分所写的“兰”、“金”、“玉”、“琥珀”文字,表现的是酒宴上的氛围,后半部分文风一转,表现的是作者的心境,最后以褒扬美酒作结。

179. 南陵[(1)]别儿童入京

李 白 七言古诗

白酒新熟山中归,黄鸡啄黍秋正肥。呼童烹鸡酌白酒,儿女嬉笑牵人衣。高歌取醉欲自慰,起舞落日争光辉[(2)]。游说万乘苦不早[(3)],着鞭跨马涉远道。会稽愚妇轻买臣[(4)],余亦辞家西入秦[(5)]。仰天大笑出门去,我辈岂是蓬蒿人[(6)]。

【注释】

(1) 南陵:一说在东鲁,曲阜县南有陵城村,人称南陵;一说在今安徽省南陵县。

(2) 起舞落日争光辉:指人逢喜事光彩焕发,与日光相辉映。

(3) 游说:战国时,有才之人以口辩舌战打动诸侯,获取官位,称为游说。 万乘:指君主。周朝制度,天子地方千里,车万乘。后来称皇帝为万乘。 苦不早:意思是恨不能早些年头见到皇帝。

(4) 会稽愚妇轻买臣:用汉时朱买臣典故。买臣,即朱买臣。西汉会稽郡吴(今江苏省苏州市境内)人。据《汉书·朱买臣传》记载:朱买臣年轻时家贫,不治产业。其妻羞之求去。买臣不能留,即听去。后买臣为会稽太守,其故妻羞愧自尽死。

(5) 西入秦:即从南陵动身西行到长安去。秦,指唐时首都长安,春秋战国时为秦地。

(6) 蓬蒿人:草野之人,即没有当官的人。蓬、蒿都是草本植物,这里借指草野民间。

【赏析】

这是天宝元年(742)李白已四十二岁时所作的一首诗。这一年李白得到唐玄宗召他入京的诏书,异常兴奋。以为实现自己政治理想的时机到了,立刻回到南陵家中,与儿女告别,并写下了这首激情洋溢的七言古诗。

诗一开始就描绘出一派丰收的景象,接着诗人摄取了几个似乎是特写的"镜头",进一步渲染欢愉之情。诗人的情绪感染了家人,在此基础上,又进一步描写自己的内心世界,是诗人曲折复杂心情的真实反映。作者用了晚年得志的朱买臣的例子,而自比朱买臣,得意之态溢于言表!最后两句把诗人踌躇满志的形象表现得淋漓尽致。

这首诗因为描述了李白生活中的一件大事,对了解李白的生活经历和思想感情具有特殊的意义。在艺术表现上也有其特色,善于在叙事中抒情,全篇用的是直陈其事的赋体,而又兼采比兴,既有正面的描写,而又间之以烘托,把感情表现得真挚而又鲜明。

180. 少年行[1]二首　其二

李　白　七言绝句

五陵年少金市[2]东,银鞍白马度春风。落花踏尽游[3]何处,笑入胡姬[4]酒肆中。

【注释】

(1) 少年行:乐府诗题。表现富豪之家的年轻人过着的豪放、奢侈生活，以及他们的侠义尚武精神。

（2）五陵：长陵、安陵、杨陵、茂陵、平陵五座陵墓的合称，在长安的西北、渭水的北岸。是西汉五个皇帝的陵墓，在各个陵墓附近居住着很多外戚和高官、富豪，并且进行陵墓的管理。这里所说的“五陵”，是“繁华街市”之意；“五陵年少”，指富家子弟。　金市：长安的西市。当时设有东、西、南、北四个市场。一说是集中专卖贵重器物的店铺区，转指繁华的街市。

（3）游：从容地行走。与日语中的“旅游”意思不同。

（4）胡姬：在酒店待客的西域少数民族女子。

【赏析】

这首诗是天宝二年（743）春天，作者在长安看到市井风俗后而作的一首诗。

唐朝都城长安，与李白上次来时发生了变化，因而他的心情也有所不同，繁华街道上的年轻人还是引起了李白的注目，诗中表现的便是作者看到的情形。

181. 清平调(1)词三首

李　白　七言绝句

其　一

云想衣裳花想容，春风拂槛露华浓。若非群玉山(2)头见，会向瑶台(3)月下逢。

【注释】

（1）清平调：唐朝大曲之名。大曲由同一曲调组成的复曲构成，与舞蹈相伴演奏。

（2）群玉山：传说中西王母所住之地（据《穆天子传》、《山海经》等记载）。

(3) 瑶台：用美玉装饰的楼台，为仙女居住的地方（据《楚辞·离骚》等记载）。

【赏析】

《清平调词》三首为天宝二年(743)春，李白四十三岁时所作。在宫中观赏牡丹的宴席上，玄宗命李白作了这一七言绝句的组诗。三首诗都是以杨贵妃和牡丹为素材，对二者进行赞扬，而且结果是把杨贵妃比喻成牡丹，这种写法属于发挥名人的艺术效应。

"其一"的起句，以云比喻玄宗对杨贵妃的宠爱之深，以花比喻杨贵妃的形象，承句虽然是自己对牡丹的描写，但却是接受"花想容"而来的，比喻如牡丹一般的娇艳，是对杨贵妃的赞美之意。

在后面的两句中，作者是说如此这般的美人，只有在仙人的世界里才能看到，这也是对杨贵妃的溢美之辞。

对于李白来说，这首诗体现了他在诗歌创作方面的技巧。

这一组诗的创作，据说有如下的传说（据唐韦睿《松窗录》等记载）：

开元年间，宫中开始移栽木芍药即牡丹。后玄宗将其中的四棵移植在了兴庆宫龙池东面的沉香亭前。李白任职翰林院不久，适逢牡丹花盛开，玄宗遂与杨贵妃一起来观赏牡丹。这时，宫廷乐师李龟年也和他那班梨园弟子拿出乐器，准备奏乐起舞为皇上与贵妃助兴，但玄宗却说："赏名花，对爱妃，哪能还老听这些陈词旧曲呢?"于是急召李白进宫，命其写下了三首《清平调》诗。

李白此时虽然连醉了两日，但还是提笔写下了这三首诗。玄宗让李龟年展喉而歌，杨贵妃拿着玻璃七宝杯，倒上西凉州进贡的葡萄美酒，边饮酒边赏歌。玄宗一听愈发兴起，忍不住也亲自吹起玉笛来助兴，每到一首曲终之际，都要延长乐曲，重复演奏，尽兴方止。从此之后，唐玄宗愈发看重李白了。

其　二

一枝浓艳(1)露凝香，云雨巫山(2)枉断肠。借问(3)汉宫谁得似，可怜飞燕倚(4)新妆。

【注释】

(1) 浓艳：红艳艳的牡丹花滴着露珠，好像凝结着袭人的香气。这里明指牡丹，暗指杨贵妃。

(2) 云雨巫山：传说中三峡巫山顶上神女与楚王欢会的神话故事。

(3) 借问：试问。

(4) 飞燕：赵飞燕。西汉成帝皇后。她虽然不是上流社会出身，但因貌美，并善于歌舞，在其妹赵合德入宫后，被封为皇后。但在十余年之后，随着成帝猝然去世，二人的命运发生了剧变，最后被迫自杀。　倚：倚赖。

【赏析】

一说是这首诗是李白被朝廷放逐的原因之一。

玄宗的近侍高力士，曾因被酒醉的李白命其脱靴而心生不满。他在杨贵妃面前解释这首诗时，认为这首诗是讽刺杨贵妃。诗中以放荡的赵飞燕比喻杨贵妃，是对杨贵妃的侮辱。杨贵妃对此也有同感，于是在玄宗准备为李白授予新的官职时，对其进行阻止（据《松窗录》等记载）。

当然，这仅仅是一种附会传说。奉玄宗之命在玄宗面前作诗，即使是触怒了玄宗，他也不会受到责罚的。但其中会有些误解，甚至会产生一些曲解也是可能的，其中不经意之间产生的问题，或许是还没有得到确认的吧。

其　三

名花倾国(1)两相欢，长得君王带笑看。解释春风[2]无限恨，沉香[3]亭北倚阑干。

【注释】

(1) 倾国：绝世美女。西汉李延年在汉武帝面前推荐其妹，作《佳人歌》："北方有佳人，绝世而独立。一顾倾人城，再顾倾人国。"这里指杨贵妃。

(2) 解释：消散。　春风：指唐玄宗。

(3) 沉香：亭名，沉香木所筑。

【赏析】

这首诗没有什么特别的故事和技巧。属于一气呵成的，与曲终的节奏相适应。从转句、结句来看，犹如一幅美人图画浮现在了人们的面前。

182. 子夜吴歌[1]四首　其三

李　白　五言古诗

长安一片月[2]，万户捣衣[3]声。秋风吹不尽，总是玉关情[4]。何日平胡虏[5]，良人罢[6]远征。

【注释】

(1) 子夜吴歌：乐府诗题。东晋时，有女子名子夜，造此声，声过哀苦。后发展为吟咏四时的《子夜四时歌》。

(2) 一片月：一片皎洁的月光。一片，平坦而广阔的样子。

(3) 捣衣：把衣料放在石砧上用棒槌捶击，使衣料绵软以便裁缝；将洗过头次的脏衣放在石板上捶击，去浑水，再清洗。敲打捣衣砧的声音，具有秋天季节的特征。

(4) 总是：都是。这里是指月光(视觉)、砧声(听觉)、秋风(触觉)的一切事物。　玉关：玉门关。故址在今甘肃省敦煌市西北，距长安约一千五百千米，为西域的入口。玉关情，指对出征在玉门关外的丈夫的爱情。

(5) 胡虏：北方侵扰边境的敌人。

(6) 良人：古时妇女对丈夫的称呼。　罢：结束。

【赏析】

这首诗是天宝元年(742)李白来到长安不久后所作的。

《子夜吴歌》，为乐府诗题。原本是南方地区的恋歌，李白作了四首组诗，分别按春、夏、秋、冬四个季节来吟咏女性的心情。这里所选为其中的第三首，它以北部的都城长安为舞台，把思念远征丈夫的妻子作为了诗中的主人公。

在秋天的夜色中，月光融融，在夜风的吹拂下，女主人公的心情显得比较悲凉。在皎洁的月光下，于情景中表现悲伤之情，成了李白的爱好。第五、六句借女主人公之口，暗讽当时的少数民族政策。明代唐如询认为："此为戍妇之辞，以讥当时战役之苦也。……不恨朝廷之黩武，但言胡虏之未平，深得风人之旨。"(《唐诗解》)

所谓的"风人"，是古代采集民间歌谣、调查民众舆情的官员。因而"深得风人之旨"，即是说在民歌的亲民性中，容易体会到其中的讽刺之意，"成为风人的价值观"，即是赞赏这首诗是乐府诗的杰作。

183. 战 城 南(1)

李　白　杂言古诗

去年战，桑乾源(2)；今年战，葱河(3)道。洗兵条支海(4)上波，放马天山(5)雪中草。万里长征战，三军(6)

尽衰老。匈奴[7]以杀戮为耕作，古来唯见白骨黄沙田。秦家筑城[8]避胡处，汉家还有烽火[9]燃。烽火燃不息，征战无已时。野战格斗死，败马号鸣向天悲。乌鸢啄人肠，衔飞上挂枯树枝。士卒涂草莽，将军空尔为。乃知兵者是凶器[10]，圣人不得已而用之。

【注释】

(1) 战城南：汉代以来的乐府诗题。其名源自古辞“战城南，死郭北，野死不葬乌可食。……枭骑战斗死，驽马徘徊鸣。”后多以此诗题比喻战功，但李白的这首诗反映的是征战之苦。

(2) 桑乾源：即桑干河的源头。在今河北省西北部和山西省北部。唐时此地常与奚、契丹发生战事。

(3) 葱河：葱岭河。发源于葱岭(新疆帕米尔高原)，流经一段之后，分为南北两河。

(4) 洗兵：指战斗结束后，洗涤兵器。一说为出兵之事。 条支：汉西域古国名。一说是指今伊拉克一带。又一说是指叙利亚。 海：指波斯湾。

(5) 天山：天山山脉。位于亚洲中部横贯东西的大山脉。位于其东南的祁连山(在甘肃省南部)，也有时被称为“天山”。

(6) 三军：指朝廷的军队。按周朝的兵制，“一军”为一万五千人。三军，即是三倍于此的人数。这里指朝廷的军队。

(7) 匈奴：汉代时活跃于北方的强大游牧民族。

(8) 秦家筑城：指秦始皇筑长城以防匈奴之事。

(9) 烽火：边境告警点燃的狼烟。

(10) 兵者是凶器：语出《老子》三十一章：“兵者，不祥之器，非君子之器，不得已而用之，恬淡为上。”又《六韬》兵道篇：“圣王号兵为凶器，不得已而用之。”

【赏析】

开元末至天宝初年，朝廷为了扩大领土，不断地向边地发兵。李白的这首诗与杜甫的《兵车行》一样，是对朝廷好战风潮的批判。

据《旧唐书·王忠嗣传》记载：

天宝元年，兼灵州都督。是岁北伐，与奚怒皆(北方少数民族名)战于桑乾河，三败之。

如果说这首诗的第一句“去年战，桑乾源”是指这场战争的话，那么这首诗应该是天宝二年(743)、李白四十三岁时所作，但确切的时间还不能做出准确的判断。

这首诗的韵律发生了三次转变，而其中的内容也发生了三次变化。

第一段(1—6句)叙述了朝廷的士兵们不断地被派往各地，他们疲于奔命，苦不堪言。“桑乾源”位于东北，而“葱河道”则位于西北，“条支”、“天山”也位于西部。

第二段(7—10句)列举了秦汉时期匈奴的例子，强调了少数民族带来的战乱情况。

第三段(11—20句)是说与少数民族的战争至今未绝，而战死者也从未间断，最后以戒好战之风而作结。

184. 月下独酌四首　其一

李　白　五言古诗

花间一壶酒，独酌无相亲。举杯邀(1)明月，对影成三人。
月既不解饮，影徒随我身。暂伴月将(2)影，行乐须及春。
我歌月徘徊(3)，我舞影零乱(4)。醒时相交欢，醉后各分散。
永结无情游(5)，相期邈云汉(6)。

【注释】

(1) 邀：邀请，招呼。

(2) 将：与"与"义同。

(3) 徘徊：来回移动。这里指在醉态的情况下走动。

(4) 零乱：身影纷乱。

(5) 无情游：忘却世情的交游。

(6) 邈：高远。　云汉：天河。又指高空。

【赏析】

这首诗为天宝三年(744)暮春、李白四十四岁时所作。是组诗四首中的第一首。从第一首"三月咸阳城，千花昼如锦"、第四首"穷愁千万端，美酒三百杯"的句子来看，李白是因为遭到谗言之前的三月份时所作。

这首诗是组诗的"其一"，描写了在月明的春夜，李白一个人孤独饮酒时的心境。

第一段(1—4 句)描写在花开之时一个人独自饮酒时的情形，在月光的照耀下，影子也出现在了地上。

第二段(5—8 句)写今夜与月、影相伴时，作者及时行乐的心情。

第三段(9—12 句)写醉后看到月、影时的情形。

第四段(13—14 句)描写对今夜独酌的满足之感。

全诗如同一个幽默的故事，但其中表现的孤独又好像是一般人所不能理解的。特别是在最后一句中，表达的是希望能够在天上相会，而不希望在现世见面的心情，隐隐有一种痛惜之情。

185. 春日醉起言志(1)

李　白　五言古诗

处世若大梦(2)，胡为劳其生(3)？所以终日醉，颓然卧前楹(4)。觉来眄庭前，一鸟花间鸣。借问此何时？春风语流莺(5)。感之欲叹息，对酒还自倾。浩歌(6)待明月，曲尽已忘情(7)。

【注释】

(1) 言志：述说心中的志向。志，信念、抱负之意。

(2) 处世：指接人待物，应付世情。　大梦：长长的梦。语出《庄子·齐物论》篇："且有大觉，而后知此其大梦也。"他把人生比作"大梦"，把人死比作"大觉"，认为生不足喜，死不足悲。

(3) 胡为：与"何为"义同。为什么，询问理由之意。　劳其生：意指人生如梦，不必在意。语出《庄子·大宗师》篇："夫大块（天地自然）载我以行，劳我以生，佚我以老，息我以死。"

(4) 颓然：酒醉摇晃的样子。　前楹：厅前的柱子。

(5) 流莺：从树枝上飞下来鸣叫的莺。

(6) 浩歌：大声唱歌。

(7) 忘情：忘记世俗之情而有所感悟。这里指醉后忘记了事情。

【赏析】

这首诗与前一首诗一样，也是李白四十四岁时所作。从全诗的内容来看，是在述说心中的苦恼，并由此而产生了自暴自弃的心情。

由于自己的性格在宫廷生活还不习惯，作者觉得周围的人也未必对自己都有好感，于是把发现的这种心情，敏锐地反映了出来。

第一段（1—4 句）描写一天中自己始终饮酒的情形，并且引用《庄子》的内容为自己开脱。

第二段（5—8 句）描写醉后看到的春天的景色，以及鸟、花、风的情景。

第三段（9—12 句）描写春天带来的欢乐和自身的感叹，并以持续饮酒而作结。

186. 越中览古(1)

李　白　七言绝句

越王勾践(2)破吴归，义士还家尽锦衣(3)。宫女如花满春殿，只今惟有鹧鸪(4)飞。

【注释】

(1) 越中：指现在的浙江绍兴一带，此为春秋时越国的首都会稽(今浙江省绍兴市)。　览古：游览故迹，对昔日之事发出感慨。

(2) 勾践：公元前 497 年—公元前 465 年在位。由于有谋臣范蠡等人的帮助，消灭了宿敌吴国。

(3) 义士：守卫正义的人。这里指帮助勾践的臣子们。　锦衣：华丽的衣服。语出《史记·项羽本纪》："富贵不归故乡，如衣绣夜行，谁知之者?"后来演化成"衣锦还乡"一语。

(4) 鹧鸪：鸟名。形似母鸡，头如鹑，胸有白圆点如珍珠，背毛有紫赤浪纹。叫声凄厉，音如"行不得也哥哥"。

【赏析】

李白离开东鲁之后，不久南下吴越，继而来到了金陵。

这首诗是天宝七年(748)李白四十八岁时所作。越地是因"卧薪尝胆"的故事而闻名的越王勾践的国家。

开头的三句，叙述了勾践的胜利和其后的荣华。生活奢侈的义士们从繁华的宫中满载着掠夺的宫女而去，胜利者的喜悦之情难以抑制。而第四句笔锋一转，又回到了现实。当时的繁华之地，已成为了鹧鸪的聚集之所，全诗以笼罩着一股虚无之气而作结。

春秋之时，吴国和越国处于长期的对立状态。吴国攻越，但吴王阖闾却在交战中负伤而死。继承吴王之位的其子夫差决心复仇,在此后的战争中终于攻破了越国。

越王勾践与残兵被包围在会稽山上,不得已只好请降(史称"会稽之耻")。勾践其后把美女西施和财宝等送给夫差,而自己在则房间里一边尝着苦胆,一边对自己的失败进行思考,最后在文种和范蠡的帮助下,实现了富国强兵的目的。

又过了十年之后,强大的越国攻打吴国,吴国大败,夫差在姑苏台自杀身亡。而越国也在勾践死后也灭亡了。(据《史记·吴太伯世家》、《史记·越王勾践世家》记载)

187. 苏 台(1) 览 古

李　白　七言绝句

旧苑荒台杨柳新,菱歌清唱不胜春(2)。只今惟有西江(3)月,曾照吴王宫里人(4)。

【注释】

(1) 苏台:即姑苏台。春秋后期,吴王阖闾和夫差两代修筑的宫殿。故址在今江苏省苏州市西南约十五千米的地方(据南宋范成大《吴郡志》等记载)。

(2) 菱歌:姑娘们采菱时唱的民歌。菱,水草的一种。　清唱:形容歌声婉转清亮。　不胜春:对春天充满了感伤之意。

(3) 西江:指长江,因其在苏州西,故称。

(4) 吴王宫里人:指吴王夫差宠爱的西施。夫差因迷恋于西施的美色而荒于政事,最终招致了亡国。

【赏析】

这首诗是天宝七年(748)春,李白四十八岁游苏州时所作。李白站在姑苏台上，想起吴王夫差的宫廷生活，心中充满了一种无常之感。

诗的前两句描写了当时姑苏台上白天的景色，后两句描写了姑苏台月夜的情形，进而发出了自己的感慨。

188. 独 坐 敬 亭 山

李　白　五言绝句

众鸟高飞尽(1)，孤云独去闲(2)。相看两不厌(3)，
只有敬亭山。

【注释】

(1) 尽：没有了。

(2) 孤云：陶渊明《咏贫士诗》中有“孤云独无依”的句子。独去闲：独去，独自去。闲，形容云彩飘来飘去，悠闲自在的样子。孤单的云彩飘来飘去。

(3) 两不厌：指诗人和敬亭山而言。

【赏析】

这首诗是天宝十二年、李白五十三岁时所作，与前面所作的那首诗情况差不多。

敬亭山是位于宣城近郊的一处名胜，东面有两条河流，从南门可以看到附近有较多起伏的山谷，具有眺望的便利。南齐大诗人谢朓极爱此山，经常来此作诗，李白对此山也极为喜爱，在此所作的诗歌达二十首以上。

诗的前两句以众鸟飞尽和孤云独去，来比喻没有同志和朋友的孤独感，体现了诗人的一种寂寞之情。而能够最后还在陪伴他的，此时也只有敬亭山了。这座令敬爱的大诗人喜爱的山，作为传

统文化的象征,展现在了李白的面前。诗的后两句表现了诗人难以舍弃现在的世界,愿与令人尊敬的先人文化共生,其中展示的是李白的决心。

189. 山 中 问 答(1)

李　白　七言绝句

问余何意栖碧山(2),笑而不答心自闲。桃花流水窅然(3)去,别有天地非人间(4)。

【注释】

(1) 山中问答:此诗题一本作"山中答俗人"。

(2) 问余:某人问我。如按有的诗题所说,进行发问的应是"俗人"。　何意:什么意思,什么想法。　碧山:指山色的青翠苍绿。一说碧山为山名,在湖北省安陆市内,山下桃花洞是李白读书处。

(3) 桃花流水:桃花盛开,流水杳然远去的地方。语出晋陶渊明《桃花源记》。　窅(yǎo)然:指幽深遥远的样子。

(4) 人间:人世,俗世间。

【赏析】

这首诗表现的是舍弃世俗的世界观,追求自由、平和的心境。山中的生活,美丽而自然,对桃源境界的憧憬,成为了隐者文学的典型代表。

关于这首诗的创作年代,一般从天宝十二年(753)、李白五十三岁所作之说。虽然有开元年间李白二十多岁时于安陆创作之说,但因当时李白仕宦愿望强烈,没有强烈的脱俗之气,故而不取此说。

190. 山中与幽人对酌[1]

李　白　七言绝句

两人对酌山花开，一杯一杯复一杯。我醉欲眠卿且去[2]，明朝有意抱琴来。

【注释】

(1) 幽人：幽隐之人；隐士。此指隐逸的高人。　对酌：相对饮酒。

(2) “我醉”一句：此用陶渊明的典故。《宋书·陶渊明传》记载：陶渊明不懂音乐，但是家里收藏了一把没有琴弦的古琴，每当喝酒的时候就抚摸古琴。对来访者无论贵贱，有酒就摆出共饮，如果陶渊明先醉，便对客人说：“我醉欲眠卿可去。”卿，对好朋友的称呼。

【赏析】

李白饮酒诗特多兴会淋漓之作。此诗开篇就写当筵情景。次句接连重复三次“一杯”，采用词语的重复，不但极写饮酒之多而且极写快意之至。表达了诗人对自由自在生活的热爱之情和朋友之间的深情。而第三句话很直率，却刻画出饮者酒酣耳热的情态。第四句写诗人余兴未尽，不忘招呼朋友“明朝有意抱琴来”。诗的艺术表现所在是：此诗不就声律，又气韵飞扬，纯是歌行作风。其语言特点，口语化的同时不失其为经过提炼的文学语言，隽永有味。

191. 秋浦[1]歌十七首　其十五

李　白　五言绝句

白发三千丈[2]，缘愁似个[3]长。不知明镜[4]里，何处得秋霜。

【注释】

(1) 秋浦：县名，在今安徽省贵池市。秋浦河和清溪河流经于此，是长江南岸的水乡地区。

(2) 三千丈：形容极长。这里强调的是令人吃惊的表情。唐代的一丈约为 3.1 米。“三千丈”一本作“三十尺”。

(3) 似个：“如此”的俗语用法。

(4) 不知：这两个字在疑问词之前表示副词化，起强调疑问的作用。　明镜：澄澈的镜子。这里比喻清溪河的水面。

【赏析】

这首诗是天宝十三年(754)秋冬之际，李白五十四岁时于秋浦停留时所作。

也可能当时偶尔看到了清溪河的水面映出了自己衰老的容颜，在吃惊之余，李白写下了这首五言绝句。

在前两句中，是说因为哀愁，自己的白发增加了，但后两句诗风一转，怀疑自己为什么有这么长的白发呢？这实际上是一种倒置的写法，其结果是说自己的头发不应该是这样白的，表示难以相信，起到了表现半信半疑心境的效果。

李白在此前的三年时间里，经常到访秋浦，并且写下了很多诗作。

192. 赠 汪 伦(1)

李　白　七言绝句

李白乘舟将欲行，忽闻岸上踏歌(2)声。桃花潭水深千尺(3)，不及汪伦送我情。

【注释】

(1) 汪伦：普通村民之名。汪伦经常用自己酿的美酒款待李白，两人便由此结下深厚的友谊(据宋代传本的题下注)。

(2) 踏歌：民间的一种唱歌形式，一边唱歌，一边用脚踏地打拍子，可以边走边唱。

(3) 桃花潭：河流名，在今安徽泾县西南一百里。千尺：唐代的一丈约为 3.1 米。

【赏析】

这首诗是天宝十四年(755)李白五十五岁时所作。在汪伦的家停留了几日之后，李白在归去时写下了这首赠别诗。

据清王琦《李太白全集》记载，汪伦的子孙世世代代把这首诗当做传家宝。

193. 望庐山(1)瀑布二首　其二

李　白　七言绝句

日照香炉生紫烟(2)，遥看瀑布挂前川。飞流直下三千尺(3)，疑是银河落九天(4)。

【注释】

(1) 庐山：江西省九江市浔阳以南的一座山。景色优美，多山峰和瀑布。

(2) 香炉：庐山北部一座高峰的名字。其峰尖圆，烟云聚散，状似香炉(据《太平寰宇记》等记载)。　紫烟：指日光透过云雾，远望如紫色的烟云。

(3) 三千尺：形容山高。这里是夸张的说法，不是实指。

(4) 银河：天河。　九天：天空最高处。

【赏析】

这首诗是天宝十四年(755)李白赴浔阳,到访当地的名山庐山时所作。在香炉山上看到瀑布,令人产生了种种联想,于是诗人以比喻的方式写了这首诗。

诗的前两句是写香炉峰的远景。后两句对瀑布的描写引人注目,以夸张和比喻来展现一种豪迈的张力。庐山自古以来因其可以入诗文书画,故而深受文人们的喜爱。此外,由于历史上隐者多居于此山,自东汉以后又成为了中国佛教的胜地,山上建有众多的寺庙。

李白对庐山的历史和背景可能知之不多,在想到瀑布的源头之后,他的思维又转向了太空的天河,并把思绪又进一步转向了天空的最高层(九天)。自己自由的心绪,或许已经飞到了天上的世界。虽然有人认为这首诗是李白二十五岁时所作,但从失去对现世关心的内容来看,此诗是他五十岁时所作比较合适。

李白不久也在庐山开始了隐栖生活。大约在此前后的天宝十四年(755)的十一月,安禄山举兵发动了安史之乱。由于这场大乱,李白的命运也发生了重大变化。

194. 与史郎中钦听黄鹤楼(1)上吹笛

李　白　七言绝句

一为迁客去长沙(2),西望长安不见家。黄鹤楼中吹玉笛,江城五月落梅花(3)。

【注释】

(1) 史郎中钦:郎中史钦。郎中,官名,为朝廷各部所属的高级部员。史钦,其生平不详。　黄鹤楼:古迹在今湖北武汉,今已在其址重建。

(2) 一：起到强调感叹作用之词。　迁客：被贬谪之人。这里是李白自称。　长沙：即今湖南省长沙市。这里是李白的流谪之地。汉代贾谊因受权臣谗毁，也曾经被贬为长沙王太傅。

(3) 江城：指江夏（今湖北武昌），因在长江、汉水滨，故称江城。　落梅花：即《梅花落》，古代笛曲名。

【赏析】

这首诗是乾元元年(758)五月、李白五十八岁赴夜郎途中时所作。据说是与郎中史钦一起登上黄鹤楼，在吹笛时当场所作。前两句在叙述自己现在的境遇，后两句是对人生的沉思，以情动人。

在演奏的笛子曲中，有《梅花落》之曲，而五月又是梅花飘落之时，诗人由此而想到了自己的人生，也如同梅花一般。由此而引出了梅花飘落的印象，梅花的飘落也如同自己人生的表现一样。后面的两句，似乎是如此心境的叙述了。

195. 宿五松山下荀媪(1)家

李　白　五言律诗

我宿五松下，寂寥无所欢。田家(2)秋作苦，邻女夜舂(3)寒。跪进雕胡(4)饭，月光明素盘(5)。令人惭漂母(6)，三谢不能餐。

【注释】

(1) 五松山：山名，在今安徽省铜陵市南。　荀媪：姓荀的老婆婆。

(2) 田家：农家。

(3) 舂:将谷物或药倒进器具进行捣碎破壳。

(4) 雕胡:就是"菰",俗称茭白,生在水中,秋天结实,叫菰米,可以做饭。古人当做美餐。

(5) 素盘:白色的盘子。

(6) 漂母:在水边漂洗丝絮的妇人。汉初武将韩信(? —前196)年轻时穷困,一洗衣老妇见他饥饿,便给他饭吃。漂,洗涤。

【赏析】

这首诗一说是作于天宝年间,但这里从上元二年(761)李白六十一岁时所作之说。这一年李白漫游了浔阳、金陵,在秋天之后又从宣城来到了历阳。

在秋天的某一天,李白住宿在五松山下,从住宿的女主人那里得到了夜餐,在欣喜之余作了这首诗。

全诗虽然是律诗的形式,但整体单一,笼罩着一种冷峻的氛围。第六句描写了盛着夜餐的盘子在月光照耀下的情景,其一瞬间的光辉与个人的欣喜重合在了一起,李白的身影也出现在其中了。

尾联的第七、八句引用了韩信年轻时受惠于漂母之食,而后进行报恩的故事。但此时的李白与韩信不同,他已经上了年纪,也没有什么可以报答女主人的。从这部分内容可以看出,此时他已经没有什么想法了,只是心中有一些愧疚而已。夜餐而不能举箸,有些恍惚的李白形象浮现在了人们的眼前。

尾联所引用的韩信的故事,出自如下的记载:

> 信钓于城下,诸母漂。有一母见信饥,饭信。……信喜,谓漂母曰:"吾必有以重报母。"母怒曰:"大丈夫不能自食,吾哀王孙而进食,岂望报乎!"……
>
> 汉五年(前202)正月,……信至国,召所从食漂母,赐千金。(据《史记·淮阴侯列传》记载)

196. 哭宣城善酿纪叟[1]

李　白　七言绝句

纪叟黄泉[2]下，还应酿老春[3]。夜台无李白[4]，沽酒与何人？

【注释】

(1) 哭：本义是指有泪有声而哭，这里指哀悼死人而哭。　宣城：在今安徽省宣城市。　善酿：擅长酿酒。　纪叟：姓纪的老翁。叟，对高龄男性的尊称。

(2) 黄泉：这里指去世。

(3) 还：还应该。　应：表示强烈的推测。　老春：纪叟所酿酒名。唐人称酒多有“春”字。

(4) 夜台：坟墓。亦借指阴间。　李白：这二字一本作“晓日”。

【赏析】

这是为悼念宣城造酒的名人去世而作的一首诗。纪叟大概是李白熟悉的一位酿酒师吧！

197. 临　路[1]　歌

李　白　杂言古诗

大鹏飞兮振八裔[2]，中天摧兮力不济。余风激兮万世，游扶桑兮挂石袂[3]。后人得之传此，仲尼[4]亡兮谁为出涕？

【注释】

(1) 临路：与“临终”义同。路，应为“终”之误。

(2) 大鹏：一种传说中的大鸟。这里比喻李白本人。　八裔：

八方荒原之地。

（3）扶桑：古代神话传说中的大树，生在太阳升起的地方。石袂：左袂，即左袖。石，当作“左”。

（4）仲尼：孔子的字。

【赏析】

宝应元年（762）十一月，李白在当涂县令李阳冰家中去世，这首诗应该是去世之前的辞世之作。

第一、二句概括了两次被朝廷弃用的人生经历。特别是从第二句的“中天摧兮力不济”来看，传达出这位大诗人的绝望之情。第三、四句是说自身虽灭，但作为其业绩的诗歌还能留在后世，还能让人感动，这也是他比较自负的地方。由此亦可看出李白人生的精彩之处。而第五、六句则又产生了一些怀疑，自己的业绩能否被后世人正确理解呢？全诗以提出这样的怀疑而作结。

198. 玉阶怨(1)

李　白　五言绝句

玉阶生白露(2)，夜久侵罗袜(3)。却下水精(4)帘，玲珑(5)望秋月。

【注释】

（1）玉阶怨：乐府古题，是专写宫女“宫怨”的主题。玉阶，大理石制作的台阶。阶，台阶。怨，烦恼和感叹之情。

（2）白露：闪闪发光的露水。又指二十四节气之一，为立秋之后的第三十天，一般在公历的九月八、九日。

（3）罗袜：丝织的袜子。

（4）水精：水晶。

(5) 玲珑：像玉一样透明。

【赏析】

这是一首描写等待君王临幸的宫女心境的诗，是从宫女的立场而吟咏的作品。前两句描写的是离开房间来到台阶上伫立的宫女的形象。房间中一片寂静，给人以一种深层次的思索。后两句写宫中的寂寞，在无奈之下，宫女只好望月了。在月光之下，似乎能够看到宫女的表情了！

在诗歌用语方面，"玉阶"、"白露"、"水精"、"玲珑"、"秋月"这些表示发光、透明的词语排列在了一起，闪闪发光的环境和宫女的悲哀结合在了一起，体现出一种独特的梦幻氛围。

199. 怨　情(1)

李　白　五言绝句

美人卷珠帘(2)，深坐颦蛾眉。但见泪痕湿，不知心恨(3)谁。

【注释】

(1) 怨情：烦恼之情，不被爱的感情。情，具有爱情、恋情之意。

(2) 珠帘：用珍珠装饰的帘子。

(3) 恨：遗憾。此外还有困难、厌恶之意。

【赏析】

这首诗也是一首吟咏宫女之悲的作品，可以看作是前面《玉阶怨》的续篇。

《玉阶怨》表现的是宫女周围的事物，描写了玉阶、白露、罗袜、秋月等，但在这首诗里表现的却是宫女的神态，进而着重表现出她们的心情。

房间里的宫女已经失去了君王的宠爱,与承句“颦蛾眉”故事中的西施之美相比,这里强调的是她们曾经的美貌。

到了诗的结句时,才知道诗中不仅仅是体现宫女之悲,似乎还有“恨”的感情包含于其中了。她们对现在代替自己而得宠的宫女表现出强烈的嫉妒和憎恶之心。最后展现在读者面前的是一种凄惨的结局,全诗至此而结束了。

200. 长干行(1)二首　其一

李　白　五言古诗

妾(2)发初覆额,折花门前剧。郎骑竹马(3)来,绕床(4)弄青梅。同居长干里,两小无嫌猜。十四为君妇,羞颜未尝开。低头向暗壁,千唤不一回。十五始展眉(5),愿同尘与灰(6)。常存抱柱信(7),岂上望夫台。十六君远行,瞿塘滟滪堆(8)。五月不可触,猿声天上哀。门前迟行迹,一一生绿苔。苔深不能扫,落叶秋风早。八月蝴蝶来,双飞西园草。感此伤妾心,坐愁红颜老。早晚下三巴(9),预将书报家。相迎不道远,直至长风沙(10)。

【注释】

(1) 长干行:根据乐府诗题《长干曲》而作。《长干曲》,多为吟咏长江下游船家女子的生活和感情之作。长干,位于今南京市以南、秦淮河两岸的地区。往来于长江两岸的商人也多居住于此,为著名的繁华之地。

(2) 妾:女性的第一人称,是一种谦词。

(3) 郎:对年轻男子的称呼。　竹马:用竹枝、叶做的玩具,儿童骑着玩要之物。与日本现代的竹马有所不同。

(4) 床：井栏，后院水井的围栏。

(5) 展眉：消除不安的情绪，表情开始明朗起来。

(6) 愿同尘与灰：即使是死后化为尘与灰也要在一起。

(7) 抱柱信：表示一定要坚守信约。即注重信义。从前，有一名字叫尾生的男子与一女子相约于桥下，女子未到而突然涨水，尾生守信而不肯离去，抱着柱子被水淹死。典出《庄子·盗跖》篇的"尾生之信"。

(8) 瞿塘：瞿塘峡。长江三峡之一，为长江最艰险的航路。滟滪堆：瞿塘峡西部的一块大礁石之名。

(9) 早晚：迟早，一定，犹何时。　三巴：地名。即巴郡、巴东、巴西。指今重庆市东部一带。

(10) 长风沙：地名，在今安徽省安庆市的长江边上，距南京约二百千米。

【赏析】

乐府《长干曲》为古辞中的一种，盛唐崔颢所作这类作品留下来的有四首，都是五言四句简短的歌谣。

李白有《长干行》二首，"其一"为五言三十句，"其二"为五言二十句，都属于长篇诗歌，具有故事化的内容。

这首"其一"诗，描写居住在长干的女子与自幼相识的年轻男子结婚后，其夫外出经商，她只好过着留守的生活，诗中吟咏的便是这位女性。诗中表现了年轻妻子的境遇和心境，充满了一种温情脉脉的氛围。从内容上来看，全诗分为了如下六个段落：

第一段(1—6 句)是对儿时的回忆。二人是在同一个街道中成长的。

第二段(7—10 句)是回忆当初结婚时的情形。

第三段(11—14 句)表现结婚第二年时的心境，叙述了自己的幸福及对丈夫的真挚感情。

第四段(15—18 句)是说因丈夫行商在外,奔波于舟旅之中,因此不免对丈夫的安全充满了担心。

第五段(19—26 句)是说时间就这样过去了,妻子在等待中感受到了寂寞。

第六段(27—30 句)以叙述对丈夫的等待的心境而作结。

201. 前有樽酒行[1]二首　其二

李　白　杂言古诗

琴奏龙门之绿桐[2],玉壶美酒清若空。催弦拂柱与君饮,看朱成碧[3]颜始红。

胡姬[4]貌如花,当垆[5]笑春风。笑春风,舞罗衣[6],君今不醉将安归?

【注释】

(1) 前有樽酒行:汉代以来的乐府诗题。原是置酒以祝宾主长寿之意,李白在这里变而为年轻时当及时行乐之辞。

(2) 龙门:山名。在山西省河津市和陕西省韩城市之间。传说龙门山上桐树善制琴最佳。　桐:桐树。其木可做琴弦。

(3) 看朱成碧:形容酒喝得眼花缭乱,视觉模糊。语出南朝梁王僧孺《夜愁示诸宾》:“谁知心眼乱,看朱忽成碧。”

(4) 胡姬:古代西域出生的少数民族少女。当时在长安许多酒店中有这类女子卖酒。

(5) 垆:酒店中安放酒瓮的土台子。

(6) 罗衣:薄绢做成的衣服。

【赏析】

在唐时的长安和洛阳,经常有世界各国的人出入其中,而酒店中又多有西域的女子担任服务员。这首诗大概是李白在长安或洛阳停留时所作的作品吧！

202. 把 酒 问 月

李　白　七言古诗

青天有月来(1)几时？我今停杯一问之。人攀(2)明月不可得，月行(3)却与人相随。皎如飞镜临丹阙(4)，绿烟(5)灭尽清辉发。但见宵从海上来，宁知晓向(6)云间没。白兔捣药(7)秋复春，嫦娥孤栖与谁邻？今人不见古时月，今月曾经照古人。古人今人若流水，共看明月皆如此。唯愿当歌对酒(8)时，月光长照金樽(9)里。

【注释】

(1) 青天：蓝色的夜空，晴朗的夜空。　来：以来。

(2) 攀：以手攀摘。

(3) 月行：月动。

(4) 皎：这里形容月亮皎洁的光辉。　飞镜：飘飞在天空的镜子。　丹阙：朱红色的宫殿。这里比喻天空中的晚霞。

(5) 绿烟：指遮蔽月光的浓重云雾。

(6) 向：表示场所的前置词。

(7) 白兔捣药：古代神话传说中，白兔栖息在月宫中，并且捣药。从东汉开始这个故事进一步流传开来。

(8) 当歌对酒：一边唱歌，一边饮酒。语出魏曹操《短歌行》："对酒当歌，人生几何？"

(9) 金樽：精美的酒具。

【赏析】

这首诗有版本的题下有作者自注:"故人贾淳令予问之"。按照这种说法,这首诗是应老朋友的要求而作的。

关于贾淳其人,并无详细的记载,因此这首诗的创作时间也不明确。有认为是天宝三年(744)与《月下独酌》写作的时间相同,但从这首诗具有自由想象空间的角度而言,应该是创作于仕于朝廷的时期。关于这个问题,还存有一些疑问。

此外,与李白其他古诗相比,这首诗的内容有些起伏,结构也有些复杂,但各种事情结合在一起,又给人留下了深刻的印象。

也可能这首诗受到了《楚辞·天问》的影响,进而对天发出了各种疑问,由此也构成了作品的意识。

围绕着月亮产生的疑问,以及对月亮而感叹自己人生的这首诗,分为了以下四个段落:

第一段(1—4 句)是对月亮如何存在而发出的疑问,对人不能接触到月亮,但月亮却能够与人相随感到不可思议。

第二段(5—8 句)写世间之人经常能够看到月亮,但对月亮落下的瞬间感到有些奇怪。

第三段(9—12 句)写关于月亮的两个传说,并把永远存在的月亮与短暂的人生做了对比。

第四段(13—16 句)在感叹人生短暂的同时,也希望能够与美丽的月光相伴。

203. 画　　鹰(1)

杜　甫　五言律诗

素练风霜(2)起,苍鹰画作(3)殊。㧐身思狡兔(4),侧目似愁胡(5)。绦镟光堪擿(6),轩楹(7)势可呼。何当击凡鸟[8]，毛血洒平芜[9]。

【注释】

（1）画鹰：以鹰为题的画。

（2）素练：作画用的白绢。这里指绘画的材料。　风霜：风和霜。这里指猎鹰的季节为秋冬之时。

（3）画作：作画，写生。

（4）㧐身：即竦身，收敛躯体准备搏击的样子。　狡兔：敏捷的兔子。

（5）侧目：斜视。　愁胡：指发愁神态的胡人。形容鹰的眼睛色碧而锐利像胡人（指西域人）。

（6）绦镟：指系鹰用的金属环。　堪擿：可以解除。擿，同"摘"。

（7）轩楹：堂前廊柱，指悬挂画鹰的地方。

（8）何当：安得，哪得。　凡鸟：普通的鸟，平庸的鸟。

（9）平芜：茂盛的草原。

【赏析】

这是开元二十九年（741），杜甫三十岁时于洛阳所作。是一首为赞扬画中的鹰而作的"题画诗"。

首联导入的是对这幅画的整体印象，中间二联再现了画中鹰栩栩如生的雄姿。尾联是自己的感慨，以叙述"什么时候自己也能像鹰那样奋飞"的抱负而作结。

204. 房兵曹胡马[1]诗

杜　甫　五言律诗

胡马大宛[2]名，锋棱瘦骨[3]成。竹批[4]双耳峻，风入(5)四蹄轻。所向无空阔(6),真堪托死生。骁腾(7)有如此,万里可横行(8)。

【注释】

(1) 房兵曹:姓房,名不详。兵曹:官名,“兵曹参军”的简称。是唐代州府中掌官军防、驿传等事的小官。胡马,此指西域产的马。

(2) 大宛:汉代西域国名,其地在今乌兹别克斯坦境内。唐朝时已被灭,因盛产良马而闻名。汉武帝时曾从这个国家大量输入汗血宝马。

(3) 锋棱:锋利的棱角。形容马的神骏健悍之状。　瘦骨:没有赘肉。这里指马的骨骼,是名马的条件。

(4) 批:形容马耳尖如竹尖削成。

(5) 风入:如风吹入。形容马奔跑的速度很快。

(6) 无空阔:形容马的速度极快,瞬间即可到达目的地,在马的面前没有空间。

(7) 骁腾:健步奔驰。骁,勇猛。腾,跳跃。

(8) 横行:任意驰骋。

【赏析】

这是开元末年(741 年前后),杜甫三十岁时所作的一首诗。此诗为称赞友人房氏的胡马而作,表现了杜甫敏锐的观察力,同时在诗中也表现了作者造句的能力和技巧。读过这首诗的读者,都肯定会为名马的筋骨、马蹄的声音、奔腾的气息、精悍的势头所感染。

马这种动物在南北朝时还没有被写入诗中,但杜甫喜欢马而把它写入了诗中。他喜爱日行千里的骏马,它能够理解人们的情感,并且也极其聪明。

在当时来说,绘画和唐三彩中,也有选取马为素材的作品。

205. 饮中八仙(1)歌

杜 甫 七言古诗

知章(2)骑马似乘船，眼花落井水底(3)眠。汝阳三斗始朝天(4)，道逢麹车(5)口流涎，恨不移封向酒泉(6)。左相(7)日兴费万钱，饮如长鲸吸百川，衔杯乐圣称世贤(8)。宗之潇洒(9)美少年，举觞白眼(10)望青天，皎如玉树临风(11)前。苏晋长斋绣佛(12)前，醉中往往爱逃禅(13)。李白一斗诗百篇，长安市上(14)酒家眠。天子呼来不上船(15)，自称臣是酒中仙。张旭三杯草圣(16)传，脱帽露顶(17)王公前，挥毫落纸如云烟(18)。焦遂五斗方卓然(19)，高谈雄辨惊四筵(20)。

【注释】

(1) 八仙：民间传说中的八位仙人，这里指八位喜爱喝酒的人。

(2) 知章：即贺知章。他在长安一见李白，便称他为“谪仙人”。他性格旷放纵诞，好酒。一边饮酒一边作诗，享年八十余岁。

(3) 眼花：醉眼昏花。 水底：水中。底，“中”之意。

(4) 汝阳：汝阳王李琎。唐玄宗的侄子，李宪之子。 三斗：三斗的酒。一斗约合今二升。朝天：朝见天子。此谓李琎痛饮后才入朝。他曾经来到玄宗皇帝的宫殿时说了如此豪壮之语：“臣以三斗壮胆，不觉至此。”

(5) 麹(qū)车：装载造酒原料麹的车子。

(6) 酒泉：郡名，在今甘肃酒泉市。这一句是根据东汉郭宏因好酒而愿意转任至酒泉郡任职传说写成的。

(7) 左相：指左丞相李适之。他酷好酒宴，尝饮一斗酒而不醉。

(8) 圣：清酒。 贤：酌酒。魏曹操颁布禁酒令，有人以此来解释饮酒之事。

(9) 宗之:崔宗之。宰相崔日用之子,官至侍御史。 潇洒:形容神情举止自然大方,不呆板,不拘束。

(10) 白眼:看待世俗人物的眼光。这里指魏阮籍的故事。

(11) 皎:洁白光明的样子。玉树临风:崔宗之风姿秀美,故以玉树为喻。玉树,形容人清秀出尘。

(12) 苏晋:宰相苏珦之子。 长斋:长期斋戒。 绣佛:画的佛像。

(13) 逃禅:这里指不守佛门戒律。佛教戒饮酒,苏晋长斋信佛却嗜酒,故曰"逃禅"。

(14) 市上:街上。

(15) 船:这里指玄宗迎接李白的船型轿子。

(16) 张旭:著名书法家。 草圣:张旭善草书,时人称为"草圣"。

(17) 露顶:张旭醉时露出头发。当时有在人前不露头顶的礼仪。一说是张旭每当大醉,索笔挥洒,甚至以头濡墨而书。

(18) 毫:笔尖。 如云烟:指张旭的书法变化多端、生动瑰奇。

(19) 焦遂:布衣之士,事迹不详。 卓然:神采焕发的样子。

(20) 高谈:高声谈论。这里指焦遂喝酒时发出的声音。 惊四筵:使四座的人惊叹。

【赏析】

这首诗是天宝五年(746),杜甫三十五岁来到都城长安之后所作。在诗中吟咏的八人中,李适之、苏晋、贺知章已经去世,而李白也被逐出长安了。在诗中的八人中,有些人与杜甫并不相识。杜甫当时在都城了解八个人的醉态,并根据传闻写了这首诗。

诗中出场的是皇族、高官、名士,他们的醉态得到了戏剧化的描写,而且多被直呼其"名"。虽然是这样的吟咏,但人们对杜甫并不反感,甚至还有些喜欢。

206. 春日忆李白

杜　甫　五言律诗

白也(1)诗无敌，飘然(2)思不群。清新庾开府(3)，俊逸鲍参军(4)。渭北春天(5)树，江东(6)日暮云。何时一樽酒，重与细论文(7)。

【注释】

(1) 白也：指李白。也，表称呼之意。呼李白其名，这里是表示亲切。

(2) 飘然：轻松，潇洒的样子。西晋成公绥《啸赋》有“志离俗而飘然”之语。

(3) 庾开府：指北周庾信(513—581)。开府，官名。庾信前半生仕于南朝的齐梁，以创作宫体诗而闻名，而后半生仕于西魏时，多悲愤沉痛之作，是南北朝时著名的诗人。

(4) 俊逸：才智出众。　鲍参军：指南朝刘宋的鲍照(412？—466)。参军，官名。其诗风多样，但贯穿始终的内容，是表现怀才不遇之悲，以及对门阀社会的不满。在他的诗中，强烈地表达了个人的心情，这在当时是不多见的，因而成为了盛唐诗歌的先驱。

(5) 渭北：渭水北岸，借指长安一带，当时杜甫在此地。与下一句的“江东”相比，泛指广泛的北方渭水地区，因此称为了“渭北”。　春天：春日。

(6) 江东：指今江苏省南部和浙江省北部一带，当时李白在此地。

(7) 论文：即论诗。

【赏析】

这是天宝五年(746)春天，作者五十三岁时在与李白分别后的次年所作。此时杜甫已经回到了长安，而李白则在江南漫游。

诗中表现了对大诗人李白的敬爱之情,以及希望再会的殷切心情。前半部分的二联回忆了与大诗人的交往,同时对李白做了高度的赞扬。无论是相对于庾信,还是鲍照,在表现美感和技巧方面李白是毫不逊色的。在后半部分的二联中,作者为不能与李白相互切磋而感到悲伤,并以希望能够再次相会而作结。

207. 贫 交 行(1)

杜　甫　七言古诗

翻手作云覆手雨(2),纷纷轻薄何须数(3)。君不见管鲍(4)贫时交,此道今人弃如土。

【注释】

(1) 贫交行:描写贫贱之交的诗歌。行,吟咏之意。

(2) 翻手:手向上。比喻变化很快。　覆手:手向下。也是比喻变化很快。　云、雨:这里比喻人的感情和态度。

(3) 纷纷:混乱的样子。又比喻众多的样子。　轻薄:缺乏深层次的思考。这里指不太懂人情世故。　何须数:没有数的必要。也指不必要考虑那么多。

(4) 管鲍:指管仲和鲍叔牙。春秋时齐国人,他们是一生的朋友。

【赏析】

这首诗是天宝十一年(752),杜甫四十一岁时所作。此时诗人已经来到都城长安六年了,因为没有得到官职,诗人为一大家人的生活而感到苦恼。此外,杜甫身体有病,气喘开始发病便大约出现在这一时期。

在前年的正月,唐玄宗主持了三项大规模的庆典。即祭祀唐王朝始祖老子、祭祀历代帝王、祭祀天地。杜甫有机会参加了这三个庆典，并且为赞扬这三个庆典写下了三篇赋献给玄宗。玄宗的内心有些被打动了，于是给杜甫一个候补的官职。但此后杜甫却未能授职，反而因不知道的原因被淘汰了。在这样的事情发生后，杜甫不免有些气馁和悲愤，心中有些抑郁不平。

这是一首对自己的才能不被承认，继而对世间表示不信任和抗议的诗。前半部分感叹世态炎凉的世间百态，后半部分则是希望人们的交往能够去掉那些复杂的关系。

这首诗的第三句引用了“管鲍之交”的故事。

故事的主人公是春秋之时齐国的名相管仲和名臣鲍叔牙。二人年轻时，都是贫困的书生，但鲍叔牙经常给管仲以资助。他们共同经商，但管仲却多分利益，一起打仗时管仲又只身逃跑。然而鲍叔牙了解管仲的才能，认为他是时运不济，经常为他进行辩护，向齐桓公推荐管仲的就是鲍叔牙。后来管仲回忆鲍叔牙与自己的友情，说：“生我者父母，知我者鲍叔牙也。”世人认为管仲聪明能干的同时，也认为鲍叔牙知人善任（《史记·管晏列传》）。

208. 陪诸贵公子丈八沟(1)携妓纳凉，晚际(2)遇雨二首　其一

杜　甫　五言律诗

落日放船好，轻风生浪迟。竹深留客处，荷净纳凉时。公子调冰水(3)，佳人雪藕丝(4)。片云(5)头上黑，应是雨催诗。

【注释】

(1) 陪：陪同，伺奉。　丈八沟：长安南郊的一条运河。

(2) 晚际：临近傍晚之时。

(3) 冰水：用蜜和冰调制冷饮之水。

(4) 雪：清除掉。这里指把嫩藕的白丝清除掉以便食用。藕丝：藕的白丝。

(5) 片云：一片云彩，薄云。片，表示平而薄。

【赏析】

这首诗是天宝十三年(754)，杜甫四十三岁时所作。是与贵族子弟随行，在船上纳凉时所作的二首组诗。两首诗写作的时间正如诗中吟咏的那样，“其一”是在日落乘舟时而作，“其二”是在疾风来临、大雨降落急忙返回时所作。此时的杜甫，已经开始特别注重诗歌的技巧，他以此来表达受到的招待。

在“其一”中，颔联给人以凉爽氛围的印象。第二句的“轻风”一词，使竹子和莲花都受到了滋润。而颈联宴席上的欢乐氛围，无论是饮料，还是食物的准备，都表现得引人注目。这可以说是杜甫的重点描写所在了。

209. 陪诸贵公子丈八沟携妓纳凉，晚际遇雨二首　其二

杜　甫　五言律诗

雨来沾席上(1)，风急打船头(2)。越女红裙(3)湿，燕姬翠黛(4)愁。

缆侵堤柳(5)系，幔宛浪花(6)浮。归路翻萧飒(7)，陂塘(8)五月秋。

【注释】

(1) 席上：宴席之上。这里指在船的甲板上。

(2) 船头：船前。

（3）越女：越地的美女，代指船上的歌妓。　红裙：指红色的裙子，亦指美女。

（4）燕姬：燕地的美女，这里也是代指船上的歌妓。　翠黛：古时女子用螺黛画眉，故称美人之眉为“翠黛”。这里是对美女的形容。

（5）缆：系船的绳子。　侵：靠近，接近。　堤柳：岸堤上的柳树。

（6）幔：围着船舱的布，幔布。　浪花：水花。

（7）萧飒：（秋风）萧瑟。

（8）陂塘：水塘。此指丈八沟。

【赏析】

这首“其二”诗，接续前面的“其一”诗的内容，描写的是开始下雨之后众人一起归来时的情形。

刮风之后是下雨，就连那些歌伎们都抓紧缆绳，登上了有些摇晃的小船，刚才还是欢乐的宴席一下子陷入了混乱的状态。但尾联诗风一转，庆幸多亏了这场雨，才使得归途瞬间变得凉快了起来，全诗以表现诗人的豁达而作结。

210. 兵 车 行(1)

杜　甫　杂言古诗

车辚辚(2)，马萧萧(3)，行人(4)弓箭各在腰。爷娘妻子(5)走相送，尘埃不见咸阳桥(6)。牵衣顿足(7)拦道哭，哭声直上干云霄(8)。道傍过者问行人，行人但云点行(9)频。或从十五北防河，便至四十西营田(10)。去时里正与裹头(11)，归来头白还戍边。边庭(12)流血成海水，武皇(13)开边意未已。君不闻汉家山东(14)二百州，千村万落生荆杞(15)。纵有健妇把锄犁(16)，禾

生陇亩[17]无东西。况复秦兵[18]耐苦战,被驱不异犬与鸡。长者[19]虽有问,役夫[20]敢申恨?且如今年冬,未休关西[21]卒。县官急索租[22],租税从何出?信知生男恶,反是生女好。生女犹得嫁比邻,生男埋没随百草。君不见,青海[23]头,古来白骨无人收。新鬼烦冤[24]旧鬼哭,天阴雨湿声啾啾[25]!

【注释】

(1) 兵车行:是杜甫自创的乐府新题。兵车,战争用的车辆,由四匹马牵引。行,本是乐府歌曲中的一种体裁。

(2) 辚辚:车行走时的声音。语出《诗经·车辚》:"有车辚辚,有马白颠"。

(3) 萧萧:马悲鸣的声音。

(4) 行人:从军出征的人。

(5) 爷娘:对父母的俗称。　妻子:老婆和孩子。一说是指对妻子的俗称。

(6) 咸阳桥:在长安北面的渭水上的桥,连接长安和咸阳,是长安西行必经的大桥。诗中的士兵们向西面的战场出发时,要经过这座桥。

(7) 牵衣:拉住衣服。这里指拉住行者的衣服。　顿足:跺脚。以脚踏地,是表示叹息的动作。

(8) 干:冲。　云霄:这里指高空。

(9) 点行:按户籍名册强征服役。点,一个一个地调查。

(10) 营田:即屯田。戍边的士卒,不打仗时须种地以自给,称为营田。

(11) 里正:村长。唐制凡百户为一里,置里正一人管理。　裹头:裹黑布头巾。表示出征。当时十八岁的男子便有了纳税和服兵役的义务(《新唐书·食货志》)。这里是说新兵入伍时才十五岁,因年纪小,自己还裹不好头巾,所以里正帮他裹头。

(12) 边庭:边疆附近的地区。

(13) 武皇:汉武帝,这里借指唐玄宗。

(14) 汉家:这里借指唐朝。在说到同时代的事情时,一般以汉喻唐。这种情况在唐诗中比较常见。 山东:华山以东的地方。这里指中原地区,不是指现在的山东省。

(15) 荆杞:荆棘和枸杞,泛指野生灌木。

(16) 健妇:身体健壮的士兵之妻。 锄犁:锄和犁。引申为耕作务农。

(17) 禾:庄稼。 陇亩:田地。

(18) 秦兵:关中的士兵。这里是说关中的士兵能经受艰苦的战斗。

(19) 长者:对老年人的尊称。这里是说话者对杜甫的敬称。

(20) 役夫:出征士兵的自称。

(21) 关西:函谷关以西。

(22) 县官:这里指官府。 租:以谷物纳税。为唐朝税制的租、庸、调之一。

(23) 青海:指今青海省东北部的青海湖。

(24) 烦冤:不满、愤懑。

(25) 啾啾:象声词,形容凄厉的叫声。

【赏析】

这首诗大约是天宝九年至十一年(750—752),杜甫三十九岁至四十一岁时所作。作者借出征士兵之口,反映出苛刻征兵的实际状态,描写出被剥夺劳动力家庭的悲惨生活,同时批评了盲目扩张领土的政策。

在都城长安十余年不如意的境遇中,失意和苦恼对自尊心较强的杜甫而言,其打击是不言而喻的。也正因为如此,杜甫看到了现实社会的矛盾和腐败,他的有针对性的批判精神才得到了升华。《兵车行》便是这一时期所作,他在以后的八年间,一直到因对政治绝望而到秦州之前,以社会派诗人、人道主义诗人的身份活跃于诗坛上。《兵车行》即是这方面的代表作,是属于值得纪念的作品。

在玄宗皇帝扩张领土政策的指导下,唐军开始向边境进攻,进入天宝年间(742—755)后,边境少数民族的叛乱之事频繁发生。而玄宗本人也因过分宠爱杨贵妃而逐渐疏于国事,实权委托给了臣下。

正因为如此,从此之后朝廷军事上的失败不断,从内地征兵越来越频繁,这件事变成了一种苛政。虽然生活上不如意,但对此有明确认识的杜甫来说,这种状况他肯定是没有漠视的。

第三句中的“妻子”,不是“妻子和孩子”的意思,作为俗语的用法,应该是“妻”的意思。关于其中的理由,有如下两点是需要指出的:

(一) 在中国人的传统观念中,对“家”是极为重视的,与之断绝关系是一件非常可怕的事情。在送别的人中没有孩子之事,是因为出征的士兵没有孩子,也没有其他的东西。他一旦战死的话,他的家庭就等于绝了后,诗中强调的是出征的悲惨和残酷。杜甫把他的意图表现其中了,因此这里才没有孩子出现。

(二) 在杜甫之外的诗人描写战争的诗歌中,也没有看到送别出征士兵的场面中有孩子的情况。

这种说法虽然有趣,但可能仍然有些不妥,这里从通行之说。

1. 当时的社会不是小家族,而是大家族,在一个家庭中,有亲兄弟、叔伯、婶婶、堂兄弟,一直到祖父母,往往是几代生活在一起。在这样的环境中,一个年轻的士兵战死的话,对“家”的存在是否是构成威胁呢? 虽然是让孩子出征,但如果丈夫出征战死的话,就会出现孤儿生活困难的双重悲剧,那种状况可以说是很悲惨的。

2. 在杜甫其他描写战争的诗中,就有“出征士兵的留守妻子抱着哺乳幼子”情景的清晰描写。

3. 在一般的描写战争诗歌中，并没有“孩子送别出征士兵”的描写，在近代以前的整个汉诗中，以孩子作为对象的作品是极为少见的，因此看到这件事情也似乎有必要了！在中国的传统观念中，孩子属于未成年人，看问题不全面，与诗中选择的场景并不相适应。

在类似的作品中，杜甫是一个例外的，他是一位诗中经常描写孩子的诗人。从这一点来说，《兵车行》中描写的“送别出征士兵的孩子”之事，也不能说是只有杜甫才能做到啊！

211. 月　　夜

杜　甫　五言律诗

今夜鄜州(1)月，闺中(2)只独看。遥怜小儿女(3)，未解忆长安。香雾云鬟(4)湿，清辉玉臂(5)寒。何时倚虚幌(6)，双照泪痕干。

【注释】

(1) 鄜(fū)州：今陕西省富县。在长安北约二百千米处，当时杜甫的家属在鄜州的羌村。

(2) 闺中：杜甫之妻杨氏的内室。闺，女子的房间。

(3) 小儿女：幼小的孩子们。这里指杜甫七岁的长子、四岁的次子、二岁的女儿。

(4) 香雾：雾气。香，美称。这里是说从妻子身边飘过来的雾。一说是妻子云鬟中散发出来的涂有膏沐香气的味道。　云鬟：古代妇女的环形发饰。

(5) 清辉：清澈的月光。　玉臂：白嫩的手臂。多用以美称女子的臂腕。

(6) 虚幌：透明的窗帷。幌，帷幔。

【赏析】

这首诗是至德元年(756)秋，杜甫四十五岁时所作。这是安史之乱爆发的第二年，时长安已经陷落，杜甫自身被叛军软禁在长安。

异族出身的节度使安禄山率领总数为十五万的大军，从范阳(今北京市)出发，开始向首都长安进军的时间，是天宝十四年(755)的十一月九日。沉浸于太平盛世的朝廷军队不堪一击，叛军很快就攻陷了河北一带，随后渡过黄河，占领了洛阳，次年六月又攻破潼关，逼近了长安。

在此一个月之前，杜甫已经听到了战况不利的消息，于是带着家人到鄜州避难，在一个名叫羌村的村庄居住了下来。

在知道首都将要陷落的情况后，七十岁的玄宗皇帝在六月十三日拂晓之前，就带着杨贵妃和亲族们逃离了长安。数日之后，叛军进入了长安城。

次年七月，逃到长安西北灵武(位于今宁夏回族自治区)的皇太子李亨被拥立继承了帝位，这便是肃宗皇帝，改年号为“至德”。到了八月时，杜甫在遥远的鄜州听说肃宗即位的消息后，觉得应该去谒见新帝，为唐王朝的复兴尽力，于是他让家族留在那里，只身去了灵武。但不幸的是，杜甫在途中被叛军所捕，又被押回了长安。在被占领下的长安城中，杜甫看到落入叛军之手的长安城的情况，目睹了老百姓持续被掠夺和杀戮的悲惨之状，于是在这样的情况下做了这首诗。

在诗的前半部分二联中，作者想到了与自己一样眺望月亮的妻子，以及在旁边天真无邪的孩子们。在后半部分的二联中，在想念妻子的思虑中，又不免对她有些担心，并且希望能够与她早日相见。

212. 春　望[1]

杜　甫　五言律诗

国破山河在，城[2]春草木深。感时[3]花溅泪，恨别鸟惊心。烽火连三月[4]，家书抵万金[5]。白头搔更短[6]，浑欲不胜簪[7]。

【注释】

（1）春望：眺望春天。

（2）城：城市。这里指长安城。

（3）时：国家的时局。

（4）烽火：古时边防报警的烟火，这里指安史之乱的战火。　三月：数月。

（5）家书：这里指家人、特别是妻子的来信。　万金：巨额的资金。这里比喻非常贵重。

（6）搔：用手指轻轻地抓。这里是表示苦闷和焦躁的动作。　短：少。这里指头发数量的减少。

（7）簪：一种束发的首饰。古代男子蓄长发，成年后束发于头顶，用簪子横插住，以免散开。

【赏析】

这是至德二年（757）杜甫四十六岁的春天，在长安被软禁的第二年时所作。

首联叙述了国家的现状和季节之感，吟咏的是自己所处的大环境。颔联描写了自己的心情，是从战乱之世和家庭离别公私两个方面来进行叙述的。颈联表现了环境的残酷和战争未能结束以及妻子不能到来时的心情，也是从公私两个方面来叙述的。

而尾联是在不知不觉中描写了自己的老态，以强调个人的绝望感而作结。

213. 玉华宫(1)

杜　甫　五言古诗

溪(2)回松风长,苍鼠窜古瓦。不知何王殿,遗构绝壁下。阴房鬼火(3)青,坏道哀湍(4)泻。万籁真笙竽(5),秋色正潇洒(6)。美人为黄土(7),况乃粉黛(8)假。当时侍金舆(9),故物(10)独石马。忧来藉草坐,浩歌(11)泪盈把。冉冉(12)征途间,谁是长年(13)者?

【注释】

(1) 玉华宫:在今陕西省宜君县西北的凤凰谷。原是唐太宗的离宫,后高宗改宫观为庙宇。玄奘曾经在这里翻译佛典。

(2) 溪:河流。

(3) 阴房:面北的房子,阴暗的房子。　鬼火:在潮湿地面上出现的磷火。

(4) 哀湍:带有悲戚之声的流水。湍,激流。

(5) 万籁:风吹万物发出的声音。　笙竽:均为管乐器之名。笙,带有十三孔的乐器。竽,与笙相似,但比笙略大,有三十六孔。

(6) 潇洒:形容神情举止自然大方,不呆板,不拘束。

(7) 美人:这里指宫女们。　黄土:大地上的土,黄色的土。

(8) 粉黛:白粉和黑粉。后代指年轻貌美的女子,亦借指妆饰。

(9) 金舆:用黄金装饰的天子的轿子。

(10) 故物:旧的东西。

(11) 浩歌:大声歌唱。

(12) 冉冉:渐进地、慢慢地。

(13) 长年:永久的寿命。

【赏析】

这是在至德二年(757)秋,杜甫离开凤翔的行在所赴鄜州家的归途中所作的一首诗。

在叛军统治下的长安被软禁了十个月的杜甫，于至德二年的四月再一次从叛军的魔掌中逃脱出来，向肃宗所在的行在所凤翔奔去。从长安至凤翔向西的一百四十千米处，诗人感觉如果在途中被发现的话，自己也就没命了。经过九死一生的奔波，看到诗人来到时的肃宗为其忠诚而深受感动，于是授予他左拾遗之职。从此之后，杜甫成为了中央政府的一员。左拾遗虽然是一个小官，但在天子公务之际可以常侍于侧，对其行为进行劝谏，因此也是一个重要的职位。杜甫心中极为高兴，但事实上却比想象得要难。

虽然有着远大的理想，但杜甫的性格较为认真，他的行为与现实中的官场有些格格不入。在早一些时候的五月，因为罢相的房琯进行辩护，杜甫所写的意见书触怒了肃宗，幸有周围的人为他辩护才得以免受处罚，但肃宗却疏远了杜甫，不久便让他休假了。杜甫趁此机会决定探望在鄜州的家人，于是在八月一日离开了凤翔。

在回家的途中，杜甫到访了曾经的宫殿玉华寺，因感叹其衰落而作了这首诗。

第一段(1—4 句)叙述了崖下废墟中的情形。松风惊人，人动惊鼠。诗的开头笼罩着一种凄厉的氛围。

第二段(5—8 句)描写了废墟中的环境。无人居住的房间里燃烧的磷火，悲戚的流水声，风中传来的声音，越来越恐怖的景物出现在了面前。

第三段(9—12 句)描写了昔日的繁荣景象，如今只剩下了石马像，令人产生了强烈的诸行无常之感。

第四段(13—16 句)为诗人对人事的痛切之感，个人的悲愤已经沉浸其中了。

杜甫的这种无常感是极为罕见的，这也可能是触怒肃宗的一个重要原因吧!

214. 羌村三首 其一

杜 甫 五言古诗

峥嵘赤云(1)西,日脚(2)下平地。柴门(3)鸟雀噪,归客千里至。妻孥(4)怪我在,惊定还拭泪。世乱遭飘荡(5),生还偶然遂。邻人满墙头(6),感叹亦歔欷(7)。夜阑更秉烛,相对如梦寐(8)。

【注释】

(1) 峥嵘:山高峻貌,这里形容云峰。 赤云:傍晚时的云彩,晚霞。

(2) 日脚:指透过云峰照射下来的光柱,像是太阳的脚。

(3) 柴门:用山野中的杂木做成的门;转指简陋的家,是对自己住宅的谦称。

(4) 妻孥:妻子和儿女。

(5) 飘荡:被风吹散。转指流浪。

(6) 墙头:土塀之上。

(7) 歔欷:悲泣之声。

(8) 梦寐:如同做梦一般。

【赏析】

这首诗是至德二年(757),杜甫四十六岁时所作。在凤翔行在所触怒肃宗的杜甫,于八月赐假回到了鄜州羌村(在今陕西省富县)的家中,在阔别一年两个月之后,杜甫与家人再次团聚了。

组诗《羌村三首》为吟咏这期间情景的感慨之作。村中的情形、妻子和村里人的形象,以及对这个王朝和自己将来的不安,都写在了这首诗中。

“其一”主要吟咏的是夫妻再会后的情形和感慨。

第一段(1—4 句)叙述了傍晚时回到村中家里的情况。

第二段(5—8 句)描写了妻子看到自己时的情形,为能够平安回来而感到庆幸。

而第三段(9—12 句)描写自己回来后给邻人和家人带来了感叹,即使是到了夜里,也不敢相信自己回到家中了,全诗以此而作结。

再会时妻子的惊诧、村中人的感叹、杜甫本人半信半疑的心境,这些都是极为逼真的描写。

215. 羌村三首　其二

杜　甫　五言古诗

晚岁迫偷生(1),还家少欢趣(2)。娇儿(3)不离膝,畏我复却去。忆昔好(4)追凉,故(5)绕池边树。萧萧北风劲,抚事煎百虑(6)。赖知禾黍收,已觉糟床(7)注。如今足斟酌(8),且用慰迟暮(9)。

【注释】

(1) 偷生:指这次奉诏回家。杜甫心在国家,故以诏许回家为偷生苟活。

(2) 欢趣:欢乐的家庭氛围。

(3) 娇儿:可爱的儿子。

(4) 好:喜好。

(5) 故:表示承上启下的词语。一说是常常、经常之意。

(6) 抚事:想起各种各样的事情。　百虑:各种担心的事情。

（7）糟床：即酒醡。

（8）斟酌：斟酒。

（9）且：暂且。　迟暮：上了年纪。特指不得志的晚年。

【赏析】

“其二”吟咏的是个人的内省，并对自己日渐衰老的身体感到不安和焦虑。

第一段（1—4 句）描写在不如意的境遇中，孩子对自己恋恋不舍的感情。

第二段（5—8 句）把夕阳下纳凉的孩子们与自己的各种担心和苦闷进行对比。

第三段（9—12 句）写为了安慰自己，只好借酒浇愁，在自嘲中结束全诗。

216. 羌村三首　其三

杜　甫　五言古诗

群鸡正乱叫，客至鸡斗争。驱鸡上树木，始闻叩柴荆[(1)]。父老[(2)]四五人，问我久远行。手中各有携，倾榼[(3)]浊复清。莫辞酒味薄，黍地[(4)]无人耕。兵革[(5)]既未息，儿童尽东征。请为父老歌：艰难愧[(6)]深情！歌罢仰天叹，四座泪纵横。

【注释】

（1）柴荆：与“柴门”义同，指用柴木做的简陋门户。

（2）父老：对年长者的尊称。

（3）榼：古代盛酒的容器。这里指酒壶。

（4）黍地：黍田。

(5) 兵革：指战争。兵，武器；革，用革制成的甲胄。

(6) 愧：愧疚。

【赏析】

"其三"吟咏的是村中的长老安慰自己时的情景。

第一段(1—4 句)描写来客时的兴奋，就连鸡也为之骚动了。

第二段(5—8 句)描写长老们拿着酒看望自己时的情形。

第三段(9—12 句)描写了长老们的言辞。

第四段(13—16 句)描写杜甫对长老们的感激之情，并为他们作歌，同时也因共同的遭遇而感叹流泪。

217. 北　征

杜　甫　五言古诗

北归至凤翔，墨制(1)放往鄜州作。按鄜在凤翔东北，故曰北征。

皇帝二载(2)秋，闰八月初吉(3)。杜子(4)将北征，苍茫问(5)家室。维时遭艰虞(6)，朝野少暇日。顾惭恩私被(7)，诏许归蓬荜(8)。拜辞诣阙下(9)，怵惕(10)久未出。虽乏谏诤(11)姿，恐君有遗失。君诚中兴(12)主，经纬固密勿(13)。东胡(14)反未已，臣甫愤所切(15)。挥涕恋行在(16)，道途犹恍惚。乾坤含疮痍(17)，忧虞(18)何时毕。靡靡逾阡陌(19)，人烟眇萧瑟(20)。所遇多被伤，呻吟更流血。回首凤翔县，旌旗(21)晚明灭。前登寒山重，屡得饮马窟(22)。邠郊(23)入地底，泾水中荡潏(24)。猛虎立我前，苍崖(25)吼时裂。菊垂今秋花，石戴古车辙。青云动高兴(26)，幽事(27)亦可悦。山果多琐细，罗生杂橡栗(28)。或红如丹砂，或黑如点漆[29]。雨露之所濡,甘苦齐结实。缅思桃源[30]内,益叹身世拙[31]。坡陀望鄜畤[32],岩谷互出没。我行已水滨[33],我仆犹木末[34]。鸱鸮鸣黄桑[35],野鼠拱乱穴[36]。夜深经战场,寒月照白骨。潼关百万师[37],往者散何卒。遂令半秦民[38],残害为异物[39]。况我堕胡尘[40],及归尽华发。经年[41]至茅屋,妻子衣百结[42]。恸哭松声回,悲泉共幽咽。平生所娇儿,颜色白胜雪。见耶[43]背面啼,垢腻脚不袜[44]。床前两小女,补缀才过膝[45]。海图坼波涛,旧绣移曲折。天吴及紫凤[46],颠倒在裋褐。老夫情怀恶[47],呕泄卧数日。那无囊中帛,救汝寒凛栗[48]。粉黛[49]亦解苞,衾裯稍罗列。瘦妻面复光,痴女头自栉[50]。学母无不为,晓妆随手抹。移时施朱铅[51],狼藉画眉阔[52]。生还对童稚,似欲忘饥渴。问事竞挽须,谁能即嗔喝[53]。翻思[54]在贼愁,甘受杂乱聒[55]。新归且慰意,生理[56]焉能说。至尊尚蒙尘[57],几日休练卒[58]。仰观天色改,坐觉祆气豁[59]。阴风西北来,惨淡随回鹘[60]。其王愿助顺[61],其俗善驰突[62]。送兵五千人,驱马一万匹。此辈少为贵[63],四方服勇决[64]。所用皆鹰腾[65],破敌过箭疾。圣心颇虚伫[66],时议气欲夺[67]。伊洛指掌收[68],西京不足拔[69]。官军请深入,蓄锐何俱发[70]。此举开青徐[71],旋瞻略恒碣[72]。昊天[73]积霜露,正气有肃杀[74]。祸转亡胡岁,势成擒胡月[75]。胡命其能久,皇纲[76]未宜绝。忆昨狼狈初[77],事与古先别。奸臣竟菹醢[78]，同恶随荡析[79]。不闻夏殷衰，中自诛褒妲[80]。周汉获再兴，宣光果明哲[81]。桓桓陈将军[82]，仗钺[83]奋忠烈。微尔人尽非[84]，于今国犹活。凄凉大同殿[85]，寂寞白兽闼[86]。都人望翠华[87]，佳气向金阙[88]。园陵固有神[89]，扫洒数不缺。煌煌太宗[90]业，树立甚宏达[91]。

【注释】

(1) 墨制：是用墨笔书写的诏敕，亦称墨敕。这里指唐肃宗命杜甫探家的敕命。

(2) 皇帝二载：即唐肃宗至德二年(757)。

(3) 初吉：朔日，即初一。

(4) 杜子：杜甫自称。

(5) 苍茫：指战乱纷扰，家中情况不明。　问：探望。

(6) 维：发语词。　维时：即这个时候。　艰虞：艰难和忧患。

(7) 恩私被：指诗人自己独受皇恩允许探家。

(8) 蓬荜：指穷人住的草房。

(9) 诣：赴、到。　阙下：朝廷。

(10) 怵惕：惶恐不安。

(11) 谏诤：臣下对君上直言规劝。杜甫时任左拾遗，职属谏官，谏诤是他的职守。

(12) 中兴：国家衰败后重新复兴。

(13) 经纬：织布时的纵线叫经，横线叫纬。这里用作动词，比喻有条不紊地处理国家大事。　固密勿：本来就谨慎周到。

(14) 东胡：指安史叛军。安禄山是突厥族和东北少数民族的混血儿，其部下又有大量契丹人，故称东胡。

(15) 愤所切：深切的愤怒。

(16) 行在：皇帝在外临时居住的处所。

(17) 疮痍：创伤。

(18) 忧虞：忧虑。

(19) 靡靡：行步迟缓。语出《诗经·黍离》“行迈靡靡”。 阡陌：田间小路。

(20) 人烟：住户的炊烟。亦泛指人家。 眇：稀少，少见。 萧瑟：形容冷落、凄凉。

(21) 旌旗：旗的总称。这里是表示皇帝的行在之所。

(22) 饮马窟：让军马饮水的岩穴。

(23) 邠郊：邠州的郊原，即平原。邠州，在今陕西省凤翔县东北。

(24) 泾水：河流名。发源于甘肃省，南流后在长安以东入渭水。 荡潏：水流动的样子。

(25) 苍崖：长满青苔的悬崖。

(26) 高兴：很高的兴致。

(27) 幽事：幽景，胜景。

(28) 罗生：罗列丛生。 橡栗：橡树的果实。

(29) 点漆：指乌黑光亮的样子。

(30) 桃源：即东晋陶渊明笔下的桃花源。

(31) 身世拙：自己笨拙，指不擅长处世。

(32) 坡陀：山冈起伏不平。 鄜畤：即鄜州的畤。春秋时，秦文公在鄜地设祭坛祀神。畤，即祭坛。

(33) 水滨：河边。

(34) 木末：树梢。

(35) 鸱鸮：猫头鹰。 黄桑：枯黄的桑树叶。

(36) 拱：抱拳，敛手。两手在胸前相合，表示恭敬。 乱穴：荒野中混乱的巢穴。

(37) 师：军队。这里指哥舒翰率领的官军。

(38) 半秦民：一大半的秦地住民。秦，指陕西省一带。

(39) 残害：害死。　为异物：指死亡。

(40) 堕胡尘：指756年(至德元年)八月，杜甫被叛军所俘之事。

(41) 经年：一整年。

(42) 衣百结：衣服打满了补丁。

(43) 耶：父亲。

(44) 不袜：没穿袜子。

(45) 补缀才过膝：女儿们的衣服既破又短，补了又补，刚刚盖过膝盖。唐代时妇女的衣服一般要垂到地面，才过膝是很不得体的。

(46) 天吴：神话传说中虎身人面的水神。此与“紫凤”都是指官服上刺绣的花纹图案。

(47) 情怀恶：心情不好。

(48) 凛栗：冻得发抖。

(49) 粉黛：包有粉黛的包裹。

(50) 痴女：不懂事的女孩子，这是爱怜的口气。　栉：梳头。

(51) 移时：费了很长的时间。　朱铅：红粉。

(52) 狼藉：杂乱，不整洁。　画眉阔：唐代女子画眉，以阔为美。

(53) 嗔喝：生气地喝止。

(54) 翻思：回想起。

(55) 聒：吵闹。

(56) 生理：生计、生活。

(57) 至尊：对皇帝的尊称。　蒙尘：指皇帝出奔在外，蒙受风尘之苦。

(58) 休练卒：停止练兵。意思是结束战争。

(59) 祆气豁：指时局有所好转。

(60) 回鹘：唐代西北部族名。当时唐肃宗向回纥借兵平息安史叛乱。

（61）其王：指回纥怀仁可汗。　助顺：指帮助唐王朝。

（62）善驰突：长于骑射突击。

（63）此辈少为贵：这种兵还是少借为好。一说是回纥人以年少为贵。

（64）四方服勇决：四方的民族都佩服其骁勇果决。

（65）鹰腾：形容军士如鹰之飞腾，勇猛迅捷。

（66）圣心颇虚伫：指唐肃宗一心期待回纥兵能为他解忧。

（67）时议气欲夺：当时朝臣对借兵之事感到担心，但又不敢反对。

（68）伊洛：两条河流的名称，都流经洛阳。　指掌收：轻而易举地收复。

（69）不足拔：不费力就能攻克。

（70）俱发：和回纥兵一起出击。

（71）青徐：青州、徐州，在今山东、苏北一带。

（72）旋瞻：不久即可看到。　略：攻取。　恒碣：即恒山、碣石山，在今山西、河北一带，这里指安、史的老巢。

（73）昊天：古时称秋天为昊天。

（74）肃杀：严正之气。这里指唐朝的兵威。

（75）胡月：指叛军。

（76）皇纲：指唐王朝的帝业。

（77）狼狈初：追忆至德元年（756 年）六月唐玄宗奔蜀，跑得很慌张。又发生马嵬兵谏之事。

（78）奸臣：指杨国忠等人。　菹（zū）醢（hǎi）：剁成肉酱。

（79）同恶：指杨氏家族及其同党。　荡析：清除干净。

（80）褒妲：周幽王宠爱的妃子褒姒。

（81）宣：周宣王。　光：汉光武帝。　明哲：英明圣哲。

（82）桓桓：威严勇武。　陈将军：陈玄礼，时任左龙武大将军，率禁卫军护卫玄宗逃离长安，走至马嵬驿，他支持兵谏，当场格杀杨国忠等，并迫使玄宗缢杀杨贵妃。

(83) 钺：大斧，古代天子或大臣所用的一种礼仪象征性的武器。

(84) 微：若不是，若没有。　尔：你，指陈玄礼。　人尽非：人民都会被胡人统治，化为夷狄。

(85) 大同殿：玄宗经常朝会群臣的地方。

(86) 白兽闼：未央宫白虎殿的殿门，唐代因避太祖李虎的讳，改虎为兽。

(87) 翠华：皇帝仪仗中饰有翠羽的旌旗。这里代指皇帝。

(88) 金阙：金饰的宫门，指长安的宫殿。

(89) 园陵：指唐朝先皇帝的陵墓。　固有神：本来就有神灵护卫。

(90) 太宗：指李世民。

(91) 宏达：宏伟昌盛，这是杜甫对唐初开国之君的赞美和对唐肃宗的期望。

【赏析】

“北征”，即北行之意。这首诗是至德元年(756)，杜甫四十六岁时的秋天所作。这一年的五月，杜甫为战败的宰相房琯辩护，触怒了肃宗，被疏远准假赴鄜州探家。杜甫自凤翔行在所出发赴鄜州，与家人团聚。

在此之后，杜甫写了这首长诗。诗中以北征途中的见闻、体验描写为主，并插入自己的所感，是杜甫成就最高的杰作。

全诗为五言，共一百四十句，七百个字，从内容上看可以分为五大段。

第一段(1—20 句)描写从朝廷行在所的凤翔到杜甫家人所在的鄜州的历程，表现了当时的社会状况，以及对朝廷将来的担心。

第二段(21—56 句)描写了旅途中的见闻，期间有时也述说个人的感慨。在夜幕时的归途中,杜甫遇到了受伤的人,还有猛虎出现在面前。看到植物之后,诗人的心中也产生了一些兴致。在目睹战死者的白骨时,杜甫也为官军的失败而发出新的叹息。

第三段(57—92 句)描写虽历经艰辛,但却平安回到家中的情形。在对妻子的详细描写中,突出了亲人见面时令人感动的场景。

第四段(93—102 句)对借回纥军队镇压叛乱之事提出了怀疑,主张应该由官军来收复失地。

第五段(121—140 句)对照历史故事,来称颂玄宗、肃宗的英明,以确信唐朝能够中兴而作结。

218. 曲江(1)二首　其一

杜　甫　七言律诗

一片花飞减却春(2),风飘万点(3)正愁人。且看欲尽花经眼,莫厌伤多(4)酒入唇。江上小堂巢翡翠(5),苑边高冢卧麒麟(6)。细推物理(7)须行乐,何用浮名(8)绊此身。

【注释】

(1) 曲江:曲江池。在长安城东南郊。原是汉武帝的宜春苑,因水流曲折,故名“曲江”。为当时著名的风景区。唐玄宗开元年间(713—741)进行了扩建,成了游赏的好地方。每到春天,当年的进士及第者有在此饮宴的习惯,后因安史之乱,这项活动遂终止了。

(2) 一片:全体,全面。一说是“一片花”之意,但从后面的“减却”一词来看,又好像不是此意。　减却春:减掉春色。

(3) 万点:形容落花之多。

(4) 伤多:过多的身体伤害。

（5）江上：曲江池附近。 小堂：小型建筑物。 翡翠：翡翠鸟。

（6）苑：指曲江胜境之一芙蓉花。 高冢：高大的坟墓。麒麟：一种想象中的灵兽。这里指守墓道的石像。

（7）物理：事物的道理。

（8）浮名：虚名。

【赏析】

这是乾元元年(758)，杜甫四十七岁时所作的一首诗。在前年的十一月，杜甫作为左拾遗出仕于长安。而在这一时期的朝廷中，贾至、岑参、王维等诗人也都出仕于此，杜甫与他们有着密切的交往，彼此作诗唱和。

然而，杜甫仍和往常一样，他非常认真的态度与周围的官员格格不入，加之太上皇玄宗与儿子肃宗之间对立、宦官李辅国的专横、叛军余党的不稳定动向等等，种种问题开始了表面化。对于这些问题，就杜甫而言是对肃宗的做法有些不理解。与挫折感和悔恨相伴的，是他逐渐追忆自己的心境了。杜甫在散朝之后，也来到曲江附近的酒家，度过了许多借酒浇愁的日子。

这一《曲江二首》的组诗，便是此时杜甫心境的真实写照。在同一时期的几首诗中，杜甫表现出来的颓废值得人注意，如果从他当时所处的环境来看，似乎有些不太合理。

在作这一组诗的两个月之后的六月份，杜甫因房琯的再度被贬而受到牵连，被左迁到了华州(长安东北九十千米)，之后杜甫再也没有回到过长安。

219. 曲江二首　其二

杜　甫　七言律诗

朝回日日典[(1)]春衣，每日江头[(2)]尽醉归。酒债寻常行处[3]有,人生七十古来稀。穿花蛱蝶[4]深深见,点水蜻蜓款款[5]飞。传语风光共流转,暂时相赏莫相违[6]。

【注释】

(1) 典:押当。

(2) 江头:曲江之畔。

(3) 酒债:欠人的酒钱。　寻常:经常。　行处:到处。

(4) 蛱蝶:蝴蝶。

(5) 款款:形容徐缓的样子。

(6) 违:违背,错过。

【赏析】

首联是杜甫对自己最近生活一种夸张性的告白,带有自嘲的意味。

颔联稍稍说得有些牵强,为买酒而借钱成为了日常之事,因此人的寿命也就变得短暂了,也就是说他主张为了充实短暂的人生,即使是借钱买酒也是值得的。

颈联描写了眼前昆虫的生活状态。杜甫发挥了他极为细致的观察能力,对他自己而言是没有任何邪念的,这种说法也不是他在自作多情。

尾联接上而来,在春天的景色中,杜甫的心情也融入其中了,可以说是没有什么保留的东西了。对春天景色的传语,听起来有些自言自语,全诗至此而作结。

关于第四句"古稀"之语的出典,也就不用再说什么了。

220. 早秋苦热堆案相仍[1]

杜　甫　七言律诗

七月六日[2]苦炎热,对食暂餐还不能。每愁夜中自足蝎，况乃秋后转多蝇。束带(3)发狂欲大叫，簿书(4)何急来相仍？南望青松架短壑，安得赤脚(5)踏层冰！

【注释】

(1) 堆案：堆积较高的公文文书。堆，高积之意。　仍：重合。

(2) 七月六日：阳历的八月份左右。为立秋之后的时间。

(3) 束带：穿着礼服，系着大带子。这里指穿着正式的官服。

(4) 簿书：官府的文书。特指出纳簿。

(5) 赤脚：光脚，裸足。

【赏析】

这首诗是乾元元年(758)，杜甫四十七岁这一年的六月左迁华州(在今陕西省华县)不久所作。

因受房琯一派左迁的牵连，杜甫也被左迁到长安东郊华山山麓的华州任司功参军。担任左拾遗在中央政府任职的时间仅一年有余。由于来到了乡间，他看到了在中央朝廷中所看不到的百姓生活，这些悲惨的现实给了杜甫以极大的刺激，作为地方官他本人也自觉地为老百姓的幸福而忧心。由于从中央的体制中脱离出来，杜甫的精神获得了自由，很快从《石壕吏》、《新婚别》开始，他创作了被称为“三吏三别”的在杜诗中最具有社会性的作品群。

这首诗是杜甫赴任华州之后的佳作。在狭窄的衙署中，酷暑、文牍、害虫之类环绕在诗人的周围，诗中描写了自己勤于政务的形象。

在令人厌恶的环境中能够认真工作，这虽然是作者本人的真实写照，在描写真实情况的同时，也有幽默的成分包含于其中，这可以说是杜甫诗歌的一大特色。

221. 赠卫八处士(1)

杜　甫　五言古诗

人生不相见,动如参与商(2)。今夕复何夕,共此灯烛光。少壮(3)能几时,鬓发各已苍(4)。访旧半为鬼(5),惊呼热中肠。焉知二十载(6),重上君子(7)堂。昔别君未婚,儿女(8)忽成行。怡然敬父执(9),问我来何方。问答未及已,驱儿罗酒浆(10)。夜雨剪春韭,新炊间黄粱(11)。主称会面难,一举累十觞(12)。十觞亦不醉,感子故意长。明日隔山岳,世事两茫茫(13)。

【注释】

(1) 卫八:卫,姓氏;八,排行。处士,指隐居不仕的人,虽有士的身份,但不去做官。

(2) 参商:参星与商星。参星冬天出现,商星夏天出现,它们不能同时出现在夜空。这里比喻亲人离别,永不相见。

(3) 少壮:年轻之时,血气方刚之时。

(4) 苍:白发。这里指灰白色。

(5) 鬼:死人的魂;死者。

(6) 载:与“年”义同。

(7) 君子:具有优秀人格的人,有教养、有品位的人。这里指卫八。

(8) 儿女:儿子和女儿。

(9) 怡然:快乐的样子。　父执:父亲的友人。执,志向相同之意。

(10) 酒浆:酒水,泛指酒类。

(11) 新炊:刚做熟的饭。黄粱:黄色的小米。

(12) 觞:酒杯的总称。

（13）世事：这里指包括社会和个人的事。茫茫：昏暗的样子。不清楚的样子。

【赏析】

这是乾元二年(759)春天，杜甫四十八岁在华州(今陕西省华县，距长安东北九十千米)司功参军任上时所作的一首诗。与二十年前的老友重逢，并且在他的家中受到热情的款待，杜甫在欣喜之余写下了这首诗。

全诗每四句为一段，共分为了六个段落。

第一段(1—4句)描写了没想到与老友卫八还能够见面，因而心中充满了喜悦之情。

第二段(5—9句)在感叹时光流逝的同时，也为再次见面时相互都已鬓发斑白，且有一半旧友已经去世而感到了悲伤。

第三段(10—12句)描写二十年之后再次相会时，儿女们已经长大成人了。

第四段(13—16句)描写孩子们已经能够向客人杜甫进行问候，并且拿着食物招待他。他们有礼貌，看起来态度非常从容。

第五段(17—20句)描写由于心生感动，于是饮酒尽欢。

第六段(21—24句)以叙述对老友的感谢以及对乱世的不安而作结。

在此之前二年的至德二年(757)四月，在叛军统治下的长安被软禁了十个月的杜甫从叛军手中逃脱出来，前往新皇帝唐肃宗的行在所凤翔(今陕西省凤翔县)。从长安向西行一百四十里至凤翔，途中如果被发现的话可能就没命了。在冒着九死一生的危险到达时，肃宗被诗人的忠诚所感动，于是授予他左拾遗之职。左拾遗虽然是一个微官，但因天子公务之际可以侍于近侧，随时可以对皇帝进行劝谏，所以也是一个重要的职位。杜甫的喜悦和得意之情，是不难想象的。

但是，虽然理想较高，但杜甫比较认真的性格实际上未必适应行政官场的。早在五个月之前，杜甫为罢相的房琯进行辩护，向皇帝上了意见书，因此触怒了肃宗。幸亏有周围的人为他辩解才免于处罚，但肃宗对他却疏远了，不久便让他休假，最后把他左迁到了华州。

222. 石壕吏(1)

杜　甫　五言古诗

暮投(2)石壕村，有吏夜捉人。老翁(3)逾墙走，老妇出门看(4)。吏呼一何怒！妇啼一何苦！听妇前致词：三男邺城(5)戍。一男附(6)书至，二男新战死。存者且偷生(7)，死者长已矣(8)！室中更无人，唯有乳下(9)孙。有孙母未去，出入无完裙(10)。老妪力虽衰，请从吏夜归。急应河阳(11)役，犹得备晨炊(12)。夜久语声绝，如闻泣幽咽(13)。天明登前途，独与老翁别。

【注释】

(1) 石壕：村名，在今河南省陕县东七十里。位于洛阳以西的黄河沿岸。　吏：官吏，低级官员，这里指抓壮丁的差役。

(2) 投：投宿，住宿。

(3) 老翁：杜甫投宿的房东。

(4) 看：应对。

(5) 三男：三个儿子。　邺城：今河南省临漳县。乾元二年(759)三月，官军与叛军在这里交战，官军大败。

(6) 附：托人捎信回来。

(7) 偷生：苟且活着。

(8) 矣：用于句末，与“了”相同；多用于句末表示感叹。

(9) 乳下：正在哺乳的状态。

(10) 完裙：完整的衣服。这里指没有完整的衣服。

(11) 河阳：今河南孟州市，当时唐王朝官兵与叛军在此对峙。

(12) 晨炊：早饭。

(13) 幽咽：低微断续的哭声。

【赏析】

杜甫在洛阳停留时，战局又发生了变化，官军出现了不利的局面。在乾元二年的二三月间，杜甫离开洛阳回到了华州。一路上，杜甫看到了潼关和河阳在战争下的状况，特别是目睹了官吏的征兵给人民带来的困难，为他们的遭遇而感到悲伤。

由于有了这方面的体验，杜甫写下了被称为“三吏”、“三别”的六首五言古诗。“三吏”是《新安吏》、《潼关吏》、《石壕吏》三首，是描写官吏征兵的社会实录。虽然不是大声的批判和个人愤怒的表现，但也保留了现实主义的余韵。

《石壕吏》是作者在住宿石壕村(一名“石壕镇”)时，目睹了住宿时的见闻而写下的一首诗。在这次住宿中，杜甫发现这一家的男性只有老翁一人。他的三个儿子被抓去服兵役了，其中两个儿子已经战死，家中只剩下了老妻、乳下孙以及年轻的儿媳。但在这一天夜里，官吏还是对老翁进行征兵了。老翁没有办法，他已经不能在家待下去了，于是老妻便代替他，作为烧饭的炊事员而走向了战场……

223. 新 婚 别

杜　甫　五言古诗

兔丝附蓬麻(1)，引蔓故不长。嫁女与征夫(2)，不如弃路旁。结发(3)为妻子，席不暖君床(4)。暮婚晨告别，无乃[5]太匆忙。君行虽不远，守边赴河阳。妾身未分明[6]，何以拜姑嫜[7]。父母养我时，日夜令我藏[8]。生女有所归，鸡狗亦得将[9]。君今往死地[10]，沈痛迫中肠。誓欲随君去，形势反苍黄[11]。勿为新婚念，努力事戎行[12]。妇人在军中，兵气[13]恐不扬。自嗟贫家女，久致罗襦裳。罗襦不复施，对君洗红妆。仰视百鸟飞，大小必双翔。人事多错迕[14]，与君永相望。

【注释】

(1) 兔丝：草名，一种蔓生植物，依附在其他植物枝干上生长。比喻女子嫁给征夫，相处难久。　蓬麻：蓬和麻。都是蔓生的植物。

(2) 征夫：出征的士兵。

(3) 结发：把头发结起来，表示成人。男子二十岁结发，女子十五岁结发。

(4) 席：铺的东西。　床：床榻。

(5) 无乃：反问语，岂不是。

(6) 妾：女性第一人称的谦称。　未分明：身份没有确定。唐代习俗，嫁后三日，始上坟告庙，才算成婚。仅宿一夜，婚礼尚未完成，故身份不明。

(7) 姑嫜：婆婆、公公。

(8) 藏：躲藏，不随便见外人。

(9) 鸡狗亦得将：这句即俗语所说的“嫁鸡随鸡，嫁狗随狗”。将，带领，相随。

(10) 死地：冒死之地。

(11) 苍黄：同“仓皇”，匆促、慌张。

(12) 戎行：军队。转指从军打仗。

(13) 兵气：士气。

(14) 错迕：错杂交迕，即不如意的意思。

【赏析】

夫妻新婚不久便分开了，这是有些不近人情之事，但丈夫是为了和叛军作战而出征去了河阳。这首诗是以表现送别丈夫的妻子的心情和立场为内容的，因此是作者有感之作。

"三别"是《新婚别》、《垂老别》、《无家别》三首。描写了出征之际各种各样的人的分别，借当事人之口叙述事实，选取的内容分别是新婚夫妇之别、老夫妇之别、无家可归的老人之别，是当时社会现实的真实反映。

224. 秦州杂诗(1)二十首　其四

杜　甫　五言律诗

鼓角缘边郡(2)，川原(3)欲夜时。秋听殷地(4)发，风散入云悲。抱叶寒蝉(5)静，归来独鸟迟(6)。万方声一概(7)，吾道竟(8)何之。

【注释】

(1) 秦州：今甘肃省天水市。时杜甫一家于乾元二年(759)七月到达此地。　杂诗：随感而作的无题诗。为南北朝以来诗题的一种。

(2) 鼓角：战鼓和号角的总称。　缘边郡：沿边疆的地区。

(3) 川原：河流流域中的平原。

(4) 殷地：如同响雷一般在大地上回响。

(5) 寒蝉：秋蝉。

(6) 迟：动作缓慢。

(7) 声：声音。这里指鼓角声。　一概：一样,同样。这里指鼓角遍地,到此都是战乱之地。

(8) 竟：结局,结果。

【赏析】

乾元二年(759)夏天,陕西一带发生了严重的旱灾,田地荒芜,农民流离失所。而在这种情况下,河北叛军横行,政治局势出现了不稳定的因素,史思明在范阳称帝也是在这个时候。

在这种情况下,如果要说到职责的话,就要增加税收和征集民众当兵,但这又是杜甫良心所不允许的。在饥馑持续、物价高涨的这块地方,即使是养一个十口人的家庭都是难以想象的。正如前所述,"三吏三别"中体现出的强烈批判精神,已经批判到朝廷的要害了。

杜甫辞去了司功参军之职,在这一年的七月与家人一起去了战火没有波及且知己较多的长安以西三百多千米的秦州(今甘肃省天水市)。到达秦州之后,杜甫的后半生由此开始了。

秦州位于通往吐蕃的要道上,杜甫的侄儿杜佐、老友赞上人、隐者阮昉等人都住在这里,他们对杜甫的到来表示欢迎。而杜甫为了生计,也在这里尝试着种植了药草等。

然而,在这一半如外国一样的地方,杜甫又感到不是久留之地。居民不同的生活习惯和奇异的自然风物,不知为什么会触动诗人的神经。而且西北的守备士兵因为安史之乱而乘隙向东方移动,吐蕃的军队也不时来侵扰,这个地方开始笼罩着浓厚的战乱氛围。杜甫在最近三年来,患上了被称为疟疾的热病,每日发作一次,感受到了严重的恶寒之苦。

在这种状况下,杜甫于三个月后的初冬十月带领一家人来到了秦州,在听说同谷气候宜人,物产丰富的消息后,又向西南的同谷迁移了。在此之后,直到宝应二年(763)秦州被吐蕃攻陷之前,杜甫一直都在这里。

正如以上所说，在秦州的三个月时间里，杜甫的生活和健康都遇到前所未有的麻烦。然而，他的创作欲却没有受到影响，反而有了进一步的提高，在这么短的时间内，他创作了八十八首诗歌。这些诗歌全是五言诗，特别是以五言律诗居多，与左拾遗任职时创作的七言律诗情况相同，是继“三吏三别”之后反映社会现实之作，因而非常引人注目。

《秦州杂诗二十首》为乾元二年杜甫四十八岁时所作。在新定居的秦州，杜甫听到了有关这个地方的许多事情，因而有机会把这些事情写成诗加以吟咏。五言律诗二十首的组诗形式，应该说是一种划时代的尝试。

在《秦州杂诗二十首》的“其四”中，作者描写了在秋日的傍晚，一边眺望河边的景色，一边思索自己和社会的未来。

首联为表现作者居住环境的对句。即使是在这样的边地中，仍然笼罩着一种战乱的氛围。当时，安史之乱仍在持续，而且西部还有吐蕃的入侵。颔联虽然没有什么表示对时事之悲，但已托鼓角之音加以叙述了。颈联表示即使是自己像失去力量的小动物那样，也要尽到个人对国家的微薄之力。尾联描写了在战乱之世，作者无论走到哪里，都感到了在危险环境中所处的不安，全诗由此而作结。

225. 空　囊(1)

杜　甫　五言律诗

翠柏(2)苦犹食，明霞(3)高可餐。世人共卤莽(4)，吾道属艰难。不爨(5)井晨冻，无衣床夜寒。囊空恐羞涩(6)，留得一钱看。

【注释】

(1) 空囊:空袋子。

(2) 翠柏:绿柏。柏,为绿色植物。由于仙人赤松子喜好吃它的果实,因而有名(《杜诗详注》引《列仙传》)。

(3) 明霞:美丽的朝霞。据说是仙人的食物。一本作"朝霞"。

(4) 卤莽:通"鲁莽",苟且偷安。

(5) 爨:烧火做饭。

(6) 羞涩:感到羞愧。

【赏析】

在秦州居住时,杜甫为了生计栽培、贩卖草药,以此来维持一大家人的生活。

这首诗便是描写这方面贫困生活的作品。虽然吟咏的是贫困的生活,但在首联和尾联中,杜甫却是苦中作乐,体现出了一种幽默之趣。正因为如此,诗人把自己稍稍戏剧化,与微笑相伴的这种倾向,从后面的成都时代开始变得越来越明显了。

226. 秋日阮隐居(1)致薤三十束

杜　甫　五言律诗

隐者柴门(2)内,畦蔬(3)绕舍秋。盈筐承露薤,不待致书求。束比青刍(4)色,圆齐玉箸(5)头。衰年关鬲(6)冷,味暖并无忧。

【注释】

(1) 阮隐居:指阮昉。诗题下的原注是:"隐居名昉,秦州人。"

(2) 柴门:用山野中的杂木做成的门,简陋的门。

(3) 畦蔬:菜地。

(4) 青刍：刚割下的饲料，新鲜的草料。

(5) 玉箸：用玉做成的筷子。

(6) 关鬲：关，关节。膈，同“隔”。亦泛指胸腹之间。

【赏析】

这首诗与前一首诗一样，为秦州隐者阮昉向诗人赠送薤菜时，因为感激而作的一首诗。全诗可以看作是作者所写的一封感谢信吧！

227. 乾元中寓居同谷(1)县作歌七首　其一

杜　甫　七言古诗

有客(2)有客字子美，白头乱发垂过耳。岁拾橡栗随狙公(3)，天寒日暮山谷里。中原无书(4)归不得，手脚冻皴(5)皮肉死。呜呼一歌兮歌已哀，悲风为我从天来！

【注释】

(1) 同谷：今甘肃省成县，位于秦州西南约三十五千米的地方。

(2) 客：旅人。这里指杜甫自己。

(3) 橡栗：橡实，也叫橡子。　狙公：养狙之人(见《庄子·齐物论》、《列子·黄帝篇》)。转指养猴子的人。

(4) 中原：以洛阳为中心的黄河一带地区。　书：家信。

(5) 冻皴(cūn)：皮肤因受冻而坼裂。

【赏析】

这首诗是乾元二年(十一月)杜甫四十八岁时所作。在秦州停留时，由于不习惯当地的风土和生活上的贫困，在听说西南的同谷

(今甘肃省成县)气候宜人、物产丰富的消息后,杜甫于十一月带着家人前往那里。

到了那里一看,同谷的情况和前面听到的有所不同,此地天气寒冷,物资匮乏,杜甫一家的生活越来越感到窘迫。由于这个原因,仅在此停留一个月后的十二月一日,杜甫一家便向着南方蜀地的成都而去。

这首诗是到达同谷不久,因有感于贫困的生活所作组诗中的第一首,吟咏的是在冬日的傍晚诗人身心俱疲的感受。

在诗的前半部分(1—4 句),作者自虐般地介绍了自己,描写了当时的贫困生活。诗的后半部分(5—8 句)述说了不能回到都城的悲愁之苦。最后一句是希望冬天的寒风能够察觉我心,悲音由此而起,是比什么都令人感到哀切的。

228. 江　村

杜　甫　七言律诗

清江一曲抱村流(1),长夏江村事事幽(2)。自去自来堂上燕,相亲相近水中(3)鸥。老妻画纸为棋局(4),稚子敲针(5)作钓钩。多病所须唯药物(6),微躯此外(7)更何求。

【注释】

(1) 清江:清澈的江水。这里指长江上游的锦江支流浣花溪。抱村流:环绕着村庄而流动。

(2) 事事:很多的事情。　幽:宁静,安闲。转指不关注时事而隐居。

(3) 相亲相近:相互亲近。一说是鸥鸟相互亲近。　水中:

水上，不是在水下。

（4）棋局：棋盘。

（5）敲针：直针不能钓鱼，这里指把直针弯曲做成钓鱼的钩。

（6）药物：中药。杜甫本人在成都种植了草药自用。

（7）微躯：微贱的身躯，是作者自谦之词。 此外：指生活之外的稳定环境。

【赏析】

这首诗大约作于上元元年（760）。为杜甫有感于草堂中夏日的情景和家人的情况而作。诗中的结构与《狂夫》诗极为相似，首联描写了草堂周边夏日的景物，颔联表现的是小动物们的情趣，颈联表现了家人的生活，尾联叙述了自己的心境。在这种环境中，作者的心境要比《狂夫》诗中的心境显得平静一些。

颔联中的"鸥"，源自《列子·黄帝》篇中的故事。海边有个喜欢海鸥的人，他每天早晨到海上去，跟海鸥玩耍。有一天，他父亲让他抓一只海鸥来玩，海鸥察觉了那个人的意图，都在空中飞翔而不下来。

> 海上之人有好鸥鸟者，每旦之海上，从鸥鸟游。……其父曰："吾闻鸥鸟皆从汝游，汝取来，吾玩之。"明日之海上，鸥鸟舞而不下者也。（第十一章）

没有邪恶之心的是鸥鸟，杜甫认为这些鸥鸟是经过完全驯化的，他对此进行吟咏，正是表明他没有一点邪恶之心。

又如第八句的"此"，历来大都认为是指第七句中的"药物"，但这里被解释为是身体除了药之外什么都不需要，七、八两句好像是在反复解释相同的内容。

不仅如此，这个"此"字也有被认为是指来到草堂的生活和环境而言的，由此可以看出作者在末句中，表现出了对名声、地位、财产等世俗价值观的淡然心境。

杜甫在次年的上元二年（761）所作的《绝句漫兴九首》其四中，

也叙述了同样的心境:

莫思身外无穷事,且尽生前有限杯。

只有这样的解释,本句才能与全诗的内容相适应。

229. 客　　至

杜　甫　七言绝句

舍南舍北皆春水,但见群鸥日日来[(1)]。花径[(2)]不曾缘客扫,蓬门[(3)]今始为君开。盘餐市远无兼味[(4)],樽酒家贫只旧醅[(5)]。肯[(6)]与邻翁相对饮,隔篱呼取[(7)]尽余杯。

【注释】

(1) 群鸥日日来:语出《列子·黄帝》篇中的故事。这里是说杜甫远离世俗,平时交游很少,草堂中不见其他来访者。

(2) 花径:长满花草的小路。一说是鲜花盛开的小路。如从"不曾缘客扫"的关系来看,应该是"长满花草的小路"的解释较为妥帖。即使是在现在的杜甫草堂中,还有以这首诗中"花径"命名的小路。

(3) 蓬门:用蓬草编成的门户,以示房子的简陋。也指隐者居住的地方。

(4) 盘餐:盘盛的食物。　市:集市。这里是说从浣花草堂到成都市区约有四千米的距离。　兼味:二种以上的美味佳肴。

(5) 樽酒:装在酒樽中的酒。樽,酒器。　旧醅:隔年的陈酒。醅,浊酒。

(6) 肯:能否允许,这是向客人征询。

(7) 篱:篱笆。　取:具有动词性质的助词。

【赏析】

这首诗是上元二年(761)春天,杜甫五十五岁时于成都的浣花草堂所作。原注有"喜崔明府相过"之语。明府,是对县令的雅称。本诗是欢迎县令崔氏来访时所作,因杜甫的母亲也姓崔,因此这个县令可能是杜甫母亲家族中的一人。

首联描写了浣花草堂闲静的春天景色,颔联是对客人来访时的问候。颈联是招待客人时的谦逊之词,尾联是说为了尽情欢饮,建议把邻居也邀请过来。在这首诗中,全诗始终是对崔明府所说的话,由此也可以看出杜甫与他有为人所不知的交情。

230. 春夜喜雨

杜　甫　五言律诗

好雨知时节(1),当春乃发生(2)。随风潜入夜(3),润物(4)细无声。野径云俱黑(5),江船火(6)独明。晓看红(7)湿处,花重锦官城(8)。

【注释】

(1) 时节:四季变化的顺序。自汉代以来制度化流传下来的"二十四节气"的历法之语,比日语中的"时节"主体感更强。按照此说,一年大致分为春、夏、秋、冬"四时",再进一步来分的话,四时各分为六个节气,因此一年中共分为了二十四个节气。春天的三个月分为了"立春""雨水"、"惊蛰"、"春分"、"清明"、"谷雨"六个节气,这首诗中的"时节",大概是指"雨水"。

(2) 乃:就。为表示上下文之间联系的字。这里是说"到了春天,自今"之意,起强调语气的作用。　发生:春雨使万物萌发生长。

(3) 随风：随风而下雨。 潜：暗暗地，悄悄地。这里指春雨在夜里悄悄地随风而至。 入夜：到了夜间降雨之意。

(4) 物：第一义是指植物，但这里是指广袤大地上的万物之意。

(5) 野径：田野间的小路。径，不能通车的小路。 云俱黑：意谓满天黑云，一片漆黑。

(6) 火：船上的灯火。夜间捕鱼时，为了诱鱼而燃起的灯火。

(7) 红：花的颜色。

(8) 重：因为饱含雨水而显得沉重。自南朝以后，吟咏雨花之美的诗句很多，但这里不是描写眼前的景物，而是对明天早晨的想象之词，具有了新的含义。 锦官城：成都的别称。这里是说雨后落花，成都的街景如同铺锦一般，主要是形容成都的美丽。

【赏析】

这首诗与《客至》诗相同，也是上元二年(761)春天时所作。在春天到来的同时，又开始喜降春雨，降雨之后，万物得以孕育，诗中表现了对喜雨的感激之情。

在前半部分的二联中，描写了在静谧的夜中，春雨始降时的情景。在后半部分的二联中，受到降雨的感染，作者来到了屋外，开始嗅到了春花的气息。

虽然整首诗都是吟咏之作，但从前半部分的昏暗色调，逐渐到颈联出现一点红色，再到尾联出现了全面的红色，全诗的色彩表现给人留下了深刻的印象。

231. 遭田父泥饮美严中丞(1)

杜　甫　五言古诗

步屧(2)随春风，村村自花柳。田翁逼社日(3)，邀我尝春酒。酒酣夸新尹："畜眼(4)未见有！"回头指大男："渠是弓弩手。名在飞骑(5)籍，长番(6)岁时久。前日放营农，辛苦救衰朽。差科(7)死则已，誓不举家走！今年大作社，拾遗(8)能往否？"叫妇开大瓶，盆中为吾取。感此气扬扬，须知风化(9)首。语多虽杂乱，说尹终在口。朝来偶然出，自卯将及酉(10)。久客惜人情，如何拒邻叟？高声索果栗，欲起时被肘。指挥(11)过无礼，未觉村野丑。月出遮我留，仍嗔问升斗(12)。

【注释】

(1) 田父：老年农夫。与"田翁"义同。　泥饮：缠着对方喝酒。　美：赞美，表扬。　严中丞：成都尹严武。杜甫在成都时，生活上获得他许多照顾。

(2) 屧(xiè)：草鞋。

(3) 社日：立春以及立秋之后的第五个戊日，为祭祀土地神之日。春社祈求丰年，秋社祈求丰收。这里是指春社，在春分前后。

(4) 畜眼：犹老眼。是说自从长了眼睛还从未见过这样的好官。

(5) 飞骑：唐代的军事制度，这里指骑兵指挥官。

(6) 长番：是说得长期当兵，没有轮番更换。

(7) 差科：指一切劳役、赋税等事情。

(8) 拾遗：指杜甫。杜甫曾在肃宗时作过左拾遗。

(9) 风化：用好的教化使人们向善。上者以德感化下者。

(10) 卯：上午五点到七点。　酉：下午五点到七点。

(11) 指挥：此处指田父指手画脚似显无礼。

(12) 升斗：容量的单位。比喻少量的酒。

【赏析】

这是宝应元年(762)春天，杜甫五十一岁时所作，时杜甫来成都已经三年。

在社日或接近社日的某一天，杜甫在散步时遇到了附近的老农，在被劝酒之后，作者写下了这首诗。在对农夫的好意表示感谢的同时，杜甫也对新任长官严武进行了褒扬。

232. 茅屋(1)为秋风所破歌

杜　甫　七言古诗

八月秋高风怒号，卷我屋上三重茅。茅飞渡江洒江郊(2)，高者挂罥长林(3)梢，下者飘转沉塘坳(4)。南村群童欺(5)我老无力，忍(6)能对面为盗贼。公然抱茅入竹去，唇焦口燥呼不得，归来倚杖自叹息。俄顷(7)风定云墨色，秋天漠漠向昏黑。布衾(8)多年冷似铁，娇儿(9)恶卧踏里裂。床头屋漏无干处，雨脚如麻未断绝。自经丧乱(10)少睡眠，长夜沾湿(11)何由彻！安得广厦千万间(12)，大庇天下寒士(13)俱欢颜！风雨不动安如山。呜呼！何时眼前突兀(14)见此屋，吾庐独破受冻死亦足(15)！

【注释】

(1) 茅屋：简陋的茅草房。

(2) 洒：吹散。　江郊：浣花溪河边的原野。

(3) 挂罥(juàn)：挂着，挂住。　长林：高大的树木。

(4) 飘转：回旋飘飞。　塘坳：低洼积水的地方(即池塘)。

(5) 欺：欺负。

(6) 忍：忍心。

(7) 俄顷：不久，一会儿。

(8) 布衾：布质的被子。

(9) 娇儿：对自己孩子的爱称。这一年杜甫长子宗文十二岁，次子宗武九岁，此外还有两个女儿。

(10) 丧乱：战乱，指安史之乱。

(11) 沾湿：潮湿不干。

(12) 安得：这里表示愿望。如何能得到。　广厦：宽敞的大屋。　间：原为数柱子与柱子之间的量语。这里是表示房屋的量词。

(13) 庇：遮盖，掩护。　寒士：此处是泛指贫寒的士人们。

(14) 突兀：高耸的样子。

(15) 死亦足：心理满足。一本作"意亦足"。

【赏析】

这首诗是上元二年(761)秋天，杜甫五十岁时所作。因为狂风的原因，草堂的屋顶被吹翻，杜甫和家人的生活陷入了困难的境地。

第一段(1—5 句)描写在激烈的风雨中，草堂的屋顶被吹翻时的情形。

第二段(6—9 句)描写在收拾被狂风吹落的茅草时，茅草早已经被村中的孩子们拿去了。

第三段(10—12 句)描写家中混乱，作者只能在无奈的环境下生活了。

第四段(13—18 句)描写家中没有足够的被子，下雨之后的夜晚更是难以入眠了。

第五段(19—23 句)希望贫穷的人能够住上大房子，有一个美好的生活，全诗以想象而作结。

这首诗虽然是以吟咏意想不到的灾难为内容，但村中的儿童拿走屋顶吹掉的茅草和作者追逐他们的情形,以及娇儿睡觉的描写,具有一种幽默感。虽然表现的是深刻的社会现状,但这种戏剧化了的诗风,正是在成都时代被确定了下来。

又在结尾的第五段,作者由自身的体验,进而思考了天下社会的问题,他的诗歌特色已经清楚地表现出来了。

233. 百忧集行(1)

杜　甫　七言古诗

忆年十五心尚孩(2),健如黄犊(3)走复来。庭前八月梨枣熟,一日上树能千回。即今倏忽(4)已五十,坐卧只多少行立。强将笑语供主人(5),悲见生涯百忧集。入门依旧四壁空(6),老妻睹我颜色(7)同。痴儿(8)不知父子礼,叫怒索饭啼门东(9)。

【注释】

(1) 百忧:各种各样的忧虑。　行:长歌。

(2) 孩:小孩子。

(3) 犊:小牛。

(4) 倏忽:忽然,速度快。

(5) 将:与"以"义同。　笑语:一边笑一边说话。　主人:泛指所有曾向之求援的人。

(6) 四壁空:家中空空如也,就连家具和生活用品都没有。西汉时,年轻的司马相如与卓文君相遇而私奔,在成都过着家徒四壁的生活(据《史记·司马相如传》)。

(7) 颜色:表情。色,脸色。

(8) 痴儿:对幼小儿子的爱称。

(9) 门东：古时庖厨之门在东，故有此说。

【赏析】

这首诗与前面的那首诗创作年代相同。在感叹各种令人忧心的烦恼之后，进而述说如今的忧愁。这些烦恼，其中有些是在少年时就有，并且一直到现在都保留着，是作者根据个人的情感而写的诗。

在作品中，在三度换韵的同时，其内容也变化三次。第一段(1—4 句)描写少年时期的事情，第二段(5—8 句)表现自己现在的状态，第三段(9—12 句)叙述个人的家族之事。

在第三段中，虽然有一些玩笑成分，但却有一种温馨的氛围，表现了杜甫和家人之间的感情。

234. 绝句二首　其二

杜　甫　五言绝句

江碧(1)鸟逾白，山青花欲燃。今春看(2)又过，何日是归年？

【注释】

(1) 江：锦江。杜甫草堂旁边的河流，位于浣花溪畔。　碧：透明的绿色。

(2) 看：眼看着。

【赏析】

这首诗是广德二年(764)春天，杜甫五十三岁时所作。

前半部分描写的是具有中国南方特点的春天景色。江、鸟、山、花的事物，与碧、白、青、赤的色彩，以对句的形式组合在了一起，给人以强烈鲜明的印象。第一句中的“白鸟”可能是鸥鸟，第二句中的“红花”可能是桃花或者李花。

这种繁花似锦的景色,是南方特有的景色,是杜甫回到北方以后看不到的。在这首诗的后半部分,表现的是想北归而不能的忧愁。在这里,杜甫渴望回到的地方与其说是自己的故乡,倒不如说是都城长安了。

在杜甫表现出来的诗歌类型中,古诗和律诗特别优秀,绝句虽然稍稍有些逊色,但却是自古以来的评价。从数量的角度而言,现存杜甫的绝句仅有 138 首,不到杜诗总体(约 1 500 首)的一成。而且在这些绝句中,几乎都是以组诗的形式创作的,并且形成了其中的特色。

确实如此,杜甫所作的绝句,与绝句名家李白和王昌龄相比,给人以缺乏绝句特有的余韵和流动感的印象。他的绝句作为律诗的表现手法,经常使用对句,这可能是一个重要的原因吧!然而他的绝句又与绝句的一般概念有所不同,作为律诗的名家,他的创作个性早已给人们留下了个性化的印象,从这个意义而言,这些作品可以说仍然有一定价值。

235. 旅 夜 书 怀(1)

杜　甫　五言律诗

细草微风岸,危樯独夜(2)舟。星垂平野阔(3),月涌大江流(4)。名岂文章著(5),官应老病休(6)。飘飘何所似,天地一沙鸥(7)。

【注释】

(1) 书怀:书写心中的感慨。

(2) 危樯:高高的船桅杆。危,虽然有“高”的意思,但在杜诗的用例中，多表示独特的不安、心中不平静之意。　独夜：是说自己孤零零的一个人夜泊江边。以上首联二句使用的是倒装法，本来应作"微风细草岸，独夜危樯舟。"

(3) 垂：在空旷的原野上什么都没有，满天的星空如同垂下来的地平线一样。　阔：星空和原野之间显得格外广阔之意。

(4) 流：这里是说长江之水随着月光流动之意。李白《峨眉山月歌》的"影入平羌江水流"也有相似的句法。以上二句，深得孟浩然五言绝句《宿建德江》的后半部分"野旷天低树，江清月近人"之旨。

(5) 名岂文章著：这是杜甫在回顾自己的处境时，认为仅靠文章的名气博得名声是比较困难的而叹息。其承袭《汉书》扬雄传中"实好古而乐道，其意欲求文章成名于后世"之意而来。

(6) 应：认为是。　老病：年老多病。　休：罢退，辞职。

(7) 沙鸥：沙丘上飞翔的鸥鸟。这里借用《列子·黄帝篇》的故事，说明无邪心和杂念。

【赏析】

永泰元年(765)初秋，杜甫离开成都的草堂，乘船下长江，在途中忠州(今重庆市忠县)时写下了这首诗(一说是在次年春天在忠州以东的地方所作)。

杜甫一家离开草堂之后，乘船经嘉州(今四川省乐山市)、戎州(今四川省宜宾市)、渝州(今重庆市)、忠州，于这一年的九月来到了云安(今重庆市云阳县)，在这里度过了半年的疗养生活。此时，杜甫除了肺病之外，还患有中风。在成都时，因为严武的关系，杜甫曾经担任过节度参谋、检校工部员外郎一职，也因为这个原因辞去了。

此外，在成都停留时的宝应元年(762)四月，曾经是大唐帝国繁荣象征的太上皇玄宗皇帝驾崩了，此后不久，即其帝位的儿子、赐给杜甫左拾遗之职的肃宗皇帝也驾崩了。在同一年间，杜甫年轻时比较敬仰的李白也在六十二岁时去世了，还有次年的广德元年(763)八月房琯去世,永泰元年正月高适去世,继之四月严武去世,杜甫的许多知己、友人相继去世了。而且他也接近人生的暮年,在社会变化、战乱持续的情况下,可以说杜甫已经没有回到中央参与政治的希望了。

考虑当时的内外情形,杜甫的心境也开始变得忧虑起来了。

在行船的途中,一边眺望夜景,一边感叹自己不遇的人生,在这种情况下杜甫写下了这首诗,前半部分是叙景,后半部分为心境的告白。

首联明示了作者自身的位置,于不安中描写出了一种细致的氛围。颔联是眼前的眺望,是从甲板上眺望到的远处的夜景。继之的颈联感叹在社会上不能发挥作用,而尾联又感叹了自己的渺小,于痛切的自责中结束了全诗。

236. 秋兴八首　其一

杜　甫　七言律诗

玉露凋伤枫树(1)林,巫山巫峡气萧森(2)。江间波浪(3)兼天涌,塞上风云(4)接地阴。丛菊两开他日泪(5),孤舟一系故园心(6)。寒衣处处催刀尺(7),白帝城高急暮砧(8)。

【注释】

(1) 玉露:白露。　凋伤:使草木凋落衰败。　枫树:乔木的一种,为长江沿岸特有的树木。

(2) 巫山巫峡:即指夔州(今奉节)一带的长江和峡谷。　气:秋天的心情。　萧森:萧瑟阴森。

(3) 江间波浪:这里指巫峡的急流。

(4) 塞上风云:这里指覆盖夔州一带的风云。一说是暗指胡人入侵的战乱氛围迫近。

(5) 丛菊：丛生的菊花。　两开：开两次。杜甫去年秋天在云安(今重庆市云阳县)，今年秋天在夔州，从离开成都算起，已历两秋，故云“两开”。　他日泪：追忆多年来的艰难岁月而流下的眼泪。

(6) 一系：这里不是指一次系舟，而是指一直如此，亦即指作者的羁旅之身。　故园心：思念故乡(洛阳)的心情。同时也包含长安在内。

(7) 寒衣：冬衣。这是汉诗中经常出现的为羁旅之人送去的东西。　刀尺：指赶裁冬衣。

(8) 白帝城：位于重庆市奉节县东、白帝山中的城塞。东汉末年王莽篡位时，各地群雄割据，其中公孙述占据蜀地，自称“白帝”，并修筑了此城。　暮砧：黄昏时急促的捣衣声。砧，捣衣石。

【赏析】

这首诗是大历元年(766)的秋天，杜甫五十五岁时于夔州所作。

这首诗是杜甫到达夔州的这年秋天所作，为组诗八首中的第一首。第一首描写了夔州秋日傍晚的寂寞之情，第二首描写了夔州的夜景，第三首描写晨曦中的夔府。这些诗全是描写羁旅之愁的，从第四首以后是有关对长安的述怀之作，或对现在的战乱表示痛心，或对昔日的繁华表示怀念。

贯穿于八首诗之中的，是对处于偏远之地的老病之身以及首都长安命运的忧虑之情，同时也表现出了他的忠诚之心。

在这描写秋日夕阳景色的第一首诗中，首联以吟咏巫山附近的风景起始，颔联则是其中具体的描写。颈联追忆了作者的心境，吐露了作者的望乡之思，而尾联又回到了眼前的情景，以捣衣砧上的声音来表现越来越深的羁旅之愁。

特别是颔联对波、风、云的描写，虽然不是如实景那么壮大，但从眼前的景色中，可以感触到他内心的共鸣，应该是杜甫自身世界的表现。

从此之后,杜甫诗歌中的风景描写开始带有了一种庄严、崇高之趣,进入了诗歌创作的成熟时期。

237. 又 呈 吴 郎

杜 甫 七言律诗

堂前扑枣任西邻,无食无儿一妇人。不为困穷宁有此?只缘恐惧转须亲。即防远客虽多事(1),便插疏篱却任真(2)。已诉征求(3)贫到骨,正思戎马(4)泪盈巾。

【注释】

(1) 多事:多心,不必要的担心。

(2) 疏篱:稀疏的篱笆。 任真:自然而不加雕饰。这里指本来的面目。

(3) 征求:指赋税征敛。

(4) 戎马:军马。指战乱。

【赏析】

这首诗为大历二年(767)秋天时所作。

在这一年的秋天,杜甫一家移居到了东屯(今重庆市奉节县东),他把瀼西的草堂让给了担任司法参军的亲戚吴郎。这首诗是在其后不久,杜甫给他的一封信。

在草堂的西邻,住着一位老妇人,以前曾经来到草堂打枣。因新住户吴郎禁止打枣,对此杜甫陈述了自己的意见。

这是对一个生活困难的女性的关心与大度,从乱世的角度来思考,表现出了诗人博大的胸怀。

238. 登　高[1]

杜　甫　七言律诗

风急天高猿啸哀[2]，渚清沙白鸟飞回。无边落木萧萧[3]下，不尽长江滚滚[4]来。万里悲秋常作客，百年多病独登台。艰难苦恨繁霜鬓[5]，潦倒[6]新停浊酒杯。

【注释】

(1) 登高：农历九月九日为重阳节，历来有登高的习俗。在这个节日中，一般是家人、朋友等亲人聚集在一起，插茱萸，登高丘，饮菊花酒，以除去灾难。

(2) 猿啸哀：猿猴凄厉的叫声。猿鸣较悲，故有此说。

(3) 落木：指秋天飘落的树叶。　萧萧：风吹落叶的声音。

(4) 滚滚：大水急速翻腾向前。

(5) 繁霜鬓：增多了白发，如鬓边着霜雪。

(6) 潦倒：衰颓，失意。这里指衰老多病，志不得伸。

【赏析】

这首诗是大历二年(767)秋天，杜甫五十六岁时所作。在重阳佳节之时，杜甫一个人登上小丘，眺望秋天的景色，由此而思考人生，并对此发出了感叹。

前半部分的两联，是对风景的描写。从小丘上眺望秋天的景色，虽然是从各个角度进行的描写，但却具有不寻常的紧张感，说到底还不是单纯的实景描写。风、天、猿、鸟、散落的树叶、滚滚的长江，这一切都是悲壮的事物，它一定是表现作者心境的内容。

后半部分的两联，是作者心境的告白。在想起自己多难的人生时，诗人不禁感慨起今天的状况了。

此时的杜甫，患有气喘、神经痛、糖尿病，在秋天时左耳又失去了听力。次年正月,杜甫一家人又乘舟下长江,但夔州山间小村中的风土环境对他的健康还是有益处的,于是他才写下了这首诗。

239. 登岳阳楼(1)

杜　甫　五言律诗

昔闻洞庭水,今上岳阳楼。吴楚(2)东南坼,乾坤(3)日夜浮。亲朋无一字,老病有孤舟。戎马关山北(4),凭轩涕泗(5)流。

【注释】

(1) 岳阳楼:位于岳州(今湖南省岳阳市)西门的高楼,下临洞庭湖。1984年又重建。

(2) 吴楚:吴,指长江下游的东南地区(江苏省南部);楚,指长江中游地区(指湖南省、湖北省,特别指湖北省)。

(3) 乾坤:《易经》中的卦名。乾,为阳;坤,为阴。这里指日、月之意。据北魏郦道元《水经注》关于洞庭湖的记载:"湖水广圆五百余里,日月出没于其中。"

(4) 戎马:军马。指战乱。　关山北:北方边境。

(5) 轩:窗户。　涕泗:眼泪和鼻涕。

【赏析】

这首诗是大历三年(768)冬天,杜甫五十七岁时所作,与《岁晏行》诗的创作时间大致相同。

登上冬日的岳阳楼,洞庭湖的波澜壮阔出现在了眼前,在感叹自己的境遇和世事动乱之际,作者写下了这首诗。

首联表示了作者所处的位置,颔联为叙景之作。在眺望洞庭湖的广阔、美丽之后,作者从空间和时间两个方面对此做了叙述。

颔联是对自己境遇的描写，从与人的关系和自身两个方面加以叙述，而尾联则悲叹乱世中个人的命运，以一个特写的镜头作结。

240. 江南逢李龟年(1)

杜　甫　七言绝句

岐王(2)宅里寻常见，崔九(3)堂前几度闻。正是江南好风景，落花时节又逢君。

【注释】

(1) 江南：这里指今洞庭湖以南的潭州一带。　李龟年：唐朝开元、天宝年间的著名乐师。“安史之乱”后，李龟年流落江南，晚年回到长安。

(2) 岐王：唐睿宗第四子李范，唐玄宗的弟弟。他以好学善书著称，经常举办诗酒之会。开元十四年(726)去世。

(3) 崔九：据作者自注：“崔九，即殿中监崔涤，中书令湜之弟。”九，在兄弟中排行。

【赏析】

这首诗是大历五年(770)晚春，杜甫五十九岁时于潭州(今湖南省长沙市)所作。在南方的偏僻之地，作者感慨没想到还能再次见到玄宗之时的著名歌唱家。

前两句是作者的追忆。杜甫十多岁时，由于经常出现在皇族、贵人的社交圈中，曾经目睹过李龟年的风采，亲耳听到过他动人的歌声。

后面的二句，是讲述四十多年之后的今天之事。作者叙述了在遥远的异乡与他偶然邂逅的经历。

全诗看起来只是在叙述平淡的事实，但却在其中隐藏着深深的感慨,令人能够感受到内心的隐秘之情。特别是第四节中的“又”字,寄托了杜甫无限的感慨。

241. 小寒食[1]舟中作

杜　甫　七言律诗

佳辰强饮食犹寒,隐几萧条戴鹖冠[2]。春水船如天上坐,老年花似雾中看。娟娟戏蝶过闲幔[3],片片轻鸥下急湍[4]。云白山青万余里,愁看直北是长安。

【注释】

(1) 小寒食:寒食节的最后一日。寒食,为冬至之后的第105天,阴历为二月末至三月初,阳历约为四月初。在一天要禁火,以冷食为主。自唐玄宗时,在这一天前后各加一日,禁烟火三日。在此期间,官府休假,人人参加扫墓活动。

(2) 隐几:即席地而坐,靠着小桌几。几,在这里指乌皮几(以乌羔皮蒙几上)。　萧条:寂寞,冷落。　鹖冠:鹖羽所制之冠。传为隐者之冠。鹖,雉类,据说是一种好斗的鸟。

(3) 娟娟:状蝶之戏。　闲幔:静幕。幔,以布帛制成,遮蔽门窗等用的帘子。

(4) 片片:轻巧飘落的样子。　急湍:指江水中的急流。

【赏析】

这首诗是大历五年(770)春天,杜甫在潭州时所作,是作者去世前半年写的一首诗。表现的是从舟中眺望春天的景色,叙述个人心境。此时已是落寞无力的作者,其眼中看到的春天景色仍然有些冷清,但细致的描写仍然出现在诗中。

首联描写了作者没有食欲的情形。与年轻时一样,仍然有着改造社会理想的杜甫，现在只能是自诩为隐者了。此时，他不得不为戴着羽毛的帽子而感到有些忧伤，不知为什么感到有些滑稽。在这里，杜甫回忆了自己的一生，与痛苦的自嘲相伴的是一种戏剧化的东西了！

中间二联描写的是周围的景色；而尾联则以表现离都城越来越远的眼神而作结。

最能够给人留下深刻印象的，是颔联的描写。在舟中漂荡起伏犹如坐在天上云间，老眼昏花，看岸边的花草犹如隔着一层薄雾。这种感觉都是超现实的，虽然犹如踏上了彼岸，但却带有不可思议的透明感和浮游感。或许在无意识中，杜甫在这里向这个世界进行告别吧！

242. 贼退示官吏

元　结　五言古诗

昔岁逢太平，山林二十年。泉源在庭户，洞壑(1)当门前。井税(2)有常期，日晏犹得眠。忽然遭世变，数岁亲戎旃(3)。今来典斯郡(4)，山夷(5)又纷然。城小贼不屠(6)，人贫伤可怜。是以陷邻境(7)，此州独见全。使臣(8)将王命，岂不如贼焉？今彼征敛(9)者，迫之如火煎。谁能绝人命，以作时世贤！思欲委符节(10)，引竿自刺船。将家就鱼麦(11)，归老(12)江湖边。

【注释】

(1) 洞壑：山洞，沟壑。

(2) 井税：田宅之税，这里指赋税。井田，为周代的土地制度。一里四方（九百亩）的土地按井字型分为九块，八块分与人耕种，中间的一块作为公田与八家共同耕种，其收获作为租税是要上缴的。

(3) 戎旃：战旗。戎，军队，战争。

(4) 斯郡：作者所在的道州。

(5) 山夷：山地的野蛮人。

(6) 屠：虐杀；这里指从肉体上消灭。

(7) 邻境：临近的州。这里指永州(湖南省永州市)和邵州(今湖南省邵阳市)等地。

(8) 使臣：传达国君诏令的使臣。这里指租庸使(收税官)。

(9) 征敛：收税。

(10) 委符节：这里指辞官。符节，古代朝廷传达命令或征调兵将用的凭证。

(11) 鱼麦：这里指打鱼种麦的田园生活。

(12) 归老：指辞官回到乡里。

【赏析】

从动摇唐王朝根基的安史之乱(755—763)后，唐诗的历史便进入了中唐时期。

沉醉于长期太平盛世的唐王朝军队，平定这次叛乱花了近十年时间，但并不是全靠着自己的力量完成这个任务的，其中借用了回纥等少数民族的军事力量才完成了平定叛乱。正因为如此，少数民族士兵在平定叛乱结束之后开始出入中国内地，异族的习俗、服装、音乐、饮食等充斥了大街小巷。

在朝廷之中，宦官更加专权，而地方军阀也在不断扩充自己的势力。不堪忍受压迫的农民们舍弃自己的家乡，投身于豪族的统治之下，还有人当了僧侣和道士，而盗贼们的活动也日益猖獗起来。

在这种混乱的社会中，诗人们分为创作很多作品讽刺社会和厌恶世俗、静心投入自然界的两派。前者的代表人物是元结、顾况和戴叔伦等人，今取前两位进行分析论述。

元结(719—772),字次山,号漫郎、聱叟。汝州鲁山(位于今河南省平顶山市)人。科举失败后,曾从事农耕,但不久于天宝十三年(754)进士及第,安史之乱时因讨伐叛军有功,于广德元年(763)任道州刺史,因苦恼于课民重税的官场生活,遂于大历四年(769)以丁母忧为契机而辞官隐栖。

作为一位诗人而言,他极为重视诗歌的讽谏作用,并且亲自加以实践。作为唐代著名诗集《箧中集》一卷的作者,元结也是非常有名的。

中唐广德二年(764),元结作为道州刺史前往赴任。道州,即今湖南省南部的道县一带,是有东泉、石鱼湖等山水奇观的风景胜地。当时,道州因受到安史之乱的影响而更加荒芜,经常受到南方少数民族的侵扰,人口锐减到原来的十分之一。元结到任之后,热心恢复原有的政策,取得了很大的成绩,深受州民的信赖。

赴任道州之后的元结,在目睹了当地百姓的悲惨状况之后写下了这首诗。关于写这首诗的经过,他在诗序中做了如下的说明:

> 癸卯(代宗广德元年,763 年)岁,西原(今广西壮族自治区扶绥附近)贼入道州,焚烧杀掠,几尽而去。明年,贼又攻永(今湖南省永州市)破邵(今湖南省邵阳市),不犯此州(道州)边鄙而退。岂力能制敌与?盖蒙其伤怜而已。诸使(征税官)何为忍苦征敛,故作诗一篇以示官吏。

亦即不仅在是前年山贼使道州陷入动乱,官吏的暴虐也是社会动乱的原因之一。然而官吏们不仅对老百姓的贫穷状况没有进行抚恤,而且对他们加重了赋税。面对这种状况,元结对官吏们进行了直面的批评。因为自己也是官吏中的一员,在面对质疑时,元结写下了这首诗。

第一段(1—6 句)是对以前山林生活的回顾。

第二段(7—12 句)叙述了赴任道州时的情形,推测出此地今年没有受到山贼侵扰的原因。

第三段(13—20 句)对在这种灾难深重情况下还要给百姓加税的官吏们,进行了严肃的批判。

第四段(21—24 句)述说了心中的矛盾,自己虽然也是官吏,但却没有救济当地百姓的力量,因此有了弃官还乡的愿望,全诗至此作结。

这首诗直视安史之乱后的社会状况,因而受到杜甫的高度评价。作为社会现实主义诗人,元结展现了他真实的一面。

元结任职期间,在漫游了当地山水的同时,也开始动了隐栖之念。大历四年(769)辞职之后,遂在湖南省祁阳县的湘江边上被称为浯(wú)溪的地方幽栖了起来。

243. 女耕田行[1]

戴叔伦　七言古诗

乳燕入巢笋[2]成竹,谁家二女种新谷。无人无牛不及犁[3],持刀斫地翻作泥。自言家贫母年老,长兄从军未娶嫂。去年灾疫牛囤[4]空,截绢买刀都市中。头巾掩面畏人识,以刀代牛谁与同?姊妹相携心正苦,不见路人唯见土。疏通畦垄[5]防乱苗,整顿沟塍待时雨[6]。日正南冈下饷归[7],可怜朝雉扰[8]惊飞。东邻西舍花发尽,共惜余芳泪满衣。

【注释】

(1) 女耕田行:吟咏女子耕田的歌行,为新题乐府诗。

(2) 乳燕:新生的小燕。乳,哺育。　笋:竹笋。

(3) 犁:耕田。

(4) 灾疫:天灾和流行病。　牛囤:牛栏。

（5）畦垄：为栽培农作物而在田间划出小块田地。畦，田间划分的小区；垄，田间高地。

（6）沟塍（chéng）：田沟、田埂。　时雨：这里是指天旱时及时下的雨。

（7）饷归：休息回家吃饭。饷，吃饭。

（8）朝雉：指正在求偶的野鸡。　扰：惊扰。

【赏析】

戴叔伦（732—789），字幼工（又作“次公”）。润州金坛（今江苏省金坛市）人。曾任新城（今浙江省嘉兴市）令、东阳（今浙江省东阳市）令、抚州（今江西省抚州市）刺史、容州（今广西壮族自治区东部）刺史、兼御史中丞、容管经略使，任职期间，他广施善政，晚年自愿出家为道士。

戴叔伦的诗风格多样，以吟咏农村生活和战乱的《新题乐府》诗、悲持续为官诗、表现归隐愿望诗最有特色。

下面的这首《女耕田行》作为戴叔伦“新题乐府”的代表作，以平易的表现，来叙述深刻的内容。这些内容在不久之后，也被白居易等人的“新乐府运动”继承了下来。

这是一首倾述乱世农民生活之苦的“新题乐府”诗。所谓的“新题乐府”，是在继承古乐府的同时，用旧的乐府诗题，来表现新的诗歌内容。

这首诗以农家姐妹为主人公来表现农村的生活，全诗分为如下四段：

第一段（1—4句）描写了在田中务农的农家姐妹形象。开头二句在表现初夏季节的同时，也描写了在自然环境正常、农作物能够生长的情况下，姐妹二人不正常的生活状态。

第二段（5—10句）是姐妹二人的告白。因家中没有劳动力，耕牛又因病而死，二人只好去城里买农具。

第三段（11—14句）是说由于害怕被人看见，她们只好用头巾把脸遮起来,继续在田野上从事农业劳动。

第四段(15—18句)描写在正午休息时,姊妹二人在收工回家的途中,看到有野雉从田间飞走,东邻西舍的花都已经开尽,不禁惋惜青春虚度,泪流满衣。

下面的这首诗是戴叔伦五十岁前后时,于潭州(今湖南省长沙市)公务时所作:

湘南即事

卢橘花开枫叶衰,出门何处望京师。沅湘日夜东流去,不为愁人住少时。

日本的《徒然草》第二十一段云:

"沅湘日夜东流去,不为愁人住少时。"诗中所见不正是一种复杂的感情吗?

从这段话的记载可以看出,这首诗即使是从前在日本也是多么受人喜爱啊!

244. 枫桥夜泊[1]

张 继 七言绝句

月落乌啼霜满天[2],江枫渔火对愁眠[3]。姑苏城外寒山寺[4],夜半钟声到客船。

【注释】

(1) 枫桥:在今江苏省苏州市西郊,是架于枫江上的桥。此诗一本作《夜泊枫江》、《夜泊松江》。 夜泊:夜间把船停靠在岸边。

(2) 霜满天:是空气极冷的形象语。这个"霜"字应当体会作严寒。

(3) 江枫：江边枫树。此二字一本作“江村”。 渔火：渔船上的灯火。也有说法是晚上为了吸引鱼群而燃起的火。 愁眠：因寂寞忧愁而难以入睡。

(4) 姑苏：苏州的别称，因城西南有姑苏山而得名。 寒山寺：位于苏州西郊，在枫桥附近的寺庙。因唐代诗僧寒山、拾得曾住此而得名。

【赏析】

张继(? —?)，字懿孙。南阳(今河南省南阳市)人，一说是湖北襄州(今湖北省襄阳市)人。天宝十二年(753)进士，大历年间(766—779)以检校祠部员外郎为洪州(今江西南昌市)盐铁判官。其诗多纪行游览之作，现存诗四十七首。

张继的这首诗在唐诗乃至整个汉诗中，都是人们特别喜爱的一首。

诗中吟咏的是在苏州(今江苏省苏州市)停船时，作者于秋日的傍晚发出的羁旅之愁。作品的着重点在于第二句的“愁眠”。由于主人公的羁旅之愁在浅浅的睡眠中，所以才有了梦中的意识。这其中“月”、“霜”、“渔火”带有发光的色彩，“乌啼”、“钟声”的声音，使“寒山寺”的影子逐渐地浮现了出来，创造出了一种幻想的境地。

苏州的寒山寺现存有清末大学者俞樾(1811—1906)题写的这首诗的诗碑，其拓本广为流传。

245. 归　雁[1]

钱　起　七言绝句

潇湘何事等闲[2]回，水碧沙明两岸苔。二十五弦[3]弹夜月，不胜清怨却飞来[4]。

【注释】

(1) 归雁：北归的大雁。

(2) 潇湘：指湖南省的潇水和湘水。二水在省内的永州市合流，向北注入洞庭湖。合流之后被称为“潇湘”，以胜景之地而闻名。在这里特指附近的回雁峰。据传说，大雁于晚秋时从中原飞来，在回雁峰附近便不再南飞，于次年春天再北回。　何事：询问什么事情；为什么。　等闲：轻易、随便。

(3) 二十五弦：瑟的一种。传说为上古时伏羲所作，初为五十弦。但其音色有些过于悲哀，遂改作二十五弦(据《史记・封禅书》等记载)。琴曲有《归雁操》之类的名曲。此外，《楚辞・远游》有“(二女)使湘灵鼓瑟兮”的记载，由此可知湘水的女神(湘灵)是鼓瑟的(二女是指圣天子大舜的两个妃子娥皇和女英)。

(4) 清怨：瑟的音色清澈而悲凉。　却飞来：飞去又回来。来，表示起到动词作用的助字。

【赏析】

唐代宗大历年间(766—779)出现了被称为“大历十才子”的十位诗人(除了包括钱起、司空曙、李端、卢纶、耿湋之外，还有其他不同的说法)。

他们的作品都以吟咏纤细的自然描写和超俗的心境为特色，表现社会现实和政治目的，具有盛唐诗歌的热情和气势。

钱起(710? —782?)，字仲文。吴兴(今浙江湖州市)人。天宝十年(751)进士。任蓝田(今陕西省蓝田县)尉时，由于这里有辋川庄，因而与王维有交往，并受其影响。在任校书郎之后，又任考功郎中，大历年间任翰林学士。是“大历十才子”中的代表人物。

《归雁》这首诗描写了秋夜之时，横渡美丽的潇湘地区的大雁在北归时发出的疑问。全诗构思奇特，前半部分是对大雁的询问，后半部分是对大雁心境的想象之词。“大雁为什么归去？是因为在明月之下湘灵女神在鼓瑟，那弦上弹出的音调，实在太凄清、太

哀怨了！”（后面两句是对大雁的回答而做出的拟人化解释）

前半部分的舞台，是在潇湘之地，但作者钱起的一贯工作之地，却是都城长安附近，由此可知这首诗应该是由想象而引起的吟咏之作了！

后半部分的两句，根据湘水女神鼓瑟的传说，由琴曲《归雁操》的题名而想象出了其中的内容。

大雁的主题，使风光明媚的印象与神话世界重合在了一起，于是产生了这首极美的小诗。

钱起的杂言古诗，还有下面独特的一首。诗中描写了秋夜织布机上的年轻妻子的形象。

效古秋夜长

秋汉飞玉霜，北风扫荷香。含情纺织孤灯尽，拭泪相思寒漏长。檐前碧云静如水，月吊栖乌啼鸟起。谁家少妇事鸳机，锦幕云屏深掩扉。白玉窗中闻落叶，应怜寒女独无衣。

月夜的冷风、荷花的香气、飘忽的灯光、落叶的声音、年轻妻子的叹息，如此等等的形象一一浮现了出来，形成了一个对比鲜明的境界。

246. 江村即事(1)

司空曙　七言绝句

钓罢归来不系船，江村月落正堪(2)眠。纵然一夜风吹去，只在芦花(3)浅水边。

【注释】

（1）即事：以当前的事物为题材所做的诗。

(2) 堪：能，可以，足以。

(3) 芦花：芦苇白色的穗子。芦，为稻科多年生草本植物，秋天结白穗。

【赏析】

司空曙(? —790?)，字文明(又字文初)。广平(今河北省广平县)人。累官左拾遗，后从水部郎中转任至虞部郎中。其人性耿介，不惧怕权要，据说还曾经有放浪长沙(今湖南省长沙市)时期。作为"大历十才子"之一，其诗长于表现叙景和羁旅之愁。

这是一首吟咏超凡脱俗、达到飘逸境地的诗。似乎是看到江边钓鱼的人而有感之作。

关于前面的两句，有主人公没有系船就回家了的说法，还有只有舟在水中的说法，这里可做主人公在舟中小憩之解。

下面的这首诗也是吟咏在舟中小憩的老渔翁形象，虽然没有捕捉到什么，但却是一种自由之心的象征。

醉　著

万里清江万里天，一村桑柘一村烟。渔翁醉著无人唤，过午醒来雪满船。

247. 拜新月[1]

李　端　五言古诗

开帘见新月，便即下阶拜。细语人不闻，北风吹罗带[2]。

【注释】

(1) 新月：旧历每个月初的第三、四天时候的月亮。

(2) 罗带：用丝织品织成的带子。一本作"裙带"。

【赏析】

李端(733—792)，字正已。赵州(今河北省赵县)人。大历五年(770)进士。曾任秘书省校书郎、杭州司马等职,因病曾多次出仕和归隐,最后隐居衡山(湖南省衡阳市北),自号衡岳幽人。为“大历十才子”之一。

这首诗根据唐代宫中、民间的流行风俗而写成。女性祈拜新月的习俗,是根据月老牵婚姻红线的传说而来的。

诗中客观地描写了当时的风俗,在给人以绘画般感觉的同时,也使诗中笼罩着一种神秘的情感。

248. 逢病军人

卢　纶　七言绝句

行多有病住无粮(1),万里还乡未到乡。蓬鬓(2)哀吟长城下,不堪秋气入金疮(3)。

【注释】

(1) 粮:食用谷物的总称;这里特指行军和旅行时携带的食粮。

(2) 蓬鬓:散乱的头发。蓬,蓬草。其叶似柳,呈现出锯齿状,这里形容头发乱蓬蓬的样子。

(3) 金疮:中医指刀箭等金属器械造成的伤口。

【赏析】

卢纶(748—799),字允言。河中蒲(今山西省永济县)人。大历年间屡次举进士不第,但宰相元载赏识其才能,对其加以提拔,后任检校户部郎中、监察御史。在“大历十才子”中,他的创作较有个性,以创作边塞诗而闻名,其诗经常描写社会中的怀才不遇者,往往是值得注意的。

这首诗是目睹退伍返乡受伤军人的情况后而写的一首诗,堪称是吟咏本人独白的记录。

安史之乱后,朝廷军队和地方军阀还有其他的军阀,经常与边境的少数民族发生冲突,因而各地战乱不断。这首诗便是当时社会情况的一个反映。

南宋范晞文《对床夜语》曾评价这首诗说:"凄苦之意,殆无以过。"

类似的诗歌,还有下面的一首:

249. 村南逢病叟

卢　纶　七言绝句

双膝过颐顶在肩,四邻知姓不知年(1)。卧驱鸟雀惜禾黍,犹恐诸孙无社钱(2)。

【注释】

(1) 年:年龄。

(2) 社钱:指进行社事活动所需的款项。

【赏析】

这是一首控诉力极强的诗。诗中的主人公是一位身体有病而且行动不便的老翁。虽然身体不能有什么大的作为,但他仍然在看护田地,不能忘记孙子们的事情。在他强大的身躯之内,看到的仍然是勤勉的精神。对于一个人而言,最重要的是什么,也许这首诗回答了这个问题。

250. 观田家(1)

韦应物　五言古诗

微雨众卉(2)新,一雷惊蛰(3)始。田家几日闲,耕种从此起。丁壮[4]俱在野，场圃[5]亦就理。归来景常晏，饮犊西涧水。饥劬[6]不自苦，膏泽[7]且为喜。仓禀无宿储[8]，徭役[9]犹未已。方惭不耕者，禄食出闾里[10]。

【注释】

(1) 田家：农家。

(2) 微雨：少雨，小雨。同样的句子在韦应物的诗《幽居》中，还有："微雨夜来过，不知春草生。" 众卉：众多的草木。卉，草木的总称。

(3) 惊蛰：二十四节气之一。为新历的三月五或六日。也写作"启蛰"。指冬天过后，虫、蛇之类的动物开始苏醒出动。

(4) 丁壮：二十岁以上的年轻人；血气方刚的年轻人。丁，壮年男子。

(5) 场圃：菜地。

(6) 饥劬：饥饿，劳苦。

(7) 膏泽：恩惠。特指雨降到田里。

(8) 仓禀：粮库。仓，谷仓；禀，米仓。 宿储：积储的物资。多指粮食。

(9) 徭役：劳役，赋役。

(10) 禄食：俸禄。或指食禄。 闾里：民间，乡里。

【赏析】

韦应物(737? —791?)，其字不详。京兆长安(今陕西省西安市)人。虽然他出身名门，但年轻时好任侠，任玄宗皇帝的三卫郎(近卫兵)时，多豪放不羁之举。安史之乱后，因失去职位而发奋读书，历任滁州、江州(今江西省九江市)、苏州(今江苏省苏州市)刺史。

韦应物的诗歌给人呈现的是多方面的，与社会上各种流派的诗人交往较多,因而也有喜好山水风景、描写自然风光的一面。作为自然派的诗人,他与王维、孟浩然齐名,并与柳宗元合称“王孟韦柳”。此外,他还与东晋的陶渊明并称为“陶韦”。

这是作者在任滁州刺史时所作的一首诗。在早春的某一天,作者在看到农家春耕,触发了自己的所思,于是作了这首诗。

由于农民们每天都要劳动,所以他们的生活没有什么快乐。即使是这样,他们还要被政府毫不留情地收税。作者对此发出了疑问,并为自己是政府的一员而感到羞愧。

不仅是批判政府,反过来他对自己也做出了自省,正如前面所看到的元结的诗风一样。

251. 滁州西涧(1)

韦应物　七言绝句

独怜幽草(2)涧边生,上有黄鹂(3)深树鸣。春潮(4)带雨晚来急,野渡(5)无人舟自横。

【注释】

(1) 滁州:在今安徽滁州市。位于长江和淮河之间的城市,中唐韦应物以及北宋的欧阳修曾经在这里担任过刺史,为中国的名胜之一。附近还有琅琊山(滁州西南五千米处)、丰乐泉(滁州市西,丰山北麓)等。此外,这首诗中第三句所说的“西涧春潮”,后来因成为“滁州十二景”之一而闻名。　西涧:在滁州城西,俗名称上马河。

(2) 幽草:幽谷里的小草。

(3) 黄鹂:黄莺,黄鸟。

(4) 春潮:春天的潮水。

(5) 野渡：郊野的渡口。

【赏析】

大约是在建中四年(783)时，作为刺史韦应物到任滁州，并且住在了西涧。这首诗便是当时所作，诗中描写的是春潮到来之时，峡谷中安静的氛围。

虽然是一首描写春天的诗，但却是令人感到喜悦并且极为有趣的诗。前半部分的两句，描写了春天涧边的情景，“独”、“幽”、“深”等字排列在一起，强调的是一种寂静之趣。而到了后半部分二句中，由于水势陡增，河流湍急，无人的渡场和小舟的描写，似乎有些不吉利，却也是作者的不安之感。

可能是由于这个原因，这首诗并不被当作单纯的叙景诗，而是作为了感叹世情和个人不遇的作品了。按照这种说法，第一句中的“幽草”被认为是有才能但却不被承认的作者自己，第二句中的“黄鹂”被比喻为擅长辩论并且占据高位的小人。接下来在第三句中，作者以春潮水急来暗示时局的混乱，至第四句时则感叹没有拯救这个乱世的人物出现，全诗至此作结。

252. 夜上受降城(1)闻笛

李　益　七言绝句

回乐峰(2)前沙似雪，受降城外月如霜。不知何处吹芦管(3)，一夜征人尽望乡。

【注释】

(1) 受降城：城塞名。汉武帝时，为了接受匈奴的降服者，在今内蒙古自治区包头市附近修筑这座城塞。到了唐代，为了防御突厥入侵，在黄河以北筑东、中、西三座受降城。

(2) 回乐峰：山名，位于灵州回乐县(今宁夏回族自治区灵武市西南)。一说是指回乐县附近的烽火台。

(3) 芦管：用芦茎做的笛子。

【赏析】

李益(748—829?)，字君虞。陇西姑臧(今甘肃省武威市)人。大历四年(769)登进士第。与李贺是同族。李益刚刚参政时，仕途并不顺利，于是客游燕赵(河北省北部和山西省西部)，不久任幽州节度使的幕僚，在边塞生活了数十年。后被宪宗召见，历任秘书少监、集贤学士，官至礼部尚书。

作为诗人，李益名气极高，诗歌具有很大的影响力。他尤其是长于七言绝句，音乐家们也争相求购其诗，谱成乐曲。但是，李益也以极端的嫉妒之心而闻名，为防止他人进入妻妾的房间，他在房间的周围，洒上一些炭灰做标识。其性格的一端，已被描写在唐传奇《霍小玉传》中。李益也是"大历十才子"之一。

在中唐以后的诗坛上，以表现男女之情为主题的作品迅速增加，成为爱情女神囚徒的这些诗人们，他们的作品可以看到如下的几例。

李益是这些诗人的代表之一，《夜上受降城闻笛》是他的代表作。

这首诗是作者作为节度使的幕僚时的作品，为七言绝句的杰作。

《回乐峰前》一章，何必王龙标(王昌龄)、李供奉(李白)！(明王世贞《艺苑卮言》卷四)

诗的前半部分描写了月下沙漠的浩瀚、空虚，而诗的后半部分则给人以凄绝的印象。在这首诗的后半部分，李益给人留下了想象的空间，下面的这一首七言绝句，也吟咏了相同的情景。

从军北征

天山雪后海风寒，横笛偏吹行路难。碛里征人三十万，一时回向月明看。

在边塞诗之外，李益还给人留下了许多深刻的悲吟之作。

253. 写　情(1)

李　益　七言绝句

水纹珍簟(2)思悠悠，千里佳期(3)一夕休。从此无心爱良夜(4)，任他(5)明月下西楼。

【注释】

(1) 写情：抒写内心的感情。

(2) 珍簟：珍贵的竹席。

(3) 佳期：本指好时光，引申为男女约会的好时机。

(4) 良夜：美好的夜晚。

(5) 任他：管他。

【赏析】

这是李益年轻时为悼念相爱的妓女霍小玉之死而作的一首诗。关于这件事情，唐传奇《霍小玉传》(蒋坊作)记载的内容是：

李益考中进士之后，妓女霍小玉与他有着婚约。但李益归省之后，其母为他另娶了大家之女，李益听从了母亲的安排之后，便与霍小玉中断了联系。小玉卧病在床后，同情她的人把李益强行带到小玉的床前。小玉抱恨诉说了自己的感情，使得李益也颇为自责。其后，李益妻子身边经常发生妖异之事，他本人也患上了嫉妬之病，三次娶妻之后而又休妻，这有可能是受到小玉的影响而出现的结果。

在类似吟咏男女之情的诗中，妓女成了诗中的主人公，中唐之后这类诗歌的数量急剧地增长了起来。

也就是说,由于安史之乱的原因,在长安、洛阳沦陷后,宫中的音乐家和妓女四散到各地,只有在有权势人的庇护下,他们才能生存下来。这种情况与音乐和艺术向地方普及的结果一样,刺激了各地的知识分子和书生们,为文学创作带来了新的题材和形式。在这一系列题材的作品中,从中唐之后开始,表现男女之情为主题的传奇小说便多了起来,相同主题的诗歌也广泛地流行起来了。

晚唐以降,诗人与妓女在交往时,诗歌唱和、以诗相酬的机会多了起来。中唐以后的文学史,没有妓女的存在是不可能的。

254. 病中遣妓

司空曙　七言绝句

万事伤心在目前(1),一身含泪向春烟。黄金用尽教歌舞,留与(2)他人乐少年。

【注释】

(1) 伤心:内心悲伤。　目前:眼前,现在。

(2) 留与:留给。

【赏析】

这首诗是“大历十才子”之一的司空曙所作。

诗中吟咏了由于生病而苦于生计,不得已把自己宠爱的妓女遣去的悲哀之事。在当时的官僚中,有些人家中往往养着很多妓女,这些妓女被称为“家妓”。

在诗的后半部分,作者由于“费用用尽,让那些学会了技艺的妓女们从这里离去,让她们给年轻的男性带去青春的欢乐”,表现的是一种自虐似的想象。

255. 寄　人

张　侹　七言绝句

酷怜风月为多情(1)，还到春时别恨生。倚柱寻思倍惆怅(2)，一场春梦不分明。

【注释】

(1) 多情：感情丰富，内心受到感动较多。

(2) 寻思：心里琢磨。　惆怅：因失意或失望而伤感、懊恼。

【赏析】

关于张侹（生卒年月不详）其人，史书中没有确切的记载，其诗也只有上面的一首流传下来。

这是为所爱的人相赠的一首诗，对方或许是因事而别的一位妓女。“风月”、“多情”、“春时”、“春梦”等语，便是作者的所思了。

256. 左迁至蓝关示侄孙湘(1)

韩　愈　七言律诗

一封朝奏九重天(2)，夕贬潮州路八千(3)。欲为圣明除弊事(4)，肯将衰朽惜残年(5)。

云横秦岭(6)家何在？雪拥(7)蓝关马不前。知汝远来(8)应有意，好收吾骨瘴江(9)边。

【注释】

(1) 蓝关：长安东南的蓝田关（在今陕西省蓝田县）。　侄孙湘：侄孙，兄弟的孙子。湘，韩湘（字北渚）。韩老成之子，是韩愈为数不多的几个侄孙之一。

(2) 一封：指一封奏章。封，封事，密封的重要意见书。这里指《谏迎佛骨表》。　九重天：此指朝廷、皇帝。

(3) 路八千：这里指从长安至潮州的距离。八千，不是确数，实际距离为 5 625 里(约三千千米)。

(4) 圣明：天子的圣德。这里指宪宗皇帝。　弊事：政治上的弊端，指迎佛骨事。

(5) 残年：晚年的生命。

(6) 秦岭：长安南面的秦岭山脉。

(7) 拥：阻拦，阻塞。

(8) 远来：此时韩湘从宣州韩氏别庄而来，故有此说。

(9) 好：与"宜"义同，表示怎样都可以，包含着深刻的感叹之意。　瘴江：指岭南瘴气弥漫的江流。瘴，毒气。

【赏析】

这首诗的作者是古文大家、与白居易齐名的中唐诗坛领袖韩愈。

韩愈(768—824)，字退之。谥号"文"。河阳(今河南省孟州市)人。韩愈三岁时双亲去世，十四岁时失去了如父般的堂兄，自幼时起生活极为艰辛。二十五岁时进士及第，但此后往上一个级别应试时却没有考上，直到十年后才逐渐得官。此后历任要职，官至吏部侍郎。在任职期间，因直言而两度左迁。

在思想上，韩愈坚持儒家思想，反对佛教、道教；作为文章大家，他主张复兴古文，反对南朝以来重视技巧、偏重形式的四六骈俪文风。

作为诗人，他从多种角度来描写事物，而且喜好新奇的题材和语句，构建起了独特刚直的诗风。此外，他与白居易作为中唐诗坛齐名的领袖，喜欢奖掖后进，孟郊、贾岛、张籍、王建、李贺等多位诗人都出自其门下(孟郊是否是出自其门下还有不同的说法)。

《左迁至蓝关示侄孙湘》是韩愈的代表作，是他面对最大的挫折时而吟咏的诗歌。创作的时间为元和十四年(819)，时韩愈五十二岁。

在这一年的正月，笃信佛教的宪宗皇帝欲将佛舍利迎入宫中供奉。担任刑部侍郎的韩愈对此表示反对，上了一篇《谏迎佛骨表》的文章。其犀利的笔锋触怒了宪宗，于是很快便被左迁为潮州（今广东省潮州市）刺史。

在从长安出发之际，韩愈向前来送别的次兄之孙韩湘赠送了这首七言律诗。

诗中强调的是一种坚强的信念，充满了悲壮慷慨之情。

最能表现韩愈诗风的，还是他的长篇古诗。例如，在七言古诗《陆浑山火和皇甫湜用其韵》（共五十九句）中，来看一下有关对山火的描写：

天跳地踔颠乾坤，赫赫上照穷崖垠。截然高周烧四垣，神焦鬼烂无逃门。

三光弛隳不复暾，虎熊麋猪逮猴猿。水龙鼍龟鱼与鼋，鸦鸱雕鹰雉鹄鹍。

燖（xún）炰（fǒu）煨爊（āo）孰飞奔，祝融告休酌卑尊。……

从对山火的描写可以看出，从日月星、动物和鸟到鬼神，都因为火灾而发生了变化。虽然说是描写，但即物的对象却不是文字化的东西，而是以比喻和空想，来创造出一种奔放的诗歌境界。

韩愈的古诗，诗歌思想的展开经常是比较唐突的，因此难解之处也较多。在这一类的作品中，下面这首左迁后吟咏潮州海产的作品也是较为独特的一首。

257. 初南食贻元十八协律(1)

韩　愈　五言古诗

鲎实如惠文(2)，骨眼相负行(3)。蚝(4)相黏为山，百十[5]各自生。蒲鱼[6]尾如蛇,口眼不相营。蛤[7]即是虾蟆,同实浪[8]异名。章举马甲柱[9],斗[10]以怪自呈。其余数十种,莫不可叹惊。我来御魑魅[11],自宜味南烹。调以咸与酸[12],芼以椒与橙[13]。腥臊始发越[14],咀吞面汗骍[15]。惟蛇旧所识,实惮口眼犷。开笼听[16]其去,郁屈尚不平。卖尔非我罪,不屠岂非情。不祈灵珠报[17],幸无嫌怨并[18]。聊歌以记之,又以告同行。

【注释】

(1) 元十八协律:指元集虚。韩愈赴任潮州的途中,元集虚曾经陪同过一段时间。十八,为排行。协律,官名,即协律郎。当时,被称为藩镇的地方军阀势力强大,他们也从藩外招募精英人才,以作为他们的幕僚。成为军阀的幕僚者,被称为协律郎。

(2) 鲎(hòu)实如惠文:鲎,贝壳动物。产于广东、福建,至今仍作食材。 惠文:惠文冠。战国时赵惠文王所制,为武官所戴,加黄金珰,附蝉为饰,插以貂尾。亦称“貂蝉”。

(3) 骨眼相负行:骨眼,鲎眼在背上,背上有骨突出,高七八寸,如石珊瑚形,俗称鲎帆。唐末刘恂《领表录异》有“鲎眼在背上,雌负雄而行”的记载。

(4) 蚝:牡蛎。

(5) 百十:指数量很多。

(6) 蒲鱼:鱼名。腹部有口,背部有目,尾部细长,可作为鞭的代用品而使用。

(7) 蛤:山蛤。似蛤蟆而大,黄色。能吞气,饮风露,不食杂虫。人亦可食。

(8) 浪:不合情理。

(9) 章举：章鱼。　马甲柱：贝类名。壳大而薄，前尖后广，肉味鲜美。

(10) 斗：与“纷”义同，纷乱之意。

(11) 魑魅：山林中害人的鬼怪。

(12) 咸与酸：咸味与酸味。

(13) 芼(mào)：用菜调羹。这里指味道均匀。　椒与橙：花椒与橙子。

(14) 腥臊：腥臭的气味。　发越：向外散发。

(15) 咀吞：咀嚼吞食。　汗骍：意指汗水津津，颜面发红。骍，原指红色的马，转指脸发红。

(16) 听：听凭，允许。

(17) 灵珠报：隋侯出行，见大蛇被伤，使人以药救之，后蛇衔明珠以报其恩。事见《淮南子·览冥训》注。

(18) 幸无：幸亏没有。幸，意外地得到成功或免去灾害。　嫌怨并：厌恶与怨恨之情重合在一起。

【赏析】

属于亚热带并且近海的广东潮州，有北方内陆长安和洛阳看不到的海产品，这是临海之幸。在这首诗中列举的“鲎”、“蚝”、“蒲鱼”、“蛤”、“章举”、“马甲柱”、“蛇”中，除了“蒲鱼”之外，其他的海产品即使是现在也是广东料理中不可缺少的材料。

在中国的北方和内陆，即使是现在人们相对也较少吃到新鲜的海产品，而在一千多年前，北方诗人韩愈能够有如此口福，确实是有些令人吃惊啊！

258. 游子吟(1)

孟郊　五言古诗

慈母手中线，游子身上衣。临行密密缝，意恐迟迟归。

谁言寸草心[2],报得三春晖[3]。

【注释】

(1) 游子吟:乐府诗题。有“旅人之吟”之意。

(2) 寸草心:比喻子女的孝心。

(3) 三春晖:春天灿烂的阳光。形容慈母对子女的慈爱。三春,为春天的三月。

【赏析】

孟郊(751—814),字东野。湖州武康(今浙江省吴兴县南)人。因不善与人相处,年轻时隐居嵩山。近五十岁时才登进士第,任溧阳尉,在任不事曹务,以作诗为乐,因此官居下位。孟郊与韩愈关系密切,并称为“孟诗韩笔”(孟郊擅长诗歌,韩愈擅长散文),孟郊属于苦吟型的诗人,追求平易、真实的诗歌境界。

《游子吟》这首诗按作者的自注是“迎母溧上作”。时作者为溧阳尉,约为五十岁前后时所作。

这首诗也是苦吟的产物,是有感于“亲子之情是人情的原点”而作的。不久,孟郊辞去这个官职。后来由于韩愈等人的推荐,孟郊担任过一些小的职位,最终在贫困中去世。

孟郊的不幸遭遇反映在诗中之事,通览其诗题便可有所了解。如《伤哉行》、《怨诗》、《百忧》、《卧病》、《独愁》、《自叹》、《老恨》、《落第》、《叹命》、《懊恼》等等,内容相当悲观,甚至是有些虚无,还有自暴自弃的倾向。

孟郊诗风的集大成之作,是《秋怀十五首》的组诗。贫困、孤独、衰老、病痛等等的烦恼,与秋天的季节感以及景物融合在了一起,无论怎样来说,其中的感情也是从中流露出来的。

其　一

孤骨难夜卧,吟虫相唧唧。老泣无涕洟,秋露为滴沥。

其　二

秋月颜色冰，老客志气单。冷露滴梦破，峭风梳骨寒。

其　十　三

霜气入病骨，老人身生冰。衰毛暗相刺，冷痛不可胜。

下面的这首诗，描写的是向光而飞的蛾子的形象，这也是颇为引人注目的一首诗。

259. 烛　　蛾

孟　郊　五言古诗

灯前双舞蛾，厌生(1)何太切。想尔飞来心，恶(2)明不恶灭。天若百尺高，应去掩(3)明月。

【注释】

(1) 厌生：这里指寻死之心。

(2) 恶：讨厌。

(3) 掩：遮住。

【赏析】

这首诗描写的是由于本能求光并且为之而死的蛾子的形象。作者在这种贫穷的环境中，并没有停止作诗，由此可以看出与他自己相似的形象。在这首诗中，蛾子求光，但却不是追求光明，因为光明是很难求到的，而且它会很快消失，这种比喻与孟郊的处境有些相似。孟郊的诗风被称为“郊寒”，由此也可以看出他人生的负面，也就是光明和希望都是没有的，诗中可以说是有一种冰冷的倾向。他的诗表现的是一种人格，于亲切中含有一种平静的暗流，因而也具有一种独特晦涩的魅力。

260. 度桑乾(1)

贾　岛　七言绝句

客舍并州(2)已十霜，归心日夜忆咸阳(3)。无端更渡桑乾水，却望并州是故乡。

【注释】

(1) 桑乾：桑乾河。发源于山西省南部，流经北京郊外被称为永定河，注入渤海湾。

(2) 并州：山西省太原市。这里指山西省北部的广大地区。

(3) 咸阳：秦朝的都城。在今陕西省咸阳市东北，在唐都长安和渭水之间。诗中经常出现的咸阳，都多指长安。

【赏析】

贾岛(779—843)，字阆(浪)仙。范阳(今河北省涿州市)人。早年出家为僧，号无本，其后被韩愈发现才华，劝其还俗。但在此后的二十年间，参加科举累不中第，后任遂州(今四川蓬溪县)长江主簿(掌管文书、记录的小官)，被称为"贾长江"。贾岛反对白居易和元稹那种平易的诗风，而极为重视一字一句的苦吟。

"推敲"这个出典，是一个极为有名的故事：

有一天，贾岛骑驴在都城长安的路上行走时，一边思考着"僧推月下门"之句。在考虑是用"推"还是用"敲"好时，遇到大尹(都城的长官)韩愈，韩愈认为还是用"敲"字为好(据《唐才子传》等记载)：

> 贾岛赴举至京，骑驴赋诗，得"僧推月下门"之句，欲改"推"作"敲"，引手作推敲之势，未决。不觉冲大尹韩愈，乃具言。愈曰："敲"字佳矣。遂并辔论诗久之。

在人生的境遇方面，贾岛与孟郊也颇为相似，悲观之作引人注目，但孟郊并没有沉浸在自己的逆境之中，表现清洌自然的诗歌和赠答、送别的诗歌也是较多的。

《渡桑乾》这首诗堪称是描写人的心情涟漪的杰作。诗中吟咏的是“客居十年在外，告别时却觉得他乡如同故乡一样，因而有些遗憾”。末尾的“故乡”之语，表现的即是此时的感情。

这首诗一说是为刘皂所作。

此外，贾岛还作有因不能发挥自己能力、表达不满和愤懑之情的作品。如：

剑　客

十年磨一剑，霜刃未曾试。今日把示君，谁为不平事。

而下面的这首诗却是表示对弱者同情的作品。

261. 病　蝉

贾　岛　五言律诗

病蝉飞不得，向我掌中行。拆翼(1)犹能薄，酸吟尚极清。露华凝在腹，尘点(2)误侵睛。黄雀并鸢鸟(3)，俱怀害尔情。

【注释】

(1) 拆翼：裂开的羽毛。一本作“折羽”。

(2) 尘点：污染，玷辱。

(3) 鸢鸟：鸟名。老鹰。一本作“乌鸟”。

【赏析】

在这首诗中，作者为之表示同情的是一只衰弱之蝉。这只蝉的羽毛和腹部已经受伤了，但周围的天敌鸟儿们却怀着叵测之心在等待着它。

作者的着眼点在于，度过不遇和贫穷的人生者，他们的开始似乎便是这样的。即便如此，蝉的遭遇和自己的经历也好像存在着某些相似之处了。

整体而言,贾岛的诗歌既没有韩愈的奔放,也没有孟郊的虚无,达到了苦吟、推敲的结果,没有游戏和虚饰的内容,而具有“实直”的诗风。所谓的“岛瘦”,似乎指的就是这种风格。

262. 苏小小[1]墓

李　贺　杂言古诗

幽兰[2]露,如啼眼。无物结同心[3],烟花[4]不堪剪。

草如茵[5],松如盖[6]。风为裳,水为佩[7]。油壁车[8],久相待。冷翠烛[9],劳光彩。西陵[10]下,风雨晦。

【注释】

(1) 苏小小:南齐时(约5世纪末)的名妓。钱塘(今浙江省杭州市)人。其墓在西陵(杭州市),或说在嘉兴(今浙江省嘉兴县)。这首诗一本作《苏小小歌》。

(2) 幽兰:兰花。形容女子娴静的姿态。

(3) 同心:指男女之间的爱情坚贞如一。

(4) 烟花:此指墓地中艳丽的花。

(5) 茵:车上坐的垫子。

(6) 盖:车盖,即车上遮阳防雨的伞盖。

(7) 佩:身上佩带的玉饰。

(8) 油壁车:车身以油漆为饰。为妇人所乘的车。

(9) 翠烛:磷火,俗称鬼火。

(10) 西陵:西陵桥(今西泠桥一带),位于钱塘江以西。

【赏析】

李贺(790? —816?),字长吉。东都福昌(今河南洛阳宜阳县西）人。由于得到韩愈的认可，他被鼓励参加科举。但因其才华受到他人的嫉妒而未能参加考试。原因是李贺的父亲李晋肃名字中的“晋”，与进士的“进”同音，李贺如果成为进士的话，便是犯了父亲的讳。在此之后，李贺担任了奉礼郎一类的小官，不久辞职回到故乡，二十七岁时便去世了。

李贺也是苦吟型的诗人，据说他经常背着一个旧锦囊，一想到好的诗句便写下来放到囊中（据晚唐李商隐《李长吉小传》记载）。他的感性敏锐得有些病态，诗歌中经常带有“死”和“亡灵”的印象，相对于李白的“天才”、白居易的“人才”而言，他被称为“鬼才”（据北宋钱易《南部新书》）。

《苏小小墓》是韩愈门下中大放异彩、被称为“鬼才”的李贺的代表作。

围绕着对名妓苏小小的想象而作的这首诗，是根据古乐府《苏小小歌》而创作的，具有令人喜好的色彩。在古乐府中，还有女子思慕情郎“相约西陵松柏”的邀约。

妾乘油壁车，郎骑青骢马。何处结同心，西陵松柏下。

在李贺的这首诗中，对已经去世的苏小小，李贺属于那种至死也不能忘记的男性，因而塑造了一个怪异的浪漫世界。“去世少女”的印象，即是李贺的好奇之事。

诗中主人公的舞台是在森林中，风声仿佛是她的衣裳，水声宛如她的环佩发出的声响，进而引出了与鬼火一起等待她的那个男性形象。

然而，苏小小的愿望并非如此，她希望能够从森林的风雨中走出来，再回到寂静的生活中。理想与现实交织在了一起，死的气息与爱的意念融合在了一起，描写了一个妖艳而美丽的世界。

此外，在李贺的杂言古诗《南山田中行》（共九句）中，还描写了秋日傍晚时的山景，其开头是：

秋野明，秋风白，塘水漻(liáo)漻虫啧啧。

在平静的开始之后，马上描写的是：

云根苔藓山上石，冷红泣露娇啼色。

在带有怪异的氛围之后，最后描写的是：

石脉水流泉滴沙，鬼灯如漆点松花。

松林的旁边闪着黑光的鬼火便出现了。

在五言古诗《感讽五首》其三中，描写的秋夜的南山(终南山)通常是隐者居住的山，描写充满敬意和憧憬的南山，这里也成了一种魔界。其开头是：

南山何其悲，鬼雨洒空草。

诗的开始出现了一种异样的氛围。继之描写的是：

月午树无影，一山唯白晓。

没有感受的情形在加强，而至最后则是：

漆炬迎新人，幽圹萤扰扰。

坟场中的鬼火、亡灵、萤火虫等纷纷出现了。

263. 将 进 酒(1)

李　贺　杂言古诗

琉璃钟(2)，琥珀浓，小槽(3)酒滴真珠红。烹龙炮凤玉脂泣(4)，罗屏绣幕围香风(5)。吹龙笛(6)，击鼍鼓(7)。皓齿(8)歌，细腰(9)舞。况是青春(10)日将暮，桃花乱落如红雨。劝君终日酩酊醉，酒不到刘伶(11)坟上土。

【注释】

(1) 将进酒：汉乐府诗题。

(2) 琉璃钟：玻璃做的盛酒器皿。玻璃，一说是半透明的宝玉之名。

(3) 小槽：小的酒樽。

(4) 烹：煮。　炮：包起来烧。　玉脂：像宝玉一样的石头。　泣：有泪无声。一说是流泪的样子。

(5) 罗屏：绢制的屏风。　绣幕：刺绣的窗帘。　香风：这里指煮"龙凤"飘出的香味。

(6) 龙笛：像龙一样发出声音的长笛。

(7) 鼍鼓：用鼍皮制作的鼓。鼍，扬子鳄。

(8) 皓齿：白牙。这里形容美人。

(9) 细腰：形容美人的腰。

(10) 青春：春天。

(11) 刘伶：西晋文人，"竹林七贤"之一，以嗜酒著称，著有《酒德颂》。

【赏析】

这首诗也充满了李贺式的幻想。奢华的宴席、华丽的色彩以及音响、龙、凤、鼍依次出现，美女的歌舞也包含在桃花飘落之中了。在绚丽的描写之末，意料之外的墓场出现了，全诗一气而终结了。

264. 江　雪

柳宗元　五言绝句

千山鸟飞绝，万径人踪灭。孤舟蓑笠(1)翁，独钓寒江雪。

【注释】

(1) 蓑笠：蓑衣，斗笠。

【赏析】

柳宗元(773—819),字子厚。河东(今陕西省永济县)人。在他二十一岁年纪轻轻时便进士及第,任校书郎后转任监察御史,与刘禹锡一起参加王叔文等人的政治改革运动。在不到一年之后,随着王叔文改革的失败,柳宗元也被左迁到了永州。十年后又回到中央,但又左迁到了柳州(今广西壮族自治区柳州市),在其任职之地全力改革,后在此病逝。

柳宗元的诗歌大部分为左迁之后所作。其诗主要围绕着他的不遇之感和漫游于南国的山水而作,作为自然派的诗人,柳宗元名气极大。他的个性体现在感情表现方面,因为没有发挥自己的才能,并且不适应异乡的生活,这种忧愤和悲伤以及不甘于命运的理念交错在了一起,进而形成了他独特的诗风。在散文领域内,他与韩愈有着共同的理念,他们共同推进古文复兴,并称为"韩柳"。

《江雪》这首诗是假托冬天景色而反衬自己孤独和寂寞的名作,为作者左迁于永州(今湖南省零陵县)时所作。

在没有飞鸟、人迹罕至的冬天降雪的江面上,一只小舟上坐着一位钓鱼的老翁。乍一看似乎是一种超然平静的光景,但从原诗的文字上看,"孤独"、"灭绝"等诗语浮现了上来。在看似达观的心境中,表现的是一种极端的孤独和绝望。

永州位于湖南省南部,是一座面临潇江(潇水)的城市,是在北归的大雁到此之后而不再南下的回雁峰更南的地方。作为北方人,对于柳宗元而言,永州正是连大雁都看不到回访的地方。

在永州作的诗歌中,其他还有描写自然之作,吟咏与个人所处的环境的诗也是比较引人注目的,如:

夏昼偶作

七言绝句

南州溽暑醉如酒,隐几熟眠开北牖。日午独觉无馀声,山童隔竹敲茶臼。

四十三岁时柳宗元左迁柳州，其后更以一种无奈的心情出现在了诗中，表现于人们的面前。

265. 柳 州 二 月

柳宗元

宦情羁思共凄凄(1)，春半如秋意转迷。山城过雨百花尽，榕叶(2)满庭莺乱啼。

【注释】

(1) 宦情：做官的情怀。　羁思：客居他乡的思绪。　凄凄：形容悲伤难过。

(2) 榕叶：榕树的叶子。榕，常绿乔木，有气根，树茎粗大，枝叶繁盛。产于南方等省。

【赏析】

这首诗是在柳州时所作。诗中的第一句是说“官场上的失意和寄居他乡的忧思一起涌上心头”，悲痛的心情溢于言表。第二句表现了作者的心情，南国春天的景色好像北方秋天的景色一样，令人心意凄迷。

在后半部分的二句中，感慨山城的雨后，百花凋零，就连黄莺的啼叫也显得十分嘈杂，强调的是春天本来的样子，由一个“乱”字，隐藏了作者诸多的苦恼。

在令人不习惯的风土环境中，作者稍稍有些神经衰弱的气味了。

此外，这首诗的诗题有的版本也作“柳州二月榕叶落尽偶题”。

266. 与浩初上人同看山，寄京华亲故(1)

柳宗元　七言绝句

海畔尖山似剑铓(2)，秋来处处(3)割愁肠。若为化得身千亿(4)，散上峰头望故乡(5)。

【注释】

(1) 浩初上人：潭州(今湖南省长沙市)人。在柳州与柳宗元有交往。他长于研究《易经》、《论语》，喜好山水，富有学养，柳宗元曾为他的诗写过序。　京华：京城长安。　亲故：亲戚、故人。

(2) 海畔：柳州在南方，距海较近，故称海畔。　尖山：陡峭的山。　剑铓：剑锋。

(3) 秋来：到了秋天。来，为添字。　处处：到处。

(4) 若为：假若。表愿望。　千亿：极言其多。

(5) 散上：飘向。　故乡：这里指长安，而作者的家乡在河东。

【赏析】

这首诗也是作者在柳州时所作。“海边的尖山好像利剑锋芒，到秋天处处割断人的愁肠”，前半部分的这种描写虽然有些凄凉，但后半部分作者的感情在逐步升级，“希望此身能够化作千千万万个自己，撒落到每个峰顶眺望故乡”，作者执着的心境达到了极点。

诗人的整个壮年时期都在偏远之地度过，不如意的境遇产生了苦恼和烦闷，柳宗元的这首诗便是在这种情况下有感而作的。也正是这个原因，他的寿命被缩短了，他为文学上的名声付出的代价确实是有些大了。

267. 燕诗示刘叟

白居易　五言古诗

梁上有双燕，翩翩雄与雌。衔泥两椽(1)间，一巢生四儿。

四儿日夜长，索食声孜孜[2]。青虫不易捕，黄口无饱期。觜爪虽欲敝，心力[3]不知疲。须臾十来往，犹恐巢中饥。辛勤三十日，母瘦雏渐肥。喃喃教言语，一一刷毛衣。一旦羽翼成，引上庭树枝。举翅不回顾，随风四散飞。雌雄空中鸣，声尽呼不归。却入空巢里，啁啾[4]终夜悲。燕燕尔勿悲，尔当返自思。思尔为雏日，高飞背母时。当时父母念，今日尔应知。

【注释】

（1）椽(chuán)：房檐，装于屋顶以支持屋顶盖材料的木杆。

（2）孜孜：勤勉、努力不懈的样子。这里是模拟鸟儿的叫声。

（3）心力：心和身体。一说是力气。

（4）啁啾：悲鸣声。

【赏析】

白居易（772—846），字乐天。号香山居士、醉吟先生。下邽（今陕西省渭南市）人。原籍太原（今山西省太原市）。

无论从哪个角度而言，白家都不是寒门，其家族中有多人担任地方官和中下级官吏。其中祖父白鍠喜好学问和诗文，尤长于五言诗，有诗集十卷，白居易的资质似乎受到了祖父的影响。

从少年时开始，白居易受到祖母和母亲的熏陶，励志勤学，十六岁时来到长安与顾况见面，其才能受到了顾况的赏识。二十九岁时，白居易进士及第，通过上级的考核后开始了官吏的生涯。其后迁翰林学士和左拾遗，三十七岁时娶杨氏为妻。四十三岁时任太子左赞善大夫，元和十年（815）因有越权行为被左迁江州（今江西省九江市）。此后由于卷入了中央的政治斗争，历任杭州和苏州的刺史，最后官至刑部尚书。七十一岁时退隐，其后入香山（今河南省洛阳市郊外）皈依佛门，过着以诗酒为友的生活，会昌六年

(846)在洛阳履道里宅中去世,终年七十五岁。

白居易年轻时作了很多讽谕诗(《新乐府五十首》、《秦中吟十首》等),左迁江州之后闲适、感伤诗的创作多了起来,对日常生活的描写开拓了新的境地。他与元稹交情深厚,他们均以创作平易的诗歌为目的。特别是白居易,现在还保留着这样的传说:他每有新作时,都要读给老婆婆听,听不明白就要修改(据北宋彭乘《墨客挥犀》记载)。白居易有自撰《白氏文集》,现存诗有二千八百首,为唐代诗人中创作诗歌最多的作家。

在中国的诗人中,白居易大概是对日本人影响最深的诗人了。

白居易的诗集在他生前就已经传入到了日本。以平安时代的菅原道真、清少纳言、紫式部为中心,创作了《古今和歌集》、镰仓历史物语和随笔、说话集[《增镜》、《徒然草》、《古今著闻集》、《十训抄》、市町谣曲(《白乐天》、《杨贵妃》)、江户俳谐、川柳(川柳是一种日本诗歌形式,音节与“俳句”同样,也是17个音节,按5,7,5的顺序排列。但它不像俳句要求那么严格,也不受“季语”的限制。川柳的内容大多是调侃社会现象,想到什么就写什么,随手写来,轻松诙谐。)译者注]等等,可见其影响的深远和广泛。

白居易的讽谕诗,以反映少壮官僚气概的作品居多。首先引人注目的是这首五言古诗《燕诗示刘叟》。为因孩子们都离家而感到悲伤的刘老所作,在为此感到叹息的同时,也暗示能够改善他们的内心世界。这首诗的内容,已经超越了作者的创作动机和意图,敏锐地体察到了存在于人类中的根本悲剧性。

这首诗的很多流传版本中有如下的小序:

叟有爱子,背叟逃去,叟甚悲念之。叟少年时,亦尝如是。故作《燕诗》以谕之矣。

诗的正文以雌雄双燕做巢开始写起,它们为了哺育四只乳燕而不辞辛苦,身体也变得衰老了。然而,乳燕长大后随风四散而去,留下了悲痛的双燕。最后作者出场,以表现对儿女的体谅而作结。

两代人之间的不睦，伴随着的是两代人之间的悲哀。这首诗所揭示的问题，是极为普遍的问题。

关于诗歌创作，白居易有他自己的诗歌理论，这可以从他给友人元稹的书信（《与元九书》，见《旧唐书》卷 166 本传，《白氏长庆集》卷 45 亦收）中看到。首先，关于诗歌的社会作用问题，他认为“圣人感人心而天下和平，感人心者，莫先乎情，莫始乎言，莫切乎声，莫深乎义”。其次，关于对诗歌历史的评价，他认为：“至于梁陈间，率不过嘲风雪、弄花草而已。……于时六义尽去矣。”即便是李杜，也未能例外。白居易认为自己的诗歌是正道，并进一步把自己的作品按内容分成四类，定名为“讽谕诗”、“闲适诗”、“感伤诗”、“杂律诗”，而他自己最看重的是“讽谕诗”。

虽然白居易在这里重视讽谕诗的作用，但实际上这种想法并非白居易的独创，在中国历代的文学观点中就已经普遍存在了。在中国文学的源头“六经”（《诗》、《书》、《礼》、《乐》、《易》、《春秋》）中就已经有了，从此之后历代的儒者们进行传承和研究。正因为如此，儒者们对文学才表现出了强烈的关心，即使是文学家也是以儒学为基础的，对此进行正常研究的风气是浓厚的。特别是作为“六经”之一的《诗经》，在汉代儒者的理论解释下，认为诗是以赞美和讽刺为目的的，在有了这个规定之后，历代诗人胸中便有了“诗与天下利益相关”的理念。白居易的诗论，可以说是历代儒家文学观中的一种。

另一方面，白居易也是一位多愁善感的人，是一位酷爱酒和音乐的人。正因为如此，他的诗歌才出现了多方面的表现内容，在前面的诗论中没有表现出来的情况还是比较多的。《长恨歌》、《琵琶行》便属于这方面的例子。而且对白居易本人来说，他本人前半生还是比较有抱负的，在诗歌创作中能够践行儒家的文学观。

白居易的讽谕诗虽然具有道德、说教的意图，但也蕴含了作者深厚的感情于其中,并不是枯燥无味的教化之词。在这一类作品中,能够感受到超越时代的人道主义形象,至今仍然能唤起人们的感动。从这一点而言,他的诗歌可以说是儒家文学观最有意义的结晶了。

当然,白居易的"讽谕诗"主要是他前半生的创作,而"闲适诗"则是在左迁江州之后的后半生创作的,这也反映了他人生观的变化。

白居易生活在安史之乱的影响还未消除时期,是在混乱的社会环境中成长起来的。这类经历,首先对他的人生观和诗风产生了影响。一方面,白居易希望匡正混乱的社会,实现济世的抱负,因此很多的"讽谕诗"便产生了。但另一方面,作者看到了新旧官僚之间的对立和宦官的横暴专权后,对腐败的政界感到失望,于是倾向于老庄思想,有了超越世俗之念。"闲适诗"的基础就是由此产生的,最早在白居易三十多岁时就已经开始创作了。而在他四十多岁时,以前面所述的左迁江州为契机,此后他的诗歌创作重点已经转移在"闲适诗"方面上了。

268. 香炉峰下新卜山居草堂初成,偶题(1)东壁五首　其四

白居易　七言律诗

日高睡足犹慵起,小阁重衾(2)不怕寒。遗爱寺钟欹枕(3)听,香炉峰雪拨(4)帘看。匡庐便是逃名(5)地,司马仍为送老(6)官。心泰身宁是归处(7),故乡何独在长安。

【注释】

(1) 香炉峰:庐山(在今江西省九江市西南)北峰的名字。

卜：盖房子时确定方位和地理位置。　初：刚刚。　题：题诗。

(2) 小阁：小房子。　衾：被子。

(3) 遗爱寺：香炉峰北面的一座寺庙。　欹枕：靠着枕头。听：这里指静静地听。

(4) 拨：拨开。

(5) 匡庐：庐山的别名。商周之时，有一位名叫匡裕的人在此结庐，故而得名庐山。　便：即是。　逃名：逃避世俗的名声、名誉。

(6) 司马：辅佐州长官的职务。实际上是一个挂名的闲差。仍：仍然是。　送老：安度余生。

(7) 归处：归依之处。最终的目标场所。

【赏析】

元和十年(815)六月，宰相武元衡与裴迪遇袭，武元衡身亡。这件事发生之后，白居易即日上书请求追捕犯人，希望事件早日得到解决。但这种越权行为却受到了追究，于是被左迁到了江州。

这首诗是在左迁之后的第二年，白居易在庐山建草堂时所作组诗中的一首(按白居易的《本传》所说，此诗一本作《重题》其三)。

在悠闲的环境中，作者吟咏了早晨的情景和感慨，但在后半部分，由“司马”的官职和对都城长安的意识中，或许可以看出他的达观世界。

白居易很快便沉浸于佛教、道教之中了，以此战胜身体的重病和人生的衰老，在克服烦恼的心情时，他以“知足安分”为生活目标，把身边中的各种事物都写入到诗歌中，进而在创作中达到了一个新的境界。

269. 卖炭翁　苦宫市(1)也

白居易　七言古诗

卖炭翁，伐薪烧炭南山(2)中。满面尘灰烟火(3)

色,两鬓苍苍[4]十指黑。卖炭得钱何所营?身上衣裳口中食。可怜身上衣正单[5],心忧炭贱愿天寒。夜来城外一尺雪,晓驾炭车辗冰辙[6]。牛困人饥日已高,市[7]南门外泥中歇。翩翩两骑来是谁?黄衣使者白衫儿[8]。手把文书口称敕,回车叱牛牵向北。一车炭,千余斤[9],宫使驱将惜不得。半匹红绡一丈绫[10],系向牛头充炭直。

【注释】

(1) 宫市:唐德宗贞元年间(785—804),为了采购宫中的所需物资而设的机构。由内侍省的宦官(宫市使)充任其职,其助手(白望)有数百人,常驻在长安的东市、西市和繁华街道,对有用的物品廉价买入,实际近乎强夺。唐顺宗即位之后,于永贞元年(805)废止。

(2) 南山:即终南山。

(3) 烟火:烟煤。

(4) 苍苍:形容鬓发花白。苍,灰白色。这里形容老人的白发已被熏成灰色。

(5) 单:单薄的上衣,夏天的衣服。

(6) 驾:牛或马驾的车。冰辙:冰上轧出的车辙。辙,车轮辗出的痕迹。

(7) 市:集市。长安有东市、西市。一说是长安的市区。

(8) 黄衣使者:指宫市使的太监。宦官穿着黄色的衣服。白衫儿:借指穿白衫的差役,又称“白望”。

(9) 斤:重量单位。当时的一斤约为 600 克。

(10) 半匹:二丈。唐制四丈为一匹。　红绡:红色的生丝。绡,生丝。　一丈:当时的一丈约为三尺。　绫:一种有花纹的丝织品。

【赏析】

白居易创作的讽谕诗全部共有一百七十余首，特别是三十八岁时创作的五言古诗组诗《新乐府五十首》、三十九岁时创作的同为五言古诗组诗《秦中吟十首》，都属于讽谕诗中代表性的组诗。

关于这些讽谕诗的创作意图，各个组诗的序文分别对此加以记录。

"新乐府"是唐代产生的诗体，是对各种政治、社会问题的记录，为后世提供了参考资料。作品的创作时代从唐高祖时起，一直到与作者同时代的宪宗时期。

《秦中吟》为从德宗贞元末年，至宪宗元和初年（810年左右），作者作为少壮派官僚居住在长安时期的见闻，吟咏"有足悲者"而作了十首组诗。

在这两组组诗中，有同情农民辛苦的内容（《杜陵叟》等），有诉说各种制度弊端的内容（《卖炭翁》、《重赋》），有批判沉溺于奢靡生活的内容（《轻肥》、《盐商妇》、《伤宅》），有对苛刻兵役控诉的内容（《新丰折臂翁》），有对不幸妇女同情的内容（《母别子》、《井底引银瓶》、《上阳人》、《缭绫》），有戒异国风俗流行的内容（《胡旋女》、《时世妆》），反映的是多方面的社会生活。

上面的《卖炭翁　苦宫市也》诗，也是"新乐府"中的代表作。宫市中的官员从市场上拿到有价值的物品，然后送到宫中，但付给的却不是与物品相等的价值，他们口称"敕命"，经常这样强制性地把东西就"买"去了。

在白居易的这首诗中，描写的是一位卖炭的老人，他流着汗水烧炭，辛辛苦苦地拉到市场上，但却被宫市使强行拿走了。诗人以卖炭老人的遭遇，来控诉直到数年前还存在的这种制度的弊害。这种恶习被全面停止，是在作者三十四岁之时。

在《资治通鉴》卷二百三十五德宗贞元十三年（白居易二十六

岁)文中,也有同样的记载,可见白居易这首诗中吟咏的内容,一定不是夸张的。

270. 长恨歌

白居易　七言古诗

汉皇重色思倾国[(1)],御宇[(2)]多年求不得。杨家有女[(3)]初长成,养在深闺人未识。天生丽质难自弃,一朝选在君王侧。回眸一笑百媚生,六宫粉黛无颜色[(4)]。春寒赐浴华清池[(5)],温泉水滑洗凝脂[(6)]。侍儿[(7)]扶起娇无力,始是新承恩泽[(8)]时。云鬓花颜金步摇[(9)],芙蓉帐暖度春宵[(10)]。春宵苦短日高起,从此君王不早朝。承欢侍宴无闲暇,春从春游夜专夜。后宫佳丽三千[(11)]人,三千宠爱在一身。金屋[(12)]妆成娇侍夜,玉楼宴罢醉和春。姊妹弟兄皆列土[(13)],可怜[(14)]光彩生门户。遂令天下父母心,不重生男重生女[(15)]。骊宫[(16)]高处入青云,仙乐风飘处处闻。缓歌慢舞凝丝竹[(17)],尽日君王看不足。渔阳鼙鼓[(18)]动地来,惊破霓裳羽衣曲[(19)]。

九重城阙烟尘生[(20)],千乘万骑西南行[(21)]。翠华[(22)]摇摇行复止,西出都门百余里[(23)]。六军[(24)]不发无奈何,宛转蛾眉[(25)]马前死。花钿委地[(26)]无人收,翠翘金雀玉搔头[(27)]。君王掩面救不得,回看血泪相和流。黄埃散漫风萧索,云栈萦纡登剑阁[(28)]。峨嵋山[(29)]下少人行,旌旗无光日色薄。蜀江水碧蜀山青,圣主朝朝暮暮情。行宫[(30)]见月伤心色,夜雨闻铃(31)肠断声。天旋地转回龙驭(32)，到此踌躇不能去。马嵬坡下泥土中，不见玉颜空死处(33)。君臣相顾尽沾衣，东望都门信马(34)归。归来池苑皆依旧，太液芙蓉未央(35)柳。芙蓉如面柳如眉，对此如何不泪垂？春风桃李花开日，秋雨梧桐叶落时。西宫南苑(36)多秋草，落叶满阶红不扫。梨园弟子(37)白发新，椒房阿监青娥(38)老。夕殿萤飞思悄然，孤灯挑尽(39)未成眠。迟迟(40)钟鼓初长夜，耿耿星河欲曙天(41)。鸳鸯瓦冷霜华(42)重，翡翠衾(43)寒谁与共？悠悠生死别经年，魂魄不曾来入梦。

临邛道士鸿都(44)客，能以精诚致魂魄。为感君王辗转思，遂教方士(45)殷勤觅。排空驭气奔如电，升天入地求之遍。上穷碧落下黄泉(46)，两处茫茫皆不见。忽闻海上有仙山，山在虚无缥缈(47)间。楼阁玲珑五云(48)起，其中绰约(49)多仙子。中有一人字太真，雪肤花貌参差(50)是。金阙西厢叩玉扃(51)，转教小玉报双成(52)。闻道汉家天子使，九华帐(53)里梦魂惊。揽衣推枕起徘徊，珠箔银屏迤逦(54)开。云鬓半偏新睡觉(55)，花冠不整下堂来。风吹仙袂(56)飘飖举，犹似霓裳羽衣舞。玉容寂寞泪阑干(57)，梨花一枝春带雨。含情凝睇谢(58)君王，一别音容两渺茫(59)。昭阳殿(60)里恩爱绝，蓬莱宫(61)中日月长。回头下望人寰处(62)，不见长安见尘雾。惟将旧物表深情，钿合金钗(63)寄将去。钗留一股合一扇，钗擘黄金合分钿。但教心似金钿坚，天上人间(64)会相见。临别殷勤重寄词,词中有誓两心知。七月七日长生殿[65],夜半无人私语时。在天愿作比翼鸟[66],在地愿为连理枝[67]。天长地久[68]有时尽,此恨[69]绵绵无绝期。

【注释】

(1) 汉皇:原指汉武帝刘彻。此处借指唐玄宗李隆基。唐人文学创作常以汉称唐。　倾国:绝色女子。汉代李延年对汉武帝唱了一首歌:"北方有佳人,绝世而独立。一顾倾人城,再顾倾人国。宁不知倾国与倾城,佳人难再得。"后来,"倾国倾城"就成为美女的代称。

(2) 御宇:驾御宇内,即统治天下。

(3) 杨家有女:蜀州司户杨玄琰,有女杨玉环,自幼由叔父杨玄珪抚养,十七岁[开元(二十三年)]被册封为玄宗之子寿王李瑁之妃。二十七岁被玄宗册封为贵妃。白居易此谓"养在深闺人未识",是作者有意为帝王避讳的说法。

(4) 六宫粉黛:指宫中所有嫔妃。古代皇帝设六宫,正寝(日常处理政务之地)一,燕寝(休息之地)五,合称六宫。　粉黛:粉黛本为女性化妆用品,粉以抹脸,黛以描眉。此代指六宫中的女性。　无颜色:意谓相形之下,都失去了美好的姿容。

(5) 华清池:即华清池温泉,在今西安市临潼区南的骊山下。天宝六载(747)扩建后改名华清宫。唐玄宗每年冬、春季都到此居住。

(6) 凝脂:形容皮肤白嫩滋润,犹如凝固的脂肪。

(7) 侍儿:宫女。

(8) 新承恩泽:刚得到皇帝的宠幸。

(9) 云鬓:形容女子鬓发盛美如云。　金步摇:一种金首饰,用金银丝盘成花之形状,上面缀着垂珠之类,插于发鬓,走路时摇曳生姿。

(10) 芙蓉帐：绣着莲花的帐子。形容帐之精美。　春宵：新婚之夜。

(11) 佳丽三千：这里形容后宫女子数量极多。据《旧唐书·宦官传》等记载，开元、天宝年间，长安大内、大明、兴庆三宫，皇子十宅院，皇孙百孙院，东都大内、上阳两宫，大率宫女四万人。

(12) 金屋：据《汉武故事》记载，武帝幼时，他姑妈将他抱在膝上，问他要不要她的女儿阿娇做妻子。他笑着回答说："若得阿娇，当以金屋藏之。"

(13) 姊妹：姐妹。　列土：分封土地。据《旧唐书·后妃传》等记载，杨贵妃有姊三人，玄宗并封国夫人之号。

(14) 可怜：可爱，值得羡慕。

(15) 不重生男重生女：陈鸿《长恨歌传》云，当时民谣有"生女勿悲酸，生男勿喜欢"，"男不封侯女作妃，看女却为门上楣"等。

(16) 骊宫：骊山华清宫。骊山在今陕西临潼。

(17) 凝丝竹：指弦乐器和管乐器伴奏出舒缓的旋律。

(18) 渔阳：郡名，辖今北京市和天津市等地，当时属于平卢、范阳、河东三镇节度使安禄山的辖区。天宝十四载(755)冬，安禄山在范阳起兵叛乱。　鼙鼓：古代骑兵用的小鼓，此借指战争。

(19) 霓裳羽衣曲：舞曲名，据说为唐开元年间西凉节度使杨敬述所献，经唐玄宗润色并制作歌词，改用此名。乐曲着意表现虚无缥缈的仙境和仙女形象。

(20) 九重城阙：九重门的京城，此指长安。阙，古代宫殿门前两边的楼，泛指宫殿或帝王的住所。　烟尘生：指发生战事。

(21) 千乘万骑西南行：天宝十五载(756)六月，安禄山破潼关，逼近长安。玄宗带领杨贵妃等出延秋门向西南方向逃走。当时随行护卫并不多，"千乘万骑"是夸大之词。乘，一人一骑为一乘。

(22) 翠华：用翠鸟羽毛装饰的旗帜，皇帝仪仗队用。

(23) 百余里：指到了距长安一百多里的马嵬坡。

(24) 六军：指天子军队。

(25) 宛转：形容美人临死前哀怨缠绵的样子。 蛾眉：古代美女的代称，此指杨贵妃。

(26) 花钿：用金翠珠宝等制成的花朵形首饰。 委地：丢弃在地上。

(27) 翠翘：首饰，形如翡翠鸟尾。 金雀：金雀钗，钗形似凤(古称朱雀)。 玉搔头：玉簪。

(28) 云栈：高入云霄的栈道。 萦纡：萦回盘绕。 剑阁：又称剑门关，在今四川剑阁县北，是由秦入蜀的要道。

(29) 峨嵋山：在今四川峨眉山市。玄宗奔蜀途中，并未经过峨嵋山，这里泛指蜀中高山。

(30) 行宫：皇帝离京出行在外的临时住所。

(31) 夜雨闻铃：据《明皇杂录·补遗》记载："明皇既幸蜀，西南行。初入斜谷，霖雨涉旬，于栈道雨中闻铃音与山相应。上既悼念贵妃，采其声为《雨霖铃曲》以寄恨焉。"这里暗指此事。后《雨霖铃》成为宋词词牌名。

(32) 天旋地转：指时局好转。肃宗至德二年(757)，郭子仪率军收复长安。 回龙驭：皇帝的车驾归来。

(33) 不见玉颜空死处：据《旧唐书·后妃传》载：玄宗自蜀还，令中使祭奠杨贵妃，密令改葬于他所。初瘗时，以紫褥裹之，肌肤已坏，而香囊仍在，内官以献，上皇视之凄惋。乃令图其形于别殿，朝夕视焉。

(34) 信马：意思是无心鞭马，任马前进。

(35) 太液：汉宫中有太液池。 未央：汉有未央宫。此皆借指唐长安皇宫。

(36) 西宫南苑：皇宫之内称为大内。西宫即西内太极宫，南内为兴庆宫。玄宗返京后，初居南内。上元元年(760)，权宦李辅国假借肃宗名义，胁迫玄宗迁往西内，并流贬玄宗亲信高力士、陈玄礼等人。

(37) 梨园弟子：指玄宗当年训练的乐工舞女。梨园，据《新唐书·礼乐志》记载：唐玄宗时宫中教习音乐的机构，曾选"坐部伎"三百人教练歌舞，随时应诏表演，号称"皇帝梨园弟子"。

(38) 椒房：后妃居住之所，因以花椒和泥抹墙，故称。 阿监：宫中的侍从女官。 青娥：年轻的宫女。

(39) 孤灯挑尽：古时用油灯照明，为使灯火明亮，过了一会儿就要把浸在油中的灯草往前挑一点。挑尽，说明夜已深。

(40) 迟迟：迟缓。报更钟鼓声起止原有定时，这里用以形容玄宗长夜难眠时的心情。

(41) 耿耿：微明的样子。 欲曙天：长夜将晓之时。

(42) 鸳鸯瓦：屋顶上俯仰相对合在一起的瓦。房瓦一俯一仰相合，称阴阳瓦，亦称鸳鸯瓦。 霜华：霜花。

(43) 翡翠衾：布面绣有翡翠鸟的被子。

(44) 临邛：地名。在今四川邛崃县。道士：修道的人。钻研招魂、长生不老、仙化等道术的人。此二字一本作"方士"。 鸿都：这里借指长安。一说是"鸿都客"为道士之名。据北宋乐史所著的《杨太真外传》记载："有道士杨通幽自蜀来，知上皇念杨贵妃，自云有李少君之术。"清洪升的《长生殿》中，也有杨通幽之名。

(45) 方士：有法术的人。这里指道士。一说是与道士一样的人。

(46) 碧落：道教用语，即天空。 黄泉：指地下，为死者之所。

(47) 缥缈：隐隐约约，若有若无的样子。形容空虚渺茫。

(48) 玲珑：华美精巧。 五云：五彩(青、红、黄、白、黑)云霞。

(49) 绰约:体态轻盈柔美。

(50) 参差:仿佛,差不多。

(51) 金阙:上清宫门中有两阙,左金阙,右玉阙。　西厢:《尔雅·释宫》云室有东西厢曰庙。西厢在右。　玉扃:玉门。即玉阙之变文。

(52) 转教小玉报双成:意谓仙府庭院重重,须经辗转通报。　小玉:吴王夫差女。　双成:传说中西王母的侍女。这里皆借指杨贵妃在仙山的侍女。

(53) 九华帐:绣饰华美的帐子。九华,重重花饰的图案。言帐之精美。

(54) 珠箔:珠帘。　银屏:饰银的屏风。　迤逦:接连不断地。

(55) 新睡觉:刚睡醒。觉,醒。

(56) 袂:衣袖。

(57) 玉容寂寞:此指神色黯淡凄楚。　阑干:纵横交错的样子。这里形容泪痕满面。

(58) 凝睇:凝视。　谢:告白。

(59) 渺茫:指时地远隔,模糊不清楚。

(60) 昭阳殿:汉成帝宠妃赵飞燕的寝宫。此借指杨贵妃住过的宫殿。

(61) 蓬莱宫:传说中的海上仙山。这里指贵妃在仙山的居所。

(62) 人寰:人间。　处:……时。

(63) 钿合:镶嵌金、银、玉、贝的首饰盒子。　金钗:借指妇女插于发髻的金制首饰,由两股合成。

(64) 天上人间:指天上的世界和人间的世界。《长恨歌传》:“或为天,或为人,决再相见,好合如旧。”

(65) 长生殿:骊山华清宫内的宫殿名。原为祭祀神仙的斋宫，玄宗在冬季、春初寒冷之时驾幸于此。

(66) 比翼鸟：传说中的鸟名。据说只有一目一翼，雌雄并在一起才能飞。这里比喻感情至深的夫妇。

(67) 连理枝：两株树木树干相抱。理，木纹。古人常用这两物比喻情侣相爱、永不分离。

(68) 天长地久：跟天和地存在的时间那样长。语出《老子》第七章："天长地久，天地所以能长且久者，以其不自生，故能长生。"

(69) 此恨：这里指唐玄宗与杨贵妃的离别之叹。此，泛指前面所述的内容。但从句子的整体情况来看，这是唐玄宗与杨贵妃的感叹之词，具有令人难忘的意味。

【赏析】

说到白居易的诗歌，是不可能避开《长恨歌》、《琵琶行》两大杰作的。尤其是《长恨歌》发表之后，极受欢迎，就连长安的妓女也因为能够背诵《长恨歌》而人气大涨。

然而，正如前面所述，白居易最为看重的是"讽谕诗"，其理想是"为君、为臣、为民、为物、为事而作，不为文而作也"(《新乐府》序)，也就是说，他的诗歌是为匡正世俗而作的。其中的原因，正如他自己所说：

> 今仆之诗，人所爱者，悉不过"杂律诗"与《长恨歌》已下耳。时之所重，仆之所轻。(《与元九书》)

元和元年(806)白居易三十五岁的这年冬天，他与友人王质夫、陈鸿同游仙游寺。当时他们的话题曾经谈到了玄宗皇帝和杨贵妃之间的感情之事。王质夫提出了"五十年前的这段故事"，于是陈鸿写下了散文作品《长恨歌传》，白居易创作了相同题材的诗歌。虽然写的是当时的时事，但却产生了白居易毕生的名作《长恨歌》。全诗为七言古诗，共一百二十句。总体可分为三段：

第一段(1—32 句)描写了玄宗皇帝与杨贵妃之间度过的幸福生活。

全诗首先描写了杨贵妃入宫之事,叙述了她集玄宗宠爱于一身的情况。时玄宗五十六岁,贵妃二十二岁。

受到皇帝宠爱的结果,是杨贵妃的亲族都逐渐获得了官位,于是改变了当时世人“不重生女重生男”的观念。

由于安禄山的举兵叛乱,时局突然发生了重大变化。

第二段描写了杨贵妃死于非命以及玄宗对此的悲叹。

玄宗一行在为避战乱向蜀中逃亡的途中,杨贵妃在近卫兵的要求下,被玄宗赐死。玄宗在蜀地以及后来回到都城时,无不在悲伤之中度过他的每一天。

曾经的两个人在阴阳两个世界中,过着不同的日子,而杨贵妃也出现在了玄宗的梦中。作品写到这里,玄宗与杨贵妃的故事遂告一段落。

第三段(75—120 句)描写道士同情玄宗的悲伤之事,遂与弟子一起寻求杨贵妃的魂魄。在天地八方搜索,最终是在东海的蓬莱宫中找到了现在是仙女太真的贵妃,并且与之见了面。

太真委托道士给玄宗带去了礼物,传达了只有玄宗自己才知道的誓言,他们所有能想到的东西在这里一一作了叙述。

第三段增加的这个故事,使《长恨歌》的世界发生了变化,同时也更加具有魅力了。从长短的角度而言,这一段应该是最长的一个段落了。

第三段的主人公,无非就是道士了。他与方士弟子一起,带着玄宗和读者的期待,上天入地,发挥着超凡的能力而东奔西走。这种极端的热情,确实也是读者的同感。在道士和他弟子的努力下,杨贵妃如生前一样的形象再次出现了,她向玄宗告白了对他至死不渝的爱情。

由于这个情节的展开,史实上悲惨的最后结局便清楚了,作品的完成度和满足度都有了提高,白居易的创造能力确实是令人佩服啊!

关于最后一句"此恨绵绵无绝期",有几个不同的说法。如:

(一)因为杨贵妃在马嵬坡死于非命,所以其魂魄才没有着落,与玄宗的誓言也没有实现。这件事可能就是"此恨"了。

(二)杨贵妃在马嵬坡死后,因为进入了仙界,所以今生与玄宗一起生活的可能性已经永远没有了。这也是"此恨"了。

但是,这两个方面的问题与前面部分的内容有些不太协调,在诗歌的衔接上有些不太自然。从诗的文本上看,之前太真说"但教心似金钿坚,天上人间会相见",分明是确信二人今后还会相见的。太真的"会相见",是一个非常有力的句子。在这篇大作的世界中,能够得到净化的内容,便是最后句子中前面的两句,悲观解释的话,就是在感动的最高潮时被扼杀掉了,所以才落下了一个不好的结果,这是不能否认的。

从观察的角度而言,这首诗的最后二句说起来是出自作者之口,但围绕着整个作品而言,其中叙述的还是玄宗与杨贵妃的离别之叹;换言之,二人相爱至深的程度,达到了即使是天地毁灭,也相爱到底的地步。虽然有上面大段的文字叙述,但波澜万丈的长篇叙事诗还是到此结束了,可以说叙述的内容和情节是非常相适应的。

《长恨歌》的创作时间,大概是在玄宗与杨贵妃去世五十年之后。了解当时事件的人,还有人活在世上,因而围绕着这个故事的传承才能流传下来。白居易根据这些传说,把各种事情和话题总汇在一起,于是创作了这首长篇叙事诗。

如前所述,作者的友人陈鸿也有同一题材的小说《长恨歌传》。白居易与陈鸿相互交换了意见之后,几乎是同时创作了各自的作品。

关于《长恨歌传》这部小说,有一种说法是,《长恨歌》完成之后,小说具有对其中的内容进行补充的意义("传"除了具有"故事"的意思之外,还有"注释"的意思)。

从此之后,这个故事以各种各样的形式流传至今。除了五代王仁裕《开元天宝遗事》、北宋乐史《杨太真外传》、无名氏《梅妃传》之外，在近世的戏曲中，元代白朴的《梧桐雨》、清代洪升的《长生殿》，都是极为重要的作品。

《梧桐雨》(正式名称是《唐明皇秋夜梧桐雨杂剧》)主要有如下几折：七月七日长生殿的爱情誓言(第一折)、贵妃的《霓裳羽衣舞》(第二折)、杨贵妃之死(第三折)，在经过了这几折之后，还有玄宗追忆去世了的贵妃、梦中与贵妃相会的情节(第四折)。值得注意的是，玄宗在听到梧桐树上降雨的声音后，神情极为哀怨，全剧在哀切声中结束。

《长生殿》由五十出组成，是围绕着杨贵妃的故事、传承而创作的鸿篇巨制。在作品中，主要的情节有：玄宗与杨贵妃之间的不睦(第六、八、九折)；虢国夫人的骄纵(第七折)；《霓裳羽衣曲》的由来(第十一、十二、十四、十六折)；杨国忠与安禄山的论战(第十三折)；杨贵妃嗜好荔枝(第十五折)；梅妃对杨贵妃的嫉妒(第十八、十九折)；将军郭子仪对安禄山的怀疑(第二十折)；七夕的誓言(第二十二折)；安禄山举兵叛乱与贵妃之死(第二十三、二十四、二十五折)；乐工雷海青的忠节(第二十八折)；《雨霖铃》曲牌的由来(第二十九折)；织女对杨贵妃的同情(第三十三折)；暗杀安禄山(第三十四折)；王嬷嬷的暴富(第三十六折)；贵妃登仙(第三十七折)；宫廷歌手李龟年的歌唱(第三十八、三十九折)；牵牛、织女之间的谈话(第四十折)；道士寻找杨贵妃(第四十六、四十八折)，全剧的内容极富变化，最后以玄宗和贵妃在天上永为夫妇的大团圆而作结(第五十折)。

《长恨歌》对日本文学、艺能(演剧、歌谣、舞蹈、电影、曲艺等群众艺术的总称)也产生了影响，自《源氏物语》以来，产生的影响极为广泛，这里举两部作品看一下。

谣曲《杨贵妃》取材于《长恨歌》的第三段，讲述奉玄宗之命的方士赴蓬莱宫寻找贵妃，贵妃托方士把自己的簪子转给玄宗，并跳起了《霓裳羽衣舞》。

江户后期的筝曲《秋风曲》(曲,光崎检校;词,莳田雁门)是由六首歌曲构成,大体上源于《长恨歌》的内容,两人相爱、马嵬悲剧、玄宗悲叹各有二曲组成(关于这个作品的有关内容,参见前滨加奈惠的研究成果)。

271. 琵 琶 行

白居易　七言古诗

元和十年(1),予左迁(2)九江郡司马。明年秋,送客湓浦口(3),闻舟中夜弹琵琶者,听其音,铮铮然有京都声(4)。问其人,本长安倡女(5),尝学琵琶于穆、曹二善才(6),年长色衰,委身为贾人(7)妇。遂命酒,使快(8)弹数曲。曲罢悯然,自叙少小时欢乐事,今漂沦(9)憔悴,转徙于江湖间。予出官(10)二年,恬然自安,感斯人言,是夕始觉有迁谪意。因为长句(11),歌(12)以赠之,凡六百一十六言(13),命(14)曰《琵琶行》。

浔阳江(15)头夜送客,枫叶荻花秋瑟瑟(16)。主人(18)下马客在船,举酒欲饮无管弦。醉不成欢惨将别,别时茫茫江浸月。忽闻水上琵琶声,主人忘归客不发。寻声暗问弹者谁?琵琶声停欲语迟。移船相近邀相见,添酒回灯(17)重开宴。千呼万唤始出来,犹抱琵琶半遮面。

转轴拨弦三两声,未成曲调先有情。弦弦掩抑声声思(19),似诉平生不得志。低眉信手续续弹(20),说尽心中无限事。轻拢慢捻抹复挑(21),初为霓裳后六幺(22)。大弦嘈嘈(23)如急雨,小弦切切如私语(24)。嘈嘈切切错杂弹,大珠小珠落玉盘。间关(25)莺语花底滑,幽咽泉流冰下难(26)。冰泉冷涩弦凝绝(27),凝绝不通声暂歇。别有幽愁暗恨(28)生,此时无声胜有声。银瓶乍破水浆迸(29),铁骑(30)突出刀枪鸣。曲终收拨当心画(31),四弦一声如裂帛。东船西舫(32)悄无言,唯见江心秋月白。

沉吟放拨插弦中,整顿衣裳起敛容(33)。自言本是京城女,家在虾蟆陵(34)下住。十三学得琵琶成,名属教坊第一部(35)。曲罢曾教善才服,妆成每被秋娘(36)妒。五陵年少争缠头(37),一曲红绡(38)不知数。钿头银篦击节(39)碎,血色罗裙翻酒污。今年欢笑复明年,秋月春风等闲(40)度。弟走从军阿姨死,暮去朝来颜色故(41)。门前冷落鞍马稀,老大嫁作商人妇。商人重利轻别离,前月浮梁(42)买茶去。去来(43)江口守空船,绕船月明江水寒。夜深忽梦少年事,梦啼妆泪红阑干(44)。

我闻琵琶已叹息,又闻此语重唧唧(45)。同是天涯沦落人,相逢何必曾相识!我从去年辞帝京,谪居卧病浔阳城。浔阳地僻无音乐,终岁不闻丝竹声。住近湓江地低湿,黄芦苦竹绕宅生。其间旦暮闻何物?杜鹃啼血猿哀鸣。春江花朝秋月夜,往往取酒还独倾。岂无山歌与村笛?呕哑嘲哳(46)难为听。今夜闻君琵琶语(47),如听仙乐耳暂(48)明。莫辞更坐弹一曲,为君翻作琵琶行。感我此言良久立,却坐促弦(49)弦转急。凄凄不似向前声(50),满座重闻皆掩泣。座中泣下谁最多?江州司马青衫(51)湿。

【注释】

(1) 元和十年：即 815 年。元和，唐宪宗的年号。

(2) 左迁：贬官，降职。与下文所言“迁谪”同义。

(3) 湓浦口：湓水流至长江入口处，在江西省九江市西。

(4) 铮铮：形容金属、玉器等相击声。 京都声：指唐代京城流行的乐曲声调。

(5) 倡女：歌女。倡，古时歌舞艺人。

(6) 善才：当时对琵琶师或曲师的通称。

(7) 委身：托身，这里指嫁的意思。 为：做。 贾人：商人。

(8) 快：畅快。

(9) 漂沦：漂泊沦落。

(10) 出官：(京官)降职外调。

(11) 为：创作。 长句：指七言诗。

(12) 歌：作歌，动词。

(13) 言：字。

(14) 命：命名，题名。

(15) 浔阳江：据考究，为流经浔阳城中的湓水，即今江西省九江市中的龙开河(1997 年被人工填埋)，经湓浦口注入长江。

(16) 荻花：多年生草本植物，生在水边，叶子长形，似芦苇，秋天开紫花。 瑟瑟：形容枫树、芦荻被秋风吹动的声音。

(17) 主人：诗人自指。

(18) 回灯：重新拨亮灯光。回，再。一说移灯。

(19) 掩抑：掩蔽，遏抑。 思：悲伤的情思。

(20) 信手：随手。 续续弹：连续弹奏。

(21) 拢：左手手指按弦向里(琵琶的中部)推。 捻：揉弦的动作。 抹：顺手下拨的动作。 挑：反手回拨的动作。

(22)《霓裳》：即《霓裳羽衣曲》，本为西域乐舞，唐开元年间西凉节度使杨敬述依曲创声后流入中原。 《六幺》：大曲名，又叫

《乐世》、《绿腰》、《录要》,为歌舞曲。

(23) 大弦:琵琶上最粗的弦。　嘈嘈:声音沉重抑扬。

(24) 小弦:琵琶上最细的弦。　切切:形容声音急切细碎。私语:悄悄话,小声说话。

(25) 间关:象声词,这里形容"莺语"声(鸟鸣婉转)。

(26) 幽咽:遏塞不畅状。　冰下难:泉流冰下阻塞难通,形容乐声由流畅变为冷涩。难,与滑相对,有涩之意。

(27) 冷涩:凝滞不通。　凝绝:凝滞。

(28) 暗恨:内心的怨恨。

(29) 银瓶:银制的水瓶。　水浆:水。浆,饮料的总称。迸:溅射。

(30) 铁骑:这里形容琵琶声如铁骑疾驰的声音。

(31) 当心画:用拔子在琵琶的中部划过四弦,是一曲结束时经常用到的右手手法。

(32) 舫:船。

(33) 敛容:收敛(深思时悲愤深怨的)面部表情。

(34) 虾蟆陵:"虾"通"蛤"。在长安城东南,曲江附近,是当时有名的游乐区。

(35) 教坊:唐代管理宫廷乐队的官署。　第一部:如同说第一团、第一队。

(36) 秋娘:唐时歌舞伎妓常用的名字。泛指当时貌美艺高的歌伎。

(37) 五陵:在长安城外,指长陵、安陵、阳陵、茂陵、平陵五个汉代皇帝的陵墓,是当时富豪居住的地方。　缠头:用锦帛之类的财物送给歌舞伎女。指古代赏给歌舞女子的财物,唐代用帛,后代用其他财物。

(38) 红绡:一种生丝织物。绡,精细轻美的丝织品。

(39) 钿头:两头装着花钿的发篦。　银篦:用金翠珠宝装点的首饰。　击节：打拍子。歌舞时打拍子所用木制或竹制的板子。

(40) 等闲：随随便便，不重视。

(41) 颜色故：容貌衰老。

(42) 浮梁：古县名，唐属饶州。在今江西省景德镇市一带，盛产茶叶。

(43) 去来：离别后。来，语气词。

(44) 红阑干：泪水融和脂粉流淌满面的样子。

(45) 重：重新、重又之意。　唧唧：叹息声。

(46) 呕哑嘲哳：呕哑，拟声词，形容单调的乐声；嘲哳，形容声音繁杂，也作"啁哳"。

(47) 琵琶语：琵琶声，琵琶所弹奏的乐曲。

(48) 暂：突然，一下子。

(49) 却坐：退回到原处。　促弦：把弦拧得更紧。

(50) 凄凄：悲惨的样子。一本作"凄凄"。　向前声：刚才奏过的单调。

(51) 青衫：唐朝八品、九品文官的服色。白居易当时的官阶是将侍郎，从九品，所以穿青衫。

【赏析】

与《长恨歌》齐名的《琵琶行》作于元和十一年(816)，时白居易四十五岁，为左迁江州次年所作。这首诗为七言古诗，共八十八句(有的传本诗题一作《琵琶引》)。

在秋夜江边上送别友人，作者偶然遇到了弹琵琶的女子，借她的不幸之身以寄托自己的左迁之悲，于是吟咏了这首诗。琵琶女原为长安名伎，年老色衰后委身为商人之妻，然而并不受丈夫的宠爱，想起年轻时之事，不禁在凄苦中度日。作者让她演奏几曲，在侧耳倾听中，觉得颇为符合自己的处境，因此不禁潸然泪下。

第一段(1—14 句)叙述了与琵琶女的相识相会。在秋夜江边上送别友人，偶然听到了舟中传来的优美琵琶之声，作者不禁招呼琵琶女过来弹奏。

第二段（15—38 句）描写迎接琵琶女来到舟中，听她演奏琵琶。琵琶女弹奏琵琶技艺高超，乘兴弹奏之后，不久便与作者产生了共鸣。其中对琵琶演奏的缓急、强弱和音色明暗的描写都是极为优美的。

第三段（39—62 句）是琵琶女自述的话。她本是长安名伎，年老色衰后委身作商人之妻，因不受丈夫的宠爱，每每忆及年轻时的风光日子。

第四段（63—88 句）叙述了作者自身的感慨，在缺乏音乐的地方能够听到如此优美的乐曲，作者为之感到高兴。然而在再一次听到琵琶的演奏时，作者却潸然泪下。

无论是歌舞，还是乐曲，白居易均有着较高的造诣，以这方面内容为题材的诗歌也较多。特别是吟咏琵琶和古筝的诗歌，其对音色的描写和受到感动的表现，给人留下了深刻的印象。下面再举几个例子看一下：

夜　筝

白居易　七言绝句

紫袖红弦明月中，自弹自感暗低容。弦凝指咽声停处，别有深情一万重。

琵　琶

白居易　七言绝句

弦清拨剌语铮铮，背却残灯就月明。赖是心无惆怅事，不然争奈子弦声。

听崔七妓入筝

白居易　七言绝句

花脸云鬟坐玉楼，十三弦里一时愁。凭君向道休弹去，白尽江州司马头。

尤其是下面的这首诗，具有与《琵琶行》相似的构想，令人感到兴味颇深。

夜闻歌者宿鄂州

白居易　五言古诗

夜泊鹦鹉洲，江月秋澄澈。邻船有歌者，发词堪愁绝。
歌罢继以泣，泣声通复咽。寻声见其人，有妇颜如雪。
独倚帆樯立，娉婷十七八。夜泪如真珠，双双堕明月。
借问谁家妇，歌泣何凄切。一问一沾襟，低眉终不说。

272. 寄 皇 甫 七[(1)]

白居易　五言律诗

孟夏爱吾庐[(2)]，陶潜语不虚。花樽飘落[(3)]酒，风案[(4)]展开书。

邻女偷新果，家僮漉[(5)]小鱼。不知皇甫七，池上兴何如？

【注释】

(1) 皇甫七：皇甫湜。七，排行。字持正，睦州新安(今浙江省建德县)人，元和元年(806)进士。官至工部郎中。师事韩愈，与李翱齐名。白居易五十多岁后，经常与他有诗词唱和。太和四年(830)去世，白居易作《哭皇甫七郎中》一诗，以表示自己的悼念。

(2) 孟夏：初夏。　庐：茅屋；简陋的家。这一句语出陶渊明《读山海经十三首》其一“孟夏草木长，绕屋树扶疏。众鸟欣有托，吾亦爱吾庐。”

(3) 花樽：花木下放置的酒樽。　飘落：飘散下来。

(4) 风案：风吹到桌子上。

（5）家僮：家中的少年仆人。　漉：过滤。

【赏析】

这首诗是宝历元年(825)，白居易五十四岁时所作。在前一年长庆四年(824)五月，作者作为太子左庶子分司(负责皇太子教育的官员)住在了洛阳履道里，在这一年的三月，他又转为苏州刺史，并于五月到任。

这首诗是作者赴任之前，为亲友皇甫七所作。由于一直得到皇甫七的帮助，作者回忆了他们在一起时的欢乐情形。

颔联的二句属于技巧性的对句，各句开头中的“花”、“风”分别是下面三个字的主语。第三句的“花樽飘落酒”，可见其风流洒脱之性。

下面的这首诗也吟咏了同样的情景：

花下自劝酒

白居易　七言绝句

酒盏酌来须满满，花枝看即落纷纷。莫言三十是年少，百岁三分已一分。

273. 对酒五首　其二

白居易　七言绝句

蜗牛角上(1)争何事，石火光中寄此身。随富随贫且欢乐，不开口笑(2)是痴人。

【注释】

（1）蜗牛角上：在狭窄的蜗牛角上。从前在狭窄的领土上各个国家相互发动战争，死伤人数达数万人。比喻狭窄的地方发生的争斗(《庄子·杂篇·阳则》)。

（2）开口笑：语出《庄子·盗跖》：“人上寿百岁，中寿八十，下寿六十，除病庾死丧忧患，其中开口而笑者，一月之中不过四五日而已矣。”

【赏析】

这首诗是太和三年(829)，白居易五十八岁时所作。从两年前开始，作者任秘书监，后任刑部侍郎，这年三月为了避开党争，他作为太子宾客分司回到了洛阳履道里。也就在这一年，白居易的长男阿崔出生了。

这首诗展现的是一种豪放的思想，从四十多岁起，作者笃信佛教、道教，由于经常患病，而且身体也开始衰老，他似乎也注重锻炼了。

274. 八月十五日夜禁中独直，对月忆元九

白居易　七言律诗

银台金阙夕沉沉，独宿相思在翰林。三五夜中新月色，二千里外故人[(1)]心。渚宫[(2)]东面烟波冷，浴殿西头钟漏[(3)]深。犹恐清光不同见，江陵卑湿足秋阴[(4)]。

【注释】

(1) 故人：老朋友。指元稹。

(2) 渚宫：春秋时楚王的离宫。为元稹的左迁之地，在江陵曾有其遗迹。

(3) 浴殿：大明宫的浴堂殿。在翰林院的东南，故有此说。钟漏：钟和刻漏。借指时辰、时间。

(4) 江陵：湖北省江陵县。　卑湿：地势低洼，空气潮湿。足：充足，很多。　秋阴：秋天的阴云。

【赏析】

中秋的月明之夜，在宫中宿值的白居易想到了左迁远方的好

友元稹，于是便提笔写下了这首诗。时为宪宗元和五年(810)，白居易三十九岁，元稹三十二岁。白居易出仕翰林时，元稹因直言遭到弹劾，左迁为江陵士曹掾(地方上掌管土木的辅佐官)。

这首诗以作者在宫中之夜思念友人开始，中间二联把眼前的景物和对方联系起来进行吟咏，尾联以叙述担心友人身体健康而作结。

颔联的二句作为名句广为人知，《汉和朗咏集》(《和汉朗咏集》是日本平安中期的诗文选集，首次将汉诗与和歌并列编排，对后世产生了深远的影响。译者注)卷上的"秋部"也引用了这句诗。

元稹与白居易的交往，始于贞元十九年(803)，时作者试判拔萃科及第，作为秘书省校书郎在任时，他们就开始交往了，一直持续到太和五年(831)元稹五十三岁去世。在这期间，他们经常有诗歌唱和和书信往来。两个人之间深厚的友情被称为"元白之交"，他们的诗风也存在着共同之处。

关于"讽谕诗"的确立问题，正如白居易前面所述，元稹也留有《新题乐府十五首》。还有一个问题是，他们都以平易的诗风为目标进行创作，两人这样的诗风，被冠以当时的年号而称为"元和体"。

275. 闻乐天授江州司马

元　稹　七言绝句

残灯无焰影幢幢(1)，此夕闻君谪九江。垂死病中惊坐起，暗风吹雨(2)入寒窗。

【注释】

(1) 残灯：快要熄灭的灯。灯油将尽时，火苗较弱。　幢幢：

灯影昏暗摇曳之状。一本作"憧憧"。

（2）雨：一本作"面"。

【赏析】

元稹(779—831)，字微之。河南洛阳人(今河南省洛阳市)。幼时丧父，但读书刻苦，十五岁以明经科擢第，二十四岁时与白居易同任秘书省校书郎，二十八岁列才识兼茂明于体用科第一名，授左拾遗。元稹为官极为精励恪勤，严于律己，而且性格直率，由于与宦官和保守势力有矛盾，因此经常被左迁。最后其官至同中书门下平章事(宰相)。

在元稹的诗歌中，与白居易唱和、赠答之作比较多。此外，在讽谕诗的作品中，他的诗与白居易相比稍稍缺少一些明快之感，仍然有一些官僚气，在政界、官场似乎不太被看重。

元稹的诗才表现在用心追忆某种事情时，会有一种突然的发挥。最有名的是在元和十年(815)秋听到白居易左迁江州司马时，所作的上面的这首七言绝句。元稹本人也在五年前的元和五年被朝廷贬斥，在元和九年任通州(今四川省达州市)司马，元和十年春，因患重度的风土病而卧病在床。

《闻乐天授江州司马》这首诗的四句充满了郁闷之气，是作者受到打击的如实反映。暗示二人命运像微弱的灯光，听到好友左迁消息后作者忘记了自身的病痛，一跃而起。这是一个风雨交加的夜晚……第四句是作者心境的反映，是在偶然察觉到自己患恶寒之病后，作者表现出来的感人力量。

276. 遣悲怀三首　其一

元　稹　七言律诗

谢公最小偏怜女(1)，嫁与黔娄(2)百事乖。顾我无衣搜荩箧(3),泥他沽酒拔金钗。

野蔬充膳甘长藿(4),落叶添薪仰古槐。今日俸钱过十万,与君营奠复营斋(5)。

【注释】

(1) 谢公:东晋宰相谢安。这里是对妻子的父亲韦夏的尊称。 偏怜女:原指谢安的侄女谢道韫,这里是比喻韦夏对女儿苇从的钟爱。

(2) 黔娄:战国时齐国的贫士。这里是自喻。

(3) 荩箧:竹或草编的箱子。一本作"画箧"。

(4) 长藿:豆叶,嫩时可食。

(5) 营奠:设祭。 营斋:请僧侣设斋食请为死者超度灵魂。

【赏析】

元稹的妻子韦丛去世后,他怀着痛切无比的心情写下了系列的悼亡组诗。今举这组诗的"其一"来看一下。

韦丛,字惠丛,为太子少保韦夏之女,二十岁时与元稹结婚。时元稹尚未科举及第,但次年应试及第得官后,于元和四年(809)任监察御史。但在这一年的七月九日,二十七岁的韦丛却去世了。

首联把妻子比喻为南朝的才女谢道韫,把自己比喻为战国时期齐国的贫士黔娄,是"自己对不起妻子"的述怀;中间的二联为对妻子种种辛苦勤劳的回忆;尾联是说:"自己虽然终于有了较高的地位带来的俸禄,但也只能是用来给她用作祭祀了",表现的是个人的悲叹之情。

组诗中其他的二首是:

昔日戏言身后意,今朝都到眼前来。……诚知此恨人人有,贫贱夫妻百事哀。(其二)

闲坐悲君亦自悲，百年都是几多时。……惟将终夜长开眼，报答平生未展眉。（其三）

全诗饱含深情，深深地打动了读者。

看到上面的诗后，白居易代已经去世了的韦丛写下了如下的应答诗，以此来安慰元稹：

答谢家最小偏怜女感元九悼亡诗因为代答三首

七言律诗

嫁得梁鸿六七年，耽书爱酒日高眠。雨荒春圃唯生草，雪压朝厨未有烟。身病忧来缘女少，家贫忘却为夫贤。谁知厚俸今无分，枉向秋风吹纸钱。

第一句中说到的梁鸿为东汉人，因家贫而励志好学，与其妻孟光志同道合。这里说到的梁鸿，当然是指元稹了。

元稹去世之后，白居易作了《祭微之文》，对好友的去世，表达了深切的哀悼之情。在此之后，白居易还有其他吟咏元稹的诗。

下面的这首诗是在元稹去世之后，白居易在听到某位歌者吟唱元稹的诗歌时所作的一首诗。

277. 闻歌者唱微之诗

白居易　七言绝句

新诗绝笔声名歇，旧卷生尘箧笥(1)深。时向歌中闻一句，未容倾耳已伤心。

【注释】

(1) 箧笥：藏物的竹器（多指箱和笼），特指用于收藏文书或衣物。

【赏析】

元稹去世之后,再也看不到他的诗作了,作者未免感到有些遗憾。在听到歌者吟唱元稹过去的诗歌时,作者心中感到了无限的悲伤。全诗表达了作者对元稹去世的深切怀念之情,表达了二人之间真挚的情义。

278. 竹 枝 词

刘禹锡　七言绝句

山桃红花满上头(1),蜀江春水拍(2)山流。花红易衰似郎(3)意,水流无限似侬(4)愁。

【注释】

(1) 上头:山顶上。

(2) 拍:拍打。这里指河里的水拍打岸边的声音。

(3) 郎:女子对恋人的称呼。

(4) 侬:我。俗语中的第一人称。

【赏析】

盛唐之后,音乐界发生的变化也给诗歌的内容和形式带来了很大的影响,于是很快就产生了"词"这种新的韵文形式。在中唐时期,与这种变化能够敏锐对应的诗人是白居易,然后是刘禹锡。

刘禹锡(772—842),字梦得。洛阳(今河南省洛阳市)人。二十二岁进士及第,与同年的进士柳宗元一起参加了王叔文的政治革新。随着王叔文改革的失败,他被左迁为朗州(今湖南省常德市)司马,之后又转任连州(今广东省连州市)、夔州、和州(今安徽省和县)刺史达二十年,其后回到了朝廷,任主客郎中,后官至检校礼部尚书。晚年居住在洛阳，与白居易交游密切，留下了许多唱和、赠答之作。

通览刘禹锡的诗集可以看到，在他的诗中与音乐有关的作品比重较大。

第一，描写歌舞题材的诗歌较多。如五言古诗《观柘枝舞二首》、七言古诗《泰娘歌》、七言绝句《夜闻商人船中筝》等，以及赠予歌者的《与歌者米嘉荣》、《与歌者何勘》、《与歌童田顺郎》等七言绝句。这些诗歌表现了刘禹锡对音乐的强烈关心，同时也显示出他在这方面有着很深的造诣。

第二，乐府体裁的诗歌较多。在元白的新乐府诗歌中，不仅有社会教化的诗歌，还有以《百舌吟》、《飞鸢操》、《秋虫引》等以小动物为题材的"咏物"诗，这种创作风格值得瞩目。

第三，模拟民间歌谣的作品较多。虽然上面的《竹枝词》是刘禹锡的代表作，但除此之外还有《踏歌词四首》、《浪淘沙九首》，这也都是夔州时期的作品，以及还有在洛阳作的《杨柳枝词九首》也非常重要。

《竹枝》原本是巴蜀（今四川省东部、长江三峡地区）一带的民歌，为舟人喜欢吟唱的作品。

作者刘禹锡于长庆二年（822）赴任夔州（今重庆市奉节县）刺史时，在听到这些民歌之后，他的内心被打动了。于是他模仿战国时楚国屈原改写的祭歌《九歌》，创作了九首新诗《竹枝词》。从形式上而言，这些诗都属于七言绝句。在保留民歌朴素成分的同时，也有机智幽默和箴言的表现，具有独特的韵味。

竹枝词　其七

刘禹锡　七言绝句

瞿塘嘈嘈十二滩，此中道路古来难。长恨人心不如水，等闲平地起波澜。

279. 浪淘沙九首　其八

刘禹锡　七言绝句

莫道谗言如浪深，莫言迁客似沙沉。千淘万漉[1]虽辛苦，吹尽狂沙始到金。

【注释】

(1) 淘：指使土、砾石或碎石等受水的冲刷作用而分出其中有价值的物质和价值较少或无价值的物质。　漉：液体慢慢地渗下、滤过。

【赏析】

“千淘万漉虽辛苦，吹尽狂沙始到金”，与这首诗表达同样心情的，是作者反复遭到左迁后获得的人生锻炼。这是作者长期在地方生活得出的结论，并不是虚伪的感慨。

《竹枝词》、《浪淘沙》等作品，开创了七言绝句诗歌中全新的一面，就连白居易及其周围的诗人也都受到了影响。和柳宗元不同的是，刘禹锡在左迁的环境中，还有许多带有诗史性质的作品。

白居易在忠州(今重庆市忠县)刺史任上时，创作了以《竹枝词》为题的四首诗歌。时间为元和十四年(819)，白居易四十八岁左右，与刘禹锡的《竹枝词》几乎创作于同一时期。

280. 忆江南三首　其一

白居易

江南好，风景旧曾谙[1]。日出江花红胜火，春来江水绿如蓝。能不忆江南?

【注释】

(1) 谙：熟悉，精通。

【赏析】

白居易从五十一岁开始，足足有三年的时间担任杭州刺史之职。在杭州任职是他所希望的，任职时他勤于政务，在气候宜人，风光、物产俱佳的地方过着风雅的生活。

在任职届满的长庆四年(824)，白居易回到了长安，后在洛阳任太子左庶子分司，居住在洛阳履道里。这一年的十二月，在好友元稹的帮助下，他完成了《白氏长庆集》五十卷。在此之后，白居易经常怀念杭州的风光，这首《忆江南》便是他六十四岁时于洛阳所作。

在白居易洛阳宅邸附近，还居住有妓女和音乐家等，为了再现江南的风景，他在宅邸中还营造了小河和湖泊。在小河和湖泊的周围，白居易把从江南的树木移植过来，并且配置了假山奇石。《忆江南》便是在这样的环境中，由妓女们来歌唱的"词"。

"词"是中唐以后，为受到西域音乐的影响而发展起来的新乐曲创作的歌词。开始时在宫廷和民间的乐师之间写作，后来逐渐一部分官僚诗人也开始创作，在五代十国时期作为文学形式发展了起来，到了宋代更是有了长足的进步。

白居易的这一组作品，是"词"最早的例子。

这一组作品的其他二首内容如下：

《忆 江 南》三 首

白居易

其　二

江南忆，最忆是杭州：山寺月中寻桂子，郡亭枕上看潮头。何日更重游?

其　三

江南忆，其次忆吴宫：吴酒一杯春竹叶，吴娃双舞醉芙蓉。早晚复相逢。

281. 花 非 花

白居易　杂言古诗

花非花,雾非雾。夜半来,天明去。来如春梦不多时,去似朝云[1]无觅处。

【注释】

(1) 朝云:早晨的云彩;朝霞。语出楚王梦中出现的神女之言:“旦为朝云,暮为行雨。”

【赏析】

这首诗虽然是如谜一般的作品,但似乎描写的是梦中所见的美女的印象。从句子的形式和内容的氛围来看,这首诗也是作为歌词而创作的。虽然是由三个字和七个字构成,但也是根据当时的民歌写成的,当然这也只是推测而已。

282. 渔父[1]歌五首　其一

张志和

西塞山[2]前白鹭飞,桃花流水鳜鱼[3]肥。青箬笠[4],绿蓑衣[5],斜风[6]细雨不须归。

【注释】

(1) 渔父:老渔翁。

(2) 西塞山:在湖州(浙江省湖州市)西面,太湖之南。

(3) 鳜鱼:也称桂鱼,生长在江南的一种淡水鱼。

(4) 箬笠:竹叶编的笠帽。

(5) 蓑衣:用草或棕编制成的雨衣。

(6) 斜风:斜吹的风,暖风。

【赏析】

张志和(732—774),字子同,号玄真子。金华(今浙江省金华市)人。十六岁明经及第,受到唐肃宗赏识,后官至翰林待诏。后因事被左迁,最终辞官隐居,自号“烟波钓徒”。

张志和是由盛唐至中唐时期的诗人,其《渔父歌》是比白居易的《忆江南》还早的作品,堪称是词的滥觞之作。

283. 野老歌

张　籍　七言古诗

老农[1]家贫在山住,耕种山田三四亩。苗疏税多不得食,输入官仓[2]化为土。岁暮锄犁傍空室,呼儿登山收橡实[3]。西江贾客珠百斛[4],船中养犬长食肉。

【注释】

(1) 农:一作“翁”。

(2) 官仓:指各地官员税收,此指贪官。

(3) 橡实:橡树的果实,荒年可充饥。

(4) 西江:今江西省九江市一带,是商业繁盛的地方。唐时属江南西道,故称西江。　斛:量器,是容量单位。古代以十斗为一斛,南宋末年改为五斗。

【赏析】

正如前所见,在白居易、元稹倡导的“新乐府运动”中,作为这一派的诗人,张籍、王建、李绅三个人的名字也是不能忘记的。

张籍(766—830),字文昌,和州乌江(今安徽省和县)或苏州吴(今江苏省苏州市)人。其文学才能和韩愈一样得到认可,并称为

"韩张"。张籍交友甚广，热心推进新乐府运动，乐府作品与王建之作并称为"张王乐府"。白居易也对张籍极为敬重，他评价张籍乐府诗说："尤工乐府诗，举代少其伦。为诗意如何，六义互铺陈。风雅比兴外，未尝著空文。"（《读张籍古乐府》）张籍官至水部员外郎、国子博士，终至国子司业。

张籍的诗风内容广泛，以下三个方面的内容值得引人注意：

（1）直面社会问题的内容。

（2）发挥纤细的感性思想的内容。

（3）书写日常生活体验的内容。

除此之外，还有较多的赠予隐者、僧侣、武将的诗歌。

第一类反映社会生活的作品，多作于年轻时期，与王建的诗歌作为和白居易等人的新乐府运动作品一样，都属于讽刺现实的诗歌，因而受到了重视。

《野老歌》这首诗描写了虽然有山中的田地，但却无法维持生活，而只能靠采橡实充饥的老农夫形象。在长江中来来往往的富商们，他们有着巨额的财富，就连饲养的犬都能够吃肉。两种生活的对比，确实是令人感到心情沉痛。

284. 咏　　怀

张　籍　五言律诗

老去多悲事，非唯见二毛(1)。眼昏书字大，耳重觉声高。

望月偏增思，寻山易发劳。都无作官意，赖得在闲曹(2)。

【注释】

（1）二毛：斑白的头发。常用以指老年人。

（2）闲曹：闲职。曹，小官吏，有时也指衙门。

【赏析】

张籍贞元十五年(799)进士及第,虽然担任过多个官职,但感觉生活并不快乐,这也是他身体素质的原因,张籍晚年深受严重的眼疾之苦。

这首诗便是在这种不如意的情况下,一种个人心灵的告白,他使用了阮籍以来的诗题,在很多前面看到的社会讽刺精神消失的情况下,他还能表现个人的事情和心境,这一点确实是较为独特的。

285. 海人(1)谣

王　建　七言绝句

海人无家海里住,采珠役象为岁赋(2)。恶波横天山塞路(3),未央宫(4)中常满库。

【注释】

(1) 海人:常潜入海底的劳动者。

(2) 役象:海南出象,采珠人以大象作交通工具驮珠纳税。役,一作“杀”。赋,赋税。

(3) 恶波:指险恶的波涛。　山塞路:言陆运之苦。

(4) 未央宫:西汉长安宫名,这里借指唐代皇宫。

【赏析】

王建(766—831),字仲处,颍川(今河南省许昌市)人。他出身于寒门,大历十年(775)进士及第,历任秘书丞和侍御史之职,还曾经从军边境,晚年在咸阳过着贫困的生活,与韩愈、张籍有着密切的交往。王建与张籍一起创作了很多新乐府,深受元白诗风的影响。王建的新乐府取材广泛,对农夫、蚕妇、织妇、水夫等各种人物的贫困生活表示了同情。

《海人谣》这首诗表现了“海人”的生活。所谓的“海人”，是指居住在南海地区以采摘珍珠和鱼贝为业的人。他们献上珍珠和象牙作为每年的赋税，生活非常不容易。作者诉说了“他们在忍受巨大痛苦的基础上，使王朝的宫殿堆满了众多的财宝”。

王建与张籍一样，创作了各种各样题材的诗歌，描写晚年生活的下面的这首五言律诗，也是饶有兴趣的一首诗。

286. 闲居即事

王　建　五言律诗

老病贪光景(1)，寻常(2)不下帘。妻愁耽酒僻(3)，人怪考诗(4)严。小婢(5)偷红纸，娇儿弄白髯(6)。有时看旧卷(7)，未免意中嫌(8)。

【注释】

(1) 光景：风景。
(2) 寻常：平常，普通。
(3) 耽酒：极好饮酒。　僻：同“癖”，癖好。
(4) 考诗：考查背诵诗歌。
(5) 小婢：未成年的女仆。
(6) 娇儿：对儿子的爱称。娇，可爱之意。　白髯：白胡子。
(7) 旧卷：以前的旧作。
(8) 意中嫌：心中感到不满。

【赏析】

这首诗描写的是闲适生活的一个画面。为表现老诗人的固执和顽皮的作品。写作诗时，红纸被小婢拿去了，淘气的孩子抚弄作者的白须。颈联表现的幽默味道，都在这首诗中出现了。

287. 悯农[(1)]二首 其一

李 绅 五言绝句

春种一粒粟[(2)]，秋收万颗[(3)]子。四海[(4)]无闲田，农夫犹饿死。

【注释】

(1) 悯农：此诗题一作《古风》。

(2) 粟：谷类的总称。

(3) 颗：小而圆的东西。

(4) 四海：指全国。

【赏析】

李绅(772—846)，字公垂。无锡(今江苏省无锡市)人。原籍亳州(今安徽省亳州市)。六岁时丧父，由母亲卢氏教以经义，很早便有诗才。元和元年(806)中进士，历任右拾遗、翰林学士、中书舍人等要职，与李德裕、元稹被誉为“三俊”。因为人刚直，卷入政治斗争之后遭到左迁，后拜同中书门下平章事。谥“文肃”。

李绅是新乐府运动的推进者，与白居易、元稹交往密切，受到李绅《新乐府二十首》的影响，二人创作了《新乐府五十首》、《新题乐府十五首》。遗憾的是，李绅的新乐府已散佚，流传至今的诗歌以羁旅之作居多。作为关注社会生活的诗人，能够反映其思想面貌的是他的这一组诗。

李绅年轻时，在与吕温(772—811)见面时给他看了这组诗。吕温为贞元(785—805)进士，参与王叔文的政治改革，是曾担任过左拾遗的人。吕温看了这组诗后，对他极为称赞，说“此人必为卿相”,后来果然如此(《唐诗纪事》卷三十九)。

这首诗的后半部分二句,是对苛刻赋税的强烈批判。

288. 悯农二首　其二

李　绅　五言绝句

锄[1]禾日当午,汗滴禾下土。谁知盘中餐[2],粒粒皆辛苦?

【注释】

(1) 锄:这里指用锄头锄地。此外还有“除去”之意。

(2) 餐:一作“飧”。熟食的通称。

【赏析】

相对于组诗《其一》中大角度、概括性的吟咏而言,《其二》诗则是一个具体的画面。四字熟语“粒粒辛苦”,便是从这一首诗中的末句而来的。

晚唐时期(840—907)为唐诗的灿烂成熟时期。在这一时期,不仅王朝腐败、政治混乱凋敝,而且内外问题也堆积如山。这些问题大致可以归纳为以下四点:

(一) 经常受到吐蕃、突厥、契丹、回纥、党项等多个少数民族的攻扰,在处理这些问题时处于一种被动的状态。

(二) 藩镇(节度使、兵马使、团练使等地方上既有行政权,又具有军权的军阀组织)的势力增大,处于半独立状态,他们经常反抗朝廷。

(三) 旧贵族官僚和进士出身的新官僚矛盾、抗争激化。前者的代表为李德裕,后者的代表为牛僧孺,他们之间的矛盾一般被称为“牛李党争”。当时,从中央的高官到下级官吏,没有卷入党争、能够保持独立的人是很少的。

（四）宦官过于专权。尤其是文宗太和九年（835）发生的“甘露之变”，堪称是唐代历史上惊人的大事。

李训、郑注等人按照文宗之意，以观看宫廷内所降甘露为借口，打算把宦官集中诱骗起来进行诛杀，但因为计划提前泄露，反而导致重臣等数千人被宦官诛杀，文宗也遭到了幽禁。

这一时代的风气，也影响到了诗人们的人生道路和诗风。亦即这一时期的诗人们在官方的立场上，仍然是这个时代的官吏，从立场上而言，还是站在官方的立场，但诗歌创作不仅局限于黯淡的政界及其周边环境，也有个人内心的思想。如市井方面的诗歌创作在中唐以后，便有了诗人们为了寻求刺激而到妓院进行创作的情况。

诗人们与妓女进行交流，让她们吟唱自己的诗歌，进而进行诗歌应酬的机会也就越来越多了起来。

289. 咸阳(1)城东楼

许　浑　七言律诗

一上(2)高城万里愁，蒹葭杨柳似汀洲(3)。溪云初起日沉阁(4)，山雨欲来风满楼。鸟下绿芜秦苑(5)夕，蝉鸣黄叶汉宫(6)秋。行人莫问当年(7)事，故国东来渭水(8)流。

【注释】

（1）咸阳：秦朝的都城。在今陕西省咸阳市东北，渭水北岸。这首诗诗题一本作《咸阳城西楼晚眺》或作《咸阳西楼晚眺》。

（2）一上：偶尔登上。

（3）蒹葭：芦苇一类的水草。　杨柳：杨树和柳树。　汀洲：

水边之地为汀、水中之地为洲，这里指代诗人在江南的故乡。也指古代为繁华之地，而今却荒芜了的地方。

(4) 溪云：山谷间升起的云彩。　阁：指慈福寺。

(5) 绿芜：野草覆盖着的荒地。　秦苑：秦宫中的庭院。

(6) 汉宫：汉朝的宫殿，位于今西安市的郊外。

(7) 行人：过客。泛指古往今来的征人游子，也包括作者在内。　当年：当时，这里指秦朝。一本作“前朝”。

(8) 故国：指秦汉故都咸阳。　渭水：黄河的支流，发源于甘肃省西北部。经咸阳南、长安北东流，在潼关(今陕西省潼关县)附近注入黄河。

【赏析】

许浑(791？—854?)，字用晦。润州丹阳(今江苏省丹阳市)人。初唐宰相许圉师六世孙。他年轻时刻苦学习，大和六年(832)快四十岁时进士及第，后在各地行善政，晚年归润州丁卯桥附近的村舍闲居。

许浑的诗长于律体，以怀古诗、山水诗名作居多。同时代的杜牧、唐末的韦庄、南宋的陆游等人，均对其有较高的评价。有编撰的自作近体诗《丁卯集》。诗人现存有五百三十一首诗，但其中有五十首左右的诗歌出现在杜牧的诗集中，有所混杂。

许浑的代表作便是这首怀古诗。一说是为宣宗大中年间(847—860)，在任监察御史(行政检察官)时所作。

首联为诗歌内容的导入。第二句的“蒹葭”、“杨柳”、“汀州”之语，均出自古代诗歌的用例。这些用例分别是：

○ 蒹葭苍苍，白露为霜。(《诗经·秦风·蒹葭》)

○ 昔我往矣，杨柳依依。(《诗经·小雅·采薇》)

○ 搴汀州兮杜若，将以遗兮远者。(《楚辞·九歌·湘夫人》)

内容表现的都是离别之悲。在这里，这些印象沿袭的是与过去繁荣时代渐行渐远的哀怨。

颔联是从高楼眺望的远景，而颈联则是近景描写。关于这四句的描写，承认其寓意的说法在日本古代就有了（《三体诗素隐抄》等）。

从诗意上来看，第三句的“云”，比喻邪恶的臣下，“日”比喻君主，这一句是说由于奸臣当道，君主的统治就要没落了。继之的第四句中的“雨”、“风”，比喻叛乱的军队，更有第五句的“鸟下绿芜”比喻君子失其居处，第六句的“蝉鸣”，比喻小人得位。诗人虽然吟咏的是对秦汉王朝灭亡表现出的悲哀之情，但实际上却是暗示了唐王朝的末路，进而对他们发出了警告。

特别是第四句“山雨欲来风满楼”，被比喻成对不稳定混乱局势的预感之句，一直在经常使用着。

290. 秋　　思

许　浑　七言绝句

琪树西风枕簟(1)秋，楚云湘水(2)忆同游。高歌一曲掩明镜，昨日少年今白头。

【注释】

(1) 琪树：树木的美称。琪，玉。　簟：席子。用芦苇编制的席子。

(2) 楚云：指楚天之云。具有巫山神女的意象。　湘水：湘江的水流。具有大舜二妃的意象。

【赏析】

这是一首在初秋之时，追忆曾经的旅游，进而感叹今日老境将至心情的诗。

前半部分美艳的幻想和后半部分的凄凉形成了对照的效果。第一句的“枕簟秋”,与李益的七言绝句《写情》有联系,是由对女性的思念而引起的感想。第二句中的“楚云”,引用的是楚襄王与巫山的神女同游的“巫山云雨”故事,而“湘水”则是联想到了古代圣王大舜的二妃在大舜去世后投湘水而死成为湘水女神的传说。

也就是说,在前半部分的二句中,作者吟咏的是与美女一同出游,进而由此产生的甜美想象。根据这些想象,作者在表现好心情的同时,以此为参照,很快又回到了残酷的现实中了,这种状况令人感到有些苦恼。

从第一、二句的表现来看,许浑对神仙世界有着强烈的憧憬。在《唐才子传》卷七中,记载着如下的故事:

许浑昼梦登昆仑山,被邀请参加神仙的宴会。在宴席上,一佳人出笺求诗,还未写成,梦就醒了。凭着梦中的记忆,他完成了诗作,不久许浑去世。

此外他也有被仙女招呼之事。

291. 江 南 春

杜　牧　七言绝句

千里莺啼绿映红(1),水村山郭酒旗(2)风。南朝四百八十(3)寺,多少楼台烟雨(4)中。

【注释】

(1) 莺:黄莺一类的鸟儿,也被称为黄鹂、黄鸟。因从早起便开始在外飞,也被称为“流莺”。日本也有此类的鸟儿,但比中国的稍大些,背为灰黄色,胸为灰白色。虽然音质有些不同,但在“春鸟”的定义方面却是相同的。在古诗中,与柳树合在一起的吟咏是比较多的。 绿：指春天的新绿。这里似乎指柳。 红：指春天的红花。这里似乎指桃花和杏花。

(2) 水村：水边上的村庄。因江南多山川湖泊，故有此说。 山郭：山村。郭，原指都市外侧的城墙。这里转指被城墙包围起来的街道和城镇。 酒旗：一种挂在门前以作为酒店标记的小旗。也写作"酒帘"、"酒旆"、"青帘"等。一般是在青色或白色的长布上写上诗句或酒的招牌，用竹竿挂起来。

(3) 南朝：指先后与北朝对峙的宋、齐、梁、陈四个政权(420—589)。中国的佛教从这个时候开始盛行，佛教文化由此流行，特别是梁武帝笃信佛教，在建康(今江苏省南京市，唐时称为"金陵")修建了七百余座寺院。 四百八十：极言数量众多。据《南史·郭祖深传》记载："都下佛寺五百余所，……僧尼十万余。"《增注三体诗》也载："《释氏通鉴》载：金陵旧来七百余寺，侯景焚荡几尽。陈高祖悉皆修复。"南京的七百座寺院，在侯景之乱中几乎全部焚毁，经陈高祖的修复，之后由三百六十座增加至四百八十座。

(4) 多少：很多。少，为添字。一说是"有多少"之意，可解释为"有多少楼台无法确定，只能看见笼罩在朦胧的春雨中。" 楼台：楼阁亭台。此处指寺院建筑。 烟雨：细雨蒙蒙，如烟如雾。烟，雾，霭。

【赏析】

杜牧(803—852)，字牧之，号樊川。京兆万年(今陕西省西安市)人。他出身于名门贵族之家，祖父杜佑为德宗、顺宗、宪宗三朝宰相，堂兄杜悰也担任过武宗、懿宗的宰相。西晋时的杜预是杜牧的远祖。杜牧本人有关于政治和军事方面的一家之言，太和二年(826)二十六岁及第后，受到了沈传师和牛僧孺的引荐。但是，由于杜牧心气较高，且性格直率，喜好议论，故而不被当权者所倚重。

三十多岁时，杜牧之弟杜觊因眼病而去职，于是他自愿到收入多的地方任职，历任宣州、黄州(今湖北省黄冈市)、池州(今安徽省池州市)、睦州(浙江省建德市)刺史。在四十多岁时,长兄杜慥和丧夫的妹妹也都需要他的照顾,他又到湖州(今浙江省湖州市)任刺史。四十九岁时,回到了中央,翌年升为中书舍人,但在这一年的年底他却因病去世了。相对于杜甫被称为"老杜",杜牧则被称为了"小杜"。

由于自身的性格和家庭的原因,杜牧的宦途并不是一帆风顺,但经世的意志终生未变,他经常给朝廷上奏折提意见,还在长篇古体诗中叙述自己的抱负和对时事的见解。

然而从纯粹的诗歌角度而言,最有魅力的还是七言绝句。杜牧的七言绝句从对象的特质是放在"着眼力"的角度而言的,以及诗句归纳为"造句力"两个方面,这是他的独树一帜之处。杜牧诗歌的内容比较广泛,羁旅之悲、衰老之叹、不遇之忧之类的淡淡忧愁,写在他的作品中较多。在阅读这些诗歌时,会感受到其中的韵味。

《江南春》这首诗也是每一句都紧扣"江南春"的景色,然后又分别独立写出各自的特点。其着眼点和造句方面都可以看出杜牧独特的诗风。诗中吟咏的是春光明媚的江南春天景色,为杜牧的代表作。创作的年代虽不明确,但据《增注三体诗》记载,为杜牧赴任宣州(今安徽省宣城市)时所作。如果进一步而言的话,为太和四年(830)二十八岁,或开成二年(837)三十五岁时所作。第一、二句描写的是风和日丽的江南农村风景。在眺望广阔的原野时,首先是听觉(莺啼)、视觉(花、绿)两个方面融合在了一起。其次是加入了"村子里的春风,吹动了酒旗"的描写。

第三、四句描写的是烟雨中古都的情形。经过三百年风雨仍然屹立的寺院,如水墨画一般,作者由此抒发了对历史潮流的感慨。

无论怎样来说,这首诗的前半部分与后半部分给人的印象存在着很大的差异。由于这个原因,在整个诗歌的构思方面,还有以下几点需要指出：

（一）选择与江南春题材相适应的各种景物，主要是观念上的取舍，未必是实景。

（二）这首诗的前半部分是实景，后半部分是空想。

（三）作者从江南平原，漫步于水村、山郭，很快就想到了烟雨笼罩着的南朝古都，吟咏的是一种时间上的经过。

关于第一句的“千里”，有“方圆千里的江南之地”和“距离千里之遥”的两种说法，“千里”也有的版本作“十里”。关于这个问题，江户时期的学者津阪孝绰（字君裕，号东阳，1757—1825）的《夜航诗话》列举了如下的说法：

> 杨升庵（杨慎）云：“杜牧之《江南春》云：‘十里莺啼绿映红’，今本误作‘千里’。若依俗本，千里莺啼，谁能听得？千里绿映红，谁人见得？”（《升庵诗话》卷八）
>
> 余按：“千里”，犹“到处”。且称畿甸，以其六朝旧都。盖春遍江南，千里一样，到处流莺乱啼，柳绿花红，烂熳锦世界，满眼富贵相，宛是六朝旧畿甸。若作“十里”，则意味索然。故升庵说诗否。

292. 山　行(1)

杜　牧　七言绝句

远上寒山石径(2)斜，白云(3)生处有人家。停车坐爱枫(4)林晚，霜叶红于二月花(5)。

【注释】

(1) 山行：在山中行走。

(2) 寒山：深秋季节的山。并不是“寒冷的山”。汉诗中的

“寒”,带有“寂寞”、“孤独”之意较多,如“寒月”、“寒村”等。　石径:石子的小路。径,小路,狭窄的路。

(3) 白云:山岭上环绕着的云彩。如陶渊明《归去来兮辞》“云无心而出岫”所说,认为云彩是从高山上的岩穴中产生的。此外还有如王维的五言古诗《送别》“但去莫复问,白云无尽时”所说,是指脱离世俗的自由。这首诗中的“人家”,也似乎是指隐者或者仙人的栖息之所。

(4) 车:手推的小车;一说是轿子。　坐:因为。　枫:这里的“枫”,与日本的枫树不同,是指经深秋寒霜之后叶子变成了红色的枫树。

(5) 二月花:阴历二月春天盛开的花。这里似指红色的桃花。汉诗中的“月”,全部都是指阴历的月份,季节与现在的阳历有所不同。

【赏析】

这首诗吟咏的是在晚秋的傍晚,诗人在山间漫步时看到的红叶之美。创作年代虽不清楚,但一说是为湖州刺史时所作(据《素隐抄》等)。如按此说,则是在大中四年(850),作者四十八岁时所作。

第三句的“坐”字,本来是土上二人相向而坐的会意文字,具有安定的意思,是一种感觉的基础。即使当作副词使用,与“无缘无故”表示不安定、难以捕捉的无感觉相比,表示“深刻”的感觉是非常重要的。

特别值得注意的是,这首诗的“坐爱”上面是“停车”,是作者为眺望枫叶而停车。这里如果是“不停车”的话,那就“什么也看不见”了,对枫叶而言,是不能不看的,表现的是一种强烈的兴趣。“爱”的意思也就容易理解了。从“爱”的繁体字形来看,其中间的“人”是在其中心位置的。有“心”在其中,才会有“爱”,转指“深切的思念、喜欢、不能离开”之意。人只有处于了这种状态,才能对对象表现出强烈的关心和执着。即使是在现代日语的感觉中，"相爱没有理由"、"相爱不为什么"的表现虽然有些奇异，但与汉诗文中的感觉却是相同的。

293. 遣　怀(1)

杜　牧　七言律诗

落魄江湖载酒(2)行，楚腰纤细掌中轻(3)。十年一觉扬州梦，赢得青楼薄幸(4)名。

【注释】

(1) 遣怀：犹遣兴，抒写情怀。此诗题一本作《题扬州》。

(2) 落魄：与"落托"、"落拓"义同。这里指潦倒。　江湖：江南地区；特指扬州。江，长江；湖，洞庭湖。一本作"江南"。　载酒：装载着酒去漫游。典出西晋毕卓的故事。毕卓以酒豪闻名，他曾经说："得酒满数百斛船，四时甘味置两头，右手持酒杯，左手持蟹螯，拍浮酒船中，便足了一生矣。"(《晋书·毕卓传》)

(3) 楚腰：楚国美女的细腰。典出春秋时期楚灵王的故事。楚灵王喜欢细腰的女子，于是宫中的女子纷纷节食，以至于饿死了不少人。其事见于《战国策·楚策》、《荀子·君道》二书等的记载。此外，"楚腰纤细"一本作"楚腰断肠"。　掌中轻：身体轻盈，可以在手掌上跳舞。其事见于汉成帝皇后赵飞燕的故事。

(4) 赢得：结局。一本作"占得"。　青楼：歌馆妓院。原指高贵人家的女子居住的高楼，其后意义发生转变。　薄幸：用于形容对爱情不专一的男人。一本作"薄行"。

【赏析】

这首诗的创作年代并不十分清楚，一说是会昌三年(843)作者四十一岁时所作，但也有人认为：进入中年时期的作者，追怀年轻时带有豪气的生活，在带有稍稍自嘲、悔恨的情况下作了这首诗。在用字方法上，使用入声字较多可以说是其中的特色，“落魄”、“十”、“觉”、“得”“薄”便是这类的字。从读音上来看，与流利的情况相比，更能够感受到音调的顿挫，作者的悔恨、惭愧之情通过音调表现出来了，这也是这首诗给人留下的印象。

扬 州 梦

文宗太和二年(828)正月，二十六岁的杜牧在洛阳应试，获进士及第第五名，后在闰三月时又去长安进行更高一级的“制举”考试，及第后开始了官场生涯。在其后的数年中，在洪州(今江西省南昌市)和宣州(今安徽省宣州市)任职，后又应淮南节度使牛僧孺之邀，于太和七年(833)四月，赴任扬州(今江苏省扬州市)。

牛僧孺受到大多数进士出身的新官僚们的支持，成了所谓的“牛党”的党首。杜牧作为他的部下，在以后的三年多时间里，一直在扬州生活。在后来的时间里，他经常回味着风流的“扬州梦”。

当时的扬州，是中国首屈一指的都会。据《唐才子传》卷六载：

> 牧美容姿，好歌舞，风情颇张，不能自遏。时淮南(扬州)称繁盛，不减京华，且多名妓绝色，牧恣心赏。

这一时期，杜牧日日耽于宴游，出入于青楼楚馆，其行为颇令牛僧孺担心。

杜牧在扬州的生活，一直到太和九年(835)他三十三岁作为监察御史赴任长安时才告一段落，在这期间牛僧孺对他的情况充满了担心。唐于邺《扬州梦记》记载了如下的故事，其事是经常被提到的。

杜牧频繁地出入繁华歌舞之地，牛僧孺为了维护治安和保护杜牧，派兵卒三十人对杜牧进行尾随监视。后在为杜牧赴长安的送别宴会上，牛僧孺告诫他说：“不要因风流韵事伤了身体。”当杜牧进行否认时，牛僧孺便令兵卒拿来一大箱子的“平安帖子”，笑着让杜牧观看。这数百帖子几乎都记载:"某夕,杜书记过某家,无恙"、"某夕,宴某家,亦如之",杜牧看后非常惭愧,此后终生对牛僧孺保持一种感恩之心。

扬州之后,杜牧作为风流才子的评价就完全不从知晓了。无论从家世,还是从容貌而言,杜牧作为贵公子在歌舞之地还是很受欢迎的。

此外,这首诗中所说的"十年",应该包括在扬州任职三年之前的洪州、宣州的江南任职时间(七年)。

下面的一首七绝,也与本诗有着相似的内容,因而也受到人们的喜爱。

题 禅 院

杜 牧 七言绝句

觥船一棹百分空,十岁青春不负公。今日鬓丝禅榻畔,茶烟轻飏落花风。

294. 清 明(1)

杜 牧 七言绝句

清明时节雨纷纷(2),路上行人欲断魂(3)。借问(4)酒家何处有?牧童遥指杏花村(5)。

【注释】

(1) 清明:二十四节气*之一。在冬至之后的第 107 天、春分后的第 15 天,即在阴历三月(在阳历四月五、六日前后)。时气候

---

* 在中国有所谓的"二十四节气"之说,它是根据太阳在黄道上的位置,把一年分为二十四节气。即立春、雨水、惊蛰、春分、清明、谷雨、立夏、小满、芒种、夏至、小暑、大暑、立秋、处暑、白露、秋分、寒露、霜降、立冬、小雪、大雪、冬至、小寒、大寒。(据《淮南子·天文训》)

开始变暖,各种鲜花盛开,农作物开始进入了耕种时期。在清明节期间,有郊外扫墓,还有去登山郊游、饮酒等习俗。这一时期在郊外游玩称为“踏青”。春天时虽然有着快乐的一面,但这一时期降雨也较多,因正是杏花开放的时期,这时下的雨称为“杏花雨”。

(2) 纷纷:形容细雨飘落的样子。

(3) 行人:路人,行者。这里指作者自己。　断魂:神情凄迷,烦闷不乐。这里是说这个季节阴雨连绵,路上行人情绪低落,神魂散乱。

(4) 借问:请问,试问。

(5) 牧童:放牛的孩子。　杏花村:杏花盛开的村庄。杏,一般是开白色的花。“杏花村”并不是故有的名词,在中国由于受这首诗的影响,各地出现了以此命名的地名(如山西省汾阳市东、安徽省池州市西等都有这个地名)。从这首诗的内容来看这里的“杏花村”是酒名,或者是酒店名。

【赏析】

这是一首犹如淡雅绘画一般的充满趣味的佳作。因为在有的杜牧诗集中没有这首诗,因此有人怀疑这首诗为他人之作。

295. 题乌江亭(1)

杜　牧　七言绝句

胜败兵家事不期(2),包羞忍耻(3)是男儿。江东子弟多才俊(4),卷土重来(5)未可知。

【注释】

(1) 乌江亭:在今安徽和县东北的乌江浦,相传为西楚霸王项羽自刎之处。据《史记·项羽本纪》记载:项羽与刘邦在此战败之后，乌江亭长备好船劝他渡江回江东再图发展，他觉得无颜见江东父老，乃自刎于江边。杜牧过乌江亭时，写了这首咏史诗。

(2) 不期：难以预料。

(3) 包羞忍耻：意谓大丈夫能屈能伸，应有忍受屈耻的胸襟气度。

(4) 江东：自汉至隋唐称自安徽芜湖以下的长江南岸地区为江东，是项羽起兵的地方。　才俊：才能出众的人。才，一作"豪"。

(5) 卷土重来：指失败以后，整顿以求再起。

【赏析】

这是杜牧的一首咏史诗。首句言胜败乃兵家常事，并暗示关键在于如何对待这个问题。次句批评项羽胸襟不够宽广，遭到挫折便灰心丧气，缺乏大将气度。三、四句设想项羽假如回江东重整旗鼓，可以卷土重来，对项羽的负气自刎表示了惋惜。全诗借题发挥，以兵家的眼光论成败由人之理，议论不落传统说法的窠臼，假想未然之机，强调兵家须有远见卓识和不屈不挠的意志，是杜牧咏史诗的代表作。

296. 杜秋娘诗并序

杜　牧　五言古诗

杜秋，金陵[(1)]女也。年十五为李锜[(2)]妾。后锜叛灭，籍[(3)]之入宫，有宠于景陵[(4)]。穆宗[(5)]即位，命秋为皇子傅姆[(6)]，皇子壮，封漳王[(7)]。郑注用事[(8)]，诬丞相[(9)]欲去己者，指王为根[(10)]，王被罪废削[(11)]，秋因赐归故乡。予过金陵，感其穷且老，为之赋诗。

京江[(12)]水清滑，生女白如脂。其间杜秋者，不劳朱粉[(13)]施。老濞即山铸[(14)]，后庭千双眉[(15)]。秋持玉斝[16]醉，与唱金缕衣[17]。濞既白首叛[18]，秋亦红泪[19]滋。吴江[20]落日渡，灞岸[21]绿杨垂。联裾[22]见天子，盼睐独依依[23]。椒壁[24]悬锦幕，镜奁蟠蛟螭[25]。低鬟[26]认新宠，窈袅复融怡[27]。月上白壁门[28]，桂影[29]凉参差。金阶[30]露新重，闲捻紫箫[31]吹。莓苔夹城路[32]，南苑[33]雁初飞。红粉羽林杖[34]，独赐辟邪旗[35]。归来煮豹胎[36]，餍饫不能饴[37]。咸池升日[38]庆，铜雀分香[39]悲。雷音后车[40]远，事往落花时。燕禖得皇子[41]，壮发绿緌緌[42]。画堂[43]授傅姆，天人[44]亲捧持。虎睛珠络褓[45]，金盘犀镇帷[46]。长杨[47]射熊罴，武帐弄哑咿[48]。渐抛竹马剧[49]，稍出舞鸡[50]奇。崭崭[51]整冠佩，侍宴坐瑶池[52]。眉宇俨[53]图画，神秀[54]射朝辉。一尺桐偶人[55]，江充知自欺。王幽茅土[56]削，秋放故乡归。觚棱拂斗极[57]，回首尚迟迟。四朝三十载[58]，似梦复疑非。潼关识旧吏，吏发已如丝。却唤吴江渡，舟人那得知。归来四邻改，茂苑草菲菲[59]。清血[60]洒不尽，仰天知问谁。寒衣一匹素，夜借邻人机[61]。我昨金陵过，闻之为歔欷[62]。自古皆一贯[63]，变化安能推[64]。夏姬灭两国[65]，逃作巫臣姬。西子下姑苏[66]，一舸逐鸱夷[67]。织室魏豹俘[68]，作汉太平基。误置代籍中[69]，两朝尊母仪[70]。光武绍高祖[71]，本系生唐儿[72]。珊瑚破高齐[73]，作婢舂黄糜[74]。萧后去扬州[75]，突厥为阏氏[76]。女子固不定，士林[77]亦难期。射钩后呼父[78],钓翁[79]王者师。无国要孟子[80],有人毁仲尼[81]。秦因逐客令[82],柄归丞相斯[83]。安知魏齐首[84],见断箦中尸[85]。给丧蹶张辈[86],廊庙冠峨危[87]。珥貂七叶贵[88],何妨戎虏支[89]。苏武却生返[90],邓通终死饥[91]。主张[92]既难测,翻覆[93]亦其宜。地尽有何物,天外复何之[94]。指何为而捉[95],足何为而驰[96]。耳何为而听,目何为而窥。己身不自晓,此外何思惟。因倾[97]一樽酒,题作杜秋诗。愁来独长咏,聊可以自贻[98]。

【注释】

(1) 金陵:唐代润州的别名,今江苏镇江。

(2) 李锜:唐室宗亲,德宗贞元时因门荫而官至湖、杭二州刺史。恃恩骄恣,在地方上横行不法,搜刮钱财结交朝臣。顺宗时为镇海军节度使。宪宗元和二年违抗诏命,起兵谋反。兵败后被押送京师腰斩。

(3) 籍:登记财产并予以没收。

(4) 景陵:指唐宪宗李纯(778—820)。宪宗死后葬于景陵,在今陕西境内。

(5) 穆宗:即李恒(795—824),即位后耽于宴游,亲信佞庸,疏远忠臣,削弱军力。朝中牛李党争日炽,朝外兵变继起。后服金丹致死。

(6) 傅姆:保姆,指抚育贵族子女的妇人。

(7) 漳王:即李凑,穆宗第六子,文宗弟。

(8) 郑注(? —835):绛州翼城(今山西翼城东)人,出身微贱。后依靠宦官王守澄的权势,交结朝臣,历任要职。在“甘露之变”中被宦官所杀。　用事:执政,当权。

（9）丞相：指宋申锡。

（10）王：即漳王李凑。　根：祸根。

（11）废削：罢免，废除王位。

（12）京江：长江流经京口一段的江面。京口即镇江，为润州治所。

（13）朱粉：胭脂和香粉，泛指女子所用的化妆品。

（14）老濞：指西汉吴王刘濞（前215—前154），刘邦侄子，封吴王。他在封国内大量铸钱、煮盐，扩张势力。后因谋反失败被杀。刘濞谋反时已六十三岁，故称"老濞"。这里代指李锜，因二人都是在吴地的皇室宗亲，又都谋反失败被杀。　即山铸：吴地豫章郡有铜山，刘濞将逃亡的人收罗到一起，命他们开采铜矿；又让人熬海水制盐。因此钱多盐足，国内十分富足。

（15）后庭：后宫。　双眉：指美女。

（16）玉斝（jiǎ）：玉制的酒器，圆口三足。

（17）与唱金缕衣：给李锜唱《金缕衣》。此句下诗人自注："'劝君莫惜《金缕衣》，劝君须惜少年时。花开堪折直须折，莫待无花空折枝。'李锜长唱此辞。"

（18）白首叛：指李锜像刘濞那样在晚年时发动叛乱。

（19）红泪：女子的眼泪。用晋王嘉《拾遗记》中典故，是说魏文帝选良家女子入宫，有个叫薛灵芸的美貌女子，因不舍双亲故土而哭泣不止，以致眼中血出。侍女以白玉壶承接眼泪，即近京城，玉壶已染成血红色。

（20）吴江：京口与扬州之间的长江。

（21）灞岸：指长安。灞，即灞水，在长安东二十里，流经长安县，西北流入渭河。

（22）联裾：衣袖相连，比喻携手而行。裾，衣服的前襟。

（23）盼：看。　眄：斜着眼睛看。　依依：恋恋不舍的样子。

（24）椒壁：即椒房。用芳香的椒泥涂在墙壁上，使室内芳香。

多指皇后的居室。

(25) 镜奁：古代女子梳妆用的镜匣和盛放其他梳妆品的盒子。　蟠：盘曲地伏着。　蛟螭：龙形的装饰花纹。蛟是有角之龙，螭是无角之龙。

(26) 鬟：古代女子梳的一种环形发髻。

(27) 窈袅：姿态美好的样子。　融怡：欢快愉悦。

(28) 白璧门：中间有孔的白玉作的门。

(29) 桂影：即月影，月光。

(30) 金阶：帝王宫殿的台阶。

(31) 捻：按，一种演奏乐器的手法。　紫箫：紫竹箫。

(32) 莓苔：青苔。　夹城路：指宫中的通道。唐玄宗时曾从长安的广花萼楼修建夹城至芙蓉园。

(33) 南苑：即御苑，又称芙蓉园，因与禁苑南北相对，故称。

(34) 红粉：指宫女。　羽林：即羽林军，皇帝的禁卫军。杖：仪仗。

(35) 辟邪旗：绣有辟邪神兽的旗帜，是唐代仪卫旗仗的一种。

(36) 豹胎：豹的胎盘，为珍贵食品。

(37) 餍饫：吃得过饱。饴，吃得很甘甜。

(38) 咸池升日：指穆宗登基。咸池，是神话传说中位于东方的大泽，是太阳沐浴的地方；升日，比喻皇帝登基，如同日出一样。

(39) 铜雀：即铜雀台，曹操所建，他常在此台上宴饮宾客。分香：曹操临死时，嘱咐将香料分给众妾，还可去学做鞋子养活自己。后因以指死者临终前对妻妾的留恋。此处指宪宗死去。

(40) 雷音后车：发出雷鸣般声音的车队，帝王的车驾。

(41) 燕禖：古代帝王在春天燕子飞来的时候，祭祀神灵，请求赐予子嗣。禖，主管嫁娶子嗣之神，也指求嗣的祭祀活动。　皇子：指漳王李凑。

(42) 壮发：额前丛生突下之发。 緌緌：物下垂貌。

(43) 画堂：彩绘的殿堂，指皇子的居处。

(44) 天人：指具有非凡才能的皇子。

(45) 虎睛珠：有老虎眼睛那么大的珠子。 络：缠绕，缠裹。褓：襁褓，婴儿的包被。

(46) 金盘犀：连着金盘的犀角。 镇帷：压住帷帐不使飘动。

(47) 长杨：即长杨宫，宫中有垂杨数亩，宫门叫射熊观，是秦汉宫廷的游猎场所。

(48) 武帐弄哑咿，在军营中训练小孩发出声音。武帐，放置武器的帷帐，为帝王专用。哑咿，孩童学说话的声音。

(49) 竹马剧：儿童游戏时骑着当马的竹竿。

(50) 舞鸡：即斗鸡，唐代王室盛行斗鸡游戏。

(51) 崭崭：整齐的样子。

(52) 瑶池：神话传说中西王母的居处。这里指皇后宴饮的场所。

(53) 俨：像。

(54) 神秀：神奇灵秀的气质仪态。

(55) 一尺桐偶人：汉武帝时，江充害怕戾太子将来杀他，利用汉武帝让他查有人搞巫蛊之术的时机，做一木偶放到太子住处，陷害太子。这里借用这个典故指漳王李凑被郑注诬陷之事。

(56) 幽：囚禁。 茅土：指被封为王侯。古代帝王分封诸侯时，按其封地所在方向取社稷坛上的土，用茅草封好，给受封者在国内立社。

(57) 觚棱：宫殿屋角的瓦脊，为方角棱瓣状。 拂斗极：掠过北斗星和北极星，指宫殿高峻。

(58) 四朝三十载：指杜秋娘从元和二年(807)入宫，至开成二年(837)诗人写此诗时。

（59）茂苑：花木繁盛的园林，指李锜在吴地的园林。　菲菲：茂盛的样子。

（60）清血：即清泪，悲伤的眼泪。

（61）机：织机。

（62）歔欷：哽咽，抽噎。

（63）一贯：一理贯通。

（64）推：推算，推演。

（65）夏姬灭两国：因夏姬而亡了两个国。夏姬，郑国国君郑穆公的女儿，嫁给陈国的大夫夏御叔为妻。不久丈夫病故，她与陈国君臣私通。其子夏征舒射死陈灵公。次年，楚庄王以平乱的名义率领诸侯灭陈，夏征舒被杀。夏姬又改嫁，连累了娘家郑国。

（66）西子下姑苏：西施在吴国灭亡后离开苏州，跟范蠡一起归隐。西子，指美女西施。姑苏，今江苏苏州。

（67）舸：船。　鸱夷：鸱夷，一种皮囊。这里指灭吴后范蠡带着西施泛舟归隐。范蠡来到齐国，改名"鸱夷子皮"。

（68）织室魏豹俘：汉王使曹参击败魏王豹，以其国为郡，把魏豹妾薄姬送入织室，后魏王豹死，高祖纳之入后宫，生汉文帝。

（69）误置代籍中：吕后把一批宫女分给亲王，窦氏本赵地人，求分赵国，结果弄错分到代地，受到后来为汉文帝的代王的宠爱，生子为汉景帝，孙为汉武帝。

（70）两朝：指文、景两朝。　母仪：母亲的典范。

（71）光武绍高祖：汉光武帝刘秀继承汉高祖刘邦的帝业。绍，继承，继续。

（72）本系生唐儿：刘秀先人却是婢女唐姬。唐姬原是景帝宠姬程姬身边的丫鬟。一日，景帝醉酒后误把她当作了程姬。后来唐姬生下了刘发，被封为长沙王。刘发就是刘秀的六世祖。

（73）珊瑚破高齐：北齐后主的宠妃冯小怜小名珊瑚，北周兵来犯，还劝高纬再猎一围，高纬本应收复北周占领的晋阳城，为让她看热闹,下令停攻,最终使国家灭亡。高齐,北齐皇帝姓高,故名。

(74) 作婢舂黄糜:北周灭亡后,隋文帝又把冯小怜嫁给正妃的哥哥李询,李询让她去舂米,后被李母逼自杀。黄糜,黄米。

(75) 萧后去扬州:萧后本是隋炀帝的皇后,隋炀帝被杀后她离开了扬州。

(76) 突厥为阏氏:萧后离开扬州后,后辗转到突厥成了突厥君主的妻子。阏氏,匈奴单于、诸王妻子的统称,也指其他少数民族君王的妻子。

(77) 士林:指文人士大夫阶层。

(78) 射钩后呼父:用齐桓公与管仲的典故。齐襄公时齐国动乱,后管仲为使公子纠当上国君,欲射杀小白,射中衣带钩,小白装死,在鲍叔牙的协助下登上君位,就是齐桓公。桓公即位,在鲍叔牙极力劝说下,桓公拜管仲为相,尊称他为仲父。钩,衣带上的钩子。

(79) 钓翁:指姜太公。他年老穷困,来到渭水滨以钓鱼为生。周文王打猎时和他相遇,谈得极为投机,即拜他为师。后姜太公帮助武王伐纣灭殷,建立周朝。

(80) 要:通"邀",邀请。　孟子:名轲,鲁国邹(今山东邹城)人。他师承子思,推崇孔子,主张"仁政"和"王道"思想。但几乎没有人采纳他的治国思想。

(81) 毁:诽谤。　仲尼:孔子的字。

(82) 逐客令:指前237年,秦国宗室贵族借口韩国水工郑国在秦搞间谍活动的事件,要求秦王下令驱逐六国客卿,李斯也在被逐之列。

(83) 柄归丞相斯:秦国因为下达逐客令,却使李斯受到重用,成为丞相把握权柄。

(84) 安知魏齐首:战国时范雎原是魏国相国魏齐的门客,出使齐国时，齐国人看重他，回国后被魏豹当叛徒打昏在厕所中，有人救他，说他死了装在筐中欲扔掉，因而放了他，化名张禄，成为秦的相国，开始借秦威，要了魏齐的人头。

(85) 见断箦中尸：指范雎受到魏齐责打，范雎装死，被人用席子卷起来，丢在厕所里。见，被。箦，竹席。

(86) 给丧蹶张辈：周勃年轻时就是主持办丧事的人，还有做弓踩弓试力度的申屠嘉等人都随刘邦打天下而发迹。给丧，为别人办丧事。蹶张，脚踏强弓，使之张开。这些都是低贱的职业。

(87) 廊庙：本指宫殿四周的走廊和太庙，后用来借指朝廷。
峨危：高耸的样子。

(88) 珥貂七叶贵：意思是连续七朝都能做高官。这里用金日磾的典故。金日磾原本是匈奴太子，到长安有幸受到汉武帝的赏识，官至车骑将军。珥貂，冠旁插貂鼠尾为饰，汉代凡侍中、常侍等官都戴貂尾(侍中插左，常侍插右)。七叶，七朝，指武、昭、宣、元、成、哀、平七朝。

(89) 戎虏支：少数民族的子孙后代。

(90) 苏武却生返：汉武帝时苏武奉命持节出使匈奴，被匈奴扣留十九年，最后被匈奴放还。

(91) 邓通终死饥：邓通是西汉文帝的宠臣，有善相者说他当贫饿而死，于是文帝赐他铜山，准许他自行铸钱。景帝即位后因他品行不好，遂籍没他全部家产，邓通最后寄食他家而死。

(92) 主张：主宰。

(93) 翻覆：指变化。

(94) 之：到，去。

(95) 捉：握。

(96) 驰：奔跑。

(97) 倾：倒。

(98) 聊：姑且。　自贻：写此诗赠给自己。

【赏析】

这首长篇五言古诗为文宗大和七年(833)春天,杜牧三十一岁时所作。时作者在宣州宣歙观察使沈传师幕中,奉沈之命至扬州公干,经过序中所说的"金陵",见到年老色衰而孤苦无助的杜秋,倾听其诉说平生,"感其穷且老",于是写下了这首诗。

首先,作者刻画出了一个美貌的少女形象。后来她经历曲折,其遭遇令人同情。这一形象中决不单单包含着杜秋一人的身世之叹,还有着十分丰富而深刻的内蕴,作者与杜秋都是藩镇和宦官跋扈下黑暗政治的牺牲品。

从"我昨金陵过"到末尾,是全诗的第二部分,着重抒写作者由杜秋生平而生发出来的感叹,但在抒情中也有叙事。

初看前后两部分似乎有些游离,但其实它们有着紧密的内在联系。前一部分是后一部分的形象基础,后一部分是形象的引申和发挥。两部分相辅相成,不可或缺。在这两部分中,在叙事、抒情时,作者又作了精心的剪裁,详略极为恰当。作者叙述了杜秋一生的坎坷不幸,刻画了鲜明生动的人物形象,抒发世事沧桑、人生无常的感叹,并曲折地透露出对当时政治的强烈不满。

297. 江 楼 书 感(1)

赵　嘏　七言绝句

独上江楼思渺然(2),月光如水水如天。同来玩月(3)人何处?风景依稀(4)似去年。

【注释】

(1) 江楼书感:在江边的高楼上抒发感慨。江楼,江边上的高楼。多为酒馆或演艺场所。此诗题一本作《江楼感旧》。

(2) 渺然：悠远的样子。渺，水面宽阔的样子。这里指从高楼往水面上眺望，自己的感情随之变化，因而产生了各种联想。

(3) 玩月：赏月。

(4) 依稀：仿佛；好像。这里还有模糊、不清楚之意，可作“去年与相爱的人一起望月时看到的景色，又模模糊糊地出现在了眼前”。

【赏析】

赵嘏(806? —852?)，字承祐。山阳(今江苏省淮安市)人。会昌四年(844)进士及第。大中年间(847—860)任渭南尉。虽然官职一直较低，但却有着极高诗名。七言律诗《长安晚秋》的颔联“残星几点雁横塞，长笛一声人倚楼”，杜牧看到后即大为欣赏，称赵嘏为“赵倚楼”。(《唐诗纪事》卷五十六)

这首诗是会昌六年(846)，作者四十一岁时于浙西(浙江省西北部地区)思念逝去的友人时所作。在《唐诗纪事》卷五十六“赵嘏”、《唐摭言》卷十五“杂记”、《唐才子传》卷七“赵嘏”条，均记载了如下的故事：胡嘏在浙西时，有喜爱的美姬，但在科举赴京期间，被当地节度使夺去。翌年(会昌四年)胡嘏及第，听到此事后深感悲痛遂作了下面这首诗：

座上献元相公

胡　嘏　七言绝句

寂寞堂前日又曛，阳台去作不归云。从来闻说沙吒利，今日青娥属使君。

这首诗传到了节度使的耳中，他派人把美人送入都城。途中在横水驿(今河南省孟津县西)二人于马上相见，美人因感激抱胡嘏痛哭，第二天晚上便去世了。胡嘏对此终生难忘，直到临终之际还目有所见美人的身影。

298. 无　　题

李商隐　七言律诗

昨夜星辰昨夜风，画楼西畔桂堂[1]东。身无彩凤双飞翼，心有灵犀[2]一点通。

隔座送钩[3]春酒暖，分曹射覆[4]烛灯红。嗟余听鼓应官去，走马兰台类转蓬[5]。

【注释】

（1）画楼：描绘着精美图案的高大建筑，上面附有精美的装饰。比喻富贵人家的屋舍。画楼，一本作“画堂”。

（2）灵犀：比喻心灵相通之意。旧说犀牛是一种神秘的动物，角中有白纹如线，直通两头，称为灵犀。

（3）送钩：也称藏钩。古代腊日的一种游戏，分二曹以较胜负。把钩互相传送后，藏于一人手中，令人猜，猜不中者罚喝酒。

（4）分曹：分组。　射覆：在覆器下放着东西令人猜的一种游戏。或者在盆下面放置物品让人猜，猜不中者罚喝酒。

（5）兰台：即秘书省，掌管图书秘籍。　转蓬：随风飘转的蓬草。这种草生长在中国北方，枯萎时可以被风吹走。比喻人在各地到此漂泊。此二字一本作“断蓬”。

【赏析】

李商隐（812？—858），字义山，号玉谿生。怀州河内（今河南省沁阳县）人。开成二年（837）进士。当时，在朝廷中有被称为“牛李党”的党争中，李商隐因曾受令狐楚（牛党）的知遇之恩，但又与王茂元（李党）的女儿结了婚，处在了一种微妙的境遇，作为一名官吏他并没有什么荣达，以检校工部员外郎终其一生。

处在激烈的党争漩涡中，李商隐的诗歌多表现为一种晦涩、难解的内容。较为擅长的是律诗和绝句，尤其是律诗多用典故，表现为一种华丽的诗风，被评价为“兼备杜甫和李贺之长”的风格。此外，他与同时代的温庭筠并称为“温李”。创作诗文时，经常多用书中的典故，并且把身边的事物也写入其中，被称为“獭祭鱼”（獭祭鱼，是指水獭捕鱼后，常将鱼陈列水边，如同陈列供品祭祀。这里比喻罗列故实，堆砌成文）。李商隐的诗在唐末至五代较为流行，被宋初的杨仪奉为“西昆体”之祖。

《无题》表现的是如梦幻般的种种男女相爱之情，这首诗为组诗中的一首。

首联为内容的导入。昨夜的星辰已随风而去，但在宴席见到了有魅力的歌伎。颔联表现的是二人心心相通的感情，颈联想起了宴席上的饮酒猜码的情形。尾联是说到上班时间听到鼓声后，作者到兰台去应值之事，表现的是作者当时的形象。

在曹魏之时，政界中把不能发挥自己才能的人的情况比喻为“转蓬”，这里是李商隐为不能把自己的全部之爱献给一个女人而自比“转蓬”，以一种自虐的感慨而作结。如果简单地说，便是“虽然不能给予爱，但强烈的情感却没有减少”之意。

李商隐也和杜牧一样，在长篇古体诗中抒发对时事的感慨和自己的抱负，他把独特的审美意识突出地表现在了律诗和绝句中。前面的七言律诗表现的是与歌伎之间的“不能给予的爱”，下面的这一首七言绝句也表现了同样的感情，具有同样的艺术魅力。

花 下 醉

李商隐　七言绝句

寻芳不觉醉流霞，倚树沉眠日已斜。客散酒醒深夜后，更持红烛赏残花。

这首诗描写了宴会结束之后，在朦胧的夜光下浮现的花。这种花便是“残花”。作者认为这里虽然有一些忽明忽暗的感觉，但其价值还是应该承认的。

在李商隐的作品中，不知为什么总会有一种颓废的诗风穿插其中，如果说是寻找答案的话，应该是下面的这一首五言绝句了。

299. 登 乐 游 原(1)

李商隐　五言绝句

向晚意不适(2)，驱车登古原(3)。夕阳无限好，只是(4)近黄昏。

【注释】

(1) 乐游原：长安西南、曲江以北的高地。为汉代以来的游乐之地。晚唐时，这里大部分地区已趋于沉寂，仅保留了汉代的一些遗迹。

(2) 向晚：日暮，傍晚。　意不适：心情不悦，内心不快。

(3) 古原：指乐游原。

(4) 只是：确实是。表示强调。

【赏析】

这首诗的创作年代不明确，一种说法是在会昌四、五年，李商隐三十三、四岁时所作。

在前半部分的二句中，“傍晚时心情不痛快，于是外出登高”，这种表现手法，在汉魏时的古诗中经常可以看到：

出户独彷徨，愁思当告谁。（《古诗十九首》其十九）

出门临永路，不见车马行。登高望九州，悠悠分旷野。（魏阮籍《咏怀诗》其十七）

在不稳定的环境中生活，有时会在傍晚时驱车登高。这也可能是接受了有“驱车”行为的阮籍“穷途之哭”吧！

作者在原上看到的是火红的夕阳，它发出耀眼的光辉，但不久之后光辉便落了下去,被黑暗包围了起来。在眼前出现的,是曾经的辉煌。作者在无条件肯定这一瞬间的美之后,也在自己的位置上调整了立场,自觉地改变了方向。灿烂、耀眼的夕阳只有在一天快结束时才会出现,这种夕阳也是极为美丽的,自己作为生活在一个朝代即将终结的人,也会不由自主地燃烧了。也就是说,第一句作为产生忧闷的原因是“黄昏”,至第四句虽然没有什么忌讳,但也有着自己生命完结之意,具有亲切而深刻的转化。

在这种转化中,使人能够看到泯灭的、失去了的价值,其意义对李商隐来说是自己人生价值、意义的再确认,并没有什么不妥之处。

第四句的“只是”,与诗人的想法联系在了一起,起到了一种强调语气的作用。这个词可以作“但是”、“然而”的意思来解释,后半部分的意思是:“夕阳虽然无限的美好,但可惜却临近黄昏了,没有长期之美。”在这种稍稍理性、常识的基础上,第三句的“无限好”,则并没有减少诗兴,应该说它与前面肯定的内容是一致的。

词的形成

作为韵文形式的“词”,原是为与乐曲合奏创作的歌词,每一个乐曲都有一个名称,这便是“词牌”。

词的产生原因和样式上的特色,与唐代的音乐变化有着密切的关系。在中国传统的音乐系列中,音乐分为雅乐和燕(宴)乐,而燕乐又分为清乐(清商)和胡乐。

“雅乐”是用于宫廷仪式上的音乐,为秦代以来的古乐。《诗经》中就有一些这类的作品。“雅乐”是在宫廷和官僚的宴会时演奏的音乐,所以也要合着诗歌来进行演唱。在这些音乐之中,还有这个固有的燕乐“清乐”,以及与此相应合着诗歌演奏的“乐府”。

从晋代(4 世纪)开始,随着佛教的传入,西域音乐由印度、中亚经新疆、甘肃开始传入中国。到了唐代时,传统的清乐传承逐渐消失,在“清乐”中加入“胡乐”要素的新曲产生了(《旧唐书·音乐志》)。这虽然最初是非正式的事情,但天宝十三年(754)的诏书,还是承认了燕乐中的胡乐要素。

这些音乐的变化,是从歌词追求新内容开始的。虽然说传统的五言、七言诗能够与伸缩的曲调相适宜,但从盛唐时期开始,胡乐已经具有了压倒性的优势,带有新的情调、旋律的乐曲不能与原来的诗型相对应,于是便有了从根本上创作不同歌词的必要了。合着新的音乐而唱的新的歌词,被称为了“词”。

在温庭筠的《菩萨蛮》“补说”中提到李白之作,如果是例外的话,如前所述词的创作也应该是从中唐开始。然而现在保留下来的中唐时期的词,还不能说是具有诗人余技的印象,应该说是带有民谣的曲调,体现的是一种朴素的风格。

到了晚唐之时,发展这种样式的是温庭筠。在他的这个时代,词还不能说是一般化的作品,其普及和确立是在唐朝灭亡之后(907)被称为五代十国的混乱时期。在这一时期中,温庭筠的词得到了较高的评价,被看成是典范之作。在后蜀广政三年(940)时,作为流传下来最古老的全本词集《花间集》编撰完成,在收录十八位词人五百多首词的《花间集》中,温庭筠的作品最多,达六十六首,而且全都放在了词集的开头。这是因为他的作品受到了尊重,并且被当做了范本来展示的。

以这种形式出现在文学史中的“词”,其特征如下(据王力《汉语诗律学》观点):

(一) 每一句中的字数固定;

(二) 是长短句;

(三) 每一字的平仄不变。

在上面的特征中,如果有一个条件不能满足的话,便不能称为是词。另外,词牌决定了一首词的长短之别,大体来说,六十二个字以下的短小之作被称为是“小令”,六十二个字以上的称为“慢词”。在章节特点上，由一章组成一首词的称为“单调”，由其两章组成的称为“双调”(还有由三章以上组成的词)。前面看到的白居易的《忆江南》为单调的小令，而《菩萨蛮》则为双调的小令。

“词”因为原本是歌词，因此情绪化的倾向较强，对官僚士大夫而言，与容易表现他们立场、思想的“诗”相比，具有不同的旨趣。

在“词”的内容中，能够纯真、纤细地表现出人世间的各种感情——四季变化中的反映出来的微妙心理、人与人之间的离别之悲、寄情于草木鸟兽的感慨，这些要素是不逊色于“诗”的，如同日本人触动琴弦想到的东西一样。从这个意义上而言，今后将要对“词”进行更多的介绍和研究了。

温庭筠(812? —866)，本名岐，字飞卿。并州(今山西省太原市)人。他文采出众，行为放浪，多次考进士均落榜，几经周折后官至县尉，终至国子助教。温庭筠的诗歌与同一时期的李商隐齐名，并称“温李”，虽然在对句中有出色的表现，但与李商隐的艳丽诗风相比，他的文雅之作还是较多的。温庭筠每入试时，八叉手而成八韵(十六句)，故有“温八叉”之称(据《北梦琐言》、《全唐诗话》记载)，其下笔之速与李商隐正好形成了对照。

这位写作新韵文形式“词”的人物，最初是一位正宗的诗人，而初期的词风也是由他而确定了方向。在日本平安时期，温庭筠的作品便被人们喜欢了。在森鸥外的小说《鱼玄机》中，温庭筠也作为一位官员出场了。

下面的这首七言绝句为闺怨之作。“女主人公彻夜不眠，眺望夜空，听到了月光下的大雁之声”，这是《古诗十九首》以来的模式，而温庭筠的作品确实是带来了梦幻般的、优美的意境。

瑶 瑟 怨

温庭筠　七言绝句

冰簟银床梦不成，碧天如水夜云轻。雁声远过潇湘去，十二楼中月自明。

300. 菩萨蛮[1]

温庭筠　小令(短词·双调)

玉楼明月长相忆[2],柳丝袅娜春无力[3]。门外草萋萋[4],送君闻马嘶。

画罗金翡翠[5],香烛[6]销成泪。花落子规[7]啼,绿窗残梦[8]迷。

【注释】

(1) 菩萨蛮:词牌名。这里是为唱这首词的曲名,并不表示词的内容。

(2) 玉楼:漂亮的高楼。玉,美称。　长:常常,永远。　相忆:思念对方。

(3) 柳丝:如丝一样的柳条。丝,与“思”义同,暗喻“思念那个人,我心如柳枝一样丝丝难舍”。自汉代以来,有折柳送客的习俗,柳作为离别的物象写在了诗歌中。此外,第二句以下的三句,承“长相忆”而来,吟咏的是思念中的情景。　袅娜:细长柔美的样子。　春无力:即春风无力,用以形容春风柔软。

(4) 萋萋:草茂盛的样子。自《楚辞》招隐士“王孙游兮不归,春草生兮萋萋”以来,草也成了离别的意象。

(5) 画罗:有图案的丝织品。　金翡翠:即画罗上金色的翡翠鸟。

(6) 香烛:加有香料的烛,是对烛的美称。

(7) 子规:即杜鹃鸟,也称为杜鹃、杜宇。春天鸣叫时,其声尖厉悲切,能够唤起旅人的望乡之思。北宋以后,其悲鸣声如“不如归去"音似。

(8) 绿窗：女性房间的窗户。 残梦：凌乱不全之梦。残，失去的。

【赏析】

这首《菩萨蛮》是中唐时期作者开始尝试写作的新的韵文形式"词"，是温庭筠早期的代表作。

词牌《菩萨蛮》原本是古代缅甸的乐曲，在盛唐时期的开元、天宝年间(713—755)传入中国。其名称源于阿拉伯语 Bussulman，还具有伊斯兰教徒的意味。自北宋以来，这首曲子被认为是由李白创作的歌词(据北宋释文莹《湘山野录》等记载)。

关于这首词的真伪虽然有不同的说法，但下面的这首吟咏旅人望乡之思的是李白的词。

菩萨蛮 传

李 白 小令(短词·双调)

平林漠漠烟如织，寒山一带伤心碧。暝色入高楼，有人楼上愁。

玉阶空伫立，宿鸟归飞急。何处是归程，长亭更短亭。

晚唐后期，官僚党争、藩镇割据不断，以至于就连皇帝也要由宦官来拥立。宣宗的税制改革也无疾而终，国库越来越枯竭，此时又有旱灾、水灾、蝗灾等天灾，进一步加剧了农民的流民化和暴徒化。

在这一时期，正如诗人们的良心所展示的那样，一群社会派的诗人出现了，他们的诗歌描写了政治弊端和民众之苦。

在这些诗人中，皮日休(841? —883?)的五言古诗《正乐府十篇(并序)》继承了白居易新乐府的传统，其内容引人瞩目。其第二首《橡媪叹》，描写了农家老妇的贫困生活，毫不留情地批判了收税官吏的残酷和无情。

伛偻黄发媪，拾之践晨霜。移时始盈掬，尽日方满筐。几曝复几蒸,用作三冬粮。

诗中描写的是一位年老体衰、生活贫困的老妇形象。她的形象与残酷的官吏相比,深刻地打动了读者。皮日休的散文集《皮子文薮》十卷在我国(日本)也产生了很大的影响。

此外,在杜荀鹤的作品中,战争中的寡妇和家族离散的老翁等弱势群体成了他诗歌中的主人公,描写出了一种令人感到绝望的社会现实。

时挑野菜和根煮,旋斫生柴带叶烧。任是深山更深处,也应无计避征徭。(七言律诗《山中寡妇》)

经乱衰翁居破村,村中何事不伤魂。因供寨木无桑柘,为著乡兵绝子孙。(七言律诗《乱后逢村叟》)

曹邺、罗隐以及于武陵、曹松、王驾等人都属于这一类的作家。

301. 劝　酒

于武陵　五言绝句

劝君金屈卮(1),满酌不须(2)辞。花发多风雨,人生足(3)别离。

【注释】

(1) 金屈卮:用黄金制造的一种酒杯。屈卮如菜碗那样而有把手,是古代一种名贵酒器,可装入四升酒。据《宋会要·淳熙五年》记载:三佛齐国献上龙涎、珊瑚、琉璃及屈卮、小屈卮等。这首诗中的“金屈卮”,可能也是输入的高级礼品。

(2) 不须:不要,不必要。

(3) 足:多。

【赏析】

于武陵，生卒年不详，名邺，多以字称呼为武陵。杜曲（今陕西省西安市）人。宣宗大中年间（847—859）进士及第，但因不适应官场生活，于是携琴书漫游各地。他特别喜爱洞庭湖、湘江一带的风物，晚年隐栖在嵩山（今河南省洛阳市东南）以南的地方。其作品吟咏羁旅孤独、漂泊之作较多，现存诗五十一首。

这首诗是于武陵的代表作，虽然创作年代不详，但他的名字可以说却是由这首诗传播的。诗的前半部分是表现酒宴欢乐气氛的名句。“金屈卮”，是用黄金制造的一种闪闪发光的大酒杯。而加上“满酌”之语，则体现了豪华宴会的氛围。诗的后半部分内容急转直下，以一种“人生哲理”的对句形式，呈现在读者的眼前。诗中暗示的是：“在花落之时，分别就再也不能见面了，所以还是痛饮一醉吧！”

井伏鳟二[（1898—1993）日本小说家。本名满寿二，广岛县人。其创作的《约翰万次郎漂流记》（获直木文学奖）和《多甚古村》（1939）等描写下层人民生活的作品，显示出现实主义倾向。代表作有《今日停诊》、《遥拜队长》。译者注]的译诗（《厄除诗集》所收）最为有名，虽有“金屈卮”之语，但却没有表现绚烂豪华的氛围，只是在后半部分的特写中，表现了一种浓厚的哀愁。

302. 己 亥 岁(1)

曹　松　七言绝句

泽国江山入战图(2)，生民何计乐樵苏(3)。凭君莫话封侯事(4)，一将功成万骨枯。

【注释】

(1) 己亥岁：乙亥这一年。在中国，自古以来有十干（甲乙丙丁戊己庚辛壬癸)和十二支(子丑寅卯辰巳午未申酉戌亥)的组合,以此来称呼年和日的名字。从"甲子"开始,共有六十个干支。这里是指唐僖宗乾符六年(879)。这一时期,唐王朝动乱不断,前年王仙芝的起义被镇压下去之后,这一年黄巢领导的农民起义军又在长江流域开始发展壮大起来。

(2) 泽国:湖泊、沼泽较多的地区。泛指长江中下游平原的江南各地。因黄巢之乱,这里变得好像荆楚一带的湖泊一样了。战图:战争发生的范围;交战地区。

(3) 生民:民众。 樵苏:百姓的生活。樵,砍柴。苏,割草。这里是指必要的、最低的生活。

(4) 凭君:请您……。 封侯:分封为诸侯。给予领地,使之成为土地的领主。特指由于战功而获得晋升。"封侯事"一词,出自东汉班超的故事。班超年轻时,因家中贫困靠笔耕维持生计,有一天发愤说道:"当效傅介子、张骞立功异域,以取封侯,安能久事笔砚间乎?"于是赴西域活动三十年,最后被封为"定远侯"(《后汉书·班超传》)。这个典故经常作为当国家遇到危难之际,读书人奋起为国立功的榜样。本诗沿用了王昌龄《闺怨》诗中的故事,但并不表示一种野心,而是表示一种哀怨。

【赏析】

曹松(830? —902?),字梦徵。舒州(今安徽省潜山县)人。一说是衡阳(今湖南省衡阳市)人。光化四年(901)七十余岁时进士及第,授秘书正字不久去世。曹松诗学贾岛,作诗一字一句反复推敲。现存诗约一百四十首。

这是一首取材于黄巢之乱为内容的诗。以这场社会大动乱为契机,唐王朝很快就灭亡了。

乾符二年(875),山东王仙芝举兵起义,黄巢随之响应,数月之后形成了数万大军。乾符五年,王仙芝战败而死,黄巢成为了这支军队的首领,他们向江南进发,荆楚江淮地区(包括湖南、湖北、安徽、江苏各地）陷入了极大的混乱之中。

黄巢（？—884）原本是私盐贩子，因唐王朝取缔私盐后奋起反抗，发动了武装起义。也就是说，他举兵的动机，与其说是“救济民众”、“反抗暴政”，不如说是“保全利益”和“保身”，他们的队伍逐渐像流贼一样，在各地反复掠夺百姓。而另一方面，朝廷中的将军们也利用战乱扩大自己的势力，而且有这方面企图的人还不少（据《资治通鉴·僖宗纪》记载）。

在这种环境下，最为痛苦的都是一般的老百姓，对这种情况发出感叹的，如曹松上面的这首诗便是如此。

在诗的后半部分，与王昌龄的七言绝句《闺怨》的背景有些相似：

闺中少妇不知愁，春日凝妆上翠楼。忽见陌头杨柳色，悔教夫婿觅封侯。

在诗的后半部分，年轻的妻子“为鼓励丈夫封侯”而独守空闺的悔恨，曹松也以“莫话封侯事”寄予年轻的妻子。

第四句的“一将功成万骨枯”，作为独立的成语很有名，直到现在还适用于由于众人的努力取得事业的成功，但成绩却归功于一个领导的情况。

303. 秦妇吟

韦　庄　七言古诗

中和癸卯(1)春三月，洛阳城外花如雪。东西南北路人绝，绿杨悄悄香尘灭。路旁忽见如花人(2)，独向绿杨阴下歇。凤侧鸾欹鬟脚斜(3)，红攒黛敛眉心折。借问女郎何处来？含颦欲语声先咽。回头敛袂谢行人：“丧乱漂沦何堪说！三年陷贼留秦地(4)，依稀记得秦中事。君能为妾解金鞍(5)，妾亦与君停玉趾(6)。”

前年庚子[7]腊月五,正闭金笼[8]教鹦鹉。斜开鸾镜懒梳头,闲凭雕栏慵[9]不语。忽看门外起红尘,已见街中擂金鼓。居人走出半仓惶,朝士[10]归来尚疑误。是时西面官军入,拟向潼关为警急。皆言博野[11]自相持,尽道贼军来未及。须臾主父乘奔[12]至,下马入门痴似醉。适逢紫盖去蒙尘[13],已见白旗来匝地。

扶羸携幼[14]竞相呼,上屋缘墙不知次[15]。南邻走入北邻藏,东邻走向西邻避。北邻诸妇咸相凑[16],户外崩腾如走兽。轰轰混混乾坤动[17],万马雷声从地涌。火迸金星上九天,十二官街烟烘焖[18]。日轮西下寒光白,上帝无言空脉脉。阴云晕气若重围,宦者流星[19]如血色。紫气潜随帝座移[20],妖光暗射台星拆[21]。

家家流血如泉沸,处处冤声声动地。舞伎歌姬尽暗捐[22],婴儿稚女皆生弃[23]。东邻有女眉新画,倾国倾城不知价。长戈拥得上戎车[24],回首香闺泪盈把[25]。旋抽金线学缝旗,才上雕鞍教走马。有时马上见良人,不敢回眸空泪下。西邻有女真仙子,一寸横波剪秋水。妆成只对镜中春,年幼不知门外事。一夫跳跃上金阶,斜袒半肩欲相耻[26]。牵衣不肯出朱门,红粉香脂刀下死。南邻有女不记姓,昨日良媒新纳聘[27]。琉璃阶上不闻行,翡翠帘间空见影。忽看庭际刀刃鸣,身首支离在俄顷。仰天掩面哭一声,女弟女兄同入井。北邻少妇行相促,旋拆云鬟拭眉绿[28]。已闻击托[29]坏高门,不觉攀缘上重屋。须臾四面火光来，欲下回梯梯又摧。烟中大叫犹求救，梁上悬尸已作灰。妾身幸得全刀锯[30]，不敢踟蹰久回顾。旋梳蝉鬓逐军行，强展蛾眉出门去[31]。旧里从兹不得归，六亲自此无寻处[32]。

一从陷贼经三载，终日惊忧心胆碎。夜卧千重剑戟围[33]，朝餐一味人肝脍[34]。鸳帏纵入岂成欢？宝货虽多非所爱。蓬头垢面眉犹赤[35]，几转横波看不得。衣裳颠倒语言异[36]，面上夸功雕作字[37]。柏台[38]多半是狐精，兰省[39]诸郎皆鼠魅。还将短发戴华簪，不脱朝衣缠绣被[40]。翻持象笏作三公[41]，倒佩金鱼为两史[42]。朝闻奏对入朝堂，暮见喧呼来酒市。

一朝五鼓人惊起，叫啸喧呼如窃语。夜来探马[43]入皇城，昨日官军收赤水[44]。赤水去城一百里，朝若来兮暮应至。凶徒马上暗吞声，女伴闺中潜生喜[45]。皆言冤愤此时销，必谓妖徒今日死。逡巡走马传声急，又道官军全阵入。大彭小彭[46]相顾忧，二郎四郎[47]抱鞍泣。沉沉数日无消息，必谓军前已衔璧[48]。簸旗掉剑却来归[49]，又道官军悉败绩[50]。

四面从兹多厄束[51]，一斗黄金一斗粟。尚让[52]厨中食木皮，黄巢机上刲人肉[53]。东南断绝无粮道，沟壑渐平人渐少。六军[54]门外倚僵尸，七架[55]营中填饿殍。长安寂寂今何有？废市荒街麦苗秀[56]。采樵斫尽杏园花，修寨诛残御沟柳。华轩绣毂[57]皆销散，甲第朱门无一半。含元殿[58]上狐兔行，花萼楼前荆棘满。昔时繁盛皆埋没，举目凄凉无故物。内库[59]烧为锦绣灰,天街[60]踏尽公卿骨!

来时晓出城东陌,城外风烟如塞色。路旁时见游奕军[61],坡下寂无迎送客。灞陵东望人烟绝,树锁骊山金翠灭。大道俱成棘子林,行人夜宿墙匡[62]月。

明朝晓至三峰路[63],百万人家无一户。破落田园但有蒿,摧残竹树皆无主。路旁试问金天神[64],金天无语愁于人。庙前古柏有残枿[65],殿上金炉生暗尘。一从狂寇[66]陷中国,天地晦冥风雨黑。案前神水咒不成,壁上阴兵驱不得。闲日徒歆奠飨[67]恩,危时不助神通力。我今愧恧[68]拙为神,且向山中深避匿。寰中[69]箫管不曾闻,筵上牺牲无处觅。旋教魇鬼傍乡村,诛剥生灵[70]过朝夕。妾闻此语愁更愁,天遣时灾非自由。神在山中犹避难,何须责望东诸侯[71]!

前年又出杨震关[72],举头云际见荆山[73]。如从地府到人间,顿觉时清天地闲。陕州主帅[74]忠且贞,不动干戈唯守城。蒲津主帅能戢兵,千里晏然无戈声。朝携宝货无人问,暮插金钗唯独行。

明朝又过新安[75]东,路上乞浆[76]逢一翁。苍苍面带苔藓色,隐隐身藏蓬荻中[77]。问翁本是何乡曲?底事[78]寒天霜露宿?老翁暂起欲陈辞,却坐[79]支颐仰天哭。乡园本贯东畿[80]县,岁岁耕桑临近甸。岁种良田二百廛,年输户税三千万。小姑惯织褐絁袍,中妇能炊红黍饭。千间仓兮万丝箱,黄巢过后犹残半。自从洛下屯师旅,日夜巡兵入村坞。匣中秋水拔青蛇[81],旗上高风吹白虎[82]。入门下马若旋风,罄室倾囊[83]如卷土。家财既尽骨肉离，今日垂年[84]一身苦。一身苦兮何足嗟，山中更有千万家，朝饥山上寻蓬子[85]，夜宿霜中卧荻花！

妾闻此老伤心语，竟日阑干[86]泪如雨。出门惟见乱枭鸣，更欲东奔何处所？仍闻汴路[87]舟车绝，又道彭门[88]自相杀。野宿徒销战士魂，河津半是冤人血。适闻有客金陵至，见说[89]江南风景异。自从大寇犯中原，戎马不曾生四鄙[90]。诛锄窃盗若神功，惠爱生灵如赤子。城壕固护教金汤[91]，赋税如云送军垒。奈何四海尽滔滔，湛然一境平如砥[92]。避难徒为阙下人，怀安却羡江南鬼。愿君举棹东复东，咏此长歌献相公。

【注释】

(1) 中和癸卯：唐僖宗中和三年(883)。

(2) 如花人：这里形容女子美貌如花。

(3) 鬓脚斜：这里是说女子头发蓬松，鬓脚不整。

(4) 陷贼留秦地：这里指留在被黄巢攻陷的长安。

(5) 解金鞍：解鞍下马，在这里休息。

(6) 停玉趾：停留下来休息。玉趾，白嫩如玉的脚。

(7) 前年庚子：指广明元年(880)。

(8) 金笼：昂贵的鸟笼。

(9) 慵：懒散。

(10) 朝士：上朝办公的官员。

(11) 博野：博野军。京都禁卫部队。

(12) 主父：女子家的主人。　乘奔：骑马赶回来。

(13) 紫盖：皇帝的车驾。　蒙尘：皇帝避难的委婉说法。

(14) 羸：老人。　幼：儿童。

(15) 次：次序。

(16) 相凑：相聚集。

(17) 乾坤动：指国家政权发生了变化。

(18) 十二官街：长安皇城中南北七条街，东西五条街，都是政府公署仓库所在之处。　烟烘炯：烟火旺盛的样子。

(19) 宦者流星：宦者星宿共有四颗星，在帝座西南。这里用以比喻拥护皇帝逃难的内官。

(20) 紫气潜随帝座移：皇帝所在之处，天上有一股紫气，皇帝改换居住的地方，紫气也跟着迁移。

(21) 台星拆：台星是三台星，共有六个，是三公的天象。现在台星也被敌人的妖光所拆散了。这是用以比喻朝廷官员都逃散了。

(22) 暗捐：悄悄地抛弃。

(23) 生弃：活活抛弃。

(24) 长戈拥得上戎车：指东邻美女被掳掠走。

(25) 盈把：即满手。把，即握。

(26) 相耻：耻即辱，加以侮辱。

(27) 新纳聘：刚刚举行订婚仪式。

(28) 眉绿：画眉毛的青黛色。

(29) 击托：即敲打。托，同“拓”，有打击之义。

(30) 全刀锯：从刀锯之下保全了生命。

(31) 强展蛾眉出门去：勉强装出笑容，跟着贼军走。

(32) 六亲自此无寻处：四亲六眷也都断绝来往。

(33) 夜卧千重剑戟围：夜晚睡在戒备森严的武器包围里。

(34) 朝餐一味人肝脍：每天吃的止有一味被杀的人的心肝。

(35) 眉犹赤：西汉末，樊崇起兵反王莽，兵皆画眉作红色，当时称“赤眉贼”。这里是说那个军人一副“赤眉贼”的样子。

(36) 衣裳颠倒语言异：黄巢新朝廷中的文官这批人衣裳都穿

不整齐，说话多是外地口音。

(37) 面上夸功雕作字：立过功勋的人，脸上都刺字雕花。

(38) 柏台：御史台，御史大夫的公署。

(39) 兰省：秘书省，又称兰台、兰省。有校书郎等郎官。

(40) 不脱朝衣缠绣被：晚上睡觉，连朝衣都不脱下，就裹在绣花被子里了。

(41) 象笏：象牙做的朝版。三公：大司马、大司徒、大司空。

(42) 金鱼：三品以上官员佩带金鱼。　两史：柏台、兰省，合称两史，谓御史大夫与御史中丞。

(43) 探马：有骑马的探子。

(44) 赤水：赤水镇。在长安城西渭南县东，离长安止有一百多里。

(45) 潜生喜：偷偷地高兴。

(46) 大彭小彭：二人都是彭城（今徐州）人，黄巢手下的将军。大彭，时溥。小彭，秦彦。

(47) 二郎、四郎：二郎即黄巢。因为他排行第二。四郎是他的弟弟黄揆。

(48) 军：指官军。　衔璧：帝王兵败投降，向胜利者衔璧请罪。

(49) 簸旗掉剑却来归：黄巢他们又挥旗舞剑，高兴地回来。

(50) 又道官军悉败绩：还说官军又已吃了个大败仗。

(51) 厄束：四面包围。

(52) 尚让：黄巢的宰相。

(53) 机上刲人肉：餐桌上供应的惟有割下来的人肉。

(54) 六军：左右羽林军，左右龙武军，左右神策军，称为六军，都是保卫京师的禁军。

(55) 七架：未详。《长安志》有七架亭，在禁苑中。今存疑。

(56) 废市荒街麦苗秀：过去的繁华的地方，现在已长出了麦子并吐秀了。

(57) 华轩绣毂(hú)：华美的屋宇、锦绣、丝縠。

(58) 含元殿：皇宫里的宫殿名。

(59) 内库：内藏库，唐太宗在禁城内置库，后世皇帝以为私有库藏。

(60) 天街：禁城内的街道。

(61) 游奕军：有军人在巡逻。

(62) 墙匡：断墙。

(63) 三峰路：去华山的大路。三峰，即华山。

(64) 金天神：华山之神。

(65) 枿(niè)：树木砍去后又长出的芽子。

(66) 狂寇：指黄巢起兵造反。

(67) 闲日：平时。　奠飨：祭祀供奉。

(68) 愧恧(nǜ)：心里非常惭愧。

(69) 寰中：殿庭的围墙。即庙内。

(70) 诛剥生灵：害死普通百姓。

(71) 东诸侯：这里指淮南节度使高骈。

(72) 杨震关：即潼关。

(73) 荆山：虢州地界。

(74) 陕州主帅：指虢陕观察使王重盈，蒲津主帅指河中节度使留后王重荣。他们兄弟二人当黄巢军队攻破潼关时，都只是上一个奏表，报告军情，自己却并不出兵迎击，关起城门自保。诗人借女郎的话，说他们“忠且贞”、“能戢兵”。一个是“不动干戈能守城”，一个是“千里晏然无戈声”，都是讽刺之语。

(75) 新安：地名，今河南省新安县。

(76) 乞浆：找水喝。

(77) 荻中：芦花堆里。

(78) 底事：何事，为什么。疑问语。

(79) 却坐：退坐。

（80）东畿：畿是京都四周的地区。怀、郑、汝、陕四州为东畿，设东畿观察使。

（81）青蛇：青蛇剑。

（82）白虎：白虎旗。

（83）罄室倾囊：把家里抢得一无所有。

（84）垂年：垂老之意。

（85）蓬子：草根。

（86）阑干：纵横。

（87）汴路：到开封去的路。

（88）彭门：即彭城（徐州）。

（89）见说：即被告知。见，作“被”字解。

（90）四鄙：四郊。

（91）金汤：金城汤池。比喻坚固的城池。

（92）砥：平直；平坦。

【赏析】

在唐诗三百年的繁荣中，为其结尾时期进行粉饰的，是韦庄、韩偓二人。

韦庄（836？—910），字端己。京兆杜陵（今陕西省西安市东南）人。乾宁元年（894）五十九岁考取进士，唐亡后仕蜀，住在杜甫的旧宅“浣花草堂”。作为新兴韵文“词”的作者，他为此做出了重要的贡献。

韦庄是以吟咏黄巢之乱惨状的七言古诗《秦妇吟》而闻名的，被称为“秦妇吟秀才”。广明元年（880），黄巢的军队攻入长安，韦庄因应试正留在都城中，目睹长安城内的变乱和人民流离失所，他写下了这首七言二百三十八句的长篇叙事诗《秦妇吟》。在这首诗中，他以一个为避黄巢乱军而从长安逃难出来女子的口吻，把其悲惨的体验写了出来。全诗的字数约是《长恨歌》的二倍，在当时颇负盛名，人人争相传阅。

但是不知为什么，韦庄为发表这首诗之事感到特别后悔，对写本统统回收起来，并且自己的诗集中也不收录此诗。在此之后，这首诗几乎被人遗忘，而再次出现则是在千年之后的清光绪二十六年(1900)的事了。在这一年敦煌莫高窟发现的文物中，有《秦妇吟》的八种写本。在韦庄还在世时，这首诗就已经流传到西域中了。

这首命运多舛的大作，内容大致如下：

第一段(1—16 句)是在中和三年(883)春，作者在洛阳郊外遇到了逃难出来的女子，女子一边流着泪，一边讲述在长安的遭遇。

第二段(17—32 句)以下，直到最后，为女子的告白。某一天，女子与侍女在家中做家务，忽然有人报告说:“黄巢的军队来袭，连天子也疏散走了。”

第三段(33—48 句)描写黄巢的军队进入长安之后，城中大乱的情形。

第四段(49—90 句)描写长安市内女性受难的情况。她们中有的人被绑架，有的人被杀。

第五段(91—108 句)女子述说自己被迫嫁给黄巢的部下，在黄巢的军队中生活，她看到了不一样的氛围。

第六段(109—126 句)描写官军与黄巢军队的作战，一开始取得了胜利，但最后还是在反击时败退了。

第七段(127—146 句)描写官军虽然败退，但长安市区被包围，没有了粮食。市内连续出现饿死人的事情，情况极为悲惨。

第八段(147—154 句)描写在某一天的早晨，这位女子逃离了长安。

第九段(155—178 句)描写第二天女子来到了华阴县，在路上看到了荒凉的景象。

第十段(179—188 句)描写女子出了潼关，这里的治安能够得到保障，因此她也就稍稍放心了。

第十一段(189—216 句)描写女子在新安县东遇到一位老翁

的情景。老翁自述自己的悲惨体验，告诉她“官军比黄巢的军队更加残暴”。

第十二段(217—238 句)女子述说能够保持今天这种太平生活的，只有在江南，希望江南节度使能够体会自己的心情，作者对此表示首肯。

全诗没有一丝的空隙，自始至终存在着一种紧张感，并且富于变化，始终能够打动读者的心。人们喜欢这首诗也属于理所当然的事情了。这可能与韦庄的意志有些相左了……

304. 尤溪(1)道中

韩　偓　七言绝句

水自潺湲(2)日自斜，尽无鸡犬(3)有鸣鸦。千村万落如寒食(4)，不见人烟(5)空见花。

【注释】

(1) 尤溪：今福建省尤溪县。又指流经福建省中部、西南的尤溪河流。这首诗诗题一本作《自沙县抵龙溪县，值泉州军过后，村落皆空，因有一绝》。

(2) 自：独自，一个人。这里是说经过战乱之后，人烟稀少，因而显得很孤独。　潺湲：形容河水慢慢流淌的样子。

(3) 鸡犬：自《老子》八十章和陶渊明《桃花源记》以来，鸡犬被当成了理想之乡的动物。

(4) 寒食：从冬至日开始的第 105 日，在清明前一天的节日。古人从这天起一连三天不动烟火，只吃冷食。也有的地方把清明叫“寒食”。

(5) 人烟：住户的炊烟，亦广泛借指人家。

【赏析】

韩偓(842? —923?),字致尧,号玉山樵人。京兆万年(今陕西省西安市)人。其父为韩瞻,与李商隐同年进士,两家有着姻亲关系。龙纪元年(889)进士及第,受到昭宗的信任,君臣二人谈话非常投机,曾被推荐为宰相。但因朱全忠(后梁太祖)的反对,被左迁为濮州(今河南省范县)司马。其后再也没有回到官场中,而是寄身在闽中(今福建省)的友人处,直到去世。

韩偓的诗风体现在如下三个方面:

第一,吟咏感慨时世、亡国之悲的作品,这些作品收集在后人编撰的《韩翰林集》三卷中。从这些诗歌的内容来看,他可以与战国的屈原、南宋的陆游、金代的元好问相媲美。

第二,吟咏男女之情和女子形态的艳丽作品群。在这类作品中,感伤、颓废的情绪较强,但实际包含其他的寓意。他的这些诗歌收录在另外的一本诗集《香奁集》中,这一类的诗歌被称为“香奁体”,特别是在明清之时极为受到重视。

第三,描写日常生活体验和风景的系列小诗。其着眼点极为细微,具有一种清新的诗风,被评价为是开宋诗之先的作品。

《尤溪道中》为作者晚年闲居时所作。唐王朝灭亡之后,在后梁开平四年(910)作者从福建省的沙县赴尤溪县的途中,看到各地的荒芜惨状,遂有感而作了这首诗。在第一、二、四句中,深刻地描写了亡国之悲,句子中的主题极为痛切,可以说是唐王朝的挽歌了。

305. 野　塘(1)

韩　偓　七言绝句

侵晓(2)乘凉偶独来,不因鱼跃见萍开。卷荷忽被微风触,泻下清香(3)露一杯。

【注释】

(1) 野塘：野外无主的池塘。

(2) 侵晓：天色渐明之时；拂晓。

(3) 清香：幽香，淡香。

【赏析】

《野塘》这首诗是韩偓诗风多样性的表现。在送走令人哀悼的旧时代时，作者已经敏锐地察觉到了新时代的气息，这首诗表现了他的这种心情，韩偓确实是与唐代诗歌史上最后的装饰者地位极为相符的诗人。

唐代末期，各地的节度使纷纷独立，中国处于了分裂的状态，于是便出现了被称为所谓的“五代十国”时期。在这期间，北方出现了包括少数民族王朝在内的五个朝代，南方反复出现了主要以汉族为主的十余个地方政权。在这一时期，贵族阶层失去了他们庄园经济的基础而没落了，取而代之的新兴地主阶层成为了政治、文化的统治者。

在五代十国时期，传统文化没有受到彻底破坏，晚唐诗风的影响力虽然有些减弱，但还是继承了下来，其醇正的情感贯穿于始终。从另一个角度而言，应该值得一提的是，在中国南方“词”开始盛行了起来，为到宋代取得巨大的发展做了准备。

在这一时期，词首先在十国之一的前蜀流行开来，继之的后蜀编撰最早的词集《花间集》(940)，收录了十八位作者的五百首词，开头的温庭筠(812？—866)收录有六十六首词，接下来的韦庄(836？—910)收录有四十八首词。

《花间集》中的词大体上以这两位作者的风格为代表，多表现男女之情和女性的心情、形态之作。当时，词是由歌伎在宴席上演唱的，而且这种氛围也极为盛行，由于这个原因，上面两位作者在这方面是下了一些功夫的。

接受这种词风，并且在类型上有进一步发展的，是“十国”末期的南唐后主李煜。他晚年的词作与《花间集》有着明显的不同，具有真挚的感情和深切的体会，对后来宋代的词产生了巨大的影响。

306. 菩萨蛮(花明月暗笼轻雾)

李　煜　小令(双调)

花明月暗笼轻雾(1)，今宵(2)好向郎边去。刬袜步香阶(3)，手提金缕鞋(4)。

画堂南畔(5)见，一向偎人颤(6)。奴(7)为出来难，教君恣意怜(8)。

【注释】

(1) 笼轻雾：笼罩着薄薄的晨雾。

(2) 今宵：今夜，此时，此刻。

(3) 刬(chǎn)袜：只穿着袜子着地。刬，只，仅。　步：这里作动词用，意为走过。　香阶：台阶的美称，即飘散香气的台阶。

(4) 金缕鞋：指鞋面用金线绣成的鞋。缕，线。

(5) 画堂：古代宫中绘饰华丽的殿堂，这里也泛指华丽的堂屋。　南畔：南边。

(6) 一向：同一晌，即一时，霎时间。　偎：紧紧地贴着，紧挨着。　颤：由于心情激动而身体发抖。

(7) 奴：古代妇女自称的谦辞，也作奴家。

(8) 恣意：任意，尽情，放纵。恣，放纵，无拘束。　怜：爱怜，疼爱。

【赏析】

李煜(937—978)，字重光。南唐第三代、也是最后一代君主，被称为“李后主”。他喜欢学问，并且在音乐、书画、诗文方面造诣极深，其所收藏的书籍、艺术品和他制作的文具（笔墨纸砚。在宋代之后被称为“文房四宝”），对当时出入宫廷的学者、文人、画家，以及后来的宋代文化都产生了较大的影响。宋开宝八年（975），李煜投降于宋，次年被送往都城开封（今河南省开封市），在度过两年的幽闭生活之后去世。现存词三十五首、诗十九首。

这是李煜前期写的一首词，素以狎昵真切著称。词中描写一个女子偷偷地去和她的情人幽会的情景。相传词中的少女就是李煜的第二个皇后——小周后女英。词上片先描写一个花明月暗，朦朦胧胧，若隐若现的境界，继而生动细致地塑造一个手提绣鞋，双袜着地，神情慌张，蹑手蹑脚地朝情人住处潜去的女子形象。下片将少女的炽烈恋情推向高潮：在一番担惊受怕之后，美好的愿望终于实现，像迂回曲折的流泉，遇到开阔处，如瀑布般倾泻出来，“见”、“颤”、“难”、“恣意怜”，几个字将所有的感触直截了当地显现出来，情真景真，毫无伪饰。全词极俚，极真，也极动人，用浅显的语言呈现出深远的意境，虽无意于感人，而能动人情思，确实有其感人之处，自然而率真，不同于一般帝王的矫饰之作。

307. 虞美人(1)

李　煜　小令（双调）

春花秋月何时了，往事知多少(2)？小楼昨夜又东风，故国不堪回首月明中。

雕栏玉砌应犹在(3)，只是朱颜(4)改。问君(5)能有几多愁？恰似一江春水向东流(6)。

【注释】

（1）虞美人：词牌。

（2）往事：从前的事；过去的事。　知多少：究竟知道多少呢？“多少”，表示疑问之意，起一种强调作用。

（3）雕栏玉砌：雕刻着精美的栏杆和用玉石装饰的台阶。这里是在追忆南唐豪华的宫殿。　在：确实存在。

（4）朱颜：血气旺盛的样子。与“红颜”义同。

（5）问君：作者设问，实际自问。

（6）一江春水向东流：一到了春天以后，长江上波涛汹涌的大水滚滚东去。用流水比喻旅愁、离愁和人生无常的手法，在南朝以来的诗中经常可以见到。

【赏析】

这首词为李煜成为北宋的囚徒、于开封幽闭时所作，是回忆豪奢的南唐都城金陵（今江苏省南京市）生活之词。

在富裕的江南之地南唐，李煜即位（961 年，二十五岁）后迫于后周以及后来北宋的压力，其统治已开始出现疲敝和衰落了。作为一位艺术家，他即位后不关心政治，而是耽于豪奢的宫廷生活。

为了逐渐加强势力，北宋王朝在开宝七年（974）大举进攻南唐，开宝八年十二月首都金陵陷落，次年正月李煜及其家族被押送到北宋都城开封，过起了幽闭的生活。

据说李煜是被宋太宗毒杀而死，一说其原因便是因为这首词。词中的“又东风”、“向东流”两次出现了“东”字，太宗认为这是他想着南唐首都金陵，进而表现出对北宋的不服之志（见南宋邵博《闻见后录》卷二十二、南宋王銍《默记》卷上等记载）。

308. 浪淘沙令(1)

李　煜　小令（双调）

帘外雨潺潺(2)，春意阑珊(3)。罗衾不耐五更(4)

寒。梦里不知身是客(5),一晌(6)贪欢。

独自莫凭栏,无限江山,别时容易见时难。流水落花归去也(7),天上人间(8)。

【注释】

(1) 浪淘沙令:词牌。

(2) 潺潺:形容下雨的声音。重言词。

(3) 春意:春天的氛围。 阑珊:衰落,衰残。

(4) 罗衾:丝绸被子。衾,被子。 五更:黎明;早晨五六点钟。

(5) 客:旅人。这里指在宋都开封幽禁时期的自己。

(6) 一晌:片刻,一会儿。也作"一饷",指像吃饭那样短的时间。

(7) 归去也:回去了。一本作"春去也"。

(8) 天上人间:天界和人界。这里比喻相隔得太远。

【赏析】

这首词也是在开封幽闭时所作。是他的自责和悲叹之词,不久他便去世了(据南宋胡仔《苕溪渔隐丛话》前集卷五十九引《西清诗话》的记载)。

亡国之后,在不如意的生活中李煜创作了这首词,词的内容已经超出了李煜的心境,是他真实感情的表露。这样的结果,使他的词风对宋代初期的词人产生了极大的影响。

960年,后周武将赵匡胤被拥立做了北宋王朝第一位皇帝——宋太祖。新王朝定都开封,979年灭掉南唐,随后又降服了北汉,统一了全国。为了削弱地方权力,强化中央集权,北宋王朝采取了重用文官的政策。由于这个原因,科举制进一步扩充完备,各种教育机关[国子学、太学等官学和书院(私立学校)]也迅速增加了起来,文化、教育水平得到了提高。在这种背景下,由于印刷术的发明、书籍的普及和经济的发展,小作坊阶层、工商业阶层的教育得到了提高。也就是说,文化享受的阶层有了进一步的扩大。北宋王朝的官僚也是通过科举考试录用的以新兴知识分子阶层为主的人才。

在北宋王朝初期,太祖、太宗(太祖之弟)时代政治、文化的领袖人物都是前代比较活跃且有很大名声的人,亦即他们都是五代十国的遗臣。因而在这一时期,五代时的纤细作风成了主流。在这一时期中,从主流中脱离出来,在诗歌的完善和对后世的影响方面还是有值得注意的东西。首先应该列举的是王禹偁。

王禹偁(954—1001),字元之,济州巨野(今山东省巨野县)人。出身于农家,三十岁时考中进士,历任北宋王朝的高官,因直谏而三度被贬。后转为地方官,在黄州(今湖北省黄冈市)去世。他当时罕见地宣称作诗要以杜甫、白居易为榜样,创作清新、质朴的诗歌。

309. 畬田(1)词五首　其一

王禹偁　七言绝句

大家齐力劚孱颜(2),耳听田歌手莫闲。各愿种成千百索(3),豆萁禾穗(4)满青山。

【注释】

(1) 畬田:烧荒垦种。畬,烧去杂草进行耕种。

(2) 大家:大伙儿,很多人。　劚(zhú):锄一类的农具。这里作动词,掘土的意思。　孱颜:通“巉岩”,高峻险要的山岩。

(3) 索:绳索、绳子。这里是指长度单位。作者自注:“山田不知畎亩,但以百尺绳量之,曰某家今年种得若干索,以为田数。”诗中描写的山村,用长度为百尺(约合 30.72 米)的绳子丈量土地。

(4) 豆萁:豆茎。这里泛指豆类作物。　禾穗:谷物的总称。穗,禾本植物聚生在茎的顶端的花和果实。

【赏析】

这是一首吟咏人们从事畬田的诗，为褒扬勤勉农民而作的组诗中的第一首。是作者在淳化二年（991）任商州（今陕西省商洛市）团练副使时所作。关于作诗的动机和背景，作者在这组诗的序中，有如下的叙述：

上雒郡南六百里，属邑有丰阳、上津，皆深山穷谷，不通辙迹。其民刀耕火种，大底先斫山田，虽悬崖绝岭，树木尽仆，俟其干且燥，乃行火焉。火尚炽，即以种播之。然后酿黍稷、烹鸡豚，先约曰某家某日有事于畬田，虽数百里如期而集，锄斧随焉。至则行酒啖炙，鼓噪而作，盖劚而掩其土也。劚毕则生，不复耘矣。援桴者，有勉励督课之语，若歌曲然。且其俗更互力田，人人自勉。仆爱其有义，作《畬田》五首，以侑其气。亦欲采诗官闻之，传于执政者，苟择良二千石暨贤百里，使化天下之民如斯民之义，庶乎污莱尽辟矣。其词则取乎俚，盖欲山民之易晓也。

310. 畬田词五首　其四

王禹偁　七言绝句

北山种了种南山，相助力耕岂有偏(1)？愿得人间皆似我，也应四海(2)少荒田。

【注释】

（1）偏：偏心、不公正。

（2）四海：国中，天下。

【赏析】

这首诗的内容也是与上面的那首诗一样，表现的是对农民勤勉的褒扬之词，同时也希望耕地能够得到进一步的增加。

经历了五代的战乱之后，土地变得荒芜了，复兴农业和提高农民生产积极性成了当时的当务之急，诗中表现的似乎是诗人的真实的想法。

311. 清　明[1]

王禹偁　七言绝句

无花无酒过清明，兴味萧然似野僧[2]。昨日邻家乞新火[3]，晓窗分与读书灯。

【注释】

(1) 清明：阴历三月的节气，为春分之后的第十五日。在这一天中，有到郊外踏青和扫墓的习俗。

(2) 野僧：山寺里的僧侣。

(3) 新火：清明前一日禁火寒食，到清明节再起火，称为“新火”。

【赏析】

这首诗是王禹偁左迁时所作。与清明佳节、春天行乐的世间生活相悖的是，他过着的是一种自得其乐的读书生活。

作者好像是受到了附近居民的尊重，邻居寒食节之后的火是向先生看书的灯火借来的。而作者的极快反映，也与他们之间心灵的交流极为适应。

北宋第三个皇帝真宗之世，在王朝安定的背景下，传统的高级官僚相互创作社交方面的诗歌，这种状况长达数十年，风靡一时。他们的创作，已经没有了五代以来纤细的诗风，而是具有晚唐诗、特别是以李商隐的诗歌为典范，具有重视修辞、浪漫幻想、注重修饰的特征。宫廷诗坛的领袖杨亿，在景德年间(1004—1007)出版了与刘筠、钱惟演等十七位诗人唱和的有二百五十首诗歌的《西昆酬唱集》，他们的诗风被称为“西昆体”(西昆,即西方的昆仑山,这里比喻为仙境。据古代传说,这里也是帝王藏书之所。杨亿把十七位宫廷诗人活动的宫廷比喻为仙境,也是从许多书籍中找出的典故,为表现诗风的用语)。

西昆体诗歌其后受到北宋中期诗坛领袖欧阳修的批评,之后便失去了优势,到了清代受到再次评价时,仍然没有获得更多的关注。西昆体除了技巧上的优势之外,缺乏李商隐的危机意识也是其衰落的一个重要的原因。

对新王朝草创时期的高级官僚们而言,被要求与处于王朝衰落时期且怀才不遇的李商隐有着同样的理念是有些牵强的。西昆体诗歌的魅力在于,追求彻底的汉字表现特征,并且把这件事开始当作一种正常的理解。

312. 荷　　花

钱惟演　五言排律

水阔雨萧萧(1),风微影自摇。徐娘(2)羞半面,楚女(3)妒纤腰。别恨抛深浦(4),遗香逐画桡(5)。华灯(6)连雾夕,钿合(7)映霞朝。泪有鲛人(8)见,魂须宋玉(9)招。凌波(10)终未渡,疑待鹊为桥(11)。

【注释】

(1) 萧萧:冷落凄清的样子。

(2) 徐娘:南朝梁元帝的妃子。姓徐,名昭佩。她容貌秀丽,就连皇帝也不曾放在眼里。因元帝有一目失明,她总是只化半面妆去见皇帝,引起皇帝的愤怒。她于是与朝中的美男子暨季江私通。季江说:“徐娘虽老,犹尚多情。”(《南史·后妃传下》)

(3) 楚女:语出《韩非子·二柄》篇的故事。楚灵王喜欢细腰的女子,因此宫中出现了饿死的女性。

(4) 深浦:深入陆地中的水边。浦,湖、河的边缘。语出江淹《别赋》:“送君南浦,伤如之何。”

(5) 遗香:遗留下的香味。语出晚唐陆龟蒙《秋荷》:“盈盈一水不得渡,冷翠遗香愁向人。” 画桡:有画饰的船桨。

(6) 华灯:装饰华美的灯。

(7) 钿合:镶嵌金、银、玉、贝的首饰盒子。

(8) 鲛人:传说中的人鱼。据说其眼泪可以化为珠玉。语出晋华《博物志》:“南海水有鲛人,水居如鱼,不废织绩,其眼能泣珠。……泣而成珠满盘,以予主人。”

(9) 宋玉:战国时期楚国的宫廷文人。他擅长以华丽的文字来描写对女性的爱慕和男女之情,成了后世女性文学题材的典范。

(10) 凌波:在水上行走。如魏曹丕《洛神赋》“凌波微步,罗袜生尘”所言,后世有“凌波仙子”之语,也指在水中养育荷花、水仙等。

(11) 鹊为桥:是在七夕(七月七日)之时,为了让牵牛、织女相会,喜鹊在天河上搭起的鹊桥。据《岁华纪丽》引《风俗通》载:“七夕织女当渡河,使鹊为桥。”

【赏析】

钱惟演(977—1034),字希圣。临安(今浙江省杭州市)人。吴越王钱弘俶之子,与其父一起归顺了宋朝,官至保大军节度使加同中书门下平章事。钱惟演编撰了《册府元龟》。仁宗时为洛阳长官,是梅尧臣、欧阳修的上司。其后,因受到弹劾而被左迁。

这是一首从多角度吟咏荷花印象的“咏物诗”。西昆体的诗风在咏物诗的领域中,具有较好的效果,这首诗便是这方面的代表作。

初读起来一看,这首诗并不是单纯的荷花描写,而是根据美丽的荷花产生的联想,以对句的形式反复出现,是一首想象丰富、具有象征性的诗。

这样的诗风也是汉字表现的一种精华,这一点颇为令人难忘。

313. 寓　　意(1)

晏　殊　七言律诗

油壁香车(2)不再逢，峡云(3)无迹任西东。梨花院落溶溶(4)月，柳絮池塘(5)淡淡风。几日寂寥伤酒后，一番萧索禁烟(6)中。鱼书(7)欲寄何由达，水远山长处处同。

【注释】

(1) 寓意：有所寄托自己的想法。这首诗诗题一本作《无题》。

(2) 油壁香车：车的壁上涂有油脂材料装饰的车被称为"油壁车"(一说是壁上挂有青色油布的车)，为古代妇女所坐。香，为美称。古乐府《苏小小》有"妾乘油壁车，郎骑青骢马。何处结同心，西陵松柏下"之语。李贺的《苏小小墓》也有"油壁车，久相待"之语。

(3) 峡云：巫山峡谷上的云彩。宋玉《高唐赋》记有巫山神女与楚王相会，说自己住在巫山南"旦为朝云，暮为行雨"。后常以巫峡云雨指男女爱情。

(4) 院落：房屋的中庭。　溶溶：月光似水一般地流动。

(5) 柳絮：柳树的飞絮。晚春之间，柳絮在空中飞舞，如同雪花般飘落在地。　池塘：水塘。

(6) 一番：一个个。　禁烟：禁止使用火。在清明前一天或二天为寒食节，旧俗在那天禁火，吃冷食。

(7) 鱼书：指书信。古乐府《饮马长城窟行》有"客从远方来，遗我双鲤鱼。呼儿烹鲤鱼，中有尺素书"之句。

【赏析】

晏殊(991—1055)，字同叔。抚州临川(今江西省抚州市)人。十四岁以神童入试，赐同进士出身，以后历任要职，官至同中书门下平章事。仁宗时虽二度左迁,但其为人刚正清廉,喜欢奖掖后进,富弼、范仲淹、欧阳修、韩琦等人,都是晏殊推荐给仁宗的名臣。

作为诗人,他也是西昆派中屈指可数的善于作词的人。

《寓意》是一首因事而思慕女子的诗。

首联追叙与女子离别时的情景,出现了与此相关的两个故事。颔联描写了月夜的中庭和柳絮池塘的庭院,这里似乎就是二人幽会、漫步的地方。颈联叙述自已寂寥萧索的处境。尾联表达对所恋之人的刻骨相思之情。

虽然受到晚唐李商隐诗风的影响,但表现的境界却更为清晰。诗题为《寓意》,表面上吟咏的是对恋人的思慕,但实际上具有倾述其他内容的可能性。

下面的这首小令,是作为词人晏殊的代表作。吟咏晚春傍晚时的感伤,表现出了北宋初期的词风特色。

浣 溪 沙

晏 殊 小令(双调)

一曲新词酒一杯,去年天气旧亭台,夕阳西下几时回。

无可奈何花落去,似曾相识燕归来,小园香径独徘徊。

晚春的傍晚,在主人公的宴席上,拿着酒杯,听着新歌,看到外面去年与今天一样的情景,同样的建筑物,但很快夕阳西下,眼前的景色再也回不来了。花落无可奈何,燕归似曾相识,此情此景不禁使诗人产生无限的感慨。

从整首词的内容来看,抒发了悼惜残春之情,表达了时光易逝,难以追挽的伤感。

314. 书友人屋壁

魏 野 五言律诗

达人轻禄位(1),居处傍林泉(2)。洗砚鱼吞墨,烹茶(3)鹤避烟。娴惟歌圣代，老不恨流年(4)。静想闲来者，还应我最偏。

【注释】

(1) 达人：通达知命的人、达观的人。　禄位：俸禄和官位。

(2) 林泉：有树木和泉水的庭院。这里指隐士居住的地方。

(3) 烹茶：以刚烧开的三滚之水冲泡茶叶。

(4) 流年：如水一般流逝的岁月。

【赏析】

魏野(960—1019)，字仲先，号草堂居士。陕州(今属河南省陕县)人。宋真宗曾派使臣征召他，但他不求仕进，以隐者的身份终其一生。作为诗人，他名气极大，辽使访宋时，特意收求他的诗集。此外，据说长安的名妓从魏野处获得赠诗，书写好之后挂在墙壁上，以显示个人的身价。

《书友人屋壁》一名为《书逸人俞太中屋壁》。如按此说，这首诗应为访问友人、隐者俞太中时所作。

作者魏野本人以北宋初期的隐逸诗人而闻名。当时的朝廷经常招募隐者，并且给他们以官职，但据说魏野对前来的使者予以婉拒(据《古今诗话》记载)。

在这首诗中，从首联至颈联叙述的都是友人俞太中的生活。特别是颔联的二句作为名句是广为人知的，对动物的风趣描写也给人留下了深刻的印象。

至尾联时，才开始出现了作者本人的形象。所谓的"偏"，是从当时一般社会价值观的角度而言的，具有不好名利、不好俗人、超凡脱俗的隐者之心。也就是说，作者在这里认为只有自己才是俞太中最好的朋友。

315. 山园小梅[1]二首 其一

林 逋 七言律诗

众芳摇落独暄妍[2],占尽风情向[3]小园。疏影[4]横斜水清浅,暗香浮动月黄昏[5]。霜禽欲下先偷眼[6],粉蝶如知合断魂[7]。幸有微吟可相狎[8],不须檀板共金樽[9]。

【注释】

(1) 山园小梅:山中庭院种的梅花。山园,山中的庭园。这里是指作者隐栖的孤山的庭园。

(2) 众芳:百花。芳,芳香。 摇落:被风吹落。 暄妍:明媚美丽。暄,天气温暖。妍,美丽。这里是指春暖之时,梅花最先开放。

(3) 占尽:完全占有。尽,做动词,表示动作彻底。 风情:风味。 向:与“于”义同。

(4) 疏影:梅花疏疏落落映在水面上的样子。

(5) 暗香:梅花散发的清幽香味。 黄昏:傍晚时。这里指月色黄昏。

(6) 霜禽:冬天的禽鸟。一本作“寒禽”。 偷眼:偷看、不经意地看。

(7) 粉蝶:蝴蝶。粉,蝴蝶的鳞粉。与兽类的“走兽”、鸟类的“飞鸟”、禽类的“鸣禽”一样,属于二字名词的造语法。 断魂:非常痛心。为与相知相亲的人隔绝之后的感叹之词。

(8) 幸有:幸亏有。 微吟:低声地吟唱、小声地吟唱。 狎:亲近而态度不庄重。这里是形容与梅花的关系。

(9) 檀板:演唱时用的檀木柏板,此处指歌唱。 金樽:豪华的酒杯,此处指饮酒。

【赏析】

林逋(967—1028),字君复。仁宗时赐谥“和靖先生”,通称林和靖。杭州钱塘(今浙江省杭州市)人。林逋少年丧父,但读书刻苦,他厌恶世俗,终身不仕,也不娶妻,一直在江淮一带过着漫游的生活,后在西湖边的孤山结庐隐栖。因酷爱种梅和养鹤,被称为“梅妻鹤子”。

林逋的诗自成一家,但也学习中晚唐诗风,有清新纤细之作,也有与范仲淹、梅尧臣等人的诗歌唱和之作,还长于行书和绘画。现存诗约三百首。

《山园小梅》为隐逸诗人林逋的代表作。吟咏梅花的诗始于南朝之时,并且有《梅花落》的乐府诗题。在这一类吟咏梅花的诗歌中,梅花被看成是报春的花、赠予亲人的花,以及引起乡愁的花。然而,林逋这首诗却与众不同,他主要描写了梅花的幽香和高尚的品格,以及梅花孤高的环境氛围,这些引人瞩目的描写对后来梅花诗的内容及其方向起到了决定性的作用。

首联是说在其他的花儿都已经摇落之后,只有梅花还在孤高地开着,由此而导入了季节之感。“摇落”之语,始于战国时期楚国宋玉的作品:

悲哉!秋之为气,萧瑟兮,草木摇落而变衰。

在这个吟咏之后,秋天便成了带有季节感的语言。继之的颔联描写梅花的清香之气和其优良的品行。而颈联吟咏的是就连鸟和蝶也关注梅花之美。尾联的梅花转化为客体,它与热闹的歌舞豪华的宴会不相适应,而与隐栖的氛围极其相适,以自负的趣味而作结。

颔联的二句脍炙人口,“疏影”、“暗香”二语成了梅花的代名词。尤其是南宋的姜夔(1155—1221?)还把《疏影》、《暗香》作为了词牌,创作了新的词调。

在诗的后半部分,在强调梅花孤高的同时,作者与梅花共同的感觉也表现在了读者面前。在颈联的二句中,吟咏的“寒雀想飞落下来时,先偷看梅花一眼;蝴蝶如果知道梅花的妍美,定会消魂失魄”,强调的是梅花的孤高和寂寞。

第五句的“霜禽”,与第一句的“摇落”表现了相互呼应的季节感,为“下霜季节的禽鸟”之意。此二字在其他的选本中也作“寒禽”,季节感表现得更为明显。

这里的“霜禽”虽然有“白鸟”的解释,但“霜”字肯定是白色的。“霜月”、“霜刃”、“霜鬓”等词语,具有强烈的“银色”、“闪光色”印象。从这一点来说,在诗歌的境地中,即在朦胧的月色、昏暗的景观中,“霜禽”成为“极具银色的鸟儿”可能是有些违和感的。

在首联以后,从吟咏孤高的梅花,再到尾联的“幸有微吟”,表现了作者与俗世脱离而成了梅花真正的理解者。

316. 渔家傲(1)

范仲淹　小令(双调)

塞下(2)秋来风景异。衡阳(3)雁去无留意。四面边声连角(4)起。千嶂(5)里。长烟落日孤城闭。

浊酒一杯家万里。燕然未勒(6)归无计。羌管(7)悠悠霜满地。人不寐。将军白发征夫泪。

【注释】

(1) 渔家傲:词牌。为北宋年间流行歌曲,此词始见于北宋的晏殊。

(2) 塞下:边境险要之地。

(3) 衡阳:今湖南省衡阳市。其北的衡山七十二峰中有“回雁峰”,据说从北来的大雁到此之后便不再南去。

(4) 边声:边塞特有的声音,如大风、羌笛、马啸等声音。

角：古代军中的一种乐器。一说是喇叭。用皮革、铜、竹等制成。

(5) 千嶂：数不清的高峰。障，像屏障一样并列的山峰。

(6) 燕然：山名，即今蒙古境内的杭爱山。　勒：刻石记功。东汉永元元年(89)车骑将军窦宪追击匈奴，出塞三千余里，至燕然山刻石记功而还(《后汉书·窦宪传》)。

(7) 羌管：羌笛。少数民族羌族的一种乐器，发声比较悲凉。

【赏析】

范仲淹(989—1052)，字希文。苏州吴县(今江苏省苏州市)人。大中祥符八年(1015)进士及第。其才能得到晏殊的认可与推荐。曾与富弼、欧阳修等人一起推行新政。范仲淹还具有很深的战略造诣，从康定元年(1040)至四年期间担任陕西经略安抚副使、兼知延州，担任边境守备，西夏人说："范老夫子胸中自有十万甲兵。"在他任职时，西夏人不敢来进攻。范仲淹去世后，朝廷赐谥"文正"。

范仲淹诗文俱佳，尤其是晚年所作的散文《岳阳楼记》中有"先天下之忧而忧，后天下之乐而乐"的名句，是四字熟语"先忧后乐"的出典之处。

这首词为范仲淹在担任陕西边境守备时所作。描写的是边境地区秋天的风物，虽然也有一些乡愁在内，但主体体现的还是"不打走异族的入侵绝不回家"的觉悟。

这也是一首双调的词，前半段叙景，后半段表现由此触发的心情。在后半段的后半部分沿袭了李益的《夜上受降城闻笛》诗的内容，而所说的"霜满地"可能是说月光照耀在地上吧！

夜上受降城闻笛

李　益　七言绝句

回乐峰前沙似雪，受降城外月如霜。不知何处吹芦管，一夜征人尽望乡。

与少数民族政权对立在北宋王朝是比较严重的问题，开始时是辽，继之是夏，最后是金，在与这些少数民族政权接壤的边界地区经常发生冲突。北宋王朝对此一贯采取消极政策,在以赔款和岁币确保和平的同时,也派军队实行警备,并且经常派遣军队进行驻屯。

为了保证庞大的官僚阶层和军队的生活,需要增加庞大的开支,而国家财政的赤字也使失业者增加,进而出现了社会不安定的局面。为了打破这种局面,王安石开始了变法。

正如《渔家傲》后半段所表现的那样,在以前有名的诗作中选取一些表现手法,是词中经常出现的情况。下面寇准的这首词,便是非常有名的一例:

阳 关 引

寇 准 小令(双调)

塞草烟光阔,渭水波声咽。春朝雨霁,轻尘歇、征鞍发。指青青杨柳,又是轻攀折。动黯然,知有后会甚时节。

更尽一杯酒,歌一阕。叹人生,最难欢聚易离别。且莫辞沉醉,听取阳关彻。念故人,千里自此共明月。

这首词从整体而言,是选取了下面王维诗的内容:

送元二使安西

王 维 七言绝句

渭城朝雨浥轻尘,客舍青青柳色新。劝君更尽一杯酒,西出阳关无故人。

像这样对原作进行加工,使其内容变成新的作品的技法叫做"隐括",在词的创作方面取得较大成就的是贺铸(1052—1125)(《宋史·文苑传》)。

317. 雨 霖 铃(1)

柳 永 慢词(双调)

寒蝉凄切(2)。对长亭(3)晚,骤雨初歇(4)。都门帐饮无绪[5]，留恋[6]处、兰舟[7]催发。执手相看泪眼，竟无语凝噎[8]。念去去、千里烟波[9]，暮霭沉沉楚天[10]阔。

多情[11]自古伤离别，更那堪，冷落[12]清秋节！今宵酒醒何处？杨柳岸，晓风残月[13]。此去[14]经年，应是良辰好景虚设[15]。便纵有千种风情[16]，更与何人说！

【注释】

(1) 雨霖铃：词牌。原为唐教坊曲，宋代以后改为长篇词牌。

(2) 寒蝉：秋蝉，寒蜩。　凄切：身体发冷。非常寂寞、孤独。

(3) 长亭：供远行者休息的地方。古代十里设一长亭。

(4) 骤雨：阵雨。　初歇：刚刚停下来。

(5) 都门：京城门外。　帐饮：在京都郊外搭起帐幕设宴饯行。　无绪：没有情绪，不快乐。

(6) 留恋：恋恋不舍。

(7) 兰舟：船的美称。兰，香木名，木兰树。

(8) 凝噎：悲痛气塞，说不出话来。

(9) 烟波：水雾迷茫的样子。烟，雾。

(10) 暮霭：傍晚的云气。　沉沉：深厚的样子。　楚天：战国时期楚国据有南方大片土地，所以古人泛称南方的天空为楚天。

(11) 多情：内心的感情丰富。

(12) 冷落：冷清、不热闹。

(13) 残月：残缺不圆的弯月。

(14) 此去：从此以后。

(15) 应是：一定……是。推量用法。　虚设：虚撰，空谈。

(16) 便纵：即便纵然有。　风情：情意。

【赏析】

柳永(987? —1053?),原名三变,字耆卿。福建崇安(今武夷山市)人。仁宗时(1034 年左右)进士及第。历任睦州团练推官、屯田员外郎等职。柳永年轻时,以市井词人身份活跃于文坛,而且他还能作曲。柳永的词在宫中、民间广为流传,甚至一位从西夏回来的朝官也说:"凡有井水饮处,皆能歌柳词"(南宋叶梦得《石林避暑录话》)。

柳永词的内容包括男女相思之情、旅愁、都市繁荣、游览、年中行事、咏物、咏史等,范围极为广泛。此外,在柳永之前的词多为小令(短篇词),而他则创作了大量的慢词(长篇词),宋词的风格至此为之一变。正如"词至柳永而为一变,至苏轼而为二变"所说(《四库全书总目提要》卷 198"集部・词曲类・一""东坡词"项),柳永的词确实是如此。现存作品有词一百二十余首、诗三首、《劝学文》一篇(《古文真宝・后集》所收)。

这首词吟咏的是与人离别的悲伤,为柳永的代表作。其后苏轼曾问其属下:"我的词与柳永词相比如何?"属下回答:"柳永的词适合十七八岁女郎唱'杨柳岸,晓风残月'。而您的词需要大汉持铁板唱'大江东去。'"苏轼听后哈哈大笑,这个故事非常有名:

> 东坡在玉堂日,有幕士善歌,因问:"我词何如柳七?"对曰:"柳郎中词只合十七八女郎,执红牙板,歌'杨柳岸,晓风残月',学士词须关西大汉,铜琵琶,铁绰板,唱'大江东去'"。东坡为之绝倒。(清・沈雄编《古今词话》上卷引南宋俞文豹《吹剑录》)

这首词从整体而言,汇集的离别场面和感情之语比较多,"寒蝉"、"凄切"、"长亭"、"帐饮"、"兰舟"、"执手"、"无语"、"去去"、"烟波"、"酒醒"、"杨柳岸"、"残月"等语,都是离别诗中的常用之语。

在上片中，首先是以"寒蝉凄切的叫声、夕阳下的长亭"为舞台设计开始的，城外的离别之宴、出发时刻的到来、舟人的催促、二人的惜别、含泪无语等等，都是描写离别的状况和心情的，最后想象中的舟旅之事，又给人以无尽的悠悠余韵。

由于乐器伴奏要经过一个间奏，词的内容随后转入下片，其视点也有了变化，"多情自古伤离别"的感叹也由此而出。词从上片转入下片时，下片开头的部分被称为"过片(过处)"，在后世的词话中，这是作词上需要特别注意的地方。

> 最是过片不要断了曲意，须要承上接下。(南宋·张炎《词源·制曲》)
>
> 过处多是自叙，若才高者方能发起别意。然不可太野，走了原意。(南宋·沈义父《乐府指迷》)
>
> 制词须布置停匀，血脉贯串。过片不可断曲意，如常山之蛇，救首救尾。(元·陆辅之《词旨》)

常山之蛇：常山地区产的一种蛇，击头则尾应，击尾则头应，击中间则头尾共应。转喻文脉首位要互相照应。

也就是说，过片要把前后的词意联系在一起，而且还要以新的内容展开为契机，下一些必要的工夫。

从这一点而言，"雨霖铃"的过片也可以按照这个要求作出一个精彩的答复。上片末尾的"离别思念"，便是到此为止了，稍稍变化一下视点，从词的前后文脉上看，展示的是统括前后段的"一般论"。由此可以看出，在词的流传过程中，在挽救缺少顿挫、内容平淡化和单调化的同时，展现了连接上片和下片的鲜明特征。

再以下是想象中离别之后的情景和心境，"即使是今后还有欢乐，但因不能在一起，也令人感到索然无味"，在表现对相会绝望的同时，全词到此作结。

318. 迷仙引(1)

柳　永　慢词(双调)

才过笄年(2),初绾(3)云鬟,便学歌舞。席上尊前,王孙随分(4)相许。算等闲(5)、酬一笑,便千金慵觑。常只恐、容易蕣华(6)偷换,光阴虚度。

已受君恩顾,好与花为主。万里丹霄(7),何妨携手同归去。永弃却、烟花(8)伴侣。免教人见妾,朝云暮雨(9)。

【注释】

(1) 迷仙引:词牌。入宋以后才创建有这个词牌。

(2) 笄年:女子十五岁。古代女子十五岁举行戴笄的成年礼,表示成年。《礼记·内则》记载:女子十有五年而及笄。

(3) 绾:把头发盘旋起来打成结,表示女子成年。

(4) 随分:随便、随意。

(5) 等闲:平常。

(6) 蕣华:指朝开暮落的木槿花,借指美好而易失的年华或容颜。

(7) 丹霄:布满红霞的天空。霄,空。

(8) 烟花:琼花。比喻春天美丽的景色。也比喻青春貌美的歌妓。

(9) 朝云暮雨:这里比男女之间的亲密关系。

【赏析】

这是一首以第一人称形式,表现落籍妓女心境的词。上片回忆的是作为妓女时的生活,下片是对能够从当时的生活中解放出来而产生的一种喜悦和期待感。

中唐以后,妓女作为主人公在诗歌和小说中的数量猛增。安史之乱中,由于都城的混乱,音乐家和妓女们流散到地方,从而对各地的知识分子和艺术家产生了很大的刺激。白居易的《琵琶行》便是这方面最早的例子，他对年老色衰的妓女成了商人之妻后的薄幸之身，进行了艺术刻画。

到了晚唐时期，诗人和妓女的交流越来越多。杜牧的《杜秋娘诗》、《张好好诗》便是成熟的、表现妓女命运的长篇古体诗(前一首112句，后一首58句)。同在晚唐的温庭筠，在其表现妓女心情的词中，吟咏了一种抽象、唯美的内容。

柳永便是在这样的情况下，把妓女们的生活环境和所看到的繁华以及内心世界的忧愁，以第一人称的形式描写了出来。这些内容与诗歌相比，更像是戏剧中的科白。

也有人认为，柳永的这些词适合于演艺场中的以妓女为主人公的角色，在演唱之际作为插入的歌词而演出。

319. 双声子[(1)]

柳　永　慢词(双调)

晚天萧索，断蓬踪迹，乘兴兰棹[(2)]东游。三吴[(3)]风景，姑苏台榭[(4)]，牢落[(5)]暮霭初收。夫差[(6)]旧国，香径[(7)]没、徒有荒丘[(8)]。繁华处，悄无睹，惟闻麋鹿呦呦[(9)]。

想当年、空运筹[(10)]决战，图王取霸无休。江山如画，云涛烟浪，翻输范蠡[(11)]扁舟。验前经旧史，嗟漫哉、当日风流[(12)]。斜阳暮草茫茫，尽成万古遗愁[(13)]。

【注释】

(1) 双声子：词牌名。现仅保留了柳永的这首作品。

(2) 兰棹：画船的美称。

(3) 三吴：指吴兴(浙江吴兴)、吴郡(江苏苏州)、会稽(浙江绍兴)。

(4) 姑苏台榭：指姑苏台，在苏州市郊灵岩山。春秋时吴王夫差与西施曾在此游宴作乐。

(5) 牢落：稀疏。

(6) 夫差：春秋末期吴国国君。他从父阖闾之命讨伐越国，又进一步充实国力，成为"春秋五霸"之一。但后来受到富国强兵了的越国的进攻，吴国灭亡，夫差自杀。

(7) 香径：指采香径，在灵岩山上，是当年吴国宫女采集花草所走之路。

(8) 荒丘：丘，指虎丘。位于苏州市西北，据说吴王阖闾埋葬在这里。

(9) 麋鹿：兽名。俗称"四不像"，其角似鹿，头似马，身似驴，蹄似牛，因此得名。当年伍子胥谏吴王，吴王不用，乃曰：臣今见麋鹿游姑苏之台也(《史记·淮南衡山列传》)。这里的麋鹿比喻亡国。　呦呦：鹿鸣声。

(10) 运筹：指在军事上的谋划。

(11) 范蠡：春秋时越国大夫。他仕于越王勾践，为消灭宿敌吴国做出了贡献。传说其后与美女西施一起乘舟而去。一说是去齐经商成了巨富。

(12) 风流：优秀的人和事。

(13) 遗愁：遗留下的悲哀、不能忘记的忧愁。

【赏析】

这是一首游历春秋时吴国故地，把现状与历史进行对比，进而感叹时光流逝和人生无常的"怀古词"。上片描写的是日暮时吴国的现状，下片是在想起春秋时与宿敌越国抗争时的情形，进而发出了物是人非的悲叹。

这首词与柳永的《望海潮》一样，上、下片各分为了四个部分。

上片的内容是：① 描写作者出游的时间；② 引人注目的历史遗迹姑苏台；③ 描写历史遗迹的现状；④ 深刻的咏史之意。

下片的内容是：① 谈到春秋时吴王夫差的事迹；② 点出越国的谋臣范蠡；③ 感叹历史上的杰出人物事迹已经人去楼空；④ 回到现实当中，看到眼前夕阳下的景色继而感到愈加悲凉。

怀古的题材要有"古·今·情·景"四要素巧妙配合，由此可以看出其知性的创作风格。

仁宗之世，北宋与西夏的关系一度出现缓和，开始推行了被称为"庆历革新"的新政。其中心人物是范仲淹、韩琦、富弼等，这一时期确定了宋代政治的基本形态。与政治上的动向形成一致的，是在诗文方面也发起了革新运动。

与这些高官在一起的人物，都是当时具有一流学养的人，以欧阳修为代表，梅尧臣、苏舜钦等人对此予以辅助，于是才形成了这个局面。

首先来看一下这两位辅助人物的诗。

320. 蚯　　蚓(1)

梅尧臣　五言古诗

蚯蚓在泥穴，出缩常似盈(2)。龙蟠(3)亦以蟠，龙鸣亦以鸣。自谓与龙比，恨不头角生。蝼蝈(4)似相助，草根无停声。聒乱(5)我不寐，每夕但欲明。天地且容畜(6)，憎恶唯人情(7)。

【注释】

(1) 蚯蚓：虫名，环节动物门寡毛纲类动物的通称。

(2) 盈：满。这里似有"盈满"、"盈厌"之意。

(3) 蟠：屈曲，环绕。

(4) 蝼蝈：居住在土中的一种昆虫。一说是青蛙。《礼记·月令》记载：孟夏之月，蝼蝈鸣，蚯蚓出。

(5) 聒乱：犹扰乱。亦指声音震耳。

(6) 且：并且。　容畜：容纳养育。

(7) 人情：指人的情感，欲望。

【赏析】

梅尧臣(1002—1060)，字圣俞，宣州宛陵人(今安徽省宣城市)，世称“梅宛陵”。科举初试不第，历任州县属官，仍然过着贫困的生活。皇祐初年(1049—1054)，赐同进士出身，为国子监直讲，累迁尚书都官员外郎。其诗作热情奔放，反对“西昆体”的作风，主张“平淡”的诗风，选取小事来创作诗歌，对确定与唐诗不同的诗歌基础贡献很大。正如欧阳修对他的诗歌评价的那样：“初如食橄榄，真味久愈在。”(五言古诗《水谷夜行寄子美圣俞》)由于欧阳修的推荐，他才成为了科举考试的考官，这一次考试的合格者有曾巩和苏轼、苏辙兄弟。

这是一首描写蚯蚓这种小动物的诗。在蚯蚓的生态描写中，最后道出一种处世的道理。人们对蚯蚓有些不容，所以它才会发出憎恶的鸣叫，这完全是取决于人们的感情。人们用蚯蚓和蝼蛄来比喻一些没有价值的东西，在这首诗中，诗人认为满足于自己小见识的人，并不是一个强者，即使是一个没有什么用的东西，如果它认真起来也会引起一些骚动。末尾二句是说“只要那些人的心不乱，还是具有分辨清浊能力的”。从总体来说，在包括幽默的描写中，也包含着一种辛辣，是一首带有朦胧微笑氛围的诗。

这首诗为庆历五年(1045)作者四十四岁时所作。

梅尧臣喜欢的小动物从狗、猫到蚊、蝇、蜘蛛、蛆虫。如下面的这首五言古诗，可能是在某一次宴席上受到河豚美味的刺激而作的。

范饶州坐中客语食河豚鱼

河豚当是时，贵不数鱼虾。其状已可怪，其毒亦莫加。

忿腹若封豕，怒目犹吴蛙。庖煎苟失所，入喉为镆铘。

作者认为，河豚好像一头大猪和吴蛙，但“万一烧煮的做法有误，吃下去河豚的毒素就像吞下去的锐利之剑一样”。

下面的这首五言古诗，吟咏的是淫雨不止的情况。

梅　　雨

三日雨不止，蚯蚓上我堂。湿菌生枯篱，润气醭素裳。

东池虾蟆儿，无限相跳梁。野草侵花圃，忽与栏干长。

在湿润的环境下，蚯蚓、湿菌、虾蟆儿生活在杂草中。在阴郁的氛围中，连身体也感到有些不适。在这样的描写之后，还有一些表现讽刺和教训意义的诗歌。《蚯蚓》诗便是这样，下面的这首咏虱的五言律诗《师厚云虱古未有诗邀予赋之》也是如此：

藏迹讵可索，食血以自安。人世犹俯仰，尔生何足观。

作者认为：“虱子善于隐藏起来吸人们的血，因此人们对它痛恨有加，但它却在人们的周围，虱子的生态环境也是应该引起人们关注的。”也就是说，无论是虱子，还是人，可以说都没有什么大的变化。

像这种辛辣的人生观和批判精神，是长期担任地方官时怀才不遇而发出的牢骚。一方面是对农民、渔民和手工业者辛苦生活的深刻同情，另一方面也是作为一位社会派诗人保持的立场。

321. 诗　　癖(1)

梅尧臣　七言律诗

人间诗癖胜钱癖，搜索肝脾(2)过几春？囊橐(3)无嫌贫似旧，风骚(4)有喜句多新。

但将苦意摩层宙[5],莫计终穷涉暮津[6]。试看一生铜臭者,羡他登第[7]亦何频。

【注释】

(1) 诗癖:对诗歌的偏爱;热衷于作诗。癖,固执的习性。

(2) 肝脾:肝脏和脾脏。比喻重要的部位。

(3) 囊橐(tuó):此二字均为"布袋"之意。这里指钱包。

(4) 风骚:《诗经》中的国风和《楚辞》中的《离骚》。转指诗文。

(5) 苦意:用心良苦;也指一心砧研。 层宙:高空。

(6) 暮津:傍晚时的渡口。比喻老年的时光。

(7) 登第:科举及第。

【赏析】

这首诗是嘉祐四年(1059)梅尧臣五十八岁时所作。范镇、王筹二位友人写了三十八首的组诗,梅尧臣对此一一做了唱和,这首诗是其中的一首。此时他虽然参加了《新唐书》的编撰,但生活仍然贫困,诗中所说的内容是对自己生活的一个总括。

322. 往王顺山[1]值暴雨雷霆

苏舜钦 七言古诗

苍崖六月阴气[2]舒,一霆暴雨[3]如绳粗。霹雳[4]飞出大壑底,烈火黑雾相奔趋。人皆喘汗抱树立,紫藤翠蔓皆焦枯。逡巡已在天中吼,有如上帝来追呼。震摇巨石当道落,惊嗥时闻虎与貙[5]。俄而青巅吐赤日,行到平地晴如初。回看绝壁尚可畏,吁嗟神怪何所无!

【注释】

(1) 王顺山：山名，位于山西省蓝田县东南。

(2) 阴气：阴郁之气。带有寒冷、阴暗、潮湿等的氛围。

(3) 一霪：单方面连绵不停的下雨。霪，连续的降雨。　暴雨：突然下的大雨。一本作"淫雨"。

(4) 霹雳：突然打雷。

(5) 惊嗥：惊叫。嗥，大叫。　貙(chū)：猛兽名，似虎而比虎大。

【赏析】

苏舜钦(1008—1049)，字子美。绵州盐泉(四川省绵阳市)人。景祐元年(1034)进士。三十七岁时由于范仲淹的推荐，担任集贤殿校理，监进奏院，作为政治改革的年轻官僚，苏舜钦比较活跃，经常上奏折讨论国家大事。但因性格豪爽和直言进谏，不久他便受到打击，闲居在苏州的沧浪亭。其后，苏舜钦读书、作诗，经常把自己愤懑的心情写入诗中。庆历八年(1048)复官为湖州长史，未及赴任即病逝。作为诗人，苏舜钦与梅尧臣齐名，并称为"苏梅"，连欧阳修也给予他极高的评价。被认为是确定宋诗发展方向的第一人。现存诗约二百二十首。

苏舜钦的诗风豪放有力，从诗中经常可以看到他的人物形象。最能够看出其特色的是他的几首长篇古诗。《往王顺山值暴雨雷霆》诗便是这方面的例子，还有一些诗也倾吐了自己的不满和不平。

这是在某个夏日与友人于山中游览突遇雷雨而写的一首诗。从忽明忽暗的描写中，大雨、响雷、落石相继而下，一会儿风停日出，但还心有余悸，全诗到此作结。

323. 对　酒

苏舜钦　七言古诗

丈夫少(1)也不富贵，胡颜奔走乎尘世。予年已壮[2]志未行，案上敦敦[3]考文字。有时愁思不可掇[4]，峥嵘[5]腹中失和气。侍官得来太行[6]颠，太行美酒清如天。长歌忽发泪迸落[7]，一饮一斗心浩然[8]。嗟乎吾道不如酒，平褫哀乐如摧朽[9]。读书百车人不知，地下刘伶[10]吾与归！

【注释】

(1) 丈夫：成年男子。据《春秋谷梁传》记载："男子二十而冠，冠而列丈夫。" 少：年轻时。

(2) 壮：三十岁左右。

(3) 敦敦：手不释卷，孜孜不倦的样子。

(4) 掇：广泛地收取。

(5) 峥嵘：山势高峻突兀的样子，比喻不平凡，超越寻常。

(6) 太行：太行山。位于山西省的高原至河北省平原的山脉。

(7) 迸落：散落。

(8) 浩然：广大壮阔。正大豪迈的样子。

(9) 褫：剥夺。 摧朽：摧枯拉朽之意。

(10) 刘伶：西晋人，竹林七贤之一。曾作《酒德颂》，其人拒礼法，赞扬老庄思想和饮酒之乐。

【赏析】

关于这首诗的详细创作情况并不是十分清楚，但从第三句"予年已壮"的记载来看，应该是苏舜钦过了三十岁，或者三十岁这年写作的，可能是在太行山下某处的公宴上。

苏舜钦三十多岁时，北宋与契丹和西夏的纷争不断，数年之内河东地区的地震和南方的旱灾等天灾相继接踵而至。他自己也担任长垣县(今河南省长垣县)的知事和大理评事之职，并且为此向朝廷上了奏折。

作为少壮派官僚，这首诗应该是他积极从事这方面的活动时所作，全诗充满了强烈的理想不能实现的烦恼。

324. 夏　意(1)

苏舜钦　七言绝句

别院深深夏簟(2)清，石榴(3)开遍透帘明。树阴满地日当午，梦觉流莺(4)时一声。

【注释】

(1) 夏意：夏天的气氛。

(2) 别院：正院旁侧的小院。　簟：竹席。用竹子和芦苇编织成的席子。

(3) 石榴：水果名，这里指石榴花。

(4) 流莺：流动的、在树上飞来飞去的黄莺。

【赏析】

庆历四年(1044)，苏舜钦因受谗言而失势，虽然免于死刑，但却沦落到了庶民地位，不得已转到苏州沧浪亭闲居，在此之后他专心于读书和作诗。沧浪亭是五代十国时占有这块土地的吴越王钱氏的旧居，苏舜钦购买后用来做了自己的别墅。

这首诗是在某个盛夏的夜晚于沧浪亭上所作。在静静的中庭，从午睡中醒来的作者，感觉好像黄莺儿在向他问候，表现了一种闲雅的境界。其中虽然有承句石榴花盛开的描写，但转句中光和影的强烈对照，也反映出了作者刚烈的性格。

下面的这首《览照》诗，推测应该是作者政治上受到打击后所作，从诗歌的内容来看，好像是作者的自画像。

览　　照

苏舜钦　七言古诗

铁面苍髯目有棱，世间儿女见须惊。心曾许国终平虏，命未逢时合退耕。

不称好文亲翰墨，自嗟多病足风情。一生肝胆如星斗，嗟尔顽铜岂见明。

325. 答丁元珍[1]

欧阳修　七言律诗

春风疑不到天涯[2]，二月山城[3]未见花。残雪压枝犹有橘[4]，冻雷惊笋欲抽芽。

夜闻啼雁[5]生乡思，病入新年感物华[6]。曾是洛阳花下客，野芳[7]虽晚不须嗟。

【注释】

(1) 丁元珍：指丁宝臣，元珍是其字。时为峡州(治所在今湖北省宜昌市)军事判官，与欧阳修关系密切。此诗的诗题也有的版本作《戏答元珍》。其诗题下有“时久雨之什”之注。

(2) 天涯：极边远的地方。这里指夷陵。

(3) 山城：靠山的城垣，指夷陵。

(4) 橘：水果柑橘。

(5) 啼雁：一本作“归雁”。

(6) 物华：美好的景物。这颈联二句一作“鸟声渐变知芳节，人意无聊感物华”。

(7) 野芳：野外盛开的鲜花。

【赏析】

欧阳修(1007—1072)，字永叔，号醉翁，晚年又号六一居士。

庐陵(今江西省吉安市)人。欧阳修四岁时父亲去世,由母亲郑氏独自予以教育,因家庭贫困,郑氏在地上用荻枝写字教育儿子。欧阳修对韩愈的文学十分仰慕,致力于科举考试的学习,虽然两次落第,但还是在二十四岁时考中了进士。从此之后一直到六十五岁退休,他一直活跃于政界,历仕于真宗、仁宗、英宗、神宗四朝。在真宗之时,由于积极支持范仲淹的新政,受到保守派的打击,两次遭到左迁。在仁宗朝后期,其官职逐渐得到提升,历任枢密副使等职,由于反对王安石的变法,最终过起了隐居生活。

欧阳修也是北宋中期学问、文化方面的核心人物,在儒学、历史学、文学、考古学等各个方面都取得了巨大成就。在散文方面,继韩愈之后,他与尹洙和苏舜钦一起主张古文,成为“唐宋八大家”之一。在词的方面,他与梅尧臣、苏舜钦等人一起,为宋诗的发展确定了方向。

欧阳修两次左迁时的诗歌名作较多。上面的这首七言律诗便是最初左迁时所作。

景祐四年(1037),作者三十一岁在峡州夷陵县(今湖北省宜昌市)写下了这首诗。在此之前,欧阳修因对韩琦、范仲淹、富弼等人被逐出首都而提出意见被左迁到长江中游、三峡入口的夷陵担任县令(知事)。

首联是说在连花儿都没有开的边地,其春天令人感到寂寞。颔联描写的是眼中看到的春天的景物。颈联叙述了个人的乡愁和病痛的苦恼,而尾联则是想起了昔日的辉煌,以表现自己挽回名誉的意志。首联二句虽然是表现了作者的心情,但颔联二句却是巧妙地描写了早春的生命力。

欧阳修最初出仕之地是洛阳(东都),从天圣九年(1031)之后的三年间,他在这里担任了西京留守推官,诗中的第七句即是指此事。当时洛阳的花会十分兴盛,被称为“天下九福”之一。欧阳修本人也写下了散文《洛阳牡丹记》和诗歌《洛阳牡丹图》。

326. 画眉鸟[1]

欧阳修　七言绝句

百啭千声随意移，山花红紫树高低。始知锁向金笼[2]听，不及林间自在啼。

【注释】

(1) 画眉鸟：雀形目画眉科的鸟类。此诗题一作《郡斋闻百舌》。

(2) 向：与“于”义同。　金笼：贵重的鸟笼。

【赏析】

这是一首把在山野中听到自由飞翔的画眉鸟的悦耳叫声与在山中过着悠闲生活的个人心境融合在一起的诗。时作者四十一岁，在第二次的左迁之地滁州(今安徽省滁州市)所作。

画眉鸟的悦耳声音虽然动听，但一旦进入笼中就需要饲养了。作者曾经在都城任职，熟悉画眉鸟的身姿和声音，所以了解滁州野生画眉鸟的情况。

这首诗把在都城过着官僚生活的自己和徜徉在山水之间的自己做了对比，或许是个人心境的一种投影吧！他是以陶渊明“久在樊笼里，复得返自然”的诗句为基础而写成的。

欧阳修在庆历五年(1045)三十九岁时，因向仁宗直言而左迁滁州三年。他熟悉这处名胜之地，因此在到任的翌年，便在西南郊外的琅琊山修建了醉翁亭，在南郊的丰山上修建了丰乐亭，并且创作了很多的诗文。

散文《醉翁亭记》非常有名，七言绝句诗《丰乐亭游春三首》描绘的春天景色，令人有耳目一新的感觉。

绿树交加山鸟啼，晴风荡漾落花飞。(其一)

红树青山日欲斜，长郊草色绿无涯。(其三)

此外还有七言古诗《啼鸟》和《菱溪大石》，也是受到韩愈的影响而写的比较有特色的作品。

《啼鸟》描写了官舍周边春天到来时的景色，这里绿草如茵、鲜花盛开，各种各样的鸟鸣之声不绝于耳，诗人对此有感而写下了这首诗（全诗共 36 句）。中间部分（9—22 句）列举了七种鸟儿，诗中对此一一做了描写：

南窗睡多春正美，百舌未晓催天明。黄鹂颜色已可爱，舌端哑咤如娇婴。

竹林静啼青竹笋，深处不见唯闻声。陂田绕郭白水满，戴胜谷谷催春耕。

《菱溪大石》是以河川附近的怪石为题材而写的一首咏物诗（全诗共 46 句）。在诗中作者叙述了发现怪石的情况，并描写了怪石的形状，最后赞美了这种具有美质但却埋在了荒野中的怪石，把它与自己的命运联系在了一起。中间部分（23—36 句）想象了此怪石的形成过程，吟咏了一种神话的印象。

皆云女娲初锻链，融结一气凝精纯。仰视苍苍补其缺，染此绀碧莹且温。

或疑古者燧人氏，钻以出火为炮燔。苟非神圣亲手迹，不尔孔窍谁雕剜。

以上两首诗与韩愈的古诗相比，在用语方面比较平易，其诗歌的想象没有韩愈的奔放、大胆，但在知识性方面却较为端正。

欧阳修在滁州的任期一结束，于庆历八年（1048）又历任了扬州（今江苏省扬州市）、颍州（今安徽省阜阳市）、南京应天府（河南省商丘市）的知事。

至和元年（1054），四十八岁的欧阳修返回都城，三年后担任了知贡举（科举考试负责人）之职。这一年他对科举考试的评价进行了大规模的改革，摒弃了当时流行的带有技巧性、装饰性的文体答卷，以平易的古文作为答题的标准。这一时期的中举者曾巩、苏轼、苏辙等人，都成为了重要的古文作家，对后来的古文运动起到了很大的推动作用。

其后欧阳修虽然历任要职,但治平四年(1067)神宗即位后欲实行新法,欧阳修自愿辗转各地任职,熙宁四年(1071)六十五岁时隐居于颍州,次年在当地去世。

晚年陷入了无尽的悲哀之中

欧阳修的诗风他五十多岁时发生了变化,他把这些强烈的悲愤之情写在了诗歌中。

如治平二年(1065)五十九岁时所作的一些诗:

七言绝句《马上默诵圣俞诗有感》

兴来笔力千钧劲,酒醒人间万事空。苏梅二子今亡矣,索寞滁山一醉翁。

五言律诗《秋怀》后半部分二联

感事悲双鬓,包羞食万钱。鹿车何日驾,归去颍东田。

这一时期的欧阳修由于与富弼和司马光等人对立而产生了烦恼,于是提出了辞职的要求。在政界的不如意,加之同道之人也日渐疏远,这些内容都反映在了他的诗歌中。

这种倾向在他追思年轻时的故事时变得越来越强烈。熙宁三年(1070)春,六十四岁时写的七言绝句和翌年退休之后写的五言律诗可以看出他的这种思想:

七言绝句《山斋戏书绝句二首》其二

经春老病不出门,坐见群芳烂如雪。正当年少惜花时,日日春风吹石裂。

五言律诗《余昔留守南都,得与杜祁钱唱和,诗有答公见赠二十韵之卒章云:报国如乖愿,归耕宁买田。期无辱知己,肯逐利名迁。逮今二十有二年,祁公捐馆亦十有五年矣,而余始蒙恩得遂退休之请,追怀平昔,不胜感涕,辄为短句,置公祠堂》前半部分二联

掩涕发陈编,追思二十年。门生今白首,墓木已苍烟。

前一首的"春风吹石裂"与后一首的"掩涕发陈编,……墓木已苍烟",超越了感情的地域,稍稍有些凄凉之感。

327. 绝　　句

欧阳修　五言绝句

冷雨涨焦陂(1),人去陂寂寞。惟有霜前花,鲜鲜对高阁(2)。

【注释】

(1) 焦陂:在颍州西南四十里的一处堤防。唐代永徽年间(650—656)所筑,欧阳修喜欢附近的风光,在熙宁元年(1068)曾作《忆焦陂》:焦陂荷花照水光,未到十里闻花香。焦陂八月新酒熟,秋水鱼肥鲙如玉。

(2) 鲜鲜:鲜美。　高阁:高大的楼阁。

【赏析】

这首五言绝句为熙宁五年(1072)闰七月,欧阳修辞世之前所作。可以看作是他在临终之际所作的绝笔。"冷雨"、"霜前"之语,具有凄清、孤寂之感。

官场仕途上平步青云,在学术界、文化界也取得了领袖地位的欧阳修,到了晚年时已经深深地陷入了寂寥和虚脱之中,这也可能是他受到了某些方面的冲击。

诗中的第三句似乎是承袭了韩愈的五言古诗《秋怀诗十一首》的其十一:

鲜鲜霜中菊,既晚何用好。

在欧阳修人生的最后时刻,他以此表达了对少年时期非常尊敬的中唐文豪韩愈的仰慕之情。

328. 清 夜 吟(1)

邵 雍 五言绝句

月到天心处(2),风来水面时。一般清意味(3),料得(4)少人知。

【注释】

(1) 清夜:清澈的夜空。 吟:诗题的一种,为歌行体的诗题之一。

(2) 天心:夜空正中。 处:指空间、时间的一段。这里为后者,具有与第二句“时”一样的作用。

(3) 一般:一样的。 清意味:清幽淡雅的意味。

(4) 料得:考虑到。想到……的结果。

【赏析】

邵雍(1011—1077),字尧夫,号安乐先生、伊川翁等。范阳(今河北省涿州市)人。作为理学家,邵雍的成就极大,他根据图像和数字提出了独到的宇宙观和历史哲学思想。虽然经常被朝廷征召,但他坚持不仕,过着在野学者的生活。但司马光、富弼、吕公著等政治家和二程(程颢、程颐)、张载等理学家对他都以兄事之,深受人们的景仰。

邵雍自号安乐先生,是因为他把居住的洛阳天津桥南的住宅命名为了“安乐窝”。此外他的诗集也取自上古尧帝统治时,老翁击壤而讴歌太平的故事,因而命名为《伊川击壤集》。邵雍表现心境和幸福感的作品较多,现存诗约一千五百首。

在宋代的演艺场所中,演义类作品收录在《京本通俗小说》和《清平山堂话本》中,其中有不少作品引用了邵雍的诗,具有很好的趣味。由此可见,即使是在宋代时,他的作品在都市市民中就已经大受欢迎了。

这首诗的作者是北宋中期理学、哲学的重要人物之一，其诗引入了理学思想，从而使诗人变得有名起来。

关于这首诗的第一、二句，一般比喻为“要从内心消除欲望的状态”，但从整体来看，可以解释为“消除人们的欲望，应该理解物质的实际情况”，诗中说的是一种哲理（《性理群书句解》等）。然而，脱离道学的解释，吟咏从单纯的世俗喧嚣中脱离出来的快乐，这也可能是他原来的意图。

从其他的角度而言，脱离道学思想来鉴赏邵雍诗歌的情况还是比较多的。从现存的作品来看，他的诗展现的是不愿为官、亲近自然、酷爱诗书酒的陶渊明之后的“隐者诗人”的风貌。

329. 初　夏(1)

司马光　七言绝句

四月清和(2)雨乍晴，南山当户转(3)分明。更无柳絮(4)因风起，惟有葵花(5)向日倾。

【注释】

（1）初夏：夏初。旧历四月的别称。此诗题一本作《客中初夏》、《洛居初夏作》。

（2）清和：夏初天气清明和暖。语出《汉书·贾谊传》：“海内之气，清和咸理”。

（3）南山：位于南方的山。如《诗经·小雅·天保》：“如南山之寿，不骞不崩”（祈祷国运昌隆之意）、《小雅·南山有台》：“南山有台，北山有莱”（比喻草堂聚集贤人而国家繁荣）表现的那样，似具有“国家繁荣”的意象。　当户：对着门户。　转：更加、越来越。

（4）柳絮：柳树种子形成的白毛。在晚春之时，柳絮被风吹之后如雪片一般飞舞。在杜甫《绝句漫兴九首》其五中,北宋赵次公的注释是:柳絮、桃花非久固之物,欲随风逐水,无有定止。此诗亦讥以势利相交。

(5) 葵花:冬葵的花。一说是蜀葵的花。据这首诗的情况来看,应该是指冬葵。

【赏析】

司马光(1019—1086),字君实。陕州夏县(今山西省夏县)涑(sù)水乡人。世称涑水先生。保元元年(1038)进士,历仕仁宗、英宗,第六代皇帝神宗时任御史中丞,但因反对王安石施行变法而离开朝廷,在洛阳隐居十五年,期间完成了编年体史学巨著《资治通鉴》。第七代皇帝哲宗时,司马光回到了政界,担任尚书左仆射兼门下侍郎之职,新法虽然废止了,但就职八个月后司马光就去世了,卒赠太师、温国公,谥文正。

元丰八年(1085),北宋第六代皇帝神宗驾崩,第七代皇帝哲宗即位,王安石等新党退出政坛,旧党恢复了权力,作为核心人物的司马光又回到了政治舞台。这首诗是他当时的感慨,借情景描写来衬托他的心情。

前半部分的二句,暗示在困难的情况下要打开天下的太平。后半部分为转句所说的"更无柳絮因风起",指失去权力的奸臣、特别是变法的新党,结句的"葵花"比喻忠臣,这里是指作者自己,"日"比喻天子,全句表明了作者对天子的忠诚之心。

表示仰慕"君主和上位之人"的"倾葵藿"、"葵藿之心"、"葵倾"等成句,自《淮南子·说林训》以来,在南北朝、唐代经常出现,与诗中前半部分的"清和"、"南山"的用法产生了共鸣,具有极高的讽谕效果。

毫不动摇的忠诚之心——冬葵之花

结句的"葵花"究竟是一种什么样的花儿呢?从历来的记载来看,主要有"冬葵"、"蜀葵"、"向日葵"三种说法。

○ 冬葵：葵科，各地虽有生产，但产于少室山（今河南省登封市）的居多（据《三彩绘图》、《本草纲目》记载）。茎高约 80 厘米，初夏开淡红色小花（直径约 1 厘米）。此外，其叶追随着日光而动，从秦代起便受到关注，被看作是忠诚之心的象征。

○ 蜀葵：葵科，原产于地中海。作为观赏性植物被广为栽种，开有红、紫、黄、白等大花（直径在 10 厘米以上），茎高约二米。一名曰"戎葵"、"胡葵"。

○ 向日葵：菊花科，原产于北美。夏季其茎直立高约二米，开有直径约 20 厘米、如大轮一般的花儿。北宋时中国不会有此植物。

从这首诗的情况来看，冬葵的说法是恰当的。

（一）表示忠心的象征是冬葵的本来含义。对君主和上位之人表示忠诚，经常用"寸心"来表现其心情，而冬葵这种小花也与之相似。而昂首挺胸的蜀葵、向日葵则给人以不逊的印象。

（二）作者司马光是当时一流的儒者，也是一位厌恶奢华、人格谦逊的人。这样的人以令人瞩目的花儿来衬托自己的忠心。这一点可以看作是对（一）的补充要素。

（三）在后半部分的两句中，飘舞的柳絮消失，以及其后葵花的衰败的"事态变化"，是以对句的手法吟咏的。映像中的效果是，白而小的柳絮并不是表现为淡红色的小冬葵的印象，而巨大的蜀葵、向日葵则在诗中的效果大为减弱。

（四）这首诗是在洛阳诗会上发表的可能性较大，冬葵是洛阳附近少室山的著名物产，表现忠心用当地的物产可能会引起满座的人的响应吧！从这一点而言，蜀葵、向日葵是异国的物产品，因而不会引起人们的共鸣。

此外，司马光于景佑五年（1038）二十岁进士及第之年所作的以《蜀葵》为题的五言古诗（共八句），只是吟咏了这种花儿，并没有言及向日的性质和忠心。其后半部分的四句是：

物性有长妍，人情轻所多。菖蒲傥日秀，弃掷不吾过。

也就是說，“人虽然是重要的，但菖蒲如果每天开花的话，舍弃了也并不后悔”(“吾过”，出自《礼记·檀弓上》中的子夏之语)。司马光似乎并不喜欢漂亮的蜀葵之花。

330. 暑旱[1]苦热

王　令　七言律诗

清风无力屠得[2]热，落日着翅飞上山[3]。人固已惧江海竭，天岂不惜河汉[4]干？昆仑[5]之高有积雪，蓬莱[6]之远常遗寒。不能手提天下往，何忍身去[7]游其间？

【注释】

(1) 暑旱：盛夏时的酷热。

(2) 屠得：屠，屠杀。这里意为止住、驱除酷热之意。得，附在动词之后，表示可能的助字，为口语用法。

(3) 落日着翅飞上山：西坠的太阳仿佛生了翅膀，飞旋在山头，不肯下降。比喻傍晚时天气仍然酷热。

(4) 河汉：天河。

(5) 昆仑：昆仑山。位于今新疆维吾尔自治区和西藏自治区之间的山脉，但这里是指西王母居住的地方。

(6) 蓬莱：传说在东部的大海中，为神仙居住的地方。

(7) 身去：只一个人去、只自己去。

【赏析】

王令(1032—1059)，字逢原。扬州广陵(今江苏省扬州市)人。他年轻时勤于学问，著有《论语注》、《孟子讲义》。王安石惊叹其才能，以妻吴氏之妹嫁之，但可惜王令年仅二十八岁便英年早逝了。著有《广陵先生文集》等。

《暑旱苦热》这首诗是英年早逝且无官无职的诗人王令的代表作。在持续炎热的日子里，生活在这样的环境下，人们的心情可想而知。这首诗是具有独特比喻和极大想象力的一篇作品。

首联首先描写了酷热的氛围，“屠得热”、“落日着翅”的鲜明用语给人留下了强烈的印象。中间二联以极大的力度，发出了“江海竭”、“河汉干”的酷热已经使人有了欲去昆仑、蓬莱的感叹。而尾联以“不能带领天下人去舒适的场所，自己也不忍心独自去其间”作结。

由个人的疾苦出发，进而想到了世上人们的疾苦，这与杜甫的《茅屋为秋风所破歌》“呜呼！何时眼前突兀见此屋，吾庐独破受冻死亦足”的观点是相同的。

王令的诗学习韩愈、孟郊，具有豪放的才气。如悼念挚友之死的下面的这首五言古诗《哭诗六章》，具有一种挡不住的哀恸之情，给人以读后即难以忘怀的印象。

（第二章）

朝哭声吁吁，暮哭声转无。声无血随尽，安得目不枯。

目枯不足叹，无目心自安。目存多所见，不若无目完。

（第三章）

切切复切切，泪尽琴弦绝。愤气吐不出，内作心肝热。

朝浆渴不胜，暮潦浊不清。何以慰我怀，安得沧海冰。

还有其笔锋直接批判社会的诗歌：

七言古诗《饿者行》

道中独行乃谁子，饿者负席缘门呼。高堂食饮岂无弃，愿从犬彘求其余。

这些内容都是极为痛切的描写。

331. 梅　　花

王安石　五言绝句

墙角(1)数枝梅，凌寒独自(2)开。遥知不是雪，为有暗香(3)来。

【注释】

(1) 墙角：墙边，墙的角落。

(2) 凌寒：冒着严寒。　独自：自己一个人；单独。这里指与其他花不同的只有梅花，其他的花儿还没有开放时，它已经开了。

(3) 暗香：指梅花的幽香。

【赏析】

王安石(1021—1086)，字介甫，号半山。抚州临川(今江西省抚州市)人。二十二岁时进士及第，在历任地方官之后，神宗时为参知政事，官至礼部侍郎同中书门下平章事，他果断地施行了被称为“新法”的激进政治改革。由于施行新法经常受到阻力，加之天灾的原因，新法并没有取得预期的成果，王安石也对此逐渐失去了热情。元丰二年(1079)，他以其子夭折为借口，于江宁(今江苏省南京市)郊外的钟山隐居，过着诗文创作和读书研究的生活，诏封“荆国公”之号。去世后谥号“文”。

王安石的诗歌在用语和构成方面堪称是出类拔萃的，在巧妙使用典故的同时，也体现了一种知识性的正统风格。虽然在余韵和含蓄方面有些欠缺，但富于表现情绪和氛围，为欧阳修、梅尧臣、苏轼树立了创作榜样。特别是王安石的绝句创作，堪称是北宋第一，就连他的政敌欧阳修、苏轼也给予了高度的评价。现存诗1 634首，词15首。作为文章大家，王安石极负盛名，为“唐宋八大家”之一。

《梅花》这首诗的创作年代不详，但却是一首以吟咏梅花衬托

自己心境的诗。梅花在南北朝时便已被写入了诗中,在唐末时作为诗歌的题材给人的印象大体如下:

① 能够耐得住冰雪严寒的冬季,在春天时先于其他花开放,是一种具有气节和操守的花。转指比喻高洁的心境。

② 赠与远离的亲人的花。

③ 对旅人而言,它是一种思念故乡的花。至宋代更是如此。

④ 具有幽香的花。

⑤ 品格高尚,带有超凡脱俗气质的花。两种性格加起来的④、⑤中的印象,在北宋初期林逋《山园小梅》诗其一中,便已固定了下来。

王安石的这首诗,前半部分的两句至唐代时已具有了①中的印象而被吟咏。特别是"凌寒"、"独自"的语句,表现了固守信念以行其道的作者与梅花的重合形象。在诗的后半部分中,这一次导入的是北宋当时的④的印象。结句的"暗香",可能是从林逋的诗中引用过来的。正因为如此,这首诗不能看成是一个小品,实际上它是梅花新旧形象的自然融合,这里可以说是借此衬托自己的心境,因而具有了比较深奥的思想。

王安石是一位在诗歌用语方面极下苦功的人。如关于"春风又绿江南岸"(《泊船瓜洲》)一句,第四个字的"绿"开始使用的是"到",后来又改为"过",再后来改为"入"、"满"等十余字,最后决定用"绿"字(南宋洪迈《容斋随笔》卷八)。这首诗即使是从现在来看,也堪称是具有相当的推敲分量了。

332. 夜　　直(1)

王安石　七言绝句

金炉香烬漏声残(2),翦翦轻风阵阵(3)寒。春色(4)

恼人眠不得,月移花影上栏干。

【注释】

(1) 夜直:晚上在宫中值班。宋代制度,翰林学士每夜轮流一人在学士院值宿(沈括《梦溪笔谈》卷二十三)。

(2) 金炉:用黄金装饰的香炉。金,美称。 漏声:古代用来计时的漏壶中滴水的声响。 残:指水将滴完,即天快亮。

(3) 翦翦:冷风。形容风轻且带有点寒意。 阵阵:不间断。阵,表示时间的一个阶段。语出晚唐韩偓《夜深》诗:"测测清寒剪剪风,杏花飞雪小桃红。"(引南宋李壁《王荆公诗注》)

(4) 春色:春天的景色、氛围。

【赏析】

这首诗是熙宁二年(1069)作者四十九岁时所作。吟咏的是早春夜半宫中的景物,与苏轼的七言绝句《春夜》并称为双璧。治平四年(1067),王安石被任命为翰林学士,于翌年熙宁元年初夏四月到任,熙宁二年二月转任右谏议大夫、参知政事。王安石作为翰林学士在宫中值宿应该是熙宁二年之事。

这首诗也属于巧妙地嵌入前人诗句而写成的诗。承句的"翦翦轻风阵阵寒"虽然是这样,但转句的"春色恼人眠不得",转用的是晚唐的罗隐吟咏春日情感的七言古诗《春日叶秀才曲江》的第三句。

江花江草暖相隈,也向江边把酒杯。春色恼人遮不得,别愁如疟避还来。

尤其是末句"月移花影上栏干",是描写夜景的变化,表现时间推移的佳句,如按南宋李壁《王荆公诗注》的说法,这一句已有下面的先例。

中唐姚合,诗题不详,引南宋李壁注

月移花影横幽砌,风揭松声上半天。

晚唐温庭筠《访知玄上人遇暴经因有赠》

风飐檀烟销篆印，日移松影过禅床。

与这些诗相比较的话，感到王安石纤细的审美眼光更是非常独到。在上面的两个例子中，由于着眼点的巧妙，给人在修辞上以理智、技巧的印象。在王安石的转句“春色恼人眠不得”中，因不眠而懊恼的人物，其感受的时间是比较长的。这一句想象的妙味，到了王安石之时可说是得到了十全十美的发挥了。

他“太阳和月亮移动时，花影也随之移动”的想象，在吟咏春昼的七言绝句《午枕》的前半部分中也曾经出现过：

午枕花前簟欲流，日催红影上帘钩。

333. 商　鞅

王安石　七言绝句

自古驱民在信诚，一言为重百金轻(1)。今人未可非商鞅，商鞅能令政必行。

【注释】

(1) 一言为重百金轻：这里是指秦汉之际的武将季布的故事。季布原仕于项羽，项羽死后受到刘邦的重用。其人极重承诺，当时有“得黄金百斤，不如季布一诺”之说(《史记·季布传》)。

【赏析】

这是对秦国功臣商鞅进行再评价，借以并展示自己政治抱负的一首诗。是王安石担任宰相推行新法政策的熙宁年间(1068—1077)四十八岁至五十七岁时所作。

商鞅(？—前338)，姓卫(或公孙)，名鞅。战国中期仕于秦孝公,他进行所谓的“变法”,奠定了秦国富强的基础。由于被封在商地,又号商君。然而,由于商鞅的变法触动了当时贵族阶层的不正当利益,在秦孝公去世之后,他受到了自己制定的法律“车裂”的刑罚。商鞅有时过于注重法律而不顾人情,因而受到后世儒家的批判。

王安石也是这样的人物,由于推行新法,他受到了失去既得利益的官僚、地主、皇族等守旧派的强烈攻击。在这首诗中,王安石就对商鞅一般性的评价提出了异议,在赞美其能力的同时,也在商鞅身上寄托了自己的政治抱负。

诗的结句是以与商鞅有关的著名故事为原型而写成的。商鞅在实施变法时,为了取信于民,曾在都城的南门树立了一根木头,宣告说:“谁能够把木头搬到北门赏金十金。”人们不敢相信这是真的,于是商鞅又把赏金增加到五十金,但人们对此却更加怀疑。终于有一个人把这根木头搬到了北门,商鞅遵守约定,给了他五十金。由此人们对商鞅心悦诚服,变法遂得以顺利进行(这个“徙木立信”的故事源自《史记·商君传》)。

王安石实行的“新法”其主要内容包括:(一)政府给贫农低息贷款,在秋收时农民返还贷款的《青苗法》。(二)设立发运使,掌握东南六路生产情况和政府与宫廷的需要情况,按照“徙贵就贱,用近易远”的原则,统一收购和运输的《均输法》。(三)向小商人发放政府资本的《市易法》。(四)以佣兵制代替民兵制的《保甲法》等。

按照这种变法的话,北宋的财政将由赤字转变过来。但由于政府没能扭转这个局面,因而遭到反对之声也属当然。又由于新法使得失去既得利益的政商和大地主、官僚对王安石进行了猛烈的攻击,王安石对此进行了严酷的弹压,朝廷内部遂出现了新党和旧党两个激烈对立的派别。其党争动摇了政界的基础,使社会产生了不安,可以说是北宋灭亡的一个原因。

334. 新　花

王安石　五言古诗

老年少忻豫(1)，况复病在床。汲水置新花，取忍此流芳(2)。流芳柢须臾，我亦岂久长。新花与故吾，已矣两可忘。

【注释】

(1) 忻豫：喜悦、高兴。

(2) 流芳：飘动的花香。

【赏析】

这是元祐元年(1086)作者在辞世之际写的一首五言古诗。也有的传本题为《绝笔》。在老病之际，能够安慰自己的是花香。但这种花儿却不能生长了，作者最后以从执着中解脱出来而作结。末句或许表现的是倾注自己心血的新法在遭受挫折时的一种无奈之情，但王安石的人生和诗风从整体而言却是一种高洁、清爽之气的重合，它表明的是一种达观，是从年轻时便为理想竭尽全力的人生，体现的是一种决不放弃的心境。

就这首诗而言，可以看作是王安石为追求生命理想而表现的正义人生。

335. 春　夜

苏　轼　七言绝句

春宵一刻值千金(1)，花有清香月有阴(2)。歌管楼台声寂寂(3)，秋千院落夜沉沉(4)。

【注释】

(1) 春宵：春夜。宵，夜。　一刻：比喻时间短暂。　千金：

形容非常贵重的东西。一金,一斤黄金。

(2) 月有阴:指月光在花下投射出朦胧的阴影。一说是“阴”,指光。

(3) 歌管:歌声和管乐声。　寂寂:歌声和管乐声静静地传出。寂寂,安静得有些听不到。此二字一本作“细细”。

(4) 秋千:少女和少妇玩的一种游戏。秋千原本是北方游牧民族的一种游戏,春秋时期传入中原地区,特别是在寒食节(从二月末至三月初)时成了一个游戏项目(南宋高承《事物纪原·秋千》)。此外,唐天宝年间(742—756),寒食节已在宫中设立这个项目,成了宫女们的游戏(《开元天宝遗事》)。　院落:中庭。　夜沉沉:形容夜深。沉沉,夜深。

【赏析】

苏轼(1036—1101),字子瞻,又字和仲,四十多岁时自号东坡居士。眉州眉山(今四川省眉山市)人。其父为著名古文家苏洵,其弟苏辙也具有卓越的诗文才能。

苏轼成长于仁宗之时,八岁时从眉山天庆观道士张易简私塾学习。由于其母程氏笃信佛教,因此苏轼、苏辙兄弟经常受到感化。苏轼终身在信奉儒家思想的同时,也信奉道教、佛教,与其少年时期的环境肯定是有关系的。

嘉祐元年(1056),二十一岁的苏轼为了参加科举考试,与其父、弟三人赴京师,翌年与苏辙一起进士及第。当时的知贡举(主考官)是欧阳修,参详官(审查官)是梅尧臣。

虽然最终经过了主考官的考试而踏入宦途,但不久和王安石发生了冲突,历任各州的副知事和知事,四十四岁因为作诗批判新法被投入监狱,差一点就遭到了死刑的威胁(乌台诗案)。其后由于政局的变化,苏轼到中央担任要职,但五十九岁时因新党复出被贬至惠州(今广东省惠州市),六十二岁时又被贬至未开发的热带儋州(今海南省儋州市)。六十六岁时,经历了三次政局变化后,在返回都城的途中，苏轼得病于常州去世。

苏轼在诗、词、散文、书、画方面造诣极高。如前所述，在散文方面他与其父、弟一起，成为“唐宋八大家”之一（苏洵被称为“老苏”，苏轼被称为“大苏”，苏辙被称为“小苏”。合称为“三苏”）。在书法方面，他被称为“宋四家”之一。其门下的黄庭坚、秦观等“苏门四学士”为首的人才很多，他们这些人对后世影响很大。此外，在食物料理方面，苏轼也非常关心，他发明的“东坡肉”至今仍享有盛誉。

这是一首吟咏春夜魅力的诗。创作年代虽然还不明晰，但可能是年轻时在都城的宫中宿值时所作。在苏轼诗集早期的版本中，并没有这首诗，因此是否是其所作还存在有疑问，但南宋杨万里的《诚斋诗话》和同为南宋人魏庆之编的《诗人玉屑》卷八等已经引用了这首诗。从寒食节的风物秋千一词来看，应该是他这一时期所作。

起句是带有一种结论性的名句，在中国作为成语已广为人知。在日本，“花”作为唱歌的内容也多次出现在文学作品中。承句之后表现的是春夜魅力的要素，是从嗅觉、视觉、听觉等各个侧面描写的。

通观整体而言，带有女性的印记贯穿于始终，这也可以说是它的特色。起句的“千金”，是指价值非常高之意（一金即黄金一斤。一斤在唐宋时期约为 597 克），如“一笑千金”便是称赞美女的常用之词。承句的“花”、“月”，也属于女性之语。在转句中暗示的是歌舞音曲的情景，是表现歌姬、舞姬的女性之姿，结句的“秋千”也是当时年轻的女性游玩的道具。夜中中庭的秋千，令人联想到了白天在院子里荡秋千并且发出爽朗笑声的姑娘们的身姿。也就是说，“春夜的魅力”是给人带来温暖的，作者把它与女性的魅力合在一起写了出来。

晚唐的韩偓所作下面的这首五言绝句，选取的夜中景色与苏轼的诗颇有几分相似之处：

效崔国辅体

韩 偓 五言绝句

淡月照中庭，海棠花自落。独立俯闲阶，风动秋千索。

这首诗仍是与王安石的《夜值》诗一样，吟咏的是春夜的魅力。

把描写的视点投向与白天不同的夜色之中，对夜间景物的微妙之处进行吟咏，这种诗风在北宋以后盛行了起来。

从古代至唐代以来的中国，为了维持治安，禁止都市居民夜间外出。因此，夜间是停止活动的时间段。但从唐末至北宋中期，由于人口增加和城市居住面积扩大，以及各种产业发展的原因，都市的优势在上升，原来的情况已经有了变化，北宋中期仁宗时(1021—1063 在位)居民夜间外出已经平常化了。与此相伴的是，各种商店和游乐设施也在夜间营业，新的“都市之夜”由此开始了。由于喜欢夜生活，与这种情势相呼应的是，苏轼等人描写夜间生活的诗出现了。

从这一点而言，苏轼的《春夜》诗可以说是北宋中期象征着王朝和平繁荣的作品了。

熙宁二年(1069)，三十四岁时因与王安石对立的苏轼被转任到地方任职，历任杭州(今浙江省杭州市)通判(副知事)、密州(今山东省诸城市)、徐州(今江苏省徐州市)、湖州(今浙江省湖州市)等军州事(知事)。在诗歌创作方面，苏轼在杭州任职时佳作迭出，在熙宁(1068—1077)至元丰(1078—1085)初年外任时，苏轼的诗歌创作经历了一个划时代的时期。下面的两首名篇也是作于这一时期。

336. 六月二十七日望湖楼[1]醉书五绝　其一

苏　轼　七言古诗

黑云翻[2]墨未遮山，白雨跳珠乱[3]入船。卷地[4]风来忽吹散，望湖楼下水如天[5]。

【注释】

(1) 望湖楼：位于杭州西湖东北岸边的楼阁。为五代时钱弘俶所建，别名看经楼、先德楼。明代已无存此楼，这里是指从西湖远眺之意。

(2) 翻：翻卷。

(3) 白雨：闪光的雨点。白，表示发光透明。　珠：珍珠。乱：这里指雨点噼噼啪啪地落下了。

(4) 卷地：从地面卷起，比喻激烈的势头。

(5) 水如天：远远望去，水天一色，连成一片。天，空。一说是风雨在湖中激烈交汇，无论是雨水还是天空，都有些看不清了。

【赏析】

这首诗是熙宁五年(1072)苏轼三十七岁任杭州通判时于杭州所作。是某个夏日游西湖时所作五首绝句中的第一首。吟咏的是夏日湖上一种爽快的感觉。

前面的二首虽然是对句，但对在短时间内迅速变化的天气的描写，使得强烈的暴风雨被直接表现了出来，虽然说是对句，但并列、静止的写作技法是苏轼常用的。起句黑云的涌出，承句骤雨的袭来，转句的风暴，使时间的经过变化很快，一转至结句之后，晴朗的天空映在湖面上，一切都显得那么安静，全诗至此作结。“翻墨”、“跳珠”、“卷地”的连续比喻，从黑到白、再到青，在具有色彩转变影响的同时，也强烈地体会到了这首诗的跳动之感。

作者自身的位置也在变化，起句和承句是作者乘船漫游西湖，后急忙返回,而在结句中已经回到望湖楼了。

苏轼在元祐四年(1089)五十四岁时知杭州军知事(知事)兼浙西路兵马钤辖,再度赴任杭州。他在西湖筑堤是在第二次于杭州任职时期。

苏轼动员二十万人清理湖底的泥沙,营造了全长约两千米、贯穿西湖南北的长堤,并且在堤上种植柳树和芙蓉等花木。在防治水害的同时,还形成了美丽的景观,因此杭州的百姓至今还对他怀有感激之情。

中唐的白居易也喜爱杭州,他也曾在杭州西湖修筑了堤坝。两堤分别被称为"白堤"和"苏堤",成为了这个地方的名胜古迹。

337. 饮湖上(1)初晴后雨二首　其二

苏　轼　七言绝句

水光潋滟晴方(2)好,山色空濛雨亦奇(3)。欲把西湖比西子(4),淡妆浓抹总相宜(5)。

【注释】

(1) 湖上:西湖上。西湖位于杭州市以西,自古以来便是以名胜古迹而闻名。

(2) 水光:水发出的光。　潋滟:水波荡漾、波光闪动的样子。　方:正好。

(3) 山色:山的颜色。　空濛:细雨迷蒙的样子。　奇:奇特。

(4) 西子:即西施,春秋时代越国著名的美女。

(5) 相宜:很合适,很自然。

【赏析】

这首诗是熙宁六年(1073)作者三十八岁时于杭州通判任上时

所作。在晴、雨的变化中描写了西湖美丽的风景，并把它比喻成了淡妆的美女西施。在诗的前半部分二句，由眺望晴雨之际变化的西湖而来。从这二句还引出了“晴好雨奇”的四字熟语。此外，这二句也是作者喜欢的句子，在苏轼吟咏西湖的其他诗中也曾出现过。

水光潋滟犹浮碧，山色空濛已微昏。（《次韵仲殊雪中游西湖二首》其一）

在后半部分的两句中，作者引出出身于当地的美女西施来赞美西湖。无论在什么样的情况下，有魅力的西施与具有晴雨魅力的西湖相比，都是非常相称的。

苏轼的这首诗以人物比喻自然风物，其比喻确实是突出了人物和风物之美。以美女之眉比喻山，散见于晚唐的词中，但以特定的美女比喻地上的风景之类的例子还是少见的。

此外，组诗第一首的内容如下：

饮湖上初晴后雨二首　其一

苏　轼　七言绝句

朝曦迎客艳重冈，晚雨留人入醉乡。此意自佳君不会，一杯当属水仙王。

338. 月夜与客(1)饮酒杏花下

苏　轼　七言古诗

杏花飞帘散余春(2)，明月入户寻幽人(3)。褰衣步月(4)踏花影，炯如流水涵青苹(5)。花间置酒清香发，争挽长条落香雪(6)。山城(7)薄酒不堪饮，劝君且(8)吸杯中月。洞箫(9)声断月明中，惟忧月落酒杯空(10)。明朝卷地(11)春风恶，但见绿叶栖残红(12)。

【注释】

（1）客：指与苏轼同乡的张师厚。

（2）散余春：散发着不多的春色。语出杜甫《曲江二首》：一片花飞减却春，风飘万点正愁人。

（3）幽人：避世而安静生活的人。这里指作者自己。

（4）褰衣：提起衣裳。　步月：月下散步。

（5）炯：闪光。　青苹：青色的浮草。这里比喻地面上花的影子。

（6）争：争相。　长条：长枝。　香雪：比喻杏花的香味。

（7）山城：这里指徐州的街道。

（8）且：暂且。

（9）洞箫：类似于尺八的一种笛子。

（10）酒杯空：酒杯中没有酒了。一说是由于月亮落下去了，杯中的酒也就不会出现月亮了。

（11）卷地：席卷大地。比喻来势凶猛。

（12）栖残红：衰落的红花附在枝头上。

【赏析】

这首诗是元丰二年（1079）二月苏轼四十四岁时于徐州知事任上所作。吟咏的是晚春月明之夜，作者在杏花之下与友人开怀畅饮时的情形。从诗歌的整体角度而言，作者使用了拟人法、巧妙的比喻和机智的语言，体现出苏轼诗歌的特色，堪称是他的代表作。

全诗三度换韵，在内容上也出现了三次变化。

第一段（1—4 句）为导入部分。描写了在花和月的吸引之下，作者来到窗外时的情形。花香、月光、作者的身姿伴随着相应的动作而形成了自己的特色，如同电影开始时给人留下的印象。特别是第四句月下光景的描写，亦幻亦明，其中也体现出了作者的喜好，在散文《记承天寺夜游》中，也有在月色庭院中眺望的描写：

元丰六年十月十二日夜，解衣欲睡，月色入户，欣然起

行。……庭下如积水空明，水中藻荇交横，盖竹柏影也。（《东坡志林》卷一）

第二段（5—8 句）表现了宴饮时的情形。以“清香”喻酒香，以“香雪”喻杏花，比喻贴切，而“且吸杯中月”的劝酒更是警句了。

第三段（9—12 句）表现了在宴席中的哀愁。与惜春的心情相融合，在绵绵不尽的余韵中全诗结束了。

关于诗题的“客”，《东坡志林》卷一记载如下：

仆在徐州，王子立、子敏皆馆于官舍。蜀人张师厚来过，二王方年少，吹洞箫，饮酒杏花下。

这里的“客”，是指来访的同乡蜀人张师厚，而当时寄寓在苏轼官舍中的王适、王遹兄弟也参加了宴会，并且还吹奏了洞箫。王适其后还成为了苏轼之弟苏辙的女婿。

339. 澄迈驿(1)通潮阁二首　其二

苏　轼　七言绝句

余生欲老海南村，帝遣巫阳(2)招我魂。杳杳天低鹘没处，青山一发是中原(3)。

【注释】

(1) 澄迈驿：在今海南省北部澄迈县的驿站。

(2) 巫阳：《楚辞・招魂》中出现的女巫名。《招魂》是屈原可怜楚怀王，让巫阳呼唤他的灵魂归来。苏轼在这里以屈原自比。

(3) 中原：一般是指黄河流域，这里是指中国大陆本土。

【赏析】

这首诗的前半部分希望能够被皇帝召回大陆，而后半部分则是作者对从地平线的角度眺望本土时的一个描述。看不到欣喜的表现，全诗呈现出一种静态，却也别有一番情趣。到了晚年之时，被命运折腾的心境大抵如此吧!

苏轼很快乘船回到了大陆,向北前行,在途中于翌年的建中靖国元年(1101)五月在常州(今江苏省常州市)得病,于七月二十八日去世,享年六十六岁。

340. 念奴娇(1) 赤壁(2)怀古

苏 轼 慢词(双调)

大江(3)东去,浪淘尽(4)、千古风流(5)人物。故垒(6)西边,人道是,三国周郎(7)赤壁。乱石崩云(8),惊涛拍岸,卷起千堆雪(9)。江山如画,一时多少(10)豪杰。

遥想公瑾(11)当年,小乔初(12)嫁了,雄姿英发(13)。羽扇纶巾(14),谈笑间(15),强虏(16)灰飞烟灭。故国神游(17),多情(18)应笑我,早生华发(19)。人间(20)如梦,一樽还酹(21)江月。

【注释】

(1) 念奴娇:词牌。双调慢词,上片九句,下片十句。

(2) 赤壁:东汉建安十三年(208),东吴将军周瑜大破曹操大军的古战场。位于湖北省嘉鱼县东北、长江南岸。但苏轼所说的赤壁并不是这里,而是黄州(今湖北省黄冈市)以西的赤壁(一名赤壁矶),这里据说也是三国的古战场。

(3) 大江:指长江。

(4) 淘尽:洗干净。淘,冲洗,冲刷。

(5) 千古:很早以前。 风流人物:指杰出的历史名人。风流,原本是“遗风余流”的略语,这里指前代的遗风、影响。

(6) 故垒：旧时的营垒。

(7) 周郎：指周瑜(175—210)，字公瑾。东吴统帅。

(8) 乱石：参差不齐排列的石头。 崩云：冲击着云彩。一说是岩石好像撞击着云彩。此二字一本作"穿空"，形容峭壁耸立，好像要刺破天空似的。

(9) 千堆雪：形容有很多白色的浪花。

(10) 一时：当时，那时。 多少：很多。少，为添加字。一说"多少"为疑问词，意为"当时有多少豪杰呢?"

(11) 公瑾：周瑜的字。

(12) 小乔：指三国时乔玄的小女儿。乔玄有两位漂亮的女儿，姐姐为大乔，妹妹为小乔，合称"二乔"。大乔嫁与孙策(孙权之兄)为妻，小乔嫁与周瑜为妻。 初：刚刚。从史实的角度而言，小桥嫁与周瑜是建安三年(198)之事，而赤壁之战是在建安十三年，此时他们结婚已经十年了。

(13) 英发：谈吐不凡，见识卓越。

(14) 羽扇纶巾：羽毛制成的扇子和青丝制成的头巾。为当时儒将的便装打扮。这里是指周瑜。但据《三才图会》记载："诸葛巾，此名纶巾，诸葛武侯尝服纶巾，执羽扇，指挥军事，正此巾也。"这首词中的"羽扇纶巾"，或许是指诸葛亮。

(15) 谈笑间：在轻松的谈话之间。表现一种轻松、随意的样子。语出西晋左思《咏史八首》其三："吾慕鲁仲连，谈笑却秦军。"

(16) 强虏：强敌。虏，敌。这里指曹操的水军战船。

(17) 故国：旧地。这里指当年的赤壁战场。一说是指作者的故乡蜀地(四川省)。 神游：于想象、梦境中游历。这里指对赤壁之战进行想象，进而描写出心中想象的状况。

(18) 多情：心中的感慨很多。这里是说在寻访古迹时，想到昔日的历史，因而内心被打动。此二句应是"应笑我多情，早生华发"的倒文。一说是"多情"是对作者表示同情的人。这二句的解释是:“多情的人一定会笑话我也有了白发。”

(19) 华发:白发。因多情而感到忧愁,故而白发早早地长了出来。刘驾《山中夜坐》诗有“谁遣我多情,壮年无鬓发”之句,苏轼本人《颍州初别子由》也有“多忧发早白”之句。

(20) 人间:人世,社会。

(21) 酹(lèi):洒酒祭奠。这里指洒酒酬月。

【赏析】

这是一首取材于东汉末年赤壁之战的怀古词,是最能体现苏轼词风的作品。从这首词开始,词便产生了一个新的流派,即产生了豪放词派。著名的《前赤壁赋》为元丰五年(1082)于黄州时所作,估计这首词也是在同一个地方所作。

上片描写了眼前赤壁的景色,确实给人以豪放的感觉。下片就赤壁之战中的人物、特别是周瑜进行了追忆,在悼念英雄的同时,也感叹了自己的怀才不遇,最后以超越的达观意志而作结。

赤壁之战是东汉末期势如破竹、席卷中国各地的曹操所遭遇到的一个大败仗。当时,曹操已经有了三分之二的天下,剩下的强敌只有孙权和刘备二人。曹操为消灭此二人,率大规模的舰队南下。对此孙刘结为同盟,对曹军进行了迎头痛击。由于用了火攻之计,曹军受到了毁灭性的打击。吴国水军将领周瑜实施作战,以火船突入攻击敌军。火船是上面覆盖着干燥的芦苇,浇上鱼油,涂上硫磺和烟硝的引火之物,盖着青布的舟。

这个计划实施成功,需要强风是其必要的条件。正好当时刮起了大风,使火攻取得了巨大的成功。

后来曹操终于明白:“我军战舰多数被烧毁,士兵中瘟疫流行,带着病原菌的战舰也被烧毁了。”

在这场战役之后,开始了魏蜀吴三国鼎立的时代。

这首《念奴娇》的词,可能是在柳永的《双声子》词的影响之下而作的。两首词都是在舟行南方时,想起昔日的事件、人物,最后感叹人世的变幻而作结，其中在感叹作者怀才不遇的这一点上是相通的。从柳永的词来看，“当年”、“江山如画”、“云涛烟浪”、“风流”、“万古”等语，在苏轼词中或多或少地变化使用着。

苏轼在听或读柳永的这首词时，已经留下了较深的印象，因此成为了他创作的基础。

341. 六月十七日昼寝

黄庭坚　七言绝句

红尘席帽乌靴(1)里，想见沧洲白鸟(2)双。马龁枯萁(3)喧午枕，梦成风雨浪翻江。

【注释】

(1) 红尘：指繁华之地。转指世俗之地。　席帽：以藤为骨架编成的帽子，宋时士子出外都戴席帽。　乌靴：黑靴，即朝靴。

(2) 沧洲：古时常用以称隐士的居处。　白鸟：白羽的鸟。鹤、鹭之类。比喻世俗中的人(见《列子・黄帝》)。

(3) 马龁(hé)枯萁：这里是指马咬嚼干草。龁，咬。枯萁，枯萎的豆萁。

【赏析】

黄庭坚(1045—1105)，字鲁直，号山谷道人、涪翁。洪州分宁(今江西省修水县)人。他二十三岁时考中进士。二十八岁为国子监(都城主管大学教育及教育行政的机关)教授。三十四岁时与苏轼成为了好朋友，由于这个原因他卷入了新党和旧党之间的党争，过起了更多的宦海沉浮生活。并在左迁的宜州(今广西壮族自治区宜州市)去世。

黄庭坚作为诗人与苏轼齐名，并称为“苏黄”。他的诗学习杜甫,其文以韩愈为榜样。他的父亲黄庶、岳父谢师厚也学习杜诗,并且造诣很深,黄庭坚也可能是受到了他们的影响。此外,黄庭坚还酷爱读书,他把广泛的学识融入到诗歌的创作中。黄庭坚的诗歌在日本室町时代就已经受到了五山诗僧们的广泛喜爱。其草书也为"宋四家"之一。

黄庭坚的诗论

黄庭坚是一位有实力的诗歌创作大家,他的诗论具有划时代的意义,给后世以极大的影响。黄庭坚在作诗时,提倡借用古人的绝句和诗境,并且活用其技法。这种技法本身保持了诗歌的传统,虽有从古代曹植至杜甫、李商隐至王安石以来的传统,但黄庭坚主张自觉地使用这些技法,而且得到了很多人的支持。

也就是说,"个人的才能有限,而诗情的表现无限,此时这种技法才会有效",黄庭坚使用了"点铁成金"和"夺胎换骨"等语来提出这些主张。所谓的"点铁成金",是把铁加工之后使之变成黄金之意,这个观点见于黄庭坚的《与洪驹父书》。所谓的"夺胎换骨",是指去凡骨为仙骨之意,北宋释惠洪在《冷斋夜话》中引用了黄庭坚的这个词语。"点铁成金"、"换骨"原本是道家之语,但黄庭坚对此进行了援用,使古诗焕发了新意。

受到这种主张的影响,以黄庭坚的出生地命名产生了"江西诗派"。南宋的严羽在其《沧浪诗话》卷一《诗辩》中,曾这样评论北宋的诗风:

以文字为诗,以才学为诗,以议论为诗。

宋诗这种理论倾向,可以说是由黄庭坚和江西诗派推进完成的。

黄庭坚的诗歌以上面的主张为基础,把思索和推敲结合在一起,但如果过于强调这种创作手法,则会陷入一种死板的境地。从本质而言,对诗歌熟悉的人才会让读者对此有一个清晰的了解,黄庭坚或许把这两种因素合二为一了。

上面的这首七言诗,是最能体现黄庭坚诗风的作品。

这首诗是元祐四年(1089)作者四十五岁时,于都城开封任著作佐郎、神宗实录检讨官时所作。

前半部分的两句希望在都市能够逃离官吏的生活,进而畅游仙界,后半部分的两句吟咏的是白日的梦境,马龁枯萁的声音成为了作者梦境中的风雨声,就连江面也出现了巨大的逆流。这虽然吟咏的是前半部分的愿望,但黄庭坚在这方面显然是下了功夫的,把声音写入梦中,以衬托出风波的情形,进而转化成动感的境地。

这首诗从前半部分向后半部分展开时,稍稍显得有些唐突,但并不能说含义不清。在反复的推敲中,逐渐令人感受到自己封闭的世界之中的一些情趣,这种倾向在黄庭坚的诗歌中是经常能够看得到的。

342. 乞　猫

黄庭坚　七言绝句

夜来鼠辈欺猫死,窥瓮翻盘搅夜眠。闻道狸奴(1)将数子,买鱼穿柳聘衔蝉(2)。

【注释】

(1) 狸奴:猫的别称。

(2) 聘:用礼物延请。　衔蝉:宋人对猫的一种俗称。

【赏析】

这首诗是元丰二年(1079),作者三十五岁时所作。由于饲养的猫儿死了,黄庭坚感到了鼠害的烦恼,在听说友人的猫下崽之后,于是向友人乞讨猫仔。当时藏书为了防止鼠害,一般经常是饲养猫的。

这首诗是黄庭坚随笔而写成的,他经常随笔写成诗之后赠予他人。

343. 雨中登岳阳楼望君山(1)二首　其一

黄庭坚　七言绝句

投荒(2)万死鬓毛斑,生出瞿塘滟滪关(3)。未到江南先一笑,岳阳楼上对君山。

【注释】

(1) 雨中:一本作"雨去"。　岳阳楼:湖南岳阳城西门的城楼。始建于三国时期,盛唐以后作为名胜古迹有很多诗歌对此做了吟咏。北宋庆历年间(1041—1045)重修,面临洞庭湖,便于远眺。　君山:洞庭湖中的一座小山,也被称为湘山,在岳阳楼的正面。

(2) 投荒:左迁到荒远边地。荒,边境。

(3) 生出:一本作"生入"。　瞿塘:瞿塘峡。长江三峡之一。滟滪关:滟滪堆的难关。滟滪堆是矗立在瞿塘峡口江中的一块大石头,为长江最大的险关。

【赏析】

这首诗是元丰二年(1079),黄庭坚三十五岁时所作。黄庭坚在哲宗绍圣二年(1095)左迁黔州(今重庆市彭水苗族土家族自治县),元符元年(1098)又迁戎州(今四川省宜宾市)。在这一年中,哲宗驾崩,由于徽宗即位之后的特赦,黄庭坚被准许回到江西的故乡,途中黄庭坚来到了岳阳。

起句回顾了在四川各州的流谪生活,虽然感受到一种深层次的痛苦,但后半部分却发生明显的变化。连接两者的承句中的"瞿塘",是舟行"三峡"的险滩之一,而"滟滪"是其中的巨石之一。走到这里还能够平安无事,后半部分的两句也就自然可以理解了。

344. 春日五首　其二

秦　观　七言绝句

一夕轻雷落万丝(1)，霁光浮瓦碧参差(2)。有情芍药(3)含春泪，无力蔷薇卧晓枝。

【注释】

(1) 万丝：无数的细丝。这里指春天的细雨。

(2) 霁光：雨后明亮的日光。霁，雨过天晴。　参差：指浮光闪闪，色彩不一。

(3) 芍药：草本植物，与牡丹形似。

【赏析】

秦观(1049—1100)，字少游，又字太虚。扬州高邮(今江苏省高邮市)人。号淮海居士。秦观年轻时受到苏轼的赏识，其诗才也得到王安石的认可。元丰八年(1085)秦观进士及第，由于苏轼的推荐，担任了太常博士，国史馆编修。由于是旧党的一员，在绍圣年间之后，秦观辗转各地，最后在藤州(今广西壮族自治区藤县)去世。

秦观虽有喜好兵书的一面，但其诗风创作从总体而言却极为纤细，王安石把他的诗视为鲍照和谢朓一样的作品。其词和文章也是极为出色的。

这是一首吟咏春天的感伤和倦怠的诗。起句以“万丝”比喻春雨，由此决定了全诗的情趣。雨水滴在琉璃瓦上，如同散落的花瓣。在极具蛊惑的描写中，突出了优美的环境氛围。

345. 牵 牛 花(1)

秦　观　七言绝句

银汉初移漏(2)欲残，步虚人(3)倚玉栏干。仙衣染得天边(4)碧,乞与人间向(5)晓看。

【注释】

(1) 牵牛花:原名牵牛,别名喇叭花。

(2) 银汉:天河。　漏:古代的计时器。漏残,指水将滴完,即天快亮。

(3) 步虚人:传说中的仙女。步虚,在空中漫步,这里比喻牵牛花。

(4) 天边:形容遥远的地方。指大地与天空的交汇处。

(5) 乞与:给予。　人间:人世,俗世。　向:与"与"义同。

【赏析】

这首诗描写的是黎明之际盛开的牵牛花。人们眼前浮现的是在卷起帘子之后,花儿和叶子的熠熠发光的样子。作者把这些景象比喻成穿着青衣的仙女倚靠栏杆的形象。"银汉"、"步虚"、"玉"、"仙女"、"天边"等语,极具浪漫主义的氛围。

在上面的两首诗中,创作出具有超凡想象力、幻想丰富的诗歌意境,构成了秦观诗歌的特色。把这样的感觉带入词中,成就斐然亦属于当然之事,这在当时来说已被苏轼一门所认可了。

例如,有下面记载的问答如下:

东坡尝以所作小词示无咎、文潜曰:"何如少游?"二人皆对云:"少游诗似小词,先生小词似诗。"(南宋胡仔《苕溪渔隐丛话·前集》卷四十二引《王直方诗话》)

此外,关于苏轼就秦观诗风与柳永相似的问题,有如下记载:

少游自会稽入都,见东坡。东坡曰:"不意别后却学柳七作词。"(南宋·曾慥《高斋诗话》)

苏子瞻于四学士中最善少游。……故尝戏曰:"山抹微云秦学士,露花倒影柳屯田。"(南宋·叶梦得《石林避暑录

话》卷三）

346. 鹊 桥 仙(1)

秦　观　小令(双调)

纤云弄巧(2)，飞星(3)传恨，银汉迢迢(4)暗度。金风(5)玉露一相逢，便胜却(6)人间无数。

柔情似水(7)，佳期(8)如梦，忍顾鹊桥(9)归路。两情若是久长时，又岂在朝朝暮暮(10)！

【注释】

(1) 鹊桥仙：词牌。始见欧阳修词。

(2) 纤云：纤薄的云彩。　弄巧：是说织锦变化多端，呈现出许多细巧的花样。这里是对乞巧行事的联想。在七夕之夜，少女们会拿出五色的丝线，祭祀牛郎织女二星，以祈求自己的女工能够有所长进。

(3) 飞星：流星。一说指牵牛、织女二星。

(4) 迢迢：遥远的样子。语出《古诗十九首》其十“迢迢牵牛星，皎皎河汉女。”

(5) 金风：秋风，秋天在五行中属金。

(6) 胜却：胜过。却，附在动词之后，表示动作彻底完了。

(7) 柔情：温柔的感情。语出魏曹植《洛神赋》：柔情绰态，媚于语言。　似水：比喻像流水一样不能割断。李白《宣州谢朓楼饯别校书叔云》有“抽刀断水水更流，举杯消愁愁更愁”之语。

(8) 佳期：美好的时期。特指男女约会之期。

(9) 鹊桥：传说牛郎和织女每年七月七日通过喜鹊排成的长桥过银河相会。

(10) 朝朝暮暮：语出战国宋玉《高唐赋》的故事。巫山神女对楚襄王说：旦为朝云，暮为行雨。

【赏析】

这是取材于七夕的传说，以表现“爱”为内容的一首词。从总体而言，这首词是围绕着神话传说而写成的，增加了一种神秘的氛围。

347. 示三子

陈师道 五言古诗

去远即(1)相忘，归近不可忍。儿女(2)已在眼，眉目略不省。喜极不得语，泪尽方一哂(3)。了知不是梦，忽忽(4)心未稳。

【注释】

(1) 即：这里有“万一”的意思。

(2) 儿女：儿子和女儿。时作者有两个儿子和一个女儿。

(3) 方：开始。 哂：笑，微笑。

(4) 忽忽：恍惚不定的样子。

【赏析】

陈师道(1053—1101)，字无己，又字履常，号后山居士。十六岁时与曾巩相识，因不接受王安石的教育改革，故不参加进士的应试，最终贫苦一生。元祐二年(1087)由于苏轼的推荐他担任了徐州州学教授，不久因新党上台他被罢免了官职。元符三年(1100)，他从太常博士转为秘书省正字。但这是一个闲职，他仍然继续过着贫困的生活。

陈师道作诗专学杜甫，重视苦吟。当他构思诗歌时，躺在卧榻之上，以被蒙头开始推敲，家人及其幼儿和狗之类抱寄邻家（据《石林诗话》记载）。但在这种情况下完成的诗歌，往往比较注重技巧，多为表现直率的感慨而已。

《示三子》为元祐二年四月作者取得徐州州学教授时，与托付于岳父郭概的妻子相会时写的一首诗。因作者生活贫困，妻子和三个孩子托付与郭概，元丰七年（1084）四人与赴任西川提刑的郭概一起去了成都。三年之后，一家人才得以团聚。

全诗真实地描写了家人相聚时动人的瞬间，使读者能够感觉到那种令人感动的场景。

下面的这首诗是三年前送别妻子和三个孩子时所作。

别 三 子

陈师道　五言古诗

夫妇死同穴，父子贫贱离。天下宁有此？昔闻今见之。
母前三子后，熟视不得追。嗟乎胡不仁，使我至于斯。
有女初束发，已知生离悲。枕我不肯起，畏我从此辞。
大儿学语言，拜揖未胜衣。唤“爷我欲去。”此语那可思。
小儿襁褓间，抱负有母慈。汝哭犹在耳，我怀人得知。

348. 十七日[1]观潮

陈师道　七言绝句

漫漫平沙走白虹[2]，瑶台失手[3]玉杯空。晴天摇动清江底，晚日[4]浮沉急浪中。

【注释】

（1）十七日：农历八月十七是钱塘江潮最为壮观、潮水最大的日子。

(2) 漫漫：广阔无边的样子。　走白虹：走，奔跑和滚动。白虹：指钱塘江潮。

(3) 瑶台：传说中指天上神仙居住的地方。　失手：因没拿住(玉杯)而倒翻。

(4) 晚日：夕阳。

【赏析】

这是一首具有奔放想象力的巨作。吟咏的是著名的钱塘江高潮。在阴历的八月十七日，钱塘江潮出现了一年中最为壮观的景象。

起句描写了从远方奔腾而来的潮头的景象。与苏轼"海上波涛一线来"(《望江楼晚景》)吟咏的内容相似，潮头像奔涌的彩虹。承句把潮头比喻成"天上仙人失手打碎的玉杯"。转、结句表现的是夕阳下的巨大波涛。这种宏大的场面，如同"太空和太阳翻滚一样"，极具感染力。

奇特的比喻展现的巨大空间，于是便产生了一种广阔的胸怀和境界。

349. 少 年 游

周邦彦　慢词(双调)

并刀如水(1)，吴盐(2)胜雪，纤手破新橙。锦幄(3)初温，兽烟(4)不断，相对坐调笙。

低声问向谁行(5)宿，城上已三更。马滑霜浓，不如休去，直是(6)少人行。

【注释】

(1) 并刀：并州出产的剪刀。　如水：形容剪刀的锋利。

（2）吴盐：吴地所出产的洁白细盐。
（3）幄：帐。
（4）兽烟：兽形香炉中升起的细烟。
（5）谁行：谁那里。
（6）直是：就是。

【赏析】

周邦彦(1056—1211)，字美成，号青真居士。钱塘(今浙江省杭州市)人。官历太学正、庐州教授等职。他精通音律，曾创作不少新词。有《片玉集》。这首词上阙以男方的视角写美人的热情待客，抒发对女子情投意合的情感。下阙以叙事的方式来抒情，改用女方的口吻来传情，人物形象的刻画和生活细节的描写更是十分细腻逼真。

全词写男女之情，意态缠绵，恰到好处。从技巧上来看，周邦彦堪称是这方面的高手。

在北宋第八位皇帝宋徽宗时，从辽国脱离出来的女真族在东北亚建国，国号为金，其势力开始迅速扩张。

北宋最初与金结盟共同攻辽，但因北宋不履行与新兴的金签订的条约，于是遭到了金的攻击。徽宗为了对此负责而退位，其长子钦宗即位，虽然一时达成了议和条约，但北宋还是受到了背信弃义的金的攻击，靖康元年(1126)首都开封陷落，翌年春天以徽钦二帝为首的皇族、高官三千余人被俘，北宋至此灭亡。这便是“靖康之变”。

此时许多艺术家和工匠也被一并掳去，对金的文化产生了影响，徽钦二帝羁留在金地后抑郁而死。

一部分幸免于难的官员带领钦宗之弟康王南逃，在南京建立新政权，康王即位即是后来的高宗，是为南宋之始。南宋不久之后迁都临安(今浙江省杭州市)，最后在秦桧的主导下于 1141 年与金议和(绍兴议和)。从此之后，南宋社会一度出现了安定的局面，但此后却不断地在边境地区受到金的威胁。

从北宋至南宋时期，在动荡之世中生活的诗人当首推陈与义，继之还可以举出岳飞的例子。

350. 登岳阳楼二首　其一

陈与义　七言律诗

洞庭之东江水西，帘旌(1)不动夕阳迟。登临吴蜀(2)横分地，徙倚(3)湖山欲暮时。万里来游还望远，三年多难更凭危。白头吊古风霜(4)里，老木沧波无限悲。

【注释】

(1) 帘旌：酒店或茶馆的幌子。

(2) 吴蜀：三国时，岳阳为吴楚的边界。这一句源自杜甫《登岳阳楼》的颔联：吴楚东南坼，乾坤日夜浮。

(3) 徙倚：徘徊，漫步。

(4) 吊古：凭吊往事。风霜：风和霜。这里比喻在人世间遭受的苦难。

【赏析】

陈与义(1090—1138)，字去非，号简斋、无住。洛阳(今河南省洛阳市)人。政和三年(1113)进士，历任太学博士等职。在金军进攻北宋时，他辗转襄阳(在今湖北省)、广东、福建，其后在南宋政权时历任兵部员外郎、参知政事等要职。

陈与义的诗歌属于江西诗派，与黄庭坚、陈师道并称为“三宗”(元代方回《瀛奎律髓》)。陈与义原来的创作具有纤细的感觉，富有智慧。其特色是吟咏晚春的舟旅之事，这类的诗歌是他经常创作的内容。

在靖康之变中，陈与义为避难流浪南方，其诗风的深刻性也有所增加。他也是因时事的变化而转变诗风的诗人。遭遇困难境遇的陈与义，能够真实地体会到杜甫那种真切的诗风，并且有自己深刻的体悟。

这首诗是高宗建炎二年(1128)秋，作者三十九岁时于岳阳所作。为避靖康之变，作者离开了都城开封，在此足足生活了三年。

作者登上岳阳楼，在相同的地点，作者想起了同样在此眺望的杜甫。然而与杜甫当时不同的是，此时的中国北方已经落入了异族之手。

在诗的后半部分，作者对此发出了强烈的悲叹。三十九岁时的作者已经有了“白发”，可见作者的悲情之深、之痛，“老木沧波无限悲”的末句，显得更为悲壮。

此外，颈联二句似乎也有杜甫的七言律诗《登高》颈联的“万里悲秋常作客，百年多病独登台”的意识。

351. 满江红(1)　登黄鹤楼有感

岳　飞　慢词(双调)

遥望中原，荒烟外，许多城郭。想当年，花遮柳护，凤楼龙阁。万岁山(2)前珠翠绕，蓬壶殿(3)里笙歌作。到而今，铁骑满郊畿(4)，风尘(5)恶。

兵安在？膏锋锷(6)。民安在？填沟壑(7)。叹江山如故，千村寥落。何日请缨提锐旅(8)，一鞭直渡清河洛(9)。却归来、再续汉阳(10)游，骑黄鹤。

【注释】

(1) 满江红：词牌名。

(2) 万岁山：宋徽宗政和四年(1114)在开封的东北所造的宫

苑假山。

(3) 蓬壶殿：万岁山的宫殿名。

(4) 铁骑：指金国军队。郊畿：指离汴京千里之外的地方。

(5) 风尘：风和尘土。这里指战乱。

(6) 锋锷：兵器的尖端和剑刃。

(7) 填沟壑：埋到溪谷中。这里是说，老百姓因饥寒交迫而死，被丢在溪谷中了。

(8) 请缨：请求杀敌立功的机会。语出西汉终军向汉武帝“自请愿受长缨，必羁南越王而致之阙下”之事。　锐旅：经过训练的精锐部队。

(9) 河洛：黄河、洛水。这里泛指中原。

(10) 汉阳：黄鹤楼对面的城镇名。在今湖北武汉市(在武昌西北)。

【赏析】

岳飞(1103—1141)，字鹏举。相州汤阴(今河南省汤阴市)人。他出身于农家，在北宋末年十九岁时参加义勇军，在与金兵作战和平定地方叛乱时立下战功，由此而崭露头角，成为了整个湖北军事势力的领袖人物。后从节度使、宣抚副使晋升为枢密副使，因始终反对求和的政策，被秦桧为首的主和派投入监狱，最后被杀。后朝廷谥为武穆，又谥忠武，追封鄂王，并建岳王庙。

岳飞学问造诣精深，同时还以书法而闻名。

这是主张对金彻底抗战的岳飞在感叹中原被金人破坏的惨状之后，发誓要夺回失地的一首词。绍兴四年(1134)五月，岳飞率军夺回了被金人扶持的傀儡政权齐所侵略的六州之地，在鄂州(今湖北省武汉市)登上黄鹤楼时，他写下了这首词。

在靖康之变后，高宗被拥立即位，不久金军南下，王室及其相关人员南渡长江，从镇江到杭州，最后向温州逃去。很快金军为了避免孤军深入而撤退了，但此时在河南地区则以刘豫为帝建立了傀儡国家，国号为齐。时为绍兴元年(1131)之事。第二年，高宗移都杭州，称“行在”，此后这里成为了南宋的首都。

绍兴三年秋，伪齐攻占了襄阳、唐、邓、随、郢诸州和信阳军(军，宋代的一种行政区划)。四年五月，岳飞受诏率军一举收复了这六个地区，并屯兵驻扎在鄂州。此时，士兵们士气高涨，岳飞也想此时趁机北伐，于是向朝廷上奏了自己的意见，不久他便作了这首词。

上片是说从黄鹤楼遥望中原，想起了和平时代的首都开封，尤其是宫中的生活。接着笔锋一转而联想到现在，都城也被侵略军的铁骑攻陷了。在过去和现状的对比中，强调了对所处环境的危机感。

转入下片之后，作者首先强调了民间百姓的牺牲，倾吐了对中原荒芜的痛惜之情，继而希望能够振作士气，为收复北方中原而奋力出击，在收复故土之后希望能够再次来这里观看长江流域的胜景。

在南宋第二代皇帝孝宗之时，迎来了南宋诗坛最为兴盛的时期。在这一时期，有被称为“南宋四大家”的范成大、杨万里、陆游、尤袤(或肖德藻)，其中尤袤(1124？—1193?)、肖德藻(1147 年前后在世)的诗文集已佚，流传的作品数量极少。

在这几位作家中，后面的三位的诗歌创作并不带有江西诗派的风格，他们的创作出现了一种新的境地，形成了共同的特色。亦即他们既具有收复北方领土主战派的一面，也有喜好吟咏田园生活田园诗人的一面，具有双重性。在这两个方面中，无论是从哪一个方面而言，对“祖国的乡土之爱”是其中的重点，也是始终如一的主题。从他们这种昂扬的精神来看，与孝宗的传统的对金的积极政策是相呼应的。

除此之外，“朱子学”的集大成者，从经学、史学到自然科学都有研究的朱熹，也是这一时期屈指可数的人物。

范成大(1126—1193)，字至能。苏州吴县(今江苏省苏州市)人。他十多岁时父母双亡，一直过着贫困的生活，二十九岁时进士及第，除了担任秘书省正字、吏部郎官之外，还在中央和地方担任过官职。乾道六年（1170 年），范成大四十五岁时出使金国，要求改变与金条约的内容，不辱使命，克服困难，完成了任务。归国后历任要职，官至参知政事。晚年因病退居故乡石湖（今江苏省苏州市郊外），号石湖居士。现存诗 1858 首，词 89 首。此外，作为宋代文学新的种类，他的诗话和纪行文保留在了《揽辔录》、《吴船录》等书中，堪称是极为优秀的作品。

他是一位实实在在的官僚，因苦于内忧外患而写诗反映南宋的社会情况。下面的这首诗在反映农民受到苛刻征敛的同时，也描绘出了他们现实的生活。

352. 催租(1)行效王建

范成大　七言古诗

输租得钞(2)官更催，踉跄里正(3)敲门来。手持文书杂嗔喜(4)："我亦来营醉归耳！"床头悭囊(5)大如拳，扑破正有三百钱。"不堪与君成一醉，聊复偿君草鞋费。"

【注释】

（1）催租：催促缴税。

（2）输：送，缴。　钞：户钞。官府发给缴租户的收据。一说是催促交租的文书。

（3）踉跄：走路不稳的样子。　里正：里长。

（4）嗔喜：又是生气又是高兴。这里是指里正有勒索的嫌疑。

（5）悭囊：悭吝者的钱袋。此处指储蓄零钱的瓦罐，即"扑满"。取钱时须把罐打破，故下文说"扑破"。

【赏析】

这是一首新题乐府诗，为作者在进士及第之前所作，虽然是三十多岁时所作，但却体现了不忘讽谏精神的正统派诗人的特点。

由于贪婪官府的掠夺，农民仅有的一点收入也被剥夺了，他们生活在了悲哀之中。诗的前四句描写了手拿文书、乘兴而来的税官形象，令人厌恶的官吏恶俗之气浮现了出来。

下面的七言古诗《后催租行》（全十四句）表现了更为悲惨的内容，或是描写了为交税而依次嫁女的老农。“去年嫁长女，今年嫁次女，明年还要嫁三女”的结语，一定让读者痛感到了改变现状的必要性。

去年衣尽到家口，大女临歧两分首。今年次女已行媒，亦复驱将换升斗。室中更有第三女，明年不怕催租苦。

另一方面，在农村风物和行事描写中，范成大的诗确实是充满了人情味。在这个系列中最重要的是七言绝句《四时田园杂兴六十首》，为他退隐后所作的组诗，分为《春日》、《晚春》、《夏日》、《秋日》、《冬日》各十二首，共计由六十首组成。“四时”，是指春夏秋冬四季。杂兴，指各种各样的感兴。农村的四季有着不同的变化，其情况也有不同，诗中也包含着讽刺之意和反对世俗的精神。

开头的“引”（序文）写到：

淳熙丙午，沉疴少纾，复至石湖旧隐，野外即事，辄书一绝，终岁得六十篇，号《四时田园杂兴》。

诗为孝宗淳熙十三年（1186），作者六十一岁时所作。

这首诗在日本江户时代后期深受日本读者的喜爱。

353. 四时田园杂兴　春日　其五

范成大　七言绝句

社下烧钱[1]鼓似雷，日斜扶得醉翁回。青枝满地花狼藉[(2)]，知是儿孙斗草[(3)]来。

【注释】

(1) 社：祭祀土地神的地方。在立春和立秋的第五个戊日祭祀土地神，这一天被称为“社日”。春社祈求丰收，秋社对取得丰收表示感谢。　钱：纸钱。在中国有烧纸钱以祭祀神佛的习惯。

(2) 狼藉：乱七八糟的样子，杂乱不堪。

(3) 斗草：采百草以对仗的形式互报草名，谁采的草种多，对仗的水平高，坚持到最后谁便赢。

【赏析】

这首诗描写了春天社日时的情形。燃烧纸钱冒出的青烟，如雷一般的鼓声，喝了陈年老酒而醉的老翁，孩子们的斗草嬉戏，整首诗展现了一幅欢乐的农家场景。

承句似乎取自晚唐王驾下面的这首诗：

社　日

王　驾　七言绝句

鹅湖山下稻粱肥，豚栅鸡栖半掩扉。桑柘影斜春社散，家家扶得醉人归。

354. 四时田园杂兴　晚春　其三

范成大　七言绝句

蝴蝶双双入菜花，日长无客到田家。鸡飞过篱犬吠窦[(1)]，知有行商来买茶[(2)]。

【注释】

(1) 篱：篱笆。用柴草或竹子编制成的院墙。　窦：墙洞。

门下面的小出口。这里指专门为狗出入方便而开设的小门。

(2) 买茶：收买茶叶。一本作“卖茶”。

【赏析】

这首诗描写了晚春时的农村情形，以及行商到访时打破了该村寂静环境的情况。

从诗的内容来看，虽然风格淡雅，但实际上整体的描写还是比较细致的。“蝴蝶”、“菜花”、“鸡”、“犬”、“行商”等多种描写农村的景物排列在了一起，而“鸡犬”一词又是选取自《老子》(第十八章)和《桃花源记》中的词语，整体的境界确实是非常地自然。

355. 四时田园杂兴　冬日　其八

范成大　七言绝句

榾柮(1)无烟雪夜长，地炉煨酒暖如汤(2)。莫嗔老妇无盘饤(3)，笑指灰中芋栗香。

【注释】

(1) 榾(gǔ)柮(duò)：截断的木块、劈柴。主要是用于烧炭用。

(2) 地炉：室内地上挖成的小坑，四周垫垒砖石，中间生火取暖。　煨酒：在文火上把酒温热。　汤：热汤。

(3) 盘饤：指用大盘盛菜。

【赏析】

这首诗描写了持续下雪时，村中百姓小憩时的情形。

像这样《四时田园杂兴》中表现的内容虽然较多，但像下面这样刻画令人过目难忘的农民生活的诗中还有如下描写：

四时田园杂兴　夏日　其十二

采菱辛苦废犁鉏，血指流丹鬼质枯。无力买田聊种水，近来湖面亦收租。

四时田园杂兴　秋日　其二

朱门巧夕沸欢声，田舍黄昏静掩扃。男解牵牛女能织，不须徼福渡河星。

356. 冻　　蝇

杨万里　七言绝句

隔窗偶见负暄(1)蝇，双脚挼挲(2)弄晓晴。日影欲移先会得，忽然飞落别窗声。

【注释】

(1) 负暄：冬天受日光曝晒取暖。

(2) 挼(ruó)挲：揉搓，搓摩。

【赏析】

杨万里(1127—1206)，字廷秀，号诚斋。吉州吉水(今江西省吉安)人。二十八岁时进士及第，同年考中者还有范成大。虽然历任地方官，但在任永州零陵(今湖南省永州市)丞之职时，与左迁该地的主战派将军张浚得以相识，并受到他深刻的影响。孝宗时被招至中央，因屡屡上言主张彻底抗金而受到围攻，其后经常转任地方。晚年隐栖乡里，因痛心于权臣韩侂(tuō)胄的专横，在了解到他的无谋北伐的决定，遂执笔上书弹劾韩侂胄的罪状，据说在写完弹劾文的同时，他也忧愤而死。去世之后，被追赠为光禄大夫，谥“文节”。杨万里是仅次于陆游的创作数量最多的作家，现存诗约四千二百余首。

杨万里评价自己的诗时曾说：“始学江西诗派，后学陈师道五言律诗，又学王安石，晚乃学唐人绝句，最后尽去诸家之体，别出机杼。"(《荆溪集自序》)最能够体现其诗歌个性的是绝句,其细致的观察和独到的慧眼,使他的作品别有一番特色。特别是对小动物进行观察而写下的诗歌,更是别有一番情趣。

这首诗是淳熙五年(1178),作者五十二岁时任常州(今浙江省常州市)知事时所作。在诗中蝇这种虫子被比喻为小人物、邪恶之辈,但作者似乎忘记了这方面的印象,而是把眼前的蝇及其行为写入了诗中。在冬天还能够延续生命的蝇,作者好像也对其抱有好感。

日本江户时期的俳句大家小林一茶(1763—1827)也有过这方面的名句,但他的观察点与杨万里的诗有所不同,是属于生活诗方面的作品。

357. 亲居初夏午睡起二绝句　其一

杨万里　七言绝句

梅子留酸软齿牙,芭蕉分绿与窗纱(1)。日长睡起无情思,闲看儿童捉柳花。

【注释】

(1) 窗纱:一种糊在门窗上的纱网。

【赏析】

这首诗是乾道二年(1166)作者四十岁时于乡里所作。

在初夏的白天,作者从午睡中醒来,在环视了周围的环境之后于是提笔写下了这首诗。在描写梅子的酸味(味觉)、芭蕉的绿色(视觉)、孩子们的呼声(听觉)中,虽然说是"无情思",但诗人的五官作用却被生动地激活了。

虽然是描写孩子们的无心之态,但这首诗却较好地体现了诗人作品的特色。下面的这首诗描写的是冬日的早晨孩子们从缸中取冰时的情形,是表现孩子们游戏的佳作。

稚子弄冰

杨万里　七言绝句

稚子金盆脱晓冰,彩丝穿取当银铮。敲成玉磬穿林响,忽作玻璃碎地声。

358. 悯　　农

杨万里　七言绝句

稻云(1)不雨不多黄,荞麦(2)空花早着霜。已分忍饥度残岁(3),不堪岁里闰(4)添长。

【注释】

(1) 稻云:指大面积的稻子如云一般。

(2) 荞麦:植物名,种子磨粉可制饼或面,是粮食的一种。

(3) 残岁:岁终,年终。一年的年终之时,也就是冬季。

(4) 闰:指农历闰月,使一年又多了一个月。

【赏析】

这首诗是隆兴二年(1164)闰十一月,杨万里三十八岁时所作。

起句描写了稻田里因雨水不多而枯黄的情形,承句叙述了因霜灾而荞麦不能结穗之事,今年农作物没有收成给人们留下了深刻的印象。转句笔锋一转,叙述了农家悲痛的心情,结句进一步追述因天灾而且闰年农家生活的艰辛,以强调这一年的收成已经无望而作结。

359. 曦娥(1)谣

杨万里　歌谣体

羲和(2)梦破欲启行,紫金毕逋(3)啼一声。声从天上落人世，千村万落鸡争鸣。素娥[4]西征未归去，簸弄银盘[5]浣风露。一丸玉弹东飞来，打落桂林雪毛兔[6]。谁将红锦幕半天，赤光绛气[7]贯山川。须臾却驾丹砂毂[8]，推上寒空辗苍玉。诗翁[9]已行十里强，羲和早起道无双[10]。

【注释】

（1）曦娥：日御羲和与月神嫦娥的并称。借指日月。

（2）羲和：中国的太阳女神，东夷人祖先帝俊的妻子，生了十个太阳。羲和又是太阳的赶车夫。因为有着这样不同寻常的本领，所以在上古时代，羲和又成了制定历法的人。

（3）毕逋：乌鸦的别称。

（4）素娥：中国古代对月亮的别称。在传说中亦是月中女神，即嫦娥。

（5）银盘：银河系的主要组成部分。

（6）桂林：月宫中的桂树。　雪毛兔：指月宫中的玉兔。

（7）绛气：赤色霞光。

（8）丹砂毂：这里指红色的山谷。丹砂，一种红色的矿物质。

（9）诗翁：作者自称。

（10）无双：不多的意思。

【赏析】

这首诗描写的是日月女神之事。日月女神是中国古代神话传说中的人物，在百姓中几乎家喻户晓。作者独辟蹊径，把神话传说和人物故事结合起来，使神话中的人物具有了丰富的感情，给人留下了想象的空间，令人产生了无穷的回味。

360. 偶　　成(1)

朱　熹　七言绝句

少年(2)易学老难成,一寸光阴(3)不可轻。未觉池塘春草梦(4),阶前梧叶已秋声(5)。

【注释】

(1) 偶成:偶然写成、不经意间写成的诗。这样的诗题在日本明治时期的汉诗人中,也经常用来吟咏个人的感慨而使用。

(2) 少年:年轻时。与日语的“少年”含义不同,这里是指十八岁至三十岁的年纪。一般诗中多指参加春游的富豪子弟。

(3) 一寸光阴:较短的时间。一寸,比喻很短。光阴,时间。光,指日,也就是昼。阴,指月,也就是夜。光,为太阳。阴,也指日光的影子。陶渊明《杂诗十二首》其五有“古人惜寸阴,念此使人惧”之句。《晋书》陶侃传也有“大禹圣者,乃惜寸阴,至于众人,当惜分阴”之语等,这些自古以来说明时间重要的句子有很多。

(4) 池塘春草梦:梦见池塘边上长出了春草。年轻时要有对未来充满希望的理想。池塘,小的水池。南宋诗人谢灵运梦见其族弟谢惠连,遂得“池塘生春草,园柳变鸣禽”佳句(《南史·谢惠连传》)。也就是说第三句“没有在梦中得到佳句,亦即不能得到佳句”,转指在学业上不能轻易取得成功,必须刻苦努力才能有所成就。

(5) 阶:台阶。在中国,一般人家的门口有用石头或砖头砌成的台阶。　梧叶:梧桐树叶。这种树叶比较大,秋天时比别的树叶先落地,因此从“梧叶”可以知道秋天的到来,故而有“梧桐一叶落,天下尽知秋”的俚语(《群芳谱》)。　秋声:秋风的声音。在秋天之时,可以听到树叶落下的声音。

【赏析】

朱熹(1130—1200),字元晦,又字仲晦。号晦庵、紫阳、豚翁,被尊称为朱子。徽州婺源(今江西省婺源市)人。绍兴十八年(1148),朱熹十九岁时登进士第,任同安县(今属福建省)主簿,但四年后辞官归乡,在以后的二十年间在家居中度过了自己的研究生活。此后又历任地方官,官至待制院侍讲,但由于韩侂胄的迫害而隐退。去世之后赠为宝谟阁学士,谥"文"。

作为南宋哲学家,他主张"格物致知"、"居敬穷理",为北宋以来集理学之大成者,说明宇宙所有事象的生成过程的"理气二元论",成为了实践道德说的基础。

"理"决定万物之性,"气"决定万物之行,万物之行与"气"的结合,从而形成了事物的千差万别。人虽然在本性上为同一,但在气质上是不同的,有贤有愚。因此朱熹认为:人除了气质上的缺点之外,在本性上表现是善良的,提倡实践道德说。朱子学在元代之后被尊为官学,在平安末期至镰仓初期传入日本,到了林罗山时期成为了官学。

朱熹是一位向着崇高理想一步步迈进的真挚之人,晚年因苦于多病而倍加珍惜时间,因而有了早起的习惯。在去世的三天之前还在为《大学》作注。又由于他严厉斥责弟子而被认为是性情容易激动的人,但他并不令人讨厌。晚年还曾经因为多病而减少了待客人数。

从史学、文学、音乐到自然科学,朱子的研究都有值得大书特书之处。除了《四书章句集注》等古代典籍的注释之外,他还有《诗集传》、《楚辞集注》等古代典籍的注释书籍,后人编辑有《朱文公文集》和《朱子语类》。现存诗 1 213 首。

这首诗是劝趁着年轻勤于学业,是具有训导意义的诗。虽然朱熹是南宋的大儒,处于诗文大家的位置,但这首诗却不见于今天他流行于世的诗文集中。

据最近的研究成果表明:这首诗是室町时代的日本禅僧所作,诗成后假托于朱熹的可能性较大(岩山泰三先生对此有着详细的研究)。但无论怎样来说,其中"感叹时光流逝"、"对生命逝去之悲"的观点,似乎使这首诗成为了人们喜爱的一个原因了。

关于时间流逝而学业无成的问题,以及随着年龄的增长而感到悲哀的诗句,是自古以来经常看到的。朱熹本人也有如下的例子,主题、构成均与《偶成》诗相似:

示　四　弟

朱　熹　七言绝句

务学修身要及时,兢辰须念隙驹驰。清宵白日供游荡,愁杀堂前老古锥。

与朱熹同时代、且父辈之间有着交往的陆游,也有如下的诗句。这是庆元五年(1199)冬,陆游七十五岁时所作。子聿为陆游的幼子,时年二十二岁。

冬夜读书示子聿

陆　游　七言绝句

古人学问无遗力,少壮工夫老始成。纸上得来终觉浅,绝知此事要躬行。

在前代的作品中,与《偶成》诗同样具有"教训"和"季节变化"两个方面内容的诗歌,东汉无名氏所作如下的乐府诗比较引人注目:

长　歌　行

无名氏　五言古诗

青青园中葵,朝露待日晞。阳春布德泽,万物生光辉。
常恐秋节至,焜黄华叶衰。百川东到海,何时复西归?
少壮不努力,老大徒伤悲。

这首诗的一至六句表现的是随着季节的推移而引起的悲伤之情,继之的七至十句得出的是人生的经验。从这一点而言,《偶成》诗可以说是这首诗各个部分的压缩,其前后只是变化了一种形式而已。

朱熹的诗既有吟咏自己的哲学主张的内容,也有哲学思维的展开,但更多的是纯粹精神上的阐发,因而其题材、手法也颇为多

样。下面的这首诗可以说是宋代绝句的代表作了(明杨升庵《升庵诗话》卷四《宋人绝句》):

试院杂诗五首　其二

朱　熹　五言绝句

寒灯耿欲灭,照此一窗幽。坐听秋檐响,淋浪殊未休。

朱熹由于沉于内省而喜好下雨,特别是在年轻时经常喜欢吟咏这类诗句。下面的这首诗体现了这位硕学内心隐秘的豪爽之情:

醉下祝融峰

朱　熹　七言绝句

祝融高处怯寒风,浩荡飘凌震我胸。今日与君同饮罢,愿狂酩酊下遥峰。

361. 菩萨蛮(1)·书江西造口(2)壁

辛弃疾　小令(双调)

郁孤台下清江(3)水,中间多少行人泪。西北望长安(4),可怜无数山。

青山遮不住,毕竟东流去。江晚正愁余,山深闻鹧鸪(5)。

【注释】

(1) 菩萨蛮:词牌名。从唐代开始有作品出现,原为女蛮国的乐曲,开元、天宝(713—756)年间传入中国。

(2) 造口:在今江西省万安县西南。造口溪在此流入赣江。

(3) 郁孤台:郁孤山(一名南贺兰山。在今江西省赣州市西南)顶上的楼台。出自唐代李勉在此台眺望长安,想起自己在宫廷中的生活(《赣州府志》)的故事。　清江:赣江与袁江合流处旧称清江。

(4) 西北望:一本作"东北是"。杜甫《小寒食舟中作》有"愁看西北是长安”之句。　长安：南宋时常常以此代指宋都汴京。

(5) 鹧鸪：鸟名。传说其叫声如云“行不得也哥哥”，啼声凄苦。

【赏析】

辛弃疾(1140—1207)，字幼安，号稼轩居士。历城(今山东省济南市)人。他出生时，其故乡已被金人所占据。因此他幼时既有爱国之志，二十一岁时便参加了抗金的义勇军，深入敌阵，奋勇冲杀。辛弃疾在南宋时历任各地的地方官，从三十六岁时起陆续平定了湖北、湖南、江西地区的叛乱，并因而屡立战功。

由于急切希望收复失去的北方领土，作为武人，辛弃疾提出一些北伐建议但却不被采纳，在四十一岁时受到主和派的弹劾而被免职，遂归隐于上饶(今江西省上饶市)。晚年韩侂胄采取对金的强硬政策，辛弃疾在感叹这场无谋的战争中去世，谥“忠敏”。

辛弃疾是南宋的代表性词人之一，其词多吟咏主战派的感慨，并且他还是一位多产的作家，流传下来的词达六百首以上(其中《鹧鸪天》、《浣溪沙》、《菩萨蛮》等同词牌的作品较多)。从众多的作品来看，其描写的内容是比较广泛的。

这首词是淳熙二年(1175)，辛弃疾三十六岁时赴湖南、江西地区镇压茶商的叛乱时，于江西的造口所作。当时，他被提拔为江西提点刑狱之职。

全词吟咏的是站在风景名胜之地郁孤山的山顶上北望而发出的感慨之情。作者的主张在后半部分已经表现得十分清楚了，恢复中原的目标是绝不能放弃的，然而现实却又是难以逆转，因而作者才有了如此的感叹。

362. 青玉案・元夕(1)

辛弃疾　小令(双调)

东风夜放花千树(2)，更吹落、星(3)如雨。宝马雕车香满路。凤箫声动，玉壶(4)光转，一夜鱼龙舞(5)。

蛾儿雪柳黄金缕(6)，笑语盈盈(7)暗香去。众里寻他千百度，蓦然(8)回首，那人却在，灯火阑珊(9)处。

【注释】

(1) 元夕：正月十五日为上元节，这一晚上又被称为“元夕”、“元宵”、“元夜”。自唐代以来，在这一晚上有观灯的风俗，街道上摆满各种各样的灯笼，进行歌舞表演，无论身份高低均可彻夜欢乐。

(2) 花千树：花灯之多如千树开花。据唐张鷟《朝野佥载》卷三记载：“睿宗先天二年(713)正月十五、十六夜，于京师安福门外作灯轮，高二十丈，衣以锦绮，饰以金玉，燃五万盏灯，簇之如花树。”一说是在元宵节时，许多树木上都装饰有灯笼。

(3) 星：灯笼里的灯光。据南宋孟元老《东京梦华录》卷六“正月十六”条记载：“各以竹竿出灯毬于半空，远近高低，若飞星然。”

(4) 玉壶：用白玉制作的灯笼。据南宋周密《武林旧事》“元夕”条记载：“灯品极多，……福州所进，则纯用白玉，晃耀夺目，如清冰玉壶，爽彻心目。”一说是比喻明月，还有认为是比喻宫中的漏刻。

(5) 鱼龙舞：指舞动鱼形、龙形的彩灯，如鱼龙闹海一样。

(6) 蛾儿雪柳黄金缕：妇女头上佩戴的各种装饰品。《东京梦华录》卷六“正月十六”条记载：“市人卖玉梅、夜蛾、蛾儿、雪柳、菩提叶。”南宋无名氏《大宋宣和遗事》“十二月预赏元宵”条记载：“宣和六年(1124)正月十四日，……尽头上戴着玉梅、雪柳、闹蛾儿，直到鳌山下看灯。”

(7) 盈盈：仪态娇美的样子。

(8) 蓦然：突然，猛然。

(9) 阑珊：灯火零落稀疏的样子。

【赏析】

这首词的前半部分描写了元宵节时的热闹情形，光色和音响充满其中。在后半部分内容中，作者出现了，同时在众多的人物中还有一位美女。在朦胧的月色中，在忽隐忽现之时，意外地看到了她的身影，她正在灯火稀少、人迹罕至之处。

这位美女实际上比喻的是政治上虽然怀才不遇但却不失其志的作者自己，这种说法虽然在清代之时便有了，但是否有道理还需进一步加以考证。

363. 游 山 西 村[1]

陆　游　七言律诗

莫笑农家腊酒浑[2]，丰年留客足[3]鸡豚。山重水复疑无路，柳暗花明又一村。箫鼓追随春社[4]近，衣冠[5]简朴古风存。从今若许闲乘月[6]，拄杖无时夜叩门[7]。

【注释】

(1) 山西村：作者乡里越州山阴(今浙江省绍兴市)三山之西的村落。

(2) 腊酒：腊月里酿造的酒。腊，阴历十二月的别称。　浑：浊。这里指浊酒。

(3) 足：很多。

(4) 箫鼓：吹箫打鼓。　追随：跟随着吹打箫鼓的人。一说是作者听到鼓声便追随而来。　春社：春祭。古代把立春后第五个戊日作为春社日，拜祭社神(土地神)和五谷神，祈求丰收。

（5）衣冠：衣服和帽子。这里指村中百姓的服装。

（6）从今：从现在起，计划。从，与“自”义同，表示起点。　乘月：趁着月光前来。

（7）无时：没有一定的时间，即随时。　叩门：敲门。

【赏析】

陆游（1125—1210），字务观，号放翁。越州山阴（今浙江省绍兴市）人。在他八十六年的生涯中，存诗九千余首，是中国历代诗人中存诗最多的诗人。作为一位诗人，他的成就在宋代几乎是首屈一指的，即使是在整个中国诗人中，陆游也被不少人评价是第一名的人物。

出生与家庭环境

陆游的家庭是四代担任官僚的地主家庭。其曾祖父陆珪、祖父陆佃、父亲陆宰均为学者而学问自成一家，特别是其父陆宰作为藏书家而声名远播。南宋建立后，陆宰用了两年时间把家中一万三千卷藏书整理好之后献给了朝廷。

除此之外，在母亲的亲戚中有苏门四学士之一的晁补之，而祖父陆佃也是王安石的门生，陆家四代飘扬书香之气。陆游的博学与好读各类的书籍，显然是受到了这种家族风气的影响。

这首诗为乾道三年（1167）作者四十三岁时于乡里所作。在此之前，陆游由于支持主张对金抗战的将军张浚而被免职，于是回到家乡镜湖边上的三山隐栖。

在这首诗中，诗人吟咏了隐栖中的某一天受到乡邻招待而感到喜悦的心情。

首联为表现在村中受到招待时的情形。中间的第三句至第六句，表现的是随着作者在山水中穿行，他的眼界也为之扩大，在平静的村庄中，村民们的朴素风俗令人想起了陶渊明的《桃花源记》。

尾联是对村庄中百姓的问候。引用的是王徽之（字子猷）在山阴时，忽然想起戴逵（字安道），于是趁着月色冒雪去拜访戴安道的故事（见《世说新语·任诞》）：

王子猷居山阴，夜大雪，眠觉，开室命酌酒，四望皎然，因起彷徨，咏左思《招隐》诗，忽忆戴安道。时戴在剡，即便夜乘小船就之，经宿方至，造门不前而返。人问其故，王曰："吾本乘兴而行，兴尽而返，何必见戴！"

这首诗的形式以对农村的描写开始，以作者的问候作结。

364. 剑门(1)道中遇微雨

陆　游　七言绝句

衣上征尘(2)杂酒痕，远游无处不消魂(3)。此身合(4)是诗人未？细雨骑驴入剑门。

【注释】

（1）剑门：关名，在今四川省剑阁县北，是川北交通要道，也为旅途中的一个休息之地。

（2）征尘：旅途中衣服所蒙的灰尘。

（3）销魂：心情沮丧得好像丢了魂似的，神情恍惚。形容非常悲伤或愁苦。

（4）合：应该。与"应"、"当"义同，表示确定性极强的推量。肯定……，应该……

【赏析】

这首诗是乾道八年（1172），陆游四十八岁时的冬天所作。此时，陆游奉诏入蜀，在剑门山的途中作了这首诗。

诗的前半部分是说从最前线回来，作者个人旅行时的心情，诗人的形象也包含在其中了。诗的后半部分以"为收复失地而战的愿望无法实现，故而从今往后只能是以诗人的身份生活"作结。

365. 临安春雨初霁[1]

陆　游　七言绝句

世味年来薄似纱[2]，谁令骑马客京华[3]。小楼一夜[4]听春雨，深巷[5]明朝卖杏花。矮纸斜行闲作草[6]，晴窗细乳戏分茶[7]。素衣莫起风尘叹[8]，犹及清明[9]可到家。

【注释】

(1) 临安：南宋的首都，在今浙江省杭州市。　初霁：雨后或雪后刚刚转晴。

(2) 世味：人世滋味，社会人情。　纱：薄纱，一种轻薄的丝织品。

(3) 骑马客京华：语出杜甫《奉赠韦左丈二十二韵》："骑驴三十载，旅食京华春。"京华，首都。

(4) 一夜：一晚。

(5) 深巷：很长的巷道。

(6) 矮纸：短纸、小纸。　斜行闲作草：倾斜着写作草书。

(7) 细乳：沏茶时水面呈白色的小泡沫。　分茶：宋元时煎茶方法之一。

(8) 素衣莫起风尘叹：语出西晋陆机《为顾彦先赠妇》："京洛多风尘，素衣化为缁。"素衣，原指白色的衣服，这里用作代称。是诗人对自己的谦称(类似于"素士")。风尘叹，因风尘而叹息。暗指不必担心京城的不良风气会污染自己的品质。

(9) 清明：清明节，二十四节气之一。在这一天有赴郊外扫墓、踏青的习俗。

【赏析】

陆游在他五十七岁的这一年春天，回到了故乡越州山阴闲居，但在淳熙十三年(1186)的春天他被再拜为严州(今浙江省建德市)知事而上京辞行。此后陆续在京居住了六年,这首诗便是陆游六十二岁时于都城临安所作。

首联比喻世间人情味越来越淡漠,连自己也对此失去了兴趣,而尾联则已做好了不能授予官职而回到乡里的打算。前半生的悲愤慷慨之情充满其中,非常能够打动人心。

值得注目的是中间的二联。在夜里持续的春雨声之后,天亮时传来了姑娘的卖花声。一边读书、写字,一边品茶,这便是诗人所过的生活。其懒散的情趣源于理想的破灭,诗人的心中或许是找到了一个新的风景吧!

对身边的事物进行细致的观察,隐居之后陆游的诗歌描写现实生活变得更为细腻了。

晚年的生活

六十五岁回乡之后的陆游,曾经一度出仕,于七十八岁时受命赴京编撰《实录》,除了半年的公务时间之外,几乎都在山阴的乡里而未能出去。在得到恩给(抚恤金)的同时,陆游还从事农耕,并时而卖药,过着行医的生活。

在陆游现存九千余首的诗歌中,实际上有三分之二的诗歌是在晚年的二十年间所作,这确实是令人感到惊叹啊! 这些诗歌的内容伴随着生活的变化,从描写清贫的生活转而描写见闻和感想。有些诗如实记录了老诗人的生活和人物形象,可作为了解山间农村生活的资料。

366. 春晚村居杂赋[1]绝句六首　其四

陆　游　七言绝句

朝书牛券[2]拈枯笔,暮祭蚕神酌冻醪[3]。闲放无忧穷有意，傍人错羡此翁高[4]。

【注释】

(1) 春晚：春尽，晚春。　杂赋：把各种各样的事情写入诗中。

(2) 牛券：买卖牛时的契约。

(3) 蚕神：蚕的守护神。　冻醪：冷酒。

(4) 高：远离世俗，不求名利。

【赏析】

这首诗为绍熙三年(1192)春天，作者六十八岁时居乡里所作。诗中描写了受村里人的委托，或为他们代写书信，或为他们代写神主牌位的事情。

367. 十一月四日风雨大作二首　其二

陆　游　七言绝句

僵卧孤村[1]不自哀，尚思为国戍轮台[2]。夜阑卧听风吹雨，铁马[3]冰河入梦来。

【注释】

(1) 僵卧：直挺挺地躺着。这里形容自己穷居孤村，无所作为。　孤村：孤寂荒凉的村庄。

(2) 轮台：汉武帝时为守卫西北边境而设置的边防重地，在新疆一带。这里指宋金交界地区。

(3) 铁马：披着铁甲的战马。也指强大的军队。

【赏析】

这首诗是绍熙三年(1192)十一月四日，陆游六十八岁回到越州山阴(今绍兴市)时所作。全诗展示的是虽然身体衰老但却爱国激情不减的一种气概。

淳熙十六年(1189),在陆游六十五岁的这一年冬天,他第四次受到贬官。在此后至去世的二十多年间,他大部分时间是在乡里度过的。由于受到"恩给",陆游过着那种属于小地主式的生活,而且他也从事着农业生产。在这一时期,他经常用诗歌吟咏其对金的积极政策和收复中原的殷切之情。这首诗便是其中的一首,年近古稀尚有如此气概,不禁令人为之唏嘘。

陆游从南郑转职后,在淳熙五年(1178)五十四岁时,应孝宗之召在其后的五年间于蜀中各地任副知事,但时间不长便都辞职了。从此之后陆游开始过着被人诟病的放浪生活,自号"放翁"便是这一时期的事情。

怀才不遇与新诗境的形成

五十四岁被召回都城的陆游,被拜为提举福建路常平茶盐公事,继而奔赴建宁任职,其后又辗转各地。淳熙十六年(1189),在六十五岁时兼任礼部郎中和实录院检讨官,在这年十一月时受到弹劾而被免职,最后陆游离开官场回到了故乡。

从五十岁到六十五岁退隐时期,陆游的诗歌表现的是理想不能实现的苦闷心情和内心的一种自嘲之思,正是由于这个原因他的诗中开始表现出了所谓的特色。这种特色不是单一的,进一步而言是把自己和周围的事物进行描写。由于这个原因,在此后他的诗中形成了一种独特的韵味,这种倾向在他的律诗中表现得最为显著。

368. 蔬　食(1)

陆　游　杂言古诗

今年彻底贫,不复具一肉。日高对空案(2),肠鸣转车轴。春荠[3]忽已花，老笋[4]欲成竹。平生饭蔬食，到此亦不足。孰知读书却少进，忍饥对客谈尧舜[5]。但令此道粗[6]有传，深山饿死[7]吾何恨？

【注释】

(1) 蔬食：菜食。转指粗糙的食物。蔬，食用蔬菜的总称。

(2) 空案：没有摆放饭菜的桌子。

(3) 春荠：春天的荠菜。为代表中原(黄河流域的河南、陕西一带)味觉的蔬菜。

(4) 老笋：长成的竹笋。

(5) 尧舜：传说中的两位古代圣人。

(6) 此道：指尧舜的政治真谛或本质。　粗：大约，大概。

(7) 深山饿死：指叔齐和伯夷之事。他们二人劝阻周武王不要武力伐纣，武王不听，他们以食周粟为耻，隐居在首阳山最终饿死(《史记·伯夷列传》)。

【赏析】

这首诗是绍熙五年(1194)春，陆游七十岁时于乡里所作。五年前，作者作为主战派受到弹劾，被免职回到了乡里，直到七十八岁的夏天一直居住在乡里，并且享受着祠禄(名义上任职，但无职事，借名食俸)。

陆游通晓医学，晚年在乡间为乡邻治病、开药方。他自己由此也获得一些养生之法，饮食上重视素食，避免油腻，生活中注重适当的运动。

在这首诗的后半部分，作者认为“要节食、用脑、读书，并且多与人交流”，而且还解释了节食的功效。

结尾二句似乎模仿了杜甫《茅屋为秋风所破歌》中的结句“吾庐独破受冻死亦足”。

陆游七十八岁时应韩侂胄之邀再度出仕,当时韩侂胄趁着金被新兴的蒙古政权进攻而致国力低下之际,对金采取了强硬政策。陆游此时为国史编撰官,并兼秘书监、宝谟阁待制之职,一年后他奉呈完成的五百卷《孝宗实录》、一百卷《光宗实录》后,遂回到乡里。

在此之后,韩侂胄因北伐失败被杀。嘉定二年(1209),陆游因仕于韩侂胄而受到弹劾,被免去了宝谟阁待制之职。此时已是陆游八十五岁的这年春天了,在同年年底的十二月二十九日陆游便去世了。

369. 小舟游近村舍舟步归　其四

陆　游　七言绝句

斜阳古柳赵家庄(1),负鼓盲翁正作场(2)。死后是非谁管(3)得？满村听说蔡中郎(4)。

【注释】

(1) 赵家庄:村庄名。以赵姓为主的村庄之意。

(2) 作场:指艺人圈地演出。

(3) 管:干涉。

(4) 蔡中郎:即东汉大文学家蔡邕(133? —192),曾官拜左中郎将,故后人也称他“蔡中郎”。

【赏析】

这首诗为庆元元年(1195)作者七十一岁时所作。在某个傍晚之时,在附近村口的路边上,一位盲翁在倾情演唱。随着鼓点的旋律,他演唱着故事的内容,村中的百姓也都全神贯注地听着。故事的主人公是东汉的大学者蔡邕。在民间流传的故事中，蔡邕是一位升官不久即抛妻的人，是被天罚觌面、雷劈而死的无情之人。陆游对此发出了“死后的评判与当事人无关”的感叹。

370. 示　　儿

陆　游　七言绝句

死去元知万事空，但悲不见九州(1)同。王师北定中原(2)日，家祭无忘告乃翁。

【注释】

(1) 九州：中国全境。上古帝王大禹把中国分为九州，所以常用九州指代中国。

(2) 王师：指南宋朝廷的军队。　中原：国家的中部。特指黄河中游的黄土平原地带（今河南、陕西一带）。这里指淮河以北被金人侵占的地区。

【赏析】

这是嘉定二年（1209）陆游去世之前所作的一首诗，为他的诗集《剑南诗稿》八十五卷九千多首诗中的最后一首。

陆游是当时少见的长寿者，从六十二岁的长子子虡到三十三岁的幼子子遹有六个儿子，还有曾孙、玄孙也在他的膝下。唯一令他感到遗憾的是，北方中原地区还在异族的统治之下。

陆游出生的翌年即是靖康元年（1126），北宋的首都开封已被金军占领，他一家由于战乱的原因，在九年之后才在南方安定了下来。在此之后的很长一段时间，陆游再没有踏上中原地区的土地。在陆游去世十一年后的嘉定十三年（1220）十一月，幼子子遹刊行了父亲的文集《渭南文集》五十卷，十二月长子子虡刊行了《剑南诗稿》八十五卷。

但是,陆游的孩子们并没有能够告诉他全国统一的消息。宋朝的宿敌金朝在陆游去世二十五年之后的端平元年(1234)被蒙古所灭,在四十五年之后的卫王祥兴二年(1279),南宋被蒙古的元朝所灭。

由于主张积极抗战和恢复中原,陆游的一生持续遭到朝廷的迫害,但他直到最后时刻也没有屈服,并且这种态度贯穿于始终。正因为如此,他的一生可以说是光明磊落的。

371. 约　　客

赵师秀　七言绝句

黄梅(1)时节家家雨,青草池塘(2)处处蛙。有约不来过夜半,闲敲棋子落灯花(3)。

【注释】

(1) 黄梅:江南梅子黄了之后便熟了,所以称江南雨季为“黄梅时节”。

(2) 池塘:小水塘。

(3) 棋子:象棋子。　灯花:灯芯燃尽结成的花状物。

【赏析】

赵师秀(1170—1219),字灵秀,又字紫芝,号天乐。温州永嘉人。绍兴元年(1190)进士。为唐诗选集《众妙集》的编者。

“有约不来”题材的设定,从南朝时就已经开始有了。无论怎样等待都还不来,表现这种心境是比较复杂的。

这首诗没有对失约者的抱怨和感叹,表现的是一边听着雨声和蛙声,一边闲敲棋子的情形,具有较大的包容力,体现的是一种大人的大度之气。

在南宋第二代皇帝孝宗时(1165),南宋与金王朝讲和成功,在此之后的四十余年间,两国的关系一直处于比较稳定的状态。在这期间,商业贸易和货币经济取得了飞速的发展,尤其是长江中下游的开发更是取得了长足的进步,有"苏湖熟,天下足"之说。广州、泉州成为了对外贸易的中心。

另一方面,在西部地区蒙古势力急剧扩大,铁木真统一各部落之后于1206年被尊称为"成吉思汗",1209年西夏归顺蒙古,1211年又开始了与金国的交战。这是南宋第四代皇帝宁宗的嘉定四年,也就是陆游去世两年之后的时候。

在此之后,蒙古开始了从中亚到东欧的军事进攻,最终灭掉了西夏、金,成为了与南宋接壤的国家。在与蒙古军队的作战中,南宋的经济很快就受到了重创,最终被成吉思汗的孙子忽必烈的元军所灭(1279)。

"永嘉四灵"与《三体诗》的编撰

从孝宗末年至宁宗嘉定年间(1208—1224),在环境和平和商业发展以及文化普及的背景下,诗坛出现了一股新的倾向。

宋王朝从其初期开始便优遇文官,重视教育,更由于印刷、出版事业的发达,读书、作诗的阶层也在不断扩大,波及都市的工商业者和农村的地主及其子弟。在这股读书、作诗的大众化潮流中,诗坛上出现了被称为"永嘉四灵"的诗人们。他们是徐照(字灵晖、道晖,? —1211)、徐玑(字致中,号灵渊,1162—1214)、翁卷(字灵舒,? —?)、赵师秀(字灵秀、又字紫芝,1170—1220),因为他们四人的名字或号中均含有"灵"字,并且出生地或居住地都在温州永嘉(今浙江省温州市永嘉县),故而得名。他们的诗歌以中晚唐诗歌为宗,刻意求工,以平易的手法吟咏山水自然。他们最为擅长的是五言律诗,五言、七言绝句也较为优秀。

能够体现"四灵"诗风的,是他们的诗歌形成了洗练的用字、造句技巧和闲雅、平淡的诗境特色。当时的陶器和山水画、花鸟画等具有共同的审美意识,把这些特色结合在一起的诗歌创作便受到了广泛的欢迎。

同样的审美意识也能从这一时期周弼编撰的《三体诗》* 内容中看到。周弼是长期担任地方官的人物,《三体诗》乃编所选唐诗五言、七言律诗和七言绝句中的名作并加以解释,全书在淳祐十年(1250)完成。由于此书为一般市民作诗提供了方便,因而广为流传,书中体现的周弼的见识也受到了高度的评价。在所选的诗中,晚唐的作品占了多数,而李白、杜甫的作品几乎没选。与周弼个人的价值观相比,这种选法似乎体现了当时人们的喜好。

本书从编撰之后至元代较为流行,在元代有了两种注释,分别是释元至(号天隐)和裴庾(字季昌)的注本。

这本书在日本南北朝时传入该国,其后受到五山禅僧的重视,有《三体素隐抄》、《三体诗绝句抄》等多种注本,江户时代流传甚广。在日本流传的主要版本有三个系统,分别是:① 以季昌注本为主并加少量的天隐注的三卷本[季昌本(古本)];② 天隐注的二十卷本;③ 以天隐注为主并加一部分季昌注的三卷本[增注本(新本)]。在这三个版本中,最为流行的是第三个系统的版本。

“江湖派”及其作风

“永嘉四灵”的活动与《三体诗》的编撰为同一时期,在这一时期中还有一个应该值得注意的事情便是“江湖派”的存在。关于这个名称的起源,是在南宋第五位皇帝理宗时,出版商兼书店经营者陈起(生卒年不详)刊刻了很多诗集出版,他把这些诗集总称为《江湖集》。

---

* 《三体诗》虽然有不同的版本,但流传最广的是“增注三卷本”,收集有一百六十七人的四百九十四篇作品(含七绝 174 首、七律 111 首、五律 209 首)。编撰的意图是展现诗的“法”,提供了作诗的规范,关于三种诗型,作者分别就“实接、虚接、前虚后实、前实后虚、用事、前对、后对”的内容,在构成的特色方面进行了归类。

在《江湖集》中,陈起把与他相识的民间诗人的作品收集在一起,因此当时民间诗人总称为"江湖派"。《三体诗》的编者周弼也是《江湖集》中收录的诗人之一。

江湖派的诗人从总体而言,还是与"永嘉四灵"一样,以中晚唐的诗歌为榜样,具有平淡而境界狭小的特色。与"四灵"不同的是,江湖派表现社会性、讽刺性的作品较多,其中还有讽刺权臣韩侂胄和史弥远的作品。正是由于这个原因,几个《江湖集》的版本被劈板禁毁,陈起也被流放(这一事件被称为"江湖诗祸")。

在这一时期诗风流行的背景,是"游士"的存在。当时有高学问但却科举落第,或放弃科举考试的人,他们在民间形成了一种社会势力,这些人被称为"游士"。他们经常上书进行言论活动,控告官吏的残暴和重税等暴政。这种精神当然也反映在他们的诗歌中,成为了江湖派诗歌的重要特色。

中原邈邈路何长,文物衣冠天一方。独有孤臣挥血泪,更无奇杰叫天阍。(刘过《夜思中原》七言律诗前半部分二联)

阵云起西北,中原暗黄尘。……匣剑似识时,中宵哑然鸣。我亦发悲歌,沾衣涕纵横。(敖陶孙《秋日杂兴五首》其四 五言古诗)

莫读书! 莫读书! ……君不见前年敌兵破巴渝,今年敌兵屠成都,风尘澒洞兮虎豹塞途,杀人如麻兮流血成湖。(乐雷发《乌乌歌》 杂言古诗)

这些诗歌均充满了悲愤之气,表达了对王朝命运的强烈关心。在蒙古人侵扰导致统治不稳程度增加的情况下,他们没有那种庭院式的安闲叙景也属于当然之事了。

戴复古与刘克庄

说到江湖派的大诗人,当属戴复古(1167—1248)和刘克庄(1187—1269)了。他们的作品仍具有社会性和讽刺性,其诗歌内容与其说是继承了中晚唐的诗风,倒不如认为是继承了陆游的诗风。

372. 淮村兵后[1]

戴复古　七言绝句

小桃无主自开花，烟草茫茫带晚鸦[2]。几处败垣[3]围故井，向来[4]一一是人家。

【注释】

(1) 淮村：淮河边的村庄。　兵后：与金军发生战争之后。

(2) 烟草：烟雾笼罩的草丛。　晚鸦：傍晚归来时的乌鸦。

(3) 败垣：倒塌毁坏了的矮墙。垣，低矮的墙。

(4) 向来：往昔，过去。

【赏析】

戴复古(1167—1248?)，字式之，号石屏，天台黄岩(今浙江省台州市)人。他一生不仕，浪游江湖，依靠在高官和富豪的门下作诗获得报酬而生活。曾从陆游学诗，尊陈子昂、杜甫，与“永嘉四灵”有交往。部分作品抒发爱国思想，反映人民疾苦。据说其卒时年有八十余岁。

淮河一带是南宋与金国的边界，但金军却经常过界入侵。附近的农村经常遭到破坏，并且有时还很严重。

这首诗从总体而言，给人留下了“人已不在”的深刻印象。前半部分二句是说即使是人已不在，但具有本性的植物和动物还在生长着，一种深刻的哀思包含于其中了。后半部分二句描写的败垣、故井，正是曾有人生活的证明。

诗中描写的情景，是由于战争造成的，它所带来的是普通百姓妻离子散的后果。

373. 湖南江西道中

刘克庄　七言绝句

丁男[1]放犊草间嬉，少归看蚕不画眉。岁暮家家禾绢(2)熟，萍乡风物似豳诗(3)。

【注释】

(1) 丁男：壮年男子。

(2) 禾绢：谷物的穗。

(3) 萍乡：今江西省萍乡市，与湖南省接壤。　豳诗：指《诗经》中的《豳风·七月》。

【赏析】

刘克庄(1187—1269)，初名灼，字潜夫，号后村居士。莆田(今福建省莆田市)人。他二十多岁时开始出仕为官，历任多地的县令，他因七言律诗《落梅》结尾二句“东风谬掌花权柄，却忌孤高不主张”，得罪朝廷，闲废多年。淳祐六年(1246)，赐同进士出身，此后历任要职，但也曾因直言被罢黜，体现了一种硬汉精神。他以龙图阁学士身份致仕，去世后谥“文定”。其诗多忧时愤世之作，而尤长于乐府，被认为是继承了“新乐府”精神的诗人。作为诗论家，他也自成一家，著有《后村诗话》十四卷。刘克庄的词雄浑悲壮，被评价为与辛弃疾词风相近。

这是初夏某日从湖南至江西途中，在看到农村的风景时写下的一首诗，表现了作者强烈的热爱乡土之情。

起句、承句描写的是终日在田间劳作的农家百姓的形象，转句预想到了秋天收获时的喜悦，而结句则体现了平静的农村景象，想到了令人赞叹的“古老的《诗经》中的世界”。

南宋灭亡与文天祥

占领中亚、西亚之后，又灭掉西夏和金的蒙古大军从南宋第五个皇帝理宗端平二年(1235)起，开始了对南宋的战争。在其后的1251年，蒙哥汗(成吉思汗之孙、忽必烈之兄)即位后，军事进攻变得正规化了，数年之内征服了从华北到高丽、大理、交趾(越南北部)的地区,对南宋迅速形成了一个包围圈。

蒙哥汗去世之后,忽必烈即位(1260),改国号为“元”(1271)。随即他对南宋发动了进攻,咸淳九年(1273)襄阳(今湖北省襄阳市)陷落,继之池州(安徽省池州市)、建康(今江苏省南京市)相继被元军攻占,最终德祐二年(1276)恭帝(赵㬎)投降元军,南宋灭亡。

但是,赵㬎还有兄弟赵昰、赵昺二人及其皇族、忠臣等辗转南方沿海地区继续抗战。在这些忠臣中,有张世杰、陆秀夫以及文天祥等人。

374. 过零丁洋(1)

文天祥　七言律诗

辛苦遭逢起一经(2),干戈落落四周星(3)。山河破碎风飘絮(4),身世飘摇雨打萍(5)。

惶恐滩(6)头说惶恐,零丁洋里叹零丁。人生自古谁无死?留取丹心照汗青(7)。

【注释】

(1) 零丁洋:现在广东省珠江口外、位于内伶仃岛和外伶仃岛之间的海。零丁,零落,孤单之意。

(2) 遭逢:遭遇。　起一经:因为精通一种经书,通过科举考试而被朝廷任用作官。

(3) 干戈:指抗元战争。　落落:荒凉冷落。　四周星:四周年。地球绕太阳一周的时间,这里指一年。本句中的“四周星”是指从德祐元年(1275)起兵抗元,到祥兴元年(1278)兵败被俘的时间。

(4) 飘絮：被吹动的柳絮。

(5) 身世：自身与世界。　飘摇：飘荡。　萍：浮萍，水草。

(6) 惶恐滩：在今江西省万安县，是赣江上游中的十八个险滩之一，因为危险，故取名“惶恐”。这句是说景炎元年(1277)文天祥被元军打败，他从惶恐滩撤到福建之事。

(7) 丹心：红心，比喻忠心。　汗青：史书。古代用竹简写字，先用火烤干其中的水分，干后易写而且不受虫蛀，故称汗青。

【赏析】

文天祥(1236—1283)字宋瑞，号文山。吉州庐陵(今江西省吉安市)人。二十一岁时进士及第中状元，但因与权臣贾似道不合，遂辞职。后于德祐元年(1275)任赣州(今江西省赣州市)知州，在元军南下时组织义军抗战。翌年任右丞相，死守首都临安。在南宋朝廷决定投降时，文天祥为了和平亲赴元都城，与元朝丞相伯颜进行抗争而被俘。不久，文天祥逃出元都，他再次组织义军，转战福建、广东，于祥兴元年(1278)被俘，翌年被押至大都(今北京市)的土牢软禁了起来。

忽必烈爱惜文天祥的人才，劝其归顺元朝，被文天祥拒绝。三年后，文天祥被杀。

这首诗是祥兴元年(1278)十二月，文天祥被元军捕获后不久所作。元军进攻南宋最后的据点崖山(今广东省新会县的海岛)时，降元的张弘范威逼文天祥写信给宋将张世杰劝其投降。此时，文天祥以途中经过的伶仃洋为题写下了这首诗，借以表明自己的心境。

首联回顾了自己艰辛的半生，颔联表达了对故国和自身的不安，比喻极为贴切。颔联叙述了宋军战败之事。而尾联则突出了不屈服于困难的意志，以表示坚定的意志而作结。

文天祥把这首诗给张弘范看，从而打消了他劝降的念头。祥兴二年(1279)二月，经不住元军的猛烈进攻，以卫王昺、杨太后为首的十万多皇族、大臣及百姓投水自尽，南宋王朝至此灭亡。

375. 除　夜

文天祥　五言律诗

乾坤空落落[(1)],岁月去堂堂[(2)]。末路[(3)]惊风雨,穷边[(4)]饱雪霜。命随年欲尽,身与世俱忘。无复屠苏[(5)]梦,挑灯夜未央。

【注释】

(1) 落落:空洞无物。

(2) 堂堂:遥远的样子。

(3) 末路:最后的道路,晚年。这里比喻失意、没有希望。

(4) 穷边:荒凉的边境之地。

(5) 屠苏:在正月元日喝的一种加入屠苏散的药酒。据说饮这种酒可以去除一年中的邪气,能给家人带来欢乐。

【赏析】

这首诗是至元十八年(1281)的除夕之夜所作。时文天祥四十六岁,作诗的地点为大都的狱中。

首联表明的是"即使是身陷在狭窄的土牢中,但自己的内心是束缚不住的"。文天祥所坐的土牢据说长约八尺(约合 2.5 米),深约四寻(约合 10 米)。颔联则述说了王朝与自己的现状。颈联预感到自己生命的终结。尾联抒发了作者的万端之思,他所度过的是一个不眠之夜。

与此心情相同的是,文天祥所作的不朽之作《正气歌》。作者称赞的是中华民族世代相传的"正气",诗中表现的是他个人的信念和抱负。

《正气歌》有 250 字的序文。在文中文天祥叙述了自己入土牢时的心情,夏季土牢充满了雨水,湿气满屋,是一个弥漫着腐烂之气的恶劣环境。在这种环境下,文天祥还能够忍受着,是因为他心里流淌着的孟子所说的“浩然之气”，诗的正文便由此开始了。

“浩然之气”，见于《孟子·公孙丑上》，是能够理解义(人类社会的正义)和道(自然界之理)的含义，并把作者思想贯穿于自己的人生，从而使自己的身心感到充实。

全诗的正文共六十句、三百个字，四句一换韵，内容也相应地四句一变化。

第一段(1—10 句)是说宇宙之中充满了正气，它在天上、地上、人间以不同的形式表现着，特别是在社会发生动乱时，更能够体现出它的重要性，历史上曾经有这方面的记录：“时穷节乃见，一一垂丹青。”

第二段(11—26 句)列举了人间体现正气的例子，并列举了历史上十二位忠义之士的名字。

第三段(27—34 句)是说正气超越了个人的生死而可以永久流传，无论是自然界秩序还是人际关系秩序，都是以此为基础的，进而强调了正气的重要性。

当其贯日月，生死安足论！地维赖以立，天柱赖以尊。

第四段(35—60 句)叙述自己虽然没有能挽救民族危亡而成了虏囚，感叹在土牢中虚度时光，但仍以古代的义士为榜样，决心守住民族气节，全诗至此而作结。

悠悠我心忧，苍天曷有极。……风檐展书读，古道照颜色。

这首诗引起了很大的反响，日本江户、明治时期的藤田东湖(1806—1855)、吉田松阴(1830—1859)、广濑武夫(1868—1904)等许多人，也曾有过这方面的模拟之作。

1279 年，由于元军的进攻，南宋王朝灭亡了，在这处在与南宋为敌的异族统治时期，也出现了一些重要的诗人。

12 世纪初，由女真族在东北亚建立的这个王朝，从“靖康之变”起给汉族建立的宋王朝带来了难以愈合的伤痛和屈辱，此后它又成为了南宋的宿敌。但金王朝却又积极地吸收汉文化。在统治中国北方时,其官制、法制等均采用汉族的方式,此外金朝第二位皇帝太宗(1123—1135 在位)喜爱汉文化,并且重用汉人,他还兴建学校,实行科举制。

在"靖康之变"之际,当以北宋徽宗、钦宗二帝为首的皇族、高官数千人被掳到北方时,其中也包括许多的艺术家、技工等,尤其是宫中的古代典籍也被带到北方,从而使汉族的文化艺术、工艺技能传到了金国。

在以上背景下,金王朝内部也开始创作中国的传统诗歌,即创作汉诗,并且一度盛行起来。

从 12 世纪中叶起,在金王朝内部出现了异族和反体制女真族的叛乱,又由于财政失败等原因,民心不稳。到了 13 世纪时,在新兴蒙古政权的压迫下,国运迅速地衰落了。这种现实生活也反映在了诗歌的内容中,进而形成了直视现实和表现悲壮感情的诗风。其中最著名的大诗人当属元好问了。

元好问(1190—1257),字裕之,号遗山。太原秀容(今山西省忻州市)人。其远祖是北魏的拓跋氏,在他出生七个月之后便送给叔父做养子,二十七岁时为避蒙古军队的进攻而移居河南,三十二岁时进士及第,曾担任河南几个县的县令,最后官至行尚书省左司员外郎。蒙古军队占领金都汴京(今河南省开封市)时,元好问与其他官僚一起被拘禁在了聊城(今山东省聊城市)三年。被释放出来之后的元好问,不再出仕,编撰了有金一代的诗歌总集《中州集》,此外他还收集整理了金代的史料,以示金王朝是继承中国文明的正统王朝,他为了给后世留下历史而倾注了个人的全力。

《中州集》是在元好问六十岁这一年的秋天完成的,在他六十三岁时谒见了忽必烈,其后交友游历,六十八岁时在真定(今河北省正定县)的寓所中去世。这也正是蒙古第四代皇帝蒙哥(元宪宗)出发征讨南宋一个月之后的事。

元好问的诗今存 1 360 余首,在日本的室町时代受到五山禅僧及以后读者的喜爱，在中国自清代以后也获得了重新的评价。

元好问出生于祖国受到蒙古军队入侵、民族濒于灭亡之际，他把这一时期的状况和心情写入诗中，成为了杜甫精神的继承者。在亡国前后所作的诗歌最具有这方面的精神，他不是单纯地宣泄悲情，而是视野如冷峻的记者一般，来感受这国家危难之时的景色。

376. 岐阳(1)三首　其二

元好问　七言律诗

百二关河草不横(2)，十年戎马暗秦京(3)。岐阳西望无来信，陇水(4)东流闻哭声。野蔓有情萦战骨(5)，残阳何意照空城(6)。从谁细向苍苍(7)问，争遣蚩尤作五兵(8)。

【注释】

(1) 岐阳：凤翔府(今陕西省凤翔县)的别名。

(2) 百二：以二敌百的险要地方(据南朝刘宋裴骃《史记集解》)。　关河：关，指函谷关；河，指黄河。　草不横：草未经车马践踏偃倒。意谓边地军备废弛，野草丛生。

(3) 戎马：军马。指武器和战马。转指战争和战乱。　秦京：咸阳，这里泛指长安。

(4) 陇水：河流名，发源于陇山。

(5) 战骨：战死者之骨。

(6) 空城：无人的城市。这里指指凤翔。

(7) 苍苍：苍天。

(8) 蚩尤：神话时代的诸侯名。他好战，被黄帝所灭。传说他是戈、戟等兵器的始创者。　五兵：各种兵器，这里指发动战争。

【赏析】

成吉思汗率领的蒙古大军于1213年攻打金朝都城燕京(今北京),翌年燕京陷落,金朝迁都汴京(今河南省开封市)。蒙古军队继续从山西向河南入侵后,又倾注全力向西进攻,于1227年灭掉西夏。继之在1230年(金正大七年)蒙古又派大军占领汴京,次年四月占领凤翔府(今陕西省凤翔县),1232年攻陷该府。在1234年正月,蒙古与南宋组成联军,逼近金朝最后一个皇帝哀宗居住的蔡州,哀宗自杀,金朝灭亡。

上面的这首诗是金正大八年(南宋绍定四年,1231),在听到岐阳抵抗四个月之后陷入蒙古军队之手的消息后而作的,为组诗三首中的第二首。按照蒙古军队的习惯,岐阳居民在城市陷落后全部被杀。时作者四十二岁,为刚就任南阳县令不久。

首联叙述了岐阳陷落的事实,颔联表现了得到岐阳消息后的焦虑心情,颈联想象了变为战场之后都市的惨状。至尾联时,则表现了作者对发动残酷战争行为的抗议,全诗至此遂作结。

377. 癸巳五月三日北渡(1)三首　其一

元好问　七言绝句

道旁僵卧满累囚(2),过去旃车(3)似水流。红粉哭随回鹘(4)马,为谁一步一回头。

【注释】

(1) 癸巳:天兴二年(1233)。　北渡:这里指渡过黄河向北而去。

(2) 僵卧:倒地。　累囚:被捆绑着的人、俘虏。累,通缧,捆绑囚犯的绳索。

(3) 旃车：同“毡车”，指安有毡篷的马车。

(4) 红粉：年轻妇女。　回鹘：种族名。这里指蒙古军队。

【赏析】

汴京陷落时，元好问被掳至北方的聊城（今山东省聊城市）。在途中经过河朔（黄河以北地区）时，作者写下了《癸巳五月三日北渡三首》的组诗。三首诗都是根据途中的见闻所写，描写了战争后的惨状，给人留下了深刻的印象。

下面是组诗中的“其三”，为眺望荒野中的故国所作。

其三　七言绝句

白骨纵横似乱麻，几年桑梓变龙沙。只知河朔生灵尽，破屋疏烟却数家。

在这种令人感到悲痛的数年间，元好问决定隐居了。这一时期的作品，仍然是围绕着自身的著述之事。在他六十岁的这年秋天，《中州集》刊行了，他在卷末写下了七言绝句：

自题中州集五首　其五　七言绝句

平世何曾有稗官，乱来史笔亦烧残。百年遗稿天留在，抱向空山掩泪看。

元好问在编撰《中州集》时，在收集金诗名作的同时，也把诗人的传记和相关的史实、故事汇集在一起。也就是说，《中州集》的编撰也成为了记录金史工作的一环，通过诗歌可以从中了解金史。这种意识从上面的诗歌中也是可以了解清楚的。

378. 野史亭(1)雨夜感兴

元好问　五言古诗

私录关赴告(2)，求野或有取。秋兔一寸毫(3)，尽力不易举。衰迟(4)私自惜，忧畏当谁语。辗转(5)天未明,幽窗响疏语。

【注释】

(1) 野史亭:元好问的书斋名。他在《学东坡移居八首》其八中说:“我作野史亭,日与诸君期。相从一笑乐,来事无庸知。”《学东坡移居》诗为蒙古元太宗七年(1235)元好问四十六岁时于冠氏(今山东省冠县)所作。在此之后,元好问给自己的书斋取了“野史亭”之名。野史,是经过民间学者整理而成的历史,与“正史”相对。

(2) 私录:个人的记录。与“野史”义同。　赴告:有关王侯去世和灾祸的紧急报告。按西晋杜预《春秋经传集解》序有“赴告策书”之语,其释文为:“崩薨曰赴,祸福曰告。”

(3) 秋兔一寸毫:用秋天兔毛所做的细笔。

(4) 衰迟:上了年纪而衰老。

(5) 辗转:翻来覆去的样子。

【赏析】

这首诗是元好问晚年六十二岁时于乡里所作。元好问三十五岁时,被任命为充国史编修(临时国史编撰官)。金朝灭亡后,他认为金朝是继承中国正统的王朝,要让其国史传至后世,并把这个看成是自己的责任。在编撰金朝诗人的诗集《中州集》十卷后,他又以个人之力决意撰写金朝的历史。虽然不是正史,但祖国的历史必须是要写的,这种使命感一直支撑着晚年的元好问。

上面的这首诗吟咏的是记录历史的使命感和与之相伴的压力与不安。拿起笔来但却无法写下去的焦躁感,以及老之将至的恐惧,使他更加感受到了内心的孤独。这首诗以描写窗边的雨声而作结。

元好问的恐惧不幸被言中,他所著的历史还没有完成便去世了。但他所收集的史料作为正史《金史》的重要资料得到了利用,元好问也堪称是《金史》创作的有功之臣了。

蒙古人原是以游牧为主的民族，他们长于骑射，是属于好战的民族。在席卷中亚和东欧之后，灭掉了西夏和金朝，蒙古人在北方建立了元朝。

有元之时，在文化上出现了一种转型时期的特征，包含有不少有趣的问题。

第一，东西文化交流出现了活跃的情况。随着首都大都成为繁荣的商业都市，各国的来访者不断增加，大都呈现出国际化都市的风范。而南部的泉州（今福建省泉州市）、广州（今广东省广州市）成了对外贸易的中心，有很多外国人在此出入和居住。这种氛围也影响到了诗歌创作，少数民族出身的诗人活跃了起来，异国风物的题材也变得引人注目了。

第二，元朝基本上采取的是蒙古人至上、冷遇汉人的方针。由于这个原因，汉族知识分子失去了传统的人生目标（通过科举考试进入官场），很多人进入了市民文化圈，其结果使得民间戏曲“杂剧”和歌辞文艺“散曲”得到了发展。而杂剧和散曲的用语、手法反倒又影响到了当时的诗风。

第三，江南文人阶层进一步兴盛了起来。还是在南宋后期出现的这种现象，随着江南的发展，江南文人阶层在以科举为目标时，也以富裕的生活为背景进行创作，专心致力于文学、艺术的人有所增加，在进入元代之后这个阶层有了进一步的扩大。

在诗歌创作方面，他们互相提携，结社作诗，并且存在着一定的竞争。在他们的作品中，南方的诗人与居住在政治中心的北方诗人表现出了迥然不同的风格。这种倾向在14世纪表现得最为显著，作为中心人物的重量级作家当属于杨维桢。

元朝初期是从创业时期至第四代皇帝仁宗即位之时（1311）的四十余年间。作为诗人而言，北方的刘因、南方的方回是其中的代表，此外有着特殊经历和境遇留下数首名作的赵孟頫也占据了重要地位。元朝建立之前也有诗人出现,为巩固蒙古政权基础而立下大功的耶律楚材更是不能忘记的人物。

379. 西域河中十咏　其一

耶律楚材　五言律诗

寂寞河中府(1),连甍及万家。葡萄亲酿酒,杷榄(2)看开花。饱啖鸡舌肉(3),分餐马首瓜(4)。人生唯口腹,何碍过流沙(5)。

【注释】

(1) 河中府:花剌子模(今乌兹别克斯坦)的首都撒马尔罕。撒马尔罕为“肥沃的都市”之意。

(2) 杷榄:植物名。似杏而开淡红色的花,夏季结有味美甘甜的果实。耶律楚材《赠蒲察元帅七首》之二有杷榄与葡萄的对句“葡萄架底葡萄酒,杷榄花前杷榄人”之语。

(3) 鸡舌肉:鸡舌,香料名。指加一些辛辣的香料,制成带有香味的肉菜。

(4) 马首瓜:像马首一样的长球形大瓜。作者自注:“土产瓜,大如马首。”

(5) 流沙:中国西北的沙漠。

【赏析】

耶律楚材(1190—1244),字晋卿,号玉泉老人,号湛然居士。契丹贵族出身,他幼时丧父,由其母教授学问,广泛地学习了儒学、禅学、天文、地理、医学、占卜之说。金章宗时,耶律楚材考中进士,开始仕于金朝。1215 年,成吉思汗的蒙古大军攻占金都燕京,成吉思汗特意召见耶律楚材,此后称他为“吾图撒合里”(意思是“长髯人”)，受到成吉思汗的重用。

从 1219 年起，耶律楚材随成吉思汗西征，常晓以治国、安民之道，成吉思汗去世后，他又仕于元太宗(窝阔台汗)，任中书令，为蒙古政权的建立做出了巨大贡献。耶律楚才还利用各种机会对统治者进行谏言，抑制了蒙古军队的一些恶习，防止一再可能出现的大屠杀，在拯救中原文化和产业方面立下了丰功伟绩。去世之后，他被谥以“文正”之号。

在耶律楚材的诗歌中，他随成吉思汗远征西域时写下的诗作表现了不同的风物，具有耳目一新的感觉。在撒马尔罕(今乌兹别克斯坦东部城市)所作的五言律诗组诗《西域河中十咏》，便是其中的代表作。

撒马尔罕在唐朝时曾经盛极一时，后虽纳入唐朝的版图，但在唐、宋之际处于了与汉族隔绝的状态，因而其文化、风俗也与东亚文化圈有着较大的差异。

1220 年 3 月，由于成吉思汗军队的进攻，撒马尔罕在陷落之后，城市和人口受到大规模的破坏和杀戮，五十万人口减少到了原来的四分之一。但从此之后，由于自治权交给了当地的豪族和贵族长官，这个城市很快开始复兴了。

首联叙述了在寂静的沙漠地带，还有很多人在此生活的情况，颔联描写了这个地区具有代表性的风物葡萄和杷榄。颈联描写了这个地方的饮食生活，而尾联则述说了对此地的依恋之情。

像这样描写异国生活感受的作品，即使是在边塞诗中也是不多见的。

在内地的作品也列举一首，为作者四十三岁时所作(据清王国维《耶律文正公年谱》记载)。

过济源登裴公亭用闲闲老人韵

耶律楚材　七言绝句

山接青霄水浸空，山光滟滟水溶溶。风回一镜揉蓝浅，雨过千峰泼黛浓。

济源,位于河南省西北部。裴公亭,为纪念唐代大学者裴休所建的亭子。闲闲老人,金代大诗人赵秉文的号。

这是一首描写从亭子眺望湖中景色的诗,承句中有对句,在转句、结句中又继续使用了对句,展现了一种带有色彩的境界。

出身于宋王朝王室、但却仕于元朝的赵孟頫,在文学史上具有特殊位置。

赵孟頫(1254—1322),字子昂,号松雪道人,又号水精宫道人。他出身于宋王室,在南宋末年曾踏入宦途。南宋灭亡后,归故乡闲居,元世祖忽必烈至元二十三年(1286)被召仕元。由于出身于宋王族而仕于元朝,因而受到诟病,不被容于朝廷,遂出使于地方。忽必烈去世后,他曾一度退隐,仁宗时再度出仕,官至翰林院学士承旨。赵孟頫诗书画俱佳,是文化大家,尤其是他的绘画堪称是中国绘画史上屈指可数的巨匠。其书法被称为"赵体",绘画工于山水、人马、花卉。卒赠魏国公,谥"文敏"。

赵孟頫是当时诗坛上的领袖人物,他的诗歌古体学六朝,近体学杜甫,充满感伤之情的作品较多。在感叹南宋王朝灭亡的同时,也有因仕于元朝而产生良心的苛责。

对赵孟頫的仕元不能简单地认为是无节操,他的行为可以看作是为国家保存汉族文化做出了贡献,他本人也对这种行为表现出一种苦恼的心情,其诗中也体现出这种切肤之痛。

380. 绝　　句

赵孟頫　七言绝句

春寒恻恻(1)掩重门,金鸭香(2)残火尚温。燕子不来花又落，一庭风雨自黄昏。

【注释】

（1）恻恻：悲催的样子。又指寒冷的样子。

（2）金鸭香：造型如鸭子一样的铜制香炉。

【赏析】

这首诗表现的是初春傍晚之时，房间中主人公独自思索时的情形。熏香燃尽，花儿凋落，外面的风雨也接踵而至。“掩”、“残”、“落”、“黄昏”，这些表现落寞的词语排列在一起，可能表达的是一种难以捉摸的情形。

像这样吟咏南宋之事时，他表现出一种率真的个性也属当然。下面的这首七言律诗表达了对南宋初期主战派名将岳飞的思慕和对南宋灭亡的悲痛之情。

381. 岳鄂王[1]墓

赵孟頫　七言律诗

鄂王坟上草离离[2]，秋日荒凉石兽危[3]。南渡君臣轻社稷[4]，中原父老望旌旗[5]。英雄已死嗟何及，天下中分遂不支。莫向西湖[6]歌此曲，水光山色不胜悲。

【注释】

（1）鄂王：岳飞（1103—1142），字鹏举。鄂王，岳飞去世之后于嘉定四年（1204）追封的谥号。

（2）离离：野草茂盛的样子。

（3）石兽：指墓前的石马之类。　危：高耸屹立。

(4) 社稷:社,土地神。稷,谷神。转指国家。

(5) 中原:黄河中下游流域的平原。转指全中国。　父老:长老。村中有影响力的老人。　旌旗:代指南宋的军队。

(6) 西湖:指杭州西湖。

【赏析】

首联描写了岳飞墓荒凉的现状。全诗由此而展开。颔联在回顾北方时,表现了对南宋朝廷的批判。颈联写出岳飞去世之后,哀叹汉族的衰落之痛,尾联以强调感情上的绝望而作结。

元代诗风的变迁分为了三个时期。正如前所见,元代初期的诗人多为宋金遗民,作品表现的是亡国之悲和自己的苦闷(如刘因、赵孟頫等)。

中期随着汉族官僚在政治上的导入,于是便有了科举制恢复后的影响,诗中表现的应酬之风盛行了起来。诗人们热心追求用字、句法等方面的技巧,山水、题画、赠答的诗歌较多[如元诗四大家中的杨载、范梈(pēng)、虞集、揭傒斯等]。

后期由于朝廷内部继承者的争权夺利和内乱频发,社会矛盾激化,因而描写百姓悲惨境遇和社会动乱的诗歌较多(如萨都剌、王冕等)。

此外,这一时期南方文人阶层文风盛行,他们在创作与政治无关诗歌的同时,还结为诗社进行创作上竞争,代表性的诗人为杨维桢。

萨都剌(1300? —?,一说是 1272—1355?),字天锡,号直斋。西域回族(答失蛮氏)人。他出生于军人世家,自祖父以来居住在雁门(今山西省代县),他即出生于此。泰定四年(1327)进士,任御史后因直言而被左迁,转任为地方官。晚年居杭州。萨都剌在汉文化方面造诣极深,除了诗词之外,绘画水平也极高。后世的鲁迅便极爱读他的诗歌,这一点还是值得注意的。

萨都剌是元末代表性的诗人,其题材虽有多种,但最重要的还是批判社会的诗歌。七言古诗《过居庸关》是对由于朝廷内部争斗而引起战祸的感叹之作。居庸关是位于北京西北六十千米处的一处关隘，平时通商，战时成为军事上的要塞。至顺三年(1332)，元太师燕帖木儿在此附近打败了文宗之兄明宗的军队。

这首七言古诗为翌年所作。全诗二十五句的内容分为三段，描述了今昔均为古战场的居庸关的惨状，诗以对殷切盼望和平的到来而作结。

第一段(1—8句)叙述了居庸关附近的情景，表现了周围阴森的氛围。

关门铸铁半空倚，古来几多壮士死。草根白骨弃不收，冷雨阴风泣山鬼。

第二段(9—20句)以老翁的口吻，感叹这附近从古到今战乱不断。

生者有功挂玉印，死者谁复招孤魂。

第三段(21—25句)以表达希望不再有战争出现而作结。

上天胡不呼云丁，驱之海外消甲兵。男耕女织天下平，千古万古无战争。

萨都剌下面的这首诗是一首咏物诗，用假托雨伞的形状和用途的描写，来表达对那些权倾天下的权臣的讽刺。

382. 雨　　伞

萨都剌　七言古诗

开如轮，合如束[1]，剪纸调膏护秋竹。日中荷叶影亭亭，雨里芭蕉声簌簌[2]。晴天却阴雨却晴，二天之说诚分明。但操大柄掌在手，覆尽东西南北行。

【注释】

(1) 束:束帛。十匹绢可织成一束帛。

(2) 簌簌:形容风吹叶子等的声音。

【赏析】

这首诗的前半部分和后半部分是以换韵的方式而写成的,前半部分用幽默的笔法叙述了伞的形状,后半部分则表现了作者的思考。后半部分意味悠长,表面上是说“有了伞才不怕天气变化”,对伞的重要性做了褒扬,但实际上却是说“由于伞可以遮天,下面的人握住伞柄就可以任意行走”,撑着权势的伞,专权横暴的权臣形象便表现了出来。

这首诗作于至正十五年(1355),此时朱元璋(即后来的明太祖洪武帝)、张士诚等南方实力派势力剧增,诗的后半部分表现出了对这种情况的不安。

383. 上京即事(1)五首　其三

萨都剌　七言绝句

牛羊散漫落日下,野草生香乳酪(2)甜。卷地朔风(3)沙似雪,家家行帐下毡帘(4)。

【注释】

(1) 上京即事:描写在上京见到的事物。元代上京正式称呼为上都,是皇帝夏季祭天的地方,在今内蒙古自治区正蓝旗附近。

(2) 乳酪:俗称奶豆腐,用牛羊奶制成的半凝固的食品。

(3) 朔风:大北风。

(4) 行帐:蒙古包,北方牧民居住的活动帐篷。　下毡帘:

蒙古包底部的圆壁以栅木做骨架，外面用毡帘围成。夏季白天将毡帘向上卷起，可以通风采光，到晚上或刮风下雨的时候再放下来。

【赏析】

这首诗为元代第十一代皇帝元顺帝元统元年（1333）所作。“上京”，与上都义同。元代以今北京为大都，以开平（今内蒙古自治区正蓝旗东北、闪电河西岸）为上都。上都距大都北京北二百八十一千米，元代的皇帝每年都要来上都避暑，并举行祭天仪式。萨都剌随元顺帝行幸时作了这一组诗。

全诗表现了北方居民的生活，放牧与风沙结合在一起的描写犹如速写的图画一般，而起、承、转、结的构成方法也融入了诗中。前半部分二句表现了日暮下的大草原的情形，描写的是视觉、嗅觉两个方面。在天高气爽的环境中，起句的牛羊，承句的草和乳酪很自然地导入了出来。后半部分笔锋一转，在描写风沙袭来，家家的毡帘拉下来的同时，这首诗也落下了帷幕。

384. 墨　　梅(1)

王　冕　七言绝句

吾家(2)洗砚池头树，朵朵花开淡墨痕。不要人夸好颜色，只留清气满乾坤(3)。

【注释】

(1) 墨梅：梅花的水墨画。

(2) 吾家：作者自己的家。此外也指王姓家族之事。特别是作者与东晋书法大家王羲之（303—365）为同一姓氏，其起句的“洗砚池”故事，是指王羲之每日都在会稽山下的池中洗笔砚，以至于池中的水都变成了黑色(见《太平寰宇记》记载)。

(3) 乾坤:天地。

【赏析】

王冕(1287—1359),字元章,号煮石山农、九里先生等。浙江诸暨(今浙江省金华市)人。王冕出身农家,一边给人放牧,一边完成学业。他通晓儒家思想,并对兵法有所研究。但王冕未能科举及第,遂漫游天下,虽有官吏推荐而不受,不久为避乱世隐栖在会稽的九里山,靠卖画为生。朱元璋攻下婺州(今浙江省金华市)时,将他招来,授予咨议参军之职,不久王冕去世。

王冕属于那种拒绝与世俗妥协,一以贯之个人之道的人(在清代吴敬梓的小说《儒林外史》中,曾作为隐者以真名而出场)。上面的这首七言绝句便象征性地表明了他的这种生活态度。

汲着混入墨汁的池水,以薄薄的墨色来画出梅花。作者专心致志地创作着水墨画,然后以卖画维持着个人的生计。在诗的后半部分,作者以梅花的芳香来衬托自己高洁的人格。所说的"不要人夸好颜色,只留清气满乾坤",表现的即是他不迎合世俗的高洁意志。

在他的高洁志向中,体现出对现世世情强烈不满和反感的内容,还由他的乐府体诗中可以得到证明。他在这里对现实批判的严厉是不同寻常的。批判的重点有表现因征兵和重税而沦落为贫困农家的杂言古诗《悲苦行》、描写假托老虎嗜食农家耕牛而体现暴政的《猛虎行》。特别是后一首诗,老虎嗜食耕牛之后的残骸、散乱的残膏剩骨、老乌衔肠……这些都有冲击性的描写,比喻的是当时的暴政,这样的表现是极为必要的。

王冕诗中表现的这种激愤的原因是什么呢?七言古诗《劲草行》已经做了清楚的表述。以劲草为题材的诗歌,是属于与汉民族命运有关的作品。全诗首先从冬季不惧寒风的劲草写起,继之说这种草深深地扎根于土地之中,它所抱着的是忠臣之魂。

这种忠臣是为汉民族而死的,地下埋着的是忠臣的骨血。这些白骨经年闪着磷光,与腥风一起出现在大地上。他们的忠魂化身为蝴蝶,令为汉族王朝灭亡的麒麟石像仿佛也感到了悲伤。写到这里,诗的内容也从对草的描写脱离了出来。

结尾四句在奇异的描写中,吐露出了作者的本意:

昨夜东风鸣羯鼓,髑髅起作摇头舞。寸田尺宅且勿论,金马铜驼泪如雨。

听到异族的鼓声,作者感到忠臣的头骨仿佛在起舞。他们虽然因抵抗而死,但仍然是不屈的忠臣。就连宫殿前面的动物铜像,好像也在为悼念汉族王朝的灭亡而哭泣。

王冕的这首诗表现的是一种汉民族的自豪,他主张的是"汉民族是中华地区的主宰者"的正统意识。

385. 应 教(1) 题 梅

王　冕　七言绝句

刺刺(2)北风吹倒人,乾坤无处不沙尘。胡儿(3)冻死长城下,谁信江南别有春?

【注释】

(1) 应教:应太子和诸王之命而作唱和的诗文。自魏晋以来盛行此事。这里是指受当时南方势力较强的朱元璋之命,题自作的梅花图之事。

(2) 刺刺:大风呼啸时发出的声音。

(3) 胡儿:少数民族的年轻人。胡,北方的少数民族。他们一般不畏惧严寒。

【赏析】

这是一首描写王冕晚年心境的作品。据说这是其后应明太祖朱元璋之召时，作者应命而作的诗（据明郎瑛《七修类稿》等记载）。

元末中国南方动乱频繁，其中农家出身的朱元璋的势力发展迅速，很快统一了南方。继而他开始北上，把元朝最后一位皇帝元顺帝及其党羽追赶到了沙漠地带。朱元璋在南京即位之后，由汉民族建立的新王朝建立起来了（1368），这便是大明王朝。王冕的这首诗便作于朱元璋还是南方一位实力人物时，王冕就确信他是下一代的国主，故而写下了这首诗。

在北风弥漫的荒野，沙尘覆盖着整个世界，这种描写显然是比喻蒙古人统治下的中国了。这种北风可以把人刮倒乃至冻死，而带来寒冷的应该是"胡儿"了。

在诅咒令人感到悲愤的"严冬时代"后，到了转句则一气呵成，而结句急转直下，预感到了新时代即将来临，这也表明了对朱元璋的期待和信赖。

朱元璋看到这首诗后大为欣赏，马上授予他咨议参军之职，可惜之后不久王冕就去世了。

长江流域在南宋后期"永嘉四灵"、"江湖派"之后，成为了市民诗人的活动之所，这里除了官僚之外诗歌创作一度非常繁荣。这种创作倾向在元末之前都是极为兴盛的，而且创作水准也比较高。作为其中的核心人物，纵横诗坛达四十多年的是杨维桢。

386. 庐山瀑布谣

杨维桢　七言古诗

银河忽如瓠子(1)决，泻诸五老之峰(2)前。我疑天孙织素练(3)，素练脱轴(4)垂青天。便欲手把并州剪(5)，剪取一幅玻璃烟(6)。相逢云石子(7)，有似捉月仙(8)。酒喉无耐夜渴甚，骑鲸(9)吸海枯桑田。居然(10)化作十万丈，玉虹倒挂清泠渊。

【注释】

(1) 银河：天河。　瓠(hù)子：地名。在河南省濮阳市南，黄河曾经在这里决口。汉武帝曾在这里进行修复河道，并作《瓠子歌》。

(2) 五老之峰：五老峰。为庐山的最高峰，顶上的岩石如同五位老人并排在一起。

(3) 素练：白色的丝绸、白绢。

(4) 轴：字画下端便于悬挂或卷起的圆杆。

(5) 并州：今山西省太原市。当地产的刀具非常有名。　剪：刀具。

(6) 幅：泛指事物的宽度。　玻璃烟：玻璃，水晶。烟，水蒸气。这里指瀑布的水飞流直下，水珠在日光的照耀下闪闪发光。

(7) 云石子：指贯云石之事。

(8) 捉月仙：指李白。李白在采石矶(位于今安徽省马鞍山市)泛舟时，看到水面上的月亮便下水捞月，不慎落水而死。

(9) 骑鲸：指李白“骑鲸客”之事。据说李白乘醉骑鲸，不慎溺水而死。

(10) 居然：表示没想到，出乎意料。

【赏析】

杨维桢(1296—1370)，字廉夫，号铁崖、铁笛道人、东维子等。会稽(今浙江省绍兴市)人。其父杨宏为藏书家，筑楼藏书于铁崖山，杨维祯在此终日勤读。三十二岁时中进士踏入官场，但不久因遭遇元末乱世而辞职，此后辗转各地，以隐者身份终其一生。

在江南的各方势力扩张时，杨维桢被朱元璋的对立面人物张士诚所征召，但他并不赴召，而是专注于诗文创作，成为江南诗坛的领袖人物而名重一时。晚年,明太祖洪武帝召他赴京,他却很爽快答应了下来。

杨维桢的诗风奔放多彩,富于幻想,号称"铁崖体",其以乐府体最为擅长。

这首诗是元至正四年(1344)杨维桢四十九岁时所作。其诗的序文如下:

> 甲申秋八月十六夜,予梦与酸斋仙客游庐山,各赋诗。酸斋赋《彭郎词》,予赋《瀑布谣》。

甲申:指至正四年。

酸斋:贯云石(1286—1324)的号。他是畏兀儿人,仁宗时历任要职,后隐于钱塘(今浙江省杭州市)一带。他长于诗文、散曲,也长于草书、隶书。

也就是说,这是在中秋后一夜梦见与友人贯云石游庐山时所作的一首诗。在看到著名的庐山瀑布后,其特有的印象逐渐出现在了他的诗歌中。

在诗中,诗人把庐山瀑布比作天河和仙女的素练,在做进一步的描写之后,想象与友人一起骑鲸吸干海水,吐出后化作瀑布,其大胆奔放的想象与李白相比并不逊色。

387. 龙王嫁女辞

杨维桢　七言古诗

小龙啼春大龙恼(1),海田雨落成沙炮(2)。天吴擘(3)山成海道,鳞车鱼马纷来到。鸣鞘声隐佩锵琅(4),璚姬玉女桃花妆(5)。贝宫美人笄(6)十八,新嫁南山白石郎(7)。西来熊盈庆春婿(8),结子蟠桃(9)不论岁。秋深寄字湖龙姑(10),兰香庙下一双鱼(11)。

【注释】

(1) 恼：苦恼、愤怒、生气。

(2) 海田：海边沙地上的田。　落：这里指下雨。　炮：炮弹。

(3) 天吴：水神名。他人面虎身，八首八面，八足八尾，皆青黄色(据《山海经》海外东经记载)。又说他长着如老虎一般的胴体，有十只尾巴(据《山海经·大荒东经》记载)。　擘：割、砸碎。

(4) 鸣鞘：鸣鞭，皇帝仪仗中有此行为，挥鞭作响，令人肃静。　隐：庄重、威严。　佩：带子上挂着的首饰。　锵琅：金玉碰撞时发出的声音。

(5) 璚姬：传说中的仙女之名。转指美女。　玉女：仙女。或仕于仙人的少女。　桃花妆：化妆方法的一种。把胭脂涂在两颊上。

(6) 贝宫：龙宫的宫殿名。用贝壳和珍珠装饰而成。　笄：古代盘头发或别住帽子用的簪子，古代女子十五岁要加笄，以示成年。《礼记·内则》载：女子……十有五年而笄。东汉郑玄的注是：女子许嫁，笄而字之。

(7) 白石郎：指水神名。

(8) 熊盈：西王母之女。　婿：女儿的丈夫。

(9) 蟠桃：在仙人居住的地方，有一千年结一次果的桃子，吃了之后可以长生不老。后被描绘成祝福长寿的画儿。

(10) 姑：姑母，父亲的姐妹。或妻子对丈夫母亲的称呼。

(11) 兰香：仙女名，即杜兰香。据《墉城仙录》记载："杜兰香者，有渔父于湘江之岸闻啼声，四顾无人，唯一二岁女子，渔父怜而举之。十余岁，天姿奇伟，灵颜姝莹，天人也。忽有青童自空下，集其家，携女去，归升天。谓渔父曰：'我仙女也，有过，谪人间，今去矣。'其后降于洞庭包山张硕家。"　双鱼：指信。据说有在鱼腹中藏信的传说。也指把书信折叠成鲤鱼的形状。

【赏析】

这首诗是至正七、八年,作者五十二、三岁时所作。当时诗人游历南方各地,与当地诗人进行切磋交流,诗名渐起。这首诗是根据沿海地区的传说而写成的,其序文如下:

海滨有大小龙,拔水而飞,雷车挟之以行者,海老谓之"龙王嫁女",故赋此辞。率匡山人同赋。

匡山人:指于立,字彦成,号虚白子。早年学道会稽山中,元季放浪江南,与杨维桢等诗酒往来。

全诗从女儿出嫁引起父亲的烦恼写起,继之铺叙了婚礼的热闹场面,最后以女儿结婚后写来近况报告而作结。

关于杨维桢的这一类乐府诗,他的挚交张雨(1277—1348)有如下的评论:

上法汉魏,而出入于少陵、二李之间。故其所作古乐府辞,隐然有旷世金石声。人之望而畏者,又时出龙鬼蛇神,以眩荡一世之耳目,斯亦奇矣。

388. 秋　千(1)

杨维桢　七言绝句

齐云楼外红络索(2),是谁飞下云中仙?刚风吵起望不极,一对金莲(3)倒插天。

【注释】

(1) 秋千:一种年轻女性所玩的器具,多设置于贵族和当权者的庭院中。

(2) 齐云楼:楼名,在今江苏省苏州市。　络索:系在秋千上的绳索。

(3) 金莲：比喻美女的足。南朝齐东昏侯时，潘妃赤脚走在用金箔剪成莲花形状的地上，从而形成“步步生莲花”的美妙景象（事见《南史·齐东昏侯纪》）。

【赏析】

诗中描写了坐在系着红色绳索的秋千上，穿着如同仙女服饰的少女形象。但突如其来的风，却吹动了她们的服饰，坐在上面突然露出了两足，好像倒插在天上。发生的速度变化之快，仿佛读者也置身其中了。这是一首非常有趣的作品。

在由蒙古人掌权的元朝统治下，汉族受到了压制，受到了不公正的待遇。以元末天灾为契机，社会动乱，民众造反的势力席卷各地，其中势力发展最大的是朱元璋。控制着华中、华南，占据着长江富庶之地的朱元璋，于1368年灭掉了元朝，统一了中国，定都南京，建立了明朝。中国又恢复到以汉族为主体的王朝了。

朱元璋即明太祖洪武皇帝，他为了恢复国家实力，采取奖励开荒、兴修水利，以及提倡儒学、振兴教育等政策，推进了汉文化的复兴。此外，他还简化了科举考试的科目，除了作诗之外，新设了八股文体。这种做法加快了新阶层参与政治的速度，从而也使诗歌作者的素养有了明显的提高。

这个新建立的大明王朝，其诗风的变迁分为了三个时期：

初期以元末以来的那些名家诗人（如刘基、袁凯、杨基、高启等）的活动开始，经15世纪前期“台阁体”的流行，再到李东阳的诗风改革运动和沈周等江南诗人的兴起，明代的新诗风出现了。

中期以前面提到的李东阳为领军人物，他主张的拟古主义风靡一时，即这是以“前七子、后七子”为中心的诗人成为了诗坛主流的时期。

后期从反对中期诗人的诗风，带有反拟古主义特征的“公安派”、“竟陵派”的活动开始，到为反对明末朝廷腐败而结成诗社，诗人们的政治性言论增加，直至明朝灭亡。

与上面的创作有所不同的是,江南市民诗人开始活跃起来,令人看到了其独特的诗风。

以江苏地区为根据地而打败群雄之一张士诚,进而建立明朝的朱元璋,为了巩固王朝的统治基础,他大肆收罗人才,但为了保持个人权势,也曾进行过数次政治清洗。这种情况一直在他临死之前反复出现过多次,明朝的开国功臣、高官、实权派人物等人员被杀达五万人以上。明初的诗人大多是被朱元璋招入宫廷的,虽然是官僚阶层的人,但不可否认的是其诗风和人生历程都落在了朱元璋残酷性格的阴影下。在这些人物中,可举刘基、袁凯、杨基三人为例。

389. 春　　蚕(1)

刘　基　七言绝句

可笑春蚕独苦辛,为谁成茧却焚身(2)。不如无用蜘蛛网,网尽蜚虫(3)不畏人。

【注释】

(1) 春蚕:从晚春到初夏饲养的蚕。是相对夏蚕、秋蚕而言的。

(2) 焚身:从蚕茧取丝时,要把茧从热汤中取出,故而有此说。

(3) 蜚虫:飞虫。

【赏析】

刘基(1311—1375),字伯温。青田(今浙江省青田县)人。元末至顺四年(1333)二十三岁时考中进士,后因官场失势而归隐乡里。其后在五十岁时,应朱元璋之邀,助其成就霸业。明初时任御史中丞兼太史令,封诚意伯。但是由于权臣胡惟庸的诬陷而被投入狱中，于忧闷中去世(一说是被毒杀而死)，谥号“文成”。

在元末时，刘基的诗文既已有名，明初时由于受到朱元璋的信赖，其名声得以保持。成为明朝开国功臣的同时，刘基作为学者也是一流的人物，在天文、兵法、数学、历史、占星术等方面，也造诣极深。这首诗表明的是生活在王朝交替时代的作者的苦恼和迷茫。

这首诗是一首意味深长的咏物诗。刘基把能够吐丝的两种虫子蚕和蜘蛛进行比较分析，“与为人作茧而毁灭自己的蚕相比，人们喜欢对人没有帮助但却能织网捕捉虫子、自己却满腹经纶的蜘蛛。”

蚕属于鳞翅目、蚕蛾科的蛾子幼虫，体长约七厘米，为白色，以桑叶为食。为从茧中取丝，中国在数千年前便开始养蚕。诗中所说的春蚕，更多的是比喻其牺牲精神，但刘基的观点也有些令人怀疑，在那种乱世之中，还有不考虑个人的死亡之事的人吗？这也是应该需要考虑的问题了。

也就是说，在混乱的世道中，刘基对“经世济民”、“治国平天下”的传统价值观有些疑虑，因而以这首诗做了告白。当然，从根本上来说，春蚕也是他自己的化身了。这种心情属于自然的流露。

390. 五月十九日大雨

刘　基　七言绝句

风驱急雨洒高城，云压轻雷殷(1)地声。雨过不知龙去处，一池草色万蛙鸣。

【注释】

(1) 殷：震动。

【赏析】

在夏日的某一天，暴风雨骤然而至，于是作者对这种印象作了吟咏。作者从起句看到的高楼写起,但能够映入眼帘的也似乎只有一部分。前半部分表现了暴风雨的猛烈,后半部分描写了在此之后的清爽天气,其力量的动感和变转之妙,与苏东坡的《六月二十七日望湖楼醉书》其一正好成为了一对双璧。

391. 登金陵雨花台望大江(1)

高　启　杂言古诗

大江来从万山中,山势尽与江流东。钟山(2)如龙独西上,欲破巨浪乘长风(3)。江山相雄不相让,形胜争夸天下壮。秦皇空此瘗(4)黄金,佳气(5)葱葱至今王。我怀郁塞(6)何由开,酒酣走上城南台(7)。坐觉苍茫万古(8)意,远自荒烟落日之中来。石头城(9)下涛声怒,武骑千群(10)谁敢渡。黄旗入洛竟何祥(11),铁锁横江未为固(12)。前三国(13),后六朝(14),草生宫阙何萧萧。英雄乘时务割据,几度战血流寒潮。我生幸逢圣人(15)起南国,祸乱初平事休息。从今四海永为家(16),不用长江限南北。

【注释】

(1) 金陵：今江苏省南京市。　雨花台：位于南京市南郊的高台。相传梁武帝时,有云光法师在此讲经,落花如雨,故有此名。　大江：长江。

(2) 钟山：即紫金山。在南京东北的郊外。

(3) 长风：从远处吹来的风。

(4) 瘗：埋藏。

(5) 佳气：天子气,也指山川灵秀的美好气象。

（6）郁塞：忧郁窒塞。

（7）城南台：即雨花台。

（8）万古：永远。

（9）石头城：古城名，故址在今南京清凉山，以形势险要著称。

（10）武骑千群：一千人的武装骑兵部队。魏文帝曹丕攻吴时，看到长江上吴军兵强马壮，遂感慨道："魏虽有武骑千群，无所用之，未可图也！"

（11）黄旗入洛竟何祥：三国时吴国最后的君主孙皓，听术士说自己有天子的气象，于是就率宫眷西上入洛阳以顺天命。途中遇大雪，不得不返回来。其后吴国被灭，孙皓被押至洛阳。"黄旗"其实是吴被晋灭的先兆，所以说"竟何祥"。

（12）铁锁横江未为固：晋军进攻吴国时，吴军曾在长江的关键位置上设置铁锥铁锁，以阻止晋军的进攻。但晋军将领王濬在长江上架起浮桥，并将其铁索烧断，遂打败吴军。

（13）前三国：魏、蜀、吴。吴国定都于此，这里仅指吴。

（14）后六朝：3 至 6 世纪时先后定都南京的六个王朝。即吴、东晋、宋、齐、梁、陈。

（15）圣人：指明太祖朱元璋。

（16）四海永为家：天下为一家，指全国统一。语出《论语·颜渊第十二》："四海之内皆兄弟。"

【赏析】

高启（1336—1374），是明初诗人中最有才能的一位，是整个明代诗人中数一数二的人物。字季迪，号槎轩、青丘子。长洲（今江苏省市苏州）人。在元末动乱年代成长起来的高启，十多岁时便受到主政苏州的张士诚的礼遇，并出入其幕下，居住在吴淞的青丘（今江苏省苏州市）。明朝建立后，高启作为《元史》的编者之一，受诏入首都南京。朱元璋拟委任他为户部右侍郎，他却固辞不受，回到了乡里。在明初的诗坛上，他与杨基、张羽、徐贲合称"吴中四杰”。然而由于其友人涉嫌谋反,高启也受到牵连,三十九岁时被处以腰斩之刑。

高启固辞太祖的拔擢并且离开传统习俗,加之他以前曾与太祖的宿敌张士诚关系密切,或许这也引起了太祖的猜忌。还有另外一说,是高启的讽刺诗触怒了太祖,因而引起灾祸。

高启的诗歌经常吸取前代诗歌的精华,特别是受到李白诗风的较大影响。其诗才在长篇古诗中得到了最为充分的发挥,富于变化,想象力较强,一点迟滞的痕迹也看不到。

在日本江户之后,高启开始受到了日本人的喜爱,森鸥外、岛崎藤村、志贺直哉等近代文学家也对他的诗歌表现出了兴趣。

这是登上金陵雨花台,对明王朝的建立表示赞美的诗。虽然创作年代不明,但应该是作者在洪武二年(1369)、三十四岁应召赴南京之后的三年时间中所作。全诗以登上金陵的高台眺望宏伟的景观开始写起,在对古都波澜壮阔的历史回顾中,以祝愿新王朝的繁荣而作结。

全诗二十四句,分为如下四个段落:

第一段(1—8 句)描写了从台上眺望时所看到的景色。

第七、八句根据的是,秦始皇在接到“金陵有天子气出现”的报告后,为防止自己以外的天子出现,于是在金陵埋下黄金以压住王气的故事。

此外,朱元璋虽然把明朝的首都设置在应天府(南京),但南京作为中国统一王朝的首都,这在中国还是第一次。第八句的“佳气葱葱至今王”,大概便是指的这个事情。

第二段(9—12 句)描写登台之后心情由忧郁变得开朗的变化,叙述了由此而产生的怀古之情。第九句的“我怀郁塞何由开”,是高启内心一瞬间的反映,是他看到历史的遗迹而引起的思索。实际上,高启是反对太祖的,在苛酷、恐怖的环境中他很难得以善终。

第三段(13—20 句)是说从三国到六朝的时代,以这个地方为舞台发生了多次战争。

第四段(21—24 句)赞颂了朱元璋的新王朝,并以祈愿和平作结。

392. 送 吕 卿(1)

高 启 七言绝句

远汀斜日思悠悠(2),花拂立肠柳拂舟。江北江南芳草(3)遍,送君并得送春愁。

【注释】

(1) 吕卿:人物未详。

(2) 远汀:水边的平地。 斜日:斜阳。 悠悠:忧思的样子、担心的样子。又指从容不迫。

(3) 芳草:香草。语出《楚辞·招隐士》:"王孙游兮不归,芳草生兮萋萋。"芳草也被视为"离别之悲"的象征。

【赏析】

这首诗应该是在晚春的傍晚,作者于宴会席上所作。

起句描写的是从宴席上眺望的远景,而承句则为近景。与转句的实景相比,似乎有了"惜春"的象征印象。结句的"惜春二重之悲"是以述怀的方式作结的。

这首诗与前面的诗一样,以句中对的形式反复出现,如"江北——江南"、"送君——送春"之类,表现了一种轻快的旋律。

393. 梅花九首 其一

高 启 七言律诗

琼姿只合在瑶台(1),谁向江南处处栽?雪满山中高士[2]卧，月明林下美人来。寒依疏影[3]萧萧竹，春掩残香漠漠[4]苔。自去何郎[5]无好咏，东风愁寂[6]几回开？

【注释】

(1) 琼姿：形容梅花的幽姿。琼，美玉。这里比喻色彩圆润。合：与“应”、“当”义同。　瑶台：仙人居住的高楼。在昆仑山的山顶上，以五色宝玉装饰期间。

(2) 高士：品行孤高雅洁的人、隐者。这里自喻梅花的品格。

(3) 疏影：稀疏、模糊的影子。这里比喻梅花的花枝。

(4) 残香：残存的香气。　漠漠：寂寞无声的样子。又指遥远的样子。

(5) 何郎：指南朝梁诗人何逊(？—518)。他写梅花的诗较多，受到唐代杜甫的称赞。

(6) 愁寂：悲愁、寂寞的样子。

【赏析】

这是一首吟咏梅花印象的咏物诗。是与北宋林逋《山园小梅》齐名的诗。首联赞扬了梅花的高洁之美，中间二联分别与此对应，从多角度对梅花进行描写。尾联是说“梅花的魅力自何逊以来，已经没有人能够描写出来了”。言外之意是说“描写梅花的佳作也只有他自己了”，结句似乎体现了作者的自负之情。

颔联中梅花的高洁印象，是用比喻来叙述的。它们分别以不同的故事，来对此作以说明。按照这些故事，第三句引用的是袁安的故事。袁安未做官之前，有一年洛阳大雪，他人皆除雪出外乞食，独有袁安门前积雪如故。他说：“因为下大雪，别人都会挨饿，所以不应当打搅别人。”(据《后汉书·袁安传》记载)

第四句引用的是隋代赵师雄的故事。在某一天日暮之时，赵师雄在罗浮山下的林间酒肆小憩，见一美女前来相迎，其后至酒家共饮，师雄醉寐。天明醒来一看，乃在大梅花树下（据柳宗元《龙城录》记载）。

然而，这些故事记载的都是与食物和酒肆有关的内容，属于世俗的故事，未必能够体现出梅花的高洁，这首诗的深刻含义是不能不引起深思的。

无论怎样来说，这首诗表现的是高启律诗的修辞功夫，体现出他精致壮丽的诗境。

“台阁体”的诗——杨寓

明朝第二代皇帝建文帝（惠帝）时，因削弱各地诸王的势力失败，于是燕王（明成祖永乐帝）夺取了帝位（即1399年的靖难之变）。永乐帝即位之后，实行了政治、外交两方面积极的政策，在他的统治下明朝迎来了最为强盛的时期。继之在仁宗洪熙帝、宣宗宣德帝时期，亦即在15世纪前半期，基本上维持了平稳的社会发展状态。

在这一时期，朝廷中官僚诗人们的应酬唱和之风极为兴盛，他们的诗歌注重修辞，多为讴歌太平盛世之作。这种倾向在永乐帝之后的一百余年间一直在朝廷中处于统治的地位。这种诗歌的体裁便是“台阁体”，其核心人物为“三杨”，即杨寓（字士奇）、杨荣、杨溥三人。这里可举杨寓的古体诗和绝句各一首，来看一下台阁体的诗风。

杨寓（1365—1444），字士奇，号东皋耕夫。泰和（今江西省太和县）人。三十多岁时荐入翰林，累官左春坊大学士，进少傅。七十岁时进少师，因其子杨稷杀人入狱，忧思而卒。

同蔡尚远、尤文度、朱仲礼、杨仲举、蔡用严游东山

杨　寓　五言古诗

步出城东门，逍遥望云巘。累月怀佳游，兹晨遂登践。
梵宇绕层阿，飞楼凌绝岘。方塘涵湛碧，乔林茂敷衍。
繁翳幽莫通，丰茸纷不剪。攀磴穷高跻，缘径屡回转。

是时微雨收,轻霞淡舒卷。(以下十句省略)

全诗多用装饰性的语句和对句法,属于格调古雅之作。清代沈德潜对此所作的评论是:“胚胎晋、宋,端厚不佻。”(《明诗别裁集》卷三)

三 十 六 湾

杨　寓　七言绝句

湘阴县南江水斜,春来两岸无人家。深林日午鸟啼歇,开遍满山红白花。

这首诗描写了湘阴(今湖南省湘阴县)南部的春色。缓缓流动的春水,人迹罕至的环境,森林中的啼鸟,……构成了一个静谧的世界。而至结句诗风一转,全面地展示了春天的生命力。山上盛开着的花儿,红色和白色形成鲜明的对比。虽然景物较少,但作者的描写极为平易,又显得较为全面。

从古诗中看到的丰富文采,构成了绝句的知性。杨寓的诗体现出的是一种端庄的洗练。

这里有义士——于谦

在台阁体的全盛时期,能够保持独特诗风的是于谦。于谦是一位明代中期杰出的官僚,他特别擅长军务,是 15 世纪中叶挽救明王朝危机的有功之臣。

于谦(1398—1457),字廷益,号节庵、庄椿居士。钱塘(今浙江省杭州市)人。二十三岁时考中进士,在地方任职时施行善政,五十岁(正统十三年,1448 年)时任兵部左侍郎。在翌年即正统十四年,蒙古的瓦剌部落入侵,时英宗亲征,但却在土木堡被也先的军队俘获。此时于谦坚请抵抗,并拥立英宗之弟郕王朱祁钰(永泰帝)登基称帝,整饬兵备,击退了也先的军队,次年议和后,英宗归国为太上皇。其后,于谦参与国政改革,但性格刚直,颇遭众忌。英宗复辟后他因拥立永泰帝被诬谋反,被投入狱中,最终被弃市而杀。三十年后复官赐祭,赠以特进光禄大夫柱国太傅称号。

特进光禄大夫柱国太傅：特进，对功高而授予表示敬意的称号。柱国，表示武人最高荣誉的称号。太傅，也是荣誉职位，为近侍天子的重要职位。

于谦的诗歌属于笃正的官僚之体，其内容多反映当时对社会不安的忧虑之作。

394. 咏 石 灰[1]

于 谦 七言绝句

千锤万凿出深山，烈火焚烧若等闲[2]。粉身碎骨浑[3]不怕，要留清白[4]在人间。

【注释】

(1) 咏石灰：此诗题一本作《石灰吟》。

(2) 等闲：平常，轻松。

(3) 浑：完全。

(4) 清白：清廉洁白。

【赏析】

这是一首叙述人生抱负的诗，为作者十二岁时所作。石灰的原料要从石灰岩中进行采掘、加工，它比喻能够克服困难而前行的人生。而“粉身碎骨”也正是作者人生行路的比喻。

395. 荒 村

于 谦 五言律诗

村落甚荒凉，年年苦旱蝗[1]。老翁佣[2]纳债，稚子卖输(3)粮。壁破风生屋,梁颓月堕床。那知牧民(4)者,不肯报灾伤。

【注释】

(1) 旱蝗:旱灾和蝗灾。蝗虫吃农作物,人们对这种虫子感到恐惧,蝗虫大群而来时经过的农田往往绝收。

(2) 佣:替人做工、受雇于人。

(3) 输:缴纳。

(4) 牧民:比喻官吏治理民众。牧,养。

【赏析】

这首诗描写了因天灾而荒芜的农村景象,从而对没有发挥作用的地方官进行了批评。由于旱灾和蝗灾,农村变得荒芜了,由此老人和孩子成为了牺牲品,甚至连居住的房子也没有了,而那些官吏们却瞒住灾情,不肯上报。

江南诗人的泰斗——沈周

进入15世纪后期,江南地区逐渐恢复、安定下来,在商品经济兴盛的同时,诗文和书画出现了较大的分类,并开始发展起来。因为作家们大都不是官府之人,属于在野之身,故而自李东阳之后形成了与北方宫廷为中心怀古主义迥然不同的诗风,值得称道的、高水平的江南文人出现了。

最早出现的是长期居于文坛领袖地位的沈周。

沈周(1427—1509),字启南,号石田、白石翁等。长洲(今江苏省苏州市)人。沈家为江南大户,学问、艺术之风较浓,经常在家中举办豪华的宴会。沈周没有参加过科举应试,始终隐居吴门乡里,侍奉老母,照顾兄弟,全家人生活在一起,与唐寅、文徵明、仇英一起被称为“明四家”。

沈周的诗具有深刻的内省和社会批判精神,他的性情经常表现于其中，与他的绘画描写手法如出一辙。

如下面这首七言古诗（全部十六句）的中间部分中，所描写的月下花儿具有神秘、幻想的浪漫境地。

雨晴月下庆云庵观杏花

沈　周　七言古诗

嫣然红粉本富贵，更借月露添妍清。青苹流水未足拟，金莲影度双娉婷。庭空月悄花不语，但觉风过微香生。

与吟咏的景物相比，诗中更为巧妙的是重点突出了环境和氛围。

396. 栀 子[(1)]花 诗

沈　周　七言绝句

雪魄[(2)]冰花凉气清，曲栏深处艳神精[(3)]。一钩新月风牵影，暗送娇香入画庭[(4)]。

【注释】

（1）栀子：山栀。茜草科常绿灌木，夏季枝头开纯白色的六瓣花，果实为倒卵形、黄赤色。

（2）雪魄：白色的灵魂。借指具有高尚品格的灵魂。

（3）曲栏：弯曲的栏杆。　神精：与“精神”义同。

（4）画庭：绘有美丽图案的庭院。

【赏析】

这是一首描写夏夜中庭盛开的栀子花的咏物诗。较多地使用了“魄”、“气”、“神”、“影”、“香”等委婉之语，这真是一种幽玄的境地。

前　七　子

明代中期的整个16世纪是拟古主义运动的“古文辞派”的时

代,也是全明诗的全盛时代。前期李梦阳、何景明等人的“前七子”,和后期李攀龙、王世贞等人的“后七子”成为了这个世纪的领军人物。

古文辞派的主张,最初是由提倡者李梦阳以诗论的形式发表的,他在弘治年间(1488—1505)给当时的文坛领袖李东阳的信中批评了他的诗风,并提出了极端的复古主张:

文必秦汉,诗必盛唐。(《明史·文苑传》)

他提出:无论是文章,还是诗歌,都要开始彻底地学习过去的名作。其根据源于他如下的说明:

夫文与字一也。今人摹临古怪,即太似不嫌,反曰能书,何独至于文,而欲自立一门户邪?《再与何氏书》

作者以写书法从模仿古人入手,然后再到独创一样,作诗也是从模仿古人之作,然后再到自己的创作。

这个主张简明扼要,从作诗技法方面也是简洁明快的。正是由于这个原因,明初以来的科举变得简约起来,与对那些即使是没有诗歌方面的技巧也可以进入政界的官员的要求形成了一致,因此获得了大多数人的支持。他的这些观点也漂洋过海传到了日本,得到了荻生徂徕(1666—1782)及其门人的广泛认同。

时至今日,李梦阳“把古人的用语和感情结合在一起是形式主义,妨碍了诗歌表现个性和独创性的发展”的主张,受到了较多否定性的评价,但李梦阳的意图却并非如此。模仿盛唐优秀的诗歌,并不是使自己的个性也模仿盛唐诗歌,而是通过模仿,获得超越时代的美感,也就是说通过表现的普遍性接触,来创作出具有普遍性感动的作品。

“前七子”的领袖——李梦阳

李梦阳(1473—1530),字天赐,又字献吉,号空同子、空同山人。庆阳(今甘肃省庆阳县)人。二十岁时考中进士,但因性格刚直,经常与当权者和同僚产生对立,因此引来入狱、解职的遭遇。

去世之后谥“景文”。

他的诗歌如同他的人品一样，具有豪壮雄伟的风格。

397. 船 板 床(1)

李梦阳　五言绝句

船板胡在兹，而我寝其上。情知非江湖(2)，梦寐亦风浪(3)。

【注释】

（1）船板：船的甲板。　床：在船的上部铺上木板，形成了一个宽广、平坦的床。

（2）江湖：江和湖泊。借指民间或世间。

（3）梦寐：睡觉时候做梦。也指睡梦中。　风浪：水面上起的大风和波浪。

【赏析】

这首诗是正德三年（1508）五月至八月期间，李梦阳因弹劾权臣刘瑾而被投入监狱时所作。这首诗是于狱中所作诗歌中的一首。在狱中，作者内心感受到了不安，觉得处于危险的境地，睡在监狱中，如同在甲板上被风浪冲击一样，确实是具有警示的作用。这一次被投入监狱，是他在弘治十四年（1501）、弘治十八年（1505）后的第三次入狱。

下面的这首诗虽然吟咏的是著名的“庐山瀑布”，但李梦阳诗歌的特点在于声音方面，体现的是一种雄壮的气氛。

开 先 寺

李梦阳　五言绝句

瀑布半天上，飞响落人间。莫言此潭小，摇动匡庐山。

望庐山瀑布

李　白　七言绝句

日照香炉生紫烟，遥看瀑布挂前川。飞流直下三千尺，疑是银河落九天。

王阳明及其诗歌

王守仁(1472—1529)，字伯安。余姚(今浙江省余姚市)人。因曾在乡里阳明洞筑书斋读书，故世称阳明先生。王阳明是哲学家，阳明学之祖，同时也是一位官僚政治家，因平定宁王朱宸濠之乱而获军功，卒谥“文成”。有《王文成公全书》、《传习录》等著作。

王守仁十岁时便在私塾中学习朱子学。朱子学是当时国家的正统之学，是科举考试必出的考试内容。但王守仁不局限于此，他的研究涉及文章学、佛教、道教、兵法等，在探索总结之后，达到一种主观唯心主义的立场。

在朱子学中，“理”具备了一切的事物，因而提倡格物说，但王守仁对此却认为，“理”不仅是外界之物，也存在于内心，他持一元论的立场，这便是“心即理”说，他三十七岁时便有了这种观念。这种理论虽然与南宋陆九渊的理论系统有联系，但王守仁更为重视实践，通过日常的行动来励行心灵的锻炼。

四十九岁时，王守仁又提出了人心的本性“良知”是“本来好善、恶恶的道德能力”。良知从行为中脱离出来才产生恶，这是同一场合下与正确状态的行为是一致的，是人的本来的状态。王守仁认为，每个人具有的“良知”是完全可以实现的，提倡人生的目标是“致良知”之说，这是重视人们言行行动的个性、自由的观点。他本人作为政治家却立有军功，因而在江南一带其思想得到了广泛的传播。而农民、工商业者也广泛支持他的学说，这也成为了他的学说影响力的一个重要体现。

与这种哲学相关的是，王守仁重视表现心灵的诗歌，他认为诗歌要反映内心的世界，具有平和内心的功效。也就是说，作诗要有纯洁内心的“良知”，这与他哲学上的实践是有联系的。

398. 山中示诸生

王阳明　五言绝句

溪边坐(1)流水，水流心共闲。不知山月上，松影落衣斑。

【注释】

(1) 坐：这里指静坐。王守仁认为静坐可以去除杂念，保持内心的清静，心情清静便可以除去私欲，使本来纯洁的心就更加完美了。

【赏析】

这首诗吟咏的是在山中修养的喜悦之情和满足之感，是给弟子们展示的诗。

阙　题

王守仁　七言绝句

金山一点大如拳，打破维扬水底天。醉倚妙高台上月，玉箫吹彻洞龙眠。

这首诗是王守仁十一岁时与祖父同游江苏省镇江市西北的金山时所作。

前半部分的二句表现了王守仁豪放的性格，后半部分吟咏的是金山寺这所名寺，突出了它的环境氛围。“妙高台”，是位于金山上的楼阁名。“洞龙”，是指隐栖在洞中的龙，这里指位于金山上“白龙洞”洞穴之名的由来。

日本江户时代广濑淡窗（1782—1856）下面的这首名作也以

《示诸生》为题，但与王守仁《山中示诸生》相比，是对学生的寄语，鼓励性的语气较强。

桂林庄杂咏示诸生　其四

广濑淡窗　七言绝句

休道他乡多苦辛，同袍有友自相亲。柴扉晓出霜如雪，君汲川流我拾薪。

后　七　子

16世纪后半期，从嘉靖时期(1522—1566)至万历时期(1573—1620)是拟古运动的进一步兴盛时期，出现了李攀龙、王世贞为中心的"后七子"。相对于前面"前七子"中除了徐祯卿之外全是北方人的情况，而"后七子"中除了李攀龙、谢榛之外则全是南方人。

后七子的中心人物李攀龙、王世贞的主张与"前七子"的主张形成了尖锐的对立，他们的教条主义倾向更为严重。

文自西京、诗自天宝而下，俱无足观。(《明史·李攀龙传》)

文必西汉、诗必盛唐，大历以后书勿读。(《明史·王世贞传》)

虽然有这种偏狭的主张，但二人的诗歌还是极具突出的个性，与"前七子"中的李梦阳、何景明的情况是一样的。

李攀龙(1514—1570)，字于鳞，号沧溟。历城(今山东省济南市)人。他的父亲早年去世，是其母将其抚养成人。李攀龙三十一岁时考中进士，在官场时大肆鼓吹古文辞。因其自负心较强而宦途多不顺，其后辞官归隐乡里，其母感慨他的悲叹会影响健康，他在翌年就去世了。

李攀龙的主张在江户末期传到了日本，给荻生徂徕等人以很大的影响，李攀龙编著的《唐诗选》流布很广，但这本书为伪书的可能性较大。

399. 杪秋登太华山(1)绝顶

李攀龙　七言律诗

缥渺真探白帝(2)宫，三峰(3)此日为谁雄。苍龙半挂秦川(4)雨，石马长嘶汉苑(5)风。地敞中原(6)秋色尽，天开万里夕阳空。平生突兀(7)看人意，容尔深知造化功(8)。

【注释】

(1) 杪秋：秋末、晚秋。杪，树的末梢，转指末、终之意。　太华山：中国五岳中的西岳。位于陕西省华阴市的南部，也称华山、华岳。

(2) 缥渺：形容隐隐约约、若有若无的样子。　白帝：秋神。西岳之神为白帝。白，为秋色，也指西方的颜色。这里所说的“白帝”，时为晚秋，是指西岳而言的。

(3) 三峰：太华山顶上有中峰（莲花峰）、东峰（仙人峰）、南峰（落雁峰）。

(4) 苍龙：形容老松。　秦川：为古代秦地即关中地区的称谓。在今陕西省西安市一带。

(5) 石马：帝王陵墓前排列的石马。　汉苑：汉代的御苑。

(6) 中原：天下的中央地区。也指国家的中部，特指黄河流域。

(7) 突兀：高耸的样子。

(8) 容：接受。　造化：造物者。指自然界自身发展繁衍的功能。　功：作用。

【赏析】

这首诗的首联描写了华山山中的印象，进而导入了登顶之后的感慨。颔联从山顶眺望的描写转移开来，进而描写了近景，把山顶上的松林和庙前的石马罗列开来进行描写。颈联转写远景，广袤的秋季原野和逐渐下山的夕阳被一一表现出来。从山上眺望，关中地区一览无余地表现了出来。

至尾联时，虽有从太华山眺望睥睨人世之感，但作为一种泰然的心态，也由此称赞了造物者的伟大。这是由此而产生的感叹，也是作者心境的反映。全诗从不同的角度描写了太华山，体现出了作者宏大的诗歌意境。特别是中间二联，在使用标准规范对句表现的同时，其比喻和展开的匠心之处，极为打动人心。颔联中被雨打湿了的老松如“苍龙半挂”，而风吹石马发出的声音被比喻成了“马嘶”。把这些具有明显特色的艺术性汇聚一起，到颈联时一转，从而使读者从广大的远景中解放了出来。

400. 避暑山园

王世贞　七言绝句

残杯(1)移傍水亭边，暑气动人忽自醒。最喜树头风定(2)后，半池零雨(3)半池星。

【注释】

(1) 残杯：剩酒。

(2) 风定：风停下来。

(3) 零雨：细雨。这里指从树梢上飘落下来的雨。

【赏析】

王世贞(1526—1590)，字元美，号凤洲，又号弇(yǎn)州山人。太仓(今江苏省太仓市)人。他二十二岁中进士，此后开始踏入宦途。从政之后，虽然受到政敌的几度诬陷但他并不屈服，最后荣任刑部尚书之职。在李攀龙去世之后的二十年间，王世贞作为文坛的领袖而独领文坛，特别是在乐府、古体诗方面的成就得到了当时的公认。晚年的王世贞醉心于李白、苏轼的诗歌，其诗风已转至平淡。

王世贞的诗也有从拟古派的立场而创作的，但内容并不陈腐，而是具有一定的新颖性。

这是王世贞以敏锐的感觉而写的一首诗，诗中描写了炎热夏季的酷暑之状。微风吹过之后，池中的水面泛起涟漪，散落的雨点如同天上的繁星映照在水面上。风与水滴、星光融合在一起，给人一种清凉的感觉。

401. 暮秋村居即事

王世贞　七言绝句

紫蟹黄鸡馋杀(1)侬，醉来头脑任冬烘(2)。农家别有农家语，不在诗书礼乐中。

【注释】

(1) 紫蟹：紫红色的螃蟹。　馋杀：食欲很大的样子。馋，贪吃。杀，表示强调。

(2) 冬烘：糊涂懵懂，迂腐浅陋。

【赏析】

这是一首表现王世贞晚年心境的作品。当时作者已经辞官，但他经常深入乡村，诗中表现了他与村中百姓谈笑风生的生活。

402. 散　　步

唐　寅　七言律诗

吴王城里柳成畦(1)，齐女门(2)前水拍堤。卖酒当垆人臬娜(3)，落花流水路东西。

平头衣袜和鞋[4]试，弄舌钩辀[5]绕树啼。此是吾生行乐处，若为[6]诗句不留题。

【注释】

(1) 吴王城：这里指苏州的城市。　成畦：整齐的田地。畦，田地。转指"如道路一般"。

(2) 齐女门：指苏州的北城门齐门。春秋时，吴国打败齐国，齐王使其女为质，为太子妃。齐女思念故乡，日夜号泣，因乃为病。吴王乃起北门，名曰望齐门，以慰其思。

(3) 当垆：指卖酒。垆，放酒坛的土墩。转指从事与卖酒或与酒店有关的工作。西汉时，有卓文君与司马相如当垆开酒店的故事(据《史记·司马相如传》记载)。东汉辛延年《羽林郎》诗有"胡姬年十五，春日独当垆"之语。李白《前有樽酒行二首》其二也有"胡姬貌如花，当垆笑春风"之语。"当垆"成为了对美女的联想之词。　袅娜：形容草或枝条细长柔软。

(4) 平头：普通，一般。　衣袜：衣服和袜子。　鞋：这里指短鞋。

(5) 弄舌：说话啰嗦，饶舌。　钩辀：形容鹧鸪的叫声。一般记为"钩辀格磔(zhé)"。

(6) 若为：为什么。表示反问。

【赏析】

在北方"前七子"活跃的同时，在南方"吴中四才子"也在发挥他们的诗才，这四个人是祝允明、唐寅、文徵明、徐祯卿，皆为沈周的弟子。比较注重个性的创作风格，是由于他们在江南所处地位决定的，这里可由唐寅、文徵明的诗歌略见一斑。

唐寅(1470—1523)，字伯虎，又字子畏，号六如居士、桃花庵主、逃禅仙吏等。吴县(今江苏省苏州市)人。他出身经营饮食店的商人家庭，十多岁时便已展露出诗画方面的才能。唐寅十九岁时结婚，但二十四岁时父亲与妻子去世，次年母亲和妹妹也去世了，从此他过着自暴自弃的生活。二十九岁时，参加乡试得中第一名“解元”。但次年受考场舞弊案牵连，被罚永世不得为官。此后归乡再度过着颓废的生活，在好友的帮助下，他虽然继续过着贫困的生活，但却专注于诗文书画的创作。

唐寅的诗歌在形式上比较奔放，时有荒诞的反抗精神出现。下面的两首七言律诗便清楚地表现了这种倾向。

不炼金丹不坐禅，不为商贾不耕田。闲来写幅丹青卖，不使人间造孽钱。（《感怀》前半部分二联）

笑舞狂歌五十年，花中行乐月中眠。漫劳海内传名字，谁论腰间缺酒钱。（《言怀》前半部分二联）

《散步》这首诗可能是唐寅回到苏州时所作，在某个春日，作者城内漫步时触景生情，遂有感而作了这首诗。

首联从吟咏城市的远景写起，中间两联为眺望城内时对自己情态的描摹。尾联则以喜爱自己的这座城市而作结。

此诗虽然是律诗，但每一联随着视点的变化，在整体上却体现出平稳的境界。

403. 雪

唐　寅　七言绝句

竹间冻雨密如麻，静听围炉来饮茶。嘈杂(1)错疑蚕上叶，寒潮(2)落尽蟹扒沙。

【注释】

(1) 嘈杂：形容喧闹的声音。

(2) 寒潮：冬天的寒流带来的寒气。

【赏析】

这首诗描写了夜中炉边喝茶、听雨的情形，不久雨转变成了雪，连声音也发生了质变。持续的冻雨密如丝麻，而把下雪的声音比喻如同蚕、蟹发出的声音，更是独具匠心。

吟咏“雪音”的诗，下面苏轼的作品也给人留下了深刻的印象。

雪　诗

苏　轼　七言绝句

石泉冻合竹无风，夜色沉沉万境空。试问静中闲侧耳，隔窗撩乱扑春虫。

404. 闲　兴

文徵明　七言绝句

酒阑客散小堂(1)空，旋卷疏帘(2)受晚风。坐久忽惊凉影(3)动，一痕新月在梧桐(4)。

【注释】

(1) 小堂：狭窄的客厅。

(2) 旋：因此、于是。　疏帘：指稀疏的竹织窗帘。

(3) 凉影：树木枝叶在日光或月光下形成的阴影。

(4) 一痕：一线痕迹。常形容缺月，等于说一弯。　新月：这里指每月初出的弯形的月亮。　梧桐：又名青桐、桐麻。其叶大，秋天时树叶比其他树的叶子先落。

【赏析】

文徵明(1470—1559)，初名壁，字徵明，以字行，更字徵仲，号衡山居士。长洲(江苏省苏州市)人。嘉靖二年(1523),被授职翰林院待诏,但嘉靖三年便辞职回家。文徵明长于诗文书画,为苏州文人所重。他的诗、画学习唐宋人的手法,而书、画则对日本产生了深远的影响。文徵明是"吴中四才子"中最长寿的一位,居于吴派文人领袖地位达三十余年。

文徵明的诗风端正、温厚,但其中敏锐的感觉也时常流露,如下面的七言律诗《感怀》虽然唐寅也有同题之作,但二者个性的差异还是能够看出来的。

五十年来麋鹿踪,苦为老去入樊笼。五湖春梦扁舟雨,万里秋风两鬓蓬。(《感怀》前半部分二联)

这首《闲兴》诗是文徵明在酒宴之后的闲雅之作。微醉之时,在感受着月夜的微风后,一轮明月也升起来了。后半部分捕捉到的影像,正是作者纤细感情的表现。

个性的先驱——徐渭、汤显祖

拟古派的主张风靡了整个16世纪,但到了明代后期的万历年间(1573—1620)时开始形成了对此进行反思的风气。

在这方面的起因首先是由王守仁引起的,而运用文学评论呼吁对此进行反思的则是李贽。王守仁的继任者分为尊崇理论的"右派"和激烈批判体制的"左派",左派最后的代表人物便是李贽。

李贽(1527—1602),字宏浦,号卓吾。晋江(今福建省晋江市)人。在任县学的教谕和国子监博士之后,又于万历年间任姚安(今云南省姚安县)知府。其后毅然辞官,居住于湖北黄安,专心于著述。然而由于他激进的主张经常受到弹劾,最终李贽被投入狱中而自杀身亡。李贽对文学批评倾注了很多精力,他的观点如下:(1) 与诗歌创作技法相比,他更为重视内容。(2) 不但要学习诗歌,也要尊重戏曲、白话小说。(3) 创作一定是内心世界的必然反映,表现的内容如果不是纯粹的感情是不行的("发愤说"、"童心说")。为此他写下了评论《三国演义》、《水浒传》、《琵琶记》等名著的著作。

李贽的主张引起了赞成与反对两派的争论,这种思想上的动向冲击着诗坛,很快也指向了拟古主义诗风的"公安派",最终促使了"竟陵派"的抬头。

这里选取两大流派中能够发挥独特个性的两位诗人的作品进行分析一下。

徐渭(1521—1593),字文长,又字文清,号天池山人、青藤道人等。山阴(今浙江省绍兴市)人。徐渭是一个官绅家庭出身的庶子,但家道中落,虽满腹才华但却未能科举及第。壮年时曾入浙江总督胡宗宪的幕下担任掌书记,不久胡宗宪被谗下狱,徐渭受到牵连而精神受到刺激,在自杀未遂的情况下,后因杀害继室被投入狱中。释放后,他漫游于山水间,以诗酒、书画为伴,勤于著述,在戏曲创作和研究方面取得了很大的成就。

徐渭作诗反对拟古派,主张发挥自己的独创性,对公安派产生了影响。徐渭本人作诗实践了他的主张,其结果是把不幸的人生经历形成的郁闷心理如实地反映出来。在这种情况下,在低于世俗的自负中,也有了超现实的幻想。

405. 夜宿丘园(1)

徐 渭 五言古诗

老树拏(2)空云,长藤网溪翠。碧火(3)冷枯根,前山友精祟(4)。或为道士服,月明对人语。幸勿相猜嫌(5),夜来谈客旅。

【注释】

(1) 丘园：带有小丘的庭院。这里虽然有“隐居之地”、“坟墓”之意，但诗中的内容也包含于其中了。

(2) 挐：拿，抓。

(3) 碧火：绿色的火。这里指鬼火。

(4) 精祟：精灵，鬼怪。

(5) 猜嫌：猜忌嫌怨。

【赏析】

这首诗是徐渭三十五岁时从绍兴(浙江省绍兴市)到顺昌(今福建省顺昌县)的途中所作。作者在舟旅之中把途中看到的连绵山峰、老树一一表现出来，给人一种亲近之感。

或许是在某一个晚上，作者在山中住宿时，于夜中漫步之际把看到的情景和感慨吟咏了出来。前四句描写的是山中的景物。漆黑的老树、长长的青藤，它们排列在了一起，相互适应着整个环境。磷火发出的自然之光令人感到不安，而前面山中的魑魅魍魉的巢穴也映入了眼帘。

在诗的后半部分，有了韵律上的替换，其他的旅人出现了，周围的氛围也为之一变，形成了“互为旅人之身对话”的场景。

徐渭对中唐诗人，特别是韩愈、孟郊、李贺等人的特异诗风极为倾倒，这种影响明显地体现在了他的诗歌中。从年轻时起，作者便产生了强烈的怀才不遇之感，同样遭遇的孟郊、李贺与他自己的心境可能存在着某种契合。也许是由于这个原因，徐渭才反对鼓吹盛唐诗歌的拟古派吧!

406. 题葡萄图

徐　渭　七言绝句

半生落魄已成翁，独立书斋啸晚风。笔底明珠(1)

无处卖,闲抛闲掷野藤中。

【注释】

(1) 明珠:葡萄籽。这里比喻卓越的才能。

【赏析】

这首诗是万历初年,徐渭五十三、四岁时所作。是为他所画的水墨画《葡萄图》作的一首题画诗。在因杀害他的继室而入狱了六七年之后,一出狱他便画了这幅画,并且题了这首诗。

起句从自己半生的总括写起,承句展现所处逆境时的气概。转入后半部分的二句"不在乎周围人的议论,而专注于自己的绘画",更是表明了他独行其道的立场。

对个性进行探求的诗人——袁宏道、钟惺

公安派——强烈反抗精神的体现

以公安(今湖北省公安县)出生的袁氏三兄弟——袁宗道、袁宏道、袁中道为代表的诗派名为"公安派",其创始人为袁宏道。

公安派为当时的古文辞派,曾风靡一世,袁宏道早年受到李贽的影响,他反对拟古,提倡"性灵说"。认为文学应该反映时代的特色,主张在创作上重要的是吐露真情,并在创作方面做了实践。袁宏道与其兄宗道、弟中道一起被合称为"公安三袁"。

袁宏道(1568—1610),字中郎,号石公。他十多岁时结诗社于城南,二十四岁时得以与李贽相识,对其"童心说"产生了共鸣。万历二十年(1592)二十五岁时进士及第,开始踏入宦途,历任一些中级官吏之职,但官场生活与他的气质不相适应,损害了他的身心健康。三十多岁之后在隐遁和出仕中徘徊,因没有一个安定的生活环境,袁宏道在四十二岁时就去世了。

袁宏道的诗歌充满了才气,从中可以看出对当时既成价值观

的强烈反抗精神。下面的这首五言律诗是他十九岁时所作，其内容已经明显地表现出了这种倾向。

407. 病起偶题　其一

袁宏道　五言律诗

对客心如怯(1)，窥铜(2)只自怜。负暄疏败发(3)，发箧理残篇(4)。名岂儒冠误(5)，病因浊酒痊。浮生喻泡影(6)，何以乐来年。

【注释】

(1) 怯：胆怯。

(2) 窥铜：照着铜制的镜子。

(3) 负暄：冬天受日光曝晒取暖。　疏败发：疏，稀疏。败发，干枯、散开的头发。

(4) 发箧：打开竹制的箱子。　理残篇：整理未写完的诗文。

(5) 名岂儒冠误：沿用了杜甫的五言古诗《奉赠韦左丞丈二十二韵》的“儒冠多误身”之句，以及同为杜甫五言律诗《旅夜书怀》的“名岂文章著，官应老病休”之句。儒冠，儒者之冠，即学习儒学出仕。误，耽误。

(6) 浮生喻泡影：《〈金刚般若经〉颂》记载：“一切有为法，如梦幻泡影，如露亦如电。”这里比喻人生无常。

【赏析】

这首诗是万历十四年(1586)，作者在故乡公安时所作。首联是说因身体有病而感到虚弱，颔联描写了个人的身边之事，颈联抒发了一些小小的感慨。颈联似有模仿杜甫《旅夜书怀》之意，这里也有对既成观念的揶揄语气。至尾联时以讴歌人生短暂、示以个人的决心而作结。

五言古诗《戏题斋壁》是袁宏道二十七岁、进入官场的第二年所作。全诗共二十二句，分为两段，前半部分的十二句是对官僚生活深恶痛绝的告白，后半部分十句吟咏的是“模仿陶渊明的退隐，打算过着读书和饮酒生活”。前半部分连续用了一些新奇的比喻，显得才气勃发。前半部分的十二句列举如下：

一作刀笔吏，通身埋故纸。鞭笞惨容颜，簿领枯心髓。
奔走疲马牛，跪拜羞奴婢。复衣炎日中，赤面霜风里。
心若捕鼠猫，身似近羶蚁。举眼尽无欢，垂头私自鄙。……

此外，特别是诗歌题材涉及作诗方法和文学观方面，他的笔锋极为敏锐，否定经世济民的文学观，攻击拟古派，对《水浒传》给予了比《六经》和《史记》还高的评价。

408. 听朱生(1)说《水浒传》

袁宏道　五言古诗

少年工谐谑(2)，颇溺《滑稽传》(3)。后来读《水浒》，文字益奇变。《六经》(4)非至文，马迁失组练(5)。一雨快西风，听君酣舌战(6)。

【注释】

(1) 朱生：又称“朱叟”，无锡的说书人。袁宏道曾对他的说书技艺给予高度评价。

(2) 谐谑：诙谐，言语或行为有趣而引人发笑。

(3)《滑稽传》：指《史记》中的“滑稽列传”。

(4)《六经》：六种儒家的经书。指《诗经》、《书经》、《易经》、《春秋》、《礼记》、《乐经》(《乐经》今已失传)，据说他们都是经过了孔子的整理、编订。

(5) 马迁：指《史记》的作者、西汉的司马迁(前 145—前 86)。 组练：借指精锐的部队或军士的武装军容。

(6) 酣：浓，盛。 舌战：论战。这里指说书时的情形。

【赏析】

这是把长篇小说《水浒传》与儒家经典《六经》和《史记》放在一起进行评价的一首诗，作者认为"与读书相比，名家的说书更好听"。

开头二句似乎模仿陶渊明《饮酒二十首》其十六的首二句：

少年罕人事，游好在六经。

从整体上看，还是能够感到稍稍存在有一些极端的精神，这也可能是作者的本来面目吧！

竟陵派——由修辞而形成的新境地

从上面袁宏道诗作的例子可以看到，公安派的诗歌确实不是拟古派，而是有着自己的个性。但从另一个角度来说，其表达思想、感情过于直接，因此不免在含蓄和余韵方面有些欠缺的倾向出现。对诗歌有更深追求的是"竟陵派"，其代表人物钟惺(1572—1624)和谭元春(1586—1637)因为都是竟陵(今湖北省天门市)人，故而得名。

他们主张从拟古主义脱离出来的观点与公安派是相同的，如同与公安派一样，他们并不是完全否定模拟，而是要求表现为了表现真实性而必须学习古人的诗，所以他们编撰了《古诗归》、《唐诗归》等华美的诗集。与此同时，他们也批判公安派轻率、平俗的一面，认为他们的创作是以"幽深孤峭"为目的的。

在这样的主张下，他们在用字和诗歌结构方面很下功夫，并且不时还有新作出现。

409. 徐彦先雨夜见柬(1)二首　其一

钟　惺　七言绝句

萧然(2)形影自为双,旅况乡心久客降。历尽严霜如落叶,听多寒雨只疏窗。

【注释】

(1) 徐彦先:人物不详,可能是作者的友人。　见柬:送信给我。

(2) 萧然:稀疏,虚空。

【赏析】

钟惺(1574—1624),字伯敬,号退谷。竟陵人。万历三十八年(1610)进士,官至福建省提学佥事。

这是一首表现冬夜听雨而又感到羁旅孤独,同时又对亲友表示感谢的诗。"萧然"、"乡心"、"严霜"、"落叶"、"疏窗"等语,与当时的环境极为适应,这些词语排列在一起显示出了当时的氛围。

这首诗是把作者自身和其影子重叠在一起而写的,起句率真,但承句之后则是一些特异之句了。承句"久客降"有些难以理解,这是《诗经》的用法(《召南·草虫》、《小雅·鹿鸣之什》、《小雅·出车》),为表现"在旅途中收到友人书信时的心情"。

转句的"如"字,是以霜打的落叶来比喻主人公的心境。结句承上四字而与下三字稍有唐突,有些含混不清。这也许是作者的意图,亦即因难以理解,所以阅读起来较为困难,但却正好起到了表现主人公不如意的心境和不安的情绪。

各种各样的结局

明末——王彦泓与亡国诗人

明王朝到了后期之时,东林党与宦官魏忠贤一派的抗争、农民起义、东北女真人的入侵,……一系列明显的亡国之兆出现,终于在1644年李自成率领农民起义军占领了北京。

东林党是顾宪成等人于万历三十二年(1604)在无锡(今江苏省无锡市)东林书院进行宣传个人主张、进行政治评议时组成的政治社团。朝廷中的反东林派与宦官勾结起来,形成了一种强大的势力,两派的党争动摇了明末的国家政治。

这一时期,在诗坛上发挥作用而结成诗社的现象引人注目,诗社中的诗人们在吟咏他们的团结、忧国之心和民族意识的同时,也往往从事政治活动,这也肯定是中国诗人传统良心的表现。

从这些活动中脱离出来,能够看到其独特诗风的还有王彦泓之类的人物。

王彦泓(1593—1642),字次回。金坛(今江苏省金坛市)人。以其字次回行的情况较多。王彦泓未能科举及第,崇祯年间(1628—1644)官终华亭训导。王彦泓的诗注重于美感,多使用典故中的语言,虽然继承了《玉台新咏》和"香奁体"、"西昆体",但作品中的悲愁色彩较浓,诗风纤弱。著有《疑雨集》、《疑云集》。永井荷风喜爱王彦泓的诗歌,在《濹东绮谈》中经常引用,这可以作为解释两者文学特性的一个关键所在。

王彦泓诗风的特色,在下面的七言律诗中得到了充分的体现。

病骨巉岩又见春,石忧丛集未亡身。朋欢散尽清言绝,家信来疏恶梦频。(《感怀杂咏四首》其四前半部分二联)

溪雨送凉来枕簟,瓶花横影到衣襟。烧残败叶茶初沸,病倒羸童酒自斟。(《泊舟晚兴二首》其二中间二联)

悲来填臆强为欢,不觉花间有泪弹。阅世已知寒暖变,逢人真觉笑啼难。(《强欢》前半部分二联)

在上面的诗中,都是将"病"、"忧"、"绝"、"恶"、"残"、"败"、"羸"、"悲"、"泪"、"啼"等语汇集在了一起,可以说是体现了废残哀灭的美学诗风。

410. 余旧诗悉已遗忘，而韬仲[1]皆为存录，展阅一过，觉无端往事交集胸怀，怅然久之，因呈四韵[2]

王彦泓　七言律诗

不堪重对旧诗篇，潦倒欢场[3]二十年。多为微辞猜宋玉[4]，敢持才语傲非烟[5]。春风鬓影弹琴看，夜月歌声隔巷[6]怜。今日掩门梅雪[7]下，药炉[8]声沸卧床前。

【注释】

（1）韬仲：作者友人的名字。

（2）四韵：四韵八句的诗，亦即近体诗，指律诗。

（3）潦倒：指颓废、失意的样子；举止散漫、不自检束等。　欢场：指妓院之类的寻欢作乐之所。

（4）微辞：指不直接说明，而用隐微方式批评的言词。宋玉《登徒子好色赋》有“口多微辞”之语。　宋玉：战国时期楚国的宫廷文人。被后人看作是怀才不遇的才子，以及好色男人的象征。

（5）傲：高傲、冷峻。　非烟：女子之名，即步非烟。唐代黄甫枚小说《非烟传》中的人物。步非烟姿容超群，又有文才，为河南府（洛阳）功曹参军武公业的爱妾，但却与邻家子赵象相恋，后被武公业给打死了。

（6）巷：道路。

（7）梅雪：指盛开的白梅。

（8）药炉：熬药的火炉子。

【赏析】

这首诗是崇祯三年（1630），王彦泓三十六岁时所作。

作者把年轻时过着的具有文艺、音乐生活情形和现在在床上听到煎药发出的声音进行对比，体现了一种老而放浪的自嘲。

两朝诗人——钱谦益和吴伟业

清朝是金之后成为女真族而建立的王朝。女真族在明朝间接统治时期，就逐渐有了统一的理念，努尔哈赤时期改国号为“后金”(1616)，后又改为“清”(1636)。由于李自成攻陷北京致明朝灭亡(1644)，紧接着清军打败李自成的军队占领了北京，李自成也战败了。其后清军多次围剿明王朝的残余势力，终于在1661年统一了中国。到了清朝第四代皇帝康熙时期，经过平定“三藩之乱”、收复台湾后，清朝的统治基础稳定了起来(1662)。清朝在某种程度上尊重汉族文化，采用了汉族的统治方法。承继明朝以儒家思想为政的理念，同时也实行科举制。到了18世纪时，即圣祖康熙、世宗雍正、高宗乾隆三位皇帝之世，清朝进入了全盛时期。

在这一时期中，皇帝们酷爱学问，文化方面也进入了非常活跃的时期。清代思想家梁启超(1873—1929)认为，清代是“中国文艺复兴时代”(《清代学术概论》自序)。也确实如此，清代的学术兼备了前代各王朝的特色，在文学方面，辞赋、骈文、诗、词、戏曲都在清代得以复兴，并且出现了诸多的作品。仅就诗歌而言，诗人及其作品也是较多的，而诗派、诗论之多，更是在中国文学史上达到了空前的地步。

如果要划分清诗三百年历史的话，大约可以分为如下三个时期：

(一) 初期：从清朝建立至乾隆时期(1736—1795)。清初诗歌从明朝的遗民活动开始，继之经王世贞、查慎行，最后确定了清诗的基本特征。

(二) 中期：从乾隆至嘉庆(1796—1820)初年。随着社会的安定，诗歌创作越来越繁荣，继王世贞的“神韵说”之后，沈德潜的“格调说”、袁枚的“性灵说”、翁方纲的“肌理说”也随之出现，对诗歌理论的探求也更加深入。

(三)后期:从嘉庆、道光(1821—1850)至清朝末年。在经过轻妙洒脱的"嘉道之风"后,清朝出现了朝廷腐败、叛乱频发,特别是由于欧洲列强的入侵,清王朝进入了衰落的时期。

钱谦益(1582—1664),字受之,号牧斋。常熟(今江苏省常熟市)人。钱谦益二十多岁时加入了由明末名士组成的政治社团东林党,并对朝廷的腐败予以抨击。明万历三十八年(1610),二十八岁的钱谦益考中进士,任礼部右侍郎,不久辞官,在东林书院专注于教育。明亡后,六十二岁的钱谦益又仕于福王朱由崧的南明朝廷,为礼部尚书。清军南下时,钱谦益降清,任秘书院学士兼礼部右侍郎。但在半年之后,钱谦益又辞职回乡。据说其晚年仍然在进行反清活动。

钱谦益是明末清初学术界和文坛的中心人物,有着巨大的影响力。在诗歌创作方面,他强烈反对"前后七子"的拟古运动,重视诗歌中真实感情的表露,认为诗歌中表现真情的诗才算是"真诗",不是这样的话便是"无诗"。就这一点而言,他对明代的反拟古派"竟陵派"在修辞方面缺乏真实而提出了批评,并表明了对"公安派"的不满。为作"真诗"就要进行基础性的训练,所以他主张学习前人的诗,特别推荐了宋元人的诗歌。

钱谦益的这种观点,确定了后来清诗的发展方向。此外,钱谦益注释杜甫的诗歌写成了《钱注杜诗》(《杜工部集笺注》),这是研究杜诗的必读书。同时他也是最早关注金代元好问《中州集》的人物之一,其编撰的明诗总集《列朝诗集》也是以此为范本的。

仕于清朝之后又怀念明朝,其在清朝继续作诗,钱谦益受到了当时有识之士的批评,人们对他好色而引起的贪欲性格极为反感。在钱谦益去世百年之后,乾隆帝禁止发行他的作品,但他的影响力并没有因之而衰减。

411. 河间[1]城外柳二首　其一

钱谦益　七言绝句

日炙尘霾[2]辄迹深，马嘶羊触有谁禁？剧怜春雨江潭[3]后，一曲清波半亩[4]阴。

【注释】

（1）河间：今河北省河间市。

（2）霾：被大风吹起的尘土。

（3）江潭：大河。

（4）一曲：水流弯曲的地方。　半亩：清代的一亩约合今6.1亩。

【赏析】

这是一首感叹人生多难、托水边的柳树而抒发感慨的诗。

水边柳生长在阳光下和沙砾边，因车和动物的撞击和侵扰而感到痛苦。又由于春雨的原因，江面水势上涨，水边柳又形成了树荫。在忍受苛刻环境的同时，水边柳的本分却失去了，作者对此产生了一种共鸣。转句的“剧”字，令人产生了不尽的思绪。

412. 灯下看内人[1]插瓶花

钱谦益　七言绝句

水仙秋菊并幽姿，插向磁瓶[2]两三枝。低亚[3]小窗灯影畔，玉人病起薄寒时。

【注释】

（1）内人：指妻子和爱人。这里是指爱人柳隐（1618—1664），字蘼芜，也被称为柳如是、河东君。明末吴江（今江苏省吴江市）

人,崇祯十三年(1640)二十三岁时与钱谦益相爱,并入其书斋,管理其藏书。四年后明朝灭亡时,她劝钱谦益以死殉国。钱谦益病逝后,她也陷入家族纠纷,自杀相殉。

(2) 向:这里是表示场所的用法,与"在"义同。 磁瓶:瓷瓶子。

(3) 低亚:身体低垂。亚,低压。

【赏析】

这是钱谦益在妻子柳如是病愈之后插花时所作的一首诗。诗中描写了私生活中的一个片段,尤其是后半部分表现的内容如绘画儿一般美丽。

遗民的风骨:顾炎武与黄宗羲

顾炎武(1613—1682),初名绛,字忠清。进入清朝后改名炎武,字宁人,号亭林。昆山(今江苏省昆山市)人。顾炎武年轻时曾参加复社的反体制运动,清军南下后又参加反清复明运动,但没有取得成功,于是辗转各地从事学术研究活动。顾炎武纠正了明人学问的抽象性,其思想旨在实证和经世,所著《日知录》等主要作品,成为了清朝考证学之祖。清廷虽多次征召顾炎武,但他拒不应征,以明朝遗民的身份度过了一生。顾炎武作诗重视对社会的改革精神,反对明代七子的拟古和模仿,直接吟咏时事,愤世嫉俗之作较多。

413. 精　　卫(1)

顾炎武　五言古诗

万事有不平,尔何空自苦。长将一寸身,衔木到终古(2)。
我愿平东海,身沉心不改。大海无平期,我心无绝时。
呜呼!君不见,西山衔木众鸟多,鹊来燕去自成窠。

【注释】

（1）精卫：鸟名。据说上古时期，炎帝（神农）之女在东海溺死，变身精卫，常衔西山木石以填东海（据《山海经·北山经》记载）。

（2）终古：永远、永久。

【赏析】

这是顾炎武假托传说中的小鸟精卫来表现自己决心恢复明朝志向的诗。第一至八句叙述了自己与精卫的精神是一致的，最后二句把变节者比喻成其他的鸟，以嘲讽的口吻作结。精卫衔着木枝填海，以期改变世界，但其他的鸟儿却衔木做自己的巢，这些鸟儿并不考虑其他的事情。

理念与实践(一)

南朱北王——浙派之祖朱彝尊与"神韵说"之王士禛

康熙年间（1662—1722）最有名气的诗人当属朱彝尊和王士禛。这两位诗人根据他们的出生地而并称为"南朱北王"。他们分别是各自地域诗坛的领袖人物，对清诗以及清诗风格的确立起到了重要的作用，由此开创了清诗的初期阶段。

这两位诗人的共同特色在于他们并没有把诗歌看成是警示、讽喻的工具，而是把作诗引入到了纯粹的文艺创作倾向上来了。朱彝尊晚年编撰自己的诗集（《曝书亭集》）时，曾把大量批判清朝的诗歌删去。而王世禛所主张的"神韵说"诗论，完全不考虑诗歌的讽喻精神，而是提倡纯粹的文学创作，并且把这些看作是一种象征性的内容。

明朝灭亡之时，这两位诗人还都是少年（朱彝尊十六岁，王士禛十一岁），成人之后他们仕于清朝，领取了清朝的俸禄，他们有王朝交替时的见闻，并产生了复杂的感情，但并没有成为诗歌创作的原动力。

王士禛（1634—1711），字子真，又字贻上，号阮亭、渔洋山人。新城（今山东省桓台县）人。他原名王士禛，去世后因避世宗雍正帝之讳而改名士正，乾隆帝时敕命授予士祯之名。

王士禛出身于山东世家,家族中担任高官、富有文采的人很多,他六、七岁时既有诗才,十五岁时已经刊行了诗集。二十五岁时考中进士,由此顺利地踏入了仕途。

王士禛在晚唐司空图《二十四诗品》和北宋严羽《沧浪诗话》的影响下,提倡"神韵说",他基于这些观点编撰了唐诗选集《唐贤三昧集》。"神韵"是什么?他本人并没有一个明确的说明,但根据引用与之同感的《二十四诗品》、《沧浪诗话》之语,和《唐贤三昧集》选诗方针(王维和孟浩然的淡薄含蓄的叙景诗较多,而李白、杜甫的诗作则一首也没有选录)以及综合他个人的诗风来看,其要点主要有如下三条:

(一)不太注重用字和技巧,而是主张率真的吟咏。

(二)避免有深刻的感情、奇特想象等方面的过度表现,而是以文字、声调的配合来创造出语言之外的氛围。

(三)以情与景的密切融合为诗歌的最高境界。

这种"神韵说"获得了压倒性的支持,王士禛成为康熙诗坛的中心人物而受到了景仰。他本人的诗歌当然实现了上面自己的实践。王士禛的成果获得了充分的发挥,与古诗和律诗相比,他的绝句的佳作应该是在年轻时较多。

414. 秦淮(1)杂诗二十首　其一

王士禛　七言绝句

年来肠断秣陵(2)舟,梦绕秦淮水上楼。十日雨丝风片(3)里,浓春烟景(4)似残秋。

【注释】

(1) 秦淮:秦淮河。贯穿于南京城南的一条运河,城内两岸为欢乐之所。

（2）肠断：形容极度悲痛。　秣陵：南京古称之一。

（3）风片：形容春天的微风。

（4）烟景：云霭、烟雾缭绕的景色。

【赏析】

这首诗是王士禛二十七岁时在扬州任推官时，于翌年三月因公务赴南京在秦淮河停留时所作。对成长于山东，在都城做官的王士禛而言，风光明媚的江南之地成为了他憧憬的对象。这其中当然也有南京是南朝以来的古都的原因。

诗中吟咏了梦中神游南京的感慨，在对古都南京的向往中，又转而引起了极度的哀愁，在一片模糊的境地中全诗到此结束了。

日本永井荷风的名为《欢乐》的短篇小说中，引用了这首诗。

下面的这首诗为王士禛二十七岁这一年由扬州赴南京时所作：

江上二首　其一

王士禛　七言绝句

吴头楚尾路如何？烟雨秋深暗自波。晚趁寒潮渡江去，满林黄叶雁声多。

下面的两首五言绝句也是王士禛二十多岁时所作：

即　　日

苍苍远烟起，槭槭疏林响。落日隐西山，人耕古原上。

江　　上

萧条秋雨夕，苍茫楚江晦。时见一舟行，蒙蒙水云外。

这两首诗都是描写秋天傍晚时的景色。缺乏色彩的渲染，虽然有绘画墨色的境界，但全部描写的都是微妙的动作和声音，留下的是一种深深的余韵而已。

正如以上的例子所见，王士禛的诗歌吟咏雨和烟的内容是较多的。下雨虽然是令人感到有些湿润，但所表现的情景与“神韵”的表现，却是极为相符。

在康熙年间（1662—1722），《宋诗钞》、《元诗选》等宋元诗的选集有了较多的刊行。在这一时期,钱谦益的主张终于取得了成果,与王士禛的"神韵说"相比,诗坛、读书界逐渐从明代拟古派的窠臼中脱离出来,进入了摸索新价值的阶段。

在这样的风潮中,诗人们确立了自己的诗风,而在清诗第二个发展阶段起到重要作用的先驱则是查慎行。

查慎行(1650—1727),初名嗣琏,字夏重。四十岁时因获罪改名慎行,字悔余,号查田。海宁(今浙江省海宁市)人。康熙四十二年(1703)五十四岁时考中进士,授翰林院编修,侍奉于康熙帝侧近。查慎行游历中国各地,其诗多为吟咏感兴之作,后又为《佩文韵府》的编集,做出了重大的贡献。晚年因弟查嗣庭文字狱的牵连而被免职,次年放归后去世。

在诗歌创作方面,查慎行初学盛唐诗歌,继之又学中唐的韩愈、白居易、金代元好问,尤其重视北宋的苏轼和南宋的陆游。在提到的这些诗人中,查慎行对苏轼格外倾慕,费尽一生的心血编撰注释苏轼诗歌的《东坡先生编年诗》五十卷,即使晚年入狱,也作了许多与苏轼狱中诗唱和的作品。

415. 秋柳四首　其一

王士禛　七言律诗

秋来何处最销魂?残照西风白下(1)门。他日差池(2)春燕影,只今憔悴晚烟痕(3)。愁生陌上黄骢(4)曲,梦远江南乌夜村。莫听临风三弄(5)笛,玉关(6)哀怨总难论。

【注释】

(1) 白下:南京的古称之一。

（2）差池：失误、疏忽、意外。

（3）烟痕：淡烟薄雾。

（4）黄骢：黄马。

（5）三弄：同样曲调在不同徽位上重复三次。

（6）玉关：即玉门关。

【赏析】

这是一首描写秋柳的作品。全诗写秋柳的摇落憔悴，从而感叹良辰易逝，美景难留。从形式上来看，全诗辞藻妍丽，造句修整，用曲精工，意韵含蓄，境界优美，咏物与寓意有机地结合在一起，有着极强的艺术感染力。更令人叹绝的是全诗句句写柳，却通篇不见一个“柳”字，表现出诗人深厚的艺术功底。

416. 舟夜[(1)]书所见

查慎行　五言绝句

月黑见渔灯[(2)]，孤光一点萤。微微风簇[(3)]浪，散作满河星。

【注释】

（1）舟夜：夜泊的小船。

（2）渔灯：渔船上的灯火。夜间为捕鱼而点起的灯火。

（3）簇：聚集在一起。这里指风吹起的波浪。

【赏析】

这是一首观察敏锐和描写技巧相结合而写成的诗。

前半部分二句描写了渔灯为黑暗之中的一线光明。把它比喻成萤火虫发出的光，只是广大空间中的一点而已，强调的是渔灯光亮的微小。

后半部分二句是说在微波起伏的同时，星光映照在水面，散乱地分布在河面上,如同天上的星星一般。

动与静、明与暗的对比给人留下了深刻的印象。此外,对事物观察细腻,并且进行巧妙的比喻,这似乎都是私淑了苏轼的吧!

厉鹗——浙派的一代宗师

浙派诗坛先是由朱彝尊、继之由查慎行奠定了基础,而到了乾隆时期厉鹗的出现才有了进一步的兴盛。

厉鹗(1692—1752),字太鸿,号樊榭。钱塘(今浙江省杭州市)人。康熙五十九年(1720)、二十八岁时考中举人,乾隆元年(1736)被推荐为博学宏词科应试,但不幸落第,回乡后在浙江的诗坛上却占有了重要的地位。

厉鹗本人除了主要学习以陶渊明、谢灵运和孟浩然、王维为主的历代田园诗人之作外,还研究辽代、宋代的历史和宋代诗词,他的金石文造诣也很深。著有对南宋词的注释书《绝妙好词笺》(与查为仁合著)和《宋诗纪事》。

关于诗歌创作,厉鹗的主张有如下三点:

(一) 把广泛的读书、做学问看成是受教养的基础。

(二) 专法宋人、宋诗。

(三) 专心于诗歌技巧方面的锤炼。

在此之后,浙派的特色被确定了下来。

在吴下之地,沈德潜的“格调说”得到了广泛的支持,但其影响力却未能征服厉鹗主导的浙派诗坛。

长于词学,作为词人有着较大名声的厉鹗,擅长创作绝句、律诗,其作品有着情感缠绵之趣。

417. 重过南湖有感

厉　鹗　七言律诗

路近南湖已怕行,旧游(1)无处不伤情。玩梅小院疑前梦，听雨闲房似隔生(2)。衰鬓(3)照来秋水碧，愁心敲破晚钟(4)清。空心应念迷家子(5)，一缕天香即化城(6)。

【注释】

(1) 旧游：指故交。

(2) 隔生：隔代。这里指相隔了很长时间。

(3) 衰鬓：年老而疏白的鬓发。多指暮年。

(4) 晚钟：晚上的钟声。这里是指空旷、幽静的夜晚。

(5) 迷家子：迷途的人。

(6) 化城：一时幻化的城郭。佛教用以比喻小乘境界。佛欲使一切众生都得到大乘佛果，然恐众生畏难，先说小乘涅槃，犹如化城，众生中途暂以止息，进而求取真正佛果。

【赏析】

这首诗所有的句子全是对去世之人思念的汇集之语。尾联的"空心应念迷家子，一缕天香即化城"之句，更是表达了内心无限的痛切之情。

理念与实践(二)

清代中期是指以乾隆年间(1736—1795)为主的时期。在乾隆帝统治时期，清王朝的版图是最大的，中国的文物传到了欧洲，中式风格的题材、中国学也开始兴盛了起来。

在中国国内，考证学的优秀成果也逐渐进入了一个辉煌时期，以《四库全书》为中心的修书事业进一步盛行了起来。

《四库全书》是奉乾隆帝敕命而编修的丛书。因它按照经、史、子、集四部分类，并把有史以来主要的书籍收入其中而得名。全书于乾隆四十六年(1781)完成，分为正本七部、副本一部，现还保存有四部。

在诗歌方面,这一时期重要的诗论相继出现。首先是沈德潜提出了“格调说”,给吴派诗坛以很大的影响。而厉鹗集浙派诗风之大成,成为了这一派的领袖。继之袁枚提倡“性灵说”、翁方纲提倡“肌理说”。

如前所述,从康熙年间起,诗人们的创作意识逐渐自由化了,诗歌内容表现的可能性进一步扩大,而相反却对诗歌的本质、思想有了一定的要求。乾隆时期诗论的盛行,便是这方面的反映和推测。

作为创作大局的主流,仍然是天下太平之世,刚直而雄大的诗情式微,诗人们只在修辞和技巧方面下工夫,诗歌内容狭小的倾向出现了上升的趋势。

沈德潜与“格调说”

沈德潜(1673—1769),字确士,号归愚。长洲(今江苏省苏州市)人。虽然幼时学诗,但却属于晚成型诗人,参加了三年一次的科举考试近二十次仍然落第,直到六十七岁时才考中进士,由此获得了乾隆的信任而担任了要职,因在宫中担任教职和乡试的主考官而获得了极大的声誉。致仕后回到乡里,其乡里也成为了诗坛的创作重镇,沈德潜主张“格调说”,成为吴地诗坛即吴派的领袖。沈德潜在与晚年的王士禛通信时,仍然还是坚持这样的主张。

沈德潜从年轻时起即作为诗歌的研究家而知名,主张重视“温柔敦厚”(《礼记·经解篇》之语)的“格调说”,尊崇唐诗和明代的拟古派。选编了《古诗源》、《唐诗别裁集》、《明诗别裁集》、《国朝诗别裁》,但沈德潜无视宋元的诗歌,这也表现了他的观点。作为乾隆前期诗坛的领袖人物,沈德潜获得了极高的声誉,并且活到了九十七岁的高寿。他评论唐宋八大家散文的《唐宋八家文读本》,也是广为流行的选本。

沈德潜门下的学者、诗人辈出,其中有代表性的诗人是“吴中七子”。而七子之一便是钱大昕,与作为诗人的身份相比,他更为精通经学、史学、金石学，是著名的考证学大家。

“格调说”的主张可归纳如下：

（一）作诗时，与诗情一样重要的是要有诗“法”（包括意识构成、句法和声律等）

（二）诗歌的构成应该按照诗情的需要。

（三）诗歌的起伏和移动变化，应该是作者诗情变化的自然反映。

（四）诗歌的构成意识先于诗情时，所创作的诗歌是没有生命力的。

也就是说，沈德潜的观点并不是主张重视形式，而是把内容和形式进行调和，主张形式上尽可能温和。

从上面的形式及吟咏的思想内容而言，应该说是这样的观点。这是儒家的诗歌精神，即诗歌应该反映出现实的社会，起到教导人伦的作用，这是他的思想观点。作诗应该避免苦涩构思，故而提倡“温柔敦厚”的观点，为了实现这个效果，沈德潜推荐学习盛唐诗歌的典范之作。

尤为重要的是，“格调说”是最为传统的诗歌观点，是主张回归中国传统诗歌原点的立场，自清初以来被排斥的明代拟古派的长处由此得到了肯定。

沈德潜认为，把宋元诗歌从正道排斥在外，因此他对鼓吹宋元诗歌的钱谦益和当时作为浙派代表研究宋代诗词的厉鹗也持批评的态度。

418. 过许州(1)

沈德潜　七言绝句

到处陂塘决决(2)流，垂杨百里罨平畴(3)。行人便觉须眉绿，一路蝉声过许州。

【注释】

（1）许州：今河南省许昌市。

（2）陂塘：池塘。　决决：水流的声音。

（3）罨（yǎn）：覆盖，掩盖。　平畴：平整的田地。

【赏析】

这是沈德潜吟咏初夏旅情、内容较为平稳的一首诗。

从起句的描写来看，似乎是雨后白昼时的情景。由于雨水的原因，草木也变得翠绿了起来。在所看到的有限绿色空间中，渐行渐远的主人公形象与蝉声一起浮现了出来。尤其是后半部分的二句，更是描写奇特的精品之句。

不羁之魂——郑燮

郑燮（1693—1765），字克柔，因号板桥而被称为令人熟知的"郑板桥"。兴化（今江苏省兴化市）人。乾隆元年（1736）进士，先后任山东范县、潍县知县之职。在乾隆十八年（1753）的大灾之际，因敢于实施大规模的救济灾民政策，与上司发生冲突而被免职。在此之后，郑板桥在扬州从事诗词、绘画。他的书画名气极大，其书法融合隶、楷、行书而自成一家，其绘画长于兰、竹、石之作，与流寓扬州的金农等七人并称为"扬州八怪"。

郑燮的诗风风格多样，但并没有怎么受到各种诗派的影响。因为他时而学习杜甫，时而又分别学习白居易、柳宗元和陆游等。

419. 竹　石(1)

郑　燮　七言绝句

咬定青山不放松(2)，立根原在破岩中。千磨万击还坚劲，任尔(3)东西南北风。

【注释】

(1) 竹石：生长在岩石间的竹子。

(2) 咬定：咬紧。　放松：松懈。

(3) 任尔：任凭你。

【赏析】

这是一首描写山石间竹子绘画的“题画诗”。竹子有四季常青的叶子，是“不改节操，信念坚定”的象征。诗中描绘的长在山顶上傲然挺立、不惧风雪的竹子的形象，很容易想到这是对作者自身人生气概的写照。

袁枚与“性灵说”

袁枚(1716—1797)，字子才，号简斋、随园老人。钱塘(今浙江省杭州市)人。乾隆四年(1739)二十九岁时考中进士，与沈德潜为同期。先后于各地担任知县后，四十岁时借父丧之机辞官，于江宁(江苏省南京市)小仓山筑别墅“随园”，过着悠闲自适的生活。在以后的四十多年间，袁枚并未出仕，一直活到嘉庆初年。

袁枚属于那种天生的风流人物，在长于诗文创作的同时，也酷爱山水自然，六十多岁时还与众多弟子一起游历各地。其著作最为有名的是笔记小说《子不语》和烹饪著作《随园食单》。

袁枚为乾隆后期的代表性诗人之一，他倡导“性灵说”，虽然表达感情有些模糊，但与“神韵说”和重视道德的“格调说”的观点还是相反的。

“性灵说”的要点，大致有如下三条：

(一) 以表现个性和感情为主，轻视形式和技巧。特别是不承认诗歌的社会功效，而对艳情诗却给与了较高的评价，认为是具有独特个性的作品，在这两点上与沈德潜的观点形成了尖锐的对立。

(二) 认为读书、做学问是必要的基础，承认典故活用的意义。但要有所消化，力求不留痕迹地运用于诗中。这一点与同样重视性情、个性的明代“公安派”的观点有些不同。

(三)袁枚否认一些唐宋诗人的观点,否定古代的标准。诗的巧拙和人的性情并不是由王朝所左右的。

袁枚的观点令人对作诗产生了一种亲近之感,因而有农民、工商业者等各类人物入其门下,还有许多女弟子投入其中,袁枚还亲自选编了《随园女弟子诗选》,为她们进行声援,从而形成了袁枚的一个特色。

420. 纸　　鸢(1)

袁　枚　七言绝句

纸鸢风骨假棱嶒(2),蹑惯青云自觉能。一旦风停落泥滓(3),低飞还不及苍蝇。

【注释】

(1) 纸鸢:风筝。

(2) 风骨:风采骨骼。　假:凭借。　棱嶒:形容乱石突兀、重叠。

(3) 泥滓:泥渣。

【赏析】

袁枚认为:

诗无言外之意,便同嚼蜡。(《随园诗话》卷二)

咏物诗无寄托,便是儿童猜谜。(《随园诗话》卷二)

上面的这一首七言绝句,便是实践其主张的例子。

"由于风的力量,风筝才会飞;如果没有风的话,即使是一个苍蝇也是飞不起来的。"这首诗的内容,令人感受到了其中的寓意。

苔

袁　枚　五言绝句

白日不到处,青春恰自来。苔花如小米,亦学牡丹开。

这是一首告诫不要因为眼光的问题而忽视小东西的诗。正如与谚语"一寸长的虫子也有五分长的魂"所说的内容相似，它们都是有着共同的丰富感情。

《四库全书》总纂官——纪昀

纪昀(1724—1805)，字晓岚，一字春帆，号石云。直隶献县(今河北省献县)人。乾隆十九年(1754)、三十一岁时考中进士，官至礼部尚书、协办大学士，但其间因事流放乌鲁木齐。两年后被召回，于归途中写了组诗《乌鲁木齐杂诗》160首，吟咏了异乡的风物与习俗。

纪昀被召回后，任《四库全书》总纂官，经过十多年的努力，终于完成了这部恢宏巨著，还有许多学者分别执笔进行了《四库全书总目提要》的校阅补笔。纪昀博通诸学，长于诗赋、骈文，卒后谥"文达"。代表作品有《瀛奎律髓刊误》、《阅微草堂笔记》等。

421. 甘　瓜(1)

纪　昀

甘瓜别种碧团栾(2)，错作花门小笠(3)看。午梦初回微渴后，嚼来真似水晶寒。

【注释】

(1) 甘瓜：哈密瓜。为新疆维吾尔自治区的特产。

(2) 团栾：形容圆的东西。

(3) 花门小笠：维吾尔族人戴的帽子。花门，山名。唐代天宝年间(742—765)为回纥占领，后因以为回纥的代称。

【赏析】

关于这首诗，作者的自注是：

瓜之别种曰"回回帽",中断之,其形酷肖,味特甘脆,但不耐久藏耳。

前半部分二句描写了哈密瓜的型与色。后半部分二句给人留下了关于这个瓜的美味印象,作者把这个记忆写入了诗中。

哈密瓜现在也是人们夏季喜欢的消暑佳果。

悲愁的诗人——黄景仁

黄景仁(1749—1783),字仲则,又字汉镛,号鹿菲子。武进(今江苏省常州市)人。黄景仁幼时聪颖异常,但却四岁而孤,在成年之前祖父母和哥哥去世,生活过得异常艰辛。参加乡试七次均未能及第,因此不能进入官场。后因其才能得到朱筠赏识,受到其援助,遂在北京谋到《四库全书》书记官之职。但黄景仁生活仍然穷困潦倒,为求生计开始四方奔波,三十五岁时便病逝了。除了诗词、骈文之外,他的书画和篆刻也极为优秀,其诗宗盛唐,尤学李白,号称乾隆年间第一诗人。在日本明治维新以后,他的诗歌受到广泛的喜爱。现存诗百余首、词二百余首。

黄景仁的诗多抒发穷愁不遇、寂寞病苦之情怀,特别是思念家人的系列之作,非常令人动容。

422. 别老母

黄景仁

搴帷拜母河梁(1)去,白发愁看泪眼枯。惨惨柴门(2)风雪夜,此时有子不如无。

【注释】

(1) 河梁:河上的桥。西汉李陵所作的《与苏武诗》有"携手上河梁,游子暮何之"之语,这里指送别之地。

(2) 惨惨：阴森萧瑟。柴门：用柴木做的门。言其简陋。

【赏析】

这首诗是乾隆三十六年(1771)作者二十三岁时所作。

作者在这首诗的自序中说："家益贫，出为负米游。"作者此时在安徽学政朱筠*幕下任秘书之职，因此要离开家里。在临别之际，作者感受到了惜别之情，于是写下了这首诗。此时他还写了《别内》、《幼女》、《老仆》等诗。

这首诗转句的"柴门"源自于"倚门望"的故事，表现了看到黄景仁即将出门时母亲的形象，在反复的思绪中也体现了黄景仁的感情。

结句是作者对自己的自责，"此时有子不如无"之语表达了作者不能为母尽孝的一种羞愧之心。

423. 癸巳除夕(1)偶成二首　其二

黄景仁

年年此夕费吟呻，儿女灯前窃笑频。汝辈(2)何知吾自悔，枉抛心力作诗人。

【注释】

(1) 癸巳：乾隆三十八年(1773)。　除夕：农历十二月的最后一个晚上。过了这一天之后，便迎来了新的一年。

(2) 汝辈：你们。为年长者对年轻人的称呼。相当于尔曹、尔辈。

【赏析】

这首诗是乾隆三十八年作者二十五岁(1773)的除夕时所作。时

---

* 朱筠(1729—1781)，字美叔，号竹君、笥河。幼时聪颖博识，二十六岁时考中进士，任安徽学政、侍讲学士、福建学政等职。他拥有数量丰富的藏书，喜好金石学，并喜奖掖后进。

黄景仁任安徽学政朱筠的秘书,在这年底他回到了阔别两年的家乡。

当可爱的孩子出现在眼前时,景仁不禁起了自责之念。他十九岁时结婚,此时已有了六岁的女儿和三岁的儿子。

结句用了晚唐温庭筠的七言绝句《蔡中郎坟》后半部分的两句:

今日爱才非昔日,莫抛心力作词人。

无论是过去,还是现在,只要有才就应该能获得要职,会取得较大的业绩。但对诗人而言,现在的生活却不见好转,黄景仁想到这些,不禁对家族有了内疚之感。

424. 山 房 夜 雨

黄景仁

山鬼(1)带雨啼,饥鼯(2)背灯立。推窗见孤竹,如人向我揖(3)。静听千岩松,风声苦于泣。

【注释】

(1) 山鬼:山精、山中的女神。

(2) 饥鼯(wú):饥饿的老鼠。

(3) 揖:问候。双手放在胸前,进行行礼。

【赏析】

这首诗的写作时间不详,属于对痛苦生活中的幻想之作。

诗中凄苦、怪异的意向与李贺的诗风相似,诗人认为自己宛如千年之前不幸夭折了的诗人李贺。

清朝后期的诗歌

清朝后期是指道光以后的咸丰、同治、光绪、宣统的大约一百年间,这是中国历史上从未有过的大变动时期。

早在乾隆后期,权臣专横、官僚腐败的现象便已经非常严重了，以嘉庆元年（1796）的白莲教之乱为契机，清王朝的命运已经越来越开始走下坡路了。

鸦片战争（1840—1842）之后，西方列强开始入侵中国，经太平天国之乱（1850—1864）、甲午战争（1894—1895）、义和团事件（1900—1901）后，辛亥革命终于爆发（1911），在1912年时清王朝近三百年的历史终结了。

在这一时期，就诗歌而言与各王朝的末期一样，吟咏忧国的作品是比较多的。传统的诗歌创作与昂扬的民族意识密切地联系在了一起，类似的现象并没有改变。由于列强的入侵，诗人们受到了很大的刺激，他们痛感要有民族意识的觉醒和必须确立新的价值观。

龚自珍（1792—1841），字尔玉，又字璱人。其后又名易简，字定伯，号定庵、羽琌山民。浙江仁和（今浙江省杭州市）人。其父丽正，为著名语言学家段玉裁之婿。龚自珍自小从外祖父受学，除了学习公羊学之外，他还以博学早慧而闻名。然而龚自珍也有着极强的自尊心和非常激进的思想，科举考试曾多次落第，直到道光九年（1829）三十八岁时才考中进士。在此之后，他写了许多社会评论和政治评论，主要是围绕着社会改革和官场改革的问题进行直言，道光十九年（1839）在最后辞去礼部主事之职后离开北京回乡，两年后在丹阳（今江苏省丹阳市）于执教的云阳书院暴卒。在回乡前一年的十一月，他写了有关禁鸦片的对策以激励林则徐，陈述了个人的种种意见。鸦片战争的爆发便是在此之后的第二年（1840）。

鸦片战争之后，各种大动乱出现在了清王朝。正如龚自珍所预料的那样，艰难的时代已经来临，他留下的赋予危机感、紧迫感的诗文，深受清末志士的喜爱。

龚自珍的作品最有名、并且影响力最大的大概是七言绝句组诗《己亥杂诗》三百五十首了，这是道光十九年他辞官回乡时，于四月至十二月所作。诗中涉及了有关人生和社会的各种问题，带有一种自述的性质。

425. 己亥[1]杂诗三百十五首　其五

龚自珍

浩荡[2]离愁白日斜，吟鞭[3]东指即天涯。落红[4]不是无情物，化作春泥更护花。

【注释】

(1) 己亥：道光十九年(1839)。

(2) 浩荡：广大无边，这里形容愁思无穷无尽。

(3) 吟鞭：诗人的马鞭。

(4) 落红：落花。

【赏析】

这是离开都城吟咏所感而作的一首诗。

在这首诗中，作者把自己永远地离开官场的这种行为比喻成了落花。在诗的后半部分，作者以"落花不能再次回到枝头上为喻，来表达个人不失其志向的观点。落花化作春泥是为了更好地养护后代的花儿。"今后要为一个新型之世界做出贡献，这可以说是与作者的决定是完全相符的。

426. 己亥杂诗三百十五首　其一百二十三

龚自珍

不论盐铁不筹河[1]，独倚东南涕泪多。国赋三升民一斗，屠牛那不胜栽禾？

【注释】

（1）盐铁：指盐铁的专卖之事。西汉时，曾围绕着盐铁的专卖问题发生过一系列的争论，其后桓宽为此作了《盐铁论》。这里是指有关国家和百姓的事。　筹河：治理黄河的计划。也泛指治水之事，亦泛指国政。

【赏析】

这是作者对苛捐杂税使江南的农民生活日益贫困，而官僚们却过着奢侈生活的控诉之作。是回乡之后因不能彻底"落红"而感到苦闷的作品，为真实表现其情感的一首诗。

鸦片战争与林则徐

鸦片之害，在18世纪就已经成为了中国深刻的社会问题，到了19世纪上半期，鸦片的危害进一步加重。由于这方面贸易的增加，中国的白银大量外流，使得国家财政的压力和流民的数量剧增，相关的社会问题急剧恶化了起来。在这种情况下，林则徐成为了深得道光皇帝信任的钦差大臣，他实行强硬的政策，取消了国内的相关贸易，没收了外国商人的鸦片，逐渐把鸦片商人放逐到海外。由于这个原因，在道光二十年（1840）招来了英国舰队的入侵和攻击，鸦片战争由此爆发了。

林则徐（1785—1850），字元抚，又字少穆，号俟村老人。福建省侯官（今福建省福州市）人。嘉庆十六年（1811）二十七岁时考中进士。在此之后的四十年中，林则徐一直过着官场的生活。在前半部分的官场生涯中，他辗转各地，从事救灾和教育事业，并且取得了成绩。在后半部分的官场生涯中，他为了禁烟而倾注了极大的心血。鸦片战争爆发后，他开始时能够与英军作战，但在道光二十年九月被朝廷中的主和派罢职，次年六月被充军伊犁（今新疆维吾尔自治区伊宁市）。四年后，林则徐回到朝廷，表现了皇帝对他的信任依旧。

咸丰元年（1851），为了镇压太平天国起义，林则徐再任钦差大臣赴广西,于途中在潮州(今广东省潮州市)病逝,卒谥“文忠”。

在鸦片战争之后,林则徐所作的诗歌激情向上,写下了许多热情、深刻的作品。

427. 塞 外[1]杂 咏

林则徐

沙砾当途太不平,劳薪顽铁[2]日交争。车厢簸[3]似箕中粟,愁听隆隆[4]乱石声。

【注释】

(1) 塞外:边塞之外。

(2) 劳薪:旧时木轮车的车脚吃力最大,使用数年后,析之以为烧柴,故有此说。 顽铁:坚硬的铁。这里指车轮外层的铁皮。

(3) 簸:用柳条或铁皮等制成的扬去糠麸或清除垃圾的器具。

(4) 隆隆:形容剧烈如雷鸣一般的声音。

【赏析】

林则徐对禁烟采取强硬的政策后,受到了流放伊犁的处分。但他对禁烟毅然采取行动,对后来鼓舞中国人的民族意识起到了很大的作用。

这是道光二十二年(1842)林则徐五十八岁时赴伊犁途中所作的一首诗,是八首组诗中的一首。

诗中虽然吟咏了崎岖道路上的艰辛,但作者也由此感受到了其中的寓意。正如“坎坷不遇”所说的那样,人不得志的不幸状况,就像车不能行一样啊!在这种混乱的世相下,朝廷犹如破烂不堪的车子,“乱石声”如同百姓对朝廷束手无策的怨恨声,诗中的内容即是对此的影射。

诗界革命——黄遵宪

继鸦片战争之后，英国、法国又发动了第二次鸦片战争(1856—1860)，列强们在中国越来越横行无忌了。在这期间，长达十五年的太平天国之乱给清王朝带来了无尽的烦恼，继之的中法战争(1884—1885)、甲午战争(1894—1895)均以清王朝的失败而告终。到了19世纪末期，各国在中国的租借地已经确定了下来。

发现中国面临被列强瓜分的危机后，光绪帝、康有为等人开始施行革新运动，主张变法自强，但却受到了西太后等保守势力的打压(戊戌政变)。

后又经过义和团运动、八国联军入侵、《辛丑条约》签订等一系列之事，人们对清王朝大为不满，希望实现立宪政体的呼声渐高。在这种情况下，清王朝并没有好的对策，朝廷内部处于了对立状态，思想界的纷争也不断出现，终于在1911年以四川的暴动为导火线，辛亥革命爆发了，翌年宣统帝宣布退位，清王朝在中国的统治宣告结束了。

在这个王朝的末期，由于特定的原因，出现了被称为探求传统诗歌存在意义而努力的“新派”之人。他们以时代的内容和手法，使传统的诗歌迈向近代化。这个运动即是“诗界革命”，从戊戌变法之前就已经开始出现了。作为重要的指导者，是处于变法运动领导立场的康有为(1856)、梁启超(1873—1929)、谭嗣同(1866—1898)。

> 吾党近好言诗界革命。……能以旧风格含新意境，斯可以举革命之实矣。(梁启超《饮冰室诗话》)

响应这种呼声，并且取得较高成就的是黄遵宪。

黄遵宪(1848—1905)，字公度。嘉应州(今广东省梅州市)人。光绪二年(1876)举人，历任驻日本公使书记官、旧金山总领事、英法公使馆二等参赞、新加坡总领事等职。在长期的外交活动中，他对外国的社会情况和制度、文物等有所接触,甲午战争后支持康有为、梁启超的变法活动,回国后专注于教育、著述之事。在日本任职期间,与日本学者进行交流,研究日本的历史和习俗,发表有《日本国志》和《日本杂事诗》二百首,此外还提出了日本字母文字在汉语中的应用一类的文字改革意见。

黄遵宪在他的诗歌中,把西洋的文物、思想和科学知识写入了诗中,把近代的气息融入到了传统的诗歌类型中,表现了王朝末期产生出来的焦躁感和危机意识。在英国和新加坡停留时所作的诗歌中,便可以看出这方面的内容。

428. 海行杂感十四首　其七

黄遵宪

星星世界遍诸天(1),不计三千与大千(2)。倘亦乘槎(3)中有客,回头望我地球圆。

【注释】

(1) 诸天:整个天空。为佛教语用,佛经言天有多层,总称之曰诸天。

(2) 三千、大千:很多的世界。也是出自佛典,认为人世间除了人间世界之外,还有很多的世界。

(3) 槎(chá):乘坐竹木筏。据古代传说,天河与海通,每年八月涨潮时,有人乘槎浮海而至天河(据西晋张华《博物志》卷十记载)。

【赏析】

上面的这首七言绝句是光绪八年(1882)作者三十五岁时由海路从日本至美国赴任途中,在看到满天的星光时有感而作。

前半部分二句中使用了佛教用语"诸天"、"三千大世界"，强调的是星空广大无边。后半部分二句想象了人类乘着船遨游宇宙时的情形，对八十年之后的宇宙飞船和人造卫星做了预见。

下面所看到的五言古诗《今别离四首》，是光绪十六年（1890）黄遵宪四十三岁时作为驻英二等参赞官赴伦敦时所作。为吟咏旅行时的丈夫表达对留守妻子感情的组诗，作者选取了火车、轮船、电报、照片等新时代的文物，具有幽默的意味。

在四首诗中，来看一下"其二"、"其三"。

"其二"表现了妻子收到在异域的丈夫发来的电报时的喜悦心情，并以"安得如电光，一闪至君旁"作结。

"其三"表现了妻子收到丈夫照片时的欣喜之情，"照片上的人虽然不能说话，但夫妻之间的感情还是心心相通的"。

今别离四首　其二

朝寄平安语，暮寄相思字。驰书迅已极，云是君所寄。
既非君手书，又无君默记。……
一息不相闻，使我容颜悴。安得如电光，一闪至君旁！

今别离四首　其三

开函喜动色，分明是君容。自君镜奁来，入妾怀袖中。……
对面不解语，若隔山万重。自非梦来往，密意何由通！

429. 重　　雾

黄遵宪

碌碌(1)成何事，有船吾欲东。百忧增况瘁(2)，独坐屡书空(3)。雾重城如漆，寒深火不红(4)。昂头看黄鹄(5)，高举挟天风。

【注释】

（1）碌碌：平庸、没有能力。

（2）况瘁：瘦弱、憔悴。语出《诗经·小雅·出车》："忧心悄悄，仆夫况瘁。"

（3）书空：用手指在空中虚划字形。比喻受到不公正的待遇。语出晋末殷浩之事。殷浩被罢官后，并不被人所理解，终日恒书空作"咄咄怪事"四字（据《世说新语·黜免》记载）。

（4）火不红：语出杜甫《对雪》诗："瓢弃樽无绿，炉存火似红。"

（5）黄鹄：鸟名，身体为白色，并带有黄色的羽毛。为仙人乘的鸟。

【赏析】

这首诗也是作者四十三岁时停留伦敦所作。

黄遵宪三十岁时作为第一代驻日公使的参赞官来到日本，围绕着解决琉球和朝鲜问题而努力，又与伊藤博文、榎本武扬、大山岩、重野安绎、森淮南等元勋、名士进行交游，相互之间还有诗文唱和。

黄遵宪三十五岁时任旧金山总领事，他对美国排华运动进行了抗议。此后他回到祖国，四十三岁时又赴任伦敦，但这一次的任职对他来说并没有什么充实的感觉。伦敦的街头经常浓雾弥漫，灰暗如秋，在阴郁的环境中，作者有了无力和徒劳之念。于是他写下了"乘黄鹄翱翔于天，获得自由"的愿望。

在表现自己内心的想法时，黄遵宪体现的是极为正统的诗风。

430. 日本杂事诗

黄遵宪

拔地摩天独立高，莲峰[1]涌出海东涛。二千五百年前雪，一白茫茫积未消。

【注释】

(1) 莲峰：富士山的别称。富士山山顶上有八座山峰，如八朵莲花聚集在一起，故有此说。

【赏析】

《日本杂事诗》于光绪五年(1897)黄遵宪三十二岁时终于完成(全诗二卷，共154首诗)。当时，他还正在编撰《日本国志》，在闲暇之余，他写作了这一组诗。

> 网罗旧闻，参考新政，辄取其杂事，衍为小注，串之以诗。(《日本杂事诗》自序)

在此之后，黄遵宪还对这部诗集继续进行了补订，最后在光绪二十四年(1898)他五十一岁时完成了二百首的定本。

上面的诗歌是其中的一首，描写了富士山的壮丽、优美。特别是起句的“拔地”、“摩天”、“独立高”词语的排列，强调了富士山之高，而结句的“一白茫茫”表现富士山的高大给人留下了深刻的印象。

诗后题有“小识”，内容是：

> 直立一万三千尺，下跨三州者，为富士山，又名莲峰，国中最高山也。峰顶积雪，皓皓凝白，盖终古不化。

鲁迅(1881—1936)，本名周树人，字豫才。浙江省绍兴市人。“鲁迅”，是他五十多本著作的笔名，为其代表性的笔名之一。其次弟周作人为文学家，幼弟周建人是生物学家，二人都很有名气。

鲁迅在富裕的官吏家庭度过了少年时期，但在他十三岁时祖父入狱，十六岁时父亲又病逝了，整个家庭陷入了困境。光绪二十四年(1898)，十八岁的鲁迅因受戊戌变法的刺激，对西洋思想产生了兴趣，先后在南京的江南水师学堂、矿路学院学习。毕业后于光绪二十八年(1902)作为官费留学生到日本留学，先入东京的弘文学院，后在仙台医学专门学校(现东北大学医学部)学习。在学医的过程中，他发现与西医可以救中国人的身体相比，改造中国人的精神更为重要，于是便退学在东京从事文学创作活动。宣统元年(1909)，鲁迅回到了祖国，在家乡浙江省就任教职，1912 年南京临时政府成立后，他应蔡元培*之邀入职教育部，不久由于政府迁到北京，他遂移居到了北京。

1918 年，在朋友的劝说下，鲁迅发表了小说《狂人日记》。这是对胡适、陈独秀等人文学革命运动的呼应，继之陆续发表了《孔乙己》、《故乡》、《阿 Q 正传》等作品，为中国近代文学的确立起到了重要作用。在这期间，鲁迅还执教于北京大学等学校。

1926 年，由于"三·一八事件"的原因，鲁迅离开北京，经厦门、广东后，在上海定居了下来。在此之后，他与妻子许广平一起居住在上海，写了对左右两派尖锐的批判文章，在文艺论战和文坛活动中投入了很大的精力，此外鲁迅还是 1930 年成立的中国左翼作家联盟、1936 年成立的民族统一战线的重要人物，由于积劳成疾，鲁迅于 1936 年在上海的家中去世。除了创作《呐喊》、《彷徨》、《故事新编》、《野草》、《朝花夕拾》等外，在古典文化研究方面，他还著有《中国小说史略》、《唐宋传奇集》、《古小说钩沉》等，并且他还翻译了不少外国文学作品。

鲁迅也创作传统的旧体诗，现存其作品六十余首。

431. 自题小像

鲁 迅

灵台无计逃神矢(1)，风雨如磐暗故园(2)。寄意寒星荃(3)不察，我以我血荐轩辕(4)。

---

* 蔡元培(1868—1940)，清末至民国时期的思想家。辛亥革命后，任临时政府第一任教育总长。后又担任北京大学校长，聚集了一批著名学者，使北大成为了文学革命的重镇。

【注释】

(1) 灵台：指祖国。语出《诗经·大雅·灵台》、《吴越春秋》等记载。 神矢：罗马神话中丘比特的箭。这里是比喻对西方列强的憎恨之情。

(2) 故园：故国、祖国。

(3) 寒星：这里的寒星从“流星”转化而来。语出宋玉《九辩》“愿寄言夫流星兮”，他以流星比贤人。寄意寒星，是说鲁迅当时远在国外，但心系祖国，想把自己一片爱国赤诚寄托天上的寒星，让它代为转达于祖国人民。 荃：香草名。语出屈原《离骚》“荃不察余之衷情兮”之语，叙述了屈原对楚王进谏而不被采纳的悲愤之情。

(4) 轩辕：中国古代传说中的氏族部落酋长，即黄帝。中国的文学、医药、历法、算术、音乐等多种文明都产生于黄帝这一时期，辛亥革命前后，黄帝作为汉族始祖而被革命志士们大力宣传。

【赏析】

这首诗是光绪二十九年(1903)作者二十三岁作为清朝官费留学生在日本留学时所作。在此前一年，鲁迅在东京弘文学院学习日语，而在这一年他剪掉了辫子，在为此拍摄的照片上，他写下了这首诗以赠友人。诗题中的“小像”，指自己照片。“题”，为写诗之意。诗中表现了担心祖国前途、希望为国尽力的志向。

此后，鲁迅转入了仙台医学专门学校，但他认为改造中国人的精神乃当务之急，于是退学到东京进行文学创作活动。

432. 自 嘲(1)

鲁 迅

运交华盖(2)欲何求，未敢翻身已碰(3)头。破帽遮颜过闹市(4)，漏船载酒泛中流(5)。横眉冷对千夫指[6],俯首甘为孺子牛[7]。躲进小楼成一统[8],管他冬夏与春秋[9]。

【注释】

(1) 自嘲:即指自己嘲笑自己。“自嘲”的诗题,始见于中唐时期。其内容大多是表现对社会和他人感到有些不满,进而以自嘲的方式自怜,并表现自己的怀才不遇,有戏剧化的成分包含于其中。

(2) 交:遭遇,遇到。在算命学中有“交运”一语,为“命运转折点”之意。但这里的“运交华盖”有“命运出现转机遇到华盖”之意。华盖:星座名。按算命术所言,人的命运中犯了华盖星,运气就不好。鲁迅在其评论集《华盖集》(1926 年刊行)的《题记》中说:“华盖之运,在和尚是好运。顶有华盖,自然是成佛作祖之兆,但俗人可不行,华盖在上,就要给罩住了。”

(3) 未敢:没有勇气敢。为表现否定意志的词。 翻身:身体的方向发生转变。这里似指命运发生转变。 碰:碰上。

(4) 遮:遮挡住、覆盖住。 过:通过。 闹市:繁华的街市。也含指嘈杂、喧嚣之所。

(5) 漏船:破损漏水的船。 载酒:拿车拉着酒。不仅是用船载酒,也含有痛饮之意。西晋毕卓有“得酒满数百斛船,……右手持酒杯,左手持蟹螯,拍浮酒船中,便足了一生矣。”(据《晋书·毕卓传》记载)此外,杜牧的七言绝句《遣怀》也有“落魄江湖载酒行”之语。也就是说这句还有“豪饮”的意思。 中流:江水的中央。

(6) 横眉:怒目而视的样子。表示愤恨和轻蔑。此外,还有“横眉立眼”、“横眉怒视”、“横眉瞪目”等熟语。 千夫指:指各种各样的敌人。

(7) 俯首:指低下头,比喻顺从。原指卑屈、顾忌,鲁迅在这里用作反语,似表示“为了孩子而违背平生之志”之意。 孺子牛:

为儿子而做牛。孺子，幼儿，儿童。这里指鲁迅的儿子周海婴。这里意为四肢伏地像牛一样，把儿子驮在背上。事见《左传·哀公六年》：齐景公有个庶子名叫荼，景公非常疼爱他。有一次齐景公和荼在一起嬉戏，他四肢伏地做牛状，让荼牵着走。不料儿子不小心跌倒，把齐景公的牙齿拉折了。鲁迅在一九三一年四月一日给李秉中的信中写道："生今之世，而多孩子，诚为累赘之事，然生产之费，问题尚轻，大者乃在将来之教育，国无常经，个人更无所措手。"海婴的出生，使鲁迅"只得加倍服劳，为孺子牛耳"。（许广平编《鲁迅书简》）从这一句来看，鲁迅是在家中与海婴经常一起游戏的。

（8）小楼：狭小的居室。这里是指鲁迅与许广平、周海婴在上海一起居住的公寓。　一统：统一。或指保持某种势力和状态。

（9）管他：犹言不管或任凭怎么样。为"不管"的类语。他，为位于动词之后，导出目的语的助字。　冬夏与春秋：原指季节的变化。这里是说家庭外面气候、环境的变化。

【赏析】

这首诗是1932年10月所作，其初稿见《鲁迅日记》1932年10月12日条，内容是："午后，为柳亚子书一条幅。"关于这首诗的全文，日记写到："达夫赏饭，闲人打油，偷得半联，添成一律以请之。"这段话说明了作诗的背景。

郁达夫（1896—1945），作家。1913年留学日本，在东京大学学习时与郭沫若一起创建创造社。他宴请鲁迅之事，是在这首诗之前的一个星期。《鲁迅日记》的10月5日条记载："晚，郁达夫、王映霞夫妇设宴聚丰园，招待众人。同席为柳亚子夫妻、达夫兄嫂、林微音。"此时，郁达夫之兄郁华夫妇来到上海，郁达夫做东，同时也邀请了鲁迅、诗人柳亚子夫妇、作家林微因等人一起参加了欢迎宴会。

在作这首诗时，鲁迅的处境与时代有些抵触。1918年鲁迅首次发表了《狂人日记》，至1922年时，又陆续发表了《孔乙己》、《故乡》、《阿Q正传》等作品，对文学革命的实际创作而言确实起到了作用。此后,鲁迅在北京大学期间又陆续发表了一些杂文。1925年,由于第一次国共合作,围绕着北京文化界之间的对立而发生了与守旧派的论战,特别是在1926年发生了"三·一八"事件,鲁迅受到了军阀政府的打压。同年8月,鲁迅与学生许广平一起离开北京,经厦门作短暂停留后,于1927年1月移居广东,任中山大学教授。在这一年发生了反共的"四·一二"政变,为了表达自己的抗议,鲁迅辞去了教授之职,同年秋天搬到上海,与许广平结婚。1929年9月,四十九岁的鲁迅有了长子海婴。自此以后一直到1936年五十六岁时病逝,鲁迅一直居住在上海。

在上海居住期间,鲁迅对国民党的文化政策、左派内部的错误倾向、左右两派存在的问题等,都发表文章进行了尖锐的批判。从1928年起,鲁迅与太阳社、创造社就文学革命论的问题展开过争论。1929年与反左翼文学的新月社进行论争。1930年2月,在进行文艺大众化论争的同时,他在该月还加入了中国自由运动大同盟。3月又加入了左翼作家联盟,并且都是作为发起人参加的,当时国民党浙江省党部还欲以"反动文人"的罪名将其逮捕。1931年5月,鲁迅撰文批判民族主义文学。1932年,鲁迅参加了艺术大众化的论战,并且发表了批判第三种人的文章。

当时的社会环境充满了血雨腥风,在移居广东的1927年4月,国民政府与苏联断交,共产党则转而进行苏维埃运动。这一年5月,日本军队第一次出兵山东,1928年5月发生济南事变,6月张作霖被炸死,蒋介石就任国民政府主席,并且获得了英、美、法等国的承认。1931年1月,与鲁迅有着密切交往的柔石等二十四人被捕,2月7日被秘密杀害。同年9月,由于柳条湖事件而引起了"九·一八"事变,1932年1月上海事变爆发,伪满洲国成立,10月李顿关于伪满洲国的报告发表,近代史上的大事接踵而至。

正因为如此,鲁迅本人的情况与中国整个社会一样,都发生着激烈的变化,在这种情况下鲁迅作了《自嘲》这首诗。前半部分的二联戏谑性地描绘了诸多的苦难生活，而后半部分的二联则叙述了决意为家庭的和平而死守的心情。

鲁迅的传统诗（旧体诗）包括《自嘲》在内，大多数收录在《集外集》中，不仅在报纸、杂志上公开发表，同时也写在日记中以做备忘。在鲁迅晚年时，他把自己最初作的认为是拿得出手的旧体诗编辑成了《集外集》，在编辑《集外集拾遗》中他便去世了。

后　　记

《中日历代名诗选》(东瀛篇)是由日本著名汉学家、共立女子大学教授宇野直人博士编撰完成的一部介绍、赏析中国诗歌的著作。全书选编了从《诗经》至现代重要的中国诗歌432首。宇野直人教授曾在日本国家NHK电视台《读汉诗》栏目中做过相关的汉诗讲座，时间长达四年之久，受到日本读者的普遍欢迎。为了让中国读者了解日本学者选编汉诗的情况，今本人在征求了宇野直人教授的意见后，从他的讲座中选择了432首汉诗编辑成了《中日历代名诗选》(东瀛篇)，所选诗歌由本人翻译成汉语，以此来了解日本读者对中国诗歌的价值取向。

需要说明的是，《中日历代名诗选》(东瀛篇)是从日本学者的角度来选取中国诗歌进行赏析的，其中的视点与中国读者视点颇有不同。一般来说中国读者认为是应该选择的诗歌而日本学者并没有选取，而中国读者并不太注意的诗歌反而日本学者选取了，由此亦可以看出中日两国读者视点和角度的不同。《诗》云："它山之石，可以攻玉。"或许日本学者选取的诗歌能给我们带来一些意想不到的启迪。在对这些诗歌进行赏析时，日本学者的眼光也与我们存在一些差异，他们是以域外之眼来看待中国诗歌的，着眼点与中国读者存在着一定的不同点。这些中国诗歌的赏析原是宇野直人教授用日文写成的，今由本人翻译成汉语。在翻译的过程中，本人根据中国读者的习惯及实际情况，在保持原著原貌的基础上，对一些在日本读者看来是难以理解的问题而对中国读者属于常识性的问题进行了适当的删减。以便力争做到简明扼要,使中国读者在阅读、赏析中国诗歌的同时,也能够了解到日本学者的学术视点。

近年来,日本学者研究中国文学和文化的学术著作不断被翻译、介绍到中国来,从而使中国读者能够对这个深受中国儒家文化影响的国家有一个近距离的了解,但以异域的角度选编中国诗歌的著作在中国并不多见。从这个角度而言,本书可以说是作为了解域外学者研究中国诗歌的一个窗口。在这部书中,作者以个人对中国诗歌的理解,选编了他认为是能够代表中国诗歌水平的作品。如伯夷、叔齐的《采薇歌》,班婕妤的《怨歌行》,魏徵的《述怀》,高适《塞上闻吹笛》,李白《赠内》,杜甫《百忧集行》,卢纶《村南逢病叟》,戴复古《淮村兵后》,徐渭《题葡萄图》,沈德潜《过许州》等作品,对大部分中国读者而言都是只知其名而很少甚至没有人进行赏析的诗歌。这些诗歌在艺术上造诣较深,具有与众不同的审美意境,故深受日本读者的喜爱。在编选中国诗歌时,作者选编了这些诗。观点虽然有不同,但从中亦可看出中国诗歌的意蕴之美已经深入日本读者的心目中了。

翻译日本学者的著作是一件非常困难的事情,不仅要有深厚的日语功底,还要熟悉中国的古典文学,同时也要具备良好的翻译基础。即便是这样,由于对同一首诗理解角度的不同,在翻译时还存在着一些差异。由于笔者的翻译水平有限,在编译过程中难免存在着一定的错误,在此还望诸位方家多多批评指正!

李寅生

2015 年 5 月 18 日